KB124478

정기룡 1

정기룡

하용준 역사소설

1

은행나무

실존했으나 전설이 된 영웅

정기룡 장군에 대한 작품을 쓰게 된 계기는 이곳 경북 상주에 거주하면서부터다. 장군의 설화가 전해지는 유적지, 사당, 묘소 등을 탐방하는 동안 장군의 일생은 어떤 이유에선지는 몰라도 겹겹이 베일에 싸여 있는 듯한 느낌을 받았다.

그 후 점점 깊어가던 관심은 자연스럽게 구체적인 조사와 자료 수집으로 이어졌다. 역사상 엄연히 실존했으면서도 가장 신비스럽게 전해지는 한 영웅에 대한 탐구가 계속될수록 마치 진흙 속에 묻혀 있던 구슬을 한 알 한 알 찾아내는 기분이 들었다. 그리고 그 영롱한 구슬들을 한 꿰미로 꿰어보고 싶은 의욕이 일었다.

아마도 장군에 대하여 가장 많이 회자되는 일화는 무과 시험을 보러 한양에 갔다가 선조 임금으로부터 이름을 하사받았다는 내용이 아닐까 싶다. 그런데 이 전무후무한 일화가 안타깝게도 역사적 사실로는 확인되지 않는다. 장군이 서거한 지 78년이 지난 후에 송시열이 장군의 신도비문을 쓰면서 항간에 떠도는 말이라고 하며 처음 언급한 내용이 지금까지 마치 역사의 한 갈피인 양 전해지고 있다.

이 일화 외에도 사실과는 거리가 멀게 느껴지는 많은 설화가 있다. 유독 장군에 관해서만큼은 왜 현실성이 다분히 결여된 이야기들이 수없이 전해지는 것일까? 오랜 시일에 걸친 조사 과정을 통하여 장군을 감싸고 있는 베일을 한 겹 한 겹 벗겨내자 비로소 격동의 한 시대를 실제로 살다 간 비밀스런 인물의 진정한 면모를 알 수 있게 되었다.

　장군은 어린 시절에 양반 출신이 아닌 빈천한 신분이었고 말년에는 폭군이라고 알려져 있는 광해군의 총애를 받았다. 이 두 가지는 장군의 사후에 반정을 통하여 새로 등장한 집권 세력과 관료 사가들이 장군에 대한 역사적 평가를 올바르게 내리지 않은 결정적 요인이 되었다.
　하지만 백성들 사이에는 병영의 노비에서 출발하여 온갖 시련과 고난을 겪으며 삼도수군통제사에 오른, 그리고 마침내 보국숭록대부라는 최고 수준의 벼슬에 이른 장군에 대한 경외와 흠모의 분위기가 널리 조성되었다. 그리하여 장군의 파란만장한 일생은 민간에서 갖가지 설화의 형태로 증폭되었던 것이다.

　장군에 대해 기록하거나 언급한 문헌은 많지 않다. 현재까지 전해지는 장군에 관한 모든 설화와 야담 등에서 사실을 추출해 내고 각종 역사서, 유물, 유적 등을 통하여 그것을 뒷받침할 만한 증거들을 찾아내었다.
　개인의 문집, 집안의 족보와 같은 문헌도 쓰인 그대로를 역사적 사실로 볼 수는 없었다. 가필, 곡필, 오류 등이 적잖이 발견되는 까닭이었다. 그러한 대목을 하나하나 찾아내었다. 가필한 부분은 마치 사금을 걸러내듯 했고 곡필한 대목은 그 의도를 깊이 짚어보았으며 무심코 지나치기 쉬운 많은 오류는 근거를 찾아서 정정했다.
　장군이 교류한 당대의 수많은 사람들과의 사실 관계도 신중히 살펴보았다. 그중에서 가장 눈여겨본 것은 교우 관계였다. 1차적 관계에서 인맥의 사슬을 타고 2차, 3차로 이어지는 관계도 충분히 극적이라 할 만한 것이었다.

장군의 발자취가 남아 있는 옛 지명의 현장 곳곳을 직접 답사하는 과정은 참으로 녹록지 않았다. 사람의 왕래가 끊어진 수백 년 전의 고갯길을 찾느라 산속을 헤매는 동안 수없이 벌에 쏘이고 가시에 찔렸으며 해 저문 산에서 비닐 한 장으로 밤을 지새우면서 뱀과 멧돼지의 출몰에 가슴을 졸였던 것도 여러 번이었다.

이렇듯 장군과 관련하여 현존하는 모든 문헌을 면밀히 살펴보고, 장군의 발자취가 어려 있는 역사적 현장을 샅샅이 답사하며, 자료의 상호 대비 및 교차 검증과 역사적 사실을 확인하는 데에는 실로 많은 공력과 오랜 시간이 걸렸다. 그 결과 장군에 대한 모든 역사적 사실을 모아 하나의 텍스트 형태로 구성할 수 있었다.

그런 뒤 그것을 바탕으로 장군의 삶의 궤적 중 어느 한때도 누락되지 않도록 수백 년 전에 증발된 시간들을 촘촘히 유추하여, 향년 61세의 일대기를 원고지 6천3백여 장 분량의 이야기 글로써 재현해 내었다. 이에 유의할 바는 이야기 글의 특성상 검증된 역사적 사실만 기술하지는 않았다는 것이다. 있었을 법한 사건의 장면들을 비어 있는 시간의 사이사이에 적절히 첨가함으로써 전체적으로 짜임새를 갖추도록 했다는 점을 밝혀둔다.

올해는 장군이 서거한 지 400주년이 되는 해다. 이에 때맞추어 장군의 위대한 행적을 마치 열두 폭 병풍을 펼쳐놓은 듯이 정밀하고 환하게 드러낼 작정을 하였지만 모든 면에서 아쉽기만 하다. 부끄럽고 두려운 심정을 감추고 한 편의 졸렬한 글 앞에 감히 눈 밝은 독자 여러분을 초대한다.

2022년 10월
무작정(無作亭)에서 하용준

정기룡
1

|차례|

떠나는 두 사람

1

"저놈을 냉큼 끌어내거라."

형방의 말이 떨어지자 옥졸이 문을 열었다.

"이놈, 썩 나오너라."

옥간 안에서 검은 형체가 일어나 옥문 밖으로 나왔다. 형방이 군기침을 하며 앞서가고, 그를 따라왔던 두 사령이 양쪽에서 수인의 팔을 끌고 뒤따라갔다.

동헌 섬돌 좌우에는 중갓을 쓴 육방아전들이 셋씩 나뉘 서 있었고, 계단 아래에는 환도를 찬 병방 군관이 있었다. 그 옆 그늘대에는 탁자가 놓여 있었고, 탁자 위에는 형전이 놓여 있었다. 형방 서원이 탁자 앞에 앉아 작은 벼루에 몽당먹을 갈고 있었다. 그 맞은편에는 좌수가 의자에 앉아 있었고, 별감 두 사람이 그 옆에 서 있었다.

뜰에는 복두를 쓴 형방 사령들을 위시한 각 방 사령들이 줄줄이 서 있었고, 삼문 안쪽에는 포두 사령들이 삼지창을 들고 길게 늘어서 있었다.

동헌 뜰 한가운데에 이르러 사령들은 수인의 양 오금을 발로 차 털썩 꿇어앉혔다. 수인은 피 칠갑이 된 자신의 두 손을 헝겊으로 처매고 있었다. 형방이 수인 옆에 벙테기활(뽕나무활)과 쑥대화살 그리고 팔매 줄을 던져 놓았다. 꿇어앉은 수인의 뒤로 한 무리의 어른들이 서 있었다.

삼문 밖에는 고을 백성들이 가득 모여 있었다. 웅성거리고 있는 겨를에 어디선가 급창(벼슬아치의 입출입을 알리는 아이종)의 외치는 소리가 났다.

"어라 휘이, 본관 사또 등청이오!"

동헌에 시립해 있던 육방관속들이 일제히 허리를 굽혔다. 곤양 군수 이해가 나왔다. 대청마루에 놓인 교의에 올라 좌정을 했다. 눈앞 사방을 둘러본 이해는 뜰에 꿇어앉아 있는 수인을 잠시 굽어보았다.

섬돌 바로 앞에 서 있던 호장(아전들의 우두머리)이 주위를 살피고는 입을 열었다.

"지금부터 금양면 산굴 붕괴 사건에 대한 초초(최초의 심문)를 개청하겠사옵니다."

고군이 큰 북을 세 차례 힘껏 쳤다.

"둥, 둥, 둥!"

호장이 눈짓을 했다. 형방이 두루마리를 펴 들고 목청 좋게 읽어 내려갔다.

"계유년 유월 이십팔일, 본군 금양면 당산골에 사는 해동(15세 이하의 어린아이) 정무수는……."

"대장, 빨리 나와!"

동네 아이들이 무수의 집 앞에서 소리쳤다. 무수는 기다렸다는 듯이 읽고 있던 책을 얼른 덮고 밖으로 달려 나갔다.

대문 앞에 모여 있던 동네 아이들과 함께 고을 뒷산에 올랐다. 산중턱에 있는 바위 굴 앞에 이르렀다. 무수를 비롯한 당산골 아이들이 진영으로 쓰고 있는 곳이었다.

굴 안으로 들어간 무수는 깊숙이 놓여 있는 군물을 점검했다. 각종 병기와 방패 등이었다. 아이들과 둘러앉아 군략(군사작전)을 의논하기 시작한 지 얼마 지나지 않아 갑자기 천둥 치는 소리가 쾅쾅 들려왔다. 다 같이 굴 입구 쪽으로 가 밖을 내다보았다.

사방 하늘에서 먹구름이 잔뜩 몰려오고 있었다. 차츰 온 천지가 캄캄해지더니 세찬 돌풍이 불고, 억수 같은 비까지 쏟아부었다. 하늘을 찢어 놓고 땅을 쪼개는 듯한 뇌성벽력이 귀청을 때렸다. 아이들은 간담이 서늘했다.

한 아이가 무서워하며 두 손으로 귀를 막고 굴속으로 들어갔다. 다른 아이들도 우르르 따라 했다. 무수도 다시 안으로 들어가 앉았다.

굴 안에서도 천둥소리는 여전히 크게 들렸다. 마치 호랑이가 포효하는 소리와도 같았다. 한두 마리가 아니라 수백수천 마리가 한자리에 모여서 울부짖는 듯했다. 여간해서는 그칠 날씨 같지가 않았다.

밖으로 나가지도 못하고 한참을 굴 안에서 보냈다. 여름이지만 갑자기 기온이 뚝 떨어져 온몸이 으슬으슬했다. 날이 어두워지고 있을지도 몰랐다.

"이제 그만 나가자."

"무서운데……."

"대장, 비라도 그치면 나가자. 응?"

아이들은 굴 밖으로 나가지 않으려고 했다. 무수는 어찌할 도리가 없었다.

"그러면 내가 먼저 나가 보고 올게."

"대장, 나가지 마. 굴 밖에 진짜로 호랑이가 와 있을지도 몰라."

무수는 씩 웃었다.

"비를 맞고 다니는 청승맞은 호랑이가 어디 있겠어?"

"그거 그러네. 그럼 대장이 살펴보고 와."

"알았어."

'그래도 혹시나 호랑이가 와 있다면……'

팔매 줄을 허리에 차고, 활에 화살을 먹여 든 무수는 굴 입구로 갔다. 다행히 호랑이는 보이지 않았다. 비가 잦아들고 있는 것 같았다. 하늘 한쪽이 밝아오고 있었다. 무수는 먹구름이 물러가나 싶어 밖으로 나와 먼 하늘을 보았다. 바로 그 순간, 등 뒤에서 하늘이 무너지는 듯한 소리가 났다.

"쿠쿵, 콰르르!"

무수는 움찔 놀라 얼른 뒤돌아보았다. 굴 입구가 연기로 자욱했다. 무수는 무슨 일인가 싶어 다가갔다. 온몸에 소름이 쫙 끼쳤다. 삽시간에 굴이 무너져 크고 작은 돌 더미가 한 치의 빈틈도 없이 입구를 막고 있는 것이었다.

"애들아!"

무수는 넋이 나간 듯이 돌 더미에 달려들었다. 돌은 꿈쩍도 하지 않았고, 무수는 점차 불안해지기 시작했다.

저물녘이 되도록 아이들이 집으로 돌아오지 않자 어른들은 뒷산을 올랐다. 산굴 앞에서 한 아이가 허리를 굽힌 채 안간힘을 쓰며 무언가와 씨름하고 있는 것이 보였다…….

형방은 미리 받아놓았던 무수의 가공초(죄인의 사전 진술서)를 다 읽은 뒤에 아뢰었다.

"이상이옵니다. 사또."

곤양 군수 이해는 다시 한 번 무수를 내려다보았다. 건장한 기골이 엿보였다. 아이답지 않은 면모였다. 눈썹은 굵고 짙었으며, 코는 곧고 우뚝

14

했고, 다문 입은 붉은 잎을 붙여놓은 것 같았다. 눈빛은 매서우면서도 온화한 빛이 났다.

이해는 무수에게 하문했다.

"공술한 것에 추호의 거짓이 없느냐?"

"그러하옵니다. 사또."

"산굴이 진영이라고? 어느 아이들과 싸우는 진영이냐?"

"산 너머 고을 아이들이 무단히 우리 고을로 침노해 오기로 그 방비를 하는 요해처(要衝地)이옵니다."

"산굴 속에 무엇을 갖추고 있었느냐?"

"나무칼과 나무창, 방패 따위를 두었사옵고, 적에게 탈취한 병기 군물도 두었사옵니다."

이해는 무수의 뒤쪽에 모여 있는 사람들에게 물었다.

"참변을 당한 아이들의 부모들은 들거라. 그대들은 저 아이에게 무슨 죄가 있다고 여기는가?"

그들은 저마다 한마디씩 뱉어냈다.

"우리 아이가 억울하게 죽었사옵니다."

"저 아이가 산굴로 데려갔기 때문에 죽었는데, 그것이 죄가 아니고 무엇이란 말씀이옵니까?"

"저 아이에게 극형을 내려주옵소서."

"제 명을 못다 살고 죽은 우리 아이의 원혼을 달래주옵소서."

"날벼락도 이런 날벼락이 어디 있단 말입니까!"

급기야 흐느끼기 시작하는 사람도 있었다. 이해는 바로 앞에 앉아 있는 좌수에게 물었다.

"좌수는 어찌 생각하시오?"

"예, 사또. 소생이 알아본즉 무수가 고을 아이들을 산굴로 데려간 것이 아니라 함께 간 것이었사옵니다. 비록 골목대장으로서 앞장서서 갔다고 해서 아이들을 억지로 데리고 갔다고는 할 수 없는 일이 아니겠사옵니까? 더구나 글공부하고 있던 무수를 같이 놀자고 불러낸 것은 오히려 동네 아이들이옵니다. 어제 낮에 골목이 떠나가도록 한목소리로 소리쳐 불러내는 소리를 귀가 있는 사람이라면 다 들었다고 하옵니다."

이해는 다시 죽은 아이들의 부모들을 바라보았다.

"좌수의 말을 인정하는가?"

그들은 아무도 입을 열지 못했다. 그러나 그것도 잠시였다. 곧 무수의 허물을 들추어내기 시작했다.

"언젠가 저 아이가 우리 집 소를 잡아먹겠다고 했사옵니다."

"그러하옵니다. 혼자 다 먹어 치우겠다는 말을 하는 것을 소인도 들었사옵니다."

이해는 무수에게 물었다.

"사실이냐?"

무수는 잠시도 망설이지 않고 오히려 반문했다.

"남아로서 그 정도 기개는 있어야 하지 않겠사옵니까?"

할 말을 잃은 죽은 아이들의 부모들이 다시 원성을 쏟아놓았다.

"사또, 저 아이가 우리 아이들에게 야릇한 명령을 무슨 군령이랍시고 늘 엄격하게 세워놓고는 저 홀로 대장 노릇을 독차지했사옵니다."

"그러하옵니다. 제가 쏜 화살을 마치 졸개 부리듯이 매번 우리 아이들에게 주워 오게 했사옵니다."

"그뿐만이 아니옵니다. 제 화살을 주우러 가지 않는 아이는 돌덩이를 둥글게 포개놓고 그 안에 들어가게 한 뒤에 그곳이 옥사인 양 나오지 못하게 했사옵니다."

"모든 아이들이 저 아이를 두려워해 시키는 대로 복종하기만 했지 단

한마디도 거역하지 못했사옵니다."

"저 아이가 휘파람을 곧잘 부는데, 골목에서 별안간 그 소리가 나면 우
리 아이가 입에 든 밥을 뱉어내고 달려 나가곤 하는 것이었사옵니다. 밥
을 다 먹고 나가라고 하면, 군령이 떨어졌는데 맨 꼴찌가 되면 벌을 받는
다는 것이었사옵니다."

이해가 그들에게 물었다.

"그러한 일들이 그대들의 아이들이 죽은 것과 무슨 상관이 있는가?"

"상관이 있어도 크게 있습지요. 우리 아이들이 평소에 저 아이의 명령
에 순종해야 했으므로 어제도 틀림없이 저 아이가 산굴에서 나오지 못하
게 명령을 했을 것이옵니다."

"그렇지 않으면 아이들이 한자리에서 전부 몰살당할 리가 있겠사옵
니까?"

이해는 죽은 아이들의 부모들의 말을 영 무시할 수만은 없게 되었다.
그리하여 다시 좌수의 의견을 물었다. 좌수는 작심한 듯 입을 열었다.

"무수가 저 혼자 살겠다고 산굴 밖으로 나온 것이 아니라, 범이 굴 앞
에 있었다면 오히려 범한테 잡아먹히러, 각설인즉 혼자 죽으러 나온 것이
아니겠사옵니까?"

좌수는 부모들에게 고개를 돌려서 말을 이어갔다.

"자네들 같으면 마치 범 수백 마리가 한꺼번에 울부짖는 듯이 뇌성벽력
이 치는 일후(日候)에, 더구나 세찬 비바람까지 몰아치는 터에 산굴 안에
있고 싶지 밖으로 나오고 싶겠는가?"

그들 중 한 사람이 목소리를 높였다.

"천둥 치는 소리가 범이 울부짖는 것 같았다느니 하는 저 아이의 공술
만을 믿어서는 아니 되옵니다."

그때 좌수도 힘주어 말했다.

"사또, 저 아이가 손에 처맨 것을 풀어보게 하소서."

이해가 지시를 했다. 사령 하나가 무수의 손에 감겨 있는 헝겊을 풀었다. 두 손은 온통 짓이겨져 시커먼 피딱지가 덕지덕지했다. 좌수는 동헌 뜰이 울리도록 큰 음성을 냈다.

"자, 여러분들! 저 열 손가락을 똑똑히 보게. 무수는 무너진 산굴 입구를 막고 있는 돌 더미를 치우느라 열 손가락이 다 마치 찢어진 넝마처럼 너덜너덜해지고 무릎이 다 닳을 지경이 되었네. 돌 더미를 치우고 아이들을 구해내려고 했다는 증거가 아니겠는가? 만약 무수가 고의로 아이들을 죽게 했다면 저럴 수가 있겠는가?"

아무도 입을 여는 사람이 없었다. 좌수는 한 번 더 물었다.

"무수가 정녕 고의로 아이들을 죽음에 이르게 했겠는가?"

여전히 아무 말이 나오지 않았다. 이해는 죽은 아이들의 부모들에게 하문했다.

"아이들이 죽은 건 산굴이 무너졌기 때문인가? 아닌가?"

그들이 낮은 목소리로 산굴이 무너졌기 때문이라고 대답을 했다. 이해는 또 물었다.

"그렇다면, 산굴을 무너뜨린 게 누구인가? 저 아이가 무너뜨렸는가? 비바람 탓에 무너졌는가?"

죽은 아이들의 부모들은 대답을 하지 못했다. 이해는 무수 옆에 놓여 있는 활과 화살을 보고 하문했다.

"그 궁시(활과 화살)로 얼마나 멀리 쏘느냐?"

"오십 보 안에 서 있는 적은 쏘는 대로 맞히옵고, 움직이는 적은 5시 3중(화살 다섯 발을 쏴 세 발을 맞힘)은 하옵니다."

뽕나무활과 쑥대화살이 한낱 놀잇감에 불과하지만 각궁 활 솜씨에 버금가는 실력을 갖췄다고 여긴 이해는 무수를 대견스러워했다. 또한 무수의 입에서 진서(한자)가 나오자 더욱 놀라워했다.

"서당은 다니느냐?"

"그러하옵니다."

"뭘 읽고 있느냐?"

"훈장님이 《명심보감》을 다 읽었으니 《소학》을 배울 차례라고 했사옵니다."

"고작 열둘 어린 나이에 벌써 《소학》을 읽다니. 허허."

이해는 또 물었다.

"커서 무엇이 되고 싶으냐?"

무수는 고개를 똑바로 들고 대답했다.

"어떤 적에게도 지지 않는 장수가 되고 싶사옵니다."

이해는 초초청이 열리고 있는 자리라는 것도 잠시 잊고 흐뭇한 미소를 지었다.

"허허, 소년 장수로다. 과연 장재(장수의 재목)로다."

이해는 좌수에게 물었다.

"저 아이의 아비는 뉘시오?"

"예, 사또. 무수의 아비는 성명이 정호이온데, 비록 빈한한 선비이나 매양 예법에 소홀함이 없고, 몸가짐과 마음가짐이 떳떳하지 않음이 없으며, 슬하에 둔 세 자식의 훈육에도 엄격하여 고을의 모범이 되어왔사옵니다."

이해는 그러면 그렇지 하는 표정을 지었다. 무수의 뒤에 서 있는 죽은 아이들의 부모들에게 마지막으로 하고 싶은 말이 있으면 해보라고 일렀다. 그들은 서로를 바라보며 몇 마디 나누었고, 그중 한 사람이 볼멘소리를 냈다.

"사또의 현명하신 처분만 바랄 뿐이옵니다."

이해는 무수에게도 하고 싶은 말을 물었다.

"소인의 불찰로 부하들이 비명에 다 죽은 마당에 어이 할 말이 있겠사옵니까? 엄중한 벌이 내려진다면 달게 받고자 할 뿐이옵니다."

이해는 좌수에게도 마지막 의견을 구했다. 좌수는 간곡히 말했다.

"사또, 갑자기 날씨가 사나워져서 대단히 안타까운 일이 일어난 것이 아니겠사옵니까? 저 아이 홀로 살아남았다고 해서 어찌 죄를 묻겠사옵니까? 산굴이 무너져 내려 아이들이 참화를 당한 것은 실로 천재지변이 일어난 까닭이니 사람이 관여한 바가 아닌 줄 아옵니다."

이해는 드디어 판결을 내렸다.

"들거라! 아이들이 죽은 것은 산굴이 저절로 무너진 탓이다. 만분다행의 천운이 따라 홀로 살아남았다고 해서 저 아이에게 죄를 물을 수는 없다. 죄는 산굴에게 묻고 비바람에게 따져야 할 것인즉, 갱초(재차 심문함)할 것도 없다. 수인 정무수를 무죄 방면하라!"

죽은 아이들의 부모들이 웅성댔다. 동헌 삼문 밖에서 재판 과정을 지켜보고 있던 백성들도 술렁였다. 이해는 다시 목소리를 냈다.

"본관은 아이들이 어린 나이에 참변을 당하고 만 것에 어버이와 같은 마음으로 안타까움과 슬픔을 금할 길이 없다. 산굴이 무너지는 바람에 죽은 아이가 있는 가호에는 앞으로 일 년 동안 모든 요역(공공 근로)과 부세를 면제함으로써 그 애통한 마음을 위로하노라!"

말을 마친 이해가 일어서서 자리를 뜨자 급창이 얼른 외쳤다.

"파청이오!"

앞서 북을 쳤던 고군이 이번에는 징을 크게 한 번 울렸다.

"쿠앙!"

부모들은 관아의 삼문을 나서며 저마다 한마디씩 중얼거렸다.

"쳇, 양반 자식이라서 무죄냐?"

"온양반도 아니고 반양반인 놈을."

"우리 업둥이 억울해서 이를 어째!"

"으음, 어디 두고 보자."

2

사흘이 멀다 하고 사랑 문턱을 넘나들던 고을 사람들의 발길이 뚝 끊겼다. 집안의 대소사를 물으러 사랑채와 안채 할 것 없이 드나들던 걸음들이었다.

집안사람들이 밖으로 나다닐 때 고을 사람들이 눈을 흘기곤 하는 것은 그나마 다행이었다. 여종들이 우물가에 물을 길으러 가거나 빨래터에 앉으면 어김없이 귀청을 찌르는 소리가 있었다.

"낳을 달에 못 낳았다면서?"

"못 낳다마다. 어미가 마마에 걸려서 죽었지."

"사자는 그길로 데려가지 뭘 하러 다시 놓아주었대?"

아낙들은 무수가 태어날 무렵에 일어난 일을 두고 빈정거리는 것이었다. 무수의 어머니 김씨가 돌림병으로 숨을 거둔 후에도 배 속에 있는 아기가 살아 꿈틀거리는 것을 본 집안사람들이 신령스럽게 생각해 염습을 하지 않고 지켜보았다.

그로부터 이레가 지나자 싸늘히 죽은 줄 알았던 김씨가 부스스 눈을 떴고 곧이어 산통을 시작해 아기를 낳았다. 아기가 태어나던 순간, 마당을 서성거리고 있던 정호는 지붕 위에 흰 서기가 한 줄기 서려 있다가 사라지는 것을 보았다.

정호는 그 일을 기이하게 여겨 아들의 이름을 무수라고 지었다. 아기의 이름 무수(茂壽)는 수명이 끝이 없다는 무수(無壽)와 다름없었다.

"지붕 위로 흰 칼 같은 것이 휙 지나갔지, 아마."

"내 눈에는 칼이 아니고 긴 창이던걸?"

"그러니 여럿 죽게 된 거지."

여종들은 아무런 대꾸도 못 하고 집으로 돌아올 뿐이었다. 고을 사람들이 나누는 말에 어떤 경우라도 끼어들어 입씨름하지 말라는 정호의 엄령이 내려져 있었기 때문이었다.

"소자, 서당에 다녀오겠사옵니다."

대문을 나서는 무수의 걸음이 무거웠다. 무수는 무수대로 남모르는 곤욕을 치르고 있었다. 예전에는 서당에 갈 때면 온 고을 아이들이 대문 밖에 몰려와 기다리곤 했다. 하지만 산굴 사건 이후로는 대문 밖에 한 아이도 보이지 않았다.

서당 가는 길에 아이들을 만나도 슬금슬금 피하는 기색들이었다. 무수는 그런 아이들에게 일부러 다가가거나 말을 걸거나 하지 않았다. 누가 만들어 놓은 것인지는 몰라도 무수와 아이들 사이에는 보이지 않는 거리가 생겨나 있었다.

서당 훈장도 무수를 대하는 것이 예전 같지 않았다. 글공부 시간이면 무수가 온 고을에 들리도록 우렁차게 글을 읽고 욀 때마다 칭찬 일색이었다. 그런데 이제는 무수에게 글을 읽어보라고 시키기는커녕 아예 쳐다보지도 않았다.

쉬는 시간이면 글방 접장이 다가와 머리를 쓰다듬어 주기도 했는데, 오히려 화를 내는 날이 많아졌다. 그리고 인신공격도 서슴지 않았다.

"정무수! 네놈은 덩치가 크니 두 자리 값을 내야 할 게다."

글 삯을 두 배로 내라는 엄포였다. 그뿐만이 아니었다. 글공부가 끝날 때쯤이면 발로 허벅지를 툭 차며 명령했다.

"이놈아, 그 좋은 힘 뒀다 어디 쓰겠느냐? 글방 청소 좀 해놓고 가거라."

여럿이 하던 청소도 무수에게 시킬 때면 꼭 혼자 쓸고 닦도록 했다. 아이들이 남아서 거들어 줄 만한데 모두 외면하고 집으로 돌아가 버렸다.

무수는 묵묵히 시키는 대로 할 따름이었다. 혼잣말로도 불평 한마디 내뱉은 적이 없었다. 집으로 돌아와서도 서당에서 있었던 일을 한 번도 입 밖으로 내놓지 않았다.

고을 아이들은 아무도 무수랑 같이 놀려고 들지 않았다. 집 안에 있기가 무료해 밖으로 나갔다가 골목길에서 마주치기라도 하면 아이들이 슬금슬금 다 피해 다녔다. 고을 큰 마당에서 놀던 아이들은 무수의 그림자만 보여도 꽁무니를 빼고 흩어져 버렸다.

무수는 그런 아이들과 눈이라도 마주치면 그들이 오히려 민망해할까 봐 고을 안에서는 땅만 보고 걸었다. 뒷산 기슭에 이르러서야 고개를 들고 산길로 내달렸다.

한달음에 무너진 산굴에 이르면, 벅찬 숨이 채 다 가라앉기도 전에 죽은 아이들의 명복을 빌어주고 내려오는 일과를 날돌이(매일)로 이어갔다.

고을 사람들이 정호의 집을 찾지 않는 것도 그렇지만 방물장수, 등짐장수, 봇짐장수 같은 이들도 들지 않는 것이 큰 고심 거리였다. 곡식이며 면 포며 심심찮게 그들에게 내다 팔아야 할 것들을 팔지 못하고, 또 사들여야 할 것들을 사들이지 못하니 집안 살림에 부족한 것들이 하나둘 늘어만 갔다.

장날이 되어 장터에 나가도 정호의 사람들에게는 장사치들이 아무것도 팔지 않고 외면했다. 가솔들은 번번이 빈손으로 돌아와 어쩔 수 없다고 도리를 쳤다. 정호의 본처 홍씨는 하소연을 하지 않을 수 없었다.

"일용할 것이 한 가지, 두 가지 떨어져 가는데, 충당할 길이 없으니 예 삿일이 아니옵니다."

"조금 더 기다려 보시오."

정호는 겉으로는 대수롭지 않은 일이라 여겼지만 내심 우려를 하고 있었다. 동민들은 그렇다 치고 고을 이정(리 단위 행정 실무자)도 발걸음을 끊은 탓이었다.

초하루와 보름이면 꼬박꼬박 찾아와 군내 소식이나 면에서 일어난 일들 그리고 시시콜콜한 본 고을 소식에 이르기까지 온갖 일들을 떠벌리곤 하던 그가 두 달이 넘도록 그림자도 보이지 않았다. 날이 갈수록 고립되어 가고 있는 형국이었다.

그러던 어느 날, 금양면의 풍헌(면 단위 행정 실무자)이 찾아왔다. 정호와는 막역한 사이였다. 두 사람은 마주 앉았다.

"으음, 아이들이 죽은 것에 일말의 도의적인 책임을 요구하고 있는 것만은 분명해 보이네."

"이 풍헌, 그렇다면 내가 어떻게 해야 하겠나?"

"그 책임을 전적으로 회피하고 있지 않다는 뜻을 어떤 방식으로든 내보여야겠지."

"고을 민심을 수습하라⋯⋯."

정호는 풍헌이 일러준 대로 했다. 우선 지난날에 군아 초초청에서 무수를 잘 대변해 준 좌수에게는 그 사례로 벼 한 섬을 갖다 주었다. 고을 사람들 대부분이 계원으로 있는 당산계에는 산굴 사건을 인지상정의 차원에서 속죄하고 삼가는 뜻으로 벼 석 섬을 내놓았다.

또 용하다는 만신을 불러다 산굴 앞에서 떠들썩하게 씻김굿판도 벌였고, 이어 염불을 잘한다는 중까지 데려다가 큰 재를 지내며 극락왕생도 빌어주었다. 그러나 정호의 갖은 노력에도 불구하고 고을 민심은 여전히 냉담하기만 했다.

"더 이상 뭘 어찌한단 말인가?"

고을 사람들이나 장사치들이 집 안에 들지 않는 것은 견딜 만한 일이었다. 하지만 소문이 어디까지 퍼져 나갔는지는 몰라도 다른 고장에서 흘러 들던 과객도 들지 않는 것이었다. 팔도 유림에 산굴 사건에 대해 좋지 않은 풍문이 퍼져 나갔을 것 같았다. 정호는 큰 시름에 잠겼다. 유림에서조차 홀대 받는다는 건 가문의 수치가 아닐 수 없었다.

"어맛! 에구머니나!"

안채 뜰을 가로질러 가던 계집종이 비명을 내질렀다. 목을 딴 너구리의 사체가 담 너머로 던져져 있었다. 그 사태를 전해 들은 정호는 혀를 찼다.

"허어, 어찌 이리 날이 갈수록 흉악스러울꼬!"

배를 가른 것, 사지를 자른 것까지 날이면 날마다 담 너머로 날아들었다. 그뿐만 아니라 개와 소 같은 짐승의 오물까지 날아들기 시작했다. 정호의 집안사람들은 한낮에도 마당에 내려설 수 없을 지경에 이르렀다.

"이게 무슨 냄새냐?"

이른 새벽에 일어난 정호는 코끝을 파고드는 구린 냄새에 몹시 불쾌해졌다. 누군가 간밤에 장대 바가지로 인분을 퍼다가 대문 앞에 부어놓았다는 아룀이었다.

"내 이제는 정녕코 그냥 두고 보지 않으리!"

정호가 아침 식후에 옷을 차려입으려는데 안채에서 비명 소리가 들렸다. 달려온 종이 아뢰었다.

"내당마님께옵서 돌멩이에 맞으셔서 그만……."

담 너머로 날아든 돌에 홍씨가 맞아서 이마가 깨진 것이었다. 홍씨는 머리동이를 처매고 자리에 누워만 있을 뿐 일어나지 못했다. 정호는 그길로 풍헌의 집을 찾아갔다.

"그러잖아도 좌수 어른께옵서 자네를 좀 보았으면 하고 계셨네."

풍헌은 정호를 데리고 읍내 관아에 있는 향청으로 갔다. 좌수가 걱정스러운 목소리로 말했다.

"당산 고을 백성들이 줄기차게 보내는 무언의 경고가 아닌가 말일세. 마냥 손놓고 있으면 모르긴 해도 해악을 부리는 정도가 갈수록 더 심해질 것이네."

정호는 묵묵히 듣고만 있었다.

"자네가 아무런 조치를 취하지 않는다면, 집에 불을 놓거나, 물독에 비상을 타지 않으리라는 보장이 어디 있겠나? 입에 올릴 말은 아니네만, 종국에는 살옥이 일어날지 어떨지 아무도 장담하지 못할 바일세."

좌수는 사람을 해하려 들 것이라는 우려까지 보였다. 정호는 곤혹스럽기만 했다.

"시생이 어찌하면 좋겠사옵니까?"

"산굴이 무너져 아이들이 죽은 책임을 자네 자제에게만 묻고 있는 것이 아니라, 자네 집안에 엄중히 묻고 있는 것이 아니겠는가?"

"저로서는 굿판도 벌이고, 재도 지내주고, 할 도리를 다한다고는 했사옵니다만."

"민심이 워낙 사나워져서 그런 정도로는 되지 않네."

"하오면, 무수를 산굴 앞에 제물로 바치기라도 하라는 말씀이옵니까?"

"그런 일은 일어나서도 안 되고, 저들이 만에 하나 어떤 방도로든 무수를 해하게 되면 서로 원한만 얽힐 뿐일세."

정호와 좌수의 대화를 듣고만 있던 풍헌이 입을 열었다.

"자네 집안을 위하고, 자제를 위하고, 그러면서 고을 사람들을 달랠 만한 묘안을 찾아야 하겠군."

"그렇다네. 당산 고을 전체가 그만하면 되었다고 할 만한 일, 고을 백성들이 다 수긍하고 받아들일 만한 결단이어야 할 걸세."

"그게 대체 뭐란 말씀이옵니까?"

"곰곰이 생각을 해보게. 모두를 위하는 묘책이 무엇인가를."

집으로 돌아온 정호는 두문불출하고 몇 날 며칠 고민에 빠져들었다. 좀처럼 좋은 방안이 떠오르지 않았다. 집안사람들을 사납게만 대하는 고을 민심을 풀 방법, 날이 지나면 지날수록 오히려 더 꼬이는 것만 같았다.

대문 옆 감나무에 열려 있는 큰 감들이 차츰 붉은빛을 띠어갔다. 마치 불방울이 수도 없이 매달려 있는 것만 같았다. 정호는 그것들이 떨어지면 온 집안에 불이 옮겨붙을 것만 같은 불안감에 사로잡혔다. 민심이 더욱 사납게 타오르면 집 안에 불 뭉치가 날아들 수도 있다는 좌수의 말이 좀처럼 귓전을 떠나지 않았다.

"이 또한 그들의 명운이거늘."

정호는 마침내 결단을 내렸다. 내당 아래채에 있는 김씨를 불렀다.

"무수를 데리고 이 집안을 떠날 채비를 하게."

김씨는 깜짝 놀랐다.

"소첩이 고을 사람들 앞에서 목숨을 끊겠습니다. 제발 무수만은 내치지 말아주십시오."

"내 여러 날 고심 끝에 내린 결정일세. 자네들 두 모자가 나가서 생도 (살아갈 방법)를 마련하는 데 필요한 약간의 재물을 내줄 것인즉 다른 말은 하지 말게."

"나리!"

"무수를 위해서나, 집안을 위해서나 이것 말고는 달리 방도가 없네."

김씨는 하루 종일 눈물을 훔치고 있다가 해질녘이 되어서야 주섬주섬 보따리를 쌌다. 윗목에 기대어 있다가 그것을 본 무수는 곧 집을 떠나야 한다는 것을 직감했다. 벌떡 자리를 박차고 일어났다.

"날이 곧 어두워질 텐데 어딜 가려고?"

"염려 마시어요. 얼른 다녀올게요."

무수는 뒷산 중턱으로 내달렸다. 산굴 앞에 이르러 털썩 주저앉았다.

숨을 고른 뒤에 무릎을 꿇고 앉았다.

"동무들아, 미안해."

죽은 아이들 이름을 하나하나 부르며 거듭 사죄를 했다. 그러고는 비장감이 묻어나는 말을 했다.

"난 이번에 떠나면 다시는 당산골로 돌아오지 않을 테야. 죽어서도 안올 거야. 그러니 이제 너희들한테 찾아오지도 못해."

하고 싶은 말을 다 마친 무수는 옆으로 돌아앉았다. 먼 남해 바다 위로 노을이 비끼고 있었다. 무릎을 두 팔로 껴안고 무심한 눈빛으로 바라보았다. 문득 등 뒤에서 인기척이 났다.

"여기 있었구나?"

인수의 목소리였다. 무수는 일어났다.

"예, 작은 도련님."

"아무도 없을 때는 형이라 부르라고 해도 자꾸 그러는구나."

무수는 아무 말도 하지 않았다.

"게 앉거라."

둘은 나란히 앉았다. 인수는 노을을 바라보며 말했다.

"아버지께서 떠나라고 하셨다지?"

"예."

"우리가 비록 어머니는 다르다고 해도 한 아버지 밑에서 태어난 엄연한 형제다. 어딜 가서 무얼 하더라도 그것만은 잊지 않도록 하거라. 알겠니?"

"예, 작은 도련님. 아, 아니 작은형님."

인수는 허리춤에 찬 비단 주머니를 끌러 무수에게 건넸다. 무수는 선뜻 받아 들지 않았다.

"형이 주는 거니까 괜찮아. 꼭 필요할 때 팔아서 쓰거라. 돈 닷 냥은 될 게다."

인수는 무수의 손을 잡고 비단 주머니를 쥐여주었다.

"그만 내려가자."

산을 내려오는 내내 인수는 무수의 손을 잡고 놓아주지 않았다. 고을에 들어서자 그제야 인수는 무수의 손을 놓아주고는 앞장서서 걸었다. 무수는 몇 걸음 뒤에 처져서 땅만 보고 걸을 뿐이었다.

날이 밝자 김씨는 무수를 앞세워 사랑채로 갔다. 정호는 면포에 싼 것을 내놓았다.

"얼마 안 되는 것이네만, 요긴할 때 쓰도록 하게."

김씨가 집어넣는 것을 보고는 다시 목소리를 냈다.

"진주 강주골로 가게. 거기 사는 일가한테 무수가 정남(조선시대 군역 의무를 지는 16~59세 남자)이 될 때까지 두 모자를 보살펴 달라고 기별해놓았네. 강주 고을을 찾아가면 큰 기와집 앞에 아름드리 버드나무가 서 있을 것이네. 바로 그 집을 찾아가서 내가 보냈다고 하면 거두어 줄 것일세."

김씨는 무수를 일으켜 정호에게 큰절을 했다.

"나리, 부디 만수무강하소서."

정호는 김씨와는 달리 아무 말도 하지 않는 무수를 쳐다보았다. 그제야 무수는 하직 인사를 했다.

"만수무강하소서."

정호는 다정스런 목소리로 무수에게 물었다.

"그래, 무수 너는 뭘 챙겨 가는고?"

"봇짐하고 팔매 줄을 갖고 가옵니다."

"궁시는 어떻게 하고?"

"그건 잘 부러지는 것이라……."

"가거든 어미 잘 모시고 있다가 내가 기별을 하면 그때 돌아오거라. 알겠느냐?"

무수는 대답 없이 고개만 숙였다.

3

곤양 당산골에서 진주 강주골까지는 백 리 길. 아낙의 걸음으로는 사흘 반 거리였다. 길잠을 얻어 자며 주막잠도 자며 걷고 또 걸었다. 김씨는 큰 보따리를 이고, 무수는 작은 봇짐을 멨다. 두 모자는 붙은 듯이 나란히 걷고 있었다.

김씨는 낯선 세상에 내쳐진 것만 같았지만 든든한 아들이 곁에 있어 위안이 되었다. 떠나온 것이 어쩌면 잘된 일인지도 몰랐다. 무수가 당산골에 있어 봐야 좋은 일이 하나도 없을 것이었다.

무수가 커가면 커갈수록 산굴 사건으로 아이를 잃은 부모들의 괄시가 더욱 거세질 것 같았다. 내 자식은 비명에 죽었는데, 남의 자식은 번듯하게 살아 있으니, 그것만큼 억울하고 한 맺히는 일이 어디 있으랴 싶었다.

'그래, 다 잊고 새 고을에서 새로 시작하는 거야.'

영험한 아들을 낳기 위해 죽지 않고 살아남은 목숨이 아닌가 말이다. 죽은 지 이레 만에 되살아난 모진 목숨으로 무엇인들 못하랴? 살이 마르고 뼈마디가 가루가 되는 한이 있어도 무수를 잘 키워내겠다는 일념뿐이었다.

"우리 무수는 커서 무엇이 되고 싶니?"

"어떤 적에게도 지지 않는 장수가 될 터여요."

"글공부해서 정승, 판서는 되고 싶지 않아?"

"작은형님이 그건 어렵다고 했어요. 저는 무과밖에 볼 수 없다고 했어요. 정승이든 판서든 저는 시켜줘도 안 할래요. 장수가 제일 나아요. 부하들을 호령하고 천지 사방으로 말달리는 장수요."

"그래, 그러면 꼭 큰 장수가 되려무나."

모퉁이를 돌아들었다. 길가에 샘터가 나타났다. 두 사람은 짐을 내려놓고 목을 축였다.

"얼마나 더 가야 해요?"

"시오 리나 남았나 모르겠구나."

다시 길을 재촉했다. 부지런히 걷기를 두어 시간. 길이 넓어지고 오가는 사람들이 많아졌다. 김씨는 무수에게 길을 물어보라고 일렀다. 무수는 다가오는 등짐장수 앞에 섰다.

"말 좀 물읍시다. 강주골로 가려면 어디로 가야 하오?"

"곧장 오 리쯤 가면 나올 거요."

얼마쯤 가자 멀리 고을이 하나 나타났다. 큰 버드나무도 보였다. 김씨는 무수의 손을 잡고 힘을 내어 걸었다. 정호가 일러준 대로 큰 버드나무가 서 있는 집 앞에 섰다. 잠시 숨을 가다듬고는 문고리를 쥐고 두드렸다.

"이봅시오!"

문이 열리고 험상궂은 머슴이 나타났다.

"뉘오?"

"예가 강주골 정 참봉 댁이 맞는가?"

"그러하오만?"

"이거 내가 제대로 찾아왔군그래. 이 댁 나리마님께 좀 고해주게. 곤양 땅 당산골에서 온 정무수 모자라고 한다네."

안에 들어갔다가 나온 머슴이 처음보다 더 험악한 인상을 지었다.

"그런 사람 모른다고 하시오. 잘못 찾아온 것 같으니 딴 데 가서 알아보오."

"아니, 아닐세. 틀림없이 바로 찾아왔네. 뭔가 착오가 있는 것 같네. 이를 어쩌나? 이보게, 내 직접 들어가서 나리마님께 아뢰면 안 되겠는가?"

"어허, 이 아낙네가 예가 어디라고? 썩 물러가오."

머슴은 문을 닫으려고 했다. 김씨는 바짝 붙어 서서 애원하듯이 말했다.

"이보게, 우리 나리, 곤양군 금양면 당산골에 정거하시는 우리 나리의 성은 정씨고 함자는 호 자일세. 다시 한 번만 아뢰어 주게나. 응?"

머슴은 하는 수 없다는 듯이 다시 들어갔다. 그러더니 달려들듯이 나와서는 큰 소리를 냈다.

"예끼, 썩 물러가오! 나 원 별······."

"이보게, 이보게! 이 댁에서 아니 받아주시면 우리 모자, 오갈 데가 없다네. 내가 직접 뵙고 여쭙게 해주게. 응? 제발 부탁하네."

예기치 않은 문전박대에 김씨는 그대로 길가에 나앉게 될 것 같아 겁이 더럭 났다. 머슴은 그런 김씨를 떼내고 대문을 닫으려고 했다.

"이보게, 정 그러면 이 댁에서 허드렛일이든 뭐든 시키는 대로 다할 테니 헛간에서라도 좀 살게 해주게. 이보게, 제발······."

김씨는 갖은 떼를 쓰며 매달렸다. 하지만 머슴은 들은 척도 하지 않고 냉담하기만 했다. 문간 안에 매놓은 큰 개가 연신 짖어대고 있었다.

"더 시끄럽게 하지 말고 어서 가오."

"이보게!"

"자꾸 시끄럽게 굴면 불호령이 떨어질 것이오. 잡혀가고 싶소?"

대문이 철컹 닫혔다. 김씨는 그 자리에 털썩 퍼질러 앉고 말았다. 갑자기 눈앞이 캄캄해져 왔다. 아찔해졌다. 그대로 정신을 잃었다.

허연 신령이 나타났다. 일어나라고 엄히 꾸짖었다. 오래전, 배 속에 무수를 가졌을 때 들렸던 바로 그 소리와 똑같았다. 김씨는 화들짝 놀라 눈을 떴다. 무수가 흔들어 깨우고 있었다. 김씨는 정신이 퍼뜩 돌아왔다.

"어머니, 괜찮으시어요?"

"아, 내가 잠깐 실신한 모양이로구나."

김씨는 앉은 채로 있었다. 얼굴엔 낙담하는 빛이 아니라 차츰 결연한 기운이 감돌았다. 이윽고 신음 같은 소리를 냈다.

"내가 이러고 있을 때가 아니지."

김씨는 툭툭 치맛자락을 털고 일어났다. 땅에 떨어진 보따리를 들고 다시 머리에 이었다. 그러고는 무수의 한 손을 꼬옥 잡았다.

"가자."

"어디로요?"

"이젠 우리 모자, 어디에도 의지하지 말고 우리끼리 살아나가야 한다. 마음 단단히 먹거라."

김씨는 발길을 돌려 강주골에서 나왔다. 당산골로 돌아갈 수는 없는 노릇이었다. 길은 진주로 나 있었다.

"기왕이면 대처로 가자."

해가 막 지려는 참이었다. 하루 종일 제대로 먹지도 못해 몹시 허기가 졌다. 김씨는 더 이상 남의 집에서 얻어 자는 잠도 자고 싶지 않았다. 어디로 가야 할지 막막했지만 우선은 쉬고 먹어야 한다고 생각했다. 그다음의 일은 그다음에 생각하자 싶었다.

한참을 가자 높은 깃발이 내걸린 주막이 보였다.

"오늘은 저기 가서 묵자꾸나."

주막에는 손님이 몇 없었다. 주모가 두 모자의 행색을 위아래로 훑어보았다.

"어이 그러오? 길손 처음 보는가?"

"이런 길손은 처음이라서…… 어디서 야반도주라도 한 게로구먼?"

"이 아낙네가 큰일 날 소리를 다 하네!"

주모는 가재 눈으로 무수를 재차 살펴보더니 삐죽거렸다.

"그것참, 다 큰 정남 티가 나는 것 같기도 하고 낯짝엔 어린애 티가 나는 것 같기도 하고……."

갑자기 주모가 무수의 허리춤을 슬쩍 들췄다.

"어라? 호패가 아니라 팔매 줄을 차고 있네?"

"이 손 치우시오!"

무수는 주모의 팔을 쳐냈다. 주모가 단발 비명을 질렀다.

"아얏!"

무수의 팔 힘이 묵직하고 목소리가 우렁차 움찔하며 한 발 물러섰다. 김씨가 언성을 높였다.

"우리 아이에게 웬 행패인가?"

"내가 무슨 행패를 부렸다고…… 모를 일일세."

주모는 제 팔뚝을 문지르면서 다시 쌀쌀맞게 말했다.

"묵어가려면 선금 내오. 하룻밤 방 값은 쌀 한 되 값이오."

"베로는 어찌 받나?"

"석 자만 끊어 주오."

김씨는 독방을 하나 정해 들었다. 보따리를 풀어 베를 넉넉히 잘라 들고 나가 주모에게 주었다.

"옜소. 넉 자 끊었으니 우리 아이에게는 고깃국으로 주오."

이윽고 밥상이 들어왔다. 시커먼 잡곡밥에 소 내장국이 국 대접에 가득 담겨져 있었다. 반찬으로는 무짠지, 간장, 된장이 다였고, 물 한 그릇도 놓여 있었다.

"어서 많이 먹거라."

김씨는 국을 반이나 덜어 무수에게 주었다. 무수는 남김없이 다 먹었다. 배를 불린 두 사람은 그제야 살 것 같았다. 얼굴에 화색이 돌았다.

"앞으로 어떻게 할 거예요?"

"글쎄다. 어디든 살 곳을 정해야지."

"어디?"

"그건 아직 모르겠구나. 이 어미도 막막하고 답답하다만 설마하니 우리 두 모자 발 디디고 살 땅이 없겠니?"

무수는 인수가 준 비단 주머니를 김씨 앞에 내놓았다. 대추씨만 한 은자가 들어 있었다. 그것을 얻게 된 내막을 들은 김씨는 흐뭇한 표정을 지었다.

"그래도 작은 도련님이 인정이 제일 많긴 했지. 그건 무수 네가 잘 지니고 있거라."

콧물을 훌쩍인 김씨는 방바닥 여기저기에 손바닥을 대보았다.

"방이 차구나. 불을 좀 때달라고 해야겠다."

마당에 놓인 평상에서 주모가 웬 사내와 마주 앉아 있었다. 평상 옆에는 큰 섬통을 얹은 지게가 지겟작대기에 받쳐져 있었다. 주모는 김씨에게 웃는 낯을 보였다.

"이녁은 우리 서방님이라오. 먼 길 갔다가 이제 돌아왔나 했더니, 아, 내일 새벽바람으로 또 길을 나서야 한다는구려."

수염이 덥수룩한 사내가 굵은 음성을 냈다.

"살림을 일구려면 부지런히 다녀야지. 이 주막은 뭐 흙을 져다 팔아서 차려준 줄 알아?"

"그렇긴 하지. 암."

김씨는 돌아서 있다가 둘의 대화가 잠시 끊긴 틈을 타서 방이 차다고 말했다. 주모가 아직 불을 땔 때가 아니라고 하자 사내가 버럭 호통을 쳤다.

"이것 봐, 찾아든 길손을 홀대하면 되겠어? 얼른 가서 쩔쩔 끓도록 불을 때드려. 그래야 소문을 듣고 많이 묵어가지."

김씨는 방으로 들어왔다. 무수는 바람벽에 기대어 졸고 있었다. 김씨는 이불을 펴 무수를 바로 눕힌 뒤에 방문 앞에 바짝 다가앉았다.

술을 한 사발 마신 사내의 말소리가 크게 들렸다. 소금 장사에 관한 이야기였다. 소금을 팔아 큰돈을 번 장사치들의 이야기에서부터 소금 말통을 이고 팔러 다니는 아낙들의 이야기까지 김씨는 마치 별천지 이야기를 듣고 있는 것 같았다.

"외상으로 떼다가 팔고 나서 본금을 갚으면 되니까 밑천이 거의 안 드는 장사지. 부지런한 아낙들은 밥술만 뜨다 뿐인가 어디? 소금을 팔아서 집 사고 땅 사고 한 아낙들도 많은데, 임자는 여기 가만히 앉아서 돈벌이를 하니 얼마나 좋은 팔자야? 안 그래?"

김씨의 눈이 크게 뜨였다.

"소금이라……."

방바닥에 온기가 돌기 시작했다. 곧 따뜻해졌다. 김씨는 무수 옆에 누웠다. 등이 뜨끈해지는 것이 온몸이 녹아내리는 것 같았다. 세상없이 아련한 기분이 들었다.

사내는 이른 새벽에 떠나고 없었다. 주모가 평상에 걸터앉아 허망한 눈길로 먼 산을 바라보고 있었다.

"가셨나 보네?"

"그러게 말이오. 서방인지 길손인지 나 원."

김씨는 조심스럽게 주모에게 물었다.

"지게에 진 것이 소금인 것 같던데, 나도 소금 장사를 좀 해볼까 해서 그러는데……."

주모는 단번에 잘라 말했다.

"어젯밤에 뭔가 들은 모양인데, 댁네는 그 몸으로 어림도 없소. 소금 팔기가 얼마나 힘든 일인데, 웬만한 사내들도 아서라 말아라 하는 일이오."

"그건 내가 알아서 할 터이니 어찌하면 소금 장사를 할 수 있는지 그 방도나 좀 가르쳐 주게나."

김씨는 주모의 치마 밑에 슬쩍 손을 밀어넣었다. 주모는 더듬어 보더니 집어 들었다.

"이게 뭐야? 세상에나, 조선통보 아니오?"

"내게 잘 말해주면 한 닢 더 줌세. 응?"

주모는 돌아앉으며 입맛을 다셨다.

"예서 동쪽으로 백 리 못 가서 큰 나루가 나올 것이오. 염창나루라고 하는 곳인데, 진주 남강 열두 나루에 소금이란 소금은 거기서 다 대고 있소. 거기 가면 소금 장사를 할 길이 생길지도 모르니 그리로 가보오."

김씨는 환하게 웃으며 동전 한 닢을 더 주었다. 주모가 김씨의 팔을 붙잡았다.

"그러지 말고……."

김씨를 다시 앉힌 주모가 입에서 단소리를 냈다.

"이제 보니, 참 곱게 생겼소. 어디 양반댁 후실로 있다가 딸린 자식을 데리고 살림을 나는 거 맞소? 아마 맞을 거요."

"아, 아닐세. 별 희한한 소리를 다 하는구면."

주모는 당황한 김씨의 말에 아랑곳하지 않고 제 할 소리만 내뱉었다.

"내가 마침 일손이 부족해서 사람을 하나 뒀으면 하는데, 어떠오? 우리 자매처럼 여기서 잘 지내면서 밥벌이나 하는 것이? 소금 장사보다 백 배 천배는 나을 거요."

"말은 고맙지만 나는 이런 일은 체질에 맞지 않네."

주막은 뭇 사내들이 많이 드나드는 곳이었다. 하루 종일 그들을 상대하는 일이라 결코 내키지 않았다. 무엇보다 무수를 그런 곳에서 키우고 싶지 않았다. 사람은 어릴 때 보고 듣는 것이 중요한데, 주막에서 자라면 그 보고 듣는 것이 무엇이겠는가? 술주정뱅이나 왈패가 되기 십상이 아닌가 말이다.

주막을 뒤로한 채 김씨는 무수를 데리고 길을 나섰다. 주모가 배웅을 하면서 아쉬워했다.

"쯧, 자고로 계집은 사내의 그늘에 있어야 하는 법인데…… 여자 몸으로 여러 날 길품 팔다가 봉변이나 안 당하면 다행이지."

김씨의 걸음은 당산골에서 떠나올 때와 강주골에서 떠나올 때와 달랐다. 고향을 등질 때에는 한탄스러운 걸음이었고, 강주골을 나올 때에는 천근만근 무거운 걸음이었지만 이제는 아니었다. 머리에 인 보따리가 하나도 무겁지 않게 느껴졌고 노랫가락까지 흘러나왔다.

"뭐가 그리 좋으셔요?"

"좋은 일이 있어서 좋겠느냐? 기분을 좋게 가지면 좋아지는 거지."

가다 쉬다 하는 동안 진주성을 지났다. 높다란 촉석루며, 그 밑을 흐르는 푸른 남강이며, 강 위를 떠다니는 돛배며 나룻배며, 성 내외 수많은 집이며 사람이며…… 과연 대처는 대처였다. 김씨는 속으로 흐뭇했다.

"이 많은 사람들이 소금 없이는 살지 못할 테지. 암."

강주골에서 염창나루까지는 또 백 리 길. 사나흘은 꼬박 걸어야 되는 길이었다. 다리쉼을 하고 있다가 지나가는 사람한테 길을 물었다. 그는 손을 들어 가르쳐 주었다.

"저 산 말굽고개를 넘어가면 염창나루가 굽어보일 게요."

무수는 김씨의 의도가 의아해졌다.

"소금 장사를 할 작정이셔요?"

"뭘 하든 우선은 우리가 정착할 곳을 찾아야 하지 않겠니? 오래된 고을에 우리 같은 난뎃사람이 들면 이목이 쏠려 여러 가지로 불편해질 것이다. 그러니 수시로 장사치들이 드나드는 나루터나 장터 같은 곳이 우리가 살기에는 나을 것 같구나."

"어머니 좋을 대로 하셔요."

"우리가 어디에서 살더라도 무수 너는 또래 아이들과 싸우지 말고, 특히 위험한 곳에는 다시는 가지 말고, 서당에 보내줄 테니 글공부만 열심히 하면 된다. 알겠지?"

"장수가 될 건데?"

"장수도 글을 알아야지. 나라의 명령을 받으면 읽을 줄을 알아야 하고, 또 장계(임금에게 올리는 보고)를 쓰기도 해야지. 궁검만 잘한다고 장수가 되는 게 아니란다."

방어산 고갯마루를 향해 올라갔다. 길가에 봇짐장사치 둘이 앉아 쉬다가 희롱을 해왔다.

"그년 참 반반하게도 생겼네."

김씨는 무수의 손을 잡고 서둘러 그들을 지나치려고 했다. 그들 중 하나가 일어섰다.

"좀 쉬다가 가지 그러나?"

무수는 얼른 허리춤에서 팔매 줄을 빼 들었다. 다가오는 사내의 얼굴을 냅다 후렸다. 그는 두 손으로 얼굴을 감싸며 주저앉았다. 손바닥 사이로 피가 새어 나왔다. 앉아 있던 사내가 일어났다.

"이놈이?"

무수는 길바닥에 있는 돌멩이를 팔매에 재고 머리 위에서 빙빙 돌리다가 휙 하고 한쪽 줄을 놓으며 후렸다. 돌멩이는 총통의 철알처럼 날아가서 걸어오던 사내의 얼굴을 때렸다.

"윽!"

그걸로 끝이었다. 두 사내는 꼼짝도 못 하고 간신히 통증을 참을 뿐이었다. 무수는 김씨의 손을 잡고 걸음을 날아가듯이 걸었다. 두 사람은 헐떡이며 고갯마루에 올라섰다. 사방이 훤히 보였다.

왼쪽에서 오른쪽으로 남강이 흘러가고 있었다. 하늘에는 새들이 날았고, 강 위에는 배들이 점점이 떠 있었다. 강 건너 나루터에도 크고 작은 배들이 정박해 있었고, 나루터 좌우로 모래벌판이 눈부시게 빛났다.

강가에는 집들이 많았다. 강가 왼쪽에 고즈넉한 마을이 하나 보였다. 김씨는 더 생각할 것도 없이 일단 그곳으로 가서 우거(남의 집에 잠시 빌붙어 삶)하기로 마음먹었다.

"어떠냐? 좋아 보이지 않니?"

"어머니만 좋으시다면 저는 다 좋아요."

"아까 그치들이 따라오기 전에 얼른 내려가자꾸나."

고갯마루를 서둘러 내려갔다. 산 중턱 아래에 큰 집채들이 있었다. 경상우도 제일의 염창, 소금 창고였다. 그곳을 지나쳐 내려갔다. 이윽고 마을 입구에 다다랐다.

"여기는 무슨 고을이라고 하지요?"

"무듬실이오."

또 하나의 참사

1

"다녀오겠습니다."

무수는 아침밥을 먹고 서당으로 달려갔다. 집안일을 마친 김씨는 빈 말통을 들고 집을 나섰다. 걸음을 재촉해 강가 염상 여각에 도착했다. 먼저 온 아낙들이 벌써 길게 줄을 서 있었다. 차례가 되어 외상 장목(가게의 장부)에 네모 모양으로 수결을 했다. 무수의 ㅁ 자와 같은 꼴이었다.

"어서 오게. 장사를 잘한다는 곤양댁이구면."

"장무 어른도 참."

장무는 김씨가 가져온 말통에 소금을 한 말 퍼 담아주었다. 그러고는 연잎에 싼 주먹밥 두 덩이를 소금 위에 얹어주었다. 김씨는 정수리에 똬리를 놓고 소금 말통을 두 손으로 번쩍 들어서 척 하고 머리 위에 이었다.

"저 나갑니다."

"좋이 갔다 오게."

김씨는 힘이 절로 났다. 지난겨울에는 소금값이 워낙 좋았다. 삼동을 나는 동안 차곡차곡 모아둔 돈으로 초가삼간 한 채를 통째로 세내어 무수와 들어앉았다. 날씨는 혹독했지만 발가락에 동상이 걸리는 것도 잊은 채 구석구석 돌아다니며 소금 행상을 한 보람이었다. 단골도 몇 집 생겼다.

"내가 장사 수완을 타고났나 봐."

김씨는 자신의 모습이 너무 놀라워 믿어지지 않았다. 곰곰이 생각해 보니, 수완이 좋은 것보다 무수가 서당을 하루도 빼먹지 않고 잘 다니고 있어서 힘이 절로 난 것 같았다.

며칠 전에는 서당 훈장이 집으로 찾아와 몰래 서책을 한 권 주었다. 무슨 책인지 김씨는 알 수 없었다.

"무수가 책이 필요하다고 하면 주면 됩니다."

김씨는 사례를 하려고 했지만 훈장은 손사래를 치며 바람처럼 사라져 버렸다. 다음 날 서당에 다녀온 무수가 걱정 어린 소리를 했다.

"훈장님이 이제 저의 글공부 실력을 다 점검했으니 내일부터 《소학》을 읽으라고 하셨는데, 서책이 없어요."

김씨는 장 속에 넣어두었던 책 한 권을 꺼내 놓았다. 무수는 놀란 눈을 하면서 서책을 덥석 집어 들고는 보물 안듯이 끌어안았다.

"우리 아들은 아무 염려 말고 글공부만 열심히 하면 된다. 알겠지?"

서당에 든 무수는 목청 좋게 글을 읽어나갔다. 아이들이 모여 앉아 저마다 욀 것을 외고 있는 모양새가 흡사 제비 새끼들 같았다.

계절의 날씨는 여름으로 넘어가고 있었고, 하루의 시각은 정오를 한참 넘긴 뒤였다. 아이들은 점점 좀이 쑤셨다. 입으로는 글을 외고 있었지만 눈으로는 다들 서로 눈치만 보고 있었다. 훈장이 그런 분위기를 모를 리 없었다.

"오늘은 이만 파하자꾸나."

"와아!"

아이들이 우르르 달려 나왔다. 애복이가 와서 기다리고 있었다.

"오래 기다렸지?"

"아냐."

아이들은 애복이와 무수를 빙 둘러섰다.

"대장, 애복이도 왔으니 우리 진영으로 가서 놀자."

"안 돼. 놀려면 다들 책보부터 집에 두고 와. 알겠지?"

"알았어. 가자!"

아이들은 뿔뿔이 흩어졌다. 무수는 저를 그림자처럼 따르는 애복이를 데리고 집으로 갔다. 책보를 놓고 물 한 모금씩 먹은 뒤에 다시 나왔다.

강가에는 다 쓰러져 가는 정자가 있었다. 무수가 애복이를 데리고 도착했을 때에는 아이들이 다 모여 있었다. 한 아이가 이마에 손을 얹고는 눈을 찡그리고 강 건너를 살펴보았다. 그러고는 무수에게 보고했다.

"대장, 의령 놈들도 다 나와 있어."

"몇 놈이나 돼?"

"열 놈은 넘는걸. 어? 배도 있어!"

무수는 강 건너를 살폈다. 배를 타고 건너오려는 기미가 있나 해서였다. 한 아이가 불쑥 말했다.

"박수영 그놈이 우리 애복이를 좋아해서 납치라도 해 가려는가?"

"뭐얏?"

애복이는 그 아이의 종아리를 퍽 찼다.

"나는 우리 대장 편이야. 그치, 대장?"

"여긴 다 우리 편이지."

박수영은 의령현 호장의 외동아들이었다. 의령에는 닥나무 종이를 만드는 저지소가 있었다. 박씨 성을 가진 사람들이 모여서 종이를 만들어 바치는 구실을 했다. 그들은 관아에 바치고 남은 종이를 사사로이 내다 팔아서 점차 재물을 모았다.

　그 재물을 집 안에 쌓아두지 않고 읍성에 집을 사두고는 자식들을 내보내 살게 하는 이들도 있었다. 그런 사람들 중에서 가장 수완이 좋은 사람은 단연 박안이었다. 그는 의령현에 신관 사또가 부임하자 사또에게는 물론이고 향청의 좌수를 비롯해 여기저기 뇌물을 많이 바쳐서 호방으로 발탁되었다.

　고을 모든 백성들의 부역과 조세를 매기고 거두는 권력을 손에 쥐게 된 박안은 그의 동생을 남강의 정암나루로 진출시켜 염상 여각을 손아귀에 넣었고, 점차 세도를 더해 질청(아전들의 집무처)에서 호장의 지위까지 차지했다.

　무수는 박수영이 호장의 아들이건 사또의 아들이건 그런 것에는 전혀 개의치 않았다. 오직 사로잡아야 할 적일 뿐이었다. 조그만 고을인 의령 아이들이 경상우도에서도 알아주는 고을인 진주를 얕본다는 건 있을 수 없는 일이었다.

　"대장, 의령 놈들이 우리보다 무기도 많고 군량도 많아. 우리는 배가 고픈데……."

　"그건 그래. 그래서 저놈들이 사기도 높지."

　아이들이 풀죽은 소리를 하자 무수는 힘있게 말했다.

　"걱정 마. 군략만 잘 짜면 오합지졸도 일당백의 정군이 돼. 오늘 우리가 합심해서 저놈들을 무찌르자. 그런 다음에 저놈들이 갖고 있는 걸 모두 차지하자. 어때?"

　"저놈들이 갖고 있는 나룻배까지?"

　"그럼!"

　아이들이 환호했다. 무수는 몸놀림이 날랜 아이들로 유격대, 헤엄을 잘 치는 아이들로 전영, 팔매질을 잘하는 아이들로 후영을 삼은 다음에 각영에 임무를 주고 또 영장을 정했다.

"맨 앞에서 싸우는 유격대 대장은 내가 맡을게. 전영은 순치, 후영은 길성이가 맡아."

아이들은 재빨리 정자 안쪽에 있는 군물고로 몰려갔다. 유격대는 나무 칼과 나무창을 하나씩 들고 무수 곁으로 모여 섰다. 무수는 손에는 칼을 들고 허리에는 찢어진 그물을 찼다.

"대장, 그건 어디다 쓸 거야?"

무수가 빙긋 웃었다.

"적장을 생포해야지."

전영은 강물을 헤엄쳐 가다가 자맥질을 해서 몸을 감춘 다음에 적군의 배에 갈고리를 거는 임무를 받았다. 전영 아이들은 큰 풀을 한 포기씩 뽑아 들고 왔다.

후영 아이들은 벙테기활과 쑥대화살 그리고 팔매 줄을 챙겨 들었고, 가장 나이가 어린 아이들은 줄팔 매에 쓸 돌멩이를 주워 날랐다. 준비를 다 마치자 무수는 아이들에게 줄지어 서서 강물 속에 오줌을 누게 했다.

"저것들이 뭘 하는 거지?"

박수영이 뱃머리에 올라서 강 건너를 바라보았다. 진주 염창나루 아이들이 가로로 쭉 줄지어 서 있었다. 뒤따라 올라선 여동금이 그 모양을 보고는 말했다.

"박 대장, 저놈들이 오줌을 누고 있나 본데?"

"그래? 하하, 한심한 놈들. 그러면 강물이 더럽다고 우리가 건너가지 않을 줄 알고?"

아이들이 한마디씩 했다.

"박 대장, 배를 타고 가서 저놈들 갖고 있는 걸 싹 다 빼앗아 오자."

"그러자. 모두 다 발가벗겨서 옷까지 갖고 오자."

박수영이 뒤돌아 말했다.

"애복이는 놔 둬."

"헤헤, 그럼. 애복 낭자는 우리 박 대장의 부인이 되실 몸이니까."

"의령 박 호장님의 아들과 진주 강 호장님의 딸이 혼인을 하면, 우리 박 대장이 아마 세상에서 제일 갑부가 될걸?"

아이들은 다들 수긍하며 웃었다. 박수영도 큰 소리로 웃었다. 곧이어 아이들에게 명령을 내렸다.

"나는 배를 타고 강을 건널게. 여동금 너는 아이들을 데리고 배 뒤 물속에 숨어서 와. 내가 저쪽 나루터에 거의 다 가서는 다시 배를 돌릴 것이다. 그러면 저놈들이 배를 따라잡으려고 물속으로 뛰어들겠지. 그때 여동금 너는 아이들과 물속에 숨어 있다가 그놈들을 포위해서 다 혼내줘라."

"박 대장, 그러면 우리는 어떻게 돌아와?"

"너희들이 물속에서 저놈들을 혼내주고 있을 때, 내가 배를 다시 돌려서 갈 거다. 저놈들은 그제야 우리의 작전에 속은 것을 깨닫겠지. 나는 정자 앞에 배를 대고, 너희들은 물속에서 나와서 함께 저놈들의 진영까지 쳐들어가 한 놈도 남김없이 잡아버리자."

"와, 멋진 작전이다."

"역시 우리 박 대장이야."

박수영은 아이들 반은 배에 태우고, 나머지 반은 물속에 들어가 배 뒤를 따라오게 했다. 그러고는 진군하는 장수처럼 뱃머리에 섰다. 뱃전에 있는 아이들은 힘을 다해 키질과 노질을 하기 시작했다.

"온다!"

망을 보던 아이가 소리쳤다. 무수는 전영장 순치에게 명령을 내렸다.

"너희들은 정자 뒤로 돌아간 다음에 숨는 척하면서 적이 모르게 물속으로 들어가."

순치는 아이들을 데리고 재빨리 정자 뒤로 사라졌다. 잠시 후 풀포기들이 강물을 떠가고 있었다. 그것을 본 무수는 자신이 거느린 유격대를 데리고 물속에 들어갔다. 무릎까지만 담그고 서서 아이들에게 소리를 지르게 했다.

"박수영 고자! 여동금 고자!"

배가 가까이 다가왔다. 무수가 길성이에게 명령을 내렸다.

"쫘라!"

길성이가 무수의 명령을 받아 아이들에게 팔매질을 시키고 활을 쏘게 했다. 돌멩이와 화살이 허공을 획획 날았다.

박수영도 배에 탄 아이들에게 팔매질을 시켰다.

"발사!"

새까만 점 같은 것들이 강물 위 허공을 오갔다. 아직까지는 사정거리에 못 미쳐서 돌멩이며 화살이 전부 강물에 떨어졌다. 그사이 순치가 이끄는 아이들이 물속에서 몰래 다가가 뱃전의 홈에 갈고리를 꽉 걸었다. 그러고는 다시 자맥질을 해서 사라져 갔다.

그것을 까맣게 모르고 있던 박수영은 팔매질의 사정거리에 들기 직전에 외쳤다.

"후퇴하라!"

아이들이 뱃머리를 돌렸다. 박수영은 염창나루 쪽을 뒤돌아보았다. 그렇게 하면 후퇴를 하는 줄 알고 진주 아이들이 물속에 뛰어들어 따라오겠거니 했지만 그게 아니었다. 여전히 그 자리에 서서 고함만 질러대는 것이었다.

박수영은 고개를 갸우뚱했다. 배를 따라왔던 의령 아이들만 물에 둥둥 떠 있게 되었다. 물속에 있던 여동금은 작전이 실패로 돌아간 줄 알고 박수영에게 물었다.

"대장, 어찌할까?"

"쩝, 하는 수 없지. 다들 배에 타라. 돌아가자."

아무리 키질과 노질을 해도 배는 의령 쪽 장박나루로 가지 않고, 오히려 자꾸만 진주 쪽 염창나루가 가까워져 갔다. 키질을 하던 아이가 소리쳤다.

"박 대장, 우리 배가 끌려가고 있어!"

박수영은 얼른 고물 쪽으로 갔다. 염창나루 아이들이 마치 줄다리기를 하듯이 배를 당기고 있는 것이었다. 배 아래쪽을 굽어봐도 어디에 갈고리가 걸려 있는지 알 수 없었다. 박수영은 당황스러웠다.

"빨리 물속에 들어가 봐!"

여동금이 뛰어들었다. 잠시 후 물 밖으로 머리를 내밀었다.

"박 대장, 갈고리가 꽉 끼어서 벗겨지지 않아."

"이런!"

길성이는 아이들을 더욱 독려해 줄을 당겼다. 배가 점차 끌려오자 아이들은 마냥 신이 났다.

"영차, 영차, 어영차!"

애복이가 주위를 둘러보았다. 무수가 보이지 않았다. 정자를 한 바퀴 돌아보았다. 무수는 어디에도 없었다.

"우리 대장 어디 갔어?"

배가 점점 진주 강기슭에 가까워졌다. 박수영은 겁이 덜컥 났다. 방법은 하나뿐이었다. 박수영은 아이들에게 돌격 준비 명령을 내렸다. 하지만 아이들도 다 겁먹은 얼굴이었다.

"푸우!"

그때 강물 속에서 무수가 솟구치며 찢어진 투망 그물을 휙 던졌다. 뱃머리에 서 있던 박수영은 그물을 고스란히 덮어썼다.

"엇, 이게 뭐야?"

박수영은 그물을 벗겨내려고 두 팔을 휘저었다. 무수가 줄을 확 잡아 챘다. 박수영은 중심을 잃고 휘청하더니 물속으로 풍덩 빠지고 말았다. 무수는 박수영의 머리를 눌러 물을 몇 번 먹인 후에 뒤로 눕혀서 끌고 돌아왔다.

"와아!"

제 편 대장을 잃은 의령 아이들은 어쩔 줄을 몰라 했다. 여동금이 물속에 뛰어들었다. 박수영을 구하려고 헤엄을 쳐서 무수를 따라왔다. 그러자 물속에서 다른 아이들이 머리를 내밀었다. 포위된 여동금은 순순히 잡히고 말았다.

이윽고 배는 다 당겨져 강기슭에 닿았다. 아이들이 달려들어 갈고리를 벗겨내고 모래벌판으로 끌어 올려 정박시켰다. 박수영과 여동금이 생포된 것을 본 의령 아이들은 모두 항복했다. 순치는 그들을 다 정자 앞에 꿇어앉혔다. 길성이는 배에 올라가 전리품을 거두어 왔다.

"대장, 팔매 줄 일곱 개, 활 석 장, 화살 스물네 대, 팔맷돌 쉰일곱 개, 망개떡 아홉 덩이, 가래엿 일곱 가락, 밧줄 열한 발, 부쇠 두 개, 이렇게 있어."

무수는 고개를 끄덕이고는 박수영이 허리에 차고 있는 것을 끌러 오게 했다. 날이 잘 선 진짜 단도였다.

"너는 어찌하여 이런 것을 지니고 있느냐?"

"쳇, 흥!"

"여봐라, 적장의 태도가 매우 불손하구나. 적장과 부장에게 곤장을 쳐라."

아이들은 백사장에 박수영과 여동금을 엎어놓고 엉덩이에 곤장을 쳤다. 처음엔 신음만 내더니 점차 횟수가 더해지자 둘은 아프다고 울기 시작했다. 무수는 매질을 멈추게 했다.

"이쯤에서 그만 용서하고 방면해 줄 터이니 다시는 우리 진주 땅을 침노하지 말거라. 알겠느냐?"

박수영은 대답을 하지 않았다. 무수가 아이들에게 영을 내려 다시 곤장을 치려 하자 그제야 얼른 말했다.

"아, 알았어."

"저 배는 우리가 나포한 것이니 이제 우리 것이다. 너희들은 헤엄쳐 가라."

이어 순치와 길성이에게 명령했다.

"강물 속에 빠지지 않도록 나무토막을 하나씩 줘서 보내라."

의령 아이들이 나무토막을 안고 헤엄쳐 가기 시작했다. 아이들은 팔짝팔짝 뛰며 소리를 질렀다. 무수는 배고픈 아이들에게 망개떡과 가래엿을 골고루 나눠 주었다. 아이들은 허겁지겁 먹어댔다. 애복이가 볼멘소리를 냈다.

"대장! 아까 얘기나 하고 물속에 들어갔어야지!"

아이들이 그 소리를 듣고 웃었다. 길성이가 짓궂게 말했다.

"대장이 왜 애복이 너한테 말하고 가야 해?"

"그거야 뭐…… 하여튼!"

그때 정자 뒤에서 큰 고함 소리가 났다.

"이놈들!"

아이들은 놀라 그 자리에서 얼어붙고 말았다. 애복이의 아비이자 진주 관아의 호장 강세정이 졸하들을 거느리고 서 있었다.

"너는 남의 배를 빼앗고, 볼기까지 때리고…… 강도냐?"

일어선 무수는 아무 말도 하지 않고 고개만 숙이고 있었다. 강세정은 졸하에게 명령했다.

"저 배를 돌려주고 오너라."

"예, 호장 어른."

그러고는 무수를 다시 쳐다보았다.

"의령 박 호장 어른의 아들에게 빼앗은 것들도 다 변상해야 할 것이다."

애복이가 그 무슨 소리냐는 듯이 반문했다.

"아버지, 그런 법이 어딨어요?"

"시끄럽다! 너는 계집아이가 하고한 날 이게 뭘 하는 짓이냐? 사내아이들과 어울려 놀면, 날 때부터 없던 고추가 생긴다더냐? 에이!"

무수가 한 걸음 다가섰다.

"호장 어른, 무릇 적과 전쟁을 벌여 전리를 한 것을 물어주는 법은 만고에 없사옵니다."

"무어라?"

아이들이 이구동성으로 외쳤다.

"그러하옵니다!"

그예 강세정은 할 말을 잃었다. 어허험 군기침만 두어 번 내뱉을 뿐이었다. 그러더니 애복이에게 눈길을 주었다.

"어서 가자."

애복이는 강세정과 함께 가면서 뒤돌아보며 말했다.

"대장, 내일 봐."

"어허, 그래도 이년이?"

2

무듬실로도 등 장수가 많이 찾아들었다. 긴 장대에 갖가지 모양의 등을 주렁주렁 매달고 팔러 다녔다.

"복등 사려!"

연등절이 가까워졌다. 해마다 가을 팔월에 추석이 있다면, 여름 사월에는 등석(음력 4월 초파일)이 있었다.

양반 상민 할 것 없이 집집마다 처마 밑이나 대문 옆에 긴 장대를 세우고, 장대 꼭대기에 식솔들의 수대로 등을 매다는 날이었다. 등은 제각각 취향에 맞게 만들기도 했고, 부잣집에서는 등 장수에게서 사기도 했다. 또 등과 함께 각자 소원을 적은 깃발을 달거나 꾸지를 늘어뜨렸다.

무수는 어머니 김씨와 등을 만들었다. 댓가지를 가늘게 엮은 틀에다가 닥나무 종이를 여러 장 오려서 밀풀로 붙였다. 색을 칠하고 나니 근사한 호랑이 모양이 되었다. 이리저리 돌려본 무수는 만족스러웠다.

"어머니는 무슨 등이에요?"

"나는 그냥 둥근 등이지."

"보름달?"

"그러고 보니 달덩이 같기도 하구나."

김씨는 면포를 길게 잘라놓았다. 무수가 물었다.

"면포에 있는 나비 모양은 뭐예요?"

"이건 우리 거라는 표식을 해놓은 거란다."

무수는 꾸지에 글씨를 쓰려고 먹을 갈았다.

"어머니 소원을 말씀해 보셔요."

"나는 우리 무수가 잘되는 소원 한 가지뿐이지."

"그럼 뭐라고 써드려요?"

"우리 무수를 큰 장수가 되게 해달라고 써주렴."

무수는 김씨가 원하는 대로 '모앙원자성조선대장수(母仰願子成朝鮮大將帥)'라고 썼다. '어머니는 아들이 조선의 큰 장수가 되기를 바란다.'는 뜻이었다.

무수는 잠시 생각하더니 또 써 내려갔다. '자간망모향영세천만수(子懇

52

望母享永世千萬壽).' '아들은 어머니가 영원토록 오래 사시기를 간절히 바란다.'는 글귀였다.

"우리 무수가 이젠 학자가 다 되었구나."

무수는 긴 장대 끝에 두 등을 묶고 꾸지를 달았다. 등 속대에 밀랍 초를 꽂고 불을 붙였다. 그러고는 사립문 옆에 세웠다. 등은 바람에 흔들렸지만 불은 꺼지지 않았다. 밤이 되면 불은 더욱 환해질 것이었다.

무수는 남강 가로 나갔다. 아이들이 정자에 모여 있었다.

"대장 온다! 우리 대장이 오신다!"

아이들에게 다가간 무수는 보고를 받았다. 의령 아이들이 아직 아무도 나타나지 않았다는 소식이었다. 아이들은 박수영과 여동금이 식겁을 했을 거라고 입을 모았다. 애복이도 한마디 거들었다.

"볼기에 곤장까지 맞았으니 이젠 못 나올걸?"

아이들은 강가 모래벌판에 길게 앉았다. 하나같이 목을 빼고 상류 쪽을 바라보며 초조하게 기다렸다. 모래를 후벼 파는 아이, 멀리 강물만 바라보는 아이, 무릎 사이에 머리를 박고 조는 아이…… 지루한 시간이 흐르는 가운데 해가 다 넘어가고 땅거미가 깔리기 시작했다.

"온다!"

아이들이 일제히 바라보았다. 어둠 속 강물 위로 점 같은 불빛이 하나 떠내려 오고 있었다. 아이들은 벌떡 일어섰다. 그러고는 옷을 벗어 던지기 시작했다.

"아직 기다려!"

무수가 소리쳤다. 이윽고 불빛이 하나둘 늘어나더니 온 강물을 가득 채우며 떠내려오는 것이었다. 수많은 지등의 불빛이 강물처럼 흔들리며 흘러들고 있었다. 크기도 모양도 각양각색이었다.

말, 소, 호랑이, 용 같은 동물 모양의 등, 매, 수리부엉이 같은 새 모양의 등, 잉어, 가물치, 쏘가리 같은 물고기 모양의 등, 감, 배, 복숭아 같은 과일과 연꽃 모양의 등, 해, 달, 별 모양의 등, 종, 북, 장독, 누각 모양의 등에 이르기까지 세상 만물의 모양 중에 없는 것이 없었다.

커다란 둥근 민등에 태평성세, 백년수복, 만수무강 등의 글씨를 쓴 등도 많았다. 등 안에 걸틀을 만들어 두고 여러 가지 모양을 오려 붙여서 그것을 등불에 비치게 만든 그림자 등도 있었다. 그림자 등은 신랑 각시의 신혼 첫날밤을 뜻하는 모양이 가장 많았다.

"살살 들어가. 등을 가라앉게 하면 안 돼. 알겠지?"

"알았어. 대장!"

아이들은 강물 속으로 천천히 들어갔다. 그러고는 등을 하나씩 살펴보기 시작했다. 순치가 소리쳤다.

"하나 찾았어!"

순치는 떠내려오는 등을 붙잡고는 등불 안에 조심스럽게 손을 넣더니 주머니를 꺼냈다.

"곡식 주머니야."

아이들은 너나 할 것 없이 등을 살피는 데 온 정신이 팔렸다. 운이 좋으면 저화나 조선통보를 얻을 수도 있었고, 사모하는 사람에게 보내는 서찰도 심심찮게 나왔다. 지등 속에서 이것저것 값나가는 것들을 찾아낸 아이들의 환호성이 그치지 않았다. 물속에 발가벗고 들어가 있는, 등불에 비친 아이들의 모습이 마치 신선 나라의 동자들 같았다.

무수는 물속에 들어가지 않고 애복이와 나란히 앉아서 아이들을 구경하고 있었다. 혹시나 아이들이 헛디디고 물속에 빠지지나 않을까 싶어 잠시도 눈을 떼지 않았다. 애복이가 정자로 가더니 미리 숨겨두었던 봉황 모양의 등을 가지고 왔다.

"대장, 우리 이거 띄우자."

무수는 부쇠로 불꽃을 일으켰다. 마른 풀 뭉치를 대어 불길을 얻은 뒤에 밀랍 등촉에 불을 붙여주었다. 등이 환해졌다. 애복이의 얼굴이 불빛을 받아 붉게 보였다.

"그런데 이건 봉이야, 황이야?"

"그게 무슨 소리야?"

"수컷을 봉이라고 하고, 암컷을 황이라고 하거든. 그러니까 이건 뭐냐고?"

"음, 둘 다 합쳐진 거야."

"그런 게 어딨어?"

"왜 없어? 참, 대장, 우리 언제까지나 헤어지지 말고 잘 지내자. 응?"

무수는 웃음으로 대답을 대신했다. 애복이의 목소리가 커졌다.

"왜 말이 없어?"

"그래, 헤어지지 말자."

"약속한 거야?"

"알았어. 빨리 가서 띄우기나 해."

애복이는 아이들이 들어가지 않은 하류 쪽으로 내려가서 강물 위에 살그머니 봉황 등을 놓았다. 등은 물결을 따라 둥실둥실 떠내려갔다.

한참 뒤에 아이들이 물 밖으로 나왔다. 강물에 떠내려오던 수많은 등도 거의 다 떠내려가고 없었다. 아이들은 등에서 찾아온 것들을 다 내놓았다. 곡식은 곡식대로 모으고, 지전은 지전대로, 동전은 동전대로 모았다. 길성이가 보고했다.

"대장, 쌀은 두 되쯤, 콩은 석 되쯤, 나머지 곡식들은 다 한 되씩이 안 되고, 조선통보는 두 돈 닷 푼, 저화는 다섯 장, 서찰 같은 것이 서른두 장이야."

"많이 거둬 왔네. 수고했어."

"또 있어. 이건 가락지 같은데."

한 아이가 내민 건 금으로 된 쌍가락지였다. 아주 값나가는 것이라는 걸 모르는 아이들이 없었다. 무수는 당혹스러웠다. 다른 건 몰라도 그런 걸 가져다가 내다 판다면 십중팔구 도둑으로 몰릴 것이었다.

"이건 우리가 갖고 어찌할 물건이 아니다. 욕심을 부리다가 화근이 생기기 전에 없애는 게 좋겠어."

무수는 금가락지 한 쌍을 어두운 강으로 멀리 던져버렸다. 아이들은 아무도 무수의 결정에 불만을 나타내지 않았다.

"이제 읍내로 가자. 맛있는 걸로 바꿔 먹어야지?"

아이들이 좋아했다. 손으로 몸을 문질러 물기를 닦아내고는 옷을 주워 입었다. 무수는 아이들 머릿수를 세어본 뒤에 길을 나섰다. 진주 읍성까지는 10리나 가야 하는 길이었다. 먼 길임에도 불구하고 아이들은 마냥 신이 났다.

읍성에 들어가려면 배를 타고 강을 건너야 했다. 뱃사공은 연등절이라 인심 좋게 뱃삯도 받지 않고 태워주었다. 동문나루에 내렸다. 읍성 동문을 들어섰다. 장터에 큰 야시가 벌어져 있었다. 사람들이 넘쳐났다. 무수는 아이들에게 서로 손을 잡고 놓치지 않게 했다. 아이들은 눈알을 굴리며 연신 주위를 두리번거렸다. 낯선 대처의 풍경에 넋이 나간 듯했다.

무수는 아이들에게 먹일 유과, 정과, 밀과 같은 것들을 한아름 사 들었다. 장터 한구석에 크게 그늘대를 치고 산대놀이판이 벌어져 있었다. 그곳으로 간 무수는 사람들을 비집고 들어가 아이들을 다 앞자리에 앉게 했다. 그런 뒤에 먹을 것을 나눠 주었다.

"자리를 뜨지 마."

"알았어. 대장."

꼭두쇠(놀이패 우두머리)가 마당 한가운데로 나오자 가열(놀이패 구성원)

들이 북을 두두두두 쳐댔다. 꼭두쇠는 곰뱅이쇠(놀이패 2인자)를 불러내어 둘러앉은 청중을 즐겁게 할 방법을 묻고 시작하라며 박수를 이끌어 냈다.

꽹과리 소리가 요란한 가운데 현란한 죽방울놀이가 펼쳐졌다. 연이어 버나재비가 접시를 돌리며 나왔다. 긴 꼬챙이 끝에서 돌아가던 접시가 위태위태하다가 다시 안정을 되찾자 청중들은 아낌없이 환호를 보냈다.

뜬쇠(놀이패 연출자)가 나와 삐리들을 소개했다. 막 재주를 배우고 있는, 남자고 여자고 할 것 없이 이쁘게 화장을 한 어린아이들이었다. 무수가 한 삐리에게 엿을 휙 던져주자 그 아이는 입으로 받아 물었다. 그것을 본 다른 아이들도 먹고 있던 것을 던져댔다.

"히힛, 재미있다."

"대단한데!"

삐리들은 살판을 한 판 벌였다. 온몸에 뼈가 없는지 땅재주를 잘도 넘었다. 그 뒤를 이어 솟대쟁이가 높은 솟대를 오르내리며 재주를 보였고, 뒤이어 어름사니가 줄타기 재주를 보이고 나자 삐리들이 구경 값을 거두러 다녔다.

재주는 점점 어려운 것들로 이어져 갔다. 칼자루를 입에 물고 칼끝으로 접시를 돌리는 칼버나, 칼을 짚고 땅재주를 넘는 칼살판 그리고 소리를 내며 날아가는 단도를 사람이 등을 대고 서 있는 나무판에 꽂아대는 수리비도던지기까지 관중은 손에 땀을 쥐며 탄성을 발했다. 아이들도 입을 쩍 벌리며 정신없이 빠져들었다.

"자, 우리 산대놀이의 백미를 선보이겠습니다. 신선의 종이다리 건너기!"

열 걸음쯤 되는 종이다리를 만들어 놓고 그 위를 밟고 건넌다는 것이었다. 그러면서 다시 구경 값을 걸었다. 사람들은 이것저것 내놓았다. 아이들은 내놓을 것이 없어 무수를 쳐다보았다. 무수는 구경 값을 안 내도 된다는 뜻으로 도리질을 해주었다. 삐리들은 아이들에게는 구경 값을 요구하지 않고 지나쳐 갔다.

"이제 시작하겠습니다!"

종이다리를 가려놓았던 장막이 걷혔다. 신선이라 불리는 사내가 종이다리 끝에 서서 건너갈 시늉을 했다. 내디딜까 말까 멈칫하고 망설이고 하면서 관중의 애간장을 태우다가 드디어 한 발 내디뎠다.

"와!"

사내가 종이다리를 한 발 두 발 디뎌도 종이는 찢어지지 않았고, 그것을 올려다보는 관중들은 연신 탄성을 질러댔다. 사람이 밟고 있는데도 종이다리가 찢어지지 않으니 온 관중이 여간 신통해하지 않았다.

"진짜 신선인가 봐!"

아이들과는 달리 무수는 한눈에 알아보았다. 종이다리를 건너고 있는 신선이라는 사내는 사람 모양으로 만든 인형이라는 것을. 검은 천으로 가려놓은, 종이다리 아래에 숨어 있는 사람들이 그 인형을 조종하고 있다는 것을.

날이 어둡고 불빛이 일렁이는 바람에 관중은 그 인형을 진짜 사람으로 여길 수밖에 없을 것 같았다. 구경을 할 만큼 한 무수는 아이들을 데리고 산대놀이판을 빠져나왔다.

"너무 재미있었어."

"저런 구경은 난생처음이야."

"이게 다 대장 덕이야."

"그래, 우리 대장 최고!"

"대장, 그런데 이제 어디로 가?"

"여기까지 왔으니 촉석루에는 올라가 봐야지. 어때?"

"좋아. 가자!"

무수는 아이들을 데리고 촉석루에 올랐다. 연등절이라 아무도 제지하는 사람이 없었다. 군사 둘이 파수를 서고 있을 뿐이었다.

"조심하거라."

"예."

무수는 아이들을 데리고 누각 난간으로 갔다. 멀리 아래로 펼쳐진 광경을 보고 아이들은 입을 다물지 못했다.

수만 가가호호가 수만 각색 등불을 밝힌 읍성 풍경은 그야말로 휘황찬란한 불빛의 바다였다. 아이들은 가슴이 뭉클했다. 아무도 말을 하지 않았다. 무수는 몸을 돌려 강가 쪽 난간으로 갔다. 아이들도 따라갔다.

좌우로 긴 성벽에도 줄지어 등불을 달아놓았다. 그 불빛이 강에 어리어 강물처럼 일렁였다. 물이 아니라 불빛이 흐르는 강이었다. 뒤늦게 강에 나와 등을 띄우는 사람들도 있었다.

"읍내에 살았으면 좋겠다."

"부자들만 살아."

"우리 애복이처럼?"

"부자가 되려면 돈을 벌어야 해."

"돈을 벌려면 장사를 해야 해."

"장사를 하려며 밑천이 있어야지."

"밑천도 돈인데?"

"머리 아프다. 그만해."

"그런데 과거에 급제를 하면 부자가 될까?"

"못 될걸?"

"왜?"

"나라에서 녹봉을 얼마나 준다고."

"그러면 이상하네."

"뭐가?"

"애복이 아버지 말이야. 호장 어른은 벼슬아치도 장사치도 아닌데 부자잖아."

"구실아치 노릇을 하면 부자가 될 수 있나 보다."

"박수영의 아버지도 그렇고."

"고을 호장이 되면 부자가 되겠지."

"그러면 나도 이다음에 호장이 되어야지."

난간에 두 팔을 걸치고 아이들의 대화를 듣고 있던 애복이가 제의했다.

"대장, 우리 절에 가자."

"거긴 왜?"

"오늘은 뜬눈으로 밤을 새야 복을 받는다고 하잖아. 거기 가면 밤새 탑돌이를 해. 우리도 가서 하자."

"거기서 밤새우자고?"

"아니, 조금만 하자고."

아이들은 촉석루에서 내려와 애복이를 따라 읍성 서쪽으로 갔다. 절 안에는 사람들이 많았다. 본전 앞에 있는 석탑의 기단 네 귀에 등을 밝혀 놓았고, 많은 사람들이 원을 그리며 그 주위를 돌고 있었다.

애복이는 무수의 손을 잡고 사람들 속으로 들어갔다. 아이들도 뒤따랐다. 탑돌이를 인도하는 중이 사람들의 발걸음에 맞게 목탁을 쳤다. 애복이가 무수에게 속삭였다.

"대장, 소원을 빌어."

무수는 어머니의 만수무강을 빌었다. 애복이는 무수를 보고 빙긋 웃었다. 그러고는 무어라 입속말로 중얼거렸다. 애복이는 연등절에 무수와 함께 봉황 등도 띄우고, 탑돌이를 하게 되어 더없이 좋았다.

무수는 탑돌이를 마치고 나와 애복이를 집까지 바래다주었다. 아이들
은 커다란 대문에 압도되었다. 애복이는 집으로 들어가지 않았다. 먼 길
을 가야 하는 아이들을 도리어 바래다주겠다는 것이었다.

무수는 애복이의 고집을 꺾을 수 없어 읍성 동문에서 헤어지는 걸로
정했다. 아이들은 터벅터벅 걸었다. 몸이 지치기도 했고, 무듬실에 비해
별천지 같은 읍성이 부럽기도 했기 때문이었다.

"대장. 잘 가. 너희들도 잘 가."

"우리 정자에 내일 또 놀러 와. 애복아."

3

박안이 아들 박수영과 함께 선물을 들고 찾아왔다. 강세정은 예기치
않은 그들의 방문에 놀라면서도 지난날 강가 아이들이 빼앗은 나룻배를
돌려준 일에 대해 사례를 하러 왔거니 생각했다. 박안은 박수영에게 절을
시켰다. 강세정은 아이들의 장난이 지나쳐서 그런 것이니 마음에 담아두
지 말라고 위로했다.

"내 오늘 강 호장을 찾은 것은 한 가지 제안할 일이 있어서일세."

늙은 박안의 얼굴에 얼핏 엷은 미소가 스쳤다. 강세정은 긴장을 놓지
않았다. 그 속에 능구렁이가 수십 마리는 들어앉아 있어 웬만해서는 의
중을 알 수 없다고 소문이 뜨르르한 그였다.

"박 호장 어르신께서 소인에게 제안이라뇨?"

강세정은 짤막하게 반문만 했다.

"강 호장, 우리 동업을 맺고 배 한 척 사는 것이 어떤가?"

박안과 강세정 사이에는 언젠가부터 암묵적으로 형성된 상규가 있었
다. 남강 열두 나루 중에서 의령 쪽 나루들은 박안의 수중에 있었고, 진

주 쪽 나루들은 강세정이 쥐락펴락해 왔다.

비록 나루터 숫자는 강세정이 두 배나 더 많지만 상권의 규모에서는 박안이 몇 배는 더 컸다. 남강에서 제일 큰 정암나루를 박안이 갖고 있었기 때문이었다. 정암나루는 남강의 최하류에 있으면서 가장 큰 나루인데, 강세정의 입장에서는 심히 아쉽게도 진주 쪽이 아니라 의령 쪽에 있었다.

남해에서 오는 바다 배, 낙동강을 오르내리는 큰 강배가 모두 정암나루에 정박해 모든 물산을 부렸다. 그러면 거기서부터는 여러 물산을 작은 강배에 싣고 남강을 거슬러 오르며 교역을 해오고 있었다.

그렇기에 강세정이 장악하고 있는 나루들은 박안의 정암나루에 의해 좌지우지될 수밖에 없는 형편이었다. 자칫 잘못해 그의 눈 밖에 나는 날에는 정암나루에 모든 물산을 묶어놓고 내보내지 않을 수도 있는 일이었다.

"어차피 우리가 서로 아이들을 하나씩 두고 있으니…… 어험험."

강세정은 뒤통수를 불에 덴 듯했다. 그 말은 박안의 아들 박수영과 자신의 딸 애복이를 혼인시킬 의향이 있다는 뜻이 아닌가!

박안의 늦둥이 외동아들 박수영, 똑똑한 아이 같지만 어설픈 그 아이를 사위로 얻는다면 머잖아 남강 열두 나루는 물론 정암나루에까지 영향력을 미칠 수 있을 것 같았다. 나이가 많은 박안이었다. 그가 죽고 나면 박수영은 재산 관리를 제대로 하지 못할 것이 뻔했다. 그러면 박수영을 상단의 맨 앞에 허수아비로 내세워 놓고, 뒤로는 모든 것을 자신의 수중에 넣을 수 있을 것이었다.

박안은 박안대로 속셈이 있었다. 진주 최고의 갑부인 강세정의 무남독녀 애복이만 며느리로 얻게 된다면 강세정의 재산은 전부 다 아들 박수영의 것이 아닌가 말이다. 그것이야말로 '무심코 새끼줄을 주웠더니 그 끝에 황소가 딸려 오더라.'고 하는 말과 무엇이 다르랴 싶었다.

진주의 부호 강세정과 의령의 부호 박안은 그렇게 서로의 심중을 떠보고 있었다. 서로의 관계를 원만히 하기 위한 첫 시험으로 박안은 강세정에게 공동으로 배를 구입하자고 제안을 하고 있는 것이었다.

 "박 호장 어르신, 지금도 모자라지 않게 배를 갖고 계신 줄로 알고 있는데, 배를 더 사서 달리 쓰실 데가 있으신지요?"

 "우리가 언제까지 이 좁은 시냇물에서 물장구만 치고 있겠는가? 남강은 이만하면 되었으니, 이제 낙동강으로 눈을 돌리세."

 "낙동강?"

 "김해에서 상주까지 7백 리 강 길에 나루는 그 아니 많으며, 민호는 그 얼마나 많은가? 낙동강을 염두에 둔다면 우리가 힘을 합쳐야 할 것이고, 또 우리도 바다 배를 한 척 가져야 할 것이라고 보네."

 박안은 경상 감영이 있는 상주를 주목하고 있는 것이었다. 상주! 상주는 낙동강에 있는 크고 작은 나루 1백여 개를 다 합쳐도 그 하나만 못하다는, 나루 중의 나루인 낙동나루를 끼고 있는, 경상도에서 가장 큰 도회지였다.

 "배 값이 만만치 않을 터인데. 거참."

 강세정은 짐짓 고민하는 척 뜸을 들였다. 그러자 박안은 거침없이 제안했다.

 "내가 적당한 배를 한 척 봐두었네. 7백 석이면 매득할 수 있을 듯하이. 내가 백미 5백 석을 낼 터이니 자네는 2백 석만 내게. 어떤가?"

 강세정은 길게 고민하지 않았다. 애복이와 그의 아들만 혼인시킨다면, 망하든 흥하든 어차피 한집안 살림이 될 것이라 판단했다. 박안이나 강세정이나 두 사람 다 재산을 물려줄 다른 자식이 있는 것도 아니었다.

 "그리합지요. 저는 박 호장 어르신만 믿겠습니다."

 "그러면 그건 되었고, 근래에 내 들자 하니 자네 여식이 어떤 사내아이와 줄곧 어울려 다닌다고 하더구먼?"

박안은 송곳으로 찌르고 있었다. 딸 간수 잘하라는 말이었다. 강세정은 별일 아니라는 듯이 대답했다.

"아이들이 어울려 노는 것이야 뭐 그리 걱정할 일이겠습니까마는 어르신께서 염려가 되신다면 앞으로는 각별히 조심시키도록 하겠습니다."

"그 무수라는 아이는 대체 뉘인가?"

"지난해에 곤양 땅에서 살러 들어온 모자가 있사온데, 그 어미가 하도 억척스러워 차마 밥줄을 끊어놓지 못하고, 소금 행상 하는 것을 못 본 척 내버려 두고 있습니다."

"어험, 어디서 그런 난뎃놈이 감히……."

두리기둥에 몸을 숨기고 몰래 두 사람의 대화를 엿듣고 있던 애복이가 발걸음을 죽여 밖으로 나왔다. 그러고는 곧장 정자로 향했다.

빗방울이 후두둑 떨어지더니 이내 쏟아붓기 시작했다. 애복이는 정자에 도착하기도 전에 마치 강물에 빠졌다가 나온 것처럼 흠뻑 젖어버렸다.

아이들이 애복이를 반겼다. 얼른 정자 안으로 들이고 자리도 내주었다. 젖은 옷을 벗고 몸을 닦으라고 길성이가 웃옷을 벗어주었지만 애복이는 사양했다. 오들오들 떨고 있는 애복이를 위해 무수는 정자 입구에 불을 피웠다. 연기는 매웠지만 불기운이 퍼져 한결 나았다.

비가 그칠 것 같지 않았다. 모래벌판에서 뛰어놀지도 못하게 되자 좀이 쑤시고 심심했다. 강물이 불어 물속에 들어갈 엄두도 나지 않았다.

"내가 대장하고 가서 먹을 것을 갖고 올게."

"대장, 그렇게 해. 응? 애복이는 부자니까 집에 먹을 것도 많을 거야."

무수는 일어나서 아이들에게 말했다.

"다들 원하면 다녀올게. 그런데 여기 있다가 혹시라도 강물이 더 많이 불어나면 기다리지 말고 다들 집으로 돌아가. 알겠지?"

무수는 애복이와 정자를 나섰다. 얼마 걷지 않아 길가에 토란 밭이 나타났다. 무수는 잘되었다 싶었다. 밭으로 쓱 들어가 큰 토란 잎을 두 장 따서 나왔다. 한 장은 애복이에게 주었다. 머리 위로 들어 비를 가리니 한결 나았다.

애복이가 갑자기 제 토란 잎을 내던져 버리고는 무수의 허리를 감싸며 기댔다.

"대장하고 같이 쓰고 갈래."

무수는 애복이의 체온을 느꼈다. 따뜻했다. 묘한 기분이 들었다.

"누가 봐."

"칫, 보면 어때?"

읍성에 있는 애복이의 집 앞에 도착했다. 들어가지 않고 밖에서 기다리려고 하는 무수를 애복이는 한사코 안으로 떠밀었다. 사랑채에는 들리지 않고 곧장 안채로 들어갔다. 애복이의 어머니 최씨를 만난 무수는 정중하게 인사를 했다.

"우리 대장이야. 글공부도 제일 잘해."

"그러니? 참 의젓하구나. 우리 애복이가 입만 열면 우리 대장, 우리 대장 하는 이유를 이제야 알겠네."

최씨는 건장한 틀이 잡혀가고, 눈에서 빛이 나는 무수에게서 눈을 떼지 못했다. 아이답지 않은 비범함이 배어나는 것 같아 썩 마음에 들었다. 둘의 몸을 말리게 한 뒤 무수에게는 새 옷을 한 벌 내주었다.

"괜찮습니다."

"네가 입고 온 옷은 낡기도 하고 젖어서 내다 버렸으니까 그걸 입거라."

무수는 하는 수 없이 받아 입었다. 최씨는 광주리에 먹을 것을 차곡차곡 싸 주었다. 또 비에 젖지 않게 도롱이까지 입힌 뒤에 두 아이를 내보냈다.

등에 광주리를 진 무수는 음식을 갖고 가서 아이들을 먹일 생각을 하니 마음이 즐거워졌다. 애복이는 무수를 어머니에게 선보인 것을 참 잘한 일이라고 생각했다. 둘은 정자를 향해 걸음을 서둘렀다.

"대장은 왜 이렇게 안 오는 거야?"

아이들은 정자 안에 쭈그리고 앉아 있었다. 정자 밖으로 나갈 생각도 않고 무수와 애복이를 하염없이 기다렸다. 어디선가 그륵그륵 하는 소리가 났다.

"이게 무슨 소리지?"

"비 오는 소리지."

"아냐, 잘 들어봐. 지붕 위에 호랑이가 있는 것 같아."

"겁이 많기도 하다. 호랑이가 무슨 쥐새끼냐? 비 오는 날 지붕 속에 숨어들게?"

"그럼 쥐가 갉는 소리겠네."

아이들은 지붕에서 나는 소리가 별일 아니라는 듯이 여겼다.

"추워. 강물도 점점 불어나고."

"그래, 더는 못 기다리겠다. 그만 집으로 가자."

"대장이 와서 아무도 없으면 어떡해?"

"무조건 기다리라는 명령을 내리지는 않았잖아?"

"그래도 기다려야지. 의리가 있어야지."

아이들이 옥신각신했다. 순치와 길성이가 무언가 얘기를 나눴다. 두 사람은 아이들 앞으로 돌아섰다.

"집으로 갈 사람, 여기서 기다릴 사람, 손을 들어서 많은 쪽을 따르기로 하자. 어때?"

"그래, 그러자."

무수는 애복이와 나란히 걸었다. 멀리서 보니 정자 주위에 사람들이 많이 몰려 있었다. 정자는 사람들에 가려서 보이지 않았다. 점점 가까이 다가가자 어른들이 우는 소리도 들리고, 웅성거리는 소리도 났다.

"무슨 일이지?"

사람들 사이를 비집고 들어간 무수는 깜짝 놀랐다.

"어?"

정자도 아이들도 온데간데없이 사라진 것이었다.

"어떻게 된 일이지?"

무수가 넋을 잃고 서 있는데, 비를 맞으며 울고불고 하던 사람들이 무수를 보았다. 누군가 소리쳤다.

"이게 다 저놈 때문이야!"

무수는 얼떨결에 서 있다가 그 자리에서 붙잡혔다.

"왜 이러셔요?"

"네 이놈, 아이들이 다 떠내려가 죽은 걸 보고도 모르겠느냐?"

병방 군관은 포졸들을 시켜 무수를 포박해 진주 관아로 끌고 갔다. 무수는 충격을 받아 횡설수설했다.

'아이들이 다 떠내려가다니, 그럴 리가……'

옥사 앞에서 오랏줄을 풀어준 포졸들은 무수를 감옥 안으로 차 넣었다. 무수는 영문도 모른 채 갇히는 신세가 되었다. 아이들과 정자가 한꺼번에 사라진 것이 꿈인가 생시인가 할 뿐이었다.

한참 만에 김씨가 찾아와 옥간을 붙잡고 오열을 했다.

"무수야!"

무수는 까닭 없이 죄스러운 마음이 들었다. 애복이도 면회를 왔다. 강세정이 가지 못하게 하는 걸 몇 날 며칠을 굶고 떼써서 왔다고 했다. 애복이도 연신 눈물을 흘렸다.

"아이들이 도대체 어떻게 된 거야?"

"강물이 갑자기 불어나자 정자가 무너지면서 떠내려가고 아이들도 모두……."

"다?"

"거센 물살을 헤치고 나오지 못하고 죽었대."

"죽어? 전부 다?"

"순치만 간신히 헤엄쳐 나왔다고 해."

"아!"

무수는 털썩 주저앉았다. 곤양 당산골 뒷산에서 일어난 산굴 붕괴 사건처럼 또다시 저 때문에 아이들이 참사를 당했다는 자책감이 엄습했다. 머릿속이 온통 멍할 뿐 아무 생각도 나지 않았다.

"대장, 걱정 마. 내가 대장을 구할 거야. 대장은 아무 죄 없어. 내가 알아."

옥졸들이 그만 돌아가라고 다그쳤다. 애복이는 그제야 돌아갔다.

"아아!"

무수는 깊은 슬픔에 빠져들었다. 아이들 얼굴이 하나하나 떠올랐다. 눈물이 주르르 흘렀다. 점차 감정이 북받쳐 참지 못하고 흐느끼는 소리를 냈다. 그때 깊은 구석에서 싸늘한 음성이 났다.

"사내놈이 울기는. 뚝 그치거라."

무수는 소리가 나는 쪽으로 고개를 들었다. 덩치가 크고 머리를 산발한 사내가 모습을 드러냈다.

"그것도 다 제 놈들 명운이니라."

"뭐요?"

"보아하니 제법 사내다운 기개는 있다마는. 쯧쯧, 멀었어."

무수는 그 사내에게서 더 멀찍이 떨어져 앉으며 경계를 했다. 몰골이 말이 아니어서 정체를 알 수 없었지만, 말투로 보아 양반인 것 같았다.

"내 말을 잘 들어두거라. 남아는 때가 되기 전까지 재주는 감추고 식견은 숨겨야 하느니라. 그런 뒤에 늘 앞으로 닥칠 위험을 가장 먼저 살펴서 회피할 방법을 찾아놓아야 하느니라. 자격도 없는 주제에 함부로 남을 통솔하려 해서는 안 된다는 말이니라. 알겠느냐?"

무수는 대꾸하지 않았다.

"왜 대답이 없어? 내 말을 못 알아듣는 게냐?"

무수는 말을 섞을 기분이 나지 않았다. 혼자 있고 싶었다. 사내는 가부좌를 틀고 앉아서 중얼거렸다.

"하늘이 장차 그 사람에게 큰 소임을 맡기려 할 때에는 먼저 그 마음과 뜻을 괴롭히고, 근력과 뼈를 수고스럽게 하며, 몸과 살을 굶주리게 하고, 그 처지와 처신을 궁핍하게 하며, 그 하고자 하는 일마다 어긋나고 어지럽게 하여서 그가 마침내 이러한 것들을 참고 견뎌내게 한 연후에야 비로소 그가 감당해 내지 못했던 것을 능히 이루도록 하는 것이다."

무수는 사내가 앵무새처럼 끊임없이 반복해서 외는 통에 저도 모르게 구절구절 떠올라 어느새 따라 하게 되었다.

"어떠냐?"

"뭐가요?"

"앞으로 힘든 일이 생길 때마다 꼭 외도록 하거라."

무수는 사내의 정체가 궁금했다.

"뭘 하는 분이셨어요?"

"예전이 뭐가 중요하겠느냐? 지금 뭘 하고 있느냐가 중요한 거지."

무수가 감옥에 갇힌 뒤로 김씨는 제정신이 아니었다. 아들을 구명하기 위해 물에 떠내려간 아이들의 집집마다 발품을 팔며 빌고 다녔다. 하지만 자식의 시신조차 못 찾은 부모들은 갖은 면박에 폭행까지 서슴지 않았다.

김씨는 이마가 찢어지고 입술이 부르튼 얼굴로 진주 여각으로 강세정을 찾아갔다. 지쳐서 말도 나오지 않았다. 강세정은 찡그리며 돌아앉았다. 김씨는 가지고 온 보자기를 내밀었다.

"호장 어른, 제가 모아놓은 재물이 이게 다이옵니다. 제발 우리 무수 좀 살려주시어요."

"알았네. 그만 가보게."

김씨가 돌아가자 애복이가 애원을 했다. 세상없는 외동딸이건만 강세정은 여느 때와는 다르게 일언지하에 호통을 쳤다. 애복이는 어머니 최씨에게도 매달렸다. 하지만 최씨도 할 수 있는 일이 아무것도 없었다. 엎드려 우는 애복이의 등을 쓰다듬을 뿐이었다.

"안타까운 일이다만, 그 아이는 이제 그만 잊거라."

진주 목사 권순이 무수를 취조했다. 강물이 불어 정자가 무너지고, 또 그 속에 있던 아이들이 다 강물에 떠내려가 죽은 것에 무수의 책임이 얼마나 있느냐 하는 것이 요점이었다. 유일한 증인은 순치였지만, 그는 아무것도 모른다고 해 증인으로 삼을 수도 없었다.

권순은 무수를 처분하기가 애매해졌다. 아이들의 죽음에 직접적으로 관여한 바가 없고, 또 그 자리에 있지도 않아서였다. 다만, 무수가 먹을 것을 가지러 정자를 떠나면서 아이들에게 무슨 말을 했는가 하는 것이 가장 중요하다고 판단했다.

무조건 그 자리에 있으라고 했다면 무수가 책임을 피하기 어려울 것이지만 위험해지면 그 자리를 떠나라고 했다면 무수에게 죄를 물을 수 없게 되는 일이었다. 권순은 초초에 그칠 일이 아니라고 판단했다.

"날을 가려 갱초를 할 것이다."

강세정은 남몰래 순치의 집으로 가서 그의 부모를 만났다. 부모는 순치를 불러 모종의 당부를 했다.

"다 우리 집안을 위한 일이다."

순치는 하는 수 없이 강세정이 내놓은 공초에 손도장을 찍었다. 강세정은 한 번 더 다짐을 두었다.

"누가 찾아오더라고 함구해야 하느니."

애복이도 순치를 찾아갔다.

"대장이 죽게 생겼잖아. 사실대로 증언을 해줘. 응?"

"난 아무것도 몰라."

순치는 애복이의 간절한 애원을 외면했다. 애복이는 하는 수 없이 저라도 증언을 하려고 마음먹었다. 강세정이 무거운 음성으로 일렀다.

"네가 나설 일이 아니다. 입도 벙긋하지 말거라."

강세정은 아내 최씨와 함께 애복이를 멀리 창원에 있는 외가로 보내버렸다.

"친정에서 꼼짝 말고 저 아이를 데리고 있으시오. 여기 일이 다 마무리되면 부를 것이오."

목사 권순은 무수를 갱초하기에 앞서 호장 강세정을 불렀다.

"민심의 동향이 어떠한가?"

"그 아이를 처벌하지 않으면 안 될 분위기이옵니다."

"그렇다면 처분을 어찌했으면 좋겠는가?"

강세정은 애복이를 무수와 단단히 떨어뜨려 놓을 작정을 하고 있던 터였다.

"소인이 알아보니, 무수 그 아이는 곤양에 있을 때에도 산굴이 무너진 일로 옥에 갇혔다가 곤양 군수께서 정상을 크게 참작하여 무죄 방면한 일이 있사옵니다. 그 뒤로 우리 진주로 이거해 와서 은인자중해야 할 처지임에도 불구하고, 일 년도 안 되어 이번과 같은 참혹한 일이 일어났사옵니다. 비록 어리긴 하오나, 무듬실 고을의 여러 집안에서 통곡 소리가 그치지 않고 있으니 엄히 다스리옵소서."

마침내 판결이 내려졌다. 목사 권순은 무수에게 아이들이 죽은 죄를 크게 물어 관노로서 종사할 것을 명령했다. 무죄 처분이 내려질 줄 알았던 김씨는 그 자리에서 실신하고 말았다.

강세정은 힐긋 돌아보았을 뿐 아랑곳하지 않고 아뢰었다.

"사또, 수일 전에 합포 절도영에서 우리 관아로 요청하기를, 여분의 머슴아이가 있으면 보내달라고 했사옵니다."

"그러면 잘되었군. 저 아이를 그리로 보내도록 하라."

병영의 사내종

1

전령청에서 종소리가 울렸다. 맨 앞의 의자에 앉아서 대기하고 있던 지통 아이가 나갔다. 잠시 후 또 종소리가 나고 한 아이가 나갔다. 아이가 하나씩 나갈 때마다 한 자리씩 앞으로 당겨졌다. 무수의 차례가 되었다.

"땅!"

무수는 통인청 밖으로 달려 나가 바로 옆 전령청으로 얼른 뛰어들었다.

"지통 정무수 대령이옵니다."

상석에는 경상우도 병마절도사의 비장 겸 전령청의 행수 군관 조용백이 굽어보고 있었다. 서원은 무수를 쳐다보지도 않고 전령문을 주면서 짤막하게 말했다.

"군기소 궁장!"

받아 든 무수는 똑같이 복창을 하고 난 뒤에 행수관을 향해 꾸벅 절을 하고는 돌아서 나왔다. 그러고는 전령문을 품에 넣고 달리기 시작했다. 드넓은 연무장을 가로질러 교련관청을 돌았다.

군기소는 병영 내에 있는 하나의 마을이었다. 온갖 공장(상급 기술자)과 장색(하급 기술자)이 거주하면서 병영에서 쓰는 모든 군물을 제조하는 곳이었다. 울타리를 따라가다가 열려 있는 큰 사립문 안으로 들어섰다.

대장간 행랑이 늘어서 있었다. 모루에 올려 편자를 두들기고 있는 한 대장간 앞을 지났다.

"안녕들 하시어요!"

무수는 손을 흔들며 달렸다.

"허어, 저놈 참. 바람처럼 뛰어가네."

"그러게. 뭐가 그리 신나는지."

"저놈의 인사성도 알아줘야지. 허허."

화살을 만드는 공방을 지나 각궁을 만드는 공방 앞에 이르렀다. 무수는 가쁜 숨을 몰아쉬며 들어섰다.

"전령 당도요!"

흰머리가 많은 궁장(활과 화살을 만드는 장인) 박 공이 무수를 반겼다. 전령문을 받아 든 박 공은 중얼거렸다.

"영사례가 있으니 활을 서른 장 만들어라……."

"궁장 어른, 영사례가 뭐예요?"

"명년 봄에 우리 병영에서 활쏘기 대회를 연다는구나."

무수는 호기심이 일었다.

"군관님들만 참여하겠네요?"

"글쎄다. 작년까지만 해도 활을 쏠 줄 아는 사람은 누구나 다 참여하라고 했단다. 하지만 올해는 또 어떨지 모르지."

그때 군관 하나가 들어섰다. 무수는 얼른 자리를 비키며 허리를 굽혔다. 그는 얹은활을 궁장에게 두 손으로 공손히 내놓았다.

"궁장 어른, 이 활이 자꾸 고자가 삐뚤어지는데 좀 봐주옵소서."

받아 든 박 공은 활을 살펴보았다.

"이틀 뒤에 오시오."

군관은 허리를 굽히고는 나갔다. 박 공은 점잖게 나무라는 투로 무수에게 말했다.

"어물쩍하다가 혼날라. 이제 너도 그만 가보렴."

"다시 제 차례가 돌아오려면 한참 있어야 해요. 그런데 궁장 어른은 계시(조수)를 안 두시어요?"

"네가 예서 계시를 하고 싶으냐?"

"그건 아니지만 혼자 하시는 게 힘들어 보여서. 대장간이나 다른 공방에서는 다 여러 사람이 하잖아요."

"혼자 하는 게 편한 일도 있지."

무수는 그런가 하고 고개를 끄덕였다.

"궁장 어른, 저는 그만 가볼게요. 안녕히 계셔요."

"오냐. 살펴가거라."

군기소를 나온 무수는 쏜살같이 달려 통인청으로 들어섰다. 한 아이가 다리를 벌리고 허리에 양손을 대고 서 있었다. 무수는 우뚝 멈췄다.

"너 왜 이제 와?"

무수는 대답을 하지 않고 우물쭈물했다.

"궁방에서 놀다가 온 거지?"

"아냐, 대통. 잠깐 얘기하다……."

"이게 어디서!"

지통 아이들의 우두머리인 대통 아이는 무수의 머리를 쥐어박았다. 무수는 긁적거리며 머리를 조아려 사죄를 했다.

"잘못했어. 다시는 안 그럴게."

"너 저기 가서 앉아. 또 놀다 오기만 해봐."

놀다가 온 것으로 간주된 무수는 벌칙으로 아이들의 중간 자리에 앉았다. 원래 제 차례보다 앞당겨진 것이었다. 다른 아이들이 한 번 다녀올

동안 무수는 두 번 다녀오게 되는 자리였다. 대통 아이가 밖으로 나갔다. 무수 앞에 앉아 있던 아이가 뒤돌아보았다.

"다시는 대통한테 걸리지 마. 그러다 큰일 나."

무수는 씩 웃었다. 그러자 그 아이가 핀잔을 주었다.

"바보같이……."

창원부 합포(경남 마산시 소재)에 자리 잡은 드넓은 경상 우병영이었다. 병영에 들어 있다 보니 다른 세상은 없는 것 같았다. 이곳저곳 전령을 하느라 하루에도 수십 번씩 뛰어다녔다. 여느 지통 아이들은 걸어 다니는 것이 예사였다. 그런다고 해서 나무라는 사람은 없었다. 영내 전령은 화급을 다투는 일이 아니었다.

그런데도 무수는 걸어 다니는 법이 없었다. 덩치가 커서 쉽게 지칠 만도 한데 무수는 매번 날다람쥐처럼 뛰어다녔다. 그 때문에 다른 지통 아이들이 바보 같다고 업신여기며 함부로 대했다. 그럴 때마다 무수는 웃기만 했다.

전령청에서 낮것이 내려와도 다른 지통 아이들처럼 달라붙어서 제 몫을 찾아 먹으려고 하지 않았다. 그 밖에 통인청에서 크고 작은 불이익이 돌아와도 무수는 조금도 개의치 않았다.

남강 가 정자가 무너져 강물에 떠내려간 사건으로 진주 옥사에 하옥되었을 때, 거기서 만났던 사내의 당부대로 무수는 지통 아이들 사이에서 자신을 드러내지 않고 몸을 낮추고 뜻을 굽히면서 살고 있었다.

'재주는 숨기고 식견은 감춘다.'

무수는 시시때때로 속으로 뇌고 되뇌었다. 그런 가운데 성실히 지통의 책무를 다했다. 남이 보지 않아도 뛰었고, 시키지 않아도 으레 달려가 전령문을 전했다. 뛰고 달리면 그나마 속에 맺힌 응어리가 좀 풀리는 것 같았다.

비가 오면 쏟아지는 빗속을 뛰었고, 눈이 오면 펄펄 날리는 눈발을 헤치고 달렸다. 몸은 다 젖을지언정 전령문만은 가슴속에 품고 옷섶으로 가려서 젖지 않게 전했다. 그런 무수의 행실은 군관들의 눈에 돋보였고, 또한 군기소 내 사람들의 주목을 받게 되었다.

"별다른 데가 있는 놈이야."

"아이들 말로는 바보라고 하던데? 늘 제 먹을 것도 못 찾아 먹고."

오랫동안 눈여겨보던 행수관 조용백이 입직에 들어 있다가 밤에 조용히 무수를 불렀다.

"너는 왜 매번 먼지가 나도록 온 병영을 뛰어다니느냐?"

"전령문을 빨리 전하려구요."

"가슴에 맺힌 게 있어서 그런 건 아니고?"

무수는 대답을 잊은 채 진주 옥사에 들었을 때 함께 있었던 사내가 종일 외던 구절이 떠올랐다.

'하늘이 장차 그 사람에게 큰 소임을 맡기려 할 때는…….'

"진주에 있을 적에는 늘 아이들을 거느리고 공평무사하게 호령하여 장차 큰 장수의 재목이라 불렸다지?"

"그게 아니오라…….."

조용백의 음성에 힘이 들어갔다.

"어찌하여 여기 와서는 바보 흉내를 내고 있느냐? 병영의 종이 되고 보니 차라리 바보짓으로 살아가는 게 낫다고 여겼느냐?"

자애로운 추궁이 그쯤에 이르자 더 회피할 방법이 없었다. 무수는 사실대로 아뢰었다.

"진주 옥사에서 만난 분의 가르침이 있었사옵니다."

무수의 이야기를 다 듣고 난 조용백은 눈을 크게 뜨며 물었다.

"그분의 생김새가 어떠했느냐?"

"머리는 산발했지만 의기가 강하여 두 눈은 매섭게 빛났고, 신체는 무부(무인)처럼 강건해 보였사옵니다."

"그래? 그렇다면 그분이 틀림없구나."

"그분이라뇨?"

"진주 판관으로 계시다가 잠시 모함을 받아 투옥되시었는데, 그 이후 곧 풀려나 우리 우병영으로 전출 와 계시지."

조용백은 놀라는 무수를 데리고 전령청을 나섰다. 조용백이 멈춘 곳은 부장청이었다. 밖을 지키고 있는 군사가 안에 들어가 아뢰었다. 조용백은 무수를 데리고 들어갔다.

"우후 나리, 소관 문안 여쭈옵니다."

무수는 조용백을 따라 병마우후 서예원에게 선절을 했다.

"조 도위, 자네도 입직인가 보군. 그래 어인 일인가?"

"이 아이를 보십시오."

서예원의 눈길이 무수에게 닿았다. 그러고는 빙그레 웃었다.

"허허, 이게 누군가? 진주 옥사의 동렬(동기)이 아니신가?"

그는 두 사람을 탁자에 앉혔다. 무수는 서예원의 늠름한 기품과 자태 그리고 차분하고도 힘있는 목소리를 접하니 마치 큰 장수를 마주 대하는 듯해 절로 고개가 숙여졌다. 다과상이 놓였다. 서예원은 직접 정과를 집어서 무수에게 주었다. 무수는 일어나서 절을 하고는 두 손으로 받았다.

"이곳 생활은 할 만하느냐?"

"예, 우후 나리."

"장차 뭐가 되고 싶으냐?"

무수는 힘없이 대답했다.

"되고 싶은 거 없사옵니다."

사내종의 신분으로서는 언감생심이라는 뜻이 담겨 있었다. 서예원이

나무라듯이 물었다.

"평생 그 꼴로 살 거냐?"

무수는 망설이다가 말했다.

"두 분 나리께서 맹랑하게 여기실지는 모르겠사오나 소인이 전에는 장수가 되고 싶었사옵니다."

"지금은?"

무수는 허리를 굽힌 채 묵묵부답했다.

"남아는 모름지기 큰 뜻을 품어야 하고 인내할 줄 알아야 한다. 알겠느냐?"

"명심하겠사옵니다. 우후 나리."

"내가 예전에 외던 것을 기억하고 있느냐? 기억하고 있다면 어디 한 번 외어보거라."

무수는 낭랑히 외어나갔다.

"하늘이 장차 그 사람에게 큰 소임을 맡기려 할 때에는……."

서예원은 빙그레 웃었다.

"앞으로 좋은 일이 많을 것이다."

아침부터 지통 아이들이 입씨름을 해댔다.

"무수가 간밤에 어딜 다녀왔다고?"

"행수관 나리에게 혼났을걸?"

"혹시 먹을 것을 따로 받은 건 아닐까?"

"아냐, 나리가 무수를 어디로 데려가시는 것 같던데."

"어디로?"

"그곳이 어딘지는 모르지."

통인청이 시끄러워지자 대통 아이가 무수에게 물었다.

"어딜 갔다 온 거냐?"

"그냥 아무 일도 아니야."

"이게 또 거짓말을 하네? 너 좀 맞아볼래?"

대통 아이는 무수의 가슴을 퍽 쳤다. 무수는 입을 다물고 견뎌냈다. 대통 아이는 연이어 발길질을 퍼부었다. 무수는 선 채로 몸을 움츠렸다. 전령청에서 종소리가 울리고 나서야 구격(구타)이 멈췄다. 대통 아이는 씩씩거렸다.

"미련한 놈!"

밤에 무수를 깨우는 손길이 있었다. 입번(보초를 서는 것)하고 있던 군사였다. 무수는 조용히 일어나 밖으로 나왔다. 입번 군사는 무수를 전령청 뒤뜰로 데려갔다. 행수관 조용백이 등을 돌린 채 달구경을 하고 있었다. 보름달이 환하게 밝았다.

"검술을 익힌 적이 있느냐?"

느닷없는 질문에 무수는 선뜻 대답을 하지 못했다. 조용백은 한 자루 목도(목검)를 무수에게 던졌다. 무수는 팔을 뻗어 반사적으로 받았다.

"옛적, 신라 화랑들이 익힌 검술이 있었다. 그것이 지금까지 군문에 전해지고 있으니, 그 천년 비전의 검술을 본국검이라고 한다."

말을 마친 조용백은 목도를 들고 몸을 놀려 검세를 선보였다. 달빛 속에서 칼을 써나가는 모양새가 신비롭고 눈부셨다. 무수는 황홀한 지경이 되었다. 한바탕 검세를 펼쳐 보인 조용백은 다시 맨 처음의 자세를 잡고 서서 무수를 돌아보았다.

"뭘 하느냐? 따라 하지 않고?"

무수는 얼떨결에 조용백이 보이고 있는 검세를 흉내 내며 섰다. 그런 무수를 본 조용백은 나지막하게 외쳤다.

"지검대적세!"

무수는 따라 말했다.

"지적대검세!"

"금계독립세!"

"금계독립세!"

본국검의 몇 가지 수법을 가르쳐 준 조용백은 목도를 거뒀다.

"여기까지 틈나는 대로 연습하거라."

"예, 나리."

조용백이 자리를 뜬 뒤에 무수는 혼자 남아 검세를 연습했다. 예전에 아이들과 나무칼을 들고 뛰어다니던 것과는 비교도 할 수 없었다. 무수는 가슴이 벅차올랐다. 진짜 검술을 배우게 되었다는 생각에 다른 것은 아무것도 떠오르지 않았다. 모든 잡념이 일시에 사라져 버린 것만 같았다.

무수는 밤마다 통인청 뒤뜰로 가 검술을 익혔다. 그때만큼은 병영의 아이종 신분이라는 것을 잊을 수 있었다. 마치 소년 장수가 된 것만 같았다. 익히다가 막히거나 궁금한 것이 있으면 조용백이 수직(당직)에 들 때를 기다려 묻곤 했다.

"이제 자세가 좀 잡혀가는구나. 칼을 쥘 때에는 우악스럽게 쥐어서는 아니 된다. 부드러운 힘과 강한 힘을 자유자재로 잘 놀려 써야 한다."

무수는 조용백이 선보이는 검세를 눈여겨보고 정성을 다해 따라 했다. 그런 무수가 기특해 조용백의 가르침은 날로 정교함을 더해갔다.

"저것 좀 봐?"

"우와, 대단한데?"

"바보 무수가 뛰어난 검술을 감추고 있었다니."

무수가 밤마다 통인청 뒤뜰에서 검술을 연습하는 것을 몰래 지켜본 지통 아이들은 겁이 더럭 났다. 그 뒤부터는 아이들이 무수를 함부로 대하지 않았다. 대통 아이도 무수를 대하는 태도가 싹 달라졌다. 아이들이 어떻게 대하든 무수는 오직 검법 수련에만 열중했다.

"오늘이지?"

"맞아."

"이번엔 누가 장원을 차지할까?"

군관들의 격검 대회가 열리는 날이 되었다. 병영 전체의 휴무일이라 지통 아이들도 전령 통지를 쉬게 되었다. 아이들이 모두 무수를 바라보았다. 대통이 따로 있음에도 불구하고 무수는 대장이 아닌 대장이 되어 있었다.

"우리도 가볼까?"

"무수가 가자고 했다!"

"구경 가자!"

병영의 군관들 중에서 내로라하는 검술의 상수(고수)들이 다 참여했다. 연무장의 지휘대에 병마절도사 유훈이 자리했고, 좌우로 병마우후 서예원 등이 나란히 앉았다. 병방 서리가 개시를 알리자 취타대가 웅장한 군악을 연주했다.

우병사(경상우도 병마절도사의 별칭) 유훈이 격려 연설을 했다. 그 뒤 곧바로 격검 대회가 시작되었다. 전부 여덟 청사가 죽생(제비뽑기에 쓰는 작은 대나무 쩨)을 뽑아서 상대를 가리고는 서로 맞붙었는데, 그중에서 네 청사가 가려졌다.

네 청사 중 맞수인 기패청과 교련관청의 접전에서는 교련관청이 이겼고, 전령청과 군물청의 대결에서는 전령청이 이겼다. 그리하여 교련관청과 전령청이 결승에 올랐다.

"대단한 솜씨들이군."

"아무렴, 우병영 최고의 검술가들인데."

과연 결승전답게 두 청사의 격검은 막상막하였다. 각각 네 명이 나와

맞붙은 결과, 양쪽 다 두 번의 승리와 두 번의 패배로 승부는 팽팽했다. 마지막 다섯 번째 군관들의 격검으로 승패가 가려지게 되었다. 전령청에서 조용백이 나오자 지통 아이들이 큰 박수를 보냈다. 교련관청에서도 군관이 나왔다.

철망수의(검술 대결에서 다치지 않도록 입는 철망으로 된 옷)를 입고 목도를 든 두 사람은 지휘대를 향해 절을 한 뒤에 마주 섰다. 그런 뒤에 심판의 호령에 따라 격검을 시작했다. 기합 소리와 목검 부딪히는 소리가 마치 진검으로 승부를 겨루는 듯 실전을 방불케 했다.

"이야얍!"

"하아!"

몇 차례 접전을 했지만 승패는 가려지지 않았다. 떨어진 두 사람은 가슴을 헐떡이며 숨을 몰아쉬었다. 잠시 후 교련관청의 군관이 다시 맞서려고 거리를 좁혀 들어가는 순간, 조용백은 한 손으로 목도를 들고 용수철처럼 뛰어오르며 목도를 멀리 내던지듯이 하면서 그의 머리통 오른쪽을 비스듬히 내리쳤다.

"따악!"

외마디 신음 소리를 내며 군관이 그 자리에서 쓰러졌다. 순식간에 일어난 빗머리치기, 무수가 배운 본국검법에는 없는 임기응변의 실전 수법이었다. 사람들이 모두 일어나 탄성을 내질렀다. 무수 역시 놀라움을 감추지 못했다. 신기에 가까운 솜씨였다.

"아!"

의원들이 달려갔다. 군관은 혼절했고, 머리가 터져서 피를 흘리고 있었다. 의원들은 지혈을 한 뒤에 업고 나왔다.

그 대결로 전령청이 우승한 것은 물론이고, 조용백이 분수(점수)를 가장 많이 얻어 개인상을 받게 되었다. 행상(상을 내려줌)을 하고 난 뒤에 우병사 유훈은 조용백을 봉수 군관으로 발령한다고 공표했다.

무수는 조용백이 전령청 행수관에서 봉수 군관으로 가게 된 것이 못마땅했다. 앞으로는 검술을 더 배우지 못할 것만 같았다. 몹시 섭섭해진 무수는 통인청으로 돌아오는 길에 아이들에게 물었다.

"봉수 군관이 뭐야?"

"봉수대 군관."

대통 아이가 자세히 알려주었다.

"이번에 격검 우승으로 행수관 나리가 진급을 하시게 되었는데, 그러려면 험지 근무를 한 번 하고 와야 돼. 그래야 다른 군관들이 시기 질투를 덜하게 되는 거지. 우리 병영에선 봉수대가 가장 험한 곳이야."

"그래?"

"우리도 전령 가기 싫어하는 곳이야. 여기 절도영에서 서남쪽으로 한참 간 뒤에 다시 산꼭대기까지 가야 해. 10리도 넘어."

2

무수는 궁장 박 공에 대해 한 가지 의문이 들었다. 병영 내 모든 군관들이 한낱 바치에 불과한 궁장을 높이 대하는 것 때문이었다. 누구나 궁장 박 공을 마치 상관 대하듯이 하는 까닭이 궁금했다.

박 공에게 전령문을 통지해 주고도 무수는 자리를 떠나지 않았다. 활을 만지고 있던 박 공이 넌지시 이야기보따리를 풀었다. 옛적에 활을 잘 쏜 사람들에 관한 일화들이었다.

"초나라 명궁 양유기는 백 보 밖에서 버드나무 잎을 맞혀 떨어뜨려서 백보천양이라고 불리웠고, 비장군 이광은 활을 쏘아 바위를 뚫어 입석지궁이라는 명성을 얻었지."

"우리나라 사람은요?"

"태조대왕, 최윤덕, 김덕생, 배후문, 이석정 같은 무수한 명궁들이 다 그에 못지않았단다."

무수의 눈빛이 샛별이 반짝거리는 듯했다. 박 공은 웃으며 물었다.

"활을 쏴봤느냐?"

"뽕나무활만 쏴봤어요. 궁장 어른이 만드시는 그런 진짜 활은 한 번도 못 쏴봤어요."

박 공은 만지고 있던 활을 무수에게 건넸다.

"한 번 당겨보려무나. 그 활을 만작할 수 있다면 너한테 주마."

"정말요?"

무수는 활을 받아 들었다. 그러고는 일어서서 다리를 벌리고 섰다. 활을 머리 위로 높이 들고 천천히 내리면서 활시를 당겼다. 반도 못 당겨 두 팔이 덜덜 떨렸다. 아무리 안간힘을 써도 활시위가 더 당겨지지 않았다. 박 공이 미소를 지었다.

"제아무리 힘이 센 장사라 하더라도 처음엔 연한 활도 당기기 힘들지."

무수는 활을 내려놓고 붉어진 얼굴을 식혔다.

"칼을 쓰는 것과는 달리 활을 당기는 데에는 그 필요한 근골이 정교하게 쓰이기 때문인데, 너는 아직 궁술 습련이 되지 않아 그런 것이다. 이 활이 연궁도 아닌데 그래도 반이나 당기다니 대단하구나. 허허."

무수는 갑자기 꿇어앉더니 용기를 내어 대뜸 말했다.

"궁장 어른, 제게 활쏘기를 가르쳐 주세요."

"이 좁은 방바닥에서 어찌 활을 쏠 수 있단 말이냐? 그만 돌아가거라."

무수는 박 공에게 전령문을 통지하러 들를 때마다 활을 가르쳐 달라고 졸라댔다. 박 공은 한 번에 한 가지씩 지나가는 소리를 던졌다. 활의 줌통은 흘려 쥐어야 한다, 하삼지에 힘을 주고 지그시 밀어야 한다, 약간 옆으로 서서 두 다리는 어깨너비만큼만 벌려 서야 한다, 활을 미는 손과 시위를 당기는 손의 힘을 양분해야 한다. 당겨서 버틸 적에는 활시위를 겨드랑이 가슴에 붙여 떨리지 않아야 한다…….

무수가 궁방을 찾았다. 박 공은 활을 한 장(활을 세는 단위) 주더니 당겨보라고 했다. 무수는 일어나서 자세를 잡고 당겼다. 뺨까지 당겼을 뿐, 귀밑까지 시위를 끌어오지는 못했다. 박 공은 속으로 놀랐다. 그동안 무수가 들를 때마다 지나가는 말로 한 마디씩 해주었던 궁품(활 쏘는 자세)을 그대로 재현해 내는 것이 아닌가!

무수는 또 궁방에 들렀다. 박 공은 무언가 시키면 조각 같은 것을 다듬고 있었다. 무수는 박 공의 입이 열릴 때까지 가만히 앉아 있었다. 이윽고 박 공은 정성스럽게 다듬고 있던 것을 쓱쓱 닦더니 무수에게 주었다.

"깍지다. 엄지손가락에 한번 껴보거라."

무수는 시키는 대로 했다. 조금 작아서 엄지 뼈마디에 걸려 들어가지 않았다. 다시 받아 든 박 공은 깍지 안을 깎아냈다. 그러고 나니 무수의 손가락에 알맞게 되었다. 박 공은 깍지를 꼈을 때 헐겁게 되는 것을 방지하기 위해 조임 가죽까지 달아서 무수에게 주었다.

"너는 근골이 강건해 장차 강궁을 쓰게 될 것이니 숫깍지를 쓰는 것이 나을 게다. 그건 물소뿔로 만든 것이다."

"이런 귀한 것을 받아도 될지……."

"비록 지금은 네가 영노(병영의 남자 종)로 지내고 있다만, 사람의 앞날은 알 수 없는 것이니 부단히 준비하며 살아야 한다. 그러다가 기회가 오면 그 준비한 바를 마음껏 드러내어 뜻한 바를 꼭 이루거라."

무수는 박 공을 따라 마당으로 나갔다. 마당귀에 긴 장대가 세워져 있었다. 그 끝에 줄을 묶고, 다른 쪽 줄에는 화살을 매달아 놓았다.

"당겨보거라."

무수는 줄 달린 화살을 활시위에 걸어서 당겼다가 놓았다. 줄에 묶인 화살은 허공을 날았다가 돌아왔다.

"여기 올 때마다 이 주살을 몇 번씩 당기고 가거라."

"예, 궁장 어른."

무수는 낮에는 군기소 궁장 박 공에게서 활을 배우고, 밤에는 전령청 행수관 조용백에게서 검술을 익혔다. 하루하루가 설레고 꿈같은 날이었다. 영노 생활의 고단함은 아무것도 문제가 되지 않았다.

무수는 전령청 뒤뜰에서 검술 교습을 했다. 이마에 흐르는 땀을 닦으며 조용백과 나란히 바위 위에 걸터앉았다.

"군기소에서 활을 만들고 계시는 궁장 어른은 어떤 분이신가요?"

"궁장?"

조용백은 시선을 먼 밤하늘에 두고 입을 열었다.

"한때 팔도에 이름을 날린 명궁이셨지."

한양 동대문 밖의 박 공이라고 하면 조선 팔도의 영문에서고 민가에서고 활을 좀 쏜다 하는 군관, 한량 사이에서 모르는 사람이 없었다. 박 공은 그의 이름이 아니고 별칭이었다. 성에 명궁을 붙인 박명궁을 줄여서 박궁이라 불리다가 사람들이 박 공이라고 그를 높여 부르게 되었다.

그즈음 새로운 두 신예가 나타났다. 구례의 오 한량과 상주의 서 진사였다. 그리하여 한양의 박 공과 그 둘, 그렇게 세 명궁이 명성을 날리게 되었다. 그들은 좀처럼 서로 모여 활을 쏠 기회가 없었는데, 마침내 충청도의 어느 고을 향사례(한 고을의 활쏘기 대회)에 셋 다 참여했다. 사람들의 관심은 단연 그들에게 쏠렸다.

처음 세 순 열다섯 발을 쏘는 정사례에서는 역시나 그 세 사람만이 15시 15중을 했다. 그래서 장원을 가리고자 단순 비교사례에 들어갔다. 그런데 또 셋 다 5시 5중을 했다. 우열을 가리기 힘든 사례에서 관중들은 손에 땀을 쥐었고 입술에 침을 묻혔다.

마지막 매시 비교사례에서 승부가 가려지게 되었다. 잠시 쉬는 시간에 박 공은 탁자 위에 깍지를 벗어놓고 소피를 보고 왔고, 곧바로 매시 비교 사례에 들어갔다. 초번 사수로서 초시를 만작하려는 순간이었다.

"엇?"

박 공은 소리를 내질렀고, 화살은 전혀 엉뚱한 곳으로 날아갔다.

"어어어?"

관객들이 모두 일어서는 사이에 화살은 고전기를 들고 과녁에서 멀찌 감치 떨어져 있던 사람에게 날아갔고, 그는 피할 틈도 없이 그만 화살을 맞고 즉사했다.

어이없고 참담한 일이 일어나는 바람에 그때까지만 해도 큰 잔치 분위 기였던 향사례는 그것으로 중단되었다. 그 고을 사또가 그 자리에서 진상 을 파악했다.

"활을 거의 다 당겨 만작하려 할 때 깍지를 그만 놓쳐버렸사옵니다."

"천하 명궁이 그런 실수를 하다니. 여봐라, 박 공의 깍지를 가져와 보 거라."

사또가 박 공의 깍지를 살펴보니 놀랍게도 깍지에는 기름이 묻어 있는 것이었다. 누군가 고의로 깍지에 기름을 발라놓은 것이라고밖에 볼 수 없 었다. 하지만 누군지는 끝내 밝혀낼 수 없었다. 조사 결과, 참사는 고의로 일어난 것이 아니며, 박 공에게는 아무 잘못이 없다고 결론을 내렸다.

그 뒤로 어느 활쏘기 대회에서도 박 공의 모습을 찾아볼 수 없었고, 박 공을 한번 이겨보려고 했던 떠오르는 신예 명궁 오 한량과 서 진사도 더 는 활을 잡지 않았다. 결국 그렇게 당대의 명궁 세 사람이 종적을 감춘 것 이었다.

"그런 일이 다 있었다니……."

그로부터 오랜 뒤에 어떤 사람이 박 공을 찾아 팔도를 수소문했는데, 박 공은 방탕한 생활을 하며 떠돌아다니고 있었다. 수중에 돈이 다 떨어지면 이 고을 저 고을 활꾼들의 활을 만져주고 사례금을 받아서 표박 연명하고 있었다.

그 사람은 기어이 평안도에서 박 공을 찾아냈고 박 공을 알아보자마자 그 자리에서 무릎을 꿇고 말했다.

"향사례가 있던 날, 어떤 낙방거자가 몹시 허기진 채로 우연히 그 고을을 찾아들었사옵니다. 그자는 한 상 잘 받아서 술과 돼지고기를 배 속에 퍼 담듯이 집어 먹었고, 다 먹고 나서는 그곳을 뜨려고 했지요.

그런데 어떤 탁자 앞을 지나치려는 찰나 그자는 비틀거리며 넘어지려고 했사옵고, 그때 탁자에 손을 짚으며 땅바닥에 나동그라졌사옵니다. 사람들이 부축해 그자를 일으켜서 내보냈고 넘어진 탁자는 다시 세워졌사옵니다.

그런데 사건은 바로 그때 일어났던 것이옵니다. 그자가 넘어지면서 기름이 묻은 손으로 저도 모르게 탁자 위에 놓여 있던 깍지를 움켜잡았던 것이었사옵니다. 그자는 넘어졌다가 일으켜질 때 손에 든 것을 얼른 다시 탁자 위에 올려놓았습지요.

그 낙방거자는 후일이 되어서야 그날 그 향사례에서의 참변을 듣고는 자기 자신이 큰 죄를 지었다는 생각이 들었사옵니다. 그리하여 용서를 빌고자 박 공을 찾아 나섰사옵니다. 그로부터 여러 날 팔도를 찾아 헤매다가 이제야 이렇게 만나뵙게 되었사옵니다."

박 공은 눈을 감고 그의 이야기를 들었다. 그런 뒤에 가만히 말했다.

"그대 또한 하나의 실수가 아니었소? 다 부질없는 날들의 하루였을 뿐이라오."

박 공은 그 자리를 총총히 떠나갔다.

"그런 사소하고 우연한 일로 한 사람이 죽고, 명궁 셋이 다 활을 놓는 운명이 될 줄을 어찌 알았겠느냐?"

"그 낙방거자라는 사람은 누구예요?"

조용백은 잠시 뜸을 들였다가 대답했다.

"지금 우리 우병영의 병사(우병사) 영감이다."

무수는 그제야 병영 내의 모든 군관들이 박 공을 깍듯이 대하는 이유를 알게 되었다. 병사또가 높이 대하는 사람이니 다른 군관들은 오죽하랴.

"자, 밤이 깊었다. 이만 들어가자꾸나. 내일 또 전령문을 전하러 온 영내를 돌아다니려면 잠도 좀 자야지."

"예, 나리."

"참, 나는 이제 봉수대로 가니까 더 이상 너에게 검술을 가르쳐 줄 수 없게 되었다. 혼자서라도 궁리해 가면서 검술 수련을 게을리하지 말도록 하거라."

무수는 애석해했지만 할 수 없는 일이었다.

"잘 알겠사옵니다."

다음 날, 무수는 전령 차례가 돌아와 군기소로 달려갔다. 다른 때보다 더 빨리 뛰었다.

"궁장 어른!"

무수는 궁장 박 공이 이전과는 달리 근엄하게 느껴졌다. 빤히 그의 얼굴을 쳐다보았다.

"왜 그러느냐? 뭐가 묻었느냐?"

박 공은 손으로 얼굴을 더듬고 수염을 쓸어내렸다.

"이제 명궁님이라 부를게요."

"어디서 무슨 소리를 들었느냐?"

무수는 조용백에게 들은 이야기를 했다. 박 공은 묵묵히 활만 만지고 있다가 한참 만에 말문을 텄다.

"최고의 자리에 오르면 발아래가 다 보이는 것 같아도 하나도 보이지 않는단다. 다 보인다고 하는 건 그 자리가 만든 착각일 뿐이지. 그날 내가 깍지에 기름이 묻은 것도 모르고 여느 때처럼 무심코 낀 것이 실수였다.

그 일이 있고 나서야 비로소 알았지. 그동안 내가 나 자신을 얼마나 살피지 않고 속으로 우쭐했던가 하는 것을. 그때의 나는 약간의 기예는 갖췄는지 몰라도 매양 성심을 견지하지는 못했다.

그 경솔함이, 그 실수가 한 사람을 비명에 죽게 했고, 다른 두 사람의 인생까지 바꿔놓았다. 실수가 사람의 운명을 바꾼단다. 좋게 바꾸기도 하고 나쁘게 바꾸기도 한다.

중요한 것은 실수했다고 해서 절대로 좌절하거나 포기해서는 안 된다는 것이다. 실수에 굴복하게 되면, 전혀 원하지 않았던 다른 인생을 살게 된다. 그러니 실수의 쓴맛을 삼키고 한스러움을 넘어서 기어서라도 약진해야 한다. 그러면 언젠가 어느 때인가 크게 도약하는 날이 올 것이다."

무수는 박 공의 가르침을 깊이 새겼다.

통인청으로 돌아오니 낯선 얼굴이 있었다. 기패청으로 파견되어 봉수지통을 하고 있는 아이였다. 예전에 통인청에서 대통으로 있었는데, 봉수지통을 새로 뽑을 때가 되었지만 지통 아이들이 아무도 가려고 하지 않아 자원했던 아이였다.

그러한 인품 덕에 아이들은 왕대통이라고 불렀다. 그 아이는 내년에 16세가 되는데, 아이의 신분을 벗어나 정남이 되므로 사령청에 들어가게 되었다. 그래서 후임 봉수 지통을 물색하려고 통인청에 들른 것이었다.

대통 아이는 갈 마음이 없어 그의 제의를 외면했다. 다른 아이들도 다 눈길을 돌렸다. 그는 덩치 큰 무수를 주목했다. 무수는 선선히 받아들였다. 봉수 지통이 되어 봉수대를 오가게 되면 조용백을 다시 만나서 검술을 계속 배울 수 있을 것 같았다.

"아무도 가지 않겠다면 내가 갈게."

무수는 봉수 지통을 따라 기패청으로 갔다. 행수관과 여러 군관들, 서원들에게 차례로 인사를 했다. 그는 기패청에 딸린 곁방으로 무수를 데리고 들어갔다. 여러 가지 깃발을 내어 보이며 봉수 지통의 임무를 알려주었다.

"전령기는 모두 다섯 가지야. 가장 위급한 전령을 전할 때에는 흑기를 말안장 뒤에 꽂고 기패청에서부터 달려가는데, 무슨 일이 있어도 멈추면 안 돼. 홍기를 꽂고 갈 때에는 병영 안에서는 걷고, 영문을 나가면 말을 달려야 해. 이 두 가지 전령은 전령 군사가 담당하는 임무니까 그렇게만 알고 있어. 그 외의 청기, 황기, 백기를 네가 맡는 거야. 위급한 전령이 아니니 봉수 지통이 맡아서 두 발로 걸어 다니는 거지. 잘 알겠지? 열심히 해."

실무를 다 가르쳐 준 왕대통은 사령청으로 가버렸다. 무수 혼자 기패청의 곁방에 남아 대기하고 있었다. 서원이 부르는 소리가 들렸다. 무수는 초립을 들고 용수철처럼 일어나 그에게 갔다.

"이걸 봉수대에 전해주고 답신을 받아 오너라."

흰 종이에 쓴 전령문이었다. 아무 위급할 것이 없다는 의미였다. 병영에서 봉수대까지 시오 리 길을 걸어서 가야 했다. 무수는 들고 있던 초립을 머리에 쓰고 행객 차림을 갖춰 기패청을 나왔다.

병영 영문에서 검문을 받았다. 봉수 전령임을 확인하는 목패를 보여주었다. 영노로 병영에 든 뒤로 처음으로 밖으로 나왔다. 묘한 기분이 들었다. 마치 다른 세상인 느낌이었다. 공기마저 병영과는 다른 것 같았다.

"후아!"

무수는 긴 숨을 내쉬었다. 영노가 된 이후로 처음 느껴보는 자유였다. 햇살도 따스했다. 바쁠 것 없이 산기슭을 따라 걸었다. 에돌고 굽돌아 가다 보니 어느덧 갈림길이 나오고 장승이 서 있었다. 장승 몸통에 씌어 있는 글귀를 읽었다.

"지오리봉수대(至五里烽燧臺)."

5리를 더 가면 봉수대가 있다는 뜻이었다. 오르막 산길로 접어들었다. 등줄기가 후끈해지며 땀이 배어나기 시작했다. 산새가 지저귀다가 무수의 인기척을 느끼고는 뚝 그쳤다. 어디선가 이상한 소리가 들려왔다. 무수는 소리가 나는 쪽으로 귀를 기울이며 걸었다.

활터가 있었다. 누각에는 무학정이라는 현판이 걸려 있었고, 사대에는 군관들이 늘어서서 활을 쏘고 있었다. 무수는 가던 길을 멈추고 수풀 속에서 활터 구경을 했다.

"나도 쏘아보았으면……."

한 순(화살 다섯 발)을 다 내는(쏘는) 것을 본 뒤에야 다시 걸음을 옮겼다. 커다란 바위가 나왔다. 걸터앉았다. 오늘 하루 일과는 전령문을 전해 주고 답서를 받아 기패청 서원에게 갖다 주면 끝이었다. 무심코 뒤돌아보았다.

"아!"

아득히 합포 포구와 바다가 한 폭의 그림처럼 한눈에 들어왔다. 수평선 위로 구름이 점점이 떠 있었다. 지나온 날들이 떠올랐다. 어머니 생각도 물밀듯이 났다. 애복이를 비롯한 여러 아이들의 얼굴도 어른거렸다. 무수는 막역한 감정이 북받쳤다. 눈물이 흐르려고 하자 얼른 일어났다.

'쓴맛을 삼키고 한을 넘어서 기어서라도 약진해야 한다.'

궁장 박 공이 일러준 말을 곱씹었다. 무수는 다른 생각을 떨치려 오직 그 말만 거듭 외우며 산길을 올랐다.

나무도 풀도 자라지 않는 땅이 나타났다. 산 정상이었다. 봉홧둑이 높게 구축되어 있었다. 두 둑은 불이 꺼져 있었고 한 둑에서만 허연 연기가 하늘로 곧게 오르고 있었다.

그 아래에서는 봉화군들이 분주하게 왔다 갔다 했다. 무수는 다가갔다. 한곳에는 진달래 가지가 수북이 쌓여 있었다. 그것을 하나하나 빼 들고 기름을 바르며 봉홧대를 만들고 있는 봉화군들이 있었다.

"군관청이 어디예요?"

"새로 온 지통 아이구나. 저쪽에 쌓아놓은 나무 더미를 돌아가 보거라."

나무 더미에 다가가자 지리고 구린 냄새가 코를 찔렀다. 봉홧불을 올릴 때 쓰는 봉화 땔감이었다. 마르지 않은 나무들에 이리 똥을 섞어서 삭힌 것이었다. 그것으로 불을 피우면 선명하게 흰 연기가 바람에 흩날리지 않고 똑바로 위로 올라갔다.

무수는 코를 막고는 높이 쌓인 나무 더미를 얼른 돌아서 군관청으로 들어갔다. 조용백이 뜻밖이라는 얼굴을 했다.

"네가 여기 웬일이냐?"

"나리를 뵈려고 봉수 지통이 되었어요."

"그렇다고 그 험한 일을 다 맡았느냐? 검술 연습은 잘하고 있느냐?"

"매일 하고 있어요."

조용백은 무수가 기특했다. 무수는 전령문을 봉수 서원에게 주었다. 그는 읽어보더니 웃었다. 조용백이 그 연유를 물었다. 서원은 대답 대신 전령문을 보여주었다. 읽고 난 조용백도 웃었다. 무수는 영문을 몰라 어리둥절했다.

"답신을 받아 오라고 하였어요."

"오냐. 이따가 갈 적에 답신을 주마. 허허허."

전령문에는 무수가 길을 잘 찾아가는지 시험하려고 보낸 것이라고 적혀 있었다. 무수는 그것을 알 턱이 없었다.

"올라오는 길에 보았는데, 저 아래에 활터가 있었어요."

"내년 봄에 영사례가 있다고 하니, 군관들이 하나둘 습사를 하러 올라오는구나."

조용백이 문득 물었다.

"그런데 너 활을 쏠 줄 아느냐?"

"궁장 어른께 자세만 조금 배웠어요."

"그래? 그럼 어디 실력을 한번 볼까? 따라오너라."

3

애복이는 더 이상 남장을 하지 않았다. 하나밖에 없는 딸이 어엿한 계집아이의 모습을 하자 호장 강세정은 그지없이 흡족했다.

"우리 이쁜 딸이 허물을 벗으니, 한결 요조숙녀 티가 나는구나. 그렇지 않소?"

"그럼요. 선녀가 와서 보고 울고 가겠습니다."

"의령 박 호장 어르신과 함께 사 들인 바다 배로 상업이 날로 번창하고 있기도 하고, 이젠 집안에 아무 우환이 없구려. 허허."

애복이는 강세정 몰래 어머니 최씨에게 졸랐다.

"경상 우병영에 영노로 있는 대장을 보러 가게 해주시어요."

"안 된다."

일언지하에 거절하는 최씨에게 애복이는 애원을 거듭했다. 최씨는 깊은 고민 끝에 결단을 내렸다. 애복이의 고집을 잘 아는지라 혼자서라도 길을 나설지도 모른다는 염려에서였다.

"단 한 번만이야?"

"예, 어머니."

"병영에 사내종으로 있다면 필시 몰골이 말이 아닌 터이지. 그 꼴을 본다면 만정이 싹 달아나고 말 게야."

최씨는 강세정의 심기가 썩 좋은 날을 기다렸다가 넌지시 말했다.

"얼마 안 있으면 친정아버지의 생신인데……."

"그래서 같이 창원에 다녀오자는 말이오?"

"바빠서 못 가신다면 제가 애복이를 데리고 다녀와도 되구요. 어엿이 자란 애복이도 보여드릴 겸."

"그리하구려."

강세정은 수월하게 허락했다. 최씨의 얼굴이 밝아졌다. 최씨는 곰곰이 생각하다가 집안의 집사 오 서방을 불러들였다.

"우병영에 누가 없는가?"

오 서방은 어리둥절해했다.

"거기 종으로 가 있는 무수라는 아이를 내 직접 가서 한번 봤으면 하네만."

"아, 예. 마님. 호장 나리의 막역하신 친구분이 한 분 계십죠. 그분도 거기 영리청의 호장으로 계십니다요."

"사랑 나리 모르게 다녀와야 하는 일일세."

"허면, 소인이 아는 사람에게 손을 써놓겠사옵니다."

최씨는 엽전이 든 주머니를 오 서방에게 주었다.

"이 일은 사랑에서는 몰라야 하고, 또 그 아이를 못 보고 오게 되는, 그런 실수가 있어서도 아니 되네."

"예, 마님."

최씨에게서 외갓집 나들이를 하게 될 것이라는 귀띔을 받은 애복이는 그 속뜻을 눈치채고 얼른 무듬실로 갔다. 다 쓰러져 가는 집에서 얼굴이 시커먼 아낙이 병든 것 같은 몰골로 나왔다.

"대장 어머님, 저 애복이예요."

"애복이? 그 애복이가 이렇게 컸다니! 어서 들어오너라."

애복이는 김씨와 마주 앉았다.

"조만간 우병영에 있는 대장을 보러 갈 거예요. 어머님도 같이 모시고 가야 할 것 같아서 찾아뵈었어요."

"우리 무수를 보러 간다고? 그 먼 길을?"

김씨는 주르르 눈물을 흘렸다.

"자식을 지켜주지도 못한 못난 어미가 어찌 볼 면목이 있겠니? 나도 가고 싶다만 차마 발걸음이 떨어지지 않을 것 같구나."

"그러지 말고 같이 가시어요."

"아니다. 그런데 무수에게 뭘 갖다 줄 수나 있는 거니? 갖다 줄 수만 있다면……."

김씨는 몸을 돌려 벽장 속에서 무언가를 꺼냈다.

"내가 그간 행상을 해서 모아둔 것인데, 이걸 우리 무수한테 좀 전해 주렴."

김씨가 내놓은 건 저화 몇 장이었다.

"부디 몸 성히 잘 지내라고 하고."

애복이는 저화를 집어 들었다.

"알겠어요. 꼭 전해주고 올게요."

최씨는 애복이를 데리고 합포 우병영을 찾았다. 영문 입구에서 오 서방이 수문장에게 무언가를 건네며 귓속말을 했다. 수문장은 군사 하나를 안으로 보냈다.

군사는 영주소(병영에서 음식을 만드는 부엌이 몰려 있는 곳)로 가서 서원에게 수문장의 말을 전했다. 서원은 기패청으로 갔다. 그를 본 기패청 서원이 곁방에 들어 있는 무수를 불러냈다.

"따라가 보거라."

무수는 영문도 모르고 영주소 서원을 뒤따랐다. 병영 정문 앞에 이르렀다. 영주소 서원은 수문장에게 절을 한 뒤에 오 서방과 반갑게 인사를 나눴다. 수문장이 기침을 하며 옆으로 서서 말했다.

"속히 상봉을 마무리하고 들어와야 할 것이네."

무수는 그들을 따라 영문 밖으로 나갔다. 주막에 이르자 오 서방이 무수에게 방으로 들어가라고 했다. 무수는 시키는 대로 했다. 방에는 두 여인이 앉아 있었고 한 사람이 일어섰다.

"대장!"

무수는 깜짝 놀랐다. 목소리는 낯익었지만 처음 보는 자태였다.

"나 애복이야. 대장."

"애복이? 네가 여기까지 어떻게?"

애복이에게서 우병영을 찾아오게 된 내력을 들은 무수는 최씨에게 절을 했다. 최씨는 무수의 몰골을 보고는 안심했다. 덩치는 커도 볼품이 하나도 없는, 영락없는 사내종이었다. 최씨는 그 자리가 애복이와의 마지막 자리라고 생각하고 슬그머니 밖으로 나가 주었다.

두 사람은 한동안 아무 말도 하지 않았다. 할 말이 없었다. 안부를 물을 것도 없었다. 서로의 차림새가 말해주고 있었다. 애복이는 보자기를 내놓았다.

"무듬실 어머니가 대장한테 전해달라고 하신 거야."

"어머니를 뵈었어? 어떠셔?"

"좋아. 잘 계셔. 바쁘셔서 못 오셨어. 대장이나 몸 성히 잘 지내래."

무수는 혼자서 지내고 계실 어머니 생각에 눈물이 핑 돌았다. 애복이한테 말했다.

"다시는 오지 마."

"왜?"

"나는 예전의 대장이 아니야. 한낱 비천한 종일 뿐이야."

"그런 소리 마. 내게는 영원히 대장이야."

"옷만 바꿔 입었지 아직 철이 안 들었네."

"그딴 거 몰라. 나는 대장이 돌아오기만 기다릴 거야."

"돌아갈 수 없어. 여기서 죽을 때까지 종살이를 할 뿐이라고."

"아냐, 희망을 가져. 무슨 방법이 있을 거야. 내가 속신을 해도 할 거야."

속신(贖身). 거금을 들여 천안에 올라 있는 노비의 이름을 빼내어 양민의 신분을 갖게 하는 것을 말하는 것이었다.

"나를 위해서 뭘 해서는 안 돼. 너는 네 갈 길을 가."

"싫어. 난 한날한시도 대장을 잊어본 적이 없어. 앞으로도 그럴 거야."

"그만 돌아가."

"기다릴 거야!"

애복이와 헤어진 무수는 영주소 서원과 함께 다시 영내로 들어왔다. 머릿속이 텅 비었다. 다시는 나가지 못할 바깥세상에 미련을 둬서는 안 될 일이었다. 애복이가 속신을 해주겠다고 했지만 어린 계집아이가 할 수 있는 일이 아니었다. 좀 더 커서 시집을 가면 그걸로 인연은 끝일 것 같았다. 속이 후련하도록 소리라도 마음껏 지르고 싶었다.

터벅터벅 기패청으로 가는 길에 연무장 풍경을 보았다. 군사훈련 점검을 앞두고 군병이 한창 조련을 하고 있었다. 수십, 수백의 군사가 들고 나는 탓에 마치 안개가 낀 듯이 흙먼지가 자욱했다.

연무장 가장자리에서는 여러 군관들이 환도를 빼 들고 장창군, 삼모장군, 부월군, 편추군과 같은 단병기를 든 군사들을 제각각 휘령(지휘)하고 있었다.

또 한가운데에서는 진법 훈련이 펼쳐지고 있었다. 교련 총관의 좌우로 깃발을 든 기패군이 줄지어 서 있었다. 그들은 총관이 명령을 내릴 때마다 깃발을 들었다 내렸다 했다. 번신(깃발 신호)에 따라 군사들이 대오를 지었으며 흐트러짐 없이 움직였다.

한 줄로 길게 줄지어 서는 장사진, 행군할 때 두 줄로 서는 원앙진, 군사가 많을 때 치는 오방진, 돌격할 때 치는 예진, 하나의 위군이 독립적으로 진을 치는 위독진, 군사의 수가 적을 때 치는 방패진…….

기병과 보군이 한데 어우러져 여러 가지 진법을 변화무쌍하게 펼치는 광경에 무수는 감격했다. 먹먹하게 꺼져 있던 가슴은 어느새 뜨겁게 두근거렸다. 지휘대에서 군사를 호령하는 교련 총관이 그렇게 부러울 수가 없었다.

"장수가 될 수만 있다면……."

무수는 터벅터벅 걸어서 기패청으로 돌아왔다. 지통 아이가 와서 무수를 찾았다.

"궁장 어른이 좀 보자고 해."

"알았어."

무수는 서원의 허락을 받아 군기소로 갔다. 박 공이 반겼다.

"봉수대를 오가느라 바빴던 모양이구나?"

"예, 궁장 어른. 그간 무고하셨어요?"

"나야 늘 부레풀을 먹고 살지."

박 공은 무수에게 각궁을 한 장 주었다. 활의 오금에 붉은 실을 감은 것이었다.

"우후 나리께서 쓰시던 것인데 활 아랫장이 탈이 난 것이다. 손을 봤으

100

니 네가 그럭저럭 쓸 만할 게다."

"나리께 돌려드려야 하지 않나요?"

"나리께는 새 활을 드려야지."

"고맙습니다. 궁장 어른."

무수는 공손히 받았다. 봉수대 아래에 있는 무학정에서 습사를 하고 있는 것을 박 공이 다 아는 눈치였다. 무수는 박 공이 영내에서 일어나는 일을 다 알고 있는 것이 신기했다.

"누가 일일이 알려주는 사람이라도 있나요?"

"내 나이가 되면 눈치로 다 알 수 있단다. 허허."

무수가 돌아온 지 얼마 지나지 않아 우병사 유훈이 기패청으로 왔다. 각 청을 돌면서 군관들을 상대로 무경을 강론하는 일정 중의 하나로 들른 것이었다. 무수는 곁방에 들어 있을 수 없어 바깥에 나와 기둥 옆에 앉았다. 안에서는 유훈의 강론이 시작되었다.

"정 장공의 지략으로 정나라가 제나라, 노나라와 연맹을 맺었다. 송나라는 이에 근심을 하여 채나라, 위나라와 굳건한 동맹을 이루었다. 그런 뒤 송나라는 동맹국 위나라와 함께 정나라를 칠 계획을 세웠다.

송과 위 동맹군은 정나라로 가는 지름길에 있는 대나라를 지나가려고 했다. 그러다가 대나라 군사들로부터 공격을 받아 전투를 벌이게 되었다.

그 첩보를 입수한 정 장공은 모호기를 높이 받들고 대나라로 출정했는데, 한창 송과 위 동맹군과 싸우고 있던 대나라에서는 정나라가 자신들을 도와주러 온 줄 알고 성문을 활짝 열고 반겼다. 그리하여 정 장공은 피 한 방울 흘리지 않고 대나라를 수중에 넣고, 송과 위 동맹군을 몰아냈다.

정 장공을 난세의 간웅 혹은 교묘한 지략가라고 하는데, 여기 앉아 있는 여러 군관들은 이 일에 대해 논하여 보라."

군관들은 서로 눈치를 보며 머뭇거렸다. 그러다가 한 사람이 입을 연 것을 시작으로 너나 할 것 없이 토론에 뛰어들었다. 토론은 점차 열기를 더해가서 의견과 견해가 갈리고 서로 목청을 돋우며 옥신각신하기에 이르렀다.

　따뜻한 햇살을 받고 기둥에 기대어 졸고 있던 무수가 잠꼬대를 했다.

　"선봉은 돌격하라! 나를 따르라!"

　갑자기 크게 외친 무수의 목소리는 강론을 하고 있던 군관들의 목소리를 다 합친 것보다 더 컸다. 우병사 유훈이 궁금해하며 밖으로 나왔다.

　시립해 있던 군사가 잠꼬대를 하고 있는 무수를 흔들어 깨웠다. 무수는 눈을 떴다. 고개를 두리번거렸다. 정신이 돌아온 무수는 우병사 유훈이 서 있는 것을 보고는 놀라서 얼른 머리를 조아렸다.

　"이 아이는 누구냐?"

　"저희 기패청에서 봉수 지통으로 있는 아이옵니다."

　유훈은 무수에게 물었다.

　"무슨 꿈을 꾸었느냐?"

　무수는 얼떨결에 대답했다.

　"정백의 모호기를 들고 달려가는 꿈을 꾸었사옵니다."

　"정 장공의 모호기를? 네가 하숙영이더냐?"

　무수는 머뭇거렸다.

　"영고숙이냐?"

　그래도 대답이 없자 유훈은 빙그레 웃었다.

　"아니구나. 너의 용모를 보아하니, 소년 장수 공손알이구나?"

　"황송하옵니다."

　"허허허, 그놈 기백이 남다른 데가 있구나. 종노릇을 하고 있기에는 아까운 아이로다."

무죄 면천되다

1

"후아, 후아!"

무수는 숨이 턱까지 차올랐다. 장승 앞에서 잠깐 한숨을 돌린 뒤에 산길을 뛰어오르기 시작했다.

병영에서 봉수대까지는 걸어서 두 시간, 봉수군관청에 전령문을 전하고 나서 쉴 수 있는 틈이 한 시간이었다. 그리고 돌아가는 시간이 두 시간. 그렇게 다섯 시간이 병영에서 봉수대를 왕복하는 데 봉수 지통 무수에게 주어진 시간이었다.

무수는 병영에서 봉수대를 오가는 전령의 시간 규정을 어기지 않으면서 활을 쏠 시간을 벌어야 했다. 그러자면 뛰어다니는 수밖에 없었다. 병영에서 봉수대로 갈 때는 뛰어가서 한 시간을 벌고, 또 돌아올 때도 뛰어와서 한 시간을 벌고, 봉수대에서 쉬는 시간 한 시간을 합쳐 세 시간 동안은 습사를 할 수 있었다.

무수는 여섯 순의 습사를 마쳤다. 조용백이 무수를 군관청으로 불렀다. 떡 한 접시와 조청 한 종지를 주었다.

"천천히 먹거라."

무수가 배 속으로 밀어 넣듯이 다 먹고 나서 인사를 하고 가려는데 조용백이 또 무언가를 내밀었다. 새 궁대였다.

"어서 가봐. 내일 잘하고."

"고맙습니다. 군관 나리."

궁대를 가슴속에 넣은 무수는 봉화산을 뛰어 내려와 나는 듯이 병영으로 내달렸다. 한 시간이 채 걸리지 않았다. 기패청에서는 군관들과 서원들이 활쏘기에 관해 말을 주고받고 있었다.

"대회 전날에는 밥 먹는 일 외에는 두 팔을 안 쓴다는 말이 있지."

"그만큼 체력 비축이 중요하다는 말이 아니겠사옵니까?"

"잔뜩 긴장해서도 안 되고, 초조해해도 활이 안 맞아."

"그러게. 들뜨지 않는 평정심이 참 중요한 일이야."

일과를 마치자 무수는 마음이 어수선해 기패청 곁방에만 들어앉아 있을 수 없었다. 바깥바람을 쐬고 싶었다. 뜰을 어슬렁거리다가 본국검법 연습을 했다. 그래도 마음이 안정되지 않았다. 군기소 궁장을 찾아갔다.

"그러잖아도 내가 기패청으로 가보려고 했더니."

"어인 일로요?"

"자, 이거. 죽시장에게서 받아놓은 것이란다."

박 공은 새 화살 열 대를 무수에게 주었다. 받아 든 무수는 화살의 깃간마다 글귀가 씌어 있는 것을 보았다. 일시천금(一矢千金)이었다.

"매시 매순, 한 발 한 발의 화살을 천금과도 같이 귀하게 여겨서 정성을 다하고 혼신을 기울여서 쏘아야 한다는 뜻이다."

무수는 숙연했다.

"잘 알겠어요. 궁장 어른."

영사례가 열리는 아침이 밝았다. 사정(활을 쏘기 위한 정자)으로 군관들이 속속 모여들었다. 우병사 유훈, 우후 서예원, 봉수대 행수관 조용백,

군기소 궁장 박 공의 모습이 보였다. 무수는 그들에게 가서 일일이 인사를 했다.

군관 한 사람이 무수가 참가한 것에 대해 시비를 걸고 나왔다.

"네 이놈, 영노 주제에 여기가 어디라고 궁대를 차고 있느냐? 썩 풀고 물러가지 못하겠느냐?"

무수는 고개를 숙인 채 가만히 서 있기만 했다.

"듣자 하니, 네놈이 늘 특별한 대접을 받고 있다고 영내에 소문이 나 있던데, 앞으로는 신분에 맞게 처신해야 할 것이다."

그때 우후 서예원이 나섰다.

"영노는 활을 쏘지 말라는 법이 있던가?"

"우후 나리, 법을 따질 일이 아닌 줄 아옵니다. 우리 병영에서 언제부터 하찮은 영노가 지엄하신 병사또 영감과 같이 나란히 서서 활을 쏘았사옵니까? 활은 예라고 하는 바, 그렇게 하는 것은 예도 아니고 또한 전례가 없는 일이옵니다."

"활쏘기는 나라가 장려하는 바이다. 그리하여 우리 병영의 오랜 전통은 영사례만큼은 여러 군관들과 군사, 공장, 영리 등이 다 참여하도록 권장해 왔다. 그런데 대개 군관들 말고는 모두 맡은 바 일이 바빠 참여할 시간을 내지 못한 것일 뿐이다."

"천역에 있는 자들은 그들의 직분을 제 스스로 알기 때문에 활을 잡지 않는 것이옵니다. 그 때문에 비록 활쏘기가 허락되어 있다고 하더라도 아무도 하지 않았던 것입니다."

"예로부터 활에 귀천이 어디 있던가? 영내 모든 사람이 활을 쏠 수 있다는 것은 저 아이로부터 증명이 될 것이고, 또한 오늘의 그런 일이 후일의 전례가 될 것이다."

두 사람의 대화를 듣고 있던 우병사가 간단히 말했다.

"우후의 말이 옳다. 더는 논하지 말라."

유사가 영사례의 개시를 알렸다. 우병사 유훈이 심판대에 올라가 개회 선언을 했다. 그런 뒤에 덧붙였다.

"그리고, 강력한 장원 후보인 여러 군관들이 입직인 탓에 금일의 사례에 참여하지 못하게 된 것이 모두에게 행운이 아닐 수 없소."

모든 사람들이 웃으며 박수를 쳤다.

"그럼 어디 욕심을 좀 내볼까?"

"아서, 그러다 잔뜩 힘이 들어가서 가뜩이나 못 쏘는 활을 더 망칠라."

사정 옆 그늘대에는 영주소에서 갖가지 음식을 차려놓았다. 궁사들은 식탁 앞에 둘러서서 먹고 마시고 했다.

이윽고 심판관이 심판대 위에 올라가서 경기 진행 방법을 설명했다.

"과녁의 정곡에 맞히면 3분, 정곡 근처에 맞히면 2분, 과녁의 가장자리에 맞히면 1분으로써 분수를 매길 것입니다. 그리하여 3순 15시를 합산해 등위를 결정하겠습니다. 그러면 작대를 하겠습니다. 다들 작대 신청을 해주십시오."

군관들은 유사와 서원이 앉아 있는 접수처로 몰려갔다. 제1대는 벼슬 순 또는 궁력(활을 쏜 경력)이 오래된 순서대로 서는 것이 관례였다. 제1대는 추첨 없이 우병사, 우후 등의 순으로 배정되었다. 제2대부터는 신청한 순서대로 결정되었고, 무수는 맨 마지막 대가 되었다.

작대를 마친 무수는 사정에 딸린 궁방으로 갔다. 부려놓은 각궁을 얹어야 했다. 궁방에는 활을 얹으려는 군관들로 발 디딜 틈이 없었다.

궁장 박 공이 있는 자리로 갔다. 박 공은 화로 위로 활을 들고 불을 쬐여주고 있었다. 무수가 오는 것을 보고는 곁을 내주었다. 무수는 활집에서 활을 꺼내 한 번 매만져 보고는 도지개를 채웠다.

"이젠 제법이구나."

박 공은 활을 다 얹은 뒤에 궁대로 활대와 시위를 잘 감아두었다. 그러고는 무수의 활을 건네받아 봐주었다. 시위를 걸어서 살펴보더니 고개를 갸웃했다.

"여길 봐. 삼삼이가 많이 죽었지? 이걸 살려야 하니까……."

박 공은 활을 부려 활대에 불기운을 쬐었다가 다시 시위를 걸고 살살 밟기까지 했다.

"이제 됐다. 잘 간수하렴."

무수는 따가운 시선이 느껴졌다. 처음 우후 서예원과 무수의 자격에 대해 입씨름을 하던 바로 그 군관이었다. 활도 얹었으므로 무수는 그 군관의 눈길을 피해 밖으로 나왔다.

그늘대 옆에 서서 멀리 과녁 쪽을 바라보았다. 높이 서 있는 게양대에 풍향기가 가볍게 펄럭이고 있었다.

風旗無向　　바람깃발은 집착이 없으니
長久不顚　　오랫동안 넘어지지 않는다.

"뜻이 높고 도량이 커서 시류에 치우치지 않는 사람은 무엇에도 걸려 넘어지지 않고 언제나 자기 자리에서 굳건하다는 뜻이다."

언젠가 활을 쏘고 나서 화살을 주우러 갔을 때 봉수 군관 조용백이 게양대 아래로 데리고 가서 기둥에 적혀 있는 것을 읽어보라고 하고는 풀이해 준 말이었다.

사대에서 120보 거리에 있는 과녁은 네모난 백포였다. 위쪽에는 가로로 길게 숫자가 적혀 있었고 그 밑에는 검게 네모난 정곡이 그려져 있었다.

과녁의 한 발짝 뒤에 나무기둥을 좌우에 세워놓고, 백포 위쪽의 두 귀에 줄을 매어 기둥에 묶고, 백포 아래쪽 두 귀에 줄을 매어 팽팽하게 당겨서 땅에 박아둔 정에 묶어놓았다. 그리하여 네 귀가 당겨져 백포가 쫙 펴지게 했다. 이렇게 사포(백포 과녁)가 여덟 보 간격으로 세 관(과녁)이 설치되어 있었다.

무수는 그늘대 의자에 앉았다. 차분히 심기를 가다듬었다. 활을 쏘는데 있어서 되새겨야 할 가르침들이 있었다.

"선찰지형, 후관풍세……."

하나하나 속으로 뇌었다. 잠시 후 심판관이 심판대에 올라 외쳤다.

"제1대는 사대로 나오시오!"

우병사를 비롯한 고관들이 나왔다. 궁장 박 공도 1대에 들어 있었다. 옛 명궁에 대한 예우였다.

"허허, 매도 먼저 맞는 것이 낫고 활도 먼저 쏘는 것이 낫지."

"쏠 때마다 다른 것이 활이라고 하니 오늘은 누가 운이 좋을지 모르겠군요."

활이란 그런 것이 묘미였다. 어떤 때에는 천하 명궁이 한 순을 쏴서 불(한 순 다섯 발을 하나도 못 맞히는 것)을 내는 경우가 있고, 얼마 안 된 초짜가 몰기(한 순 다섯 발을 다 맞히는 것)를 하는 경우도 있는 것이었다.

드디어 제1대가 사대에 들어서서 각자 쏠 자리에 섰다. 심판관이 심판대 아래에 있는 급창에게 일렀다.

"과녁에 살 간다고 하거라."

급창이 큰 소리를 질렀다.

"살 가오!"

멀리 과녁 쪽에서 거기(과녁 옆에서 깃발로 신호하는 사람)가 땅속에 있다가 깃발만 올려 둥글게 흔든 다음 쏙 내렸다. 그것을 확인한 심판관이 사대를 향해 말했다.

"제1번 사수, 초시 발시하시오."

우병사 유훈이 발 자세를 잡고는 허리에 차고 있던 화살을 빼 들었다. 활시위에 화살을 걸고는 잠시 과녁을 바라보더니 활을 높이 들었다가 내리면서 당겨 조준을 했다. 그런 뒤 깍지 낀 손을 힘차게 뒤로 뺐다.

"피웅!"

시위가 떨어지는 소리와 함께 화살은 허공에 떠서 까마득히 날아갔다. 곧이어 땅속 개자리(감적관, 거기, 획창이 들어가 숨는 구덩이)에 있던 감적관과 거기, 획창(과녁 옆에서 명중 여부를 알려주는 사람)이 나왔다. 거기는 고전기를 들고 화살이 떨어진 자리를 가리켰다. 감적관이 인정을 하자 획창이 크게 소리쳤다.

"불이오!"

화살이 과녁에 맞지 않고 빗나갔다는 말이었다. 사대 뒤에 있던 심판관이 말했다.

"뒤났사옵니다."

화살이 과녁의 왼쪽으로 갔다는 뜻이었다. 우병사는 고개를 끄덕이며 중얼거렸다.

"줌손에 힘이 너무 들어갔나?"

과녁 옆에서 화살을 확인한 세 사람은 개자리로 다시 들어갔다. 이어 두 번째로 우후 서예원이 쏘았다.

"변이오!"

고전기가 과녁의 가장자리에 맞혔다는 신호와 함께 획창이 외쳤다. 우병사 유훈이 추켜세웠다.

"초시부터 관중이라니, 오늘 서 우후의 날인가 보오."

"과찬이옵니다."

심판관의 지시에 따라 궁장 박 공이 쏘았다.

"정곡이오!"

박 공이 쏜 화살이 백포를 뚫어 꽂히는 것이 사대에서도 보였다.

"허허, 과연 박명궁, 박 공이외다."

조용백이 쏜 첫 발은 아슬아슬하게 과녁의 오른쪽 끝을 스치듯이 빗맞고 말았다. 앞났음을 알리는 고전기와 함께 불이라는 소리가 들렸다.

그 뒤에 남은 사람들도 초시를 다 쏘았다. 다시 우병사 유훈이 두 번째 화살을 쏠 차례가 되었다.

"양(화살이 과녁 위쪽에 맞는 것)이오!"

사대에서 활쏘기가 진행되는 동안 차례를 기다리는 군관들 대부분은 얼굴에 긴장감이 역력했다. 영사례에서 등참을 하게 되면 사도(인사고과)에 큰 도움이 되기 때문이었다. 초조해지는 마음을 달래려고 술을 많이 마셔 얼굴이 불쾌해진 군관들도 있었다.

"앗!"

사대에서 활을 쏘던 궁사가 소리를 질렀다. 무수가 영사례에 참가한 것을 시비하던 바로 그 군관이었다. 사람들의 눈길이 일제히 쏠렸다. 화살이 그의 팔목을 꿰고 있었다. 금이 가 있던 화살을 쏘는 순간에 완전히 부러지면서 사고가 난 것이었다. 자칫 방심하면 활터에서 드물게나마 일어나는 일이었다.

"의원! 의원을 불러오라!"

심판관은 자리에서 벌떡 일어났다. 의원이 의궤를 옆구리에 끼고 달려왔다.

그는 우선 화살 한 대를 면포로 싸서 군관의 입에 물게 했다. 사람들에게 그의 몸을 꽉 잡게 하고, 팔목을 관통한 화살 촉대를 잘라냈다. 그런 다음 화살의 깃대 쪽을 꽉 잡고 힘껏 당겨 빼냈다.

"으악!"

팔목의 양쪽 구멍에서 피가 주르르 흘렀다. 의원은 백급(대암풀 뿌리) 가루를 상처에 한 줌씩 대고 목화솜으로 누르며 단단히 처맸다.

"손가락을 움직여 보십시오."

군관은 다섯 손가락을 까딱까딱했다.

"다행히 뼈에는 이상이 없사옵니다. 피가 멎도록 팔목을 높이 들고 다른 손으로 꽉 누르고 계십시오."

군관은 고통을 참느라 붉게 상기된 얼굴이었다. 그늘대 아래에 앉아서 팔을 높이 든 모습이 마치 벌을 서는 듯했다. 그 모양을 본 우병사 유훈이 모든 궁사들에게 일렀다.

"다들 다치는 일이 없도록 매시 점검을 잘하라."

대회는 재개되었다. 지루한 기다림이 끝나고 무수가 쏠 차례가 되었다. 다들 눈여겨보는 가운데 무수는 초시를 먹여 쏘았다.

화살은 공중에 떠서 먼 과녁으로 날아갔다. 과녁 바로 앞에 박히면서 모래가 튀었다.

"불이오!"

그때 누군가 내뱉었다.

"코 박았군."

뒤에서 지켜보고 있던 박 공이 나지막이 일렀다.

"화살이 과녁을 넘어가도록 쏠지언정 과녁 앞에 떨어지도록 쏘는 것은 금물이다."

이윽고 무수가 다섯 번째 화살을 쏜 것을 끝으로 초순 내기가 끝났다. 전체가 다 한 순씩 쏜 것이었다.

"살치오!"

급창의 소리에 지통 아이들이 나타나 과녁 주위에 떨어져 있는 화살을 주웠다. 세 아이가 모아서 날라 왔다. 한 아이는 무수에게 눈을 찡긋했고, 또 다른 아이는 엄지를 척 세워 보였다. 화살을 거치대에 놓고 돌아선 대통 아이는 주먹을 불끈 쥐어 보이며 무수에게 사기를 북돋워 주었다.

거치대에 놓인 화살 중에는 과녁 기둥을 치고 나가면서 부서진 것도 있었다. 무수는 멀찍이 떨어져 서 있다가 궁사들이 제각각 화살을 다 찾아가고 난 뒤에 맨 마지막으로 남은 제 화살 다섯 대를 챙겼다.

긴 시간 끝에 중순과 종순이 다 끝났다. 심판관 옆에 앉아 있던 서원은 시지에 적은 것을 일일이 재점검하며 분수 계산을 했다.

초순과 중순, 종순을 합산한 결과 15시 15중은 아무도 없었고, 14중이면서 동분(동점)이 두 사람 나왔다. 궁장 박 공과 병마우후 서예원이었다. 두 사람은 한 순 다섯 발을 쏘는 단순비교사례를 했다. 박 공이 5시 5중 13분으로 장원을 차지했고 서예원이 5시 4중 11분으로 차상이 되었다.

15시 13중 동분은 다섯 사람이 나왔다. 단순비교사례 결과 봉수 군관 조용백이 그들 중 수위에 올라 전체 중에서 3위로 차하가 되었다. 15시 12중 동분은 무수를 포함해 열한 사람이 나왔고 단순비교사례 결과 무수가 전체 9등에 매겨졌다.

"대단한 아이로군."

"이거 우리 체면이 말이 아닌데?"

"그러게 말일세. 쩝."

시상식이 열렸다. 박 공은 장원상으로 상장과 시지 그리고 정포 한 필을 받았다. 5등까지만 등참이라 하여 상을 받았다. 무수는 아무런 상도 받지 못했지만 수많은 군관들과 겨뤄 9등이나 해서 기분이 썩 좋았다.

우후 서예원이 우병사 유훈에게 아뢰었다.

"영노 아이가 드문 재주를 보였사옵니다. 특별히 상을 내리심이 어떠하온지요?"

우병사 유훈은 무수를 앞으로 불러내고 자애로운 얼굴로 내려다보았다.

"너는 지난번에 기패청에서 강론을 엿듣다가 잠꼬대를 한 아이가 아니냐? 허허, 과연 기특한지고."

유훈은 좌중에게 물었다.

"이 아이에게 어떤 상을 내리면 마땅하겠는가?"

조용백이 나서서 아뢰었다.

"지금 힘든 봉수 지통 노릇을 하고 있사오니, 영내의 일을 주었으면 좋겠사옵니다."

우병사 유훈은 무수에게 물었다.

"어디로 가고 싶으냐? 먹을 것이 많은 영주소로 보내주랴?"

무수는 망설이다가 대답했다.

"소인, 군마를 돌보고 싶사옵니다."

"거긴 누구도 가기를 꺼리는 가장 힘든 곳인데?"

"그래도 괜찮사옵니다."

"그래? 네 정히 가고 싶다면 원하는 대로 보내주마."

2

봉수 군관 조용백은 격검과 영사례에서 각각 장원과 차하로 등참한 성과가 크게 참작되어 병영 내로 다시 불려 들어왔다. 그리하여 군뢰부 행수관으로 자리를 옮겼다. 정6품의 자리를 맡게 된 조용백으로서는 수직(守職:품계는 낮고 관직이 높은 것)이었다. 그것은 머잖아 사도 품의에서 승진이 될 것을 의미하기도 했다.

조용백은 새로 부임해 휘하의 군관, 서원, 사령들에게 위엄을 보이고 기강을 세우는 한편, 작은 실수에 대해서는 비록 군법에 저촉되는 일을 했다 하더라도 관대한 인덕을 보였다. 그리하여 관속들이 점차 그를 신뢰하고 존경하며 직무에 관해서만이 아니라 마음으로부터 따르기 시작했다.

"새로 오신 염라대왕은 어떤 놈인가?"

"그놈이 그놈이지 별다르겠어?"

병영의 군뢰(병영 내 감옥)는 여느 관아의 옥사와는 비교도 할 수 없을 정도로 처절한 환경이었다. 수인들 중 누가 죽어 나가더라도 눈 하나 깜짝하는 사람이 없는 곳이었다. 너무나 혹독해 수인들은 군뢰청을 명부(지옥)에 비유했고, 행수관은 염라대왕, 군관들은 귀왕, 군뢰 사령들은 저승사자라고 했다.

조용백은 군뢰를 살피고 수인들을 점검했다. 빈대에 물려 가려운 나머지 마구 긁어대어 살갗에 온통 피딱지가 앉은 수인이 있었다. 정도의 차이가 있을 뿐 다들 빈대, 이, 벼룩 같은 물것들에 시달렸다.

"비록 죄를 지었다고 하나 그들도 엄연히 사람의 일종이 아니겠는가?"

조용백은 옥사의 바닥에 깐 오래된 짚을 걷어냈다. 썩은 냄새가 진동했다. 밖으로 다 끄집어내 불태웠다. 그런 뒤에 바닥을 깨끗이 쓸어내고 짚 대신에 멍석자리를 깔아주었다. 수인들은 마치 새 집에 든 듯이 좋아했다.

상처 난 사람과 병든 사람은 하나하나 의원에게 보여 그에 맞게 처방해 구료(어려운 사람을 치료해 줌)해 주었다.

중죄인도 하루에 한 번씩 감옥 밖으로 내보내 햇빛을 쬐게 하고, 옷을 벗어 이와 빈대를 잡고 탈탈 털게 했다. 경죄인은 텃밭을 가꾸게 해 수확하는 남새를 영주소에 갖다 주고, 남는 것은 수인들이 찬으로 먹게 했다.

군뢰의 여러 가지 상황이 전에 없이 좋게 되었다. 옥사 내에서 수인들끼리 치고받고 싸우는 일이 크게 줄어들었고, 밤낮없이 새 나오던 시끄러운 소리가 잠잠해졌다. 관속들은 입을 모아 칭송했다.

"참, 대단하신 분일세."

"지금껏 아무도 하지 않았던 일을 소신껏 도모하시다니 본받을 일이고말고."

수인들은 수인들대로 칭송했다.

"염라대왕이 아니라, 지장보살인 게지."

"어디 다른 곳으로 안 가시고 계속 군뢰청에 게시면 좋겠구먼."

"그러게. 언제 갈려 가실지 그것이 걱정일세."

군뢰에 대한 일을 어느 정도 처리한 조용백은 자신의 관할 지역으로 눈을 돌렸다. 경상 우병영은 경상우도의 주진으로서 낙동강의 서쪽 지역이 다 관할지였다.

거진으로는 상주, 진주, 김해가 있었는데, 수령인 목사 또는 부사가 병마첨절제사를 겸직했고, 중진이 되는 성주, 선산, 금산(김천), 합천, 초계, 함양, 곤양, 창원, 함안은 부사나 군수가 병마동첨절제사를 겸임해 다스리고 있었다.

개령, 지례, 고령, 문경, 함창, 거창, 사천, 남해, 삼가, 의령, 하동, 산음, 안음, 단성, 거제, 칠원, 진해, 고성, 웅천 등 제진 열아홉 곳은 고을 현감이 병마절제도위가 되어 군무를 병행하고 있었다.

조용백은 군관 회의를 주관했다. 한 군관이 아뢰었다.

"나리, 소관이 근자에 미행을 하다가 칠원 현감이 관아 호방과 짜고 군포를 착복한 혐의를 포착했사옵니다."

"명백한 증거를 찾아내기 전까지는 절대 새 나가서는 안 될 것일세. 증인과 물증을 확보하는 데 주력하게."

얼마 지나지 않아 군뢰 서리 둘과 함께 미복 차림으로 미행을 다녀온 군관은 증인의 진술과 빼돌린 군포를 숨겨둔 곳을 찾아냈다고 아뢰었다.

조용백은 우병사 유훈에게 단독으로 직접 보고를 했다.

우병사 유훈은 병조에 장계를 올렸다. 임금의 명이 떨어지자 유훈은 그 즉시 군사들을 출동시켜 칠원 현감을 포박하고 관아 곳간은 봉고(창고를 봉함)했다. 또한 칠원 현감을 감독할 책임이 있는 창원 부사도 징계했다.

조용백은 거기서 그치지 않고, 모든 군정 문란에 대해 각 고을에 사찰과 내사를 은밀히 추진했다. 그리하여 둔전(군에서 경작하는 토지)의 수확물을 횡령한 선산부의 아전을 잡아들였고, 군물을 야금야금 민간에 잠매(밀매)해 이익을 몰래 챙겨온 일이 들통이 나자 산속으로 달아난 초계군의 호장을 추포해 압송했다.

그러한 일들이 경상우도 모든 고을과 제진에 알려지자 각 고을 수장들은 목을 움츠리며 본관의 군정에 과실이 없나 세밀히 살피기 시작했다. 조용백이 행수관으로 있는 경상 우병영 군뢰부의 위엄은 날로 높아져 갔다.

우후 서예원이 군뢰청을 찾았다. 조용백은 반갑게 맞이하며 자리를 내주었다.

"조 부장의 활약이 대단하다지?"

"과찬이옵니다."

서예원은 주저하다가 슬며시 말을 꺼냈다.

"무수라는 아이는 어찌 지내고 있는지 아는가?"

"군마청으로 간 뒤로는 한 번도 보지 못했사옵니다."

"궁검에 남다른 재주를 보이는 아이인데. 그것참."

"소관이 군마청에 한번 들러보겠사옵니다."

"그렇게 하게. 그런데 조 부장. 그 아이가 커갈수록 자별한 데가 있지 않은가?"

"소관도 그렇게 생각하고 있사옵니다."

"그래서 문득 든 생각인데, 내 보기에 그 아이가 무슨 큰 죄를 지은 것 같지 않다는 말일세."

조용백은 그제야 서예원이 무슨 말을 하려는지 감을 잡았다.

"우후 나리의 의중을 잘 알겠사옵니다. 소관이 직접 무수가 영노로 오게 된 내력을 좀 알아보겠사옵니다."

"스스로 애쓰고 있는 것이 기특해서 말일세."

우후 서예원은 군마청이 있는 쪽으로 고개를 돌렸다. 그러고는 중얼거렸다.

"시운을 타고나지 못한 아이로 그칠 것인가……."

무수는 물지게로 물을 져 날랐다. 여러 물독에 물을 다 채우려면 서둘러야 했다. 종종걸음을 쳤다. 마사에 들어서서 물독이 있는 방으로 가려는 찰나였다.

"네 이놈, 이제껏 뭘 하고 아직 물지게를 지고 있느냐!"

한쪽 팔목을 처맨 군관이 꾸짖었다.

"속히 마방을 깨끗이 치우지 못할까!"

처음 군마청에 온 날부터 줄곧 그의 괴롭힘이 이어져 왔다. 이른 아침부터 한시도 쉴 틈 없이 일을 해도 이런저런 트집은 그치지 않았다. 물을 길어 나르고, 마구간을 치우고, 꼴을 먹이고, 잔등을 글겅이로 긁어 빗겨 주고…….

그것만이 아니었다. 말발굽을 일일이 들어보아 대갈이 닳아 있거나 못이 튀어나와 있으면 장제간(편자를 갈아주는 곳)으로 끌고 가 고쳐주고, 심지어는 좌두전(말먹이 마련을 위한 콩밭)도 매야 했다.

"활을 잘 쏜다면서? 그런데 왜 여기로 왔어? 좋은 데 보내달라고 하지 않고?"

"저 헛댁이한테 찍히면 안 되는데……."

군관에게서 괴롭힘을 당하는 것을 본 동료 아두시(말을 돌보는 사내아이)가 걱정을 했다. 무수는 괜찮다는 듯이 빙그레 웃었다.

"그 군관 나리를 왜 헛댁이라고 불러?"

"하는 짓이 다 헛짓거리니까."

"다 잘하는 것처럼 행동하는데, 실제로는 제대로 할 줄 아는 게 아무것도 없어."

물을 다 길어놓은 무수는 마구간을 청소하기 시작했다. 말을 밖으로 끌어내 두고, 꼴통과 물통도 들어냈다. 바닥의 변과 흙을 긁어서 삼태기로 퍼 담아 날랐다. 그러고는 마른 새 흙을 깔고 톱밥을 그 위에 한 켜 덮었다. 말을 안으로 들여놓은 다음에 꼴통을 깨끗이 씻어서 들여놓았다.

한 마사에 있는 마구간은 좌우로 스물다섯 칸씩 쉰 칸이나 되었다. 그것을 혼자서 다 치우자니 무수는 허리가 끊어지고 팔다리가 부러지는 듯했다. 눈코 뜰 새 없이 일을 하다 보면 어느새 저녁이 왔고, 잠시 한숨을 돌리는 겨를에 곯아떨어지기 일쑤였다.

이른 새벽에 눈을 뜨면, 가장 먼저 우병사의 전용마가 들어 있는 마방(마구간)으로 달려갔다. 밤새 별탈이 없었는지 확인하는 일이 일과의 시작이었다. 우병사의 말은 입술만 검고 나머지는 다 흰 백설총이였다. 명마다운 자태를 뽐내는 말이라 우병사 유훈이 각별히 아꼈다.

말을 쓰다듬으며 주의를 기울여 살펴야 할 것은 코에치였다. 말의 코에 딱딱하게 굳은살이 박히는 병이었다. 그런 다음에는 네 발이 성한지 확인했다.

발굽을 확인하다가 뒷발길질에 차일 수 있어 무척 조심해야 했다. 함부로 말의 뒤로 가서는 안 되었다. 말은 시야가 넓어서 뒤쪽을 어느 정도 볼 수 있는데, 제 꽁무니 쪽은 볼 수 없어서 사람이 그쪽으로 가면 위협을 느껴 발길질을 하기 때문이었다.

우병사의 전용마를 확인했으면 그다음은 우후의 말을 살펴야 했다. 우후의 전용마는 청가라였다. 온몸의 털이 검붉게 빛이 났다. 엉덩이가 알맞게 솟아 있어 하루에 천리를 달릴 만한 말이었다.

그들 말 이외에 각 청사의 행수관까지 전용마가 있어서 특별히 신경을 써서 보살펴야 했다. 또 영문 밖 출입이 잦은 군뢰부의 말들도 세심한 손길을 주어야 될 말들이었다.

그 밖에 잘 돌봐야 할 말이 더 있었다. 종마, 새끼를 밴 암말, 낳은 지 얼마 되지 않은 망아지들이었다.

"큰일 났다!"

"망아지가 달아났어!"

무수는 소리를 지르는 아두시를 따라 마장으로 나갔다. 마구간 청소를 하고 난 뒤에 말을 다시 끌어 넣고는 빗장을 걸어두어야 했는데, 그것을 까먹고 꼴통을 가지러 간 사이에 슬금슬금 밖으로 뛰쳐나간 것이었다.

달아난 망아지는 마장을 달리고 있었다. 아두시들이 뒤따라 뛰었지만 망아지를 따라잡을 수 없었다. 목매기(아직 코를 꿰지 않고 목에 고삐만 맨 말)만 한 망아지는 사람들이 따라오자 겁을 먹고 더욱 속력을 냈다.

아두시들이 다 지쳐 달리기를 멈추려는 바로 그때, 한 아이가 쏜살같이 마장으로 달려 나왔다.

"무수다!"

무수는 거리를 두고 망아지의 꽁무니를 따라 달렸다. 모든 아두시들이 마장 가에 서서 그 모양을 지켜보고 있었다.

망아지는 마장을 돌면서 흘금흘금 뒤를 돌아보았다. 무수는 쉬지 않고 끈질기게 뒤따르고 있었다. 마침내 지친 망아지가 속도를 줄였다. 그 찰나 무수는 전력으로 질주했다. 망아지가 깜짝 놀라 속도를 다시 늘리기도 전에 거리가 좁혀졌다.

무수는 들고 있던 올가미를 망아지의 대가리를 향해 휙 던졌다. 올가미는 정확하게 망아지의 목에 걸렸다. 무수는 망아지를 안심시키려고 같이 달리면서 차츰 속도를 늦췄다.

"우어, 우어, 오왕, 오왕."

드디어 망아지가 그 자리에 섰다. 무수는 푸르르 투레질을 하는 망아지의 뺨을 어루만져 주었다. 땀을 흘리며 지친 기색이 역력했다. 천천히 끌면서 마사로 돌아왔다. 아두시들이 다 좋아하며 반겼다. 아두시들의 우두머리인 꼭달이 다가왔다.

"대단하네. 너는 사람이야, 말이야?"

다른 아두시들도 무수의 체력과 재간을 칭찬했다.

"무수에 대한 말이 헛소문이 아니었어."

"어떤 말?"

"장차 장수가 될 거라고 하는 소문 못 들었어?"

"종이 무슨 장수가 돼?"

"왜 못 돼? 언젠가는 될 방법이 있겠지."

그날부터 마사에 있는 말들 중에서 자주 날뛰는 말, 잘 깨무는 말, 사람의 접근을 거부하는 사나운 말…… 다루기 힘든 모든 말은 전부 무수의 차지가 되었다. 무수는 날이 지날수록 말을 길들이는 재주를 더해 갔다.

헛댁이 군관이 마장에서 승마 조련을 마치고 나서 사마치(말을 탈 때 입는 갑옷 같은 치마)와 마상치(말을 탈 때 신는 가죽신)를 벗어놓고는 엉덩이를 문지르며 하소연을 했다.

"저놈은 어찌나 가탈을 부리는지, 무수 네놈이 잘 좀 길들여 놓아야겠다."

"알겠사옵니다. 군관 나리."

사람이 길마에 타고 앉아 있기가 불편하도록 자꾸만 가치작가치작 탈탈거리면서 걷는 버릇이 있는 말이었다. 무수는 그 말을 숙마(잘 길들여진 말)로 길들이기 위해 굴레와 재갈을 물리고 밖으로 데리고 나왔다.

힐금힐금 눈치를 보는 말을 마주나무(말을 매두는 나무)에 고삐를 묶어 놓고는 돌아와 버렸다. 말은 혼자 묶여 있는 바람에 답답하고 불안해 안절부절못하다가 점차 차분해졌다. 그러기를 여러 날 하고 난 뒤에야 무수는 말을 타고 고삐를 죄며 가탈거리지 못하도록 했다. 걷는 것이 나아지자 무수는 채찍을 쳐 말이 힘껏 달리도록 했다.

"세상의 좋은 말은 채찍 그림자만 보아도 달린단다. 이랴, 이랴!"

멀리서 그 모습을 가만히 지켜보는 사람이 있었다.

"저 아이가 말을 타고 싶어서 여길 자원한 게지."

말달리기를 마치고 돌아오던 무수는 조용백을 향해 절을 했다.

"군뢰부장 나리께서 어인 일이셔요?"

"말을 아주 잘 다루는구나."

"아직 멀었어요. 속으로는 말이 무섭기만 한걸요."

"허허, 누가 그 말을 믿겠느냐? 무릇 궁검과 마상재는 장수의 기본이다. 말만 탈 줄 아는 장수는 진정한 장수가 아니다. 스스로 그 말을 알아야 한다. 그래야 사람과 말 사이에 신뢰가 쌓여 그 둘은 하나가 될 수 있다. 장수는 그제야 비로소 말을 탈 줄 안다고 하는 것이다."

"예, 나리."

무수는 조용백의 전용마를 끌고 나왔다. 조용백은 말안장에 훌쩍 뛰어올라 마장으로 나가더니 두어 바퀴 걷다가 천천히 달렸다. 그러고는 말을 몰아 세차게 질주했다. 조용백이 능수능란하게 말을 다루는 솜씨에 무수는 감탄했다.

"검술, 궁술, 말타기까지, 정말 대단하신 분이야."

조용백이 마장 가 버드나무 아래로 가서 말을 세우고 내렸다. 무수는 그쪽으로 갔다. 두 사람은 쉼터에 앉았다.

"일이 많이 힘들다고 들었다. 어디 몸 상한 데는 없느냐?"

"괜찮아요. 말을 탈 수 있어서 좋아요."

조용백은 잠깐 뜸을 들였다가 말했다.

"오랫동안 뵙지 못했으니, 어머니가 많이 보고 싶겠구나."

'아, 어머니……'

자나 깨나 한시도 잊지 않은 이름이었다. 무수는 침을 꿀꺽 삼켰다. 잘 넘어가지 않았다. 조용백은 한동안 아무 말도 하지 않고 있다가 일어났다.

"몸 성히 다른 아이들과 잘 지내도록 하거라."

"예, 군뢰부장 나리."

군마청 관속들이 휴무를 하는 날이었다. 마사와 마장은 아두시들의 차지였다. 꼭달이가 말 한 필을 끌고 마장으로 나갔다. 다른 아이들은 모두 지켜보고 있었다. 영문을 모르는 무수가 물었다.

"뭘 하려는 거지?"

"잘 봐. 무수 너는 아마 꼭달님의 재주를 처음 볼걸?"

꼭달이는 말에 오르는 방법부터가 달랐다. 말을 가만히 세워놓고는 말 머리로부터 멀리 떨어지더니, 땅재주를 뒤로 휘릭휘릭 넘으면서 다가가다가 마지막에는 공중제비를 한 바퀴 돌며 말안장에 척 내려앉는 것이었다.

"우와!"

"역시 꼭달님이야."

아이들은 탄성을 지르며 박수를 쳤다.

"저건 찬도라고 하는 마희술이야. 군관들도 저 기술을 하는 사람은 없지."

꼭달이가 마희술을 부리면 부릴수록 무수에게는 놀라움의 연속이었다. 마장을 여남은 바퀴를 돌면서 갖가지 재주를 선보인 꼭달이는 훌쩍 몸을 솟구치며 두 다리를 벌려 말의 뒤쪽으로 내렸다. 말은 계속 달리고 있었고, 꼭달이는 땅에 내리자마자 곧바로 말을 뒤쫓아 갔다.

천천히 달리는 말을 따라가더니 찰랑이는 꼬리를 두 손으로 잡았다. 그러고는 땅을 박차고 올라 몸을 옆으로 눕히며 안장에 올라타려고 했다. 그때 말이 엉덩이를 솟구치면서 펄쩍 뛰었다. 그 바람에 하마터면 꼭달이는 뒷발길질에 차일 뻔했다. 마장에 떨어져 몸을 한 바퀴 구른 꼭달이가 툭툭 털며 일어났다.

"또 실패로군."

그가 돌아오자 무수가 다가갔다.

"꼭달님, 그렇게 말을 부리는 재주를 뭐라고 하나요?"

"마희술. 군관들은 마상재라고 하기도 해."

"저 좀 가르쳐 주세요."

"가르쳐 주면 너는 뭘 해줄 건데?"

"꼭달님이 시키는 건 뭐든지 다 할게요."

꼭달이가 망설이는 척했다. 둘러선 아두시들이 애원했다.

"무수를 제자로 삼아주셔요."

"가르쳐 주셔요."

꼭달이는 씩 웃었다.

"그러잖아도 무수에게 가르쳐 주려고 선보인 거야."

무수는 소리 없이 활짝 웃었다.

"맨 처음 익힐 것이 있어. 길마에 앉은 뒤에 말을 세워놓고 몸을 뒤로 눕혀서 손으로 말꼬리를 잡는 것부터 연습해. 그 연습을 하지 않고 처음부터 말을 달리면서 말꼬리를 잡으려고 하면 낙상하기 십상이야. 알겠지?"

"알겠어요. 그런데 아까 말꼬리를 잡고 올라타려던 기술은 뭐예요?"

"표자마라고 하는 건데, 마상재 중에서 가장 어려운 기술이야."

무수는 속으로 뇌었다.

'표자마.'

3

김씨는 갓을 쓰고 찾아든 선비에게 물 한 바가지를 떠다 주었다. 선비는 목을 축인 뒤에 남은 물을 시종에게 건넸다. 시종은 몇 모금 벌컥벌컥 마시더니 바가지에 남은 물을 사립문 밖으로 촤악 뿌리며 주위를 살피고는 선비에게 눈신호를 주었다. 선비는 김씨에게 몸을 돌렸다.

"이목을 피해 드릴 말씀이 있는데, 안에 좀 들어가도 되겠습니까?"

김씨는 선비의 정체가 궁금했다. 하지만 함부로 방 안으로 들이는 것은 주저되었다. 선비가 나지막하게 말했다.

"무수에 관한 일입니다."

김씨는 눈을 크게 뜨며 황급히 선비를 방으로 이끌었다. 집채가 기우뚱한 것이 당장이라도 쓰러질까 봐 조마조마했다. 선비는 짚과 흙으로 얽은, 암굴 같은 방에 들었다. 김씨는 선비에게 아랫목을 권하고는 멀찍이 윗목에 앉았다.

"소관은 병영에서 나와 미행을 하고 있는 조 군관이라고 합니다."

김씨는 그의 신분은 상관없었다. 찾아온 이유가 몹시 궁금해 다급한 목소리를 냈다.

"우리 무수에게 무슨 큰일이라도?"

"안심하십시오. 무수는 잘 있습니다. 소관이 찾아온 것은 무수가 지은 죄가 무엇인지 재조사를 하기 위해서입니다."

"재조사를 하면 죄가 더 커지는 것이옵니까?"

"그렇지 않습니다. 무수가 억울한 누명을 쓴 건 아닌가 해서 조사를 하려는 것입니다."

김씨는 철렁했던 가슴을 그제야 쓸어내렸다.

"2년 전 그해 여름에 큰비가 내리는 바람에 강물이 불어나고 강가에 서 있던 낡은 정자가 떠내려갔습지요. 그래서 비를 피해 그 안에 들어 있던 아이들이 다 물에 빠져 죽었는데, 그게 우리 무수 탓이라고……."

김씨는 목이 메어 말을 다 하지 못했다.

"무수가 그 자리에 있었습니까?"

"애복이라는 아이와 읍내로 먹을 것을 구하러 갔다 오다가 오랏줄을 받았습지요."

"그러면 무수가 그 사건이 일어난 곳에 있지도 않았다는 말이 아닙니까?"

"그렇습지요. 한데 한 아이가 말하기를, 대장인 우리 무수가 먹을 것을 구해 올 때까지 꼼짝 말고 정자 안에 있으라고 했다지 뭡니까."

조용백이 중얼거렸다.

"고작 그 한마디 말을 한 것 때문에 죄를 얻었다?"

"그 말을 한 아이는 누굽니까?"

"다 죽고 혼자 헤엄쳐 살아남은 아이입니다요. 순치라고……."

"그랬군요. 참, 애복이라는 아이는 또 누굽니까?"

"여기 진주 호장의 딸입지요. 계집아이인데 남장을 하고는 하루가 멀다 하고 읍내에서 예까지 놀러 와서 우리 무수를 많이 따랐습니다요."

조용백은 또 물었다.

"혹시 무수가 오랏줄을 받고 난 뒤에 어머니가 누구한테 구명을 하러 다닌 적이 있습니까?"

"어, 없습니다요."

"하나뿐인 어린 자식이 옥에 갇혔는데 손놓고 있었다구요?"

조용백이 똑바로 쳐다보았다. 김씨는 우물쭈물했다.

"이번이 아니면 영노로 있는 무수가 두 번 다시는 면천될 방법을 찾을 수 없습니다. 평생 늙어 죽을 때까지 병영에 매여 있어야 된다는 말씀입니다."

김씨는 고개를 도리도리 흔들었다.

"나리, 그건 아니 되옵니다. 아니 되고 말굽쇼!"

"우리 무수를 구명하려고 모아둔 재물을 관아의 힘있는 사람한테 갖다 바치면서 애원했지만 결국 허사가 되고 말았사옵니다."

"그게 누굽니까?"

"그건 말씀드리기가 좀……"

조용백은 누군지 밝히기를 주저하는 김씨를 재차 설득했다. 김씨는 마지못해 대답을 했다. 조용백은 몇 가지 더 캐물은 다음에 자리에서 일어섰다.

"소관이 다녀간 것을 어느 누구한테도 입 밖에 내어서는 안 됩니다."

"예, 나리."

조용백은 소촌역으로 갔다. 탐문하러 갔던 수하들이 속속 들어왔다. 소촌역 찰방의 배려로 역내 한적한 곳에 있는 초가 한 채에 신을 벗고 들었다.

"다들 알아본 바를 풀어놓아 보거라."

맨 먼저 한 뇌리(군뢰부 서리)가 아뢰었다.

"순치라는 아이가 거짓 공술을 했사옵니다. 당시에 무수가 아이들에게 정자 안에 있으라고 명령하지 않았고, 비가 많이 오면 집으로 돌아가라고 했다고 하옵니다. 그러한 새 공술을 다짐 받고 수결까지 받아 왔사옵니다."

"오, 노고가 많았네."

"호장 강세정이 순치가 거짓 공술을 하는 대가로 그 부모에게 백미 두 말과 소금 한 말을 주었다고 하옵니다."

또 다른 뇌리가 아뢰었다.

"호장 강세정의 딸 애복이의 말도 그와 똑같았사옵니다. 진술할 기회를 준다면 언제든지 그때의 일을 사실대로 밝히겠다고 했사옵니다."

"애썼네. 강세정에 대해서는 좀 나온 것이 있는가?"

세 번째 뇌리가 아뢰었다.

"군정 비리에 대한 혐의는 찾을 수 없었사옵니다. 보기보다 깨끗하고 용의주도한 놈이었사옵니다."

"그럴 터이지. 그랬으니까 수십 년 간 진주 관아를 쥐락펴락해 왔을 터이지."

"강세정이 실질적으로 남강의 객주와 여각을 소유하고 있사온데 그 규모가 여간 아니었사옵니다. 남강을 오르내리는 강배가 여러 척에다가 의령현 호장 박안과 함께 출자를 해 매득한 바다 배도 있었사옵니다."

"여러 공세(세금)는 제대로 내고 있던가?"

"장세, 도선세 같은 것들은 꼬박꼬박 내온 것 같사옵니다. 그만큼 합법적으로 벌어들이고 있으니 꼬투리 잡을 만한 것이 없었사옵니다. 죄송하옵니다. 부장 나리."

"자네가 죄송할 일이 무에 있겠는가? 고생했네."

조용백은 머릿속으로 정리를 했다. 결국 찾아낸 꼬투리는 강세정이 순치에게 거짓 진술을 사주한 것과 김씨에게서 무수의 구명을 위한 뇌물을 받은 것 두 가지였다.

"자네들이 한 번 더 수고를 해주어야겠네. 내일부터는 무수의 어미에게서 재물을 받은 강세정이 어찌하여 무수를 구명할 노력은 하지 않고 오히려 큰 죄를 뒤집어씌워 관노로 처해지게 했는지 알아보게. 또 김씨가 주었다는 재물이 아직 강세정의 집에 있는지 그 행방을 탐문하고 물증을 확보하게."

진주 군사들의 훈련을 검열하는 날이 되었다. 진주 목사 겸 병마동첨절제사 권순은 융복을 입고 등채를 쥔 손으로 군사들을 휘령했다. 조용백도 융복 차림으로 그 곁에서 모든 과정을 지켜보고 있었다. 검열도 검열이지만 조용백의 머릿속에는 무수에 대한 생각으로 가득 차 있었다.

하루 종일 걸렸던 훈련이 모두 끝나고 조용백은 군사 훈련에 대해 논평하기 위해 권순과 마주 앉았다.

"진법을 펼칠 때 보군과 기군이 서로 호응이 잘 안 되는 경우가 있더군요."

"아, 그렇게 보았소? 내 다음부터는 각별히 신경 쓰리다."

"군역이나 군포에 대한 것들도 다 별 이상이 없고…… 첨사께서 군정을 아주 잘 다스리고 계시는 것 같아 소관도 흡족하옵니다."

"허허, 그리 말해주니 내 몸 둘 바를 모르겠소. 병영으로 돌아가시거든 우병사 영감께 잘 좀 아뢰어 주시오."

"그리합지요. 하고, 한 가지 여쭤볼 게 있사옵니다."

권순은 뇌물이라도 슬쩍 요구하려나 싶어 목을 앞으로 뺐다.

"수년 전에 남강 가에 있던 오래된 정자가 무너진 일을 기억하시옵니까?"

"정자가 무너졌다? 글쎄올시다. 정자라, 정자라……."

"여름에 큰물이 져서 정자가 떠내려가는 바람에 아이들이 여럿 죽었다던데 기억이 안 나시옵니까?"

"아, 이제 기억이 나는 것 같소. 한데 그 일은 군정에 관계된 일이 아닌데, 어찌하여 묻소?"

"관계가 없는 게 아니옵지요. 그 일로 우리 우병영에 사내종 하나가 와 있는 고로, 그 아이가 무슨 죄목으로 천안에 이르게 되었는지 알고자 하옵니다."

권순은 바깥을 향해 소리쳐 호장 강세정을 불러들였다.

"무수라는 아이가 대장 노릇을 하면서 다른 아이들이 정자를 벗어나지 못하도록 엄히 명령을 내려두고 저는 자리를 피하는 바람에……"

조용백은 강세정의 말을 잠자코 다 들어주었다. 말을 마친 강세정은 제 할 일은 다 했다는 듯이 밖으로 나가려고 했다.

"잠깐!"

조용백이 그를 그대로 앉혔다.

"첨사 나리, 내리는 큰비에 또 불어난 강물에 정자가 무너졌다면, 그 위험한 것을 방치한 첨사 나리께 책임이 있는 것이 아니옵니까?"

"뭐, 뭐요?"

"그런데도 아무 죄 없는 아이에게 그 참혹한 일의 책임을 물은 것이 말이나 될 법한 일이옵니까?"

거침없이 내뱉는 조용백을 본 권순은 기가 막혀 아무 말도 나오지 않았다. 조용백은 강세정에게 꾸짖었다.

"자네는 관아의 호장으로서 여기 계신 첨사 나리를 도와 억울한 백성이 없도록 성심으로 돌봐야 할 것인데, 오히려 힘없고 가난한 백성들로부터 뒷돈을 수뢰하다니, 그 죄를 어찌 감당하려 하는가?"

"나리, 소인은 그런 적이 없사옵니다."

"정무수의 어미로부터 재물을 받고 풀려나게 해주겠다고 약속한 일을 잊었는가?"

"나리, 소인 정녕코 그러한 일이 없……."

"그런 적이 없다? 그 어미가 염창나루 근처에 있는 자네의 여각에 찾아가 재물을 준 것을 본 자가 있네. 자네는 그자의 입막음을 하려고 술값을 쥐어주지 않았나?"

이쯤 되자 강세정은 더 변명을 하지 못했다.

"그자는 자네가 준 그 면포 석 자를 주막에 잡히고 술을 마셨네. 그런데 그 면포에는 정무수의 어미가 남몰래 바늘 몇 땀을 떠 나비 모양으로 해놓은 표식이 있네. 이미 그 면포를 물증으로 입수해 두었네. 이래도 발뺌을 할 텐가?"

"아이고, 나리, 소인이 조금 전까지는 그때의 일을 기억하지 못해 망발을 늘어놓았사옵니다. 예, 그러한 일이 이제야 기억이 나옵니다. 속, 속히 그 면포를 돌려주겠사옵니다."

"그 아들이 수년간 종노릇을 한 건 어떻게 할 텐가?"

"그것까지는 저의 책임이 아닌 줄 아옵니다만…… 사또 나리께서 판결을 내리신 것이옵니다."

"순치라는 아이에게 거짓 진술을 시킨 게 죄는 아니다?"

놀란 강세정은 고개를 들었다가 조용백의 서슬 퍼런 눈길을 보고는 얼른 떨구었다.

"그 집에 쌀 두 말과 소금 한 말을 주고 입막음을 한 것도 죄가 아니다?"

강세정은 등줄기에 땀이 주르르 흘렀다. 권순도 갑자기 목덜미가 서늘했다. 나오지 않는 목소리를 억지로 냈다.

"이거 뭔가 일이 단단히 꼬인 것 같네. 이제라도 진상이 드러났으니 속히 풀도록 하십시다. 자자, 조 부장, 그래서 이제 어찌하면 좋겠소?"

"그 사건은 내린 비가 죄를 얻어야 할 것이고, 불어난 강물이 죄를 얻어야 할 것이옵니다. 또한 제 스스로 무너진 정자가 죄인이 아니겠사옵니까?"

"그 큰비에 염창강(남강을 진주 지방에서 부르는 이름)이 범람해 그리된 것이니 그야 당연히 그렇지. 암."

"그렇다면 그 정무수라는 아이의 신원을 회복시켜 줘야 하지 않겠사옵니까?"

"이를 말씀이오! 당연히 풀어줘야지. 여봐라, 뭘 그리 엎드리고 있는고. 강 호장은 속히 가서 천안을 갖고 오라."

강세정이 나가 두툼한 문적을 들고 들어왔다. 정무수라고 적혀 있는 대목을 보여주자 권순이 얼른 받아 들었다. 그러고는 짐짓 자세히 살피는 척했다.

"지금 당장 이 아이를 무죄 속신(종 신분에서 양민이 되게 하는 것)해 주고, 조 부장께 이 아이의 면천첩(천민 신분을 면하고 양민이 되었다는 증서)을 발급해 드리게."

"무수가 원래 양민이었사옵니까?"

"여기 적힌 바로는 분명치 않으니…… 잔반(몰락한 양반)의 자식인지 서얼인지 모르겠소이다."

강세정이 다시 나갔다. 권순은 강세정이 들고 온 첩지(사령장)에 수결을 놓고 관인을 찍어 조용백에게 건네주었다.

"자, 이러면 이제 그 아이에 관한 일은 다 끝났소이까?"

"아직 아니지요. 정무수가 영노로서 수년간 억울하게 종살이를 한 것에 대한 보상도 해주어야 하지 않겠사옵니까?"

돌아온 무듬실

1

말 떼가 한꺼번에 마장으로 몰려들었다. 행군 훈련이 끝나고 돌아온 군마들이었다. 내보낼 때와 마찬가지로 수백 마리가 동시에 들어오는 바람에 아두시들은 정신없이 움직였다. 꼭달이가 연신 큰 목소리로 아두시들을 호령했다.

"꾸물거리지 말고 한 마리씩 천천히!"

"야, 거기, 너! 말이 놀라지 않도록 하란 말이야!"

마장 아두시들은 익숙하게 말을 몰아 마사로 넣었다. 마사 아두시들은 들어온 말을 한 마리씩 마구간으로 넣고 빗장을 걸었다.

말들을 마사로 다 들인 후에야 한 마리씩 점검했다. 맨 먼저 신경 써서 살펴야 하는 말이 우병사의 말 백설총이였다. 무수는 굴레, 재갈, 고삐, 길마, 언치, 배대끈, 밀치, 등자 같은 마구를 다 벗겨냈다.

니마(마의)가 말의 몸을 살펴보기 시작했다. 다친 데는 없는지 꼼꼼히 점검하고는 무수에게 말했다.

"발굽을 보여라."

무수는 백설총이의 가슴 밑으로 몸을 숙이고 발을 들어 뒤로 굽혀 보였다.

"편자가 다 되었구나. 갈아주도록 하거라."

무수는 백설총이에게 목매기만 하고 끌고 나와 장제간으로 갔다. 대갈장이는 말을 받아 매놓고 말굽을 깎고 새 대갈을 박았다.

"자, 종종걸음으로 걸어보게 하거라."

백설총이는 별 탈 없이 잘 걸었다. 새 신을 신어서 기분이 좋아져서인지 자꾸만 달리고 싶어 했다. 무수는 발굽으로 땅을 긁는 말의 목매기를 다잡아 쥐었다. 마사로 돌아와 꼴과 물을 먹였다. 그리고 등에는 덕석을 덮어 땀이 마른 뒤에 한기가 들지 않도록 해주었다.

다른 아두시들도 각자 맡은 몫을 벼락 치듯이 해내어 모든 말의 점검을 끝냈다. 그리하여 마사는 다시 보통 때와 같은 일상으로 돌아왔다.

"무수가 마장으로 간다!"

아두시들이 무수를 따라 우르르 밖으로 나갔다. 무수는 말에 훌쩍 올라 천천히 걷게 하더니 점차 속력을 냈다. 등자에 건 두 발을 앞으로 조금 들며 몸을 뒤로 눕혔다. 그러고는 머리를 돌려 말 꼬리를 잡으려고 손을 내밀었다. 말이 달리고 있어 꼬리도 이리 치고 저리 쳤다. 무수는 몸을 더 눕히고 손도 더 뻗어 꼬리를 움켜쥐려는 순간, 그대로 말 등에서 떨어져 구르고 말았다.

아두시들이 달려갔다. 몇 명은 말을 잡았고, 몇 명은 무수에게 갔다. 무수는 일어나서 절룩거렸다.

"다리가 부러진 거 아냐?"

꼭달이가 아두시들을 제치고 무수에게로 다가갔다. 땅에 앉게 하고는 다리를 높이 들어 만졌다.

"다행히 뼈는 부러지지 않았어."

무수는 일어났다. 꼭달이가 상기시켜 주었다.

"등자(발걸이)에 끼운 발에 힘을 꽉 주어야 해. 꼬리를 잡는 데만 정신이 팔려서 나도 모르게 발이 빠져버리면 영락없이 낙상을 하게 돼."

무수는 며칠 동안 다리를 절고 다녔다. 그것을 본 군관 헛댁이가 수상히 여겼다.

"너 혹시 함부로 말을 타다가 낙마해 다친 거 아니냐?"

"그렇지 않사옵니다."

헛댁이가 아두시들한테 물어도 대답은 한결같았다.

"소인들은 모르지요."

"으음, 이놈. 어디 두고 보자."

무수는 다리가 채 다 낫기도 전에 다시 마상재를 익히기 시작했다. 말에서 떨어지고 오르기를 얼마나 했는지 매번 지켜보던 아두시들이 무수의 집념에 혀를 내둘렀다.

"참 독종이야."

"나는 저렇게 못 해."

"나도 그래."

"무수는 우리와는 다른 피를 타고난 것 같아."

듣고 있던 꼭달이가 말했다.

"이 멍충이들아, 다른 피를 타고난 게 아니라, 다른 피로 만들어 가고 있는 거야."

날이 가고 달이 가자 마침내 무수의 마상재는 탁월한 경지에 이르렀다. 그 과정을 지켜봐 온 아이들은 무수에게 간청했다.

"오늘도 좀 보여줘."

"그래, 또 좋은 구경 좀 하자."

"매일 봐도 신기하고 재밌어."

"나도 한번 볼게."

꼭달이도 무수의 말 다루는 솜씨를 보고 싶어 했다. 무수는 말을 끌고 마장으로 나갔다. 말을 다독거린 뒤에 서 있는 말을 마주 보고 몇 걸음 뒤로 갔다. 그러더니 말 머리를 향해 땅재주를 두 번 넘고는 마지막에 훌쩍 몸을 솟구쳐서 공중제비로 말안장에 척 내려앉았다.

말은 잠깐 제자리걸음을 쳤을 뿐 그대로 멈춰 서 있었다. 아두시들은 좋아하면서 손뼉을 쳤다.

"찬도!"

무수는 말을 천천히 몰아갔다. 종종걸음 치다가 어느덧 달리기 시작했다. 마장을 한 바퀴 돈 후에 등자에서 발을 빼고 천천히 말안장을 디디고 서서 두 팔을 가로로 벌렸다. 그것을 본 아두시들이 이구동성으로 외쳤다.

"입마!"

다시 안장에 앉은 무수는 한 손으로는 길마좆(말안장 앞쪽에 돌출된 부분)을 잡고 또 한 손은 안장의 뒤를 잡은 뒤, 등자에서 발을 빼 두 다리는 하늘로, 머리는 땅으로 향하며 물구나무를 섰다. 달리는 말 위에서도 용케 중심을 잡고 흐트러지지 않았다.

"도마!"

마장을 반 바퀴 돌고 나자 이번에는 안장 위에 배를 대고 가로로 누웠다. 네 활개를 모두 큰대자로 펴고 중심을 잡았다.

"횡와!"

다시 몸을 돌리며 안장에 똑바로 앉는가 싶더니 몸을 뒤로 눕혀서 흔들리는 말 꼬리를 잡았다. 무수가 전에 그 기술을 보이려다가 그만 낙상해 다리를 다친 기억을 떠올린 아이들이 또 박수를 보냈다.

"종와!"

"잘하는데?"

꼭달이가 칭찬을 했다. 몸을 바로 세운 무수는 등자에서 오른발을 빼어 오금을 안장 길마좆에 갈고리처럼 건 뒤 한 손으로 안장 뒤쪽을 잡았다. 몸을 말의 왼쪽 옆구리에 붙이면서 머리는 말 꼬리 쪽을 향하게 하고 왼발은 말 머리 쪽으로 쭉 뻗었다.

말의 옆구리에 몸을 감추고 달리는 기술이었다.

"장신!"

무수는 왼손으로 마장의 모래흙을 긁어쥐고 흩뿌리곤 했다.

"작진!"

말의 좌우 옆구리로 번갈아 가며 몸을 감췄다 나타났다 하기를 여러 번 했다. 아두시들의 목소리는 더 커졌다.

"등리장신!"

안장에 바로 앉은 무수는 다음에 보일 재주를 생각하며 한숨을 돌렸다. 두 손으로 길마좆과 안장 뒤쪽의 불룩한 부분을 쥐고, 안장에 배를 대고는 머리와 두 다리가 각각 말 옆구리로 축 늘어지게 했다. 죽어서 말 위에 실려 있는 것처럼 보일 때 쓰는 기술이었다.

"양사!"

무수는 길마좆과 안장 뒤쪽을 잡은 채 두 발을 모아 땅에 디뎠다가 차 올라 다시 반대쪽으로 똑같이 발을 디뎠다가 차 오르기를 하면서 말 등을 좌우로 넘나들었다. 또 말과 함께 몇 걸음 달리다가 차 오르기도 했다.

"타마!"

그러더니 말과 함께 달리다가 말을 놓아주었다. 말은 혼자서 마장을 한 바퀴 돌아왔다. 무수는 천천히 달리고 있는 말의 꽁무니를 따라 뛰었다.

"무수가 이제 표자마를 하려고 해!"

"마상재 최고의 기술, 표자마!"

무수는 드디어 말 꼬리를 잡았다. 말이 달리면서 머리를 돌려 뒤쪽을 힐금 쳐다보았다. 그때 무수는 재빨리 땅을 박차고 몸을 반 바퀴 옆으로 날렸다. 아두시들이 숨죽여 바라보고 있었다. 무수는 털썩 말안장에 올라앉았다. 아두시들이 서로의 얼굴을 보면서 환호했다.

"우와!"

"성공이야!"

서로의 얼굴을 보면서 한마디씩 또박또박 끊어서 외쳤다.

"표! 자! 마!"

마상재를 다 마친 무수는 채찍을 치며 달렸다. 말은 전력 질주를 했다. 마장 가에 있는 목책으로 말을 몰았다. 한 길이나 되는 목책을 하늘로 솟구치듯이 훌쩍 뛰어넘었다.

"비월!"

또 한 바퀴 돌아와서는 큰 웅덩이를 날아 넘듯이 멀리 뛰어 건넜다.

"제항!"

무수는 말을 몰아 아두시들 앞으로 왔다. 말에서 내리자 다들 둘러섰다. 꼭달이가 맨 먼저 입을 열었다.

"대단했어. 정말 멋졌어."

다른 아두시들도 무수를 추켜세웠다. 질투와 시기를 넘어선 경지를 보여서일까? 어느 누구도 무수를 백안시하는 아이가 없었다.

"이놈들!"

고함 소리를 낸 것은 군관 헛댁이였다. 어느새 곁에 와 있었다. 그는 아이들을 헤치고 무수에게로 갔다.

"아두시 주제에 함부로 놀이 삼아 군마를 타다니, 벌 받을 각오는 되어 있겠지?"

꼭달이가 무수 대신에 나서서 대답했다.

"나리, 지금 저희들은 말을 길들이고 있었사옵니다."

"저놈이 여러 가지 마상재를 펼치는 걸 내가 보았는데도 그런 말을 하느냐?"

"숙마로 단련시키려면, 담장도 뛰어넘게 하고, 물웅덩이도 건너뛰게 해야 하지 않겠사옵니까?"

"시끄럽다. 꼭달이 네놈까지 저놈 편을 들고 나서다니, 도저히 안 되겠구나."

그러자 꼭달이가 정색을 하며 말했다.

"군마들을 잘 길들여 놓지 않으면 나리께서 말을 타다가 낙상하실 수도 있는 일이옵니다."

"뭣이?"

그 말의 숨은 뜻이 심상치 않았다.

"너 지금 나를 협갈하는 게냐?"

"그럴 리가 있겠사옵니까?"

아닌 게 아니라 협갈이라면 협갈이었다. 지나치게 홀대하는 군관이 있으면 아두시들은 그 군관이 타는 말의 마구에 교묘히 짓궂은 짓을 해놓곤 했는데, 그러면 말안장에 오른 지 얼마 되지 않아 십중팔구 낙마하기 십상이었다.

그렇다고 해서 드러내 놓고 아두시들에게 책임을 돌릴 수도 없었다. 대부분의 경우는 말을 잘 타지 못하는 본인의 잘못이 되었다. 그래서 거의 모든 군관들이 웬만해서는 아두시들을 건드리지 않았다.

하지만 군관 헛댁이는 틈만 나면 무턱대고 아두시들을 누르려고 들었다. 꼭달이가 은근히 으르고 나오자 헛댁이는 한 발 물러섰다.

"어쨌든 함부로 군마를 내다가 타고 노는 일은 없어야 할 것이다. 어험."

헛댁이가 자리를 떠났다. 아두시들은 그의 뒷덜미에 대고 삐죽거렸다. 꼭달이가 소리쳤다.

"오늘 밤에는 무수를 위해 잔치를 하자."

"꼭달님, 마육포를 좀 내올깝쇼?"

"넉넉하게 갖고 와."

기다리던 밤이 되었다. 아두시들은 입직 군관 몰래 모였다. 몇 가지 음식을 차려놓은 자리에서 꼭달이가 무수를 크게 칭찬했다. 그러고는 건배를 제의했다. 나무 그릇에 든 건 말 젖으로 만든 술이었다.

"자, 장차 큰 장수가 될 무수를 위해!"

아이들이 꿀꺽꿀꺽 마셔댔다. 말고기 육포를 씹고 즐거운 시간을 보냈다. 고단한 종노릇을 하는 중에 드물게 가지는 행복이었다.

날이 밝자마자 또 하루 일과가 시작되었다. 해가 중천에 오르기 전에 지통 아이가 와서 전갈을 했다.

"정무수! 부장청으로 오랍신다!"

무수는 지통 아이를 따라갔다. 청사에 들어선 무수는 꾸벅 절을 했다. 서원이 무수를 상방으로 안내했다. 거기에는 군뢰부장 조용백도 와 있었다. 두 사람은 무수를 반갑게 맞이했다.

"집에 가고 싶지 않느냐?"

우후 서예원의 말에 무수는 대뜸 그 어인 소린가 했다. 조용백이 환하게 웃으며 말했다.

"너의 신원이 회복되었다. 면천되었다는 말이다."

"예에?"

"우병사 영감의 재가가 났단다. 진주 관아에서는 물론이고, 우리 우병영의 천안에서도 너의 이름은 없어졌다. 너는 오늘부터 양민이다. 당장 집으로 돌아갈 채비를 하거라."

무수는 갑자기 어리둥절했다.

'집으로 가라니? 집으로? 어머니가 계신 집으로?'

꿈이 아닌가 싶었다.

"여러 해 전에 정자가 떠내려가 아이들이 죽은 사건에서 무수 네가 아무 죄가 없음이 밝혀졌느니라."

무수는 가슴이 뛰기 시작했다.

"내게 이런 날이 오다니, 이런 날이 다……."

서예원이 일어서서 무수에게 다가와 등을 두드려 주었다.

"이게 다 네가 매사에 노심초사하며 남다른 자품(자질과 인품)을 보인 까닭에 이루어진 일이다. 어서 가서 채비하거라."

무수는 군마청으로 돌아와 아두시들에게 그 사실을 알렸다. 아이들은 꿈같은 일이 일어났다면서 몹시 좋아했다. 꼭달이와 아두시들은 쑥덕거렸다.

"그래, 그렇게라도 해주자."

밤이 되어 아두시들은 더운 물을 잔뜩 끓여서 물독에 채우고는 무수를 목욕시켜 주었다. 꼼짝도 못 하게 하고 온몸의 때를 벗겨주는 아이들의 마음 씀씀이에 눈물이 핑 돌았다.

"다들 고마워."

아침 일찍 꼭달이가 직접 무수의 머리를 빗겨주었다.

"나가거든 우리는 잊어. 여길 돌아보면 안 돼. 앞만 보고 가."

"어떻게 여길 잊을 수 있겠어요?"

"큰 장수가 되면 그때 찾아와. 네가 큰 장수가 되면 나를 부하로 삼아줘."

"어떻게 꼭달님을……."

"사람은 다 제 위치가 있는 거야."

"고맙습니다. 꼭달님."

"내 이름은 김세빈이야."

"김세빈. 좋은 이름이네요. 꼭 기억할게요."

무수는 조용백이 마련해 보내준 새 옷으로 갈아입었다. 온 병영을 돌며 인사를 했다. 우병사 유훈은 면천첩을 주었다. 무수는 두 손으로 받아 들었다.

"돌아가거든 홀어머니 모시고 잘 살거라."

병마우후 서예원은 무경을 한 질 주었다.

"네가 예서 그간 애쓴 것처럼 나가서도 부단히 노력한다면 오늘보다 더 좋은 날이 올 것이다."

궁장 박 공은 새 각궁을 한 장 주었다.

"이렇게 빨리 헤어질 줄은 몰랐는데……."

박 공은 길게 말하지 않았다.

"잘 가거라."

전령청 지통 아이들은 홍박달을 깎은 목도를 한 자루 주었고, 군마청 아두시들은 말가죽 채찍을 주었다. 다른 사람들도 노자에 보태라며 이것저것 쥐어주었다.

아두시들이 등짐을 지고 초립을 쓴 무수를 목마 태웠다. 지통 아이들은 깃발이란 깃발은 다 들고 흔들면서 그 뒤를 따랐다. 무수는 감격스러웠다. 영문을 나서다 말고 소리쳤다.

"나 좀 내려줘!"

"왜 그래?"

아두시들은 무수를 내려주었다. 무수는 영내로 뛰어 들어갔다. 군뢰부로 가 조용백에게 주머니를 내놓았다. 수년 동안 영노의 역가(종살이를 한 삯)로 받은 것이었다.

"나리, 약소하나마 이걸로 떡이라도 해서 지통 아이들과 아두시들에게 나누어 주었으면 하옵니다."

조용백은 무수가 몇 년 간의 삯을 다 내놓자 선뜻 받지 못했다. 무수가 재차 부탁을 했다. 조용백은 마지못해 받아 들었다.

"오냐. 꼭 그렇게 하마."

2

무수는 진주 관아에 들렀다. 질청으로 가서 면천첩을 내놓았다. 서원은 그것을 받아서 확인한 다음에 무수를 호구대장에 올려주었다. 비로소 무수는 양민이 되었다.

가만히 지켜보고 있던 호장 강세정은 서원이 다 마무리했다고 하자 무수를 데리고 진주 목사 권순에게 갔다. 권순이 당부했다.

"네가 병영에서 영노의 소임을 잘해 내가 면천시켜 주었다. 앞으로는 사달을 일으키지 말고 조용히 살거라. 알겠느냐?"

"예, 사또."

"네 어미가 얻어 살고 있는 집이 이미 다 허물어져 간다고 들었다. 목민관으로서 내 어찌 그것을 두고 보겠느냐? 특별히 너희 모자가 살 만한 집한 채를 지어 마련해 놓았으니 어미와 함께 단란하게 도생(세상을 살아감)하거라."

무수가 아무 말도 하지 않고 있자 강세정이 나무랐다.

"뭘 꾸물거리느냐? 속히 사또께 사례를 하지 않고."

"고맙사옵니다. 사또 나리."

무수는 물러 나왔다. 강세정이 마땅치 않아 하는 얼굴로 무수에게 내뱉었다.

"에흠, 따라오너라."

무수는 어디로 가는지 묻지 않았다. 가는 길에 강세정이 말해줄 것이고, 말을 안 해도 가보면 알게 될 것으로 생각했다. 묵묵히 뒤따라가기만 했다.

앞서 걷는 강세정은 무수가 영 못마땅했다. 다 자란 덩치는 그렇다 쳐도 어린 나이에 여느 어른보다 더 부리부리한 눈매가 영 거슬렸다. 어딘지 모르게 함부로 대하기가 껄끄럽게 느껴지는 것이었다.

병영에서 도대체 무슨 일이 있었는지 궁금했다. 어찌하여 염라대왕이라는 군뢰부장이 직접 나서서 하찮은 어린 종놈을 구명하려고 온 진주 바닥을 훑고 다녔는지 도저히 납득이 되지 않았다. 군정을 사찰하고 감찰하는 병영의 군뢰부장을 벗바리(뒤를 봐주는 사람)로 두고 있다면 앞으로 조심해야 할 놈임에 틀림없었다.

"병영에서 무슨 일을 하며 지냈느냐?"

"지통도 했고, 아두시 노릇도 했습니다."

"군관 나리들과는 어떻게 친분을 쌓았느냐?"

"종놈 주제에 친분이라뇨? 시키는 대로 했을 뿐입니다."

강세정은 무수가 이미 어린아이가 아니라는 느낌을 강하게 받았다. 더 물어봤자 원하는 대답을 들을 수 없을 것 같았다. 그러고 보니 마냥 커지기만 한 덩치도 아니었다. 슬쩍 지나치는 눈길에도 목은 굵고 어깨는 벌어졌으며 허벅지와 장딴지가 여간 굵고 실한 게 아니었다. 몸이 축나야 정상일 것인데 오히려 큰 바위처럼 튼튼해진 것이었다.

"호된 종살이를 했을 터인데. 그것참."

무듬실을 지나쳤다. 무수는 어디로 가는지 몹시 궁금했다. 집이 있는 쪽을 바라보았다. 당장이라도 어머니가 계신 곳으로 달려가고 싶었지만 꾹 참았다.

강세정은 방어산에 거의 다 와서야 걸음을 멈췄다. 손으로 한곳을 가리켰다. 산기슭에 새로 지은 초가삼간이 한 채 있었다.

"저 집이 네 모자가 살 집이다."

강세정은 소맷배래기에서 큰 봉투를 두 통 꺼냈다.

"이건 집문서고, 이건 네 어미에게 주는 것이다. 전해주면 알 것이다."

무수는 받아 들었다. 강세정이 돌아가다가 문득 멈췄다.

"애복이를 만날 생각은 하지 말거라. 행여 그 아이가 찾아오더라도 단단이 타일러서 냉큼 돌려보내야 하느니. 에흠!"

무수는 새 집 이곳저곳을 살펴보았다. 진주 목사가 새 집을 준 것은 억울하게 여러 해 동안 종살이를 한 데 대한 보상일 것 같았다. 면천이 되고 집을 얻고…… 이 모든 일에 우후 서예원과 군뢰부장 조용백이 깊이 관여했을 것이라고 추측만 막연히 했다.

"참 고마운 분들이야. 은혜를 어떻게 갚아야 할지."

무수는 무듬실 집으로 돌아왔다. 어머니 김씨는 행상을 나가고 없었다. 왠지 스산한 분위기가 감돌았다. 툇마루에 등짐을 내려놓고 비를 찾았다. 마당을 쓱쓱 쓸었다.

"뉘시오?"

김씨가 들어서다 말고 그 자리에 멈춰 섰다. 마당에서 비질을 하고 있다가 고개를 돌리는 사람을 보고는 깜짝 놀랐다.

"무수야?"

김씨는 머리에 이고 있던 소금 말통을 내던지고 무수를 와락 안았다.

"아이고, 무수야! 우리 무수가 돌아왔어!"

무수도 목이 메었다. 어머니를 모시고 방으로 들어갔다. 키가 커 머리가 천장에 닿았다. 고개를 숙이고 서 있다가 김씨가 앉기를 기다려 큰절을 올렸다. 김씨는 부쩍 흰칠해진 아들의 모습이 대견스러웠다.

어디서부터 이야기를 꺼내야 할지 몰랐다.

"병영 생활에 고초가 얼마나 컸니?"

"어머니께서 염려해 주신 덕분에 잘 지냈어요. 이것 보세요. 몸도 좋아졌잖아요."

"그래그래, 몸 성히 있었으면 된 거지."

"지난번에 병영의 군관이라는 분이 선비 차림으로 다녀가고 나서는 네가 풀려났구나. 혹시 그분이 누군지 아니?"

"아마 군뢰부장 나리이실 거예요."

"네가 행실이 올바른 까닭에 귀여움을 많이 받았나 보구나? 그러니 그분이 너를 위해 애써주신 게지."

무수는 밖에 두었던 등짐을 들였다. 풀어서 어머니께 드릴 것은 드리고, 또 품에서 봉투 두 통을 꺼내 놓았다.

"이건 새 집의 집문서예요. 사또께서 마련해 주셨어요. 이제 집 걱정 없이 살 수 있게 되었어요."

"사또께서? 어인 까닭으로?"

"제가 억울하게 병영에서 종살이한 것을 보상해 주는 건가 봐요. 그리고 이건 호장 나리가 어머니께 전해드리라 했어요."

무수는 또 다른 봉투를 내놓았다. 김씨는 열어보았다. 서찰 같은 것이 한 장 들어 있었다. 김씨는 글을 읽을 수 없어 그것이 무엇인지 알지 못했다. 무수에게 내밀었다.

"네가 읽어보렴."

무수는 받아 들었다. 강세정이 운영하는 진주 여각에서 발행한 권계(어음)였다.

"이걸 객주에 갖고 가면 쌀이나 면포로 바꿔줄 거예요."

"그래? 얼마만큼이나?"

"쌀 두 섬 값이어요."

김씨는 단번에 알아차렸다. 예전에 무수를 구명하기 위해 바쳤던 재물에 해당하는 금액이었다.

"무수야, 그런데 이 어미는 공연히 불안해지는구나. 사또 나리고, 호장 나리고, 어찌하여 우리한테 갑자기 이리 잘해주는 것인지 도무지 영문을 모르겠다."

"아무 걱정 마시어요. 받을 걸 받은 거니까요."

"그래? 그러면 다행이겠다만. 무수야. 너 없는 동안 이 어미가 부지런히 행상을 해서 재물도 악착같이 모았단다. 이제 너도 돌아왔으니 우리 두 식구가 아무 걱정 없이 잘 살아보자꾸나."

"예, 어머니. 이제 우리 새 집으로 이사부터 해요."

"그래그래, 그러자꾸나."

김씨는 지난 세월의 근심 걱정이 한꺼번에 다 사라지는 것만 같았다. 모든 일이 바르게 된 것만 같아 천지신명께 감사했다. 김씨는 푸주간으로 가서 고기를 끊어 왔다. 국을 끓이고 더운밥을 지어 무수에게 양껏 먹였다.

두 모자는 이삿짐을 싸기 시작했다. 워낙 빈한한 살림이라 세간살이라고 할 것도 없었다. 이부자리와 그릇 몇 개가 고작이었다. 무수는 지게로 한 짐 지고 김씨는 보따리 하나를 머리에 이었다.

방어산 기슭에 있는 새 집을 본 김씨는 그지없이 만족해했다. 안방, 건넌방 그리고 가운데 봉당에는 마루까지 놓여 있었다. 부엌 아궁이에는 가마솥이 걸려 있었고, 솥 안에는 날이 잘 선 부엌칼이 들어 있었다. 너른 마당에 뒷간도 거적이 아니라 바람벽을 쳐놓았다.

"무수야, 이제 장독도 들이고 우리도 사는 것처럼 살아보자꾸나."

무수는 시커멓게 찌들려 있던 어머니 김씨 얼굴에 웃음꽃이 피는 것만 봐도 좋았다. 이삿짐을 다 정리해 두고는 나무를 하러 가려고 빈 지게를

졌다. 바로 그때 집 안으로 들어서는 사람들이 있었다.

"대장!"

순치였다. 그 뒤에는 장옷을 쓴 여자아이가 서 있었다. 애복이도 무수에게 인사를 했다.

"대장이 병영에서 나왔다는 소문이 파다해."

"무듬실 집으로 찾아갔더니 이사를 갔다고 하더라구."

무수는 애복이와 순치를 데리고 나왔다. 강가 정자가 있었던 자리로 갔다. 아무것도 남아 있지 않았다. 세 사람은 모래밭에 앉았다. 강물은 여전히 맑고 파랬고, 먼 하늘엔 햇발이 빠지고 있었다.

"무서운 어른들이 찾아왔었어. 그래서 내가 사실대로 다 얘기했어."

무수는 듣기만 했다.

"호장 어른이 시키는 대로 얘기했던 게 두고두고 후회가 되었는데, 마침 잘되었다 싶기도 했어. 대장, 미안해. 나를 벌 줘."

순치는 일어나서 무수 앞에 꿇어앉았다. 무수는 순치의 팔을 잡고 일으켰다.

"아냐, 괜찮아. 좋은 경험 많이 하고 왔어."

"대장! 정말 미안해."

순치는 눈물을 글썽였다. 무수는 순치의 등을 토닥거려 주었다. 순치는 소매로 눈물을 쓱 닦았다.

"그럼 둘이 얘기해. 난 집에 가봐야 해서. 대장, 애복아, 또 봐."

순치가 자리를 떴다. 두 사람은 한동안 말이 없었다.

"대장, 저것 좀 봐."

무수는 애복이가 가리키는 쪽을 바라보았다. 서녘 하늘에 노을이 찬란하게 번지고 있었다. 온 사방에 붉고 환한 빛이 퍼졌다.

"고생 많았지?"

"고생은 무슨. 사람이 어떻게 살아야 되는지 잘 배우고 왔지 뭐."

"어른같이 말하네?"

무수는 애복이를 똑바로 보면서 말했다.

"애복아, 이제 우리가 만나서는 안 돼."

"왜?"

"나이도 있고 해서 사람들이 흉 봐."

"흉볼 거면 보라지. 난 그런 거 신경 안 써. 내 마음대로 할 거야."

"철없는 소리 그만 좀 해."

"싫어!"

애복이는 토라져서 가버렸다. 무수는 한참 동안 그 자리에 앉아 있었다. 애복이가 아무것도 모르고 고집을 부려도 할 수 없는 일이었다. 이젠 벗어 던지고 어울려 놀 어린아이들이 아니었다. 각자의 길로 가야 할 나이가 되어 있었다.

강물 속에서 물고기들이 수면 위로 뛰어오르곤 했다. 좌우를 둘러보았다. 낚싯대와 둥주리를 어깨에 메고 강가로 나오는 사람들이 있었다. 그들은 자리를 잡고는 낚싯대를 강 속에 드리웠다.

얼마 지나지 않아 그중 한 사람이 팔뚝만 한 물고기를 낚아 올렸다. 다른 낚시꾼들이 다 그를 부러워했다. 무수는 가까이 다가갔다. 한참 동안 그들 속에 섞여서 낚시하는 것을 구경했다. 낯섦이 어느 정도 없어지자 무수는 물었다.

"낚시를 하려면 뭘 장만해야 되지요?"

그들은 하나하나 가르쳐 주었다. 한 사람이 말하면 다른 사람이 질세라 더 크게 떠벌렸다. 서로 다투듯이 알려주는 낚시의 비법을 무수는 머릿속에 차곡차곡 넣었다. 그중 한 사람이 무수에게 낚싯대를 잡게 했다.

"손맛을 직접 봐야 알지. 그대로 가만히 있다가 저 찌가 쏙 내려가면 탁

하고 낚아채는 거야. 자, 기다리고 있다가…… 지금이야. 얼른 채어!"

낚싯대를 들어 올렸지만 물고기는 미끼만 물고 달아나고 없었다.

"그런 식으로 자꾸 하다 보면 되는 거야. 이래 봬도 낚시도 하루아침에 되는 일이 아니지."

무수는 물고기를 잡아 어머니를 봉양하고 싶었다. 매일 간장 한 종지에 풀뿌리 한두 쪽, 남새 잎 몇 장이 반찬이었고, 수삼일(열흘 정도)에 한 번씩 비지찌개 반찬이 상 위로 올라왔다.

아끼고 모아서 나중에 자식을 위해 쓰겠다는 각오는 둘째치고라도 날마다 허기진 배를 움켜잡고 수십 리 길을 걸어서 오가며 고된 소금 행상 일을 하고 있는 것을 생각하면 가슴이 아팠다.

무수는 뒷산에 올라가 대나무를 몇 대 쪄다가 긴 장대를 만들어 내려왔다. 대장간에 가서는 추를, 침구장이한테 가서는 낚시 바늘을, 방물장수한테는 명주실 한 타래를 샀다. 그것을 몇 겹으로 꼬아 낚싯줄을 만들었다. 찌는 갈대꽃과 오리 깃털을 묶어서 마련했다.

저물녘에 처음으로 강가에 자리를 잡고 앉았다. 예전에 정자가 서 있었던 자리였다. 바늘에 미끼를 꿰어 강으로 휘릭 던졌다. 이제 기다리기만 하면 되었다. 무수는 찌에서 눈을 떼지 않았다. 가만히 보고 있노라니, 찌가 눈앞에서 사라지고 아무것도 보이지 않았다.

이상한 일이었다. 눈을 비비고 다시 보았다. 그제야 찌가 다시 보였다. 무수는 그때 깨달았다. 사물을 오래 보려면 눈에 잔뜩 힘을 주어 노려보듯이 보아서는 안 된다는 것을. 검술에서도 궁술에서도 안력을 잘 조절해야 하는데, 그 이치가 낚시에서도 똑같이 적용되었다.

찌가 흔들렸다. 무수는 얼른 낚싯대를 잡아챘다. 무언가 묵직한 느낌이었다. 타닥타닥 하는 진동이 손으로 전해졌다. 낚싯대를 들어 올렸다. 줄이 팽팽해지면서 대가 거의 반원으로 휘어졌다.

"저거 월척을 낚은 거 아냐?"

다른 낚시꾼들이 하나둘 다가왔다. 무수가 잡은 고기는 팔뚝만 한 잉어였다. 사람들이 감탄했다.

"처음 낚은 게 월척이라니. 허허."

"대단한걸!"

무수는 푹 고아서 어머니께 드릴 생각을 하니 마음이 설렜다. 더 잡을 마음도 없었다. 잡은 잉어를 둥주리에 넣고 주섬주섬 낚싯대를 걷었다. 한 사람이 얼른 말을 했다.

"여보게. 내가 이 자리를 맡음세."

"그러셔요."

김씨는 무수가 잡은 물고기로 반찬을 만들게 되어 기뻤고, 무수는 힘든 일로 생계를 꾸려나가는 어머니를 몸보신해 드리게 되어서 좋았다.

무수는 날마다 해거름이면 강가에 나가 낚시를 했다. 유독 무수한테만 큰 물고기가 많이 잡혔다. 문짝만 한 잉어, 장독만 한 가물치, 절구통만 한 쏘가리 할 것 없이 걸려들었다. 무수가 낚시를 할 때마다 옆에 와서 구경하는 사람이 점차 늘었다.

"나도 그 자리에서 좀 해보면 안 되겠는가?"

무수는 자리를 비켜달라는 사람이 있으면 주저하지 않았다. 하지만 그 사람들은 하나같이 손바닥만 한 붕어도 한 마리 낚아 올리지 못하고 자리를 털고 일어날 뿐이었다. 사람들은 점차 소문을 만들어 내기 시작했다.

"용왕님이 점지하지 않고는 무수처럼 낚아 올릴 수가 없지."

3

김씨는 무수가 다시 서당에 나가 글공부하기를 원했다.

"글 삯은 얼마가 들어도 감당할 수 있단다. 응?"

"서당에서는 더 이상 배울 게 없어요."

"어찌 배울 게 없겠느냐? 네가 물고기만 잡으면서 허송세월하고 있는 걸 보니 이 어미가 애가 다 탄다."

어머니 김씨의 염려에 무수는 자초지종을 설명했다.

"서당에 다닐 나이는 지났어요. 공부를 더 깊이 하려면 향교나 서원에 나가야 하지만, 그곳은 양반들만 가는 곳이에요. 책도 많이 있으니 집에서 글공부를 해도 돼요."

"그래도 누군가 이끌어 주는 게 낫지 않니?"

"제가 알아서 할게요."

무수는 낮에는 나무를 하고 집 터알(텃밭)을 가꿨다. 그리고 해가 질 무렵이면 낚시를 하러 강에 나가 물고기를 잡아 와 행상을 다녀온 김씨를 맞이했다. 김씨는 집안일을 할 것이 없었다. 무수가 다 해놓았기 때문이었다.

밤이 되면 김씨는 안방에서 바느질을 했고, 무수는 건넌방에서 무경을 읽었다. 그러다가 온몸이 뻐근해지면 목도를 들고 나가 뜰에서 검술을 수련했다. 검법의 묘리를 깨쳐갈수록 점차 뜰이 좁게만 느껴졌다.

활도 쏘고 싶었다. 하지만 그만한 터가 없었다. 뒷산 어디쯤 잡목을 베내고 땅을 골라 궁검을 수련할 수 있는 연무장을 만들고 싶었다. 활터를 만들기만 한다면 말도 달릴 수 있을 것이었다. 그러자면 관아에 가서 허락을 받아내야 했다. 나라의 땅을 사사로이 함부로 점용할 수 없다는 것이 문제였다.

무수는 낚싯대를 메고 강으로 나갔다. 사람들이 기다리고 있었다.

"이보게. 가물치 한 마리만 잡아주게. 응? 우리 마누라가 애를 낳고는 세이레가 지나도록 자리보전만 하고 있다네."

"나도 잉어 한 마리만 좀 잡아주게. 값은 섭섭지 않게 쳐줌세."

"자자, 나는 말로만 하지 않겠네. 옛네. 선금으로 콩 한 되일세. 메기든 가물치든 큰 놈으로 세 마리만 잡아주게. 부탁하네."

무수는 당혹스러웠다. 받지 않으려니 떠넘기듯 놓아두고 가는 것이었다. 사람들은 집으로도 찾아왔다. 광주리며 조리 묶음이며 수수비, 싸리비를 갖고 와 물고기를 잡아달라는 것이었다. 어떤 사람은 물지게를 갖고 와 물독에 물을 가득 채워놓기도 했다. 무수는 도저히 그대로 둘 수 없어 그 물건들을 다 사립문 밖에 내다 놓고는 찾아오는 사람들에게 목소리를 내기 시작했다.

"강물의 주인이 없는데 하물며 그 속에 있는 물고기에게 주인이 따로 있겠습니까? 제가 비록 잡았다고는 하나 임자 없는 물건으로써 대가를 받을 수는 없는 일이니 다들 갖고 온 것을 가지고 돌아가십시오. 물고기는 그날그날 잡히는 대로 골고루 나눠 드리겠습니다."

무수에 대한 평판이 달라졌다. 정자에 있던 아이들을 죽게 만든 장본인이라는 굴레를 점차 벗고, 염창나루 근처에서 가장 행실이 올바른 사내아이로 칭찬을 쌓아갔다. 그리하여 어머니 김씨의 위상도 높아졌다. 오나가나 아들을 잘 두었다는 찬사가 그치질 않았다. 김씨는 힘든 줄도 모르고 소금이 가득 찬 말통을 머리에 이고 수십 리를 나는 듯이 다녔다.

"물고기를 내다 팔기 시작했나 보네?"

"그러면 그렇지. 이제야 본전 생각이 난 게지."

잡은 물고기를 사람들에게 나눠 주지 않고 읍성 동문 장터에 갖고 가서 팔고 오는 무수를 본 사람들이 수군댔다. 무수는 그런 뒷말에 아랑곳하지 않았다. 잘 나타나지 않던 순치가 찾아왔다.

"대장, 사람들이 말이 많아."

"그런 건 신경 쓰지 마. 마침 잘 왔어. 나랑 준비 좀 하자."

무수는 고기와 과일과 떡을 장만했다. 순치는 애복이를 불러왔다. 정자가 떠내려가 아이들이 죽은 날이었다. 무수는 두 아이와 함께 재를 올렸다. 미리 써 온 축문을 읽고 불살랐다. 그 모양을 본 낚시꾼들이 하나둘 다가왔다. 또 순치에게서 미리 소식을 전해 들은 고을 사람들이 모여들었다.

"우리는 아무것도 모르고. 참."

"무수가 제수를 장만하려고 그랬던 건데…….."

"무수가 물고기를 내다 판다는 둥 어쩐다는 둥, 도대체 어떤 놈이 방정맞게 주둥이를 놀려댄 거야? 엉?"

겸연쩍어하던 사람들이 서너 사람씩 신을 벗고 자리에 올라서서 절을 하면서 죽은 아이들의 명복을 빌었다.

"아이들이 재수가 없어 죽은 거지. 누굴 탓하겠어."

"그렇고 말고. 공연히 곤양댁네 아이가 뒤집어쓰고 억울하게 종살이를 했어."

"그러고 보면 우리가 죄인이지. 우리가."

"그래, 어리석고 미련한 우리가 죄인이야."

무수는 사람들에게 음복을 하라고 제수를 나눠 주었다. 애복이와 순치도 돌려보내고, 낡은 낚싯대와 빈 둥주리만 챙겨 들고 집으로 돌아왔다. 죽은 아이들의 명복을 빌어주고 나니 마음이 조금 편했다.

무수는 낫을 들고 뒷산에 올랐다. 거의 다 부러져 있는 낚싯대를 바꿔야 했다. 대밭으로 향하는 길에 너럭바위에 앉아서 쉬고 있는 약초꾼들을 만났다. 인사를 나눈 후에 지나치려는 찰나 한 약초꾼의 말이 걸음을 멈추게 했다.

"너무 깊이 들어가지 않는 게 좋을 거다. 난데없이 힘줄이 철사처럼 질긴 사람이 산속에 척 자리 잡고 있으니까."

"그 사람이 누군데요?"

"그야 알 수 없지. 녹림의 호걸이었다가 숨어들었는지."

"아니면 무정승을 지내다가 낙향한 사람인지."

"도인인지 장사인지는 모르겠지만 성격이 괴팍하니 조심하거라."

"사람만 보면 무턱대고 활을 쏘려고 드니까 말이다."

"활이라고요?"

무수는 크게 호기심이 일었다.

"어디로 가면 그 사람을 볼 수 있어요?"

"위험하다고 가지 말래도 그러는구나. 하긴 알아야 피해 다니기도 하지. 산 중턱쯤 가면 화전민들이 일구던 밭이 있지 않느냐? 바로 거기다. 꼭 피해서 다니거라."

무수는 대나무를 찌는 대신 그 의문의 사람을 찾아 올라갔다. 화전민들이 일구다가 버린 밭은 무수가 진작부터 탐을 내던 곳이었다. 누군가에게 그곳을 빼앗겼다는 기분마저 들었다.

과연 화전민들의 옛 터전에는 전에 없던 오두막이 한 채 서 있었다. 또 그 옆으로는 짚으로 지붕을 이은 사정도 있었다. 무수는 인기척을 내며 다가갔다. 오두막 댓돌에는 신이 한 켤레 놓여 있었다. 안에 사람이 있는 것이 분명했다.

"흠흠, 계셔요?"

문짝이 열렸다. 나오는 사람을 본 무수는 소스라치게 놀랐다. 바로 우병영 궁장으로 있던 박 공이었다. 그는 무수가 찾아온 것에 놀라지도 않고 말했다.

"뭘 그리 멀뚱히 서 있느냐? 어서 들어오너라."

마치 무수가 찾아올 줄 알고 있었다는 말투였다. 무수는 방 안으로 들어가 큰절을 올렸다.

"궁장 어른께서 어떻게 여기에?"

"허허, 나도 병영에서 나왔다. 너만 나오라는 법이 있느냐?"

무수는 이해가 가지 않았다. 병영은 아무나 나오고 싶다고 나오는 곳이 아니었다. 한번 매인 몸이 되면 여간해서는 나올 수 없는 곳이었다.

"내가 너처럼 종살이를 하고 있었던 줄 아느냐? 네가 나가고 나서 나도 곰곰이 생각하다가 후임을 물색해서 들여놓고는 나와버렸다. 나와서는 여생을 보낼 곳을 찾다가 무수 네가 생각나서 이리로 왔지."

"제가 이 산기슭에 살고 있는 걸 알고 오셨단 말씀이셔요?"

궁장 박 공은 웃기만 했다.

"그렇다면 집으로 먼저 오시지 않고요?"

"남의 집에 함부로 불쑥 나타날 수는 없지. 자, 이렇게 만났으니 우리 활로 내기나 해볼까?"

무수는 막연하나마 한 가지 생각이 들었다.

'병영에 있을 때 궁장 어른이 나한테 정이 많이 드셨나 보다.'

그건 무수도 마찬가지였다. 병영에서 가장 편하게 느껴졌던 사람이 궁장 박 공이었다. 활을 배우면서 여러 가지 자애로운 조언도 마다하지 않은 사람이었다. 아버지뻘이라면 아버지뻘이었고, 할아버지뻘이라면 할아버지뻘이었다.

"그런데 무정승이 뭐예요?"

"무과 급제 출신자로서 벼슬길에 나아가 정승에 오른 사람을 말한단다. 그리되기는 지극히 어려운 일이지만 못 될 것도 없지."

"정승이 장수보다 높나요?"

"무정승이면 장수 중의 장수라고 할 수 있지. 병조판서보다 높으니까."

무수는 가슴이 뭉클했다. 무정승이라는 말을 몇 번이고 속으로 뇌었다. 모든 장수를 호령하는 장수라니 생각만 해도 가슴이 벅찼다. 무수는 그런 속이 들킬세라 말길을 돌렸다.

"끼니는 뭘로 드셔요? 제가 물고기를 많이 잡아 올게요."

박 공에게는 무수가 제자고 아들이고 손자였다. 여생을 무수와 보내고 싶어서 방어산 기슭의 땅을 불하받아서 자리를 잡았다는 것을 알기나 하랴 싶었다. 병영에서 나오는 일에서부터 그곳에 터전을 마련하기까지 군뢰부장 조용백의 힘이 컸다는 것만 알려주었다.

무수는 큰 다행으로 여겼다. 눈여겨봐 둔 곳을 차지하고 있는 사람이 박 공이라니 더 바랄 것이 없었다. 무수는 날마다 물고기를 잡아다 날랐다. 산채만 먹던 박 공은 푹 고아서 곰국을 끓이고는 훌훌 불어 마셨다. 속이 따뜻하고 든든했다.

"늙은이는 역시 잘 먹어야 해. 암."

무수가 웃었다. 박 공은 색다른 궁시를 꺼내 왔다.

"내 오늘은 좋은 걸 또 가르쳐 주지."

활은 여느 각궁보다 활대가 좀 짧았고, 화살은 깃은 크지만 살대는 짧고 촉도 가늘고 작았다.

"동개활이라고 한다. 이 화살은 동개살 혹은 대우전이라고 하지. 주로 가까운 거리에서 저격용으로 쓰는 거란다. 그만큼 정밀하게 날아가지. 이걸로 습사를 해보거라."

대우전에 이어 애기살이라 불리는 편전, 불화살이라 불리는 화전, 화약통을 매달아 쏘는 화약전에 이르기까지 무수는 박 공이 가르쳐 주는 대로 받아들여 활쏘기에 힘을 쏟았다. 활도 연궁을 쓰다가 점차 강궁으로 나아갔다. 각궁을 놓고 정량궁을 들었다가 또 철태궁, 철궁으로 바꿔 들었다.

"유전(留箭:활을 다 당겨 잠시 표적을 잘 겨누고 있는 것)하거라."

가르침의 말씀은 화살보다도 짧았지만, 한마디 한마디에 군더더기가 없이 활쏘기의 묘체가 들어 있었다.

"우리나라는 예로부터 군액(군사의 수)이 적어서 전쟁이 벌어지면 대개가 유격전이 되었다. 신라 때부터 내려오는 병법이 있으나, 지금 나라에서는 그것을 유용하지 않으니 참 안타까운 일이다."

"그게 무슨 병법인데요?"

"무오병법이라고 한다. 적은 병력으로 날쌔게 치고 빠지는 유격전의 요체를 적어놓았으니 잘 읽고 세세히 익혀두거라."

박 공의 가르침은 아낌없었다. 무수는 갖고 온 책을 밤새도록 읽었다. 당장이라도 전쟁에 나아가 공을 세우고 싶었다. 잠이 올 리 없었다. 아들의 방에 밤새도록 불이 켜져 있는 것을 본 김씨는 무수가 글공부에 여념이 없는 것을 기특하게 여겨 등잔 기름만큼은 떨어지지 않게 넉넉하게 사다 놓았다.

"자, 어디 한번 맛있게 구워보거라."

무수는 활쏘기 내기에서 지는 바람에 불을 피워 물고기를 구워야 했다. 비늘을 긁어내고 내장을 뺀 다음 소금을 쳐 꼬챙이에 끼웠다. 그러고는 황토를 잘 이겨 발랐다. 장작으로 불을 피워 숯불에다가 올려놓았다. 잠시 후 익어가는 냄새가 구수하게 났다.

"다 구웠어요. 잡숴보셔요."

박 공은 흐뭇한 얼굴로 무수와 마주 앉았다. 황토를 떼냈다. 김이 모락모락 났다. 박 공은 한 입 베어 물고 우물우물 씹었다. 그러고는 고개를 갸우뚱했다.

"맛이 이상해요?"

"아니, 소금을 쳤는데도 맛이 달아서 말이야. 허허."

박 공은 한 입 더 먹으면서 말했다.

"내일부터는 활로 잡아 오너라."

무수가 물고기를 뜯어 먹다 말고 고개를 들었다.

"활을 쏘아서 물고기를 잡아 오란 말이다."

"활로 물고기를 잡을 수 있나요?"

"못 잡을 것도 없지. 뛰는 짐승과 나는 새도 잡는데 헤엄치는 물고기인들 못 잡겠느냐?"

사람 하나가 들어섰다. 무수는 한눈에 알아보았다. 애복이가 남장을 하고 나타난 것이었다. 무수가 일어나서 다가갔다.

"여긴 어떻게 왔어? 또 그 옷은 뭐야?"

"걸어서 왔고, 밖으로 나다닐 때는 다시 남장을 하기로 했어."

"그렇다고 여기까지 찾아오면 어떡해?"

"하도 안 만나주니까 그러지."

무수는 하는 수 없이 애복이를 박 공에게 데리고 가 인사시켰다.

"어릴 적 친구예요."

"어르신, 처음 뵙겠습니다. 애복이라고 해요."

"오, 그래? 예쁘장하게 생겼구나."

"아버지가 밖으로 못 다니게 해서 남장을 했어요. 제게도 활을 가르쳐 주세요."

박 공은 무수에게 떠넘겼다.

"활을 배우고 싶다면 무수한테 배우거라. 썩 잘 쏘니까 차근차근 가르쳐 줄 게다."

"싫어요. 어르신이 가르쳐 주세요. 밥도 하고 물도 긷고 빨래도 하라면 할게요."

"그런 허드렛일을 하다가 활은 언제 배우려고? 허허."

무수는 일언지하에 거절했다.

"계집아이가 무슨 활이야? 안 돼. 같이 내려가자."

그 말에 박 공이 뜻밖의 소리를 했다.

"애복이한테 활을 가르치지 않으려거든 내일부터는 무수 네가 오지 마라."

무수는 난감해졌다. 박 공이 짓궂은 농담을 하는 것인지, 진담을 하는 것인지 분간할 수 없었다. 애복이는 속으로 옳다구나 싶었다. 얼른 박 공의 뒤로 가서 어깨를 주물렀다.

"뭘 이렇게까지나. 아이고, 시원타!"

박 공이 웃었다. 무수는 기가 막혀 아무 말도 못했다.

"알았으니까 어두워지기 전에 이만 내려가자."

무수는 활과 주살만 가지고 강가로 나갔다. 낚시꾼들이 다 의아하게 여겼다.

"활로 물고기를 잡으려는 게 아닌가?"

"허어, 그것참, 어디 잡을 수 있나 가서 구경 좀 해보세."

무수는 무릎을 걷고 물속으로 들어갔다. 그러고는 활 시위의 절피에 화살의 오늬를 먹여 들고 물속을 살폈다. 잠시 후에 검은 것이 헤엄쳐 갔다. 얼른 활을 당겨 겨누고 쏘았다.

"쪽!"

화살은 물속으로 들어갔다. 무수는 줄을 당겼다. 화살뿐이었다. 물고기는 사라지고 없었다.

"에이, 그것 가지고는 안 되겠는걸?"

"그럼 그렇지. 활로 어떻게 물고기를 잡나그래?"

낚시꾼들이 다들 돌아갔다. 무수는 단념하지 않았다. 해가 저물도록 물속으로 활을 쏘고 또 쏘았다. 멀리서 지켜보던 낚시꾼들이 혀를 찼다.

"하여간 집념 하나는 알아줘야겠군."

"뭐가 돼도 될 녀석일세."

"저러다 머잖아 그 방법을 터득해서 보란 듯이 꿰어 올리겠지."

염창강 사람들

1

물속을 잔뜩 노려보던 무수는 시커먼 것이 눈에 들어오자마자 반사적으로 활을 당겨서 쏘았다.

"콱!"

무언가에 꽂히는 소리가 났다. 무수는 설레는 마음으로 끌어 올렸다. 물고기가 아니라 썩은 나무토막이었다. 실망이었다. 오죽하면 둥둥 떠내려오는 나무토막을 물고기로 오인했나 싶었다.

활을 잠시 쉬고 물속에서 나와서 모래벌판에 앉았다. 낚싯대를 드리우듯 눈길을 강물에 박고 생각에 잠겼다.

'왜 안 되는 것일까? 여러 날 동안 조금도 진척이 없는 이유가 무엇일까? 화살이 물고기 등조차도 스치지 못하다니, 뭐가 잘못된 것일까? 도대체 뭘 잘못하고 있는 것일까?'

무수는 시선을 옮겼다. 멀찍이 떨어진 곳에서 한 사람이 투망질을 하고 있었다. 그 사람은 마치 물속에 꽂아놓은 꼬챙이처럼 서 있다가 휙 하고 던져서 물고기를 잡아 올리는 것이었다. 가만히 바라보던 무수는 무릎을 탁 쳤다.

"바로 그거야!"

무수는 심기를 가다듬고 다시 물속으로 들어갔다. 그러고는 한곳에 서서 활을 당긴 뒤 꼼짝도 하지 않았다. 바위처럼 버티고 있었다. 만작한 활이 자꾸만 토촉되려고 했다. 무수는 힘을 더 주며 숨도 쉬지 않고 기다렸다.

이윽고 물고기 한 마리의 형체가 발아래로 보였다. 무수는 표적점 안으로 들어오기를 기다렸다. 물고기가 수면 가까이 올라오는 찰나, 활을 놓았다.

"팍!"

보기 좋게 꿰었다. 무수는 주먹을 쥐고 소리를 질렀다.

"됐어!"

물고기가 물속에서 헤엄치고 있을 때에는 잡기 어려웠다. 활을 당기는 그림자에 놀라 쏜살보다 더 빠르게 사라지고 말았다. 물고기가 숨을 쉬려고 수면 가까이로 올라올 때까지 서서 움직이면 안 되었다.

가장 중요한 것은 미리 활시위를 당겨놓고 굳은 듯이 버티고 있어야 한다는 것이었다. 그런 뒤에 표적점 가까이에 물고기가 들어오면 바로 그때 활시위를 놓아야 했다. 처음으로 물고기를 잡는 데 성공한 무수는 깨달은 기쁨에 도취되었다.

"이건 궁장 어른께 갖다 드려야겠어."

박 공은 아가미를 손가락에 꿰어 커다란 메기 한 마리를 들고 오는 무수를 바라보고 빙긋 웃었다.

"오늘에야 잡았나 보구나?"

무수는 느끼고 깨달은 바를 이야기했다. 박 공은 고개를 끄덕였다.

"활은 언제나 나와의 대화다. 나 자신을 겸허히 돌아보고 또 돌아보면 모든 숙제는 풀린단다."

사대에서는 애복이 혼자 활을 쏘고 있었다.

"가서 좀 봐주거라."

무수는 사대로 갔다. 애복이는 활을 당겼을 때 저도 모르게 턱을 드는 버릇이 있었다. 자세를 고쳐주었다. 그러자 애복이가 쏜 화살이 보기 좋게 과녁에 맞았다. 무수는 흐뭇했고, 애복이는 상기된 얼굴로 웃었다.

"내가 화살 치러 갔다 올게. 메기 한 마리 잡아다 놨어. 구워 먹자."

"그래? 그러면 내가 새로운 걸 해줄게."

애복이는 간장에 조청을 넣어 끓였다. 그것이 졸여지는 동안 물고기를 손질하고 칼자국을 넣었다. 간장을 숟가락으로 떠서 물고기 몸통에 골고루 바르고 칼자국을 넣은 곳에도 잘 스며들게 했다. 마지막으로 울타리 밖에 있는 산초나무 가지를 꺾어 와서 그 잎을 넣었다. 메기찜이 다 되자 애복이는 메기를 통째 차렸다. 박 공이 한 점 먹어보더니 감탄했다.

"우리 애복이 음식 솜씨에 숙수상궁도 울고 가겠는걸?"

"칭찬이 과하십니다요."

비린내가 하나도 나지 않고 산초 향이 은은히 풍기는 메기찜이었다. 무수도 집어 먹었다. 달콤한 것이 입에서 녹는 듯했다. 어머니가 해주시던 것보다 맛있는 것 같았다.

초가삼간 뒤쪽에 서 있는 커다란 탱자나무에서 참새 떼가 날아들어 시끄럽게 울어댔다. 박 공이 성가신 듯이 바라보았다.

"저 참새들 좀 잡거라. 잡기만 하면 내가 먹음직스런 참새구이를 해주마."

메기찜을 다 먹고 난 무수는 활을 들고 탱자나무를 쳐다보았다. 솔방울만 한 참새를 활로 잡으라니. 참새가 어디에 앉아 있는지도 잘 찾지 못했다. 수백 마리가 앉아 있는데도 눈에 띄는 참새가 없었다.

"모든 것은 마음에 달려 있고, 그 마음이 두 눈을 만든다."

활을 쏘아 참새 잡기가 시작되었다. 무수는 활을 들고 쏘지도 못했다. 어쩌다 쏘더라도 활은 빗나가고 말았다. 참새도 탱자나무 가지도 맞히지 못했다. 박 공은 더 이상 가르쳐 주지 않았다. 무수는 물고기를 잡을 때처럼 스스로 깨달아야 한다고 생각했다.

집으로 돌아와서는 사립문 밖 느티나무에 앉은 참새를 쏘았다. 아무리 맞히려고 해도 안 되었다. 활을 겨누기만 해도 다 달아났다. 물고기를 잡기보다 더 어려웠다. 번번이 화살이 빗나갔다. 어느 때부턴가는 활을 겨눠도 참새들이 도망가지 않았다. 활을 겨눌 때는 일제히 조용했다가 화살이 나뭇가지 사이로 지나가고 나면 비웃는 듯이 요란하게 지저귀는 것이었다.

"매번 놀림당한 기분인데. 이거."

바로 그때 집 밖에서 헛기침 소리가 났다.

"에흠!"

호장 강세정이 찾아왔다. 무수는 공손히 선절을 했다. 집 안으로 들어선 강세정은 반쯤 옆으로 돌아서서 고개만 돌려 무수를 위아래로 훑어보았다.

"쯧, 너는 언제 철이 들려고 그러느냐? 활로 나무에 앉은 참새를 쏘면 참새란 놈이 오냐 하고 맞아준다더냐?"

무수는 머쓱해서 활을 뒤로 감췄다.

"호장 나리께서 어인 일이옵니까?"

강세정은 데리고 온 서원을 시켜 기다란 나무 막대를 하나 주었다.

"호패다. 너도 이젠 정남이 되었으니 수자리에 가든지 군포를 내고 보인(군대에 가지 않는 대신 군포를 내는 성인 남자)으로 있든지 해야 할 것이다."

무수는 서원이 내미는 호구안에 호패를 받았다는 서명을 해주었다.

"그리고 무수 너는 왜 자꾸 우리 애복이를 만나느냐?"

164

"그게 저어……."

"왜 산속에 데려다가 활을 가르치고 있느냐는 말이다! 곧 시집을 가야 할 계집아이가 무슨 활이냐? 내가 그동안은 눈감아 주었다만, 더 이상 자꾸 그러면 가만히 안 있겠다. 더는 두고 볼 수 없다는 말이다. 알아듣겠느냐?"

"소인이 데려다 가르친 것이 아니오라……."

"시끄럽다. 소견머리가 없는 계집아이가 찾아오면 곱게 타일러 돌려보낼 것이지, 데리고 노닥거리는 게 다 큰 사내놈이 할 짓이냐! 여러 말 하기 싫으니 이 자리에서 약조를 하거라. 우리 애복이와 다시는 어울리지 않겠다고 말이다."

"찾아오면 잘 타일러 돌려보내겠사옵니다."

"분명히 다짐했다?"

"애복이 고집을 꺾기가 어렵습니다만, 알아듣게 얘기를 하겠사옵니다."

강세정은 두루마기 자락을 휙 날리고는 돌아갔다. 무수는 호패를 들고 만지작거렸다. 어른이 되었다는 증명이었다.

"어른이라……."

강세정이 다녀간 이야기를 들은 김씨는 단호한 표정이었다.

"무수야, 이 어미가 군포 아니라 뭐라도 낼 것이니 아무 걱정하지 말거라. 네가 그 어린 나이에 옥살이나 다름없는 병영의 종살이를 하다가 이제 돌아왔는데 또다시 수자리로 보낼 수는 없다."

무수는 난감했다. 수자리에 나아가지 않으려면 열여섯 달마다 정포 두 필을 내야 하는데, 두 식구 입에 풀칠하기 위해 고생고생 행상을 다니는 어머니에게 의존하고만 있을 수는 없는 노릇이었다. 이제 한 사람의 어른으로서 대접받는 나이가 되었으니 어른값을 하고 싶었다.

"애복이 얘기는 하시지 않더냐?"

"하셨어요."

"만나지 말라고 했겠지. 우리하고는 어울리는 집안도 아니고, 이젠 너희들도 나이가 찼으니 더 이상 어린아이가 아니다. 그러니 이쯤에서 그만 보도록 하거라."

"제가 알아서 할게요."

"하긴, 애복이가 말을 한다고 들을 아이겠느냐마는 계속 어울리다가 네가 호장 어른한테 무슨 봉변이나 당할까 봐 이 어미는 그것이 걱정이다."

무수는 머릿속이 어지러웠다. 아무리 생각해도 어찌해야 좋을지 몰랐다. 산속으로 갔다. 박 공에게 툭 터놓고 물어보면 무슨 뾰족한 수가 있지 않을까 해서였다.

"가장 좋은 방법은 과거에 급제해 벼슬길에 나아가는 것이지만 그건 아직 때가 이르고, 그렇다면 농사를 짓든지 장사를 하든지 그 둘 중 한 가지 길을 택해야 하지 않겠느냐?"

무수는 박 공의 제의에 따라 농사와 장사 두 가지 중에서 장사를 배우기로 결정했다. 나루 근처의 염상들치고 못 먹고 못 사는 사람들이 없다는 말을 들은 적이 있었다. 무수는 힘없는 여자인 어머니도 행상을 다니는데 자신도 충분히 해낼 수 있으리라 믿었다.

"오랜만에 같이 한 순 내볼까?"

무수는 채비를 갖춰 박 공과 나란히 사대에 섰다.

"오늘은 애복이가 오지 않을 모양인가? 영특하고 사려가 깊은 아이니 잘 대해주거라."

무수는 아무 대답도 하지 않고 활만 쏘았다. 애복이가 스스로 출입을 삼갔으면 하고 바랄 뿐이었다.

하지만 그런 생각도 잠시였다. 애복이가 보이면 강세정의 당부가 걱정이 될 것 같았고, 보이지 않으면 어찌 지내고 있는지 염려가 될 것 같았다. 이러나저러나 마음 편한 길이 없을 성싶었다.

"살 가오!"

박 공은 아무도 없는 먼 과녁을 향해 외쳤다. 혹시나 길을 잘못 든 약초꾼이 얼쩡거릴 수도 있고, 산짐승이 발을 들여놓을 수도 있기 때문이었다.

"많이 맞히십시오."

무수는 덕담을 건넸다. 박 공을 시작으로 두 사람은 번갈아 쏘았다. 두 사람은 쏠 때마다 맞히지 못하는 화살이 없었다.

"몰기, 공하(공경하여 축하함)드리옵니다."

"몰기, 축하하네."

화살 다섯 발 한 순을 다 쏘고 나서 박 공은 사대에서 물러나며 흐뭇해했다.

"실력이 부쩍 늘었구나."

흰 구름과 먼 산을 바라보며 잠시 쉬고 난 뒤에 박 공은 자리에서 일어났다.

"승부는 가려야겠지? 중순을 내보도록 하자."

화살 첫 발을 활시위에 먹인 박 공은 갑자기 몸을 돌려 초가의 뒤 울타리에 서 있는 탱자나무를 향해 쏘았다. 순식간의 일이었다. 활을 내린 박 공이 무수에게 말했다.

"네가 한번 가보고 오겠느냐?"

무수는 활을 놓고 달려갔다. 울타리에서 멀리 떨어진 곳에 화살이 땅에 떨어져 있었다. 놀랍게도 화살대에는 참새가 한 마리 꿰어 있었다. 무수는 화살을 들고 몇 번이나 보았다.

"어떻게 이럴 수가?"

그러고는 박 공이 활을 쏘던 순간을 더듬었다. 아무리 생각해도 특이한 것은 없었다. 과녁을 향해 쏠 줄로 알았던 활을 탱자나무로 쏘았다는 것뿐이었다. 무수는 화살을 두 손으로 들고 와 박 공에게 내놓았다.

"다행히 한 마리 잡았구나. 허허."

"스승님, 비법을 좀 가르쳐 주십시오."

"비법이랄 게 무에 있겠느냐? 활이나 잘 좀 닦아놓거라."

박 공은 궁대를 풀어놓았다. 그러고는 망태기를 어깨에 둘러매고 호미 자루를 쥐었다. 약초를 캘 차림이었다.

"다녀오마."

박 공이 숲속으로 사라져 갔다.

"그것참."

무수는 박 공의 활을 집어 들었다. 박 공이 늘 애지중지하는 활이었다. 틈만 나면 기름을 묻혀 닦던 활을 처음 만져보게 되었다. 무수는 그간 한 번도 시키지 않던 일을 시키고 간 이유가 궁금했다.

처음 스승의 활을 살펴볼 기회였다. 무수는 활을 닦기 전에 시위에 손가락을 걸어 슬쩍 당겨보았다. 보기보다 센 활이었다. 끝까지 다 당겨지지 않았다.

"그것참, 이처럼 센 강궁을 쓰고 계셨다니."

헝겊에 기름을 묻혀 정성 들여 닦았다. 문득 활고자 바로 아래에 희미하게 두 글자가 적혀 있는 것을 보았다. 글자는 많이 지워져 단번에 알아보기 힘들었다. 여러 모로 궁리한 끝에 위 글자는 정 자, 아래에 씌어 있는 글자는 천 자라고 추정했다.

"정천? 스승님의 함자인가?"

무수는 감히 단정하지는 못했지만 박 공의 이름일 것으로 판단했다. 한때 조선 팔도 최고의 명궁이라고 칭송되었지만 정작 박정천이라는 성명

삼 자는 알려지지 않고 막연히 박 공이라는 별칭으로만 통했던 인물, 그 전설 같은 인물의 이름도 선설만큼이나 희미해지고 있는 것 같았다.

활을 다 닦고 난 무수는 내친김에 시위에 밀랍 칠을 하고 묵은 때와 보풀을 말끔히 닦아냈다. 그런 뒤에 빈 활을 다시 한 번 당겨보았다. 여전히 힘에 벅찼다. 박 공은 명궁이기 이전에 장사였음이 분명했다.

문득 무수의 두 눈에 탱자나무가 들어왔다. 박 공의 활로 한번 쏘아보고 싶어졌다. 하지만 그건 안 될 일이었다. 허락 없이 스승의 활을 몰래 쏜다는 것은 있을 수 없는 불경스러운 일이었다.

"그러면 안 되지."

시간이 지날수록 무수는 강한 유혹에 이끌렸다. 저도 모르게 사대로가 박 공의 화살을 한 대 들고 시위에 먹였다. 과녁을 바라보고 서 있다가 박 공이 했던 것처럼 몸을 홱 돌려 탱자나무로 쏘았다. 참새들이 일제히 지저귐을 뚝 그쳤다. 화살은 말 그대로 쏜살같이 날아갔다.

무수는 얼른 활을 내려놓고 울타리 너머로 달려갔다. 화살이 떨어져 있는 곳으로 가 주워 들었다. 참새는 꿰여 있지 않았다.

"어?"

운이 없게도 화살이 부러져 있었다. 조릿대로 만드는 화살이라 충격에 쪼개지고 부러지는 건 흔히 있는 일이었다. 하필 무수가 몰래 쏜 화살이 부러진 것이었다. 박 공에게 무슨 소리를 들을지 알 수 없었다. 무수는 곤혹스러웠다.

"괜히 스승님의 활을 쏘았어."

사대로 돌아오노라니 참새 소리가 다시 요란하게 들렸다. 마치 등 뒤에서 고소하다며 비웃는 듯했다. 무수는 참새를 쏘아 맞히는 비법이 몹시 궁금했다. 하지만 박 공은 일언반구도 귀띔해 주지 않았다.

"아무 연고도 없는데 왜 여기로 오신 걸까?"

무수는 어쩌면 저한테 활터를 만들어 주려고 온 것인지도 모른다고 생각했다. 활터는 다른 무예와는 달리 땅이 커야 했다. 그래서 개인이 사사로이 활터를 만든다는 것은 쉽지 않은 일이었다.

고을마다 양반들의 사계(활쏘기 모임)가 있어서 그 계금으로 활터를 조성하고 운영하고 있었다. 양반이 아니면 사계에 가입하는 것이 불가능했다. 그래서 양반이 아닌 사람들이 활을 쏜다는 것은 드물고도 드물었다. 무수는 저의 그런 신분을 박 공이 알고 산속에 자리를 잡고 활터를 마련했을 것이라고 짐작했다. 고맙기 그지없었다.

"아, 이 화살을 어쩌지?"

약초를 캐러 갔던 박 공이 돌아왔다. 무수는 사실대로 말했다. 박 공은 웃었다.

"쏘았으면 맞혔어야지. 참새 한 마리도 맞히지 못하고 감히 내 화살만 부러뜨렸다? 그러면 벌을 받아야지."

무수는 박 공이 크게 나무라지 않자 조금 안심이 되었다.

"어떻게 하면 참새를 맞힐 수 있사옵니까?"

"가르쳐 주랴?"

"예, 스승님."

"그러면 내일부터는 매일 야사(어둔 밤에 활을 쏘는 것)만 하거라."

2

무수는 어머니 김씨와 상의했다. 김씨는 소금 장사를 배우겠다는 무수의 결심이 못마땅했다.

"어디 좋은 학자를 만나 글공부를 더 하는 것이 옳은데."

"어머니께서 모르시는 말씀이옵니다."

170

"내가 뭘 모른다는 말이냐?"

"저는…… 아니에요."

"양반만 글을 하라는 법도 없지 않느냐? 훗날에 반드시 쓰일 날이 올 것이다."

"글공부도 틈틈이 할 테니 걱정 마시어요."

무수는 장사를 배우겠다는 뜻을 굽힐 마음이 없었다. 점차 연로해지시는 어머니께 생계를 의지하고만 있을 수 없는 노릇이었고, 수자리에 가지 않으려면 나라에 군포를 바쳐야 하는데, 그것도 제 손으로 마련하고 싶었다.

김씨는 무수의 간곡한 뜻을 못 이겨 허락하고 말았다. 다만 집에서라도 글공부를 계속 한다는 조건을 달아서였다.

"내가 내일 나가면 행수 어른한테 말씀드려 보마."

이른 새벽에 다른 사람들보다 일찌감치 여각으로 나간 김씨는 장무에게 말했다.

"행수 어른을 좀 뵈올 수 없을까요?"

"무슨 일로 그러우?"

"드릴 말씀이 있어서 그럽니다."

"내게 하면 안 되오?"

"행수 어른을 직접 뵙고 말씀을 드려야 할 것 같아서……."

장무는 저한테는 용건을 밝히기를 주저하는 김씨를 행수에게 데리고 갔다. 소금을 전문적으로 도매하는 천광 여각의 행수 이장휘는 김씨를 앉히고 장무는 내보냈다.

"무슨 할 말이 있어 나를 보자고 했소?"

"행수 어른, 말씀드리기 민망하오나 저희 아들놈이 염상 일을 배우고 싶어 하옵니다. 혹시 여각에 일손이 필요하다면 행수 어른께서 좀 거두어서 일을 가르쳐 주십사 하고……."

"여각이야 일손이 늘 필요하오만, 그래 아들의 나이가 얼마나 되오?"

"올해 호패를 찼사옵니다."

"그렇다면 군역을 저야겠군. 수자리에 내보내지 그러오?"

"아이고, 그건 안 됩니다요. 병영에서 종살이를 한 것만 해도 서러운데 또 보내라니요. 그건 절대로 안 될 일이옵지요."

"잘 알겠소. 그러면 제 군포 벌이나 시키면 되겠소?"

"예, 행수 어른."

"어떤 일도 마다하지 않겠다는 약조를 한다면 보내보오."

김씨는 환한 얼굴로 두 번 머리를 조아리고 나왔다. 말통에 소금을 받아 머리에 이고 나섰다. 오늘은 소금을 남김없이 다 팔아서 소 내장이라도 좀 끊어서 가야 했다. 한창 몸이 일 나이에 잘 먹여야 하는데 매번 배를 다 채워주지 못하는 것이 안타까웠다. 그런데도 날마다 쑥쑥 잘 커주는 것이 여간 대견스럽지 않았다.

남의 일을 하자면, 남의 일을 한다고 하는 그 처지가 사람을 힘들게 했다. 일이 사람을 힘들게 하는 것이 아니라 사람이 사람을 힘들게 하기 마련이었고, 몸이 고단한 것보다 마음이 먼저 지치기 쉬운 것이 고용살이라는 것을 김씨가 뼈저리게 느껴온 터였다.

"우리 무수가 잘해낼 수 있을지……."

무수는 깨끗한 옷차림으로 천광 여각을 찾아갔다. 장무와 행수는 아이가 오려니 했다가 무수가 어른 덩치임에 놀랐다. 행수 이장휘는 무수를 찬찬히 살펴보았다. 장사꾼의 직감과 눈썰미가 빛났다.

"일을 하고 싶다고?"

"그러하옵니다. 행수 어른."

"뭘 할 줄 아느냐?"

무수는 마땅한 대답을 찾을 수 없었다. 활을 잘 쏜다거나 검법을 익혔다고 할 수는 없는 자리였다.

"글을 조금 읽었사옵니다."

"글을? 수글(한문)을? 어디까지 읽었느냐?"

"《소학》을 읽다가 그만두었사옵니다."

행수 이장휘는 잠시 말을 그치고 생각에 잠겼다. 그 옆에 서 있는 장무는 처음부터 무수가 마음에 들지 않았다. 아이답지 않게 덩치도 커다란 것이 이글거리는 듯한 눈매도 거슬렸다.

"행수 어른, 이 아이는 아무래도 우리 여각에는 맞지 않는 것 같사옵니다."

"자네는 왜 그렇게 생각하는가?"

장무는 썩 명분 있는 이유를 대지 못했다. 잠시 후 행수 이장휘는 결정을 내렸다.

"이 아이를 자네 곁에 차인으로 두고 일을 좀 가르쳐 보게."

"행수 어른, 가대기를 져 나르는 일부터 시켜야 하지 않사옵니까?"

"그럴 것 없네. 글을 안다고 하니 산가지 놓는 법부터 가르치고, 장책(장부) 쓰는 법을 잘 가르쳐 주게."

무수가 밖으로 나와 장무 옆자리에 앉았다. 장무는 산가지가 든 통을 놓고는 가로세로 놓아가며 수 세는 법을 가르쳐 주었다. 그러는 동안 갓 들어온 어린 신래가 곧바로 차인 자리를 꿰찼다는 말이 여각의 뒤쪽에 있는 역인방(짐꾼들이 임시로 대기하는 방)에 전해졌다.

역인방에서 노닥거리고 있던 가대기꾼들은 하나같이 불만을 나타냈다.

"뭐? 어린놈이 들어오자마자 차인이 되었어?"

"그러면 우리 상전 자리에 앉았다는 거 아냐?"

"이것 참 이래도 되는 거야?"

"꼭두님, 말씀 좀 해보시오. 그게 있을 법한 일이오?"

가대기꾼들은 술렁였다. 꼭두는 들려온 입소문이 사실인지 확인하기 위해 장무에게 갔다. 새로 들어왔다는 신출내기는 어디론가 가고 보이지 않았다.

"그놈 낯판이나 좀 보러 왔소."

"심부름 보냈네."

"장무 어른, 이래도 되는 겁니까?"

"행수 어른이 정한 일이니 어쩔 수 없네."

"어쩔 수 없다니? 머잖아 나를 차인으로 올려준다고 약조를 해놓고 이러는 법이 어디 있소?"

"이 사람아, 행수 어른이 정한 일이라고 하지 않나?"

"그럼 장무 어른은 행수 어른이 그 일을 혼자 정하도록 가만히 있었단 말이오?"

"나도 그래서는 안 된다고 했지만 내 말을 듣지 않으셨네."

"강력하게 얘기를 하고, 나를 추천했어야 할 게 아니오? 다음은 내 차례라고!"

"이 사람이? 어디서 목청을 높이는 게야?"

"내가 못할 말 했소? 그동안 장무 어른 뒷주머니를 채워준 게 누군데……."

"뭐라고? 이놈이 말이면 다 하는 줄 알아?"

"다 했소. 어쩔 테요?"

장무는 행여나 누가 들을세라 주위를 둘러보고는 꼭두를 달래며 입막음을 했다.

"자네가 앞뒤 없이 이러면 우리 둘 다 이 바닥에서 살아남지 못해. 그걸 모르겠나? 나도 방법을 찾고 있으니 그만 가 있게."

"우리는 한배를 탄 입장이라는 걸 잊지 마시오. 방법이든 뭐든 빨리 찾으시오."

장무는 골치가 아파왔다. 무수에게 산가지 놓는 법을 가르쳐 보니 여간 영특한 게 아니었다. 시험 삼아 한 차례 가르친 것뿐인데, 십만 자리까지 더하고 덜고 하는 셈을 자유자재로 척척 하는 것이었다.

장무는 장차 제 앉은 자리도 위태로워질 것 같은 느낌이 들었다. 천자문도 다 못 읽은 자기 자신이 한심스러워졌다. 무수는 어린 나이에 《소학》을 읽었다고 하지 않는가! 그 어려운 진서를, 더구나 서원이나 향교에 다니는 교생들이나 읽는 글을 무수가 읽었다는 게 놀랍기도 하고 믿기지도 않았다. 하지만 산통을 놓고 보니 빈말이 아니라는 확신이 들었다.

걱정거리는 무수만이 아니었다. 가대기꾼들의 반발과 꼭두의 성화도 잠재워야 했다. 그러지 않으면 그간 둘이서 해온 이런저런 짬짜미들이 행수에게 다 발각될지도 모를 일이었다.

"이거 화근 덩어리를 받았네그려."

여각의 일을 마친 장무는 나루터 주막으로 꼭두를 불러냈다. 처음에는 시큰둥하던 꼭두는 술이 한 잔 두 잔 목구멍으로 넘어가자 장무의 말을 귀담아들었다.

"그러니까 도저히 일을 못 하겠다 하고 손을 탁 놓아버리라는 얘기가 아니오?"

"그렇지. 그러면 그다음은 내가 해결함세."

여각의 소금 창고에서 소금 섬을 내다가 배에 싣는 날이 되었다. 행수 이장휘가 직접 나와 있었다. 그런데 가대기꾼들이 역인방에서 나올 생각을 하지 않았다. 장무가 무수를 시켜 데려오게 했지만 꿈쩍도 하지 않았다.

"저놈들이 왜 저러느냐?"

"그게 아마도 저 아이 때문이 아닐까 하옵니다."

"무수 때문에? 무수가 뭘 어쨌길래?"

"어린놈이 들어오자마자 차인 자리를 차고앉는 바람에……."

그제야 행수 이장휘는 가대기꾼들이 일을 거부하는 이유를 알았다. 장무를 데리고 역인방으로 갔다. 장무는 방문을 열고 나오라고 간곡히 타이르는 시늉을 했다. 콧방귀를 끼는 소리만 날 뿐 아무도 나오지 않았다.

행수 이장휘가 방을 향해 크게 소리쳤다.

"차인이 되고 싶은 놈은 썩 나오너라. 곧바로 시켜주마."

그 소리를 들은 가대기꾼들이 짚신도 신지 않은 채 우르르 몰려나왔다. 행수 이장휘는 마당에 서 있는 그들에게 말했다.

"오냐, 다들 차인을 시켜주마. 한데 차인이 되려면 글을 알아야 한다. 너희 놈들 중에 글을 아는 놈이 있다면 당장 앞으로 나오거라."

가대기꾼들은 아무도 나서지 못했다. 그들의 눈이 다 꼭두를 향했다. 꼭두도 함부로 나서지 못하고 우물쭈물했다.

"글을 모르고는 차인이 될 수 없다. 장책을 읽을 줄 알아야 된다는 말이다. 꼭두, 네놈은 글을 아느냐? 안다면 당장 차인으로 삼아 장방에 들여주마."

가대기꾼들은 행수 이장휘의 눈길을 피했다.

"네 이놈들! 등짐을 져 날라서 밥술이라도 뜰 수 있는 것을 다행히 여길 일이지 어디서 언감생심이냐! 아무리 하찮은 자리라고 해도 그에 갖춰야 할 것들이 있는 법이거늘, 됨됨이도 안 되는 것들이 어디 욕심만 많아 가지고 천지도 모르고 이 따위 짓거리냐!

내 두 말 하지 않겠다. 지금 당장 소금 섬을 지러 나가지 않는 놈은 집으로 돌아가거라. 그리고 다시는 여각에 얼씬거리지 말거라. 분명히 알아들었으렷다. 어허, 고얀 놈들!"

행수 이장휘는 뒷짐을 진 채 돌아갔다. 가대기꾼들은 어찌할 바를 몰라 꼭두만 쳐다보았다. 꼭두는 가대기꾼들 앞으로 나섰다.

"허어, 나 참, 어디 한번 해보자는 말인데. 여보게들, 기왕 내친걸음이 아닌가? 다들 그만두자고."

가대기꾼들은 선뜻 꼭두의 말을 따르지 않았다. 그들은 서로 쳐다보며 망설였다. 당장 그만둔다면 달리 밥벌이 할 일이 없었다. 가대기꾼 하나가 말했다.

"꼭두님, 그만두면 우린 뭘 먹고 삽니까요?"

"우리 일손 없이는 여각이 돌아가질 않아. 며칠만 버티면 행수가 와서 싹싹 빌면서 나와달라고 애원할 게야."

가대기꾼들은 꼭두의 말이 믿기지 않았다. 찾아와 빌 행수가 아니라는 생각에서였다. 행수 이장휘의 성품은 염상들 사이에도 자자했다. 한번 입 밖으로 내뱉은 말은 어긴 적이 없고, 한번 신의를 저버린 사람과는 두 번 다시 거래를 하지 않기로 이름이 높았다.

수군대던 가대기꾼들 사이에서 의견이 두 갈래로 나눠졌다.

"행수 어른 말씀이 맞소. 우리가 뭐 글을 알아야 차인을 하든지 차사를 하든지 하지."

"차인도 아무나 할 수 있는 일이 아니긴 해."

"시켜줘도 못할 일을 가지고 괜히 난리를 쳤네."

"우리야 시키는 일이나 하고, 밥술이나 뜨고 사는 게 가장 속이 편해."

"송충이가 솔가지에 있지 않고 어디 있겠는가?"

"암, 그만둘 사람은 그만두고, 일을 할 사람은 계속하면 되지."

가대기꾼들은 꼭두가 차인이 되든지 말든지 관심을 내려놓았다. 제 일이 아닌 것이었다. 꼭두도 글을 알아야 한다는 행수의 말을 듣고 내심 차인이 되어도 일을 잘해낼 수 있을지 걱정하던 차에 빌미가 생겼다.

"뭐, 다들 뜻이 그렇다면 할 수 없지. 자, 그럼 일하러 가지."

꼭두를 사주해 가대기꾼들을 선동한 것이 실패로 돌아가자 낭패스러운 것은 장무뿐이었다. 사실 꼭두는 차인이 되고픈 마음이 그다지 절실하지 않았다. 막연히 때가 되면 저는 차인으로 가고, 저 밑에 있는 가대기꾼에게 꼭두를 물려주겠노라고 공언해 왔을 따름이었다.

장무는 다시 꼭두를 꼬드겼다. 하지만 이전과는 달리 꼭두는 차인 자리에 큰 관심을 보이지 않았다.

"차인이 되려면 글을 많이 알아야 된다는데 나는 뭐 내 이름도 못 쓰잖수."

"사람 참, 행수 어른이 하신 말씀을 곧이 믿는가?"

"믿지 않고?"

"우리같이 장사하는 사람들이 쓰는 글은 양반들이 쓰는 글과는 다르네. 한나절만 배우면 아무나 쓸 수 있는 게 장사꾼 글일세."

"에이, 장무 어른도. 그런 글이 세상천지에 어디 있단 말이오?"

"내가 잘 가르쳐 줌세. 평생 소금 섬이나 져다 나를 작정인가? 사람이 늙어서는 앉을 자리가 있어야 대접을 받는다네."

꼭두는 다시 슬그머니 마음이 동했다. 술 사발을 벌컥벌컥 비웠다.

"그럼 나더러 어찌하란 말이오?"

"말로 해서는 될 일이 아니니, 그 어린놈에게 혼쭐을 좀 내주라는 말일세."

"혼쭐? 아예 어디 한 군데를 부러뜨려 놓을깝쇼?"

"부러뜨리든 어찌하든 두 번 다시는 여각에 발을 못 붙이게 하면 될 일이네."

"그러다 행수 어른께 들키는 날에 내 모가지는 어찌하고?"

"그깟 일 하나 안 들키게 못 하겠나? 차인 자리가 뭐 거저 생길 줄 아는가? 그놈이 버티고 있는 한 자네는 어림도 없네."

"아니, 내 말은 그게 아니고. 알겠소. 그놈은 내가 잘 처치할 터이니 장무 어른은 뒤처리나 잘하시오."

꼭두는 역인방에 모여서 하릴없이 시간을 보내고 있는 가대기꾼들에게 은밀히 지시를 내렸다. 그들은 방에서 나와 어디론가 사라졌다.

무수는 해가 저물 때가 되어서야 여각을 나와 집으로 향했다. 난생처음 해보는 일이라 여간 신경이 쓰이는 게 아니었다. 장무는 산가지 놓는 법만 가르쳐 주고는 아직 한 번도 장책을 보여주지 않았다. 무엇이 어떻게 적혀 있는지 몹시 궁금했지만 기다릴 수밖에 없는 일이었다.

어둠 속에서 인기척이 느껴졌다. 무수는 본능적으로 경계심이 일었다. 천천히 걸음을 옮기노라니 복면을 한 사내들이 나타났다.

"왜 이러는 게요?"

"덩치 값 좀 받으러 왔느니라."

무수는 그들이 가대기꾼들이라는 직감이 들었다. 여각에서 차인 자리를 두고 시끄러웠던 일을 모르는 바 아니었다. 그 뒤부터 무수는 신래 풀이가 언제나 치러지나 하고 긴장하고 있던 차였다.

그들은 무수를 둘러쌌다. 무수는 맞서 싸우고 싶지 않았다. 또다시 분란의 중심에 든다면 일도 배우지 못하고 쫓겨날 수도 있을 것 같았다. 그들이 무슨 짓을 하든 아무 대항도 하지 않고 내버려 두고 싶었다.

"맘대로 하시오."

무수는 그 자리에 서 있었다. 그들은 등 뒤에 감춰두었던 몽둥이를 앞으로 들어 보이며 다가왔다. 그러고는 누가 먼저랄 것도 없이 내리쳤다. 무수는 두 팔로 머리를 감싸며 선 채로 몸을 웅크렸다.

"픽! 퍼억, 픽!"

몽둥이질은 한동안 이어졌다.

"이놈 보게? 멀쩡히 서 있네?"

"맷집이 여간 아닌걸?"

무수는 참고 또 참았다. 그들이 갑자기 몽둥이질을 멈췄다. 사람 한 떼가 걸어오고 있었다.

"자, 이쯤 하고 가세"

"내일부터는 눈에 띄지 말거라."

무수는 사람들이 다 지나갈 때까지 길가 나무에 몸을 돌려 기대어 있었다. 비틀거리며 걸음을 옮겼다. 난생처음 당해보는 몽둥이질이었다. 매를 맞는다는 것, 무수는 그것이 어떤 것인지 깨달았다. 몸도 몸이지만 정신을 엉망으로 만드는 것이었다.

집에는 김씨가 먼저 돌아와 있었다. 무수가 여각에 나가고부터는 아들에게 손수 저녁밥을 지어 먹일 작정으로 늦게까지 행상을 다니지 않았다.

"아니, 무수야, 이게 웬일이냐?"

3

"저놈이 사람이야, 귀신이야?"

가대기꾼들은 무수에게 질려버렸다. 몽둥이 타작을 당하고도 마치 아무 일도 없었다는 듯이 여각에 나타나 제 할 일을 하고 있었기 때문이었다. 그 정도 매를 맞으면 온몸에 피멍이 들어서 여러 날 자리보전하기 마련이었다. 뒷간 똥물을 퍼다 걸러서 몇 바가지 마시고 나야 굴신하게 될 것인데 참 희한한 일이었다.

"저놈, 몸뚱이를 철갑으로 둘렀나?"

"허어, 괴이한 일일세."

무수를 엿보던 가대기꾼들은 무수가 여느 사람과는 다른 모습에 무언가 꺼림칙해졌고, 급기야 두려운 마음까지 일었다. 그 와중에 누군가 무수의 내력을 알아와 퍼뜨렸다. 몇 년 전에 큰물이 져 강가 정자가 떠내려갔는데 다른 아이들은 다 죽고 무수 혼자만 살아남았다고 했다.

"귀신이 가호하는 놈일세그려."

"괜히 저놈을 건드렸다가는 벼락이라도 맞을라."

가대기꾼들은 무수를 슬슬 피하기까지 했다. 장무도 꼭두도 가대기꾼들이 입방아를 찧어대자 더는 무수를 어쩌지 못했다. 속으로는 무수를 아예 요절을 내어서 다시는 여각에 발을 들이지 못하게 하고 싶었지만, 그랬다가는 어떤 귀신한테 앙갚음이라도 받을까 봐 내키지 않는 것은 마찬가지였다.

"혹시 하늘에서 땅으로 쫓겨 온 신선이 정체를 감추고 있는 게 아닌가 몰라."

"신선이 아니라 하늘나라 장수인 것 같으이."

"맞아. 그러니 아직 어린 나이에 덩치도 여느 어른보다도 크지."

해가 넘어갈 무렵, 무수는 맨 마지막으로 여각의 문을 닫고 나왔다. 걸음은 산속 활터로 향했다. 사람들이 보는 데서는 멀쩡한 척했지만 성한 곳이 한 군데도 없는 몸이었다. 걷기가 불편했지만 무수는 이를 악물고 한 걸음 두 걸음 내디뎠다.

"피우!"

밤에 활을 쏜다는 것은 또 다른 매력이 있었다. 고요하고 어두운 허공을 뚫고 날아가는 화살이 전혀 보이지 않았다. 과녁도 거의 보이지 않아 마음으로 쏘는 활이라는 말을 실감할 수 있었다.

쏘기 전에는 오직 궁품에 온 정신을 두었고, 그렇게 한 발 한 발 한 순다 쏘고 나서 과녁에 가 보아야만 어느 화살이 맞았는지 빗나갔는지 확인할 수 있었다. 야사는 심신을 허허롭고 차분하게 만드는 묘한 매력이 있었다.

박 공이 야사만 하라는 것은 야사가 나뭇가지에 앉은 참새를 잡는 데 밑거름이 된다는 말일 것이다. 하지만 무수는 그것이 무엇인지 깨닫지 못했다. 머릿속은 정적인 의미의 야사와 동적인 의미의 참새 쏘기가 과연 무슨 연관성이 있을까 하는 의문으로 가득 찼다.

다만 한 가지 체득한 것이 있었다. 밤에 쏘는 활은 낮에 쏘는 활보다 매번 시위를 덜 당기는 버릇이 생겼다. 그것은 어두워서 화살촉이 잘 보이지 않아서 그런 것이었다. 많이 당기면 몰촉(화살촉이 활을 잡은 손을 넘어오도록 시위를 많이 당기는 것)이 될 위험이 있어서 몸이 스스로 경계하는 탓이었다.

그래서 밤에 쏘는 활은 낮에 쏘는 활에 비해 화살이 과녁에 못 미치는 경우가 많았다. 본능적으로 시위를 덜 당겨 쏘기 때문에 당연한 일이었다. 그에 대한 대비책은 낮에 쏘는 활보다 화살촉으로 겨누는 표적점을 더 높이는 것이었다. 그렇게 하면 저도 모르게 덜 당겨 쏘는 단점을 해결할 수 있었다.

"그것 말고는 딱히…… 도대체 뭘 느껴야 하는 것일까?"

무수는 답답했다. 보다 못한 박 공이 알려주었다.

"기미를 포착해야 하느니라."

무수는 속으로 되뇌었다.

'기미라……'

"참새를 잡으려면, 나뭇가지에 앉아 있는 놈을 겨냥해서는 안 된다. 참새란 놈은 워낙 경계심이 많아서 파수를 담당하는 참새들이 위험 신호를 끊임없이 알려주기 때문에 그 앉아 있는 사방 주위로 대가리를 자주 돌리는 버릇이 있다.

참새가 위험을 느끼고 날아오르려고 할 때, 그 기미를 알아차리는 것이 중요하다. 그리고 바로 그때 참새가 앉은 자리보다 한 치 뜬 허공을 표적점으로 겨누어 쏘아야 한다. 화살이 날아가는 동안 참새는 자리를 뜬다. 그래서 앉은 자리를 쏘아서는 절대로 맞힐 수가 없는 것이다.”

무수는 결국 표적점을 높여서 쏘아야 한다는 점에서 야사와 일맥상통함을 깨달았다.

“눈에 보이는 고정된 과녁에 쏘는 버릇이 들면 활을 자유자재로 높여서 쏘고 낮춰서 쏘는 것이 지극히 어려워진다. 그런 까닭에 표적점을 임기응변으로 잘 옮겨서 겨냥할 수 있도록 너에게 야사를 하라고 한 것이다.”

무수는 박 공에게 절로 고개가 숙여졌다. 박 공은 말을 돌렸다.

“무수 네가 없을 때, 애복이 아비라는 자가 한 번 찾아왔었다. 진주 관아 호장이라더구나. 애복이 출입을 못 하게 해달라고 하고는 갔다. 그자는 거들먹거리는 것이 애복이와는 영 딴판이더구나. 그런 무지막지한 자에게 어찌 그런 참하고 바른 딸이 있는지…….”

“그런 일이 있었군요.”

“여각의 일은 어떻더냐? 할 만하더냐?”

“일을 배우고 있는 중이옵니다.”

“많은 사람들과 부대끼는 곳이 장삿집이다. 이놈, 저놈, 별의별 놈 다 있을 것이니, 행여나 어떤 사람과도 맞서 싸우지 말거라. 그러면 그들과 똑같은 사람이 된다. 꼭 모자라고 못난 것들이 남의 허물을 잡고 뒤에서 말을 지어내는 법이다. 내세울 것 없는 불쌍한 인생들이니, 속으로 그러려니 하거라.”

“예, 스승님.”

“더러 과똑똑이들이 으스대기도 할 게다. 그런 놈들 중에 약아빠지게 구는 놈들도 말종의 하나니 늘 멀찍이 거리를 두고 가까이 해서는 안 되느니라."

"명심하겠사옵니다."

염창에서 소금을 내는 날이 밝았다. 관창에 저장해 둔 소금을 한 달에 한 번씩 민간에 내다 팔아 군자(군대에 필요한 자금)에 충당하기 위해서였다.

무수는 행수 이장휘를 뒤따라 염창으로 갔다. 남강 열두 나루에 있는 여러 여각의 행수들이 다 모여들었다. 그들은 서로 인사를 나누며 환담을 주고받았다. 겉으로는 느긋했지만 마음속은 눈치 보기에 바빴다.

염창 감관이 앞으로 나왔다. 사람들을 쭉 훑어보고 난 뒤에 서원에게 하령했다.

"내다 걸도록 하게."

염창 벽에 방이 나붙었다. 자염(바닷물을 솥에 끓여 얻은 소금) 한 말의 시초가가 상미(최상급 쌀) 엿 되 닷 홉이었다. 행수들이 웅성거렸다.

"염가(소금값)가 점점 오르네그려."

"이거 이러다 곧 등가가 되겠구먼."

염창 감관이 소리쳤다.

"이번 달에 내는 소금은 일흔석 섬일세. 한 식경 후부터 박매(구매자가 다수일 경우에 최상가를 부르는 사람에게 물건을 파는 경매)를 개시하겠네."

행수들은 박매대 앞에 간품(견본품)으로 내놓은 소금을 눈으로 훑어보기도 하고, 손으로 한 지분 집어서 맛을 보기도 했다.

잠시 후 박매대에 염창 산원(셈에 능통한 서리)이 올랐다. 행수들이 반원형으로 그어놓은 금 밖에서 각자 자리를 잡고 빙 둘러섰다. 산원은 들고 있던 종을 한 차례 울렸다. 그것을 신호로 박매가 시작되었다.

소금 한 말에 쌀 엿 되 닷 홉을 시초가로 출발해 값은 점점 높아져 갔다. 순식간에 쌀 일곱 되 값까지 올랐다. 행수들 중에는 더 이상 값을 올리지 못하고 포기하는 사람들이 생겨났다. 일곱 되 두 홉에 이르자 박매에 참여하고 있는 행수는 셋만 남았다.

이장휘는 두루마기 소맷배래기를 들어 다른 사람은 보지 못하도록 가린 채 손가락으로 값을 표시해 흔들었다. 박매대에 서 있는 산원의 눈이 매보다 빨랐다. 한눈에 세 사람이 제시하는 값을 보고는 종을 딸랑 흔들며 그중 최고가를 알려주었다.

"일곱 되 서 홉 반이오!"

행수들은 재빨리 손으로 다시 값을 제시했다. 산원이 또 종을 치며 최고가를 외쳤다.

"너 홉이오!"

행수 이장휘는 다시 값을 올렸다.

"너 홉 반이오!"

다른 행수들이 더 이상 값을 제시하지 않았다. 산원은 종을 눈앞에 들었다. 그러고는 잠시 둘러보았다. 아무도 더 높은 값을 제시하지 않았다. 산원은 종을 흔들었다.

"딸랑, 딸랑, 딸랑!"

그러고는 큰 소리로 구성지게 말했다.

"천광 여각 낙매요!"

그로써 관염 박매는 다 끝났다. 행수들이 이장휘 주위로 몰려들었다.

"이 행수, 너무 비싸게 산 거 아니오?"

"거참, 엿 되 닷 홉 값을 일곱 되 너 홉 반에 받다니."

"뭐, 이 행수야 감각이 워낙 탁월하니까. 허허."

"그렇다면 앞으로 염가가 계속 상등하려나?"

"앞일을 어찌 알겠소? 자, 잘들 돌아들 가시오."

이장휘는 염창 안으로 들어갔다. 소금 말통에 일일이 붓으로 본인만의 수결을 놓았다. 일흔석 섬을 낙찰받은 까닭에 말통으로 칠백서른 통이었다. 수결을 다 놓은 이장휘는 염창 옆에 있는 관방으로 가서 권계를 써주었다.

"정암 나루 미곡 도가에 가면 쌀을 내줄 것이옵니다."

밖으로 나온 이장휘는 장무에게 지시했다.

"어서 소금을 나르도록 하게."

장무는 가대기꾼들을 시켜 염창에서 여각의 염고까지 소금 말통을 져 나르게 했다. 가대기꾼들이 지게에 소금을 서 말씩 지고 나르기 시작했다. 한 줄로 길게 이어지는 그들의 행렬은 보기에 장엄하고도 숙연했다.

무수는 가슴이 벅찼다. 상업이 결코 하찮은 일이 아니었다. 양반과 농민은 장사꾼을 가장 낮잡아 보고 천시하지만 겪어본 무수는 생각이 달라졌다. 그들이 있어 물산이 곳곳에 나눠지고 방방곡곡의 사람들이 서로의 쓸모로 사고팔며 가가호호 살림을 이어가는 것이 아닌가 했다.

"사람이 하는 일치고 귀하지 않은 일이 없어."

무수도 지게를 가져다가 소금 말통을 져다 날랐다. 상업에 눈을 뜨고 자부심이 생긴 뒤라 발걸음이 무겁지 않았다. 가대기꾼들은 의아하게 생각했다.

"방구석에 처박혀 있을 차인 놈이 소금 통을 다 지다니?"

"우리한테 잘 보이려고 저러는가?"

"그야 알 수 없지."

"그놈 참. 소금 서 말을 지고 걷는 품이 빈 지게를 진 듯하네?"

"힘이 장사인 게야."

"아무래도 지난번에 우리가 잘못 건드린 게 맞네, 맞아."

가대기꾼들이 소금을 다 쪄다 날랐다. 장무는 무수를 데리고 염고에 든 소금 말통을 세어 개수를 확인하고 문을 걸어 봉했다.

그런 뒤 무수에게 소금을 쪄 나른 가대기꾼의 수를 알려주었다.

"품삯을 계산해 올리거라."

무수는 숫자가 잘못 적힌 것을 보고는 장무에게 말했다.

"장무 어른, 역인이 모두 열둘이온데, 열다섯이라고 적혀 있사옵니다."

"이놈아, 내가 열다섯이라며 열다섯인 게야. 잔말 말고 품삯이나 셈해서 갖고 와."

"제가 역인들과 같이 소금 말통을 쪄다 날랐습니다. 장무 어른은 장방에만 계시지 않았사옵니까? 분명히 열둘이옵니다."

"어허, 그래도 이놈이 말귀를 못 알아듣네? 시키는 대로 하지 못할까?"

"어찌 사실과 다르게 적으라는 것인지 이해를 못 하겠사옵니다."

"네놈이 주제넘게 나설 일이 아니다."

둘이 장방에서 옥신각신하는 겨를에 행수 이장휘가 들어섰다.

"무슨 일이냐?"

"아무것도 아니옵니다."

행수 이장휘는 무수를 바라보았다.

"너는 들어온 지 얼마 되었다고 함부로 윗사람한테 대드느냐?"

"대드는 것이 아니오라……."

"그래도 이놈이?"

무수는 억울했다. 행수 이장휘는 엄하게 꾸짖었다.

"네가 글을 좀 안다고 앞으로 다시 한 번 윗사람을 업신여긴다면 그길로 내칠 것이니 그리 알거라. 알아들었으렷다."

"예, 행수 어른."

장무는 무수가 괘씸하기 짝이 없었다. 도저히 그냥 두어서는 아니 될 놈이었다. 꼭두를 불러 다짜고짜로 지시했다.

"안 되겠네. 그대로 놔두었다가는 우리 일이 발각되고 말겠어."

"어찌하오리까?"

"자네가 알아서 처리하게. 지난번처럼 아무 효험도 없어서는 아니 될 것일세."

"이번에는 소인이 직접 나설 것이니 걱정일랑 붙들어 매고 있으슈."

무수는 장책을 정리하고 늦은 밤에 여각을 나섰다. 집에서 기다리고 계실 어머니 생각에 걸음을 재촉했다. 밤길은 캄캄했다.

"오늘이 그믐날인가?"

사방에서 인기척이 났다. 무수는 그 자리에 멈춰 섰다. 무수를 에워싼 그들 중 하나가 말했다.

"내일부터는 그만두고 딴 일을 찾아보겠느냐, 지금 이 자리에서 한바탕 타작을 당하겠느냐?"

가대기꾼들의 우두머리인 꼭두의 음성이었다. 무수는 또다시 매를 맞고 싶지 않았다. 지난번처럼 몇 대 치고 갈 작정이 아님을 깨달았다.

"한 번 신래 풀이를 했으면 되었지, 왜 자꾸 행패요?"

"우리가 왜 이러는지는 네놈이 잘 알 것이다."

"뭘 안다는 말이오? 나는 모르오."

"장무 어른이 시키면 시키는 대로 할 것이지 어른한테 대든 죄이니라."

"부정을 저지르는 것을 보고도 가만히 있으란 말이오?"

"이놈이 간덩이가 배 밖으로 나왔구나. 애들아, 매맛을 좀 보여주거라."

몽둥이를 든 가대기꾼들이 다가왔다. 하나가 휘두르며 왔다. 무수는 머리를 숙여 피하면서 사타구니를 걷어차 올렸다. 가대기꾼은 욱 하고 나가떨어졌다.

"이놈 봐라?"

나머지가 우르르 달려들었다. 무수는 땅으로 몸을 굴려 떨어져 있던 몽둥이를 집어 들고는 일어섰다. 그러고는 검술 자세를 잡았다. 가대기꾼들이 함부로 덤벼들지 못했다. 꼭두가 불같이 소리쳤다.

"이놈들아, 뭘 하고 있는 게야!"

무수는 막무가내로 달려드는 가대기꾼들에게 몽둥이를 휘둘렀다. 가로 치고 우로 치고 좌로 치고 비스듬히 치고…… 한 번 칠 때마다 하나씩 비명을 지르며 쓰러졌다. 여남은 사람이 모두 나가떨어지는 데는 긴 시간이 걸리지 않았다. 꼭두는 입을 쩍 벌렸다. 무수가 말했다.

"혼자 남았구려. 덤벼보시오."

"이, 이놈이 검술을 다?"

뒷걸음질을 치던 꼭두는 몽둥이를 내버리고 달아났다. 땅에서 굴신을 못 하고 있던 가대기꾼들도 주섬주섬 일어나 꽁무니를 뺐다. 무수는 손에 들고 있던 몽둥이를 내던졌다.

"불의에 고개를 숙이지는 않겠어."

다음 날 이른 아침에 무수는 문을 열고 여각에 들어섰다. 한참이 지나도 아무도 나오지 않았다. 해가 중천에 떴는데도 가대기꾼들이고 장무고 행수고 여각으로 들어서는 사람이 없었다. 어젯밤에 몽둥이로 한 대씩 맞은 것 때문에 가대기꾼들은 다들 앓아누웠다 치더라도 다른 사람들까지 다 보이지 않는 것이 이상했다.

"어떻게 된 거지?"

행수 이장휘가 들어섰다. 무수는 얼른 일어나 맞이했다. 이장휘는 무수를 본체만체하고 댓돌 뜰에 올라서서 몸을 돌렸다. 놀랍게도 장무가 밧줄에 꽁꽁 묶여서 낯선 사내들에게 이끌려 들어왔다. 행수 이장휘가 소리쳤다.

"네 이놈, 감히 나 몰래 소금을 잠매하다니."

"아이고, 행수 어른 살려주옵소서."

"꼭두 놈과 짜고서 역인의 머릿수를 부풀려 그 품삯을 착복해 나눠 먹은 죄! 역인들에게 품삯을 제대로 쳐주지 않고 갖은 명목을 붙여 뜯어온 죄! 어디 그것뿐이냐! 기어이 어젯밤에는 염고에 있는 소금을 몰래 빼돌려 잠매해 횡령한 죄! 네놈은 도저히 정상참작 받을 것이 없느니라."

"해, 행수 어른, 소인 억울하옵니다."

"억울? 물증과 증인이 다 있는데도 죄를 인정치 않는구나. 내가 일찍이 너를 먼 조카가 된다고 해 받아들였더니 내가 눈이 멀어 너를 잘못 보았구나."

"행수 어른, 아니 아재님!"

"시끄럽다. 이놈!"

행수 이장휘는 사내들에게 단호히 하령했다.

"뭣들 하느냐? 저놈을 염상계의 규율대로 멍석말이를 한 뒤에 멀리 내다 버리거라!"

새 행수가 되어

1

무수는 장책을 들고 행수 이장휘가 있는 방으로 갔다. 이장휘는 줄곧 기침을 해댔다. 간신히 기침을 멈춘 그의 안색이 좋지 않았다.

"행수 어른, 탕약을 좀 달여 드셔야 하지 않겠사옵니까?"

"여각에 약탕 냄새가 풍기면 그길로 망하느니라."

무수는 들고 있던 장책을 펴 내려놓았다.

"염고에 소금이 얼마나 있느냐?"

"일백스물두 섬하고 일곱 말이옵니다."

"오늘 하오(오후)에 범골나루 중도가에서 소금을 사러 올 것이다. 염가 협상을 잘하거라."

"제가 뭘 알겠사옵니까? 얼마를 받아야 할지 행수 어른께서 정해주십시오."

"그간 보고 들은 것이 있지 않느냐?"

무수는 물러나왔다. 머잖아 겨울이 올 것이었다. 소금이 가장 귀한 철은 바로 겨울이었다. 초근목피로 연명하는 백성들이 염분을 많이 필요로 했다. 겨울이 되면 된장이고 간장이고 다 동이 나버리기 때문이었다.

또 매서운 추위로 행상을 다니기 어려웠다. 아낙들은 물론이고 등짐장수들도 겨울에는 웬만해서는 길을 나서지 않으려 했다. 그런 까닭에 겨울이 되면 바다에서 먼 고을일수록 소금은 그야말로 금값이 되었다. 소금한 말에 쌀 한 말, 심지어는 두 말 가까이 이르는 때도 있었다.

소금값은 봄철이 되면서 떨어지기 시작했다. 그러다가 여름 장마철이되면 또다시 올랐다. 긴 장마에 마른 땔감이 귀해져서 염소(자염 생산지)에서 자염 생산이 줄어들기 때문이었다. 장마가 길어지면 소금값이 폭등하는 것은 예사였다.

전염병이 돌아도 소금값이 요동을 쳤고, 가을 추수를 끝낸 다음에 풍년이냐 흉년이냐에 따라서도 소금값은 들쭉날쭉했다. 사시사철 종잡을수 없는 소금값이기에 나라에서는 매달 보름에 염가를 고시해 관염을 민간에 내다 파는 것이었다.

하지만 그것으로 소금값이 안정되지는 않았다. 민간의 수요를 충당하려면 관염만으로는 어림도 없었다. 그리하여 모든 소금 여각들은 관염, 민염 가리지 않고 쌀 때 많이 확보해 두었다가 비쌀 때 내다 파는 데에 온힘을 기울이고 있었다.

정보 수집과 분석 능력이 남다르고, 장사 감각이 뛰어난 행수들은 대체로 돈을 많이 벌고, 그렇지 않고 잘못 판단해 한 해만 큰 적자를 봐도여각의 문을 닫는 경우가 흔했다. 망하는 경우는 도박하는 마음을 먹기때문이기도 했다.

'날씨는 내다보아도 소금값은 못 내다본다.'

그 말이 사시사철 염상들을 울게도 했고 웃게도 했다.

범골나루 중도가 행수가 찾아들었다. 무수는 깍듯이 인사를 하고 자리를 내주었다.

"이 행수님은 어디 가셨소?"

"예, 급한 용무가 생겨서 잠시 출타 중이시옵니다."

"그러면 다음에 와야겠군."

"아니옵니다. 소인에게 맡기고 가셨사옵니다. 값만 서로 맞으면 소금을 내드리지요."

"아, 그래요? 그럼 어디 얘기 좀 해봅시다."

쥐 수염을 한 범골나루 행수는 작달막한 체구가 온통 소금에 쩔어 있는 듯 여간 깐깐한 인상이 아니었다. 그의 뒤에는 구레나룻이 덥수룩한 곰 같은 사람이 소매짱을 지르고 서 있었다.

"뭐 다른 여각에 갈 수도 있지만 워낙 여기 천광 여각 이 행수님의 성명이 높고, 또 우리 범골에서도 가깝고 해 찾아왔소이다. 한 열 섬만 매득할까 하오만."

"잘 오셨사옵니다. 행수 어른."

무수는 부엌어멈을 시켜 다과를 내왔다.

"그래 한 말당 얼마를 생각하고 계시옵니까?"

"백미 엿 되도 비싼 것 같은데……."

"하하, 이번 달 관염 고시가가 엿 되 엿 홉이옵니다."

"염가가 저락(폭락)하고 있는 추세가 아니오?"

"그 반대이옵지요. 이대로 겨울까지는 점등(시세가 점점 오름)한다는 것을 행수 어른도 잘 알고 계시지 않사옵니까?"

"염가야 워낙 변수가 많은 것이니…… 그래 그러면 얼마를 원하오?"

"일곱 되 서 홉은 되어야 하옵니다."

"뭐, 뭐라? 이자가 이제 보니 나를 호구로 여기는 게로군."

"그렇지 않사옵니다. 범골에서 우리 천광 여각이 가장 가까우니 한 홉 값은 빼드린 것이옵니다. 다른 여각에 가보시면 다들 최소한 너 홉은 부를 것이옵니다."

"아무리 그래도 일곱 되도 비싼데 거기다가 서 홉을 더 받다니."

"앞으로 소금이 품귀가 올지 모르옵니다. 전라도 염소에서 생산하는 염수(소금양)도 적어지고, 겨울 추위 탓에 염선도 바닷길을 많이 나서지 않을 것이옵니다. 그리되면 염가가 한순간에 상등(폭등)할 것은 뻔한 이치이오니, 지금쯤 미리 소금을 확보해 두시는 게 좋지 않겠사옵니까?"

범골나루 행수는 입맛을 다시며 망설였다. 무수가 더 보탰다.

"동짓달에 들어서면 우리 여각에서도 더 이상 소금을 내지 않을지 모르옵니다. 가만히 곳간에 쌓아두기만 하면 값이 오르는데 바보가 아닌 이상 낼 턱이 없지요. 소금은 곡식처럼 쥐가 파먹는 것도 아니지 않사옵니까?"

"아무리 그래도 일곱 되 서 홉은 좀 비싸군."

'더 깎아달라는 말인데……'

다른 여각에 알아보지 않고 들렀을 리 없었다. 천광 여각이 가장 싸다는 것을 무수도 알고 있었고, 범골나루 중도가 행수도 잘 알고 있었다. 무수는 마지막 한마디가 필요하다는 것을 깨달았다.

"좋사옵니다. 그러면 첫 거래고 하니, 두 홉 반에 드립지요. 남강 열두나루 어느 여각에서도 살 수 없는 값이옵니다. 이만하면 됐지요?"

쥐 수염 행수는 고개를 끄덕였다.

"하는 수 없군. 그럼 일곱 되 두 홉 반으로 확정하기로 합시다."

"잘 결정하셨사옵니다. 행수 어른."

"젊은 사람이 수완이 좀 있군그래."

"아니옵니다. 아직 초짜이옵니다. 많이 가르쳐 주십시오."

"거들먹거리지도 않고, 예의도 바르고."

쥐 수염 행수는 그 자리에서 권계를 써주었다.

"언제 가져다줄 수 있는가?"

"오늘 해가 지기 전에 보내드리겠사옵니다."

범골나루 중도가 행수가 돌아간 지 얼마 지나지 않아 행수 이장휘가 들어섰다. 무수는 소금 열 섬을 넘기기로 하고, 한 말에 쌀 일곱 되 두 홉 반으로 결정한 사실을 알려주었다. 행수 이장휘는 아무 말이 없었다. 무수는 걱정이 되었다.

"제가 소금값을 잘못 협상한 것이옵니까?"

"그만하면 되었다."

"하오면, 실어 내도 될런지요?"

"그렇게 하거라."

행수 이장휘는 염고의 열쇠 꾸러미를 무수에게 내주었다. 무수는 가대기꾼들의 꼭두를 불러 지시했다.

"열 섬만 내다가 배에 실으시오."

"예, 장무 어른."

꼭두는 바람처럼 나갔다. 역인방에 들어 있던 가대기꾼들이 모두 소금 말통을 져 날랐다. 무수는 그 행렬을 물끄러미 바라보았다. 그들 중 몇 사람은 지난날 떼거리로 행패를 부리려고 하다가 오히려 무수가 휘두른 몽둥이에 한 대씩 맞아 나가떨어진 자들이었다.

그날 이후, 전 장무는 반병신이 되어 남강 바다에서 폐출되었고, 꼭두도 내쳐졌으며 가대기꾼들도 다 쫓겨났다. 며칠 여각의 문을 닫고 있던 행수 이장휘는 무수를 전격적으로 장무로 발탁했다. 그리고 새로 가대기꾼을 모집해 여각의 분위기를 새롭게 만들었다.

새 꼭두는 어린 무수를 상전 떠받들듯이 고분고분했고, 가대기꾼들도 무수에 대한 소문을 익히 들어서 알고 있는지라 아무도 얕잡아보지 않았으며, 더구나 무수의 직책이 장무인지라 함부로 대들지 못했다.

무수는 장무가 되었다고 해서 그들을 아랫사람으로 낮잡아 대하지 않았다. 그런데도 그들이 스스로 처신을 하는 것이었다. 무수는 필요한 말만 하는 과묵한 성품이었고, 눈빛이 마치 범의 두 눈처럼 빛이 나서 비록 나이는 적다고는 하지만 그들이 만만히 쳐다볼 엄두가 나지 않는 까닭이었다.

소금을 다 져 낸 것을 확인한 무수는 배를 범골나루로 보냈다. 그런 뒤에 가대기꾼들에게 품삯을 바로 지급했다. 그들은 좋아했다. 품삯을 미뤄놓지 않는 것이 천광 여각의 방침이었다. 그 때문에 일거리를 찾는 사내들은 누구나 천광 여각의 역인방에 들고 싶어 했다.

"이게 다 뭐요?"

"일을 마쳤으니 목이라도 축이고 요기 좀 하시오. 장무 어른이 보내신 것이라오."

무수는 부엌어멈을 시켜 지지미와 막걸리를 역인방에 들었다. 그들은 황송해했다. 무수가 여러 모로 가대기꾼들을 다루는 것을 본 행수 이장휘는 아무 걱정할 것이 없었다. 전에는 툭하면 게으름을 피우고 일을 못하겠다며 농성을 부리거나, 서로 언성을 높이며 싸움질을 하던 못된 버릇들이 싹 사라졌다.

"아유, 곤양댁네는 어찌 그리 아드님을 잘 두셨는그래."

"딸만 있으면 사위 삼으면 딱이겠는데."

아낙들은 수다를 떨며 김씨를 추켜세웠다. 김씨는 멋쩍어하면서도 무수가 못내 자랑스러웠다. 김씨 차례가 되었다. 무수는 소금을 주지 않으려고 했다.

"집으로 돌아가셔요. 이젠 좀 쉬시라니까요."

"그럴 수는 없다. 어서 다오. 뒤에 사람들이 기다리지 않니?"

"못 드려요."

"일을 안 하면 오히려 몸이 아파진다니까 글쎄."

무수는 어머니 김씨의 고집을 꺾지 못했다. 다만 김씨가 내려놓은 말통에 소금을 한 말이 못 되게 담았다.

"왜 이것뿐이냐?"

"그것만 이고 가셔요. 더 못 드려요."

이번에는 김씨가 무수의 단호한 말에 더 항변하지 않았다. 소금 말통을 머리에 이고 나갔다. 김씨는 구름을 머리에 인 것 같았다. 무수가 여각에서 큰일을 맡고 있다는 것만 생각해도 날아가는 기분이었다.

행상 아낙들이 다 나가고 잠시 한가한 때가 되었다. 안쪽 방에서 행수 이장휘의 기침 소리가 들려왔다. 무수는 더는 두고 볼 수 없어 의원을 찾아가 다짜고짜로 끌고 오다시피 했다. 의원은 행수 이장휘를 진맥하고 기침 소리를 듣고 가래를 보았다.

"약을 좀 지어드릴 터이니 잘 달여 드시면 금방 쾌차하실 겁니다."

"예끼, 의원이 거짓말도 잘 하시오."

의원은 약궤를 싸면서 눈짓으로 무수에게 밖으로 나가자고 했다. 무수는 의원을 따라 나왔다.

"폐적(폐암)일세."

무수가 무슨 병인지 몰라 하자 의원은 도리질을 했다.

"허파에 양(瘍:암세포 개념의 종기)이 온통 생겨나 있는 것 같네. 아무래도 오래 견디시지는 못할 걸세."

"그럼 돌아가실 거라는 말씀입니까?"

의원은 입맛만 다셨다.

"안 됩니다. 그건!"

"되고 안 되고가 어디 있겠나? 내 돌아가는 대로 약을 지어 보내겠지만 별 효험이 없을 걸세. 인명은 재천인 것을 어찌하겠는가? 요즘 우절(연근)이 많이 나니, 그것으로 죽을 끓여 자주 드시도록 하게. 지성이면 감천이라 했으니 빌어볼 수밖에는 달리 도리가 없네."

무수는 연밭에 가서 직접 연근을 캤다. 그러고는 부엌어멈한테 물어서 직접 죽을 끓였다. 정성을 다한다고 했지만 맛이 날 리 없었다. 부엌어멈은 무수를 타일러 보낸 뒤에 다시 끓여 행수 이장휘에게 올렸다. 그는 두어 술 뜨고는 상을 물렸다. 무수가 들어가 억지로 반 그릇 넘게 떠먹였다.

꼭두가 낯선 사람들을 데리고 왔다.

"장무 어른, 어떤 양반님네들이 장무 어른을 뵙자고 해서……."

꼭두를 따라 두 선비가 들어섰다. 무수는 자리에서 벌떡 일어났다. 그중 한 사람이 소리쳤다.

"무수야!"

무수는 아찔한 기분이 들었다. 작은형 인수와 큰형 몽수였다. 무수는 당황했다. 어떻게 해야 할지 몰랐다. 그런 낌새를 알아챈 인수가 말했다.

"배가 출출한데 이 근처에 어디 주막이라도 없을까?"

무수는 두 사람을 데리고 주막으로 갔다. 남의 이목이 있어 방을 정해 들어갔다.

"많이 컸구나. 어른이 다 되었어."

"어른이 다 뭐야. 기골이 이렇게 장대한걸."

무수는 떨떠름했다. 인수가 말했다.

"아버님께서 여러 해 전에 돌아가셨다. 형과 내가 삼년상을 다 치렀단다."

정호의 사망 소식에도 무수는 별다른 감흥이 일지 않았다. 마치 남의 일처럼 느껴졌다.

"그리고 이거, 아버님께서 생전에 분재(재산을 나눔)해 놓으신 것이다. 네 몫이다."

"저는 받지 않겠습니다. 먹고살 만하옵니다."

"못 먹고 못 산다고 주는 것이 아니다. 아버님 자식이면 누구나 받을 자격이 있고 그 몫이 있다. 더구나 너는 혼자가 아니지 않느냐? 너와 서모

198

님의 몫이니 받아두거라."

큰형 몽수가 말을 이었다.

"염상이 되어 있다니 예상 밖인걸? 어쨌든 잘 살고 있는 것 같아 안심이 되는구나. 그런데 무예는 익히지 않느냐?"

"입에 풀칠하기 바쁜 장사꾼이 한가하게 무슨 무예이겠습니까?"

무수는 마음속으로 아무리 애를 써도 두 사람이 낯설고 반겨지지가 않았다. 반가워해야 한다는 생각은 굴뚝같은데 말은 그렇게 나오지 않았다. 피가 섞인 사람들인데도 피 한 방울 섞이지 않은 남보다 더 멀게만 느껴질 뿐이었다.

"어릴 적에 아이들의 대장 노릇을 하면서 군병놀이며 진법놀이를 곧잘 하지 않았느냐? 궁검을 가까이 해 큰 장수에 뜻을 두고 있는 줄 알았다만."

"어릴 적 일일 뿐이옵니다."

"오래전의 일이다만, 너희 모자가 강주골에서 잘 사는 줄 알고 아버님과 우리가 가보았다. 그런데 네가 없더구나. 오지 않았다고. 너희 두 모자가 다른 데 갈 곳이 있는 것도 아닌데 이상하다 여겨 자초지종을 알아보았다. 그랬더니 강주골 일가한테 너의 양식으로 쌀 두 섬을 보낸 것이 그만 그 일가한테 전달이 안 되었더구나. 심부름을 시킨 것이 중간에 사라져 버린 것이지. 그래서 그 댁에서 너희 모자를 받아들이지 않은 거란다.

그 뒤로 아버님은 너를 얼마나 애타게 찾았는지 모른다. 진주, 산음, 단성, 고성, 창원…… 인근 고을이란 고을은 다 수소문하다가 결국 너를 찾지 못한 채 병을 얻어 돌아가셨다. 우리가 거상을 마친 뒤에 아버님의 한을 풀어드리려고 너를 찾아 나섰단다.

네가 호패를 찰 나이도 지났고 해서 어디 수자리에 갔을지도 모른다고 생각해 사람을 사서 합포 우병영에 알아보았다. 군적을 보면 너를 찾을 수 있을 것 같아서 말이다. 그런데 어찌 된 연유인지는 모르겠다만 거기 서는 너를 모르는 사람이 없더구나."

"그러셨군요."

무수가 계속 별 반응을 보이지 않자 두 사람은 그만 일어나자는 눈짓을 나눴다.

"이제 네가 사는 곳도 알았고, 잘 살고 있는 것도 확인했으니 우리는 이만 가보마."

"무수야, 언제든 고향에 들리거라. 우리는 누가 뭐래도 형제다. 알겠니?"

"예."

"형님 소리도 한 번 안 할 테냐?"

"예, 형님."

"이건 아버님께서 살아생전에 마지막으로 너한테 적은 서찰이다."

무수가 받아 들었다.

……그러니 내가 너를 내쫓은 게 아니다. 너를 살리기 위해 부득이 그리할 수밖에 없었다. 나를 가장 닮은 너이기에 너를 귀여워한다면 그 때문에 형들이 마음 상해 너를 괄시할까 봐 오히려 너를 가장 엄하게 대했느니라.

다행히 네 두 형도 자라면서 올바른 심성을 갖췄으니 다시 만나거든 잘 지내도록 하거라. 나는 병이 든 까닭에 곧 죽는다. 내가 죽기 전에 나의 피를 받아 흐르는 너의 따뜻한 손을 한번 잡아보는 것이 소원이다만, 그 소원은 귀신이 되어서야 이루겠구나.

부디 몸 성히 어머니 모시고 잘 살거라. 아, 죽기 전에 내 아들의 이름을 마음껏 불러보고 싶구나. 정무수, 나의 아들 무수야!

무수는 집으로 돌아와 어머니 김씨한테 두 형 인수와 몽수가 다녀간 이야기를 전하며 분재 받은 재산 문서와 서찰을 내놓았다. 김씨는 연신 눈시울을 훔쳤다.

"뭐라고 씌어 있는지 궁금하구나. 좀 읽어보렴."

무수는 읽어나가는 동안 눈물이 쏟아졌다. 김씨도 북받치는 설움을 감당하지 못했다. 서찰을 다 읽고 나자 김씨는 무수를 부둥켜안았다. 속 깊이 숨어 있던 응어리가 한꺼번에 터져 나왔다. 무수도 마음껏 목 놓아 울었다. 김씨는 무수의 등을 두드려 가며 오랫동안 서럽게 통곡을 했다.

2

천차만별, 온갖 사람이 다 찾아드는 곳이 여각이었다. 길손이 들어 묵어가기도 하고, 등짐장수들이 짐을 내려놓고 쉬기도 하며, 거지 패도 일정한 시일을 두고 바가지를 두들기며 동냥을 얻어 가곤 하는 곳이었다.

천광 여각에서는 다른 여각과는 달리 몇 가지 규칙이 있었다. 투전판이 금지되어 있었고, 또 길손들 사이에 사사로운 금전 거래가 금지되어 있었다. 모든 짐은 여각에 맡겨두어야 했고, 막걸리는 반 되 이상 마시지 못하도록 하고 있었다.

다른 여각보다 불편한 점이 많음에도 불구하고 천광 여각에 길손이 끊이지 않는 것은 바로 이장휘 행수의 후덕함 때문이었다. 재워주고 먹여주고도 방화전(숙박비와 식대)을 청구하지 않았다. 주는 사람에게는 주는 대로 받고, 이른 새벽에 길을 떠나면 떠나는 대로 내버려 두었다.

그런 탓에 논다니(돌아다니며 몸을 파는 기생) 패도 몸벌이를 하러 심심찮게 흘러들었고, 염창의 이속들도 술값 푼이나 얻으려고 걸음을 들이밀었으며, 나루터에 있는 도선 나졸들까지 뒷손을 벌렸다. 매일 아침부터 저

녁까지 나가는 그런저런 잡비가 적지 않았다.

무수는 그런 지출이 지나치게 많다 싶어 장목(장부)을 들여다보며 난감해했다. 그것을 본 행수 이장휘가 가만히 일렀다.

"크게 보거라. 큰 떡은 부스러기가 절로 떨어져야 하는 법이다. 그렇지 않으면 쥐도 새도 모르게 재가 뿌려지느니라."

또 가르침을 내렸다.

"재물이 든 주머니를 닫고 있으면 칼을 든 도둑이 든다. 허나, 주머니를 열어놓으면 고개를 숙이고 내미는 손이 있다. 너는 어느 쪽을 택하겠느냐?"

무수는 공손히 새겨들었다.

"장사꾼이 맨 마지막에 남겨야 할 것은 이익도 사람도 신용도 아니다. 장사꾼이지만 장사꾼만은 아니었다는 세간의 평판 하나다. 평판을 얻으면 천하 모든 것을 살 수 있고, 또 팔 수도 있다. 그것이 진정한 장사꾼이다."

"행수 어른의 깊은 가르침, 높이 받들겠사옵니다."

"가난 구제는 나라도 못 한다고 하였다. 하지만 장사꾼은 할 수 있다. 조선 팔도에 땅은 좁고 농사꾼은 많다. 그러니 늘 농토가 부족하고 양식이 적어 굶주리는 사람이 많다. 하지만 상업은 일으키면 일으킬수록 일할 자리가 늘어나고 먹을 것이 많아진다. 그것이 농업과 다른 묘한 이치가 있는 것이다."

여각에 드나드는 사람들은 목소리를 크게 내는 법이 없었다. 그런데 어떤 작자가 들어오면서 마치 종을 부르는 듯이 했다.

"이 행수 계시오!"

무수는 고개를 들어 쳐다보았다. 어딘가 낯이 익은 얼굴이었다. 설마하면서 다시 바라보니 분명히 그가 맞았다.

"정무수!"

박수영은 탁자 위에 엉덩이를 걸치고 앉았다. 그의 뒤에는 여동금이 흰 이를 드러내며 웃고 있었다. 무수는 순간적으로 화가 치밀었다.

"박수영! 너 이게 무슨 짓이야. 당장 일어서지 못해!"

"못 하겠다. 어쩔래?"

그때 무수 뒤에서 행수 이장휘가 모습을 드러냈다.

"웬 소란이냐?"

"아, 이 행수. 오랜만이외다."

병색이 완연한 이장휘는 박수영을 보더니 두 손을 모아 읍을 하며 예를 갖췄다.

"계장(계의 대표자) 어른 오셨사옵니까?"

"내가 못 올 데라도 왔소?"

"아니옵니다. 어서 안으로 드시지요."

"아니, 여기면 되오."

무수는 이게 어찌 된 일인가 했다. 이장휘는 박수영에게 말했다.

"이 아이는 우리 여각의 장무이옵니다."

그러고는 무수에게 타일렀다.

"이분은 우리 염상계의 계장 어른이시다. 속히 인사 올리거라."

무수는 선뜻 말이 나오지 않았다. 이장휘가 나지막이 꾸짖듯이 말했다.

"뭘 하느냐! 속히 인사 여쭈라는데도!"

"소인 장무 정무수라고 하옵니다."

"오냐. 내 너를 일찍부터 잘 알고 있느니라. 천광 여각에 신출내기가 하나 들어왔다길래 와보았더니 바로 너였구나."

"계장 어른께서 우리 무수와 면분(면식)이 있었사옵니까?"

"있었지요. 아주 오래전에. 으하하."

무수는 속이 끓어올랐지만 행수 이장휘가 스스로 몸을 낮추고 계장 어른 하면서 박수영을 상전처럼 떠받드는 바람에 꾹 참고 있었다.

"정무수, 정무수, 그 정무수가 여기 앉아 있다니. 으하하."

무수가 더 참지 못하고 눈에 불을 켜며 힘주어 말했다.

"박수영, 무슨 일로 왔는지는 모르겠다만 볼일 보러 왔으면 볼일이나 보고 빨리 꺼져라."

박수영은 움찔하며 탁자에서 엉덩이를 떼고 행수 이장휘 뒤에 숨는 시늉을 했다.

"이 행수, 이놈 이거 왈패 아니오?"

행수 이장휘는 무수를 엄히 호통쳤다.

"네 이놈, 계장 어른한테 그 무슨 돼먹지 못한 말버릇이냐? 당장 사죄하지 못할까!"

무수는 주먹을 불끈 쥐고 입을 옥다물며 서 있었다.

"내 말이 안 들리느냐!"

박수영이 손사래를 치며 앞으로 나왔다.

"아니, 아니오. 이 행수, 그럴 것까지는 없소. 차차 내가 누군지 알게 될 터이니. 으하하."

박수영은 안색을 바꿔 무수에게 바짝 다가서며 말했다.

"병영의 종놈으로 처박혀 있는 줄 알았더니 용케도 굴러 나왔구나. 옛날에도 운수 하나는 억수로 좋은 놈이 바로 네놈이었지. 내가 어렸을 적에는 네놈한테 번번이 당했다마는 이제는 상황이 다르다는 것을 알아야할 것이다.

머잖아 내가 애복이와 혼인을 하고 나면 장인이신 강 호장 어른의 재물이 다 누구 것이 되겠느냐? 그때는 이 남강 5백 리 물길에 있는 열두 나루

204

가 죄다 내 것이 된다. 네놈이 지금처럼 계속 소금밥을 먹고 살려면 평생 내 발 밑에 조아려야 한다 이 말씀이니라. 잘 알겠느냐? 으하하하!"

무수는 박수영의 얼굴을 쳐다보지도 않고 고개를 돌리고 있었다. 여동 금이 눈을 부라리며 다가왔다.

"계장 어른께서 말씀하시는데 이놈이 대가리를 돌리고 있네?"

"그만 놔두게. 오늘은 너무 놀라서 오줌이라도 지렸을 것이니. 으하하."

두 사람은 중치막 자락을 휘날리며 나갔다. 행수 이장휘는 멀리까지 따라가 배웅을 했다. 무수는 기가 막혀 털썩 주저앉았다. 행수 이장휘가 돌아왔다.

"어릴 적에는 두 사람이 어찌 지냈는지 모르겠다만, 지금은 엄연히 염상계의 최고 어른 자리에 있는 분이시다. 계헌(계의 규칙)으로써 예를 다해야 한다."

이장휘는 방으로 들어가 버렸다. 곧 깊은 기침 소리가 들려왔다. 무수는 그가 얼마 살지 못한다는 것이 가슴 아팠다. 돌아가시고 나면 누굴 의지해야 하나 싶었다.

박수영이 다녀간 일도 마음에 걸렸다. 애복이와 혼인할 사이라니, 아무 일도 손에 잡히지 않았다. 무언가 초조해지고 안절부절못하며 자꾸만 손이 근질거렸다. 목도를 잡고 땀을 실컷 흘리고 싶었다.

이장휘가 다소 안정을 되찾고 밖으로 나왔다.

"나 먼저 들어가마."

무수는 일어나 뒤따랐다. 이장휘는 손을 가만히 뒤로 내밀어 무수의 손을 잡았다. 앙상하게 야위었지만 따뜻한 손이었다.

"장사꾼은 내 수가 남에게 들키지 않아야 한다. 그러자면 분노는 금물 중의 금물이다. 화를 다스리지 못하는 장사꾼은 장사꾼다운 장사꾼이 될 수 없다. 노기가 치밀거든 혀를 물고서라도 참아낼 것이며, 내 수를 깊이 감추고 때를 기다리거라."

행수 이장휘는 무수의 등을 쓰다듬어 주고는 길을 갔다. 무수는 오랫동안 그의 뒷모습을 바라보았다. 일찍 돌아가시면 안 될 분이었다. 그는 저승길을 눈앞에 두고 있으면서도 초조해하거나 서두르는 법이 없이 태연자약했다. 무수는 그런 이장휘의 태도에서 곧 허물을 벗고 날아오를 신선을 보는 것만 같았다.

'참 대단하신 분이야.'

장마가 끝난 늦여름 더위 때부터 관염이고 사염이고 소금이란 소금은 시가보다 웃돈을 더 얹어 주고서라도 닥치는 대로 사들인 행수 이장휘의 판단은 맞아떨어졌다. 가을이 깊어질 무렵, 산골 마을에서는 소금기를 얻을 수 있는 붉나무 열매를 채취하기가 어려워졌고, 바닷가 마을에서는 무성했던 함초도 마른 대만 남기 시작했다.

소금이나 소금을 대신할 만한 것을 구하기가 어려워지자 긴 겨울을 앞두고 소금값이 날이 다르게 뛰고 있었다. 소금 한 말 값이 쌀 여덟 되까지 오른 것이었다. 다래나무에서 짭짤한 수액이 나오는 내년 봄까지는 소금값이 오를 것이 뻔히 내다보였다.

남해를 거쳐 올라온 관염선 한 척이 염창나루에 닿았다. 수많은 가대기꾼들이 소금 말통을 져다 나르기 시작했다. 인근 여각의 행수들이 다 나와 그 모양을 지켜보았다. 관염의 양을 측정해 보는 것이었다. 양이 예년에 비해 적다면 소금값은 계속 오를 것이고, 양이 다소나마 많다면 향후의 소금값은 안정이 될 것이기 때문이었다.

"허어, 하역한 양이 얼마 되지 않는군그래."

"올 겨울은 금값이 되겠어, 금값."

"언제는 금값이 아니었나? 소금의 뜻이 흰 금이니 늘 금값인 게지."

선장은 염창나루에서 가장 큰 여각인 진주 여각에 들었다. 강세정이 경영하는 여각이었다. 진주 여각은 고대광실 못지않았다. 마당엔 연못을 파고 물고기를 길렀고, 뜰 곳곳을 기기묘묘한 화초와 수석으로 꾸며놓았다. 기녀를 불러 놀면 기가(기생집)가 되었고, 높은 벼슬아치를 모셔놓으면 저사(호화로운 저택)가 되는 진주 제일의 여각이었다.

주석에 앉은 강세정은 선장을 자기 바로 앞자리에 앉혔다. 행수들이 서로 앞다투어 선장 가까이에 앉으려고 실랑이를 했다. 강세정이 기침을 한 번 했다. 행수들은 그제야 좌우로 쭉 벌려 자리를 잡았다. 행수들의 관심은 오직 하나뿐이었다. 그가 사염을 얼마나 싣고 왔나 하는 것이었다.

남해와 서해 바닷가에 있는 각 염소는 할당된 관염을 공납하고 나면, 가외로 남는 사염을 자유로이 내다 팔 수 있었다. 사염은 관염보다 말당 한 되 값을 더 쳐주는 게 보통이었다.

염상들이 소금을 확보하기 위해 치열하게 경쟁한 지 오래였다. 창고에 놔두면 놔둘수록 계속 값이 오를 것이기 때문이었다. 그러니 백성들 사이에서는 소금이 더 귀해졌다. 염상들은 염고의 문을 잠가두기만 하면 값이 계속 오를 것이라 판단해 어느 여각에서도 시중에 소금을 풀지 않았다.

"이 행수, 안색이 좋지 않은데, 어디 편찮으시오? 그 좋아하시는 술도 많이 드시지 않고."

"아니오. 좀 피곤해서 그런 것이지 괘념치 마시고 자시오들."

행수 이장휘는 술잔을 먼저 비웠다. 선장은 배에 실린 사염의 양과 값을 언급하기에 앞서 좌중을 향해 다른 말을 꺼냈다.

"혹시 잉어를 좀 잡을 수 있겠소?"

두 줄로 앉아 있던 행수들은 어리둥절했다. 밖에서 다른 시종들과 함께 시립해 있던 무수도 그 말을 들었다.

"어디에 쓰려고 그러오?"

"어찌 된 영문인지 몰라도 내 노모께서 눈을 떠도 앞이 보이지 않는 청맹이 되어버렸소. 백약이 무효라, 구완을 단념하고 있던 차에 어느 용하다는 의원이 진주 남강에서 나는 잉어의 쓸개를 약으로 쓰면 좋은 효험을 볼 것이라고 하더이다."

"자당께서 청맹과니가 되셨다니 심히 안타까운 심경이오."

"잉어 쓸개가 눈에 좋다는 말을 듣기는 했어도 멀리 전라도에까지 소문이 나 있는 줄은 몰랐구려."

술잔도 여러 차례 비워지고 밤이 깊어갔다. 선장은 하품을 하며 손으로 입을 가렸다.

"오늘은 밤이 깊었으니 이만 쉬고, 소금에 대한 건 내일 날이 밝거든 이야기하도록 하십시다."

행수 이장휘를 집으로 모셔다 드린 무수는 그길로 곧장 낚시질을 할 채비를 갖춰 강가로 갔다.

강물에 낚싯대를 드리워 놓고 있자니 갖가지 상념이 몰려들었다. 가을 달이 비친 밤 강물은 아름다웠다. 물이 출렁이며 흘러도 달은 그대로였다.

"마음을 물속에 비친 달처럼 가질 수는 없는가? 흔들어도 흔들리지 않고, 젖게 하려고 해도 젖지 않는 마음."

낚싯대 끝에 매달아 놓은 갈대꽃 찌를 바라보았다.

"보아도 보지 않는 것처럼 보는 방법, 세상만사를 다 그렇게 볼 수만 있다면 좋으련만."

애복이가 떠올랐다. 날과 달이 지날수록 어찌할 수 없이 점점 멀어져 가는 사람인 것만 같았다.

찌가 쑥 내려갔다. 무수는 낚싯대를 낚아챘다. 발강이(잉어 새끼) 한 마리가 매달려 올라왔다. 아가미가 다치지 않게 조심스럽게 낚시 바늘을 빼고 놓아주었다. 어찌 된 일인지 잉어 새끼만 자꾸 미끼를 물었다. 무수는 그때마다 다 놓아주었다.

달이 서쪽으로 기울어 갈 무렵, 묵직한 것이 하나 걸려들었다. 낚싯대를 손에 쥐고 있지 않았다면 어두운 물속으로 빨려 들어가 잃어버릴 뻔했다. 무수는 일어섰다. 낚싯대가 부러질 만큼 휘었다.

미끼를 문 물고기의 크기를 손맛으로 느꼈다. 들었다 놓았다 하며 물고기의 힘을 빼나갔다. 긴 힘겨루기 끝에 지친 물고기가 끌려 나왔다. 모래 위에 끌어내 놓고 보니 크고 시커먼 잉어였다. 눈알만 해도 어린아이 주먹만 했다. 무수는 아가미에 손을 넣고 다른 손으로는 꼬리를 잡고 안아 들었다.

"이놈, 쉰 근은 족히 나가겠구나."

집으로 돌아와 큰 물독에 넣어두었다. 곧 날이 밝을 듯했다. 무경을 펼쳐 들었다. 글이 눈에 잘 들어오지 않아 소리 내어 읽어나갔다.

이른 새벽부터 손손이 무언가를 들고 강호정의 여각으로 사람들이 다시 모여들었다. 의원에 가서 마른 잉어 쓸개를 구해온 행수도 있었고, 강에 가서 잡은 잉어의 쓸개를 쟁반에 또 그릇에 담아 선장에게 보이는 행수들도 있었다. 잉어 쓸개는 다 고만고만한 크기였다. 그중에서 가장 큰 것이 멧대추만 한 것이었다.

"고맙소. 정말 고맙소."

선장은 다 받아 시종에게 주었다. 그때 무수가 지게를 지고 여각으로 들어섰다. 물독을 내려놓고 잉어를 꺼냈다. 살아 퍼들거리며 비늘에서 오색 빛이 나는 잉어를 본 사람들이 하나같이 놀라 입을 다물지 못했다. 강세정도 선장도 감탄했다.

"허어, 그놈."

"잉어가 아니라 용일세, 용."

어떤 사람은 우려를 하기도 했다.

"용왕의 아들일지도 모르네. 방생해야 될 것 같은데……."

"예끼, 제 놈이 아무리 커봤자 물고기지."

무수는 많은 사람들이 보는 데서 멍석 위에 잉어를 놓고 배를 갈랐다. 손을 집어넣어 창자며 부레를 헤집어 쓸개를 찾았다. 곧이어 푸른 돌배만 한 쓸개를 떼냈다. 그러고는 두 손으로 들어 보였다.

"한눈에 보기에도 영약 같구먼."

"백년은 묵었음직한 놈의 쓸개이니 오죽하겠는가?"

무수는 술을 부은 단지에 쓸개를 넣고 아가리를 단단히 봉했다. 그러고는 그것을 행수 이장휘에게 두 손으로 바쳤다. 이장휘는 무수에게서 받은 단지를 선장에게 주었다.

"우리 여각의 장무가 밤새 낚았나 보오. 부디 자당의 구완에 효험이 있기를 바라오."

선장은 크게 감동했다. 주위에 있는 사람들에게 말했다.

"내 배에 실린 소금은 전량 이 행수에게 넘기겠소. 염가도 일임할 터이니 알아서 주시오."

사람들은 아무도 이설을 달지 못했다. 선장은 또 무수의 손을 잡았다.

"고맙네. 내 장차 자네에게도 꼭 보은을 하겠네."

강세정을 비롯한 여러 여각의 행수들은 비로소 천광 여각의 장무로 있는 무수를 주목했다.

3

섣달 중순이 되어 소금값이 거의 정점에 이르렀다고 생각한 행수 이장휘는 무수에게 말했다.

"이제 소금을 사러 오는 사람이 있거든 적당한 값에 내다 팔거라."

"값이 곧 떨어지겠사옵니까?"

"끝없이 오르기야 하겠느냐? 정월 대보름까지야 별일이 없겠지만 그 뒤로는 장담하지 못할 게다."

무수는 남강 중상류 쪽에 있는 중도가 여각들이나 덕천강과 경호강을 비롯해 열세 줄기나 되는 샛강을 근거로 장사를 하고 있는 장사치들이 소금을 사러 오면 오는 대로 소금을 넘기기 시작했다.

"특별히 내드리는 겁니다."

"암, 여부가 있나. 이래서 내 천광만 믿고 거래를 하는 것이 아닌가?"

내다 파는 것 같지 않게 내다 파는 겨를에 어느덧 염고는 한 칸 두 칸 비어갔다. 과연 행수 이장휘가 내다본 대로 정월대보름이 지나자 소금값이 이상하게 움직이기 시작했다. 사러 오는 장사치들이 점차 줄어드는 듯하더니 염가가 차츰 떨어졌다.

이월에 들어서자 날이 다르게 뚝뚝 떨어지는 것이었다. 이윽고 걷잡을 수 없이 폭락하기 시작했다. 한 말에 아홉 되 일곱 홉까지 치솟았던 값이 여덟 되까지 저락했다. 그 추세로 하락한다면 머잖아 관염가인 여섯 되 닷 홉에 근접할 것이 자명했다.

그렇게 되면 죽어나는 것이 소규모 장사치들이었다. 소금을 보유하는 데에 따른 각종 경비까지 감안하면 염가가 원가 이하인 적자로 돌아서게 되는 것이었다. 그것을 두려워한 여각에서는 염가가 더 떨어지기 전에 내다 팔 작정을 하게 되고, 시중에는 소금이 한꺼번에 쏟아져 나와 염가 하락을 더 부추기게 되었다.

"참 다행이야."

최고가에 팔 생각을 하지 않고 적당한 고가에 팔아넘긴다는 원칙을 갖고 있는 행수 이장휘의 수완이 옳았다. 그는 소금을 사들일 때에도 최저

가를 노리지 않았다. 어느 정도 저가이다 싶으면 주저하지 않고 매입하는지라 소금값의 변동에 큰 위험을 겪지 않았다.

"매년 겪는 일이다. 소금으로써 일확천금은 없다. 내 속의 유혹을 절제하는 것, 그것이 바로 이익이다."

소금도 거의 다 냈고, 일 년 중에서 여각이 가장 한가한 때가 찾아왔다. 완연한 봄이었다.

"행수 어른, 차인을 하나 두었으면 하옵니다만."

"그리하거라."

행수 이장휘는 누구를 꼭 집어서 추천하지 않았다. 무수에게 전적으로 일임하는 말투였다.

"누가 적임이겠사옵니까?"

"네가 부릴 사람이니 네가 잘 살펴서 들이거라."

여각으로 길손이 하나 찾아들었다. 그는 방을 하나 차지하고서 몇 날 며칠 떠날 생각을 하지 않았다. 역인방의 가대기꾼들이 수상하게 여기기 시작했다. 꼭두가 그에게 갔다. 그는 귀찮다는 듯이 말했다.

"그간 먹고 자고 한 값을 하라고 하면 해야지. 뭘 하면 되오?"

"소금 창고 청소 좀 하오."

그는 이른 새벽부터 물을 길어 나르더니, 한낮부터 시작해 일곱 채 염고를 쓸고 닦고 고치고 하더니 단 하루 만에 새 곳간으로 만들어 놓았다. 꼭두도 가대기꾼들도 어안이 벙벙했다. 꼭두로부터 그 이야기를 들은 무수는 그자를 데리고 오게 했다.

"이희춘이라고 하오."

고래 통뼈 같은 덩치에 붉은 흙빛이 감도는 얼굴이었다. 싱긋 웃자 드러나는 이가 복숭아씨도 깨물어 부술 것 같은 느낌이었다.

"내 일찍이 울산 좌수영 수군으로 박혀 있다가 군선이 좌초되어서 물에 빠진 군관들을 몇 건져냈더니, 그것을 가상하게 여겨서 군적을 빼고 속량해 주더이다. 어디 갈 데도 없고 떠돌다가 예까지 걸음이 닿게 되었소."

이희춘은 호패를 끌러 내놓았다. 무수는 집어 들고 살펴보고는 돌려주었다.

"글을 아시오?"

"글은 모르고, 말 같은 말은 들어 먹을 줄 아오."

그것이 면접이었다. 무수는 이희춘을 차인으로 삼았다. 꼭두가 의아히 여겼다.

"근본도 모르는 자를 어찌 단번에……."

무수는 이희춘이 염고를 깨끗이 치우고 낡은 데를 고쳐놓은 솜씨에서 근본을 보았다. 먹고 자고 한 값을 치른 게 아니라 내 집 곳간을 손보듯이 매운 손끝 흔적이 여실히 보여서였다.

"두고 보도록 합시다."

차인 이희춘에게 가대기꾼들의 눈길이 집중되었다. 그가 들어온 뒤로 여각 마당에 나뭇잎 한 장 떨어져 있을 겨를이 없었다. 새벽 비질에서부터 밤늦도록 쉬지 않고 몸을 놀려 일을 했다. 염고에서 소금 말통을 져 내야 할 때면 가대기꾼들 틈에 섞여 들었다. 누가 시켜서가 아니었다. 장방의 일이 별로 없을 때는 언제나 연장을 들고 일거리를 찾아서 온 여각을 돌아다녔다.

부엌어멈을 위해 금이 가 불김이 새는 아궁이도 고쳐주었고, 큼직하고 두꺼운 새 도마도 짜주었다. 부엌어멈은 이희춘의 등을 쳐가며 좋아했다. 그의 손놀림은 무엇에 닿든 과감했다. 비가 새는 곳을 몰라 대충 가림하고 지내던 역인방 지붕 위로 올라가 훌러덩 짚이엉을 뜯어냈다. 가대기꾼들은 다 나와서 그가 하는 일을 보고만 있었다.

"그렇게들 서 있지만 말고 거기 이엉 좀 던져 올려주오."

"그, 그러지."

그의 부지런함은 난뎃사람이 들면 고약하게 구는 습성이 있는 가대기 꾼들을 머쓱하게 만들었다. 신래 풀이를 할 것도 없었다. 그의 손길에 다들 감탄하며 일손을 돕는 겨를에 서로 알게 모르게 친분이 다져지고 말았다.

"허허, 희춘이 덕에 이제 장마도 걱정 없게 되었네."

"뭐든 말만 하슈. 다 손봐드릴 테니."

병색이 짙어져만 가던 행수 이장휘는 결국 자리에 눕고 말았다. 무수는 웬만한 일이 아니고서는 머리맡을 떠나지 않았다. 이장휘의 몰골은 뼈에 가죽을 씌운 듯했다. 그럼에도 무수에게 가르침을 그치지 않았다.

"곡식과 면포는 너무 많이 확보해 두지 않도록 하거라. 부피가 큰 물건은 손실이 많이 일어나는 법이다. 쌀은 쥐가 쏠고, 면포 또한 상하기 쉽다. 그 반면에 동전, 저화, 은, 금, 비단은 축나는 것이 거의 없으니 그것들을 많이 모으거라. 비단 중에서는 특히 상주에서 나는 명주가 있다. 그건 있는 대로 모아두거라. 가볍고 비싸서 멀리 왜국 상인들도 찾는다는 것이다.

여각을 찾아드는 사람은 신분과 귀천을 고려치 말고 누구에게나 잘 대해주어야 한다. 거지나 굶주린 사람들이 찾아들면 가리지 말고 먹여라. 고을에 전염병이 돌거나 하면 반드시 할 도리를 찾아서 하거라.

상업을 하여 재물을 모으는 뜻은 탐욕에 있는 것이 아니다. 저 소금 창고를 생각하거라. 채웠다가 비워내고 채웠다가 또 비워낸다. 채우기만 하다가 더 찰 곳이 없으면 곳간 자체가 무너진다. 상업을 하여 이익을 남기는 것은 당장의 필요를 위해서가 아니라 알지 못할 미래를 대비하려는 것이다."

무수는 묵묵히 듣고만 있었다. 행수 이장휘는 손을 들어 벽을 가리켰다. 이태백의 시구절을 적은 족자가 걸려 있었다.

天地萬物之逆旅　세상은 만물이 잠시 쉬어가는 여각이요,
光陰百代之過客　세월만이 영원을 흘러가는 나그네로다.

"우리 여각을 천광 여각이라 한 뜻을 알겠느냐?"

"예, 행수 어른."

"내겐 일가친척이 아무도 없다. 이 여각은 이제 네 것이다. 네 마음대로 길거(경영)해 보거라. 내 박복하여 평생 사람이 없더니, 죽을 때가 되어서야 한 사람 얻고 가는구나."

"행수 어른!"

무수는 북받치는 울음을 참았다.

"무수야, 내 평판은 어떻더냐?"

"다들 존경해 마지않는 최고 중의 최고이시옵니다. 장사꾼이 아닌 큰어른이시옵니다."

"내 마지막 소원은, 무수야, 내, 내……."

무수는 그의 손을 잡았다. 행수 이장휘는 온 힘을 다해 마지막 당부를 했다.

"내 갓을 무수 네가 써다오."

무수는 잡은 손을 놓지 않았다. 행수 이장휘는 마침내 숨을 거뒀다. 향년 예순일곱이었다. 남강 염상들 사이에서는 가장 도리에 밝고 경우에 빈틈이 없었으며 신의와 성실로 이름이 높았다. 그런 까닭에 염창 감관이나 염창나루의 도선 별장도 먼저 인사를 할 정도였으며 진주 호장 강세정이나 의령 호장 박안도 함부로 대하지 못했다.

무수는 온 남강에 부고를 했으며, 아버지가 돌아가신 것처럼 상을 받들었다. 사흘 뒤에 정성껏 장사를 지내고, 닷새 뒤에는 삼우제까지 마치고 탈상을 했다. 행수 이장휘의 의복과 유품은 다 정리했으나, 그가 쓰고 다니던 갓만은 불태우지 않았다.

아무리 유언이었다고 해도 그의 갓을 함부로 쓴다는 것은 불손하게 생각되었다. 당신의 갓을 써달라는 말에 다른 깊은 뜻이 있지 않을까 고민했다. 그것을 본 이희춘이 혀를 찼다.

"이제 명색이 이 천광 여각의 행수님이신데 갓도 없다면 말이 되겠소? 여러 생각하지 말고 얼른 쓰시오."

"내가 갓을 써봤어야 말이지. 상투 틀 줄도 모르고."

"그까짓 거 뭐 어려운 일이겠소? 머리를 이쪽으로 돌려보오."

"그만 되었네."

"거참, 내친김에……."

이희춘은 무수에게 달려들듯이 상투 트는 법을 가르쳐 주었다. 땋고 있던 머리를 풀고는 정수리에 있는 머리카락을 겻칼(몸에 지니는 작은 칼)로 동그랗게 떠내듯 잘랐다. 그런 다음 머리카락을 한 손에 모아 돌려 쥐고 상툿고를 만들어 정수리에 올려놓은 뒤에 동곳을 꽂았다. 이마에는 우각 관자를 꿴 탕건을 졸라맸으며, 상투 위에 망건을 씌운 다음 행수 이장휘가 남긴 갓을 씌워주었다.

"우리 행수님 품이 이제야 그럴 듯하외다. 으허허."

무수 나이 열여덟이었다. 칠척장신에 태산 같은 체구, 큰 절의 종처럼 울리는 음성, 불꽃같은 안광이 이미 어른스러움에 부족함이 없는 데다가 갓을 쓰자 근엄함을 더해 비로소 오롯한 한 사내의 풍모가 돋보였다.

"갓은 혹시 인품이 높은 어른께 여쭈어서 써야 하는 것 아닌가?"

"그거야 양반들이나 그러지요. 열다섯이 되면 관례라는 걸 하지 않소? 양반이 아닌 다음에야 내가 하고 싶으면 하면 되는 거지. 번지르르한 걸치레며 체면 따위는 돌아볼 것 없소."

"그러면 내 갓은 자네가 씌워준 게 되나?"

"갓은 돌아가신 행수 어른이 씌워주신 것이고, 나는 그저 거든 것뿐이오. 이 이희춘이 씌워줬다는 생각이 들면, 상투고 뭐고 다 풀고 행수님 혼자 써보슈."

이희춘은 장방을 나가 버렸다. 작은 일에 연연해하지 않는 활달한 성격이었다. 그의 말이 맞았다. 갓을 쓰는 것이 무슨 큰일이랴. 갓을 쓸 만한 사람의 그릇이 되었느냐 하는 것이 중요한 일일 것이었다.

무수는 행수 방을 깨끗이 치우고 신당을 차렸다. 그러고는 선행수 이장휘의 위패를 모셨다. 천광 여각은 어디까지나 그의 것이었다. 그는 이제 신으로서 천광 여각의 모든 것을 굽어살펴 주기를 바랐다.

무수는 행수가 되었어도 장방만 쓰고 행수 방에는 들어가지 않았다. 그렇게 해서라도 천광 여각의 창설자인 선행수 이장휘에 대한 뱀뱀이(예의 범절)를 차리고 싶었다. 부엌어멈에게 일러 음식을 많이 차리도록 했다.

신당이 다 갖춰지자 무수는 이희춘에게 말했다.

"사람들을 다 불러 모으게."

이희춘은 꼭두와 가대기꾼들을 다 데리고 왔다. 무수는 맨 먼저 신당에 들어가 향을 사르고 절을 했다. 그 뒤를 이어 사람들이 다 따라 했다.

여각 마당에 멍석을 펴고 둘러앉아 음식을 나눠 먹었다. 사람들은 젊은 새 행수가 여각을 어떻게 이끌어 갈 것인지 자못 궁금했다. 무수는 그러한 그들의 속내를 알고 한마디 해주었다.

"오직 선행수님의 가르침대로 할 것이오."

무수는 이희춘을 데리고 다니면서 여각의 모든 것을 점검했다. 마당에 나뒹구는 사금파리, 까팡이, 넝마 한 쪽도 그냥 지나치지 않았고, 장방 지붕 위에서 자라는 와송 한 포기도 겉눈으로 넘기지 않았다. 그것을 본 꼭두와 가대기꾼들이 전에 없이 긴장했다.

무수는 마치 전쟁터에 나선 장수가 된 기분마저 들었다. 여각은 진영이고, 가대기꾼들은 군사였다. 이희춘은 부장이었고, 꼭두는 선봉장이었다. 무수는 그동안 읽은 무경을 떠올렸다. 군사를 쓰는 것이나 아랫사람을 부리는 것이나 매한가지일 터였다. 또한 적을 알고 나를 알아야 한다는 점에서 여러 여각의 운영 방식에 대해서도 탐문해 보고 싶었다. 그리하여 천광 여각과 장단점을 비교해 더 나은 길로 가고 싶었다.

하지만 급하게 서두르지 않았다. 눈에 띄게 움직이는 것도 금물이었다. 안팎의 모든 눈이 가장 젊은 행수 무수에게 닿아 있었다. 모든 일은 자연스럽게 남강 물이 흘러가듯이 해야 했다. 사람들이 아는 듯 모르는 듯 변화를 일으켜야 했고, 그것은 또 변화가 되고 나면 좋은 쪽으로 느껴지는 것이어야만 했다.

무수는 천광 여각에서 소금을 떼어 팔러 다니는 도붓장수들을 주목했다. 하루에 소금 한 말을 이고 나가는 아낙들의 비중은 크지 않았다. 하지만 수십 명이나 되는 사내들은 소금을 지게에 지고 나가서 여러 날에 걸쳐 다 팔고 돌아왔다. 그런데도 그들이 딸린 식솔들 입에 풀칠하기란 여간 어려운 일이 아니었다.

그리하여 그들은 그만두는 일이 많았고, 한 번 다녀오면 여러 날 자취를 감추는 일도 많았다. 무수는 그들을 안정시켜 주고 싶었다. 그들의 안정이 곧 천광 여각의 번영이라고 믿었다.

"좋은 수가 없을까?"

고민에 고민을 거듭했다. 도부꾼들은 어느 누구나 개개인이 지고 다니는 소금의 양은 적었고, 멀리 다녔으며, 오래 걸어 다녔고, 팔고 돌아오려면 시간이 많이 걸렸으며, 들인 시간과 품에 비해 손에 쥐는 이익이 그리 많지 않았다.

"이보게 장무, 나귀에 소금을 싣고 다니면서 팔게 하면 어떻겠는가?"

"나귀? 도부꾼들이 나귀 살 돈이 어디 있단 말이오?"

"우리가 나귀를 대어주면 되지 않겠나?"

"에이, 말이 되는 소릴 하슈. 나귀 값이 어디 한두 푼인 줄 아슈? 그리고, 나귀 등에 소금을 싣고 나갔다가 얼씨구나 하고 그길로 달아나 버리면 어쩔 거요? 그러면 소금도 나귀도 다 잃는 거지."

"어찌 그리 나쁘게만 보는가? 한 번만이라도 시험을 해보세."

"그게 좋은 방법이면 다른 여각에서 벌써 그리하지 않았겠소? 도부 치고 다니는 놈들이 하나같이 미덥지 않으니 그렇게 안 한 거지."

"우선 한 사람만 가려서 한번 시켜보기로 하세."

무수는 도붓장수들의 좌목(명단)을 가져다가 검토를 하기 시작했다. 한 사람 한 사람 이희춘에게 물었다. 이 사람은 이래서 안 되고, 저 사람은 또 저래서 안 되고…… 이희춘의 눈에 드는 사람은 없었다.

"이자는 어떤가?"

"장삼이? 그 사람이 도부꾼 중에는 아마 제일 낫긴 할 게요. 처자식도 있고, 심성도 그만인 사람이긴 하외다."

"그러면 이자로 하세."

"그런데 나귀는 어찌 장만하려고 하오?"

"한 필 사야 되지 않겠나?"

"그러지 마시고, 시험 삼아 하는 일이니 우선 읍내 우마계(계금으로 소와 말을 사두고 대여해 이익을 꾀하는 계)에 가서 나귀를 한 필 빌려옵시다. 한 보름 약정으로 빌려오는 게 좋지 않겠소?"

우리 선다님은

1

장삼이는 모두의 배웅을 받고 천광 여각을 나섰다. 나귀 등에는 소금 열두 말이 실려 있었다. 사람이 등짐을 지는 것보다 네 배나 많았다. 딸랑거리는 방울 소리와 함께 장삼이는 멀어져 갔다.

"저 길로 달아나지 않을까?"

"설마 처자식을 버리고 저 혼자 살겠다고?"

"착한 장삼이가 아닌가?"

"나는 아무래도 나귀가 탈이 날 것 같네. 제대로 부리려나 모르겠네."

"고삐를 틀어쥐고 있겠다, 채찍이 있겠다, 무엇이 걱정인가?"

"우마계에서 단단히 일러주었으니 그대로만 하면 되겠지."

장삼이는 다녀오겠다고 약조한 닷새가 지나도 돌아오지 않았고, 엿새가 되어도 소식이 없었다. 사람들이 점차 장삼이를 믿었던 것을 후회했다.

"좀 더 기다려 보세. 무슨 일이 있는지 어찌 알겠는가?"

무수는 의연하게 기다렸다. 장삼이는 이레가 되는 저녁에 돌아왔다. 무수는 그를 반겼다. 이희춘이 버럭 하려는 걸 제지했다. 부엌어멈에게 서둘러 저녁을 차리라 해 먹이고 나서야 마주 앉았다.

"행수 어른, 죄송하옵니다. 약조한 시일을 이틀이나 넘겨서 돌아왔사옵니다."

"괜찮네. 그만한 사정이 있었겠지. 어디 고의로 그랬겠는가? 그래, 어디 성치 않은 데는 없는가?"

"소인이야 편하게 다녔사옵니다만, 짐을 진 나귀가 고생이 많았지요."

"장사는 어땠는가?"

"소인이 나귀를 끌고 단성장에 갔더니 값이 별로 좋지 않아서 거기서 산음장으로 갔사옵니다. 거기서 값 좋게 소금 서 말을 팔다가 문득 더 깊숙이 들어가면 값이 더 좋을 것 같다는 생각이 들었습지요. 그래서 함양으로 갔더니 역시나 값이 더 좋았사옵니다.

그래서 생초, 안의까지 이르렀다가 덕유산 산골로 들어갔사옵니다. 산골에서는 소금 한 되에 쌀 한 되 값을 쳐주는 게 아닙니까요? 그래서 거기서 다 팔고 빈 나귀로 나오려다가 약재를 몇 짐 샀사옵니다. 그걸 진주 읍내 약방 거리에 가서 팔았사옵니다."

장삼이는 조선통보와 면포, 권계를 내놓았다. 소금 열두 말을 판 값과 그 일부로 산 약재를 되넘겨서 얻은 수익을 합쳐 셈하니 소금 원가의 갑절이나 되었다. 무수는 크게 흡족했고, 이희춘은 무릎을 딱 쳤다.

"이렇게만 되면야 갑부가 되는 건 시간 문제겠소. 아니 그렇소? 하하하."

장삼이가 큰 이익을 남기고 돌아왔다는 소문은 삽시간에 퍼져 나갔다. 나귀를 끌고 한 번 도부 치고 돌아와 쌀 서 말을 받았다는 말에 가대기꾼들도 술렁였다.

"우리도 한번 나서볼까?"

"여기서 죽치고 앉아 있다가 이따금 가대기 짐을 져봐야 입에 풀칠하기도 바쁜데, 장 보(甫:남자의 성 밑에 이름 대신 쓰는 말) 그 사람처럼만 하면 한 번에 두 달 양식을 벌지 않는가?"

"그건 그렇지만 나귀가 없잖아."

"행수 어른이 나귀를 아무한테나 맡기지는 않겠지. 장삼이나 되니까 맡긴 거지."

"우리도 나귀 한 필씩 받을 방법이 없을까?"

"뺀질이 네놈은 안 돼. 그러니 평소에 잘했어야지. 평소에!"

"뭐라고? 이런 경을 칠 곰보 놈을 보았나?"

장삼이가 성공적으로 돌아온 뒤, 무수는 염마(소금 싣고 다니는 말이나 나귀)를 늘려나갈 생각을 했다. 그즈음 도부꾼들은 물론이고 가대기꾼들까지 나귀를 끌고 도부 치고 다니겠다고 나섰다.

"나귀가 몇 필 더 있어야 되겠는뎁쇼?"

"우마계에서 빌려다 쓰는 것보다 몇 필 사는 게 낫지 않을까?"

무수는 진주 우마장에 가서 나귀 세 필을 사들였다. 그러고는 염마 도부에 지원할 수 있는 자격 요건을 써서 방을 붙였다.

등짐장사를 하던 사람들 중에서 딸린 식솔이 셋 이상 있어야 하고, 그간 무단으로 나오지 않은 일이 없는 자로 국한했다. 가대기꾼들 중에서 장사하러 다니기를 원하는 자는 우선 등짐을 진 도부꾼으로 석 달 이상 장사를 다닌 사람에 한해 자격을 준다고 명시했다.

무수는 장삼이 외에 세 사람을 가려 염마를 맡겼다. 그들은 당찬 포부를 가지고 사방으로 길을 떠났다. 남은 사람들은 다 그들을 부러워했다.

"내 차례도 머지않아 오겠지."

"그럼. 행수 어른이 참 공정하신 게지."

"세상 참 좋아지는구나. 등짐을 안 지고 빈손으로 다니면서 장사를 할 수 있다니."

"허어, 그것참, 살다 보니. 허허."

"세상이 좋아지는 건가, 어디? 우리 여각이 좋아지는 거지."

"젊으신 행수님이 궁리하시는 것도 참으로 남다를세."

나귀를 끌고 갔던 그들도 다들 무사히 돌아왔다. 나귀 한 필이 네 사람 몫이나 했고, 다녔던 곳곳의 특산물을 사서 실어 와 파는 것까지 감안하면 부가가치가 더한층 컸다. 무수는 염마 도부를 보내 벌어들인 수익을 재투자해 염마를 늘려나갔다.

사람도 늘고 나귀도 늘자 여각이 좁았다. 무수는 여각의 터를 넓혔다. 이희춘은 역인방에서 빈둥빈둥하는 가대기꾼들을 데리고 염마 스무 필을 들일 수 있는 마방을 지었다. 이제 나귀가 늘어나도 한참 동안은 아무 문제가 없게 되었다.

"나귀를 줘?"

"아 글쎄, 알아보니까 그렇더라구."

"뭘 믿고 나귀를 주나그래?"

"그러니 천광 여각 젊은 행수의 배포가 남다른 게지."

남강 일대에 소문이 퍼졌다. 도부꾼한테 나귀를 대주는 건 무수뿐이었다. 다른 여각의 도부꾼들은 마음이 흔들렸다. 기왕이면 천광 여각에서 일을 하고 싶어졌다. 종으로 팔려 들어간 것도 아니어서 한 여각에 몸이 묶여 있을 이유가 없었다.

다만 도의와 신의라는 가장 큰 불문율이 그들의 발목을 붙잡았다. 그들은 속으로만 한탄하며 천광 여각이 있는 염창나루 쪽을 그림의 떡처럼 바라보기만 했다.

"행수 어른, 손님이 찾아와 행수 어른을 뵙고자 하옵니다."

무수는 일어나서 사람을 맞이했다. 그는 자리에 앉자마자 실망한 투로 내뱉었다.

"어린 사람이 행수라니. 거참."

이희춘의 두 눈에 쌍심지가 켜졌다.

"뭐라고? 이놈이 감히 뉘 앞에서 어리니 뭐니 망발이야!"

이희춘은 단번에 그의 멱살을 잡았다. 밖으로 내동댕이치려는 것을 무수가 말려서 손을 놓았다.

"어서 가서 부엌어멈에게 차를 좀 내오라고 이르게."

"너 이놈, 잠시 내가 없다고 우리 행수님께 헛소리를 지껄였다간 요절이 날 줄 알거라. 이놈!"

"허, 성미 하나는 알아줘야 될 놈일세. 쩝."

"무슨 일로 오셨습니까?"

그는 금당나루에 있는 여각의 행수였다. 금당나루는 남강으로 흘러드는 큰 샛강인 덕천강의 최하류에 있는 요충지였다. 남강에서 덕천강을 거슬러 오르면 금당나루, 원당나루, 조계나루, 강정나루 등의 순으로 나루가 설치되어 있었다.

조계나루 위쪽엔 무실장이라는 큰 장이 서고, 강정나루를 지나면 덕산장이 섰다. 덕산장에서 더 들어가면 지리산이었다. 아무리 깊은 산골이라도 사람이 사는 곳이라면 소금이 없어서는 안 되었다.

염마를 몰고 갔다 온 장삼이는 산삼 뿌리를 내밀며 소금을 달라는 사람도 있었다고 하며, 이끼에 싼 산삼을 내놓은 적도 있었다.

"내가 갖고 있는 배를 사지 않겠소? 작은 나룻배인데, 진주 큰들나루나 범골나루에서는 사려고 하는 사람이 아무도 없기에 여기 염창나루까지 왔소이다."

"어떤 배를 팔려고 하십니까?"

"덕천강을 오르내리는 작은 나룻배요."

무수는 못 살 것도 없었지만 어찌하여 배를 내놓는 것인지 궁금했다.

224

"내가 이참에 여각을 그만둘까 해서 그러오. 염매권(관염을 매입해 민간에 판매할 수 있는 권한)은 워낙 살 사람이 없다 보니, 우선 배부터 팔려는 것이오."

"염매권을 팔겠다고 하시는 뜻은 여각까지도 넘길 의향이 있다는 말씀이겠군요?"

"그렇소. 관심이 있소?"

금당나루에 있는 여각을 인수한다면, 덕천강 수계에 있는 여러 고을로 직접 진출할 수 있는 거점을 확보하는 것이었다. 그동안은 천광 여각이 대도가(큰 도매상)로서 그들 중도가(중간 도매상)에 도매가로 소금을 넘겼지만, 덕천강 인근 고을들에 소금을 직접 산매(소매)할 수 있는 염매권을 확보한다면 도매와 산매를 일괄로 아우를 수 있을 것이었다.

"행수께서 군이 넘길 작정으로 값을 부르신다면 한번 고려해 보겠소."

"아, 그러겠소? 이거 내가 천광에 잘 찾아온 듯하오."

행수는 차를 두어 모금 마시면서 잠시 생각했다.

"그러면 내 단도직입적으로 말하리다. 나룻배 한 척, 염매권, 여각 등 셋을 합쳐서 은자 1백 냥만 주시오."

은자 1백 냥이면 쌀이 2백 섬이었다. 과히 비싼 값이 아니었다. 그렇다고 해도 다 쳐주고 싶지는 않았다. 서로 필요에 의한 매매이기에 값은 절충되어야 하는 것이었다.

"배와 여각은 얼마나 낡았는지 확인도 해보아야 하고, 염매권은 요즘 그리 시세가 없지 않소? 은자 1백 냥이면 그리 내키지 않는군요."

"그러면 지금 당장 나랑 같이 가서 직접 보고 값을 흥정해 봅시다. 어떻소?

"같은 소금밥을 먹고 사는 처지니 행수를 믿어보겠소. 배와 여각에 손 댈 데가 많소?"

"거의 없소. 내가 워낙 깔끔을 떠는 위인이라 어디 한 군데 고칠 데가 생기면 그냥 두고 보지 못하오. 믿어도 되오."

"알겠소. 그럼 여든 냥으로 합시다."

"아흔 냥!"

"여든닷 냥!"

"여든일곱 냥!"

"좋소. 한데, 한 가지 조건이 있소. 행수가 그대로 그 여각을 좀 맡아 주오."

"그게 무슨 말이오?"

"소금도 도부꾼도 다 우리 천광에서 나갈 것이오. 관리만 해주면 되오. 달 품삯은 섭섭지 않게 드리겠소. 어떻소? 소금값이 오르고 내리는 일에 신경 쓰지 않고, 그저 내 집처럼 앉아서 관리만 해달라는 말이오."

행수는 그 자리에서 일어났다. 그러고는 두 손을 모아 선절을 했다.

"천광 행수님이 젊으신 것만 알아보았지 큰 어른임을 미처 몰라 뵈었습니다. 앞으로 대행수님으로 받들어 모시겠습니다."

무수는 다가가 그의 손을 잡았다.

"우리 앞으로 서로 신의를 잃지 말고 잘해봅시다."

"예, 대행수 어른."

"자, 이쪽으로 오시오. 우리 천광을 보살펴 주시는 상신(商神:상업의 신) 앞에서 결의를 하십시다."

무수는 그를 선행수 이장휘의 위패가 놓여 있는 신당으로 이끌었다. 두 사람은 그 앞에서 피를 내어 서로 나눠 마시고 도의와 신의로써 함께할 것을 결의했다. 무수는 선행수 이장휘가 모아놓은 은자를 꺼내 계약금으로 열 냥을 주었다. 다시 밖으로 나온 무수는 이희춘에게 지시했다.

"이제 금당 여각의 행수는 우리와 한 식솔이 되었다. 장무는 강배로 금당 행수를 모시고 가서 사무를 모두 인수하고 돌아오게.”

이희춘은 신이 나서 배에 올랐다.

“소인 다녀오겠사옵니다. 대행수 어른, 으하핫.”

염마 도부꾼들은 소금을 천광 여각에서부터 싣고 나가는 것이 아니라 빈 나귀를 배에 태워 남강을 거슬러 올라 덕천강 하류에 있는 금당나루까지 갔다. 거기서 소금 짐을 나귀 등에 싣고 비로소 도붓길에 나서게 되었다.

다른 여각에서는 상상도 할 수 없는 일이었다. 천광 여각의 도부꾼들은 매번 더 많은 소금을 싣고, 더 멀리 갔으며, 더 오래 돌아다녔다. 그리하여 모두 큰 이익을 거두어 돌아오곤 했다.

“수완이 대단한 자로군.”

“아무 믿을 것 없는 놈들한테 비싼 나귀를 대주는 담력을 가졌다니. 그것참.”

“좀 더 두고 봐야지. 필경 소금을 잔뜩 실은 나귀를 끌고 사라지는 놈들이 나타날 걸세.”

“암, 견물생심이라지 않은가?”

대도가 천광 여각과 그에 딸린 덕천강의 중도가 금당 여각이 활기를 띠면서 다른 여각들은 경쟁력을 잃고 점점 위축되어 갔다.

판단을 잘못해 관염이 한창 비쌀 때 매입했거나 민간에서 값이 폭락할 경우 속수무책이 되는 여각들은 큰 빚을 지고 문을 닫아야 했다.

무수는 그런 여각이 매물로 나왔다는 말을 들으면 이희춘을 보내 실사를 한 뒤에 인수했다. 인수한 여각의 행수들은 금당여각과 마찬가지로 대도가인 천광 여각에 딸린 행수로 삼고, 여각은 그곳 나루 이름을 붙인 현판을 새로 내걸게 했다.

대도가 천광 여각은 휘하 각 중도가 여각에 도매가로 소금을 배분한 뒤에 염고에 보관하도록 했고, 각 여각은 다시 등짐장수나 봇짐장수한테 산매가로 넘겼다. 거기서 얻는 이익은 각 행수와 나눠 가졌다.

행수들은 관염을 매입하고 보관하면서 민간에 판매하는 시기를 맞추느라 골머리를 앓지 않아도 되었고, 설령 적자가 난다 하더라도 책임을 지지 않아도 되었다. 다만 소금의 출납과 등짐장수들, 염마장수들만 관리하면 되었다.

무수는 장사의 규모가 커지자 장무 이희춘의 아래로 산원과 차인들을 여럿 뽑아서 두고 장방을 따로 내주었다. 산원은 계산할 것이 많아 여념이 없었고, 차인들은 샛강에 있는 각 여각으로 심부름을 다니느라 바빴다.

어머니 김씨와 사는 초가를 헐어내고 그 자리에 아담한 기와집을 지었다. 김씨는 기쁨을 감출 줄 몰랐다.

"우리가 이만큼 먹고살 만해졌으니 돌봐야 할 만한 집안은 없는지 좀 헤아려 봐야 하지 않겠느냐?"

무수는 어떤 집안을 뜻하는지 짐작했다. 이희춘을 불렀다.

"곤양 당산골로 가서 본가의 형편을 좀 알아 오게."

다녀온 이희춘이 아뢰었다.

"돌아가신 두 분 내외를 오랫동안 병구완하느라 가세가 기울어 말이 아니었사옵니다. 가산을 있는 대로 다 팔아 백방으로 용하다는 의원을 찾아가 청했다고 하옵고, 약이란 약은 다 구해다 댄 보람도 없이 허망하게 두 분은 돌아가시고 말았다고 하옵니다."

"그랬구나."

무수는 안타까운 마음을 애써 억눌렀다.

"작은형 소식은 없는가?"

"그분은 분가해 진주에 살고 있는데, 과거 공부에 여념이 없어 그 또한 집안 살림이 빈한했사옵니다. 그럼에도 불구하고 큰댁의 아드님을 대처에 데려다가 글공부시켜야 한다고 고집하셔서 입이 하나 더 늘어나 있는 형편이었사옵니다."

"수고했네."

무수는 곤양의 본가와 진주의 인수가 사는 집에 소금은 물론이고 쌀과 옷감과 일용할 여러 가지를 어머니 김씨가 보내는 것으로 해 바리로 실어서 갖다 주게 했다. 그런 뒤에야 아우 된 도리를 조금이나마 한 것 같아 뿌듯했다.

무수는 또 사람들을 보내어 방어산에 있는 박 공의 집을 새로 지어주고 여러 가지 가장집물을 보내주었다. 그러고 나자 스스로 자랑스러웠다.

"대행수 어른, 어떤 자가 말을 타고 와 뵙자고 하옵니다."

애복이었다. 남장을 하고는 큰 말을 타고 온 것이었다. 말에서 내린 애복이는 어린 시종에게 말했다.

"걸이 너는 마방으로 가 있거라."

무수는 사람들의 이목이 많은 데서 얘기를 나눌 수 없었다. 자신의 집무실인 대행수 방을 나와 선행수 이장휘의 위패를 모셔둔 신당으로 들어갔다.

"대장, 갓을 쓰니 멋있네!"

"나이가 되어서 쓴 거지 멋으로 쓰는 거 아냐."

"큰 장사꾼이 되었네. 장차 우리 아버지나 박 호장 어른도 따라잡겠는걸?"

"무슨 일로 왔어?"

"반갑지도 않은 말투네?"

"시집은 언제 가?"

"시집? 내가? 누구한테?"

"강 건너에 정혼자가 있는 거 다 알아."

"박수영? 그놈을 말하는 거야? 참 나, 누가 그놈한테 시집을 간대?"

"그럼 아냐?"

"아냐! 어디서 별 이상한 소리를 다 듣고 있어. 정말."

"아니면 그만이지 소리는 왜 질러? 처자가 되었으면 좀 다소곳해져야 지 아직도 그러냐?"

"앞에 있는 사람에 따라 달라."

애복이는 잠시 망설이다 입을 열었다.

"대장에 관한 소식은 온 진주 바닥에 소문이 다 났어. 참 자랑스러워. 하지만 대장이 까먹고 있는 게 있어."

"내가 뭘 까먹고 있다는 말이야?"

"여러 사람들이 높이 대접해 준다고 대장은 지금 우쭐해서 그 맛에 취 해 있지. 그러지 마. 세상에서 종놈, 종년 다음으로 천한 대접을 받는 게 장사치야. 큰 장사치든 작은 장사치든 세상은 땅 한 평 못 가진 농사꾼보 다도 더 천하게 여겨."

무수는 충격을 받고 얼굴이 화끈거렸다.

"대장은 지금 돈맛이 들 대로 들어서 장수가 되겠다는 큰 포부를 잊고 있어. 내 눈에는 예전의 대장 모습이 아냐. 그저 돈만 밝히는 속물 중의 속물 장사꾼에 지나지 않아."

무수는 전날 두 형이 찾아와 큰 장수의 꿈에 대해 얘기를 했을 때에도 별 감흥이 일지 않았었다. 그런데 애복이가 대놓고 얘기를 하니 남몰래 큰 죄를 지은 것이 들킨 것처럼 온몸이 후끈 더워졌다.

"머잖아 팔월 한가위를 쇠고 나면 고성현에서 향시가 열린대."

무수의 눈초리가 갑자기 움찔했다.

"내가 타고 온 말은 두고 갈게. 대장이 타든 소금 짐을 지우든 상관없어. 올가을이 지나고 나면 돌려줘."

2

무수는 차인 아이를 시켜 푸줏간으로 가서 좋은 고기를 사 오게 했다. 안장 뒤에 싣고는 훌쩍 말에 올랐다.

"다녀올 곳이 있으니 그리 알게."

"소인이 뫼시겠습니다요."

"여각에 나도 없고 자네도 없으면 안 되지. 여각이나 잘 지키고 있게."

이희춘은 머쓱해서 물러났다. 무수는 말을 천천히 몰았다. 이희춘은 고개를 갸웃했다.

"말 타는 솜씨도 예사롭지 않은걸? 언제 배우셨나그래?"

무수는 박 공의 집에서 멀리 떨어져서 말을 멈추고 내렸다. 말고삐를 잡고 천천히 걸어서 들어갔다. 박 공은 마당에 앉아 미투리를 삼고 있었다. 무수가 오는 것을 보고는 힐긋 한 번 쳐다볼 뿐 말은 하지 않았다.

"그간 평안하셨사옵니까?"

무수는 고기를 내려놓았다. 박 공이 다시 곁눈으로 보더니 퉁명스럽게 말했다.

"그간 고기도 보내주고, 좋은 옷도 보내주고, 집도 새로 지어주고……
내가 젊은 벗 하나 잘 둔 덕을 톡톡히 보는구나. 오늘은 웬일이냐? 사람을 시키지 않고 귀하신 몸이 직접 다 오고?"

"죄송하옵니다. 스승님."

"난 너의 스승이 아니다. 그저 활 동료일 뿐이지."

"아니옵니다. 제게는 스승님이시옵니다."

"고기를 갖고 왔으니, 어디 한번 구워볼까?"

박 공은 다 삼은 미투리를 치워두고 화로를 꺼내 왔다. 무수는 뒤꼍으로 가서 장작을 한아름 들었다. 탱자나무에서 참새들이 요란하게 지저귀었다. 무수는 나무 위를 한 차례 올려다보고는 장작을 들고 왔다. 박 공은 불을 지피면서 말했다.

"이래 사나 저래 사나 어차피 한 판 사는 인생인 게지. 죽을 날이 가까워져서 되돌아보면 양반이나 상놈이나, 농사꾼이나 장사꾼이나 별반 다를 것이 없지. 암."

고기를 다 구운 박 공은 한 점 입에 넣고는 우물거렸다.

"맛은 좋군. 어서 먹어봐."

"스승님, 소인 무과에 응시할까 하옵니다."

"무과? 무과는 해서 뭐하려고? 지금처럼 호의호식하고 살면 그만이지. 뭘 하러 그런 걸 해?"

"제가 그동안 꿈을 꾸고 있다가 이제야 깬 것 같사옵니다."

"그래? 장사에 미쳐 있더니 이제야 제정신으로 돌아온 게냐?"

무수는 고개를 깊이 숙이고 아무 말도 하지 않았다.

"저 말은 네가 산 게냐?"

"일전에 애복이가 여각을 찾아와서 두고 갔사옵니다."

"쯧쯧, 오히려 애복이가 장부로구나."

무수가 계속 부끄러워하자 박 공은 고기 한 점을 집어서 무수의 입에 들이댔다.

"먹어봐. 먹고 힘내서 활 한 판 붙자. 실력이 그대로면 용서할 것이고, 만약에 불이라도 내면 벌 받을 각오해."

무수는 박 공의 화가 풀린 것 같아 얼굴이 밝아졌다.

"좋습니다. 스승님."

무수는 보기 좋게 불(不)을 냈다. 박 공이 부드러운 음성으로 타일렀다.

"무부는 몸에 군살이나 기름기가 끼어서는 안 된다. 또한 머릿속에는 잡념이 들어서도 안 된다. 활은 쏠 때마다 다른 것이니, 그것으로써 나를 보는 것이다."

"각골명심하겠사옵니다."

"여기 터가 좁으니 땅을 더 넓히고 다듬어야겠다. 네가 향시에 응시할 채비를 해놓을 터이니 수시로 와서 익히거라."

"스승님께서 무과의 규구(과목)를 아시옵니까?"

"이놈아, 왕년에 나는 뭐 과장에 안 가 본 줄 아느냐?"

"몰라 뵈어서 죄송하옵니다. 터 닦는 건 사람을 보내겠사옵니다."

"그래, 그게 빠르겠군."

무수는 이희춘을 반수(우두머리)로 삼아 일꾼들을 보냈다. 박 공은 그들을 데리고 터를 넓히고 땅을 다졌다. 말이 달리다가 넘어져 뒹굴지 않도록 자갈을 하나하나 주워내고 박힌 돌을 낱낱이 뽑았다. 나귀에 강가의 모래를 싣고 나르기를 여러 날, 마침내 널찍한 연무장이 만들어졌다.

"너도 몸꼴을 보아 하니 활 좀 만졌겠구나?"

"허락하신다면 한번 당겨보겠사옵니다."

이희춘은 각궁의 시위를 천천히 당겨 번개처럼 놓았다. 다섯 발을 쏘아 네 발을 맞혔다.

"궁품이 썩 잘 잡혀 있구나. 너도 무과에 응시하려느냐?"

"소인은 이미 오래전에 뜻을 접었습지요."

"뜻을 접다니? 무슨 까닭으로?"

"사연이 깁니다요."

"하루해도 길다. 어디 한번 들어나 보자."

이희춘은 밀양에서 촉망받는 무부였다. 장사로 이름이 높아 씨름 대회에서 장원을 여러 번 차지했고, 향사례에서도 장원을 도맡다시피 했다. 그런 그를 사모하는 양반집 규수가 있었다.

둘은 몰래 만나곤 했는데, 그 사실을 알게 된 규수의 아비가 딸을 상민에게 시집보내는 것은 가문의 수치라고 여겼다. 딸을 별당에 감금해 놓고 여러 날 밥을 주지 않고 굶겼는데, 그 규수는 이희춘과 함께 뜻을 이루지 못할 것으로 여겨 그만 목을 매고 말았다.

그 사실을 안 이희춘이 그 집으로 찾아가 단칼에 규수 아비의 목을 쳐 버렸다. 양반을 살해한 이희춘은 참수형에 처해질 위기였는데, 그가 그동안 제 살던 고을에 베푼 선행으로 말미암아 고을 사람들이 전부 목숨만은 살려달라고 탄원 농성을 했다. 밀양 부사는 마지못해 이희춘을 경상 좌수영 수군에 처박아 넣어 죄를 뉘우치게 했다.

이희춘은 화포장으로 있었는데, 판옥선에 있는 총통에 화약을 재고 불을 붙이는 것이 임무였다. 하루는 군선을 타고 나가 바다에서 훈련을 했는데, 배가 암초에 걸려 모든 장졸이 바다에 다 빠졌다.

이희춘은 물에 빠진 사람들을 구출해 다른 배에 오르게 하기를 여러 차례 했고, 마침내 제 자신은 지쳐서 익사할 지경에 놓였다. 그의 손에 먼저 구출된 사람들은 합심해서 이희춘을 배로 끌어 올렸고 그의 공을 높이 여겼다. 그로부터 얼마 후 방면되어 삼남(충청도, 전라도, 경상도)을 떠돌다가 진주까지 오게 되었다.

"그 여각에는 어인 까닭으로 눌러앉을 생각을 했느냐?"

"밥을 며칠 빌어먹고 있었는데도 아무 싫은 소리도 안 하길래 참 인심도 후하다 싶었습죠. 게다가 더 이상 떠돌아다니는 게 싫증도 나고 해서 그리된 것이옵니다."

"그러면 이제 무과를 봐도 되겠네?"

"에이, 봐서 뭘 하겠습니까요. 소인은 그저 대행수님을 모시고 아무 거리낄 것 없이 마음 편히 사는 지금이 좋습니다요. 더 바랄 것이 없지요."

"끝까지 잘 모실 수 있겠느냐?"

"어르신은 저를 잘 모르시는군요. 소인은 머리에 든 것이 없는지라 처음이 끝인 사람이옵니다."

박 공은 고개를 끄덕였다. 세상 경험이 적은 무수의 곁에 그런 묵직한 심성을 가진 사람이 있다는 것이 다행스러웠다. 또 한편으로는 무수를 깍듯이 따르는 이희춘이 신통하고 기특하기도 했다.

"일꾼들을 다 불러 모으거라. 이제 터도 다 닦았으니 내가 맛있는 것 좀 먹여주마."

"고맙사옵니다. 어르신."

얼마 남지 않은 무과에 응시하기 위해 무수는 박 공을 찾는 날이 많아졌다. 활을 쏘는 동안 말을 풀어놓았다. 무수는 박 공의 가르침을 받으며 목전(나무 화살), 철전(쇠로 만든 화살)에 이어 편전까지 활쏘기를 마쳤다.

"휘이익!"

그런 뒤에 휘파람으로 말을 불렀다. 그 소리가 워낙 높고 커서 온 산을 울리는 듯했다. 한가롭게 풀을 뜯고 있던 말은 휘파람 소리를 듣고 깜짝 놀라 무수에게로 얼른 달려왔다. 무수는 훌쩍 말에 뛰어올랐다. 박 공이 창을 던져주자 한 손으로 척 받았다.

무과의 여러 무들기(과목) 중에서 무수에게 생소한 것은 기창과 격구였다. 기창은 말을 달리면서 창을 쓰는 수법으로써 마상재를 겸하는 것이었다. 격구는 혼자 말을 달리면서 장채로 나무 방울을 몰고 가서 구문에 쳐 넣었다가 다시 방울을 몰아 제자리로 돌아오는 것인데, 방울을 몰 때 여러 가지 수법을 보여야 높은 분수를 얻는 것이었다.

무수는 말고삐를 놓고 창을 두 손으로 돌려가며 전후좌우로 찌르고 베고 했다. 안장 뒤로 눕기도 하고, 안장 옆으로 몸을 감추며 한 손으로 창

을 쓰기도 했다. 다시 몸을 일으켜 안장에 앉은 무수는 과녁이 가까워지
자 창을 휘익 던졌다.

"콰악!"

창은 과녁의 정곡에 꽂혔다. 가까이 다가가 창을 뽑아 들고는 달려왔
다. 박 공은 흡족한 미소를 지었다. 창을 받아 들고 장채를 주었다. 그러
고는 방울을 던졌다. 무수는 장채로 방울을 몰아갔다. 말이 방울을 지나
쳐 달리는 순간, 무수는 몸을 돌려 누우면서 장채를 말 꼬리 쪽으로 내렸
다. 그런 뒤 굴러오고 있는 방울을 쳐서 앞으로 보냈다. 치니마기 수법이
었다.

"그 정도면 수월히 합격하겠구나. 허허."

"다 스승님 덕분이옵니다."

무수는 남몰래 무과를 준비하는 한편, 여각의 일에도 소홀함이 없었
다. 아랫사람들을 말로써 부리기만 하면서 뒷짐만 지고 있는 대행수가 아
니었다. 방에 앉아만 있자니 오히려 좀이 쑤셔서 견디지 못할 지경이었다.

방어산 산속에 가서 무과에 대비하지 않는 날이면 단출하게 차인만 하
나 데리고 길을 나서는 날이 많았다. 염창나루에서 돛단배를 타고 거슬
러 오르다가 중도가 금당 여각에 들러서 둘러보고는 염마 도부꾼들과 함
께 나룻배를 타고 덕천강을 따라 동행해 지리산 깊숙한 곳까지 들어가 보
곤 했다.

그런 어느 날, 함양의 사근나루 행수가 은밀히 무수를 찾아왔다.

"천광 여각의 대행수님께 저희 도가를 넘기고 싶사옵니다."

이희춘은 경호강계에 진출할 수 있는 좋은 기회라고 생각해 얼른 매입
하자고 했지만 무수는 내키지 않았다.

"정암 여각에 말씀해 보았소?"

남강으로 흘러드는 큰 샛강은 두 줄기였다. 한 줄기는 지리산에서 나온

236

덕천강이었고, 또 한 줄기는 덕유산에서 발원해 나온 경호강이었다.

덕천강계의 소금 상권은 무수가 이미 다 장악했지만, 경호강계의 상권은 강세정과 박안의 수중에 있었다. 경호강계에는 여러 큰 고을들이 있어 전체 규모로 보면 덕천강계의 몇 배에 달해 그 상권이 무수에 비할 바가 아니었다.

"내가 사근 여각을 팔려고 내놓았다고 하니, 박 대행수가 값을 너무 후려치는 게 아니겠사옵니까?"

"머잖아 열리는 염상계 회의에 나와서 말씀을 해보시오. 그러면 나도 가만히 있지는 않으리다."

"고맙사옵니다. 대행수 어른."

그가 돌아가고 나자 이희춘이 침을 꿀꺽 삼켰다.

"참 좋은 기회인데……."

남강으로 흘러드는 경호강 맨 끝에는 소남나루가 있었다. 거기서부터 거슬러 올라가면 단성 고을에는 강누나루, 산음 고을에는 세금정나루, 생초역 앞에는 생초나루, 함양 고을 사근역 앞에는 사근나루가 있었다. 그 하나하나에 큰 장이 서고 온갖 물산이 모이고 나가고 했다.

사근나루부터는 큰비가 온 다음이 아니면 배가 올라가기 어려웠다. 그래서 경호강계의 최상류 나루터라고 할 수 있는 거기서부터는 배에서 내려서 나귀에 소금을 싣고 안의를 거쳐 덕유산까지 소금 팔러 들어가는 것이 보통이었다.

"사근나루라……."

무수의 고민이 깊어졌다. 여러 날 무과 연습을 하지 못하기도 했다. 박공은 며칠 만에 무수를 보자 자만에 빠져 게을러진 것은 아닌지 넌지시 물었다.

"이젠 연습을 안 해도 합격할 것 같으냐?"

무수는 공손히 대답했다.

"그런 것이 아니옵니다. 무과 응시는 저 혼자만의 일이옵니다만, 염상의 일은 여러 사람의 생도가 달려 있는 일이라 소홀할 수가 없사옵니다."

"듣고 보니 틀린 말이 아니구나. 하지만…… 아니다."

"무슨 하실 말씀이라도?"

"아니다. 다음에 기회가 되면 해주마."

정암나루에 있는 염상계 도가에서 계회를 알려왔다. 샛강을 포함해 남강 수계에 있는 모든 소금 여각의 행수들이 다 계원으로 있는 큰 계였다. 무수는 이희춘을 데리고 갔다.

계장 박수영이 유사(총무) 여동금과 함께 문 앞에서 계원들을 일일이 반기다가 무수를 보자 호탕하게 웃었다. 여동금은 붓을 들고 좌목에 참석자를 일일이 표시하고 있었다.

"으하하, 이게 누구신가? 천광 여각 대행수가 아니신가?"

"계장 어른, 그간 잘 계셨사옵니까?"

"나야 잘 있었지. 요즘 덕천강에 물질하러 다닌다고 정 대행수의 얼굴이 좀 탔네그려."

무수는 박수영이 빈정대자 가볍게 목례만 하고 안으로 들어갔다. 먼저 와 있던 덕천강계의 행수들이 다 무수를 향해 인사를 했다. 무수는 자리를 잡고 앉았다. 덕천강계의 행수들이 오른쪽, 경호강계의 행수들이 왼쪽으로 몰려 앉았다. 그 외의 행수들은 뒤섞여 앉는 듯했지만, 무수에게 호감이 있는 행수들은 오른쪽, 그렇지 않은 행수들은 왼쪽으로 나눠 앉았다.

잠시 후 유사 여동금의 진행으로 계회가 시작되었다.

"지금부터 남강 염상계 계회를 시작하겠습니다."

박수영이 계장으로서 인사말을 하고 난 뒤에 장재(금전 출납 담당자)가 계금의 수입과 지출에 대한 보고를 했다. 염상계의 계령(계의 고문)으로 있는 강세정과 박안은 뒤쪽에 앉아서 묵묵히 듣고만 있었다.

안건에 이르자 경호강 사근나루 행수가 입을 열었다.

"제가 불가피하게 여각을 내놓으려고 하는데, 우리 염상계 계원이라면 아무한테라도 매각할 수 있도록 이 자리에서 공식적으로 허락을 얻었으면 하옵니다."

"그건 안 될 말이오. 사근 행수는 아마도 여각을 천광에 팔고 싶어서 그러는 것 아니오?"

"상도의라는 것이 있소. 덕천강계는 천광이, 경호강계는 정암의 그늘에 있다는 것은 누구라도 다 알고 있는 사실인데, 사근 여각을 천광에 넘기겠다는 것은 말이 안 되는 처사지요."

좌중이 동조하며 고개를 끄덕였다.

"계헌에 따르면, 여각을 그만둘 의향이 있을 때에는 우리 염상계 계원이라면 누구한테나 매각할 수 있도록 했는데, 굳이 상도니 하며 두 갈래로 나눠놓고 된다 안 된다 하는 것은 오히려 옳지 못한 일이외다."

계회는 그 일로 옥신각신했다. 사근 여각의 행수가 다시 말했다.

"저는 계헌에 명시되어 있는 대로 할 것이니 그렇게 알아주시길 바라오. 또한 덧붙여 말씀드리건대, 제 일생의 땀과 노고가 고스란히 담긴 여각을 터무니없는 헐값에는 절대로 넘기지 않을 것임을 이 자리에서 천명하는 바이오."

뒤에 앉아 있던 박안의 얼굴이 일그러졌다. 강압으로 될 수 있는 일이 아님을 깨달았다. 무수가 경영하는 천광 여각이 대도가로 크기 전에는 염상계를 제 자신의 호령 한마디로 이끌어 왔는데, 덕천강계의 여각들이 무수의 그늘에 들고부터는 그것이 어려워졌음을 실감했다.

계회를 파하고 난 뒤에 강세정과 박안은 마주 앉았다.

"천광이 더 크기 전에 무슨 수를 내야지 이러다간 소금 상권이 다 잡아먹히고 말겠네."

"옳사옵니다. 그놈이 더 크기 전에 눌러놓든지 내쫓든지 해야 하옵니다."

박수영이 끼어들었다.

"이참에 계헌을 바꾸지요? 덕천강 여각과 경호강 여각을 겸영할 수 없도록 말이옵니다."

"그렇게 되면 나중에 우리가 덕천강을 수중에 넣지 못하게 돼."

"아, 그도 그렇군요."

"그렇게 하지 않더라도 그놈에게 계헌을 문란케 하는 구실을 붙여 얼마든지 출계(계에서 쫓아냄)할 수 있을 터이니 너는 계헌을 잘 읽고 여러 모로 궁리해 보거라."

"헤헤, 그런 것쯤은 아무 염려 마십시오. 굳이 계헌을 들춰보지 않더라도 놈을 요절낼 빌미는 얼마든지 만들 수 있사옵니다."

3

팔월 한가위를 쇤 지 얼마 지나지 않아 작은형 인수가 큰형 몽수의 아들 수린을 데리고 찾아왔다. 김씨는 두 사람을 반갑게 맞이했다.

"매번 양식을 보내주셔서 고맙습니다."

"아닙니다. 작은 서방님은 집안 살림 걱정일랑 마시고 열심히 글공부해서 과거에 장원급제 하십시오."

말은 인수한테 하는 것이었지만 눈은 수린을 향해 있었다. 김씨는 수린에게는 먹을 것을 한 상 가득 내주었다. 집안의 장조카를 한번 쓰다듬어

보고 싶었지만 차마 그럴 수가 없었다.

"우리 무수는 무과를 본다고 합니다."

"그래요? 그렇다면 얼마 남지 않았는데, 내가 같이 가주겠습니다."

"그렇게 해주신다면 얼마나 고마운 일이겠습니까? 고맙습니다. 참말로 고맙습니다."

고성현에서 무과 향시가 열리는 날, 무수는 인수와 이희춘과 함께 하루 전에 집에서 출발했다. 고성현 동문 밖에 있는 주막에 도착해 하룻밤 묵었다.

밤에 인수가 여러 번 뒷간 나들이를 했다. 무수는 속이 안 좋은가 보다 했지만 모른 척 눈만 감고 있었다. 인수가 자주 들락날락하는 바람에 무수도 이희춘도 자는 둥 마는 둥 했다.

날이 샜다. 일어나 보니, 인수가 온 얼굴에 팥죽땀을 흘리고 있었다.

"형님, 이게 어찌 된 일이옵니까?"

"좀 체한 모양일세. 물 한 사발만 가져다주게."

이희춘이 나가서 물 사발을 들고 왔다. 인수는 물조차 제대로 넘기지 못했다. 무수는 걱정이 되었다.

"아무래도 안 되겠습니다. 형님은 여기 그냥 쉬고 계십시오. 시험을 마치는 대로 돌아오겠습니다."

"아닐세. 괜찮네. 내가 가서 봐야지."

무과 향시 시험장은 고성현 읍성 북쪽에 있는 무기정 아래 연무장이었다. 정자에는 경상 감사와 고성 현감을 비롯해 경상 우병영에서 나온 감시관, 시관들이 자리하고 있었다. 한쪽 그늘대에는 술과 국수장국, 장국밥 같은 음식을 팔고 있었고, 깍지 장수, 토수 장수, 마상치 장수가 전을 펴고 여립켜고(호객 행위 하는 것) 있었다.

무수는 정자 아래에 마련되어 있는 접수처에 가서 녹명(이름 등록)을 했다. 서원이 패찰을 주었다. 한량들에 대한 녹명이 다 끝나자 감시관이 나와서 무과 초시의 진행 과정에 대해 설명했다.

"아니, 저분은?"

무수는 깜짝 놀랐다. 우병영에서 감시관으로 나온 사람은 바로 군뢰부장 조용백이었다. 그는 모든 규구에 대해 설명한 뒤에 덧붙였다.

"금일의 향시는 즉일창방(시험 당일 합격자를 발표하는 것)할 것이오. 그러니 제 한량들은 오늘 시험이 다 끝날 때까지 기다렸다가 본인의 합격 여부를 확인하고, 합격자는 그 즉시 백패를 받아서 돌아가길 바라오. 창방 때 호명해 나오지 않는 한량은 불합격으로 처리할 것이니 유념하기 바라오."

곧이어 시관들이 한량들의 이름을 불렀다. 무수는 인수와 이희춘이 있는 곳으로 갔다. 큰 바위 밑에 자리를 잡고 있었다. 인수는 안색이 계속 좋지 않았다. 무수가 다가오자 이희춘이 일어서서 말했다.

"저기 나와 있는 일령의(하루 당번을 서는 의원)한테 보였더니 환약을 몇 알 주었사옵니다. 그걸 드시고 나서는 차도가 좀 있는 듯하옵니다."

"그렇다면 다행이옵니다."

"내 걱정은 말고 시험이나 잘 보도록 하게."

무수가 호명되었다. 목전 다섯 발을 쏘았다. 240보(약 288미터) 기준으로 멀리 쏘는 시험이었다. 쏜 화살이 240보를 넘겨야 5분을 얻게 되는데, 무수는 두 발을 넘겼고, 세 발은 240보 언저리에 꽂혀 15분 만점의 분수 중에서 12분을 얻었다.

잠시 쉬었다가 130보(약 156미터) 과녁을 맞히는 편전을 쏘았다. 네 발은 정곡에 맞혔고, 단 한 발이 변에 꽂혀 14분을 얻었다.

80보(약 96미터)를 기준으로 멀리 쏘는 시험인 철전에서는 세 발은 80보를 넘겨 각 5분씩, 두 발은 80보 언저리에 쏘아 각 4분씩을 얻어 합산해

13분을 얻었다.

한자리에 서서 활을 쏘는 과목은 모두 끝났다. 활을 탓하고 화살을 탓하며 중간에 시험을 포기하고 돌아가는 사람들이 많았다. 그 대부분은 향시가 열린다고 하니 가까운 고을에서 요행을 바라고 온 사람들이었다.

무수가 돌아와서 보니 인수의 안색이 더 창백해져 있었다. 눈은 반쯤 감았고, 신음까지 냈다. 그냥 두어서는 될 일이 아니라고 생각했다.

"자네는 얼른 형님을 댁으로 모셔다 드리게. 이러다 큰일 나겠네."

"걷지도 못하실 것이옵니다."

"그렇군. 업고 가기에도 길이 너무 멀고 어찌한다?"

"소인이 달구지를 한 대 빌려 오겠사옵니다."

이희춘은 읍성 안으로 가서 동문 안에 있는 우마계에서 소달구지를 빌려 왔다. 거적을 깔고 갓을 벗기고는 인수를 눕혔다. 사람들은 양반이 몸이 불편해 달구지를 타고 가는 것을 보고 웅성거렸다. 무수는 단단히 일렀다.

"빨리 가서 의원에게 보이도록 하게. 무슨 일이 있어서는 안 되네. 알겠는가?"

"예, 대행수 어른."

이희춘은 소달구지를 끌고 과장을 빠져나갔다. 무수는 심히 걱정이 되었다. 과거고 뭐고 다 그만두고 저 자신이 같이 갔어야 된다는 후회가 일었다. 하지만 어머니 김씨의 기대를 생각하면 그도 못 할 일이었다. 빨리 시험이 끝나기만 바랄 뿐이었다.

기사(말을 달리면서 활을 쏘는 것)를 할 차례가 되었다. 말을 타고 세 번 달리는데, 첫 번째는 앞에 있는 과녁을 쏘았고, 두 번째는 옆으로 지나가며 쏘았고, 마지막에는 뒤에 있는 과녁을 몸을 돌려 쏘았다. 무수는 기사에서도 높은 분수를 받았다. 옆으로 쏜 것은 변에, 앞과 뒤로 쏜 것은 다 정곡에 맞혀 14분을 얻었다.

자리로 돌아와 잠시 쉬려는데 어떤 사람이 말을 걸어왔다.

"아까부터 보아왔는데 참 대단하시오."

"졸렬한 재주인지라 부끄럽소이다."

"나는 상주에서 온 황치원이라고 하오."

"진주 사는 정무수요."

두 사람은 서로 악수를 했다. 무수는 황치원이 손이 솥뚜껑만큼 큰 데 놀랐고, 황치원은 무수의 아귀힘이 예사롭지 않은 데 놀랐다. 무수는 상주가 영남 제일도(영남에서 가장 큰 도회지)라는 말을 들어왔기에 물었다.

"황 한량, 경상 감영이 있는 상주는 어떤 곳이오?"

"천하 명산 속리산과 큰 강 낙동강을 끼고 있는 도회지지요. 너른 들에서 오곡이 나고, 산골마다 남새가 풍성해 사시사철 굶주리는 이가 단 한 사람도 없소."

"사시사철 굶주리는 사람이 없다? 그 말씀이 정녕이오?"

"허허, 내가 왜 헛소리를 지껄이겠소? 어디 그뿐인 줄 아시오? 읍에서 서북쪽으로 가면 우복동이라는 곳이 있는데, 전란병화와 홍수기근이 없고, 거기 사는 사람들은 서로 다툼이 없이 신선처럼 산다고 하오."

"우복동? 세상에 그런 곳도 다 있소?"

"속리산이 왜 속리산이겠소? 세상으로부터 떨어져 있다고 속리라고 하는 게 아니겠소?"

"그러면 우복동이라는 곳은 속리산에 있소?"

그때 무수의 이름이 불렸고, 곧이어 황치원의 이름도 호명되었다. 그는 일어서면서 엉덩이를 털었다.

"남은 규구를 잘 치르시길 바라오."

"고맙소. 황 한량도 잘 치르고 와서 봅시다."

무수는 격구장으로 갔다. 차례가 되어 갑옷을 입고 투구를 섰다. 등자의 길이를 조절한 다음 말에 올랐다. 한 손에는 장채를 잡고 다른 한 손에는 고삐를 잡았다. 시관을 도와 기록과 진행을 돕고 있는 서리가 외쳤다.

"비이!"

무수는 장채를 말의 귀와 나란히 되도록 들었다.

"할흉!"

그런 뒤, 장채를 내려 말의 가슴에 댔다.

"출마!"

무수는 말을 달려 나갔다. 땅에 떨어져 있는 방울을 중심으로 세 바퀴 원을 그리며 돈 뒤에 장채로 떠서 앞으로 던졌다. 그러고는 다시 말을 달려갔다. 장채로 방울을 좌우로 굴려가다가 구문으로 힘껏 쳐 넣었다. 방울은 구문을 통과했다.

무수는 구문을 통과한 방울을 치면서 되돌아왔고, 원래 있던 자리에 방울을 두고는 처음 출발했던 자리로 돌아왔다.

"정무수 한량 15분!"

무수는 무거운 갑옷을 입고도 군더더기 없이 규정된 자세를 다 갖춰 방울을 몰았으며, 또한 방울을 구문에 통과시켜 만점을 받았다.

격구를 마친 무수는 한량들의 부러운 눈길을 받으며 기창장으로 갔다. 무수로서는 마지막 과목이었다. 응시자들이 많이 밀려 있었다. 황치원의 차례가 되었다.

그는 말에 훌쩍 올라 창을 다잡아 쥐었다. 등자로 말의 배를 차면서 달려 나갔다. 고삐를 놓고 두 손으로 장창을 쓰기 시작했다. 그 모습은 마치 막대기를 휘두르는 듯 자유자재였다. 말 등 위에서 몸을 뒤로 눕히며 빙글빙글 창을 휘두르자 햇빛을 받은 창날이 번쩍번쩍했다. 쳐다보고 있던 관중의 입에서 탄성이 터져 나왔다.

"오호, 관운장이 청룡언월도를 쓰는 듯하구먼."

"대단한 자로세."

무수도 속으로 감탄했다. 타고난 무재를 지닌 자였다. 황치원이 기창을 마치고 말에서 내렸다. 만점이었다. 무수는 축하를 해주었다. 격구장에서 황치원을 호명했다. 무수는 기창장에서 자신의 차례가 한참 남아서 그의 격구 실력을 보러 갔다.

황치원은 출마 신호가 떨어지기가 무섭게 말을 달려 나갔다. 방울을 한가운데에 두고 세 차례 맴돌았다. 그런 뒤에 장채로 방울을 힘껏 쳤다.

"따악!"

그런데 장채는 방울을 치지 못하고 말의 발목을 치고 말았다. 그 순간 말이 발굽을 내딛다가 삐끗하며 넘어져 버리는 것이었다. 황치원도 넘어져 뒹굴었다. 안타까운 목소리가 여기저기서 터져 나왔다.

"저런!"

"아!"

황치원은 일어나 말의 발목을 살펴본 뒤에 한쪽 다리를 절며 고삐를 잡고 천천히 걸어왔다. 서리가 나지막이 말했다.

"황치원 한량, 과락!"

어느 한 규구라도 과락을 하면 그대로 탈락이었다. 황치원은 갑옷을 벗어놓았다. 무수가 다가갔다.

"어찌 이런 불운이…… 몸은 괜찮으시오?"

"멀쩡하외다. 이것도 다 내 복이 아니겠소? 허헛."

황치원은 소탈하면서도 대범하게 웃었다. 그러고는 무수의 어깨를 잡으며 격려했다.

"정 한량, 사내끼리의 만남에 어찌 훗날을 기약하겠소? 인연이 있으면 또 보게 되겠지요. 좋은 결과 바라겠소."

"조심히 가시오."

황치원은 남들 눈에는 쓸쓸해 보여도 스스로는 당당히 퇴장했다. 무수는 기창장으로 가서 마지막 과목까지 잘 끝냈다.

해가 넘어갈 무렵에 모든 한량들의 시험이 다 끝났다. 합격자 발표가 임박해졌다. 한량들은 급창이 외치는 소리에 무기정 아래로 모여들었다. 합격자는 모두 서른 명이었다. 떨어진 사람들은 말없이 돌아가거나 푸념을 하며 자리를 떴다.

합격자들 중에서 최고 높은 분수를 얻어 맨 처음으로 호명된 무수는 앞으로 나아갔다. 경상 감사 유성룡이 백패를 수여했다. 유성룡은 향시 장원을 한 무수를 그윽한 눈길로 바라보았다.

"정무수 한량, 노고가 많았소."

무수는 허리를 굽혀 깊이 절을 했다.

"고맙사옵니다. 감사또 영감."

합격자들에게 백패 수여가 다 끝날 때를 기다려 무수는 조용백에게 갔다.

"나리!"

"그래, 대단하구나. 네가 벌써 이만큼 컸다니. 허허."

"우후 나리도 평안하시옵니까?"

"한양으로 가시어 도총부 도사로 계신다. 그러잖아도 너 말씀을 많이 하셨지."

두 사람은 짧게나마 회포를 풀었다. 조용백은 무수가 염상이 되어 있는 것을 이미 다 알고 있었다. 무수는 그러한 얘기를 듣자 놀랍기도 했고, 그동안 한 번도 우병영으로 찾아뵙지 못한 것이 죄스러웠다. 조용백은 그런 무수를 진정으로 무마해 주었고, 또 앞날을 격려했다.

"이제 명년이면 한양 복시를 보러 가겠구나. 네가 전부터 무경을 좋아했으니 어련하겠느냐? 좋은 소식 기다리마."

무수는 집으로 돌아와 어머니 김씨한테 백패를 내놓고 절을 올렸다. 김씨는 눈시울을 붉혔다.

"장하구나. 참으로 장해. 네 아버님이 살아 계셨다면 너의 이러한 성취를 얼마나 대견해하셨을꼬."

무수는 서둘러 읍내에 있는 인수의 집으로 갔다. 형수와 장조카 수린이 반겼다. 무수는 인수의 머리맡에 앉았다.

"그래, 수월하게 합격했겠지?"

"예, 형님. 염려해 주신 덕분에 이번 향시에 장원을 했사옵니다."

"참 장하구나."

"속히 일어나셔야지요."

무수는 주머니를 꺼내 곁에 앉은 장조카 수린에게 주었다.

"뭘 그렇게 또 주느냐?"

"예전에 제가 당산골 본가에서 나올 때 형님이 주머니를 하나 주셨던 거 기억나시옵니까? 바로 그 주머니이옵니다."

"아직도 그걸 쓰지 않고 가지고 있었더냐?"

수린은 주머니를 받자마자 숙모에게 주었다. 그녀는 주머니를 열어보고는 깜짝 놀라 입을 다물지 못했다.

"어찌 이런 거금을……."

"형님이 베푸신 은덕에 비하면 아무것도 아니옵니다."

무수는 돌아오는 길에 애복이의 집을 지나쳤다. 천천히 걸으면서 대문 안쪽에서 인기척이 나지는 않는지, 또 담장 너머 별당 쪽에서 말소리가 들리지는 않는지 두 귀를 가만히 기울였다. 하지만 집 안은 고요하기만 했다. 더 이상 그곳을 어정거리다가 남의 눈에 띌까 봐 발길을 돌렸다.

여각으로 돌아온 무수는 선행수 이장휘의 신당에 가서 향시에 합격한 것을 고유(사당에 아룀)했다. 그리고 음식과 예물을 갖춰 산속으로 갔다. 향시에서 장원을 차지한 이야기를 들은 박 공은 그지없이 흡족했다.

"애복이한테도 크게 한턱내야 하겠구나? 허허."

무수의 얼굴이 밝지 않았다. 그때 이희춘이 웃으면서 들어섰다. 뒤에는 애복이가 따랐다.

"선다님, 우리 선다님!"

무수가 의아해하며 애복이를 쳐다보았다. 대답은 이희춘의 입에서 나왔다.

"소인이 사람을 사서 보내어 애복 아씨를 모시고 왔사옵니다."

애복이가 박 공한테 인사를 하고 난 뒤에 무수에게 말했다.

"대장, 축하해. 이제 선다님이라고 불러드려야겠네."

"됐어. 선다님은 무슨."

애복이는 음식을 차려 냈다. 박 공은 모처럼 술도 한잔 하면서 유쾌해했다. 무수는 과장에서 감시관으로 나온 조용백을 만난 얘기도 들려주었다.

술기운이 오른 박 공은 우병영 궁장 시절에 만났던 어린 무수를 더듬었다. 네 사람은 울긋불긋한 단풍 속에서 박 공이 들려주는 무수 이야기에 웃고 떠들면서 점차 단풍을 닮아갔다.

다음 날은 이희춘이 차인들을 심부름 보내어 덕천강 중도가 행수들에게 통지를 했다. 그들은 속속 염창나루에 있는 천광 여각으로 몰려들었다.

"그러니까 말이오. 경상좌도와 경상우도를 통틀어서 수백 명이 응시했고, 그중에 30인을 뽑았는데, 우리 대행수님이 얻은 분수가 으뜸이었다 이 말씀이야. 그러니 당연히 장원급제를 하신 게지. 암, 명년 봄에 한양

복시는 따논 당상이지 뭐겠소?"

좌중은 이구동성으로 내뱉으며 고개를 끄덕였다.

"우리 대행수 선다님은 앞으로 군관도 되시고 판관도 되실 것이오. 판관이 어떤 자리요? 바로 목사또 바로 다음 자리가 아니겠소?"

행수들이 앞다투어 맞장구쳤다.

"어디 판관만 되시겠소? 큰 장수가 되실 것이오."

"무정승도 불가하지 않을 것이오."

"암, 그렇고 말고."

방황하는 거상

1

"정무수 선다님, 계시옵니까?"

"어디서 온 뉘시오?"

"진주 읍내에서 왔는데, 인 자 수 자 쓰시는 선비님이 어젯밤에 하세하셨사옵니다. 그래서 부보(사람의 죽음을 알림)를 전해드리려고 왔사옵니다."

무수는 그가 내민 종이를 들고 손을 파르르 떨었다.

"형님이 돌아가시다니, 형님이!"

무수는 가슴에 큰 돌을 얹은 듯했다. 숨이 제대로 쉬어지지 않았다. 이희춘이 얼른 물을 떠 왔다. 상비약으로 둔 청심환을 한 알 까서 물에 타 먹였다. 무수는 여러 사람이 있다는 것도 잊은 채 소리 내어 울기 시작했다.

이희춘은 무수가 한참 동안 울도록 내버려 두었다. 그런 뒤에 다가가 말했다.

"대행수 어른, 이러고 계실 때가 아니옵니다. 중형 댁에 경황이 없을 터이니 장례를 행할 사람을 사서 보내야 하옵고, 장례에 쓸 재물도 보내야 하지 않겠사옵니까?"

"자네가 알아서 해주게. 절대로 작은 일 하나라도 소홀하지 않도록 하게."

정신이 든 무수는 작은형 인수가 죽게 된 원인이 저 자신한테 있는 것 같아서 괴로움에 휩싸였다. 고성현 향시에 동행해 병색이 있었을 때 시험을 포기하고 속히 모시고 돌아와 의원한테 보였어야 한다는 죄책감이 엄습했다.

"아, 나 때문에 병이 깊어진 게야. 향시에 응시하려는 내 욕심 때문에!"

무수는 방 안에 있던 활과 화살을 집어 들고 부러뜨리기 시작했다. 아무도 말릴 사람이 없었다. 장방에 있던 산원들과 차인들은 서로 쳐다보며 대행수 방에서 나는 우악스러운 소리에 숨을 죽이기만 했다.

무수는 중얼거리며 궁시를 조각조각 분질렀다.

"형님이 병을 얻었는데 이 따위가 다 뭐라고…… 내가 직접 의원에게 모시고 갔어야 했는데…… 문병을 가서도 돈주머니만 달랑 던져주고 왔으니…… 약 한 첩 제대로 달여드리지 못한 못난 놈 같으니…… 임종도 지켜드리지 못한 지지리도 우애가 없는 놈……."

활과 화살을 다 부러뜨린 무수는 백패를 찾았다. 갈기갈기 찢어버리고 싶었다. 하지만 어디에서도 찾을 수 없었다. 무수는 책상을 내던지고 장식장을 무너뜨리며 미친 듯이 온 방을 어지럽혔다. 그러다가 털썩 주저앉았다.

"형님을 죽게 만들었으니 이 통한을 어찌하랴!"

사람들이 어머니 김씨를 모시고 왔다. 김씨가 달래고 타이르고 나서야 무수는 제정신이 돌아왔다.

무수는 친지들과 함께 망자를 곤양 땅의 선영에 장사를 지냈다. 돌아온 뒤에는 여각에 나가지 않았다. 어머니 김씨가 밥상을 차려도 수저를 들지 않고 물리기만 했다. 장사를 지내고 나서 또다시 넋 나간 듯이 처박혀 있는 무수를 보며 김씨는 걱정이 쌓여만 갔다. 아무라도 무수의 마음을 다잡도록 해줬으면 좋겠는데 마땅한 사람이 없었다.

"누가 없겠는가?"

"대행수님이 누구 말을 들으실 분이옵니까, 어디?"

"그래도 잘 좀 생각해 보게."

"애복 아씨라면 혹시 모르겠사옵니다요."

"그래? 그렇다면 애복이를 좀 청할 수 없겠는가?"

이희춘은 바깥출입을 하는 강세정의 집안 여종을 꾀어 애복이한테 소식이 비밀히 전해지게 했다. 애복이는 날을 가려 어린 사내종 걸이를 앞세워 무수의 집으로 찾아왔다. 김씨는 애복이를 반갑게 맞이했다.

애복이는 무수의 방에 들었다. 머리는 봉두난발에 가까웠고 눈은 퀭했다. 사람이 아니라 귀신의 형용을 하고 있었다. 애복이는 앉자마자 대뜸 소리를 질렀다.

"대장, 바보야?"

무수는 애복이를 힐끗 쳐다볼 뿐 대꾸하지 않고 눈길을 천장으로 돌렸다.

"돌아가신 분은 대장이 향시에 합격하기만을 바라면서 병중의 고통을 감내했는데, 대장은 이게 뭐야? 그분이 이런 꼴로 있기를 바라시겠어? 왜 그리 못났어?"

애복이는 무수가 듣거나 말거나 말을 이어나갔다.

"그리고 대장한테 딸린 입이 도대체 몇 개야? 염상 일을 내팽개쳐 놓으면 누가 대장을 대신할 수 있어? 그 사람들이 다 생업을 잃고 굶어 죽기를 바라? 그래?"

"……"

"난 대장이 이렇게 옹졸한 사람인 줄 몰랐어. 내가 사람을 잘못 봤어.

대범한 장부의 기상을 가진 줄 알았더니, 형제 한 분이 돌아가셨다고 이러고 폐인이 되다니 참 어이가 없다."

김씨는 밖에 서 있다가 애복이가 막말을 마구 쏟아내는 것을 듣고는 더 불안해졌다. 하지만 뭐라고 끼어들 수도 없었다.

"상업을 더 크게 일으켜서 더 많은 사람이 먹고살 수 있도록 하고, 장차 무과에도 급제해서 높은 벼슬에도 올라야 대장이지 여기서 꺾이면 대장은 아무것도 아냐. 돌아가신 분의 죽음을 헛되게 하는 거라고!"

그쯤에서 애복이는 일어섰다. 방문을 열고 나가려다가 뒤를 돌아보며 한마디 더 던졌다.

"나 같으면 그분을 생각해서라도 죽을 각오로 살겠어."

애복이가 돌아간 지 이틀째 되던 날, 무수는 어머니 김씨에게 물을 받아달라고 해 큰 독에 들어가 몸을 씻었다. 머리를 빗어 상투를 다시 틀고, 새 옷으로 갈아입었다. 김씨는 이제야 아들을 되찾았나 싶어 큰 상을 차렸다.

"앞으로는 소찬(고기나 생선을 쓰지 않은 반찬)만 들겠사옵니다."

"나물만 먹고 어찌 기운을 내느냐?"

"형님의 삼년상도 치르지 못하는 처지에 그렇게라도 해야 제 마음이 편하겠사옵니다."

"오냐, 알겠다. 고기, 생선, 해물 같은 건 안 되지만, 두부는 괜찮지?"

"예, 어머니."

무수는 오랜만에 여각으로 나갔다. 산원들과 차인들이 다 반겼다. 이희춘은 깊은 마음의 고통을 이겨내고 나온 무수의 용자(용모와 자태)에서 한결 더 어른스러워졌음을 느껴 흐뭇했다.

무수는 선행수 이장휘의 신당에 들러 향을 피우고는 대행수 방으로 들어갔다. 이희춘은 따라 들어가 그간의 일들을 보고했다. 다행히 염상의 일에는 큰 문제가 없었다. 무수는 오랫동안 망설이며 벼르어온 일을 지시했다.

"경호강 사근나루 행수가 아직도 우리한테 여각을 팔기 원한다면 값을 흥정해 보게."

"드디어 결정하셨사옵니까? 잘 알겠사옵니다. 소인이 당장 다녀옵지요."

이희춘은 신이 나서 바람같이 달려 나갔다. 한참 뒤에 사근나루 행수와 한 낯선 사람이 같이 들어왔다.

"대행수님, 이 사람은 생초나루 여각의 행수이옵니다."

그도 사근나루 행수와 마찬가지로 여각을 넘기고 싶어 했다.

"잘해오시던 여각을 왜 그만두려고 하시오?"

"이젠 우리같이 주먹구구로 해오던 사람들은 물러나야 합지요. 젊으신 대행수님처럼 상재(장사하는 재주)를 지니신 분이 크게 운영하시어 여러 사람을 먹여 살리시는 게 옳은 일이옵니다."

"해마다 소금값이 널뛰기를 하는데 이젠 우리는 감각도 둔해져서 해거리로 적자를 면치 못하니 이쯤에서 접는 게 낫다고 여겼사옵니다."

무수는 두말없이 그들이 원하는 값을 치르고 두 여각을 사들였다. 이제 강배나 나룻배로 경호강을 따라 올라가 함양 고을과 덕유산 일대로 진출하는 거점을 확보했다.

얼마 뒤, 사근나루 행수가 다시 천광 여각을 찾아왔는데, 쭈뼛거리며 뭔가 할 말이 있는 듯했다. 무수는 다른 사람이 들어서는 안 될 말이 있다고 짐작해 그를 데리고 선행수 이장휘의 신당으로 갔다.

"대행수 어른, 삼밭을 한 뙈기 매득하시지 않으시겠사옵니까?"

"삼밭이라니요?"

"소인이 옛적에 여각 일을 처음 배우면서 삼씨를 받아서 뿌려놓은 밭이 있사옵니다. 쥐들이 파헤칠까 봐 구렁이도 한 마리 잡아서 풀어놓았습지요. 여각을 대행수 어른께 넘기고 나서 그 밭이 생각나서 며칠 전에 가보니 과연 삼이 많이 자라 있었사옵니다."

"그렇다면 왜 캐다가 팔지 않고요?"

"한 뿌리 캐다가 팔아보려고 읍내에 가지고 나가봤더니 큰 벼슬아치 댁에서는 날로 먹으려 들지를 않나, 의원 같은 데서는 값을 터무니없이 후려치지를 않나…… 대행수 어른 같은 분이 아니면 제값을 받기 힘들다는 생각이 들었사옵니다. 혹여나 그 삼밭에 대한 소문이라도 퍼진다면 소인이 무사하지 못할 것 같아서 겁도 나고 말입죠."

무수는 고민이 되었다. 수십 년 된 장뇌삼 밭을 사라는 말이었다.

"삼이 몇 포기나 있소?"

"눈대중으로 얼른 봐도 4, 5백 뿌리는 넘사옵니다. 대행수 어른의 인품을 믿고서 말씀드린 것이오니 어느 누구에게도 말씀하시면 아니 되옵니다."

"알았소. 잘 생각해 볼 터이니 며칠 말미를 좀 주시오."

무수는 사근나루 행수를 내보냈다. 그의 말을 신뢰할 수 있는가 없는가 하는 것은 그와 함께 삼밭에 가보면 될 일이었다. 문제는 삼밭을 사서 어떻게 하느냐 하는 것이었다. 수십 년 된 장뇌삼이 수백 뿌리나 된다는 것인데 무수는 장뇌삼의 시세도 몰랐고, 캐다 팔 방법도 알지 못했다. 무수는 고민을 하며 뒷짐을 지고 서성였다.

"그놈이 선달이 되었다니. 그것참."

"명년 봄에 복시 무과에 급제하는 건 거저먹기라고 입을 모으더군."

"그리되어서 장차 사관(벼슬아치 명부)에 성명 삼 자를 올리게 되면 큰일이 아니겠사옵니까?"

"큰일이라니?"

"행여 우리가 그놈한테 머리를 조아리게 될 날이 올지도 모를 일이 아니겠느냐 이 말씀이옵니다."

"으음, 듣고 보니 일리가 있군."

"그 비천한 놈이 자리가 높아져서 행여나 호장 어른이 계신 의령 고을에 신관 사또로 도임(부임)하기라도 하는 날에는……."

"허어, 생각만 해도 아찔할세."

"그렇다면 이참에 그놈을 꺾어놓는 것이 어떻는지요?"

강세정의 제안에 박안은 고개를 절레절레 흔들었다.

"아서게. 향시에 급제한 선달을 잘못 건드렸다간 우리가 위험해지네. 벌써 경상도 출신 무신들의 주목을 한몸에 받고 있는 놈이 아닌가 말일세."

"사근나루와 생초나루의 염상 여각이 놈의 수중으로 들어갔는데 이제 어찌해야 하올는지요?"

"다른 여각들도 고민하고 있다는 얘기는 내 익히 들었네. 이참에 소금은 그놈한테 다 넘겨줘 버리세."

"남강 수계의 모든 염상권을 말씀이옵니까?"

"가만히 생각해 보니, 늘 염가가 오르락내리락하면서 춤을 추니 수지타산이 잘 맞지 않는 때도 많고 말일세. 어떤가? 그놈한테 염상권을 다 내주는 대신 미곡, 어물, 면포, 명주, 능단과 같은 다른 것들은 건드리지 않겠다는 약조를 받아내는 것이?"

"하긴 강배로, 나귀로 소금을 싣고 다니는 그놈에 비해 우리는 시간과 품삯이 많이 나가고 있으니 염상 여각은 큰 매력이 없사옵니다만."

"그러면 그렇게 하기로 하세. 어차피 그놈은 덕천강과 경호강 양 강의 염상 여각을 다 집어삼킬 태세니까 그러고 나면 다른 물품에도 눈독을 들일 수 있네."

"그러니까 그놈이 취급하는 물품을 소금으로 한정해 두겠다는 말씀이군요?"

"그리고 내게 좋은 생각이 있네. 허허."

강세정은 음흉하게 웃는 박안의 속셈이 간파되지 않아 몹시 궁금했다.

"어떤 복안이라도?"

"차차 알게 될 걸세. 기다려 보게."

남강의 염상권을 무수에게 다 넘겨주겠다는 말을 들은 박수영은 크게 반발했다. 박안은 자신의 복안을 넌지시 알려주며 아들을 달랬다. 박수영은 그래도 염상권을 무수에게 다 넘겨주는 것이 탐탁지 않았다.

"머잖아 아버님만 돌아가고 나면, 내 이놈을!"

얼마 지나지 않아 염상계 회의가 열렸다. 박안과 강세정은 계령 자리를 내놓는다고 했고, 박수영은 계장 자리를, 여동금은 유사 자리를 내놓았다. 그런 뒤에 그들은 모두 염상계 좌목에서 이름을 뺐다.

남강 열두 나루의 소금 여각 행수들로 구성된 염상계에서 무수가 계장으로 올랐다. 유사에는 이희춘이 선임되었다. 바야흐로 남강의 소금 상권은 무수가 장악했다고 해도 지나친 말이 아니었다.

"근하(삼가 축하함)하옵니다. 대행수 어른."

"공하하옵니다."

"우리 대행수님이 선다님이시고, 남강의 염상계 계장님이시니, 벼슬이 도대체 몇 개나 되옵니까? 허허, 진주 목사또가 부럽지 않사옵니다."

"자자, 농담은 그만하시고. 내 특별히 당부하건대, 각 여각은 자기의 지역을 수권해야 하오. 절대로 다른 여각의 상권을 넘보는 일이 없도록 각별히 유념하시오."

염창나루에서부터 상류 쪽으로 올라가면서 범골나루, 큰들나루 그리고 덕천강과 경호강 수계에 있는 여각들은 다 각각의 상권이 있어서 서로 침범하지 않고 잘 지켜오고 있었다. 무수가 워낙 엄격하게 구역을 설정해주어 다른 여각이 맡은 지역을 함부로 드나들 엄두를 내지 못했다.

그런데 문제는 뜻하지 않은 곳에서 발생했다.

"대행수 어른, 정암나루에서 횡포를 부리고 있사옵니다."

"횡포라니?"

"사염선을 묶어놓고 보내주지 않고 있사옵니다."

정암나루는 남강의 최하류에 있으면서 가장 큰 나루였다. 강물 한가운데에 솥바위라고 불리는 큰 바위가 있어서 거부와 거상이 많이 난다고 하는 말이 있었다. 솥바위 바로 앞 의령 쪽에 있는 정암나루는 남해를 거쳐 낙동강으로 거슬러 올라와 남강으로 꺾어 드는 상선들이 가장 많이 정박하는 첫 나루였다.

"관염선은 그냥 보내주지만 작은 사염선은 죄다 정박시키고 소금을 다 내리라 한다고 하옵니다."

"도대체 어떤 자가 그런 짓을 하고 있다는 말인가?"

"의령 박 호장의 사람들이옵니다."

낯익은 사람이 무수를 찾아왔다. 전에 청맹을 앓는 모친이 있다고 한 선장이었다. 그는 무수에게서 큰 잉어 쓸개를 받아 가서 모친의 병환이 나았다고 사례를 했다. 그런 뒤에 혀를 차며 한탄을 하는 것이었다.

"내가 배를 이곳 염창나루에 대겠다고 하자 못 간다고 하는 것이 아니겠소? 웬 왈짜들이 눈을 부라리고 배에다가 구멍이라도 낼 듯한 심보를 보이길래 하는 수 없이 소금을 거기에 내려놓을 수밖에 없었소이다."

"그런 일이 다 있었군요."

"도대체 그간 남강에 무슨 일이 있었소? 이거 뭐 되지도 않는 억지를 부리지를 않나, 상규가 엉망이지 않소?"

무수는 사실대로 말해주었다. 선장은 더욱 있을 수 없는 일이라고 노기를 띠었다.

"염상권을 다 넘겨주었으면 그것으로 끝을 낼 것이지, 숫제 이건 길목을 막고 있는 도적이나 다름없지 않소. 나 이거 참."

사염선이 올라오지 않자 무수는 소금 재고가 점차 줄어들었다. 한 달에 한 번 받는 관염으로는 열두 나루 전 여각에 소금을 공급하기에 턱없이 부족했다.

"뭐라고? 소금 한 말에 쌀 한 말을 달라고 한다고?"

"그러하옵니다. 정암 여각에서 그 값 이하로는 절대 내줄 수가 없다고 하옵니다."

횡포도 이만저만한 횡포가 아니었다. 산매가보다 더 비싼 값에 소금을 사가라는 것이었다. 그 값으로 사들인다면, 사들일 때마다 적자가 날 것은 뻔했다.

"그들이 웃으면서 나에게 염상권을 넘긴 것은 바로 이러한 속셈이 있었기 때문이구나."

각 중도가 여각에서 소금을 보내달라고 성화였다. 도붓장수들이 가지고 나갈 소금이 없어 다른 장사를 하러 갈 지경이 되었다는 것이었다. 무수는 다른 도리가 없었다. 어쩔 수 없이 정암 여각이 달라는 값을 주고 소금을 조달할 수밖에 없었다. 그들은 곳간에서 소금을 져 내주지도 않았다.

"알아서 갖고 가시오."

"소금을 배에 실어주기는 해야 할 것 아니오? 염가에 가대기 값이 다 포함되어 있는 것인데."

"사 가기 싫으면 그만두시오."

이희춘은 데리고 간 사공과 차인 하나와 셋이서 소금을 다 져 내다가 배에 실었다. 정암 여각 사람들이 비열한 웃음을 흘렸다. 이희춘은 놈놈을 다 요절내고 싶었지만 그리하지는 못할 바였다. 소금 말통을 다 나르고 나자 살갗이 벗겨지고 어깨가 빠지는 듯했다.

"잘 가시오. 다음에 또 사러 오오."

강세정과 박안, 박수영 부자는 소금 대도가를 직접 운영하는 것보다 더 이익이 되었다. 도가를 운영했을 적에는 날마다 다른 소금값에 신경을 써야 했고, 이런저런 비용과 일꾼들의 품삯까지 쏠쏠히 빠져나가는 것이 한두 푼이 아니었다.

이제는 그저 곳간 문만 열었다 닫았다 하면 되었다. 소금을 내릴 때에는 사염선을 타고 온 뱃꾼들이 져 날라서 곳간에 넣어주었고, 내갈 때에는 천광 여각에서 가대기꾼들을 데리고 와서 내가는 것이었다.

사염선으로부터 소금을 받을 때에는 값을 후려쳐 부르고, 천광 여각에 넘겨줄 때에는 덤터기를 씌우듯이 부르는 게 값이었다. 박안은 아무리 소금이 비싸도 무수가 안 받을 수 없다는 것을 잘 알고 있었다. 강세정과 박수영은 그러한 박안의 복안에 감탄했다.

"과연 호장 어른이시옵니다."

"아버님의 큰 뜻을 이제야 알았사옵니다. 으하하."

나귀를 끌고, 혹은 등짐을 지고 돌아다니는 소금장수들의 신의와 도의는 둘째치고라도 무수는 소금을 적재적소에 공급해야 하는 책임까지 지고 있었다. 백성들은 쌀 없이는 살아도 소금 없이는 살 수 없었다.

그렇다고 무턱대고 높은 값을 받을 수는 없었다. 백성들의 살림살이라는 것이 대개는 뻔한 까닭이었다. 하지만 적자를 보는 날을 언제까지고 이어갈 수는 없는 노릇이었다. 무수의 고민은 깊어만 갔다.

2

어머니 김씨는 무수의 몸이 축날까 봐 매번 반찬에 신경을 썼다. 죽은

형을 애도하는 삼년상을 치르는 대신 소찬만 먹겠다고 한 것이 영 마음에 걸렸다. 석 달도 아니고 삼 년 동안 고기반찬은 입에도 대지 않겠다니 몸이 마를 것은 뻔한 이치였다.

김씨는 콩과 두부로 정성껏 반찬을 만들었다. 씹지 않으면 이가 약해질 것을 우려해 고기처럼 만들어서 상에 올렸다. 무수는 저 때문에 어머니가 고기를 못 드시는 건 아닌가 싶어 죄송스러웠다.

"어머니는 고기반찬을 잡수시어요."

"아들이 아니 먹는데 어찌 내 목구멍으로 넘어가겠느냐?"

김씨는 무수한테 넌지시 물었다.

"명년 봄에 열리는 무과는 어찌하려고 그러느냐?"

"생각 없사옵니다."

한마디 말로 단호하게 선을 긋는 무수에게 김씨는 더 이상 말을 꺼내지 못했다. 아들의 신념이 확고한 이상 자꾸 건드려 봐야 좋을 것이 없었다. 안타까운 노릇이지만 어쩔 도리가 없었다.

"삼 년 동안은 궁검을 잡지 않겠다?"

"그러하옵니다. 스승님."

"사람마다 제 명운은 타고나는 것이라 누가 어찌할 수 있는 것이 아니다."

"……."

"중형이 별세하신 것을 아직도 네 탓이라고 여기고 있구나."

"꼭 그런 뜻만은 아니옵니다."

"그러면 왜 무과를 보지 않겠다는 것이냐?"

무수는 또 말이 없었다.

"네 지금 하고 있는 그 말업(상업)을 무과보다 더 중히 여기느냐?"

"무과에 나아가 벼슬을 해 나라와 백성을 지키는 것이나, 장사치가 되어 상업을 크게 일으켜 백성들을 굶주리지 않게 하는 것이나 매한가지 이치가 아니옵니까?"

"작은 고을 몇 군데에 소금을 팔러 다니더니 조선 팔도 상권을 다 쥔 듯한 말을 하는구나."

"그런 뜻이 아니옵고……."

"농업을 본업이라고 하고, 상업을 왜 말업이라고 하는지 아느냐?"

무수는 묵묵부답했다.

"농업은 곡식으로써 사람을 먹여 살리고, 상업은 헛바람으로써 사람을 상하게 하기 쉬운 까닭이다. 상인이 온갖 물산을 거간하고 흥판해 거두어들이는 이익이 백성한테로 가느냐? 상인의 배를 채우느냐? 탐욕의 배는 한없이 커지는 것이지 절대로 줄어드는 법이 없으니, 사람이 차마 하지 못할 일이라 말업이라고 하는 것이다."

"누군가는 해야 할 일이옵니다. 소금이 없는 심심산골에 소금을 져다 나르는 이도 있어야 하옵니다. 그래야 그들이 삽니다."

"물론 그러하다. 하지만 상인이 이익이 되지 않으면 그 깊은 산중으로 소금을 져다 나르겠느냐?"

"서로의 필요와 이익이 거래되는 것이 아니옵니까?"

"그러면 필요와 이익이 거래되어서 두 쪽 다 살림이 풍족해지느냐? 아니면 어느 한쪽만 자꾸 풍족을 더해가느냐? 세상의 재물은 절대로 골고루 나눠지지 않는다. 가면 갈수록 힘있고 권세 있는 쪽으로 쌓이게 마련이다."

"모든 일에는 대가가 따르옵니다. 그것을 나무랄 수는 없는 일이옵니다."

"장사치가 입으로 번지르르하게 말하는 그 대가란 알고 보면 백성을 위하는 것이 아니라 장사치 자신만을 위한 것이니라. 백성을 파는 놈들치고 백성을 위하는 놈들은 한 놈도 보지 못했느니라."

"상인은 나라에서 하지 못하는 일을 대신하는 것이옵니다."

"그래, 잘 알겠다. 이 길로 곧장 내려가서 나라에서도 하지 못하는 큰일을 계속 잘해보거라. 다시는 여기 발을 들여놓을 생각일랑 말거라. 썩 물러가거라!"

무수는 더 이상 항변을 하지 못하고 물러 나왔다. 사려와 분별이 뛰어난 박 공이 왜 그토록 장사하는 일을 못마땅하게 여기는지 이해할 수 없었다. 오직 무과에 응시해 벼슬길에 오르기만을 고집하는 까닭을 무수는 도무지 알지 못했다.

"그놈이 오래도 버티네?"

"제깟 놈이 얼마나 더 버티겠사옵니까? 조금만 더 기다려 보옵소서."

"아니야, 기다려서 될 일은 아닌 것 같군. 무슨 좋은 수가 없을까?"

"좋은 수라…… 소인이 한번 찾아보겠사옵니다."

무수가 소금 장사를 하면 할수록 적자를 보고 있을 것인데 망하지 않고 있는 것을 본 박수영은 제 스스로 조급해졌다. 아비 박안과는 달리 무수에게 빼앗긴 남강과 샛강 전역의 소금 상권을 되찾고 싶었다.

비록 소금은 이익이 별로 남지 않는 것이긴 해도 없어서는 안 될 먹을거리였다. 의복이야 아무렇게나 가릴 것만 있으면 되었고, 끼니를 잇는 것은 쌀이 아니어도 산과 들과 강과 바다에 널려 있었다. 하지만 소금은 다른 것으로 대체할 수 있는 것이 아니요, 또 먹지 않고는 살 수 없는 드문 식료였다.

얼마 뒤에 여동금이 밝은 얼굴로 박수영을 찾았다.

"행수 어른, 천광 여각을 통째로 먹을 방도를 찾았사옵니다."

"그래? 어디 한번 들어보세."

"수자리에서 도망쳐 나온 안점이라는 놈이 있는데 뒷골목 투전판을 전전하고 있사옵니다. 그놈한테 몇 푼 쥐어주고 일을 시키면 어떨까 하옵니

264

다. 그놈이 어릴 적부터 산대놀이패에 몸 담았던지라 뭘 맡겨도 광대노릇을 기막히게 잘하옵니다."

여동금의 계획을 자세히 들은 박수영은 무릎을 탁 쳤다.

"그놈이 잘해내기만 하면 무수 놈이 알거지가 되겠군. 으하하."

"그러니 행수 어른은 때를 맞춰 소문만 잘 내시면 되옵니다."

"그건 염려 말게. 발 없는 말을 퍼뜨리는 것쯤이야 식은 죽 먹기일세."

"그러면 이제 일은 다 된 것이나 마찬가지이옵니다. 헤헷."

"방심해서는 안 되네. 조심, 또 조심해야 하네. 만에 하나 전모가 탄로 나서 우리까지 화를 입는 일은 없어야 한다, 이 말일세."

"걱정하지 마시옵소서. 안점이 그놈의 처자식을 볼모로 잡고 있으면 되옵니다."

이희춘이 마방에서 나귀를 점검하고 장방으로 돌아오는데, 어떤 사람이 느닷없이 여각 안으로 뛰어들며 통곡을 하는 것이었다.

"아버님!"

말릴 새도 없었다. 그 사람은 장방 앞에서 두리번거리더니 곧바로 뒤꼍에 있는 선행수 이장휘의 신당으로 갔다. 그는 냅다 신발을 벗어 차 던지고 안으로 엎어져서는 구슬피 곡을 하기 시작했다.

"아이고, 아이고!"

이희춘은 눈이 휘둥그레져 그 사람이 곡을 그치기를 기다렸다. 하지만 그는 오랫동안 방바닥을 치며 울기만 했다. 기다리다 못한 이희춘이 들어가서 말을 걸었다.

"이보오. 뉘신데 이리 슬피 우는 게요?"

그는 이희춘을 힐긋 한 번 쳐다보더니 더욱 구슬피 호곡을 했다. 이희춘은 기가 찰 노릇이었다.

"이봐, 누군지는 몰라도 갑자기 여길 뛰어들어서 왜 이러는 건가, 응?"

그제야 그는 울먹이는 목소리로 말했다.

"돌아가신 장 자 휘 자 어른이 바로 내 아버님이라오. 아이고, 아버님!"

"뭐라고?"

이희춘은 깜짝 놀라 얼른 무수를 찾았다. 무수도 의아하기는 마찬가지였다. 이희춘과 함께 신당으로 와보니 그자는 줄기차게 곡을 하고 있었다.

"나는 안점이라 하는데, 이거 좀 보시오."

안점이는 호구단자를 내놓았다. 무수가 들어서 보니 과연 이장휘의 아들 이안점이라고 씌어 있었다. 이장휘가 살아생전에 살았던 거소까지 일치했다. 안점이는 무수의 안색을 살피더니 허리에 차고 있던 호패를 끌러 놓았다. 호패에도 이안점이라고 버젓이 적혀 있었다.

무수는 난감했다. 이장휘는 가족은 물론 일가친척이 하나도 없다고 했는데, 아들이라는 자가 나타나다니 어리둥절하기만 했다. 이희춘이 넌지시 말했다.

"대행수 어른, 이자에 대해 관아에 알아보아야 하지 않겠사옵니까?"

"호구단자에 호패까지 차고 있지 않은가?"

이희춘은 입맛만 다셨다. 안점이는 다시 몸을 돌려 아까보다 더 구슬프게 호곡을 해댔다. 무수는 이희춘과 서로 바라만 볼 뿐이었다.

염창나루에 이상한 소문이 나돌기 시작했다. 선행수 이장휘가 무수에게 천광 여각을 물려준 것이 아니라 무수가 가로챘다는 것이었다. 소문은 강물을 타고 바람을 타고 빠르게 퍼져 나갔다.

"젊은 대행수가 인품이 반듯한 것 같던데, 사람 속은 참 알 수 없네 그려."

"그러게 말일세. 사람 그렇게 안 봤는데."

"이 행수가 병석에 있을 때 그자한테 신신당부를 했다지 않는가? 하나뿐인 자식이 찾아오거들랑 여각을 물려주라고."

"그걸 가로채다니 천하에 고약한……."

"그런데, 이 행수가 죽기 전에 그자가 여각을 자기 앞으로 하려고 머리맡에서 협박을 했다는군."

"허어, 그런 몹쓸 놈을 다 보았나."

"그래서 옛말에 머리 검은 짐승은 거두는 게 아니라고 했지."

"이제 꼼짝없이 전 재산을 내놓게 생겼네그려."

소문이 걷잡을 수 없게 되자 무수는 어쩔 수 없이 여각을 안점이에게 넘겨주려는 생각을 했다. 이희춘은 아무래도 안점이가 미심쩍었지만 이장휘의 아들이 아니라는 증거를 내놓지 못할 바에는 무수의 생각을 되돌릴 방법이 없었다.

무수는 안점이를 대행수 방으로 청해 극진히 대하면서 먹이고 입히고 했다. 그는 한 이틀이 지나자 거드름을 피우기 시작했다. 여각의 모든 장책을 가져오라고 하질 않나, 곳간의 모든 열쇠를 내놓으라고 하질 않나, 산원들과 차인들을 마치 자기 종처럼 부리려고 했다.

사람들은 난데없이 나타나 사사건건 호령하는 그에게 반감을 가졌지만, 겉으로 드러내지는 못하고 다들 속으로만 끙끙 앓을 뿐이었다.

그러한 나날이 지나고 있을 때에 귀한 사람이 여각을 찾아왔다. 우병영 군뢰부장 조용백이었다. 무수는 신도 신지 않고 나가 맞이했다.

"우병영 군기소에 있는 궁장이 다쳐서 당분간 각궁을 만들 수 없게 되었다. 그래서 각궁 만드는 일에 차질이 생기는 바람에 부득이 박 공을 찾아가 공납할 활을 좀 만들어 달라고 부탁을 했다."

"그러셨군요."

"박 공이 네 얘기를 하더구나. 네가 다시 궁검을 잡도록 설득해 달라고 말이다."

무수는 말이 없었다.

"큰 장수가 되는 길을 포기하는 것은 오히려 형의 죽음을 헛되이 하는 것이다. 형이 과장에 따라가서 병을 얻은 것이 아니라, 몸속에 숨어 있던 병이 비로소 때가 되어 나타난 것이 아니냐?"

"그건 잘 알고 있사옵니다."

"그렇다면 궁검을 등한시할 이유가 없지 않느냐?"

"저는 지금 하고 있는 일이 좋사옵니다."

"큰 장수가 되기보다 거상의 길을 가겠다? 하긴, 소금장수도 장수이긴 하구나."

"거상이라니 당치 않사옵니다."

조용백은 비로소 무수의 속마음을 읽었다. 그리하여 안타까운 마음에 타일렀다.

"사람은 그릇과 같다. 그릇에는 국을 담는 대접이 있고, 밥을 담는 주발이 있고, 간장을 담는 종지가 있듯이 사람도 학문을 담는 기질이 있고, 무간(무예 재주)을 담는 기질이 있으며, 벼슬을 담는 기질이 있고, 재물을 긁어모으는 기질도 있다. 국을 주발에 담으면 넘쳐서 데듯이, 밥을 간장에 담으면 소용이 없듯이, 사람도 타고난 기질을 똑바로 찾아서 쓰지 않으면 탈이 나게 마련이다."

"사람이 어찌 한 가지 기질만 타고나는 것이겠사옵니까?"

"너는 내가 어릴 때부터 보지 않았느냐? 네 기질은 늠름하고 강직해 장수에 알맞은 것이지 장사치에 머무를 것이 아니다."

"기질이란 바뀌기 마련 아니옵니까?"

"타고난 기질은 바뀌지 않는다. 네가 지금 장사를 잘하는 것은 너의 기질로 말미암은 것이 아니라, 네가 장사하는 수완을 터득했기 때문이다. 잠깐은 장사가 성업할지 몰라도 오래가지는 않을 것이다."

"어찌하여 그리 내다보시옵니까?"

"너의 곧은 성품과 기질은 천차만별의 사람이 오직 각자의 이익만 찾는 말업에 어울리지 않느니라."

그때 안점이가 호곡하는 소리가 들려왔다. 조용백이 괴이쩍게 여겼다.

"누가 죽었느냐? 웬 곡소리냐?"

무수는 안점이가 찾아온 일을 털어놓았다. 조용백은 심히 수상하게 여겨 군뢰부 뇌리들에게 일렀다.

"신당으로 가서 그자를 데려오너라."

뇌리들이 안점이를 데리고 대행수 방으로 왔다. 안점이는 조용백이 앉아 있는 것을 보고는 얼른 눈을 내리깔았다.

"네가 이장휘의 자식이라고?"

"예, 나리. 여기……."

조용백은 안점이가 내놓은 호구단자와 호패를 살펴보았다. 종이도 관아에서 쓰는 종이가 아니었고, 붉게 찍어놓은 관인도 조잡했다. 또한 글씨도 관아 서원들이 쓰는 관필의 필적으로 보기에 미심쩍은 구석이 있었다.

조용백은 안점이를 유심히 바라보았다. 안점이는 몸을 돌려 옆으로 앉아 있다가 고개를 점점 떨구었다. 조용백이 낮지만 위엄 있는 목소리를 냈다.

"고개를 들어보거라."

안점이는 차마 고개를 다 들지 못하고 미적거렸다. 뇌리가 서 있다가 안점이에게 다가가 상투를 잡고 뒤로 획 젖혔다.

"이놈!"

그의 얼굴을 자세히 살펴본 조용백은 다시 수하들에게 하령했다.

"인상서(수배 전단지)와 관배자(체포 영장)을 꺼내서 이놈과 대조해 보라."

뇌리들이 품에서 큰 종이 두 장을 꺼내 펴서 안점이의 얼굴과 나란히 놓고 비교했다. 그림이나 안점이나 오른쪽 눈 아래에 녹두알만 한 점이 있는 것이 똑같았다. 안점이는 벌벌 떨며 벌린 입을 다물지 못하고 침을 흘렸다.

"네 이놈! 수자리에 있다가 탈영한 놈이 틀림없으렷다."

"아이고, 나리!"

뇌리들은 번개처럼 달려들어 오랏줄로 안점이를 결박했다.

"이놈, 달아났으면 어디 깊은 산속에나 처박혀 있을 것이지 감히 민간에 숨어들어 있다니."

"아이고, 아이고, 나리!"

"이 여각에서 행세를 하라고 필경 네놈 뒤에서 사주한 자가 있으렷다."

"어, 없사옵니다. 소인이 주막에 앉아 있는데 어떤 길손이 돈이 궁하거든 주인 없는 이 여각을 꿰차면 된다고 해서…… 그래서 곰곰이 생각하고 이모저모 알아본 뒤에 다짜고짜로 우기면 될까 하고 그랬사옵니다."

"시끄럽다!"

"이놈이 수자리에서 탈영한 것만도 큰 죄인데, 버젓이 호구단자를 지니고 또 호패까지 사사로이 만들어 차고 있었다는 것은 중대한 범죄다. 반드시 사주한 놈이 있을 것이다. 이번 일의 배후를 밝히지 않으면 두고두고 후환이 될 것이다."

조용백은 그 자리에서 안점이를 데리고 나섰다. 인사를 하는 무수를 향해 한마디를 남겼다.

"내 너를 잘못 보지 않았으면 좋겠구나. 네가 갈 길은 결코 이 장삿길이 아니니라."

3

안점이가 선행수 이장휘의 아들 행세를 한 일로 한바탕 소동이 끝난 뒤

천광 여각은 평온을 되찾았다. 그간 무수를 비난하던 민심은 다시 바뀌었다.

"그놈이 어쩌자고 그런 무지막지한 생각을 했단 말인가그래?"

"재물에 눈이 멀었던 게지."

"조금만 늦었으면 여각을 송두리째 그놈에게 넘겨줄 뻔했지 뭔가?"

"그런데, 그 대행수 어른은 참 도량도 크지. 그런 놈을 상전 받들듯이 했다지 않나."

"그런 큰일에는 반드시 배후가 있을 것인데……."

"어떤 놈이 대행수 어른을 몹쓸 사람으로 소문을 냈을꼬?"

"우병영 군뢰부에서 잡아갔으니 단단히 문초를 하겠지."

무수에 대해 갖가지 억측과 근거 없는 소문은 단번에 잠재워졌고, 안점이의 배후가 누군가 하는 것에 이목이 쏠렸다. 하지만 조용백은 안점이에게서 아무것도 밝혀내지 못했다는 전갈을 해왔다. 그러면서 앞으로는 더욱 조심하라는 것과 부디 큰 장수의 꿈을 놓지 말라는 간곡한 당부를 덧붙였다.

어수선했던 일이 끝나자 무수는 염상계 회의를 열었다. 중도가 행수들은 정암나루의 횡포가 날이 갈수록 심하기 때문에 특단의 대책을 세워야 한다고 입을 모았다.

"관아에 진정을 넣어보는 것이 어떻겠소?"

"진주고 의령이고 다 호장이 쥐락펴락하는데 진정인들 통할 리 없소."

"그렇다면 아무 대책도 없단 말이오? 그것참."

"사염선을 한 척 사는 것은 어떻소?"

"그 큰 바다 배를?"

"바다 배는 정암나루 정도는 되어야 댈 수 있지 우리 염창나루에 대기 어렵소."

"그러하외다. 다들 아시다시피 염창나루는 물이 얕고 모래벌판이라 강배도 겨우 대는 형편이 아니오?"

행수들의 의견을 가만히 듣고 있던 무수는 마지막으로 결론을 내렸다.

"이대로 간다면 우리가 더 버티기 어려울 것이니 바다 배를 마련하는 것을 고려해 보도록 하겠소. 바다 배를 낙동강 창나루에 정박시키고, 강배로 소금을 옮겨 실어서 우리 염창나루까지 오면 되지 않겠소?"

"옳아! 그러면 정암나루를 거치지 않아도 되겠사옵니다."

"그런 방법을 다 생각해 내시다니, 과연 대행수 어른이시옵니다."

무수가 바다 배를 얼마만 한 크기로 살지 알아보고 있는 중에 뜻하지 않은 사태가 일어났다. 정암나루에 불이 난 것이었다. 무수는 강가로 나갔다. 정암나루가 있는 하늘이 붉게 물들어 있었다. 불길이 거세게 타오르고 있음을 짐작게 했다. 무수는 이희춘에게 지시했다.

"속히 사람들을 다 모아서 물통과 물독을 하나씩 지니고 배에 오르게 하거라."

"뭘 하시게요?"

"가서 불 끄는 걸 도와줘야 하지 않겠느냐?"

"저놈들을 도와주자굽쇼? 에이, 소인은 못 하옵니다. 천벌을 받아도 싼 놈들이옵니다."

"어서 시키는 대로 하지 못하겠는가!"

무수는 강배와 나룻배에 사람들을 싣고 물길을 따라 정암나루로 내려갔다. 나루터에도 불이 붙어 활활 타고 있었다. 더 접근하면 위험했다. 강기슭에 배를 붙이고 물을 퍼 나르게 했다. 정암나루 사람들이 불을 꺼주러 온 천광 여각 사람들을 보더니 의외라는 표정을 지었다. 무수는 앞장서서 불 끄는 데 힘을 보탰다.

불은 다행히 곳간 몇 채와 나루터를 태우고 수그러들었다. 시커멓게 탄

나루터가 가라앉아 물속에 반쯤 잠겨 있었다. 불이 꺼진 자리에서 연기가 자욱하게 피어올랐다. 박수영과 여동금이 무수에게로 왔다.

"도와주러 온 것은 고마운데, 설마 병 주고 약 준 것은 아니겠지?"

"그게 무슨 말이야?"

"우리 나루터에 불을 질러놓고 도와주러 온 척하는 건 아니냔 말이야."

무수는 어이가 없었다.

"너도 참 사람이 어찌 그 모양이냐?"

무수는 사람들을 다시 배에 태웠다. 그러고는 뱃머리를 돌렸다. 박수영은 그런 무수의 뒤통수를 노려보았다. 번번이 당하는 것만 같은 생각이 들어 분했다. 박수영은 여동금에게 소리쳤다.

"어떤 놈이 불을 놓았는지 그 진상을 반드시 밝혀내거라."

여동금이 진상을 밝힐 것도 없었다. 날이 밝자 가대기꾼 몇이 박수영을 찾아와 스스로 순순히 털어놓았다.

"나루터에 입번을 서고 있던 밤에 속이 출출했사옵니다. 낚시를 해서 물고기를 구워 먹으려고 모닥불을 피웠는데 갑자기 난데없는 돌풍이 일어 불티가 온 사방으로 날리지 뭡니까. 그것들이 지붕에 올라 불이 붙었고 순식간에 타버렸사옵니다. 저희들이 놀라서 허둥지둥하는 사이에 모닥불을 발로 차 나루터까지 태우고 말았사옵니다."

박수영은 화가 머리끝까지 치밀었다. 가대기꾼들을 발가벗겨서 마당에 앉혀놓고 죽도록 매질을 했다. 그래도 분이 풀리지 않았다. 많은 사람이 듣는 데서 불이 난 곡절을 그들이 털어놓았기 때문에 무수에게 뒤집어씌울 수도 없었다.

나루터가 반은 타고 반은 물에 가라앉아 버려서 정암나루에는 큰 배들이 정박할 수 없게 되었다. 남해에서 낙동강으로 올라온 바다 배들은 다 남강 어귀의 건너편에 있는 낙동강 창나루에 정박했다. 거기서부터는 온갖 물산을 강배와 나룻배에 옮겨 실어서 남강으로 들어왔다.

또 남강 수계 각 고을에서 거두어들인 세곡이며 군포며 공물은 강배와 나룻배에 실어 창나루까지 날랐다. 거기서 큰 바다 배인 세곡선이나 군포선, 공물선으로 옮겼다. 작은 배들로 많은 짐을 실어 날라야 하는 까닭에 남강은 갑자기 오르내리는 배들로 가득 찼다.

배를 가진 선주들은 때아닌 호황이었다. 무수는 대도가 천광 여각과 각 중도가를 오가던 강배와 나룻배를 다 소집했다. 그러고는 세곡을 비롯한 여러 가지 짐을 실어 날라다 주며 예기치 않은 이익을 얻게 되었다. 그간 정암나루에서 비싸게 소금을 산 손해를 다 제하고도 남았다.

정암나루에 불이 나 당분간 배를 댈 수 없다는 소문이 퍼져 사염선 바다 배도 규모가 작은 배가 올라오기 시작했다. 정암나루에는 소금을 받아놓을 곳간도 없고 나루터도 유실되어 배들은 다 염창나루에 댔다.

그런 남강 풍경을 바라보는 박수영은 속이 끓어올랐다. 사염선을 강기슭에라도 붙잡아놓고 소금을 내리도록 하자고 고집했다. 박안이 혀를 찼다.

"너는 어찌 그런 생각 없는 소리를 하느냐? 이제 곧 서리가 내릴 것인데, 곳간도 없이 소금을 한데다 쌓아두었다가 밤새 서리에 맞으면 어떻게 되겠느냐? 서리 맞은 소금이 낮에 햇빛을 받아 녹으면 근량이 턱없이 줄어들게 된다. 그로 인한 손해를 감당할 수는 없다."

사염선이 염창나루에 정박하게 되면서부터 무수는 소금을 원활하게 확보했다. 소금값도 진정시킬 수 있었고, 고을고을 안정적으로 공급할 수 있게 되어 큰 시름을 덜었다. 정암나루의 횡포를 벗어나면서부터 무수는 명실공히 모두가 인정하는 남강 최고의 염상이 되었다.

박수영은 밥이 제대로 넘어가지 않았다. 술잔만 연거푸 들이켰다.

"장사는 운이 따라야 한다고 했거늘, 그놈의 운은 어찌 그다지도 좋을꼬."

여동금이 바짝 붙어 그의 속을 달랬다.

"달도 차면 이지러지는 법이옵니다. 이제 그놈은 다 찼으니 이지러질 날만 남았습지요."

무수를 본 박안은 불안감이 들었다. 무수가 염상 여각에 드나든 지 불과 몇 년이 되지 않아 남강 염상권을 손아귀에 넣은 것 때문이었다. 이제 무수가 무엇에 관심을 돌릴지 걱정이 되었다. 세곡이나 군포를 취급하겠다고 마음만 먹으면 또다시 타격을 입을 것이 불을 보듯 뻔했다. 무수의 상단이 지리산과 멀리 덕유산 깊숙이 퍼져 있기 때문이었다.

아무리 아들이지만 박수영은 무수의 상대가 되지 못한다고 생각했다. 하루바삐 강세정의 외동딸 애복이를 며느리로 얻고 싶었다. 영특하다고 알려져 있어 박수영과 함께 무수에 잘 대응할 수 있을 것 같았다.

강세정이 혹시라도 마음이 변한 건 아닌가 염려되었다. 박안도 슬하에 딸이 있다면 무수를 사위 삼고 싶은 마음이 든 까닭이었다. 그러나 다행인 것은 강세정이 어릴 때부터 무수를 영 못마땅하게 여겨왔다는 사실이었다.

"조만간 강 호장을 만나서 단도직입적으로 얘기를 한번 해봐야겠어."

강세정은 무수가 까닭 없이 몹시 괘씸했다. 하는 짓마다 마음에 들지 않고 미워지고 멀리하고 싶은 생각만 들었다. 염창나루, 아니 남강을 떠나 어디 멀리 가버렸으면 했다. 어릴 때부터 왠지 만만하게 보이지 않은 아이였다. 대하기가 늘 껄끄러웠다. 왜 그런지 강세정은 그 이유를 찾지 못했다.

"어떤 범상치 않은 기상이 서려 있었기 때문인가?"

강세정은 스스로에게 물어보았다. 아이답지 않은 기상, 함부로 대할 수 없는 위엄, 이런 것들이 어린 무수에게서 절로 배어났기 때문인지도 몰랐다. 하찮은 어린아이가 아니라 왠지 어린 상전을 대하는 느낌, 그것이었다. 그 아이가 자라서 갓을 쓰고부터는 더욱 어려워졌다.

정암나루에 불이 나는 바람에 남강의 염상권을 온전히 장악한 무수가 전과는 더욱 달라 보였다. 타고난 재주에다가 사람들도 따르고, 게다가 천운까지 따르는, 흔치 않은 경우라서 앞으로 어떻게 더 크게 될지 섣불리 내다보지 못할 바였다. 문득 무수와 박수영을 나란히 놓고 보았다. 대번에 저울이 무수에게로 기울었다. 당장을 놓고 본다면 박수영을 사위로 삼는 것이 여러 모로 득이 되겠지만, 애복이의 먼 장래를 보면 장담하지 못할 일이었다. 무수는 제 스스로 못할 것이 없는 사내고, 박수영은 제 스스로 할 수 있는 것이 없는 사내가 아닌가!

아비가 된 입장에서 딸이 아비보다 나은 사내에게 출가하기를 바라는 것은 당연한 일일 것이었다.

"산삼 사윗감과 녹용 사윗감을 놓고 고르라고 하더라도 그 둘을 섞어서 뿌리는 산삼이고 줄기는 녹용인 사윗감이 어디 없나 하는 것이 딸 가진 부모의 마음일진대……."

아비보다 나은 사윗감과 대하기 어려운 사윗감은 엄연히 차이가 있지 않은가 말이다. 만에 하나 무수를 사위로 삼기라도 하는 날에는 안사돈보다 더 대하기가 어려운 사위가 될 것 같았다.

"이것이 정녕 나의 문제란 말인가? 내가 한 사람의 사내로서 그놈을 질투라도 하고 있는 겐가?"

강세정과 마주 앉은 박안이 전에 없이 부드러운 목소리를 냈다.

"혼기가 찬 자식들이 아닌가? 강 호장은 의향이 어떤가?"

"글쎄요. 안사람하고 얘기를 해봐야 되겠습니다만."

"명년 봄에는 짝을 지어주어야 하지 않겠는가?"

강세정은 확답을 피했다. 무수에게 마음이 가 있는 것이 아니라, 새삼 박수영의 됨됨이가 마음에 걸려서였다. 정암나루가 불에 탄 뒤로는 할 일이 없어서인지 하루가 멀다 하고 기방 출입이 잦았다. 사내가 그것이 무슨 흠이 되랴마는 시집보내려는 딸을 둔 아비의 마음에는 영 못마땅했다.

집으로 돌아온 강세정은 별당을 찾았다. 애복이한테서 새삼 어엿한 처자의 자태가 배어났다. 양반 가문에서 태어났더라면 정승, 판서 댁에서 혼담이 들어올 뿐만 아니라, 왕실에 간택이 되고도 남을, 하나뿐인 딸이었다.

"박 호장의 아들이 왜 싫으냐?"

"그냥 싫사옵니다."

"그래도 만나보거라. 덮어놓고 사람을 싫어하는 것도 경솔한 일이다."

"박수영은, 아니 그 댁 장자는 어릴 적부터 보아왔사옵니다."

"그가 지금은 젊은 호기가 차서 그렇다마는 사내는 장가를 가면 철이들고 사려가 깊어지는 법이다."

한껏 멋을 부린 박수영이 예물을 앞세워 강세정의 집을 찾았다. 별당에서 나오지 않으려는 애복이를 어머니 최씨가 달래어 겨우 불러냈다. 강세정은 자리를 피해주었다. 박수영은 그때까지 점잖은 태도였다가 갑자기 돌변했다.

"애복이 너 내게 시집와."

"골 빈 놈."

"뭐? 이게 말이면 다하는 줄 알아?"

애복이는 눈을 흘겼다. 자리를 뜨려는 것을 박수영이 팔목을 낚아챘다.

"왜 이래?"

"내가 어릴 때의 그 박수영이 아니야. 너는 내게 시집오게 돼 있어. 그러니 그만 좀 까불어. 응?"

애복이는 박수영의 손을 뿌리칠 수 없자 사타구니를 냅다 걷어차 올렸다. 박수영은 비명을 지르며 쪼그려 앉았다. 애복이가 쏘아붙였다.

"사람은 안 변해. 알아? 그리고 나는 너하고 혼인할 생각이 눈곱만큼도 없으니 정신 차리고 돌아가."

"으으, 무수 때문이지? 그놈이 어디가 그렇게 좋으냐?"

"이 의령 놈이 우리 진주 대장한테 어디 함부로 그놈이라니. 에라이!"

애복이는 앉아 있는 박수영의 정강이를 찼다. 쪼그려 앉아 있던 박수영은 뒤로 벌러덩 나자빠졌다.

"아이고, 나 죽네."

애복이는 그길로 사랑채를 나와 무수를 찾아갔다. 여각의 일로 바쁜 무수는 애복이를 데리고 뒤꼍으로 갔다. 선행수 이장휘의 신당 앞에 섰다.

"형이 돌아가시고 방황할 때 정신 차리게 해줘서 고마웠어. 이제야 인사를 하게 되네."

"내가 한두 번 정신 차리게 해줬나, 뭐."

무수는 멋쩍은 웃음을 지었다. 애복이는 그 웃음이 참 귀여웠다.

"대장, 내게 장가들 마음이 있는 거야, 없는 거야?"

"호장 어른이 나를 싫어하니까……."

"그래도 달라고는 해봐야지. 내가 딴 놈한테 확 시집가 버려? 그걸 바라?"

"아니. 그런 건 아니고."

"무예하고 소금 장사는 잘하면서 왜 만날 내 앞에서는 바보 같아?"

"바보니까."

"참 싫네."

무수는 씩 웃기만 했다. 강세정을 찾아가 정식으로 애복이를 달라고 해볼까 생각하지 않은 것은 아니었다. 아직은 때가 아니라는 판단을 했다. 어찌 되었건 강세정의 입장에서는 상권을 빼앗겼다고 생각해 괘씸하게 여길 것이기 때문이었다.

"때가 오겠지. 때가."

장방에 앉아 있는 이희춘이 고개를 뒤로 젖힌 채 코를 골았다. 무수는 아무 거리낌 없는 그의 꼴에 기가 찼다. 산원에게 눈짓을 해 깨우라고 했다. 이희춘은 눈을 뜨고서도 무수를 바라보지 않았다. 오히려 깨웠다고 신경질을 내면서 산원에게 눈을 부라리고는 나가 버렸다.

"이 장무가 왜 저래?"

"요즘 계속 심드렁하옵니다."

이희춘은 역인방으로 갔다. 가대기꾼들은 모두 짐을 져 나르느라 나루터에 나가 있었다. 이희춘은 방에 들자마자 부글부글 끓어오르는 속을 참지 못하고 방바닥을 주먹으로 내리쳤다. 구들이 꺼지는 듯한 소리가 났다.

"내가, 어쩌다…… 어휴, 참 나."

장책이 많아지고 큰돈이 오가면서 대도가 운영의 핵심적인 역할은 점차 산원들에게로 옮겨갔다. 주먹구구나 하는 이희춘의 자리는 점차 뒤로 밀려나고 이렇다 할 역할이 없어졌다고 해도 틀린 말이 아니었다.

장방에서의 최고 자리인 장무, 말이 장무지 중요한 입출납은 다 산원들이 맡아서 했고, 이희춘은 무수에게 딸린 차인이나 다를 바 없었다. 이희춘은 그것에 화가 났다. 산원들이 자기한테 장책을 보여줘 봤자 읽을 수도 없었지만, 그렇다고 자기를 무시하고 곧바로 무수에게 보고하는 것에 영 기분이 상했다.

무수가 문고리를 흔들었다. 이희춘은 마지못해 열어주었다.

"자네 요즘 어디 아픈가?"

"흠, 아프긴 어디가 아프겠사옵니까."

"그러면 왜 그러는가? 산원들을 함부로 대하고."

산원이라는 말에 이희춘은 음성이 커졌다.

"아니, 내가 뭘 어쨌다고 그러시옵니까? 나 참."

"남강에서 열두 중도가 여각을 거느리고 있는 우리 대도가 천광 여각의 장무라면, 물속에 있는 물고기들도 인사하고 지나가는 큰 자리인데 이러면 쓰나? 자 무슨 일인지 몰라도 툭툭 털고 나가세."

이희춘은 일어나려는 무수에게 속에 있는 말을 불쑥 던졌다.

"대행수 어른, 소인에게 배 한 척 내주슈."

"배? 아무 배나 불러다 쓰면 되지 꼭 내게 허락을 얻어야 되는가?"

"나룻배가 아니라 강배 한 척 내달란 말씀이옵니다."

"강배를? 뭘 하려고?"

"소금을 잔뜩 싣고 가서 팔아 오겠사옵니다. 지금 소금값이 점점 떨어지고 있으니 다른 데 가서 팔아 오겠다 이 말씀이옵니다."

"자네가 무슨 장사를 하겠다고 그러나? 아서게."

무수의 말투가 자신을 무시하는 것 같아 이희춘은 더 기분이 상해 완강히 떼를 썼다. 그래도 무수가 허락을 하지 않았다.

이희춘은 급기야 술을 먹고 주정을 부리기까지 했다. 무수가 없는 틈을 타 산원들에게 행패를 부리곤 해서 그들의 불만이 이만저만이 아니었다. 무수는 하는 수 없이 이희춘이 원하는 대로 해주었다.

"우리 여각에 강배는 두 척이 있네. 그중 한 척을 내줄 터이니, 자네 마음대로 해보게."

이희춘은 뱃전이 강에 잠기도록 소금을 잔뜩 실었다. 그러고는 돛을 폈다. 이희춘은 인사를 하는 둥 마는 둥 하고 등을 돌렸다. 누런 돛은 바람을 한껏 받아 강물 위를 떠갔다.

"대행수 어른, 저자가 저대로 달아나면 어쩌려고 그럽니까요?"

"달아나도 할 수 없는 일이겠지."

"그걸 예상하고도 보내셨단 말씀이옵니까?"

"그간 일한 삯을 주어 보냈다고 생각하고 잊어야지 어쩌겠는가?"

"아무리 그래도……."

"그렇사옵니다. 품삯치고는 너무 많사옵니다."

감춰진 땅으로

1

박수영은 애복이한테 망신스럽게 거절당한 것이 분했다.

"이게 다 무수 그놈 때문이야!"

제대로 걷지도 못해 엉거주춤 앉았다. 여동금이 안점이를 내세워 꾸민 음모도 불발이 된 터였다. 박수영은 이를 갈았다.

"완벽한 올가미를 씌워야 하는데 말이야."

"행수 어른, 비용이 좀 들어도 괜찮겠사옵니까?"

"무수 그놈이 다시는 일어나지 못하도록 만들 수만 있다면 얼마든지 가져다 쓰게. 한데, 무슨 좋은 수라도 있는가?"

"새로 온 염창 감관 말이옵니다. 요것을 많이 바란다고 하옵니다."

여동금은 엄지와 검지로 동그라미를 그려보였다.

"그래서? 감관 놈을 무수 그놈과 엮을 방도가 있다?"

"은자 2백 냥만 들이면 두 놈을 한꺼번에 날릴 수 있사옵니다."

"2, 2백 냥?"

박수영은 여동금의 설명을 듣고는 가만히 생각하더니 돈궤를 열어 은 자를 여동금 앞으로 던졌다.

"이번에 실패하면 자네가 이 의령 바닥을 떠나야 할 걸세."

"소인 목숨이라도 내놓겠사옵니다."

"마지막으로 한 번 더 믿어보지."

진주 관아 병방 군관과 나졸들이 염창 감관의 집에 들이닥쳤다. 그들은 관배자를 내보인 뒤에 집안 곳곳을 수색했다. 온 집 안의 기물이 나뒹굴었다. 나졸 하나가 내당 뒤 장독간의 한 독 안에서 은자와 비단을 찾아냈다.

"나리! 여기 있사옵니다!"

병방 군관이 다가갔다.

"과연 그러하구나. 전부 물증으로 가지고 가자."

또 다른 일단의 나졸들이 판관의 호령을 받고 염창으로 가 감관을 포박했다.

"이거 왜 이러시오?"

"네 이놈, 불왕법수장죄(不枉法受贓罪:국법을 어기지 않으면서 받은 뇌물을 감춰놓은 죄)이니라. 끌고 가자."

형방은 나졸들을 이끌고 천광 여각으로 들이닥쳤다. 형방의 명령을 받은 나졸들이 나는 듯이 뛰어들어 이 잡듯이 헤집고 다녔다. 대행수 방에 있던 무수는 밖이 시끄러워서 나왔다가 즉시 그들에게 붙잡혔다.

"선달 정무수는 순순히 오라를 받거라."

"도대체 무슨 일이오?"

나졸들이 달려들어 무수의 두 팔을 돌려 뒷짐을 지웠다. 오라로 손목을 먼저 묶은 뒤에 팔꿈치를 감고, 마지막으로 몸통을 죄어 묶었다.

"내가 무슨 죄라도 지었단 말이오?"

무수는 항변을 했지만 형방은 들은 척도 하지 않았다. 그때 뒤꼍으로 갔던 나졸들이 달려왔다.

"나리, 꼴 곳간에 소금 말통이 쌓여 있사옵니다."

"그 또한 물증이니 모두 내다가 배에 싣고 관아로 가지고 오너라."

"아니, 꼴 곳간에 무슨 소금이 있다고 그러시오?"

"무슨 일인지는 네놈이 더 잘 알고 있을 터, 어서 가자."

무수는 진주 관아 동헌 앞에 무릎이 꿇렸다. 옆에는 염창 감관도 영문을 모른 채 오라를 지고 꿇어앉아 있었다. 나졸들은 두 사람 앞에 은자와 비단을 던져놓고, 소금 말통을 수북하게 쌓았다.

호장 강세정은 오랏줄에 묶여 끌려와 있는 무수를 차가운 눈으로 내려다보았다.

'이놈아, 분수도 모르고 벼락같이 얻은 것이 오래갈 줄 알았더냐?'

교의에 앉은 목사 권순이 등채를 탁탁 치며 문초를 했다.

"염창 감관 네놈은 관염 수백 말을 헐값에 고시해 저놈에게 넘기고 뇌물을 받았겠다?"

"아, 아니옵니다. 추호도 그런 일이 없사옵니다. 사또!"

"시끄럽다!"

권순은 이번에는 무수를 향해 꾸짖었다.

"네놈은 관염을 헐값에 넘겨받는 대신에 저 감관 놈에게 증뢰를 했겠다? 그리고 도고(매점매석)를 하기 위해 그 관염을 꼴 곳간에 감춰두었고?"

"사또, 소인은 무고하옵니다."

"감관 놈의 집에서 빈 장독에 수장해 둔 은자와 비단이 나왔다. 또 네놈의 여각에 있는 꼴 곳간의 풀 더미를 파헤치자 관염 말통들이 나왔다. 이래도 부인할 테냐?"

"누군가 무함을 한 것이옵니다. 소관은 관염을 헐값에 넘긴 일이 없사옵니다. 하옵고, 뇌물을 받은 일도 없사옵니다."

"이놈들이 아직도 발뺌을 하는구나. 증인들을 대령하거라."

천광 여각에서 나귀에게 꼴을 먹이는 꼴꾼, 장방의 산원 하나, 범골나루 쥐 수염을 한 행수까지 나왔다. 그들은 하나같이 똑같은 소리를 했다. 무수가 감관과 짜고 관염을 헐값으로 받은 다음, 시세 차이만큼 뒤로 뇌물을 주었다는 것이었다.

무수는 빠져나가지 못할 올가미를 쓴 것만 같았다. 여러 가지 물증과 여러 증인 앞에서는 어떤 말도 소용없을 것 같았다. 감관은 애원성을 냈다.

"사또, 이건 누군가 모함을 한 것이옵니다! 흐흑!"

"저놈이 그래도 부인을 하는구나. 여봐라. 형틀을 대령하거라!"

나졸들이 열십자로 된 형틀을 내다 놓았다. 검은 두건을 쓰고 검은 동달이를 입은 형방 사령들은 태질을 할 버드나무 회초리며 길고 붉은 곤과 장을 널어놓았다.

"염창 감관은 불왕법수장죄, 또 저 여각의 행수 놈은 관원에게 증뢰를 한 죄, 관원과 짜고 도고를 해 백성들의 살림을 궁핍하게 한 죄가 명명백백하다. 저 두 놈이 이실직고할 때까지 장을 쳐라!"

형방 사령들이 두 사람의 오라를 벗긴 뒤에 형틀에 묶었다. 그러고는 장을 치기 시작했다.

"하나요!"

"퍼억!"

"으악!"

감관은 비명을 질렀다. 온몸의 피가 한순간 멈췄다가 거꾸로 흐르는 듯했고, 엉덩이의 살점은 터져 나가는 것 같았다. 무수는 이를 악물었다.

장을 더할수록 감관의 비명은 커지더니, 여덟 도(곤장을 친 횟수를 세는 말)에 이르자 목소리가 수그러들었다. 이윽고 고개를 떨어뜨리고는 다시

들지 못했다. 감관의 몸은 도수를 더할 때마다 출렁일 뿐이었다. 목사 권순은 매질을 그치게 했다. 형방이 가까이 가서 감관을 살펴보았다.

"사또, 죄인의 숨줄이 끊어졌사옵니다."

감관은 피곤죽이 되어 눈을 뜨고 죽어 있었다. 형방은 무수의 머리를 들어서 살펴보더니 툭 놓아버렸다.

"이놈은 실신할 지경에 이르렀사옵니다."

권순은 호령했다.

"죄인의 체백(시체)은 성 밖으로 내다가 그 식솔들에게 돌려주거라."

그러고는 무수를 굽어보았다.

"관원에게 증뢰를 하고, 또 가뜩이나 어려운 백성들에게 소금을 비싼 값에 팔아 폭리를 취한 죄는 작지 않다. 저놈이 가지고 있는 크고 작은 여각들은 물론이고 가산을 전부 몰수하라. 그리고 본관의 별령이 있을 때까지 하옥하라."

무수는 형틀에서 풀려났다. 형방 사령들이 무수를 끌고 가서 옥사에 던져 넣다시피 했다. 무수는 옥간 안에서 모로 누운 채 일어나지 못했다.

염창나루는 물론이고 남강 전역의 나루터로 소문이 퍼져 나갔다.

"감관은 장폐(곤장을 맞고 죽음)되었다지?"

"모르긴 해도 그 대행수란 자도 옥사에서 죽어야 나오겠군."

"사또가 그자의 재산도 다 몰수했다던데?"

"그간 적지 않은 재물을 긁어모았겠지."

"허어, 거참, 그 많은 재물을 하루아침에 다 잃게 생겼군."

"아까워서 어쩌나그래?"

"아 사람아, 지금 그깟 재물이 문제인가? 사람이 다 죽게 생겼는데?"

목사 권순이 재산을 몰수하라는 명령을 내렸다는 소식을 들은 대도가 천광 여각의 산원들과 차인들, 가대기꾼들, 심지어 부엌어멈과 계집종들까지 다 제 몫을 챙겨 달아나기에 바빴다. 각 중도가 여각에서는 행수들이 그러했고, 행수들이 이것저것 챙겨서 사라지자마자 그 아래 장무 등도 쓸 만한 것들을 챙겨서 자취를 감췄다.

"뭐라고?"

아이종 걸이에게서 소문을 들은 애복이는 하얗게 질려버렸다. 무수를 만나야 된다고 생각했다. 그리하여 저 자신이 해야 할 일을 하고 싶었다. 무수에게 누명을 씌운 배후에는 틀림없이 박수영이 있다고 믿었다.

"아씨, 손을 써놓았사옵니다. 언제든지 가시면 되옵니다."

남장을 한 애복이는 아이종 걸이를 앞세워 관아로 갔다. 옥사가 있는 담벼락에 구멍이 나 있었다. 걸이가 돌멩이를 주워 담벼락을 탁탁 쳤다. 안쪽에서 가리고 있던 짚단을 치워주었다. 걸이가 먼저 기어 들어갔고, 애복이가 뒤따라 들어갔다.

몸을 일으킨 걸이는 짚단을 치워준 사령에게 돈푼을 건넸다. 그는 두 사람을 옥사 안으로 들여보내 주었다. 걸이는 또 옥리에게 동전을 주었다.

"오래 끌지 말거라."

걸이는 옥간을 지키고 있는 사령들에게도 한 푼씩 쥐어주었다. 그들은 자리를 피해주었다. 애복이는 옥간 앞에 서서 안쪽을 살폈다. 어두워서 잘 보이지 않았다. 걸이가 불러보라는 시늉을 했다.

"대장!"

애복이는 떨리는 목소리로 나지막이 무수를 불렀다. 웅크리고 있던 사람이 움직이더니 옥간 앞으로 다가왔다. 꼴이 말이 아니었다. 애복이는 울음이 터져 나오는 것을 가까스로 삼켰다.

'담대해져야 해. 마음을 독하게 가져야 해.'

"대장, 괜찮아?"

무수는 아무 말 없이 애복이만 멀거니 쳐다보았다.

"괜찮은 거지?"

무수는 고개를 끄덕였다. 그러고는 옥간 살에 매달린 듯 앉아 있는 애복이의 손을 잡았다. 애복이는 그 힘이 워낙 세어 손이 다 으스러지는 것 같았다. 하지만 아픔을 참고 말했다.

"이제 나를 잡은 그 손 놓지 마. 놓으면 죽어버리겠어."

무수는 부르튼 입으로 말했다.

"나, 나도 죽어……."

"대장이 왜 죽어? 안 죽어! 내가 살려낼게. 기다려. 알겠지?"

무수는 고개를 떨궜다.

"대답해. 영원히 내 손을 안 놓겠다고."

"이, 이제 와서 다 무슨 소용이야."

"그래도 대답해."

그때 사령들이 기침을 하며 다가왔다. 걸이는 애복이에게 이제 그만 나가봐야 한다는 눈치를 주었다.

"어서 대답해!"

무수는 애복이의 손을 놓았다.

"대답해 달라고!"

무수는 걸이에게 이끌려 나가는 애복이에게 말했다.

"그, 그래. 안 놓을게."

얼마 지나지 않아 또 한 사람이 옥사를 찾았다. 박 공이었다. 그는 무수를 보자마자 대뜸 호통을 쳤다.

"이놈아, 나라도 못 하는 일이라던 그 거창한 사업의 말로가 겨우 이 꼴이냐?"

"소인은 무함을 당했사옵니다."

"무함? 얼마나 주위를 살피지 않고 살았기에 무함을 다 당했느냐 말이다!"

"무함을 당할 만큼 남에게 나쁜 짓을 하지 않았사옵니다."

"남들이 무단히 악심을 품었겠느냐? 잃은 게 있는 놈들이 몰래 작당을 한 게지."

무수는 면목이 없었다.

"수족같이 데리고 있던 놈은 소금을 배에 가득 싣고 달아나 버리고, 부리던 아랫것들은 한 놈도 남김없이 다 제 몫을 챙겨서 뿔뿔이 흩어지고…… 잘 한다. 왜 상업을 말업이라고 하는지 이제 알겠느냐?"

무수는 항변할 말을 찾지 못했다.

"불철주야 소금에 파묻혀 살더니, 결국에 네게 무엇이 남았느냐?"

무수는 체면이 서지 않아 고개를 들지 못했다. 박 공은 손에 들고 있는 것을 옥간 안으로 던져주었다.

"장독에 바르거라."

그러고는 돌아서 가버렸다. 무수는 눈물이 핑 돌았다. 사령이 다가왔다.

"그래도 네놈은 복이 많은 줄 알거라. 돈을 써서 예까지 찾아오는 사람들도 여럿이나 있고."

박 공은 합포 우병영으로 갔다. 군뢰부장 조용백을 만나 무수가 옥에 갇혀 있는 이야기를 늘어놓았다. 조용백은 난감한 표정을 지었다.

"궁장 어른도 아시다시피 우리 군뢰부는 군정 문란에 관한 일이 아니면 관여할 수 없소."

"부장 나리께서 진주 사또에게 언질이라도 좀 해주시면 안 되겠사옵니까?"

"어떤 언질을 말이오?"

"무수 그놈이 무함을 받아 다 죽게 생겼사옵니다."

"나더러 부당한 청탁을 하란 말이오? 그럴 수는 없소."

"하오면, 이대로 두고만 봐야겠사옵니까? 장독이 퍼져 옥사에서 죽고 말 것이옵니다."

"그것도 다 그놈이 타고난 명운이 아니겠소?"

"부장 나리!"

"내가 할 수 있는 일이 없소. 그만 돌아가시오."

박 공은 힘없이 걸어 나오다가 뒤를 돌아보았다. 조용백은 박 공의 뒷모습에 눈길을 두고 있다가 고개를 돌렸다. 박 공은 다시 한 번 절을 하고는 물러 나왔다. 힘이 되어줄 사람은 조용백뿐이었고, 더 이상 기댈 데는 없었다. 박 공은 한숨밖에 나오지 않았다.

"장사치는 속에 열두 가지 마음을 갖고 있어야 하는데, 두 마음도 없는 놈이 무슨 장사에 뛰어들어서는…… 결국 그놈이 일신을 망치고 마는구나."

조용백은 휘하 군뢰부 뇌리들을 시켜 비밀리에 무수에 대해 조사를 했다. 여러 날에 걸쳐 알아본 수하들이 제각각 알아본 바를 보고했다. 조용백은 그것들을 취합해 분석했다. 그러고는 회의를 열었다.

"자네들의 보장(보고서)를 읽어보니, 염창나루 천광 여각의 대행수 정무수가 무함을 당했다는 증거를 찾을 수가 없다. 그자의 죄는 그대로 인정되어야 하겠는가?"

"정암 여각 행수 박수영이 꾸민 일이라는 짐작들이 있었사온데, 도무지 꼬투리를 잡을 수가 없었사옵니다."

"더구나 염창 감관이 문초를 당하는 중에 장사(곤장에 맞아 죽음)하는 바람에 다들 겁을 집어먹고 누구도 그 사건에 관해 말을 하려고 들지 않았사옵니다."

"정암나루에 있는 가대기꾼들 중에는 군적이 없는 놈들이 있다. 이들을 어찌하면 좋겠는가?"

"그놈들 중에는 타지에서 흘러든 왈짜들이 많사옵니다. 군사를 이끌고 가서 모조리 잡아들여서 문초를 하심이 옳은 줄 아옵니다."

"어찌 다 잡아들이는 것만이 능사이겠는가? 군적을 갖도록 한 번은 기회를 주어야 함이 마땅하다. 이에 관해 진주 관아를 거쳐 정암나루 행수에게 통지를 하도록 하라."

조용백은 회의를 파했다.

"무수 그놈한테 기어이 이와 같은 날이 올 줄 환히 내다보았거늘."

군뢰에 가둬둔 안점이를 떠올렸다. 조용백은 군뢰청 뒤쪽에 있는 옥사로 갔다. 옥사장과 옥졸들이 일어나 맞이했다.

"부장 나리, 어인 행차이시옵니까?"

"안점이를 좀 보러왔네."

안점이는 조용백을 보자마자 흐느끼기부터 했다.

"네 처자식은 잘 있느니라."

"아이고, 나리. 고, 고맙사옵니다요."

"지난번에 공술한 대로 언제라도 그와 똑같이 다시 공술할 수 있겠느냐?"

"열, 열 번 백 번도 하고 말굽쇼. 그러니 제발 선처를 해주옵소서."

2

천광 여각이 몰수되어 봉해지고 난 뒤부터 진주는 물론이고 인근 고을에까지 소금 공급에 차질이 빚어져 탄원이 이만저만 아니었다. 진주 관아에서 몰수한 천광 여각과 그에 딸린 열두 중도가 여각은 강세정이 목사에게 허락을 얻어 민간에 불하했다. 그리하여 박안이 아들 박수영을 내세워 천광 여각을 거저 주워 가지다시피 손에 넣었다.

박수영은 전보다 더 확실하게 남강의 염상권을 장악해 새로 중도가 여각의 행수들을 뽑아 앉히고, 스스로는 천광 여각을 차지하고 대행수 자리에 올랐다. 기존의 염상계는 무수를 삭출(자격을 박탈하고 내쫓음)한 뒤에 파계를 하고, 새로운 염상계를 결계해 자신이 계장이 되었다.

"으하하, 이제야 속이 좀 시원하군."

강세정은 천광 여각을 박안 부자의 수중에 넣어준 뒤부터 박수영과 애복이의 혼사를 서두르고 싶었다. 남강의 염상권까지 다 손아귀에 넣은 그들이 자신과 사돈을 맺지 않고 배신을 한다면 강세정으로서는 남 좋은 일만 시켜준 꼴이 되는 것이었다.

강세정은 애복이한테 박수영을 남편으로 받아들일 채비를 하라는 명령을 내렸다. 애복이는 곰곰이 생각한 끝에 한 가지 꾀를 냈다. 강세정에게서 부름을 받은 박수영은 애복이를 찾아왔다.

"어험, 내가 대행수가 되었다는 소식은 들었소?"

"너 왜 갑자기 존댓말을 써? 그런다고 인격이 높아지냐?"

"거참, 말 좀 좋게 하지 못하겠소? 우리도 이젠 애들이 아니란 말이오."

"너는 커서도 애보다 못한 놈이야."

"거참, 자꾸!"

"어쩔래?"

애복이가 코밑에서 대들자 박수영은 한 발 물러섰다. 애복이는 그제야 배시시 웃으며 박수영에게 한 발 다가갔다. 박수영은 움찔해 물러났다.

"겁먹지 마소서."

"엥?"

"제가 지금까지는 도련님을 시험해 본 것이옵니다. 그동안 소녀의 무

례함을 도량 크신 마음으로 다 받아주셨으니 이제 진심을 밝힐까 하옵
니다."

박수영은 자신의 귀를 의심했다.

"그, 그 말 진정으로 하는 말씀이오?"

"그러하옵니다. 도련님."

애복이는 넘겨짚어서 무수에 관한 이야기를 꺼냈다.

"사실은 그놈이 대장질에다가 무예를 좀 한답시고 어찌나 저에게 치근
대는지……."

"그놈이라니? 아, 무수 그놈? 그놈은 이제 끝장났다는 걸 모르오?"

"알고 있지요. 그놈이 감옥에 들어갔으니 제가 이제 도련님을 마음놓
고 만날 수 있게 된 것이 아니겠사옵니까? 그런데 또 풀려나면 어찌하옵
니까?"

"그럴 일은 없소. 내가 이번에는 단단히 옭아매어 놓았으니 아무 걱정
마시오."

"어떻게 옭아매어 놓으셨길래 그리 장담을 하시옵니까?"

박수영은 호기롭게 떠벌렸다. 애복이는 귀기울여 들었다. 중간에 한마
디씩 장단을 맞춰주었더니 박수영은 무수를 무함한 전모를 다 털어놓
았다.

"그런데 문제가 하나 있소. 내가 여동금이와 몰래 감관의 집에 은자와
비단을 갖다 놓으러 갔다가 그만 차고 있던 호패를 떨어뜨렸소. 은자와
비단이 값비싼 물건이라 여동금이 빼돌리지 못하도록 내가 직접 간 것이
실수였소. 쩝."

"그럼 아직도 호패를 못 찾았다는 말씀이옵니까?"

"그렇소. 여러 번 가서 아무리 찾아보아도 없었소. 그것만 찾으면 걱정
할 것이 없는데."

"하루빨리 찾기를 빌겠사옵니다."

"내가 애복 낭자의 오늘 모습을 보니 흐뭇해지는구려. 우린 부모님이 정혼한 사이가 아니오? 한배를 탄 몸이나 마찬가지니 앞으로는 농담과 장난으로라도 전과 같은 언행은 없었으면 하오."

"잘 알겠사옵니다."

"그리고, 무수 그놈은 이제 반병신이 되어서 아마 사내구실도 못 할 거요. 다시는 애복 낭자를 괴롭히는 일이 없도록 할 것이니 앞으로는 조금도 시름할 것이 없소."

"소녀는 도련님만 믿겠사옵니다."

"그럼 이리 가까이 오오."

"아직은 아니 되옵니다. 조금만 참으시옵소서."

"으하하, 알겠소. 잘 알겠소."

애복이는 걸이를 데리고 어디론가 향했다. 걸이가 앞장서 걸었다. 걸이는 어느 집 대문 앞에 섰다. 문은 열려 있었다. 사람들이 다 어디론가 떠나고 아무도 살지 않는 빈집이었다.

"장독대라고 했으니 안채 어디쯤에 있을 것이다. 어서 찾아보거라."

걸이는 안으로 들어갔다. 개 짖는 소리가 났다. 안채 마당 한구석에서 조그만 개가 꼬리를 흔들고 있었다. 개는 사람을 반가워했지만 경계를 하고 다가오지는 않았다. 걸이는 안채를 돌아갔다. 장독대는 뒤꼍에 있었다. 걸이가 샅샅이 찾아보았지만 호패는 없었다.

"분명히 여기 어딘가에 흘렸다고 했는데."

다시 앞마당으로 나왔다. 개가 제집 안에 앉아서 무언가를 뜯고 있었다. 걸이는 쪼그리고 앉아서 입으로 살살 부르고 손짓으로 꾀어 개를 불러냈다. 개는 호기심에 개집 밖으로 나와 걸이에게 다가갔다. 그때를 틈타 애복이는 개집 속에 있는 것을 얼른 꺼냈다. 개의 이빨 자국이 군데군

294

데 나 있었지만 못 알아볼 정도는 아니었다. 박수영의 호패였다.

"됐어. 어서 가자."

애복이는 집으로 돌아와 박수영의 호패를 저만 아는 곳에 깊이 감췄다.

"이제 대장을 살릴 수 있게 되었어."

강세정은 무수가 이미 하옥되어 있어서 애복이가 나다니는 것에 큰 신경을 쓰지 않았다. 더구나 박수영과 사이가 좋아진 것을 알고 크게 안심을 하고 있었다.

"오, 어서 오너라."

강세정은 사랑에 드는 애복이를 보고 환한 얼굴로 맞이했다.

"요즘 박 행수와 아주 가까워졌다고 들었다. 아무려면 무수 그놈만 하겠느냐?"

"아버님, 긴히 드릴 말씀이 있사옵니다."

"그래, 어서 해보거라."

애복이는 박수영에게서 들은 이야기와 저 자신이 직접 염창 감관의 집으로 가서 그의 호패를 찾아 가지고 있다는 것을 알려주었다. 강세정은 잔뜩 긴장했다. 애복이는 강세정에게 애원성을 냈다.

"그러니 그 사람을 풀어주셔요."

"그건 안 된다!"

"안 그러면 진주 관아보다 더 높은 우병영이나 감영에 가서 낱낱이 알리겠어요."

강세정은 펄쩍 뛰었다.

"뭐라고? 너 지금 그놈 때문에 이 애비를 죽일 작정이냐?"

"억울한 사람이옵니다. 아버님은 고을 일을 하시는 분이 아니옵니까? 우리 진주 고을 백성이 억울함에 처하면 구해주어야 마땅한데, 오히려 무함하는 것을 방조하시어 옥사에 갇히게 하다니요?"

"다 그놈이 자초한 일이니라."

"아버님은 그 사람의 어디가 그렇게 싫고, 그 사람의 무엇이 그렇게 탐탁치 않사옵니까? 그 사람이 아버님한테 무엇을 그리 잘못했사옵니까? 어찌 그리 아무 까닭 없이 사람을 미워하시옵니까?"

강세정은 헛기침만 했다. 까닭이 없을 턱이 없었다. 무수가 불편한 것이 까닭이라면 까닭이었다.

"한평생 저와 살 사람을 어찌 저의 입맛에 맞는 사람을 고르지 않고 아버님 입맛에 맞는 사람으로 고르려 하시옵니까? 아버님이 데리고 살 사람을 고르시옵니까? 제가 모시고 살 사람을 고르시옵니까? 저의 뜻은 어찌하여 무시하시옵니까?"

"너를 위해서니라."

"아니지요. 저를 위해서라면 저의 뜻에 아버님이 흔쾌히 따라주셔야지요. 제가 싫다는데 어찌 강압을 하시옵니까? 그러니 실상은 저는 안중에도 없고, 오로지 아버님 체면과 욕심을 위해서가 아니옵니까?"

"더 듣기 싫다!"

서로 성정이 안 맞는 사람이 있기 마련이었다. 마주치기만 하면 피하고 싶은 사람이 어찌 없으랴. 강세정은 무수와 저 자신 사이에 전생부터 이어진 무슨 원진살이 끼여도 단단히 끼였다고 믿을 뿐이었다.

"그 사람이 풀려나오도록 제가 무슨 짓이라도 할 것이니 그리 아십시오."

강세정은 방사오리를 치며 화를 냈다.

"안 된다! 아무리 내 딸이라고 해도 도저히 그냥 둘 수 없겠구나."

애복이는 가만히 일어나 나와 버렸다. 강세정은 곧바로 수하들에게 일러 애복이가 별당에서 한 발짝도 밖으로 나오지 못하도록 지키게 했다.

그러고는 집안 종들을 시켜 별당을 샅샅이 뒤지게 했다. 그러나 박수영의 호패는 나오지 않았다. 강세정은 처를 시켜 애복이의 몸까지 뒤지게 했지만 허사였다. 내당과 사랑채, 종들이 쓰는 가림채며 행랑채 할 것 없이 다 뒤졌다. 온 집 안을 까뒤집듯이 했지만 호패는 오리무중이었다.

"고얀 것!"

강세정은 고민 끝에 박안과 그 일을 의논하러 나섰다. 가만히 있다가 애복이가 무턱대고 큰일을 저지르기라도 하면 어떤 사태가 벌어질지 알수 없는 일이었다.

"웬 자들이지?"

정암 여각에는 낯선 사람들이 와 있었다. 안으로 들어섰다가 그들의 정체를 알아챈 강세정은 속으로 뜨끔했다. 우병영 군뢰부에서 나온 서리들이 가대기꾼들을 하나하나 조사하고 있었다.

이윽고 호적이 없는 네 사람이 가려졌다. 조용백이 그들에게 말했다.

"네놈들은 군역을 회피한 죄로 잡혀가든지, 당장 관아로 가서 호구(호적)를 만들든지 양단간에 선택을 하거라."

"만들다마다요. 얼른 만들겠사옵니다."

조용백은 박안에게 고개를 돌렸다.

"박 호장은 이들을 불법으로 받아들여 일꾼으로 부린 책임을 면치 못할 것이네."

"아이고, 나리. 소인이 그저 모르고……."

"시끄럽네!"

조용백은 또 박수영에게도 의미심장한 말을 했다.

"자네는 안점이라고 아는가?"

"모, 모르옵니다."

"몰라? 모른다? 그럼 누가 알까……."

그러더니 갑자기 소리를 질렀다.

"여동금!"

"옛, 나리!"

여동금은 조용백 앞으로 나와 엎드렸다.

"너는 무슨 죄라도 지었느냐? 왜 땅바닥에 엎어져 있느냐?"

"아, 아니옵니다. 놀라서 그만……."

"다들 듣거라! 앞으로 이 정암 여각에 불법으로 숨어든 자가 있으면, 그 즉시 관아에 고알(고발)을 해야 할 것이고, 또 만약에 다른 사람을 억울한 지경에 빠뜨린 일이 있다면 속히 누명을 벗도록 해주어야 할 것이다."

다들 아무 말이 없었다. 조용백은 박수영을 바라보았다.

"박 행수, 잘 알겠는가?"

"예, 나리."

조용백이 한바탕 휘젓고 돌아간 다음에 박안은 강세정과 마주 앉았다. 둘은 한동안 입을 다물고 입맛만 다셨다. 군뢰부장 조용백의 말을 곱씹어 보면 볼수록 꺼림칙하기 짝이 없었다. 박안이 입을 뗐다.

"수영아, 아무래도 꼬투리가 잡힌 것 같다."

"그리 섣불리 단정하지 마옵소서."

강세정이 도리질을 했다.

"우리 딸아이가 자네의 호패를 주워서 어딘가에 감추어 놓았다네."

박수영은 소스라치게 놀랐다.

"예에?"

그렇지만 곧 안도의 한숨을 쉬었다.

"아, 천만다행이옵니다. 애복 낭자가 주워놓았다니. 으하하."

"이 사람아, 그게 아닐세. 그걸 가지고 우병영이나 감영에 가겠다고, 무수 그놈을 풀어주지 않으면 일을 낼 기세일세."

"뭐라고요? 애복 낭자가요? 그럴 리 없을 텐데……."

강세정은 박수영에게 혀를 한 번 차고는 박안에게 말했다.

"군뢰부장 놈이 예전부터 무수 그놈의 벗바리가 되어왔사옵니다. 아무 물증 없이 심증만으로 여기까지 몸소 찾아와서 가대기꾼들을 조사하고, 안점이를 들먹일 놈이 아니옵니다."

"으음, 그렇다면 어찌하면 좋겠는가?"

"그놈을 풀어줘야지요."

"그럼 우리 아이가 한 짓이 다 발각나지 않겠는가?"

"그렇지 않사옵니다. 풀어줘 봤자 그놈은 이제 물고 죽을 동전 한 닢도 남은 것이 없사옵니다. 그놈이 옥에 갇혀 있는 동안 이놈 저놈 다 챙겨 가고 문서 한 장 남은 것이 없지 않사옵니까?"

박수영이 좋아했다.

"그러하옵니다. 그놈이 다시 일어설 수는 없사옵니다. 으하하."

"우리가 불하받은 것들을 다시 내놓지 않아도 되겠는가?"

"소인이 잘 알아서 처리하겠사옵니다."

"강 호장, 자네만 믿겠네."

무수는 풀려났다. 무죄를 받아서가 아니었다. 정상참작이 되어서였다. 그간 지리산과 덕유산 높은 산과 깊은 골짜기 구석구석까지 성실히 소금을 날랐고, 그로써 백성들의 살림을 도운 공적을 감안해 특별히 방면한다는 것이었다.

온몸에 장독이 퍼진 무수는 걷다가 기다가를 거듭하며 여각에 이르렀다. 대문 안으로 들면서 넘어져 나뒹굴었다. 보고를 받은 박수영이 나왔다.

"이게 누구신가? 대행수 어른이 아니신가? 으하하."

무수는 고개를 들어 박수영을 바라보았다.

"네, 네가 어떻게 여길?"

"이 천광 여각의 주인이시니라."

박수영은 졸개들을 시켜 무수를 밖으로 끌어내어 내동댕이쳤다.

"이놈아, 목숨이나마 붙어 있는 것을 천행으로 알거라. 다시 여길 얼씬 거린다면 뼈마디를 다 분질러 주마."

박수영은 주머니에서 동전을 몇 닢 꺼내 무수의 면상에 던졌다.

"옛다, 옛정을 생각해서 주는 것이니 약이라도 한 첩 지어 먹거라. 으하하."

무수는 주먹을 꽉 쥐고는 집을 향해 기었다. 졸지에 집을 잃은 김씨는 오갈 데가 없어 대문 옆 담벼락에 기대앉아서 오들오들 떨고 있었다. 멀리서 사람이 기어서 오자 신들린 듯이 일어났다.

"우리 무수 아니냐? 무수야!"

김씨는 울면서 너덜너덜해진 넝마 같은 무수를 부둥켜안았다.

"어, 어머니!"

무수는 달려온 어머니 김씨 품에 와락 안겼다. 큰 몸이 한없이 작아지는 것만 같았다. 거지꼴이 된 어머니의 모습이 안쓰러워 고개를 돌렸다. 터져 나오는 울음을 가까스로 삼켰다. 어머니는 고개를 돌리지 않았다. 누더기가 된 아들을 비단처럼 꼭 안았다.

3

"계시오!"

"뉘시오?"

"그러는 댁은 뉘시오?"

"아니, 이자가?"

"여기는 천광 여각의 대행수 어른 댁인데?"

"그렇다면 그 사람을 찾아왔나 보군. 따라오시오."

집주인은 이희춘을 헛간으로 데리고 갔다. 무수가 어머니 김씨와 거지 꼴을 한 채 들어 있었다. 이희춘은 그 앞에 퍽 엎어졌다.

"대행수 어른!"

무수는 이희춘을 물끄러미 바라보기만 했다. 강배에 소금을 싣고 사라진 것으로만 여긴 사람이 눈앞에 나타나 있는 것이었다. 이희춘은 다시 한 번 두 모자의 꼴을 보고는 큰 소리로 울기 시작했다.

"대행수 어른, 여각으로 갔더니, 그놈들이 글쎄……."

"됐네. 그만하게."

무수는 장독이 나서 똑바로 앉지도 못했다. 이희춘은 소매로 눈물을 닦고는 말했다.

"이제 소인이 돌아왔으니 아무 걱정 마소서."

이희춘은 무수를 업고 김씨는 걷게 하고 그 집을 나왔다. 나루터에 매놓은 배에 무수를 내려놓고 뱃줄을 풀었다.

"어디로 가는가?"

"읍내 의원에 가서 치료를 해야지요."

동문 앞 나루에 배를 댄 이희춘은 무수를 들쳐 업고 의원들이 모여 있는 골목으로 갔다. 그중 한 의원을 눈으로 정해 들어갔다.

"여긴 돌팔이 집인가, 어찌 이리 손님이 없나?"

늙은 의원이 나왔다.

"이놈아, 돌팔이라니!"

"돌팔이가 아니면 됐소. 어서 이분을 봐주시오."

의원은 무수를 엎드리게 하고 장독을 살폈다. 살이 터져 검은 피가 덕지덕지 붙어 있었고, 살살 누르는데도 찢어져서 누런 고름이 새 나왔다. 무수는 신음 소리 한마디 내지 않았다.

"허어, 이런 극심한 고통을 참고 견디었다니, 참 용한 사람일세."

의원은 뒷간으로 가더니 똥물을 한 바가지 퍼냈다. 구린내가 온 의원에 진동했다. 끓인 똥물을 광목에 받쳐 거른 의원은 무수에게 한 사발 먹이려고 했다. 무수는 내키지 않아 입을 벌리지 않았다. 이희춘이 보다 못해 물었다.

"어찌 그걸 사람에게 먹이오?"

"독은 독으로 다스리라고 했네. 장독을 똥독으로 중화시키는 걸세."

무수가 눈을 질끈 감고 다 마시고 나자 그제야 의원은 장독이 오른 부위를 치료했다. 초수(식초를 희석시킨 소독액)로 상처 부위를 정성껏 닦아내고 도인(산복숭아씨)을 가루 내어 진피(귤껍질)와 꿀에 섞어서 상처에 발랐다. 탕제도 처방해 달였다.

이희춘이 물었다.

"무슨 약이오?"

"말해주면 아는가?"

이희춘은 입을 삐죽했다.

"장독의 어혈을 풀어주는 해독탕이네. 가미해독탕이라고 하지."

이희춘은 늙은 의원이 정성껏 치료해 주는 것 같아서 속으로 고마웠다. 주머니를 열어 은자 한 냥을 주었다. 의원은 너무 많다며 받지 않으려고 했다. 이희춘은 강제로 의원의 손에 쥐여주었다.

"우리 대행수 어른을 낫게만 해주시오."

"약장에 약재가 별로 없어서 약을 쓴다고 써보았지만, 그보다 먼저 아주 잘 먹여야 하네."

이희춘은 나가더니 장을 봐 왔다. 의원의 늙은 아내가 있는 부엌으로 장본 것을 갖다 주고, 음식 장만을 부탁했다. 지지고 볶고 끓인 음식들이 상에 넘치도록 차려졌다. 한적하던 의원에 사람 사는 분위기가 감돌았다.

"자네가 무슨 돈이 있어서……."

무수의 걱정에 이희춘은 그간의 사정을 이야기했다.

"소금을 싣고 낙동강을 따라 상주에 갔다 왔습지요."

"그랬는가?"

"죽을 각오를 하고 갔다 왔사옵니다. 덕분에 경상 감영 구경 한번 잘했사옵니다."

"어쨌든 돌아와 줘서 고맙네."

"당연히 돌아와야지 소인이 달아난 줄 아셨사옵니까?"

무수는 힘없이 웃었다. 이희춘은 들으라는 듯이 중얼거렸다.

"내가 여각을 비운 날이 얼마나 된다고 그새 망하다니. 쩝."

"면목이 없네."

"저를 믿어주시고, 잘해주신 것에 비하면 아무것도 아닙지요."

이희춘은 상주에 가서 소금을 팔아 온 돈을 아낌없이 무수의 병구완에 썼다. 어머니 김씨도 차츰 기력을 되찾았고, 새 옷도 차려입어 그전 모습을 되찾았다.

김씨는 의원의 늙은 아내와 함께 부엌에서 무수가 먹을 음식을 만들고 약탕기에 약을 달이는 데 지극정성을 다했다. 무수는 워낙 심신이 강건해 차츰 회복을 했고, 툇마루에 나앉을 정도가 되었다.

"기골이 장대하고 정신력이 강했기에 망정이지 여느 남정 같았으면 반병신은 되었을 것이네."

"다 의원님 덕분이옵니다."

"자당께서 밤낮으로 애쓰신 덕이지 나야 말라비틀어진 약재 몇 가지 쓴 것밖에 더 있나?"

세 사람이 한 달이 넘도록 의원에서 무수의 장독을 치료하며 먹고 자고 쓰는 통에 이희춘의 주머니는 날로 가벼워져 갔다.

'앞으로 어찌하나?'

이희춘은 속앓이를 했다.

'남은 건 달랑 강배 한 척뿐인데 그걸 팔아야 되나?'

"삼 사오!"

삼 장수가 의원에 들었다. 심마니가 꺼내 놓은 삼은 좋은 것이었지만 의원이 부른 값이 턱없다며 푸념을 하면서 보따리를 싸려고 했다.

"어딜 가나 제값을 주려고 하지 않는군."

"그 삼 내가 사겠소."

이희춘은 주머니를 탈탈 털어 심마니가 부른 값을 한 푼도 깎지 않고 삼을 샀다. 그 즉시 의원에게 주었다.

"명약을 만들어서 우리 대행수 어른께 주시오."

의원은 다른 약재를 넣어서 처방한 탕약을 어머니 김씨에게 주었다. 김씨는 정성껏 달여서 무수에게 먹였다.

이희춘은 무수가 거동이 가능해져 뒷간에도 혼자 다닐 수 있게 되고 나서야 날품팔이를 나갔다. 워낙 힘이 좋고 성실한지라 일거리는 심심찮게 있었다. 날품삯이 얼마나 되랴마는 푼돈이나마 세 사람의 밥값은 할 수 있었다.

드디어 무수는 장독을 떨치고 온전한 모습으로 돌아왔다.

"약을 좀 더 써야 하네."

"괜찮습니다. 이제 다 나았습니다."

"그래도 찬바람을 많이 쐬지는 말게. 몸을 따뜻하게 해야 되네."

"그러겠습니다. 그런데 저어, 의원님. 필요한 것이 몇 가지가 좀 있는데……."

"뭘 말인가?"

의원은 곳간을 뒤져서 무수가 요청한 것을 꺼내 주었다.

"다른 것도 필요한 대로 가져다 쓰게."

"고맙습니다."

무수는 빈 고리짝을 얻어두었고 괭이, 호미 같은 연장도 챙겨두었다. 이희춘이 일을 나갔다가 돌아왔다.

"그게 다 무엇이옵니까?"

"자네, 내일부터는 일을 나가지 말게. 나랑 같이 갈 데가 좀 있네."

"어디로 말씀이옵니까?"

"가보면 아네."

두 사람은 의원의 집을 나와 동문나루에 가서 배를 탔다. 정신이 온전하게 돌아온 무수는 그제야 배의 상태를 살펴보았다. 배가 많이 상해 있었다. 그렇다고 물길을 다니지 못할 정도는 아니었다.

"경호강으로 가세."

이희춘은 무수가 시키는 대로 했다. 뱃줄을 풀고 키질을 해 남강의 물길을 거슬러 올랐다. 이희춘은 무수가 전에 거느렸던 중도가 여각들을 둘러보려는 줄로 알았다. 이미 다 남의 손에 넘어간 것인데 어찌하려는지 그 속을 짐작하지 못했다.

무수는 먼 물길만 바라보고 있다가 이희춘에게 물었다.

"자네, 돌아오지 않을 생각은 조금도 없었는가?"

"대행수 어른을 등지고 달아날 생각이 조금도 없었지요. 답답했던 속도 풀 겸, 소인도 능력이 있다는 걸 한번 보여드릴 겸, 겸사겸사 바깥 구경을 하고 싶었사옵니다. 상주까지 가게 된 건 낙동강을 따라 오르다 보니 그렇게 된 것이옵니다. 허헛."

이희춘은 물길을 거슬러 오르느라 힘이 많이 들었지만 즐겁게 키질을 했다. 무수가 힘없이 말했다.

"미안하네."

이희춘이 달아난 걸로 의심했던 것에 대한 진정 어린 사과였다. 무수는 사람 보는 눈을 키워야겠다고 생각했다. 어떻게 보면 큰 곤욕을 치른 것도 다 사람을 제대로 보지 못한 결과였다. 세상엔 무릇 항상 경계를 늦추지 말아야 될 부류가 있는 것이었다.

여러 나루를 지나 함양의 사근나루까지 올라왔다. 무수는 비로소 배를 대게 했다. 사근나루 바로 앞에 여각이 있었지만 무수는 곁눈도 주지 않고 지나쳤다. 장터를 지나고 산성 안으로 들어섰다.

빈 고리짝을 지고 뒤를 따르는 이희춘은 궁금증이 더해갔다. 그렇더라도 묻지는 않았다. 묻는다고 대답해 줄 사람도 아니었고, 대답해 줄 말이라면 묻기 전에 알려주었을 것이었다. 사근역을 지나 산성의 동문으로 나왔다.

이희춘은 무수가 길을 알고 가는 건지, 헤메고 있는 건지 알 수 없었다. 없는 길을 내면서 가고 있는 것만 같았다. 낫으로 칡덩굴을 치고 가시덤불을 밟아 넘는 동안 옷이 걸리고 가시에 찔려 매무새가 말이 아니었다.

"옳지, 드디어 찾았군."

희한하게도 꼭 장구를 빼닮은 바위가 있었다. 무수는 바위를 쓰다듬었다.

"이제 다 왔네."

무수는 그 바위를 돌아서 수십 보 내려갔다. 그러더니 갑자기 우뚝 멈춰 섰다.

"자, 잘 보게. 뭐 보이는 게 없는가?"

이희춘은 무수의 뒤에 있다가 앞으로 나서며 두리번거리다가 깜짝 놀랐다.

"엥? 저, 저건 산삼이 아니옵니까?"

눈길을 여기저기 놓던 이희춘은 그 자리에 쿵 주저앉고 말았다.

"아이고, 맙소사! 온통 산삼 밭이네!"

무수는 면건을 꺼내어 땀을 닦았다. 장독이 완전히 가신 건 아니라서 얼굴이 백지장처럼 하얬다. 이희춘은 물이 담긴 호리병을 꺼내 무수에게 주었다.

"대행수 어른, 어찌 여길 아시고?"

"예전에 속는 셈치고 사뒀었다네. 의원에 심마니가 삼을 팔러 온 것을 보고 문득 생각이 났지."

"그자가 어떤 자인지는 몰라도 어찌 이런 산삼 밭을 대행수 어른께 다 팔았사옵니까?"

"천종삼이 아니고 장뇌삼 밭일세."

"잎들을 보니 수십 년은 된 듯하옵니다."

"자, 땀이 식어 오한이 들기 전에 어서 캐세."

수백 포기는 됨직했다. 능구렁이가 지키고 있었던 탓인지 두더지나 쥐 같은 것들이 파헤친 흔적이 없었다.

"큰 것만 캐야겠사옵니다. 나머지는 자라면 또 캐고."

두 사람은 수십 년이 된 것들로만 1백여 뿌리를 캤다. 이희춘은 고리짝 바닥에 이끼를 깔고 차곡차곡 담은 뒤에 또 한 켜 이끼를 덮고 하면서 고리짝 하나를 가득 채웠다. 뚜껑을 덮은 뒤에 나무껍질을 꼬아 만든 줄로 단단히 묶었다.

"어엿차!"

고리짝을 등에 진 이희춘이 무수를 보고 웃었다.

"이것만 하면 한 밑천 크게 되겠사옵니다."

의원으로 돌아온 다음 날, 무수는 방어산으로 가서 박 공을 찾아뵈었다. 박 공은 무수가 내놓은 삼을 바라보다가 물었다.

"이젠 삼 장수냐?"

"아니옵니다. 장사는 다시 하지 않을 것이옵니다."

"그럼 뭘 해서 먹고살 작정이냐?"

무수는 대답 대신에 일어나 큰절을 했다.

"진주 땅을 떠나려 하느냐?"

"스승님, 부디 만수무강하소서."

박 공은 더 이상 묻지 않았다. 앞으로 어디에서 뭘 할지 대답하지 않을 것 같았다. 무언가 결연한 의지가 엿보일 뿐이었다.

"너도 건강하거라."

박 공은 자식을 멀리 떠나보내는 심경이 되었다. 무수를 따라 산길을 다 내려와서야 걸음을 멈췄다. 무수는 돌아서서 깊이 선절을 했다.

"훗날에 지나는 길이 있거든 고기나 한 근 끊어 오너라."

"예, 스승님."

"나쁜 놈!"

무수는 다시 절을 올렸다. 박 공의 눈이 젖었다.

"빨리 가거라."

무수는 의원으로 돌아왔다. 어머니 김씨와 이희춘을 앉혀놓고 대뜸 말했다.

"상주로 가려고 하옵니다."

"상주? 웬 상주냐?"

"소인이 다녀온 상주 말씀이옵니까?"

"그렇네. 거기 어딘가에 사람들이 신선처럼 사는 고을이 있다네. 거기를 찾아갈 작정일세."

김씨가 걱정스러운 듯이 말했다.

"세상에 그런 곳이 어디 있겠느냐? 네가 누구한테 잘못 들었을 게다."

"나서서 찾아보지도 않고, 가만히 앉아서 없을 것이라고 지레짐작만

하지는 않겠사옵니다."

어머니 김씨와 달리 이희춘은 무수에게 동조했다.

"까짓것 갑시다요. 신선이 살든 선녀가 살든, 여기보다 더 큰 대처가 낫지 않겠사옵니까?"

"길이 멀 텐데 네 아직 성치 않은 몸으로 가겠다니 나는 왠지 썩 내키지 않는구나."

"몸은 다 나았사옵니다."

"대행수 어른, 소금을 사서 싣고 갑시다요. 비싸게 팔 수 있을 것이옵니다."

"이제 그 대행수 소리는 그만하게. 앞으로 장사는 안 할 것일세."

"그럼 뭘 하시려고 합니까?"

"그건 나중에 알게 될 걸세. 행여 소금을 싣고 갈 생각일랑 말게."

"소인이야 뭐 대행수 어른, 아니 선다님의 말씀을 따르옵지요. 아, 참. 우리에겐 산삼이 있지 않사옵니까? 하하핫."

"입조심하고."

"예, 선다님!"

무수는 의원에게도 산삼으로 사례를 했다. 늙은 의원 내외는 문밖에서 새벽길을 나서는 사람들에게 손을 흔들어 주었다. 이희춘이 등짐을 지고 앞장섰다. 봇짐을 맨 무수는 보따리를 인 어머니 김씨를 모시고 강배를 매놓은 동문나루로 갔다.

나루터에 묶어놓은 뱃줄을 잡고 이희춘은 주춤주춤했다. 무수가 한참 쳐다보고 있다가 입을 열었다.

"왜 그러는가?"

"아무것도 아니옵니다. 뱃줄이 좀 엉켜서……."

이희춘은 엉키지도 않은 뱃줄을 힘들여 푸는 시늉을 했다. 속으로는 애가 탔다.

'안 오시려나? 내 말이 아씨한테 전해지지 않았나? 더 지체할 수 없는데. 거참.'

몇 사람이 나루에서 서성거리고 있다가 가까이 다가왔다.

"좀 태워주시면 안 되겠소?"

이희춘은 말을 걸어준 노인이 반가웠다.

"어르신, 이 배는 낙동강을 거슬러 오를 것이옵니다."

"그럼 잘 되었네. 뱃삯을 드릴 터이니 좀 태워주오."

이희춘은 무수의 눈치를 보았다. 무수는 이희춘이 꾸물대는 것에 심기가 언짢아져 고개를 돌렸다. 어머니 김씨가 대신 말을 했다.

"태워드리게."

사람들이 배에 올랐다. 이희춘은 더 시간을 끌고 있을 수 없어 배를 띄웠다. 고개가 자꾸만 동문나루 쪽을 향했다.

'안 올 리가 없는데…….'

새벽 큰 달이 강물에 비쳐 일렁이는 것이 꼭 연등절에 등불이 흐르는 것만 같았다. 무수는 아련한 추억이 떠올랐다. 애복이와 나눴던 대화가 생각났다.

"대장, 우리 헤어지지 말자."

옥사에 있을 때 찾아와서 했던 말도 떠올랐다.

"내 손을 놓지 마."

무수는 가슴이 착잡해졌다. 이희춘은 여차하면 배를 돌리려고 점점 멀어져 가는 동문나루를 바라보았다. 마음속으로 아무리 간절히 쳐다보고 있어도 사람 그림자 하나 보이지 않았다. 물길을 따라 배가 굽이돌았다. 동문나루는 마침내 보이지 않게 되었다.

염창나루를 지났다. 무수는 선행수 이장휘가 떠올랐다. 선 채로 절을 했다. 정암나루도 지났다. 박수영의 모습이 눈앞에 어른거렸다. 깊은 회한이 일었다. 하지만 억눌러야 했다. 입술을 깨물었다. 북받치는 것들을 모두 승화시켜야 했다.

"갈 길이 있어."

배는 강물을 따라 굽이굽이 돌며 드디어 낙동강에 들어섰다. 이희춘은 돛의 방향을 돌리고 더욱 힘차게 키질을 했다. 뱃머리는 왼쪽으로 돌았고 배는 갈지자로 큰 물길을 거슬러 오르기 시작했다.

"우왁!"

몇 차례 구역질을 하던 아낙이 더 참지 못하고 뱃전에 붙어서 속에 있는 것을 게워냈다. 아무도 뱃멀미를 하는 아낙을 보고 어찌하지 못하고 있는데, 노인이 가만히 일러주는 것이었다.

"배는 움직이는 데 몸이 안 움직이려고 저항을 하니까 그런 것일세. 배가 움직이는 대로 몸을 맡겨두어 보게. 배가 흔들리는 대로 몸도 따라 흔들리면 좀 편해질 걸세."

문득 무수는 그 노인을 유심히 바라보았다. 신선 같은 소리를 다 한다 싶어서였다. 노인은 눈을 감고 있었다. 무수는 다시 고개를 돌렸다. 키질을 하고 있던 이희춘이 이를 드러내며 웃었다. 그러고는 무함을 당해 큰 곤욕을 치른 무수를 넌지시 위로했다.

"대처로 가는 강이 이렇게 크니, 거기 사는 사람들도 다 큰 사람들이면 좋겠사옵니다."

"자네는 상주에 갔다 온 사람이 아닌가? 그곳 사람들의 기질은 어떠하든가?"

"소인 같은 놈이 어디 그런 걸 살피는 안목이 있어야 말입죠."

무수는 강의 상류 쪽을 바라보고 섰다.

'우복동……'

물길 가는 사람들

1

무수는 멀어져 가는 진주 땅을 바라보고 있는 어머니 김씨에게 면목이 없었다. 내로라하는 염상이 되어 호강을 시켜드린 날이 얼마나 되었나 싶었다. 못난 자식으로 말미암아 온갖 곤욕을 겪게 한 것을 생각하면 울컥하여 목젖으로 묽은 침도 넘어가지 않았다.

"죄민(죄스럽고 민망함)하옵니다. 어머님."

김씨는 고개를 돌려 아들을 바라보았다. 바람이 스쳐가며 김씨의 앞머리를 몇 가닥 날리고 있었다. 김씨는 손으로 쓸어 머리카락을 귀 뒤로 넘겼다.

"아니다. 난 괜찮다. 이 어미는 조선 팔도 어디에 있더라도 우리 장한 아들, 무수 너하고만 있으면 된다. 그러니 아무 염려 말거라."

'어머님.'

무수는 애틋하기만 한 그 석 자를 차마 입 밖에 내지 못했다.

"그런데 애복이한테는 떠난다는 말이라도 하고 가는 거니?"

무수는 잠깐 뜸을 들였다가 마른 목소리로 대답했다.

"떠난 줄 알겠지요."

김씨는 더 묻지 않았다. 큰 사연에는 여러 언사가 필요치 않은 법이었다. 별다른 감정이 남아 있지 않은 듯이 대답을 했지만 무수의 가슴 한 갈피에는 여전히 애복이가 자리 잡고 있었다.

'인연이 아닌 것을…….'

데리고 떠나고 싶은 마음도 일었지만 그건 장부가 할 일은 아니었다. 물건을 훔쳐 달아나는 것을 도적질이라고 하듯이 사람을 납치하듯이 해서 도망가는 것은 도적질 중에서도 상도적질이 아니겠는가!

같이 떠나자고 했다면 애복이가 군말 없이 스스로 따라나서기야 했겠지만, 부모 입장에서는 그저 하나뿐인 귀한 딸을 도둑맞은 심경일 뿐일 것이었다. 둘만 좋다고 될 일이 아니었다.

떠나기 전에 마지막으로 한 번 보았으면 하는 아쉬움이 남았다. 하지만 본다고 한들 무슨 수가 나는 것도 아닐 것이고, 따라가겠다고 떼를 쓴다면 이러지도 못하고 저러지도 못하는 난감한 상황에 빠질 것 같았다.

사람의 인연이 꼭 최종의 결과만을 뜻하는 것은 아닐 것이라고 믿었다. 짧았든 길었든 함께 지냈던 시간만큼이 바로 인연이었던 게다. 무수는 애복이한테 남긴 서찰을 떠올렸다. 글귀 속에 담긴 뜻을 애복이가 잘 헤아려 주기만 바랐다.

"어여차, 어사와! 상주 함창 공검못에, 어기여차, 어사와! 연밥 따는 저 처자야, 어여차, 어사와…….

이희춘이 구성진 가락을 뽑아내며 힘차게 노를 저었다. 산이 멀어지고 마을이 멀어지고 물이 멀어져 갔다. 진주도 멀어져 가고 있었지만 고향 땅 곤양은 더 멀어져 갔다. 무수는 당산골로 돌아가고 싶은 마음이 조금도 들지 않았지만 김씨를 생각하면 그게 아니었다. 김씨는 단 한 번도 곤양 땅을 잊어본 적이 없다는 것을 잘 알고 있었다. 가마에 모시고 여봐란 듯이 고향 땅으로 돌아갈 날이 있을까, 무수는 이래저래 시름만 깊어졌다.

"나도야 죽어 후생 가면, 어여차 어사와! 울 낭군 먼저 섬길라네, 어기
여차 어사와……."

사람들이 후렴구를 추임새로 넣어주기 시작했다. 장단이 잘 맞아 들어
갔다. 다들 흙빛, 돌 빛 얼굴에 잔잔한 즐거움이 감돌았다. 노인도 지그시
눈을 감은 채 한 손으로 무릎장단을 치고 있었다.

이따금 큰 돛을 단 강배들이 스쳐 지나갔다. 사람들은 서로 손을 흔들
어 주었다. 한배를 탄 사람들, 한세상 함께 살아가는 사람들. 배에 탄 사
람들만 같으면 세상살이에 무슨 큰 탈이 있으랴. 무수는 이희춘 가까이
다가갔다.

"내가 노를 젓겠네. 좀 쉬도록 하게."

"아니옵니다. 괜찮사옵니다."

이희춘은 한사코 노를 넘겨주지 않았다. 무수는 뱃전에 걸터앉았다. 이
희춘은 다시 사람들과 함께 노랫가락을 이어나갔다.

염상으로서 실패한 원인은 다른 데 있는 것이 아니었다. 나의 사람만
살폈지 나를 적대시하는 사람들에 대해서는 신경을 쓰지 않았다. 그들의
동향을 알려고 하지 않았기에 그들의 성품과 기질을 까맣게 몰랐다.

나의 적이 누군지, 그 적이 장차 어떤 짓을 획책할지 내다보지 못했다.
그들은 나를 속속들이 간파해 구렁텅이에 빠뜨릴 꿍꿍이를 짜내는 동안
나는 참 어리석게도 나의 할 일만 하면 된다고 생각했다.

장사는 향산물(지역의 특산물)을 여러 곳에 흥판(사고파는 일)해 화식(재
물을 불림)을 하는 일인 줄로만 알았다. 다른 장사치들도 그러한 줄로만 믿
었다. 그런데 그게 아니었다.

세상사에 시기와 질투가 없는 곳이 없고, 그것이 커지면 남을 해하려는
마음에 이른다는 것을 까맣게 모르고 있었다. 그것이 잘못이었다. 다 내

마음 같은 줄 알았다고 발명(변명)할 일이 못 되었다.

내다보아야 할 일들을 내다보지 못한 게 잘못이라면 잘못이었다. 어릴 적에 당산골 뒷산에서 산굴이 무너진 사건도, 진주 염창강 정자가 강물에 휩쓸려 떠내려간 크나큰 비극도, 지난번 박수영 일파의 계략에 속수무책으로 당한 것도 다 내다볼 수 있는 일을 간과한 까닭이었다.

세상사, 인간사 모든 큰일에는 반드시 전조가 있는 법이었다. 앞날에 일어날 일을 족집게처럼 헤아릴 수는 없을지언정 염려하며 신중히 내다볼 줄 아는 혜안을 가져야 했다. 어떤 일이 일어날 조짐을 읽을 줄 알아야 하고 그것을 방비할 책략을 마련해 놓아야 할 일이었다.

무경과 병서에 전쟁을 하는 모든 방법이 적혀 있는 것이 아니듯이 사람 사는 일도 사서오경에 다 기술되어 있는 것이 아닐 것이었다. 세상의 견문을 넓히고 뭇 사람의 경륜을 새겨들어 나만의 식견을 쌓아야 했다. 기왕이면 대처에 가서 세상 경험을 새로 시작해 보고 싶었다.

길게 이어지던 노랫가락은 어느덧 끝나고 배 안은 다시 침묵으로 돌아갔다. 노 젓는 소리만 처억처억 들릴 뿐이었다. 골똘히 생각에 잠겨 있는 무수를 본 이희춘은 슬그머니 안쓰러운 마음이 들어 말을 붙였다.

"박수영이 그 나쁜 놈을 생각하면 지금 당장이라도 돌아가서 요절을 내고 싶사옵니다."

무수는 대꾸를 하지 않았다.

"대행수님 아니, 선다님은 그놈에게 앙갚음을 안 할 생각이옵니까?"

"보원(복수)은 그들뿐만 아니라 나도 망하는 길인 것 같네. 굳이 보원을 못 할 것도 없지만, 그리하고 나면 속이야 잠깐 후련하겠지만, 곧 후회가 일 것일세. 그들이 못나서 그런 사람들인 걸 굳이 보원을 해서 우리가 뭘 얻겠는가?"

이희춘은 이 무슨 소린가 싶었다. 어린애들은 앓고 나면 큰다는 말이 있듯이 어른은 죽을 병석에서 요행히 일어나면 도인이 되는가 싶었다.

"이기려고 들면 왜 못 이기겠는가? 하지만 이기고도 일신을 망치는 길은 오히려 지는 길이 아니겠는가? 이기는 것은 심히 어려운 일이라서 심신의 용력을 많이 써야 하지만 지는 것은 쉬운 일일세. 나의 자존심을 접으면 되는 것이니까 얼마나 쉬운 일인가 말일세."

"그건 굴욕이 아니옵니까?"

"작은 자존심을 세우려다가 일신을 망치는 것이 더 큰 굴욕이 아니겠는가? 큰 자존심을 세우고 살면 작은 자존심 따위에는 연연하지 않게 되네. 그리하면 비록 큰사람은 못 되더라도 그에 근접하지 않겠는가?"

이희춘은 무수의 뜻이 전에 없이 크고 높은 어떤 것임을 직감했다. 지위도 명예도 재물도 아닌 그 어떤 것. 무수가 뜻을 두고 있는 큰사람의 길이 어떤 길인지는 몰라도 한낱 시정바치(상인)에 머물 사람은 아니라는 생각에 속으로 흐뭇했다. 곧 한 가지 의문이 들었다.

"하온데, 큰사람이 되려면 우복동으로 가야 하옵니까?"

"신선들이 사는 장지(감춰진 땅)라고 하니까 그들이 얼마나 큰사람들인가 찾아가 보고 싶어서라네."

무수는 넌지시 노인의 기미를 살폈다. 분명히 말을 들었음에도 그는 여전히 눈을 감고 흐르는 바람에 몸을 맡기고 있을 뿐 입을 열지 않았다.

덕유산에서 흘러나온 물이 거창과 합천을 지나면서 황강이라는 이름으로 낙동강에 합수하고, 가야산에서 발원한 물줄기는 성주와 고령을 차례로 거치면서 회천이 되었다. 그 회천이 낙동강에 드는 자리에 밤마리나루가 있었다.

이희춘은 나루에 배를 댔다. 여러 시간 물길에 지친 사람들이 일어섰다. 뱃멀미를 하던 아낙을 비롯해 몇 사람은 거기서 내렸고, 다른 몇 사람은 뒷간을 다녀온 뒤에 얼른 배에 올랐다. 도붓장수들이 다가왔다.

316

"말 좀 붙입시다."

돛의 아딧줄을 손보고 있던 이희춘은 그들을 훑어보았다.

"그 배에 좀 태워주면 삯은 섭섭지 않게 드리리다."

"어디까지 가오?"

"상주 낙동나루로 가오."

이희춘은 그들을 태웠다가는 배가 많이 무거워져서 노 젓기가 더 힘들어질 것 같아 고민이 되었다. 그것을 넘겨짚은 반수가 제의했다.

"물길을 가는 동안 우리가 노질을 도와주겠소. 어떻소?"

"그렇다면야 뭐……."

이희춘은 무수를 바라보며 눈으로 의향을 물었다. 무수는 그리하라고 일렀다. 도붓장수들은 배에 올라 등짐을 내려놓았다. 반수가 노인을 보더니 얼른 공손히 반절을 했다.

"석천 도인 아니시옵니까?"

노인은 별다른 말을 하지 않고 목례로 그들의 인사를 받았다. 무수는 속으로 노인의 별호를 뇌었다. 석천 도인. 세간에서 그렇게 부르는 사람이라면 안팎으로 갖추고 있는 것이 많겠다 싶었다.

도붓장수들은 주저 없이 뱃고물로 가서 자리를 잡고 앉았더니 그중 하나가 노를 잡았다. 그러고는 사람들을 향해 소리쳤다.

"배 뜨오!"

나루를 떠난 배는 다시 물길을 거슬러 올랐다. 그들은 번갈아 노를 저었다. 다들 익숙한 솜씨였다. 두어 사람은 바람에 배가 갈짓자로 잘 나아가도록 돛을 이리저리 틀어주었다. 배가 한결 수월하게 나아가 속도가 빨라졌다. 이희춘의 입가에 볼웃음이 번졌다.

"삼 장수인가?"

석천 도인이 이희춘에게 물었다. 그는 얼른 대답을 하지 못하고 무수를 바라보았다. 무수는 그러잖아도 노인의 정체를 궁금히 여기고 있던 참이었다.

"장사치는 아니옵고, 몇 뿌리 캔 것을 상주에 가서 팔려고 하옵니다."

노인은 알았다는 듯이 고개만 끄덕끄덕했다.

"혹시 존장께서는 상주에 거하시옵니까?"

"그렇다네."

"존명(이름의 높임말)을 여쭤봐도 결례가 아니 되올지요?"

"석천이라고 하네."

석천 도인은 짤막하게 대답하고는 더 말을 잇지 않았다. 무수는 멋쩍은 얼굴이 되었다. 그 정도면 상대방이 무안하지 않도록 되물어 볼 만도 한데 노인은 그러지 않는 것이었다. 잠시 후에 석천 도인은 한마디 일러주었다.

"상주에서 삼을 팔려거든 남문 밑에 사는 정 진사를 찾아가 보게."

밤마리나루를 떠난 배는 개경포나루와 화원현에 있는 사문진나루를 지났다. 도붓장수들은 나루를 하나씩 지나칠 때마다 두 사람씩 서로 자리를 바꾸는 것이었다. 둘씩 짝을 지어 한 짝은 노를 젓고, 다른 짝은 돛을 맡았다.

그들은 노만 넘겨받은 것이 아니었다. 앞서 노질을 하며 부르던 뱃노래까지 이어받아서 불렀다. 누구랄 것도 없이 하나같이 구성지고 꺾어지는 것이 다들 창가 소리꾼에 가잘빌(비교할) 만했다.

팔공산과 보현산에서 나온 물이 대구를 거쳐 흘러드는 큰 강이 있었다. 금호강이었다. 그곳을 지나자 성주에서는 백천이 합수했다. 인동현의 비산나루를 지나 김산(김천)에서는 감천을 받아들였다. 반수가 사람들에게 말했다.

"이제 곧 상주 땅에 이를 것이오."

무수의 가슴에는 잔잔한 감흥이 일었다. 얼마 가지 않아 눈이 번쩍 뜨이는 광경이 나타났다. 강가에 큰 도회지가 펼쳐져 있는 것이었다.

나루에는 강배와 나룻배가 어림잡아 백 척이 넘게 정박해 있었다. 나루 뒤로는 기와집과 초가집이 빽빽이 들어서 있었다. 가옥은 수백 채가 넘는 것 같았고, 집집마다 내걸린 형형색색의 청렴(주막에 세우는 깃발)이 마치 물결치듯이 바람에 나부끼고 있었다.

대놓은 배마다 짐을 져 내리는 가대기꾼, 여기저기 등짐과 봇짐, 머리 짐을 이고지고 오가는 사람들, 나루터 멀리 백사장을 뛰어다니는 아이들, 강가에 길게 장사진(군사들을 한 줄 또는 여러 줄로 길게 세운 진법)을 친 듯이 줄지어 앉아서 빨래를 하는 아낙들까지 난생처음 보는 풍경이었다.

나루터 옆 깎아지른 절벽 위에는 정자가 서 있었다. 관수루. 물길, 즉 세상을 내려다본다는 뜻이었다. 호사가들은 관수루를 영남 3루의 하나라고 했으며, 그 정자에 앉아서 내려다보는 광경을 '영남제일경'이라고 일컬었다.

반수가 이희춘에게 말했다.

"여기가 바로 낙동나루라오. 이쯤은 되어야 강호라고 칭하지 않겠소? 허허."

"과연 대단하외다."

진주 남강에는 강 전체를 통틀어 열두 나루가 있는데, 낙동강에는 상주 한 곳에만도 열두 나루가 있었다. 각 나루의 규모도 남강이 미치지 못한다는 것을 낙동나루 하나만 봐도 짐작할 수 있었다.

도붓장수들은 낙동나루에 내렸다. 뱃삯을 치르려 했지만 이희춘이 받지 않았다. 노질을 해준 것만으로 충분히 셈셈이가 되었다고 생각해서였다.

다른 사람들도 다 내렸는데 석천 도인만 내리지 않았다. 이희춘이 물었다.

"어디에 내려드릴깝쇼?"

"퇴강나루에 내려주게."

배는 다시 물길로 나왔다. 의성에서 흘러드는 위천 위에 죽암이 있었다. 기암절벽이 절경이었다. 죽암 아래에는 작은 대바우나루가 있었고, 차례로 강창나루, 회상나루가 이어졌다.

상주에서 흘러드는 병성천과 낙동강이 합수하는 자리에는 비란나루가 있었다. 상주 읍성에서 가장 가깝다는 나루였다. 배를 거기에 대야 했지만, 석천 도인을 데려다주기 위해 더 올라갔다.

강줄기 가운데에 작은 섬이 있었다. 그 앞에 있는 무임포와 토진나루를 차례로 지나자 또 합수구가 나타났다. 문경에서 영강이 흘러들고 있었다. 그 뒤에는 매악산이 있었고, 산정 언저리에는 정자 광대정이 있었다. 거기까지가 낙동강이었다. 퇴강나루는 낙동강의 시발점이었다.

"고맙네. 잘들 가시게."

나루에 내린 석천 도인은 매악산 쪽으로 유유히 사라졌다.

"우복동 신선일까요?"

의문의 노인을 배웅한 무수와 이희춘은 돛을 내렸다. 그러고는 배를 돌려 남쪽으로 향했다. 노를 저을 것도 없었다. 흘러가는 강물이 배를 보내주었다.

비란나루에 다가갔다. 한 사람이 나루에 서 있다가 깃발을 들고 배 댈곳을 알려주었다. 이희춘은 노를 이리저리 저어 그가 인도하는 곳에다 배를 댔다. 뱃줄을 던져주자 그 사람은 배말뚝에 묶었다.

배에서 내린 이희춘은 지난날 소금을 잔뜩 싣고 한 번 와본 적이 있는 나루여서 감회가 새로웠다. 그는 등짐을 지고 무수를 지로(길안내)해 도선 별장을 찾아갔다. 산원(경리)에게 도선세를 내고 정박 허가증을 받았다.

"이제 묵을 곳을 정해야 합죠?"

"어디 마땅한 데가 있겠는가?"

"심려 놓으소서. 소인이 누굽니까? 허헛."

이희춘은 호기롭게 객주 한 곳을 눈으로 찜해 들어갔다. 비란나루에서 가장 규모가 큰 서대복의 객주였다. 이희춘은 장무 김천남에게서 크게 환대를 받았다.

"귀인들을 모시고 왔으니 속히 조용하고 좋은 방을 내주게."

김천남은 객주에서 가장 한적한 곳에 있는 별채를 내주었다. 삼간초옥 이었다. 무수는 여독에 지친 어머니 김씨를 얼른 방 안에 들게 했다. 방바닥은 온기가 있었다. 김천남이 마당에 선 채 말했다.

"아랫것들을 시켜 얼른 불을 때라고 하겠네."

"몹시 시장하니 우선 입맷상(간식 상)이라도 좀 봐 오게."

2

"너는 왜 그런 얘기를 이제야 하느냐!"

애복이는 뒤늦게 걸이한테 전해 듣고는 벼락같이 화를 냈다. 벽장에서 조선검 한 자루를 꺼내 들었다. 별당을 지키고 있던 사내들을 위협해 밖으로 나왔다. 칼을 내던진 애복이는 부리나케 동문나루로 달려갔지만 흔한 나룻배조차 한 척 보이지 않았다.

"여봅시오. 혹시 키가 크고 중갓을 쓴 사내와 그 일행을 못 보았소?"

나루에 있는 사람들에게 물었지만 이렇다 할 대답이 돌아오지 않았다. 잠시 후 강배 한 척이 나루로 들어왔다. 뱃사람들에게 물었다.

"이보오들. 앞서 상주로 떠난 배를 따라잡을 수 있겠소? 비발(비용)과 뱃삯은 달라는 대로 드리리다."

"바람길, 물길을 따라잡을 수는 없지요."

애복이는 낙담해 그 자리에 털썩 주저앉았다. 넋을 잃고 있는데 뒤따라 달려온 걸이가 울먹이며 애복이의 어깨를 흔들었다.

"아씨, 정신 좀 차리시어요."

걸이는 애복이가 주심통(졸지에 정신이 아득해지며 인사불성이 되는 병)에 빠질까 봐 겁이 더럭 났다. 얼마 지나지 않아 애복이는 정신이 돌아온 얼굴로 걸이한테 물었다.

"대장이 묵었던 의원이 어디야?"

애복이는 걸이를 앞세워 의원을 찾아갔다. 무수가 넓은 상주 땅 어디를 작정하고 갔는지 단서라도 잡아야 했다. 의원은 고개를 저었다.

"우리는 그 사람들이 상주로 간다는 것밖에는 모르오."

그 뒤에 서 있던 의원의 아내가 잊고 있었다는 듯이 말했다.

"아, 서장(편지)이 있어요. 그 사람이 애기씨가 찾아오면 주라고 했어요."

의원의 아내는 안으로 들어가 서찰을 가지고 나왔다. 애복이는 그 자리에서 봉통(봉투)을 개봉하고 펼쳐 들었다.

인연인(因緣人)

애복아,
인연은 꼭
최종의 결과만을 뜻하지 않아.
사람과 사람의 만남이
끝까지 이루어지는 경우만
인연이라고 한다면

일생 동안 수없이
우리를 스쳐가는 그것은
무어라 부르겠어?

한순간 짧은 인연이 있고,
백 년처럼 긴 인연도 있지.
잠깐 동안 만났더라도
여운이 오래도록
선명하게 남는 인연이 있고,
긴 시간을 함께했어도
하루빨리 떨치고 싶은
인연도 있는 거야.

인연이라는 것의 의미는
같은 세상에 태어나
두 사람이 함께 보내는
시간의 길이가 아니라,
두 사람이 서로 통하는
감정의 깊이에 있지 않을까?
그러니까 우리가
지금 헤어진다고 해서
인연이 다한 것은
아니라고 믿고 싶어.

우리가 함께하려고

애를 쓰다가 못다 한 인연은
미지의 시간 속으로
차분히 봉인될 뿐이야.
그 봉인이 다음 생에 풀릴지
십 년 뒤에 풀릴지
열흘 뒤에 풀릴지는
아무도 몰라.
언젠가 봉인이 풀리면
우리의 인연은 또다시
야릇하게 설레며 다가올 거야.
남모르는 밀어를 속삭일 거고
못 참을 만큼 뜨겁기도 할 거며
공연히 핏대를 세워
싸우기도 하겠지?

인연이 잠시 봉인된다고 해서
원망과 책임 전가
악평과 인신공격의 독설을
마구 날려서는 안 돼.
이별을 마치
모든 것이 끝장난 듯이 하는
사람에게는
꿈같은 귀한 인연이
두 번 다시 찾아와 주지 않거든.

자존심이 상한다고 해서
지나간 인연 앞에
대뜸 칼을 들고 도려내려는 것도
아주 경솔한 일이야.
오히려 그 이름이 빛바래지 않게
고운 단풍잎을 말리듯이 잘 말려서
가슴 책 한 갈피로
소중히 간직해야지.

오늘은 우리가
연인에서 지인으로 돌아가는 날,
연인으로 뜨겁게 지냈던 긴 시간만큼
가슴속 지인으로 따뜻이 지켜주다 보면
인연은 언젠가
그 스스로 봉인을 풀고 나와
우리를 극적인 반전의
주인공으로 만들어 줄 거야.
나는 믿어.

무수가 남긴 서찰을 다 읽고 난 애복이의 눈시울이 붉어졌다. 서찰을 곱게 접어 다시 봉통에 넣은 애복이는 의원 내외에게 고맙다며 인사를 하고 돌아섰다. 서찰을 손에 꼭 쥐고 가슴에 대어 집으로 돌아오는 동안 애복이는 중얼거렸다.

"인연은 누가 내 손에 쥐어주는 매듭 노리개가 아냐. 오직 내가 엮고 동이는 매듭 그 자체지. 설령 부모님이라 하더라도 내 인연을 강제로 점지할

수는 없어. 대장, 기다려. 내가 기필코 대장을 찾아가고야 말겠어."

애복이는 값나가는 패물이며 바둑은(은을 바둑알처럼 만든 것)을 챙겼다. 부피가 적게 나가는 것이라야 먼 길을 지니고 가기가 수월할 것이었다. 비단과 베와 자수를 놓은 것은 몰래 내다 팔아 엽전으로 바꿔놓았다.

채비를 마친 애복이는 걸이를 시켜 배편을 알아보게 했다. 하지만 상주로 가는 강배를 소리 소문 없이 알아보기란 쉽지 않았다. 동문나루에는 남강과 그 샛강을 오르내리는 나룻배만 드나들 뿐 상주까지 가는 배는 좀처럼 나타나지 않았다.

애복이는 일단 동문나루에서 낙동강 수계로 나아간 뒤에 거기서 배를 갈아타야 한다는 생각을 했다. 그즈음 강세정이 별당을 찾았다.

"별일 없이 잘 지내고 있지?"

애복이는 고개를 돌리고 있을 뿐 입을 열지 않았다. 강세정은 혀를 끌끌 차더니 제 할 말만 내뱉었다.

"수일 내로 박씨 집안과 사돈을 맺을 것이다. 그리 알고 있거라. 어험."

애복이는 가슴이 철렁 내려앉았다. 한 차례 쏘아본 강세정은 밖으로 나왔다. 별당을 에워싸고 있는 수하들에게 일렀다.

"네놈들 모가지를 걸고 단단히 지켜야 하느니."

"예, 호장 어른!"

애복이는 애가 탔다.

'박수영에게 시집을 가야 한다니…… 기어이 올 것이 오고야 마는가?'

아니 될 일이었다. 하지만 아무리 기회를 엿보아도 달아날 수 없었다. 별당을 지키고 있는 졸개들에게 호령도 하고 협박도 하고 애원까지 해보았지만 바늘 끝만큼도 통하지 않았다. 지난번에 칼로 을렀을 때와는 사뭇 다른 상황이었다.

"아씨, 저희들의 모가지가 달린 일이옵니다요."

"그러하옵니다. 이번만큼은 아씨께서 이놈들을 좀 살려주십시오."

감시는 더 심해졌다. 애복이는 하루하루 밤낮없이 피를 말리며 보냈다. 별당은 절간보다 고요했지만, 집 안은 혼례 채비로 부산하고 떠들썩했다. 강세정은 행여나 애복이가 달아나지나 않을까 한시도 긴장을 늦추지 않았다.

박수영이 장가들러 오기로 한 날이 임박했다. 애복이는 비장한 얼굴이 되었다.

"방도가 없다면 만들면 되는 것."

눈을 감았다.

"음!"

그 자리에서 정신을 잃고 말았다. 방 안에서 이상한 소리가 난 것 같은 느낌이 든 걸이가 애복이를 불렀다. 하지만 아무런 대답이 없었다. 방에 들어온 걸이는 소스라치게 놀라며 소리를 질렀다.

"아악, 아씨!"

이제는 아무 일 없겠지 하고 새신랑을 맞이할 준비에 여념이 없던 강세정의 처 최씨는 걸이가 아뢰는 소리에 그만 혼비백산할 지경이었다. 강세정은 바람보다도 빠르게 의원을 데려다 치료하게 했다.

"이런 못난 년, 그렇다고 제 손목을 그어!"

애복이는 눈을 감은 채 침묵했다.

"에잇, 모진 년 같으니라고!"

소문이 나지 않을 리가 없었다. 남강의 물결을 타고 의령으로 흘러들어 갔다. 박안은 며느리가 될 처자가 여간 독종이 아니라는 느낌이 들었다. 게다가 어린 계집년한테 집안과 박수영이 무시당하는 것 같아서 기분이 영 나빴다. 두 번 생각할 것도 없었다.

"이, 이런! 파혼이라니!"

강세정은 박안이 보내온 서찰을 갈기갈기 찢어발겼다. 주먹으로 방사오리를 탁탁 내려치며 분을 삭이지 못했다.

박수영은 아비 박안과는 다르게 애복이를 포기하고 싶지 않았다. 가시가 돋치면 돋칠수록 기묘하게도 더 끌리는 눈부신 탱자꽃 같았다. 박수영은 남몰래 강을 건너 강세정을 찾아갔다. 그의 복안을 들은 강세정은 깜짝 놀랐다.

"뭐라고? 우리 아이를?"

"장인어른, 묘책은 그것밖에 없사옵니다."

"그건 과부들에게나 하는 짓거리가 아닌가?"

"사태가 이 지경에 이르렀는데, 처자니 과부니 따질 판국이 아니지 않사옵니까?"

강세정은 망설였다. 박수영이 입에 침을 바르며 말을 이었다.

"그리되면 아버지도 어쩔 수 없이 애복 아씨를 우리 집안의 며느리로 삼을 것이옵니다."

이미 진주는 물론이고 의령 땅에까지 애복이가 손목을 그었다는 소문이 나 있는 마당이었다. 달리 시집을 보낼 곳도 없었다. 강세정은 참담한 심정이었지만 박수영의 제안을 받아들이고 말았다.

"그리하게. 나는 오로지 박 서방 자네만 믿겠네."

"하오면, 소인이 채비가 되는 대로 은밀히 장인어른께만 기별을 하겠사옵니다."

손목에 난 상처는 다행히 깊지 않았다. 얼마 지나지 않아 애복이는 자리에서 벌떡 일어났다. 어머니 최씨로부터 혼사가 미뤄진 것이 아니라 파혼되었다는 소식을 듣자 더 이상 앓는 소리를 내며 누워 있을 수 없었다. 머릿속에는 오직 한 사람뿐이었다.

'대장은 어디서 뭘 하고 있을까? 내 생각은 하고 있을까?'

사내 한 무리가 별당의 담장을 넘었다. 지키는 사람들은 아무도 없었다. 두 사람은 걸이가 자고 있는 행랑으로 갔고, 나머지 사람들은 안채로 들어갔다. 곧이어 커다란 비단 자루를 들쳐 메고 나왔다. 자루 안에 든 애복이는 안간힘을 써보았지만 입과 손발이 묶인 탓에 아무 소용이 없었다.

배를 타고 의령 장박나루로 건너온 사내들은 한 여각으로 들어갔다. 문의 빗장을 걸어 잠그고 나서야 여동금은 복면을 벗었다.

"뒤채로 모셔라."

비단 자루를 멘 사내는 작은 기와집으로 들어갔다. 방 안에 자루를 내려다 놓고는 자루의 아가리를 끌렀다. 그러고는 휑하게 나가 버렸다. 애복이는 발버둥을 쳐 자루에서 나왔다. 사방이 캄캄했다. 밖으로 나오려고 문을 밀었지만 열리지 않았다.

'이놈들이 감히!'

애복이는 고래고래 소리를 질렀다.

"야! 이놈들아!"

하지만 아무런 대답도 돌아오지 않았다. 애복이는 소리를 지르다가 목이 쉬었다. 더 이상 소리를 질러댈 힘도 남아 있지 않았다. 점차 흐느낌으로 바뀌었다. 그러는 동안 동이 트고 날이 샜다.

사내들이 집채 안팎을 에워싸고 있었다. 날파리 한 마리도 얼씬하지 못할 만큼 삼엄했다. 어느 누구도 입을 열지 않았다. 적막만이 감돌 뿐이었다.

애복이는 지쳐서 한쪽 벽에 기대어 있었다. 목이 말랐다. 배도 고팠다. 하루해가 넘어가도록 방 안에 있는 애복이에게 관심을 두는 사람이 없었다. 사내들은 여기저기에 서서 그저 장승처럼 지키고 있을 따름이었다.

사흘이 지났다. 감금되어 있는 애복이는 신음을 내기 시작했다.

"물, 물 좀⋯⋯."

이윽고 박수영이 여동금을 거느리고 나타났다. 방 안에서 새어 나오는 소리가 들렸다. 박수영은 빙그레 웃음을 지었다.

"이제 좀 꺾이는군그래. 하핫."

"한갓 사람인지라 별 수 없습지요. 헤헷."

졸개들이 방문을 열었다. 벽에 기댄 애복이는 얼굴이 하얗게 떠 있었고 입술은 부르튼 채로 간신히 눈만 뜨고 있었다. 박수영을 보자 눈빛만 잠깐 일렁였을 뿐 몸을 움직이지는 못했다.

"왜 그렇게 말을 안 들어. 응?"

박수영이 다가가 쪼그리고 앉아 애복이의 턱을 들었다. 애복이는 박수영의 손을 뿌리치려고 했지만 팔이 들리지 않았다.

"목마르지? 배도 고프고?"

애복이는 멀겋게 뜬 두 눈으로 박수영을 바라보기만 할 뿐이었다. 박수영은 일어나서 여동금에게 말했다.

"내 각시가 될 귀한 사람이 이 지경이 되도록 자네는 뭘 하였는가? 속히 물부터 갖다 주고, 맛난 미음이라도 쑤어 먹이도록 하게."

애복이는 차츰 기력을 회복했다. 보쌈을 당해 온 곳이 어딘지는 알 수 없었다. 하루에 한 번씩 말을 붙이러 오는 박수영에게 일언반구도 대꾸하지 않았다. 번번이 달래고 구슬리는 박수영을 쳐다보지 않고 고개를 돌리고만 있었다.

박수영은 애복이의 마음을 돌리지 못하자 초조해졌다. 더는 기다릴 수 없다고 판단했다.

"말로 안 되면 힘으로 해야 된다는 말도 있지."

박수영의 눈빛이 여느 날과는 달랐다. 무얼 먹었는지 몰라도 온몸이 벌겋게 불타는 듯했고, 그 불을 감당하지 못해 입고 있던 옷을 벗는 건지

찢는 건지 모르게 서둘렀다. 박수영이 다가오자 그의 의중을 간파한 애복이는 앉은걸음으로 뒤로 물러났다. 손바닥만 한 방 안에서 도망칠 곳은 없었다.

애복이는 벽을 타고 돌았다. 박수영은 두 손을 벌려 덮쳤다. 애복이는 얼른 몸을 피했다. 어딘지 모르게 박수영의 행동이 둔하게 느껴졌다. 무언가 손에 잡혔다. 촛대였다. 애복이는 그것을 휘둘렀다. 박수영은 움찔했지만 이내 흐흐흐 웃었다.

박수영은 두 팔로 애복이를 방 모서리로 몰았다. 더 이상 피할 곳이 없었다. 애복이는 초를 뽑아 던졌다. 박수영은 그것을 손으로 쳐냈다. 그것을 본 애복이는 촛대를 거꾸로 들어 서슴없이 제 아랫배를 푹 찔렀다.

"흐음!"

예기치 못한 상황에 박수영은 행동을 뚝 멈췄다. 애복이의 치마 사이로 흘러나온 피가 온 방바닥에 낭자했다. 박수영은 난생처음 보는 광경이라 깜짝 놀라고 겁이 더럭 났다. 애복이의 눈에서는 귀신에 씐 듯이 서슬퍼런 빛이 나고 있었다.

"으아아!"

박수영은 도망치듯이 방에서 나왔다. 마당을 서성거리고 있던 여동금은 무슨 일인가 싶어 다가왔다.

"대행수님?"

"으아아아……."

박수영은 뒤도 돌아보지 않고 넋을 잃은 사람처럼 달아났다. 여동금은 재빨리 방 안으로 뛰어들었다. 머리를 산발한 애복이가 온 방바닥에 피를 흘리고 있었다.

"이, 이런!"

여동금은 졸개들에게 소리쳐 의원을 불러오게 했다. 멀쩡한 사람을 보쌈해 왔다가 송장으로 내보낼 수는 없는 노릇이었다. 그렇게 된다면 강세정이 가만히 있지 않을 것은 자명한 일이었다.

그날 이후로 애복이는 얼이 빠지고 넋이 나간 듯이 멍하게 있기만 했다. 눈에 초점이 없었다. 가끔 중얼거리는 것이 미친병이 든 것 같기도 했다. 박수영은 한 번도 찾아오지 않았다. 애복이를 감시하던 사내들의 눈길도 느슨해졌다. 개중에는 애복이를 불쌍히 여기는 사람도 있었다.

"돌려보낼 수도 없고, 그렇다고 저대로 둘 수도 없고. 거참."

박수영의 고민을 들은 여동금이 말했다.

"그렇다면 사라지게 하면 될 일 아니옵니까?"

"사라지게 한다? 어떻게?"

"사람이 난데없이 사라졌다는데야 어느 누가 무슨 시비를 할 수 있겠사옵니까?"

"옳거니!"

"더 기다릴 것도 없이 오늘밤 삼경에 큰 돌과 함께 싸서 멀리 낙동강으로 나가 빠뜨려 버리겠사옵니다. 그리하면 천지신명도 모르는 일이 되옵지요."

"행여나 떠올라서 성가신 일이 생기지 않도록 단단히 하게."

지키고 있던 사내들이 교대로 가서 저녁을 먹는 시간이 되었다. 애복이는 해거름에 툇마루에 나와 먼 산을 멍하게 바라보고 있었다.

"들어가라고 할까?"

"놔둬. 저렇게라도 바깥바람을 좀 쐬어야 제정신이 돌아오지."

"그렇긴 해. 생각해 보면 안됐어."

"다 팔자소관인 걸 어찌하겠나?"

애복이는 방으로 들어왔다. 드디어 결행할 때가 되었다고 생각했다. 머리를 다듬고 옷매무새를 고쳤다. 속곳 차림 위에 치마를 찢어 허리를 감쌌다. 버선발도 동여맸다. 날이 어두워지기를 기다려 방 뒷문을 열었다.

뒤꼍을 지키고 있던 사내가 버릇처럼 뒷간을 가느라 잠시 자리를 비우는 시각이었다. 애복이는 조심스럽게 나와 담을 넘었다. 허리를 굽혀 종종걸음을 쳤다. 어딘지는 몰랐다. 어디론가 가야만 한다는 생각뿐이었다.

정신없이 발걸음을 재촉해 당도한 곳은 나루터였다. 달빛에 강 건너 풍경이 보였다. 낯익은 곳이었다.

"아!"

염창나루였다. 그렇다면 갇혀 있었던 곳은 장박나루 박수영의 여각이 틀림없었다. 애복이는 나루로 내려가 매여 있는 뱃줄을 풀고 나룻배에 올랐다. 긴 장대가 배 안에 놓여 있었다. 그것을 들어 강바닥에 꽂고 배를 밀었다.

사방이 고요했다. 애복이는 죽을힘을 다해 삿대질을 했다. 장박나루 쪽도 조용했다. 아직 아무런 낌새도 알아차리지 못했음이 분명했다. 박수영과 그 졸개들이 뒤쫓아 오기 전에 빨리 강을 건너야 했다. 애복이는 점점 마음이 급해졌다.

"대장, 내게 힘을 줘. 힘을!"

3

"상주의 대부호가 두 사람이라고?"

"예, 선다님. 석천 도인이 말한 읍성 남문 밑 정 진사가 그 한 사람이고, 낙동에 사는 조 부자가 또 한 사람이라 하옵니다."

"그들의 재물이 얼마나 된다던가? 진주의 부자들보다 훨씬 많겠지?"

"진주의 부자는 견줄 것이 못 되옵니다. 정 진사 나리는 집안 대대로 물려받은 재산이 엄청난데, 그분 대에 이르러 늘리고 보탠 것이 또 많다고 하옵니다. 그래서 열이면 아홉은 그 진사 나리를 상주에서 으뜸가는 부호로 꼽았사옵니다. 상주 땅 여기저기 너른 들에서 거두어들이는 낟거리(곡식)가 만석이 훌쩍 넘는다고 하옵니다."

"대단하군."

"전답만 많은 것이 아니라, 객주와 여각도 여러 채 가지고 있으면서 이곳 상주의 상권을 쥐락펴락한다고 하옵니다."

"정 진사의 물의(여러 사람의 평판)는 어떠하던가?"

"그 댁 사랑 행랑이 백여 칸이나 된다고 하옵니다. 진사 나리의 됨됨이가 호방하고 사람을 가리지 않고 좋아해서 행랑 식객이 철을 가리지 않고 수백 사람이나 나든다고 하옵고, 고을에 새 목사가 갈려 올 적이면 제일 먼저 면분을 틀 정도라고 하옵니다."

"토호의 세도가 여간 아니로군."

"돈이면 귀신도 부린다고 하지 않습니까요."

"재물로써 사람의 마음을 사는 것인지, 인품으로써 그리하는 것인지 가서 만나보면 알겠지."

장무 김천남이 아이종을 데리고 찾아왔다. 아이종에게서 낮것(점심)을 받아 든 김천남은 안으로 들고 왔다.

"선다님, 뭐 불편하신 것은 없사옵니까?"

이희춘이 전에 소금을 싣고 와서 팔아넘기는 과정에서 친해진 사람이었다. 그때 이희춘과 김천남은 마음이 잘 맞아 서로 벗짓기로 했다. 김천남은 벗인 이희춘이 상전으로 모시는 무수를 마치 제 상전처럼 여겼다. 무수가 그에게 물었다.

"읍내 정 진사라는 양반을 잘 아는가?"

"상주 땅에서는 그분을 모르는 사람이 없지요."

"내 그 양반을 만나보려고 하는데 자별히 일러줄 것은 없겠는가?"

334

"정 진사 나리는 사람을 보면 그 속을 단번에 꿰뚫어 본다고 하옵니다. 선다님과는 서로 가량(인품을 짐짓 시험해 봄)이 제대로 될 것 같사옵니다. 허허."

어머니 김씨를 객주에 홀로 남겨두고 무수는 고리짝을 진 이희춘을 데리고 길을 나섰다. 읍성 동문 누각에는 커다랗게 돈원문이라고 쓴 현액(현판)이 걸려 있었다. 문지기들은 드나드는 사람들의 차림새만 간혹 훑어볼 뿐 붙잡아 세우지는 않았다.

얼마 가지 않아 왕산이 보였다. 그 아래에 상주목 관아가 들어서 있었다. 목아 담장은 그리 높지 않았다. 낮은 담벼락 안으로 위용 있는 기와지붕이 펼쳐졌다. 객사인 상산관이었다. 과연 영남 제일관이라는 명성다웠다.

담장을 오른쪽으로 돌았다. 목아 정문인 남문은 태평루였다. 그 앞에 읍시가 서 있었다. 각색 물산 사이로 온갖 사람들이 북적댔다. 읍시를 지나 큰길을 따라 읍성 남문에 이르렀다.

"홍치루라……."

홍치는 명나라 황제 홍치제를 뜻했다. 홍치제는 나라를 크게 개혁하고 중흥했다고 칭송받는 황제였다. 읍성의 남문 이름을 홍치루라고 한 것은 상주가 크게 발전하기를 염원한다는 의미였다.

홍치루 밖에는 맑은 시내가 흐르고 있었다. 시내 너머에는 남산이 서 있었고, 오른편에는 너른 들판이 펼쳐져 있었다. 몇 걸음 나가 사방을 둘러보니 눌러놓은 듯한 초가만 몇 채 보일 뿐이었다.

다시 남문 안으로 들어왔다. 무수를 뒤로하고 이희춘이 문졸(문지기 나졸)에게 물었다.

"정 진사 나리 댁이 어디오?"

문졸 하나가 손으로 가리켰다.

"저쪽으로 가면 큰 솟을삼문이 나올 것이오. 바로 그 댁이오."

과연 으리으리한 집이었다. 대문 밖에까지 어린 가복(집안 종)들을 세워 놓은 것을 보니 위세가 대단하게 느껴졌다.

"정 진사 나리를 만나러 왔네."

"어디서 오신 뉘라고 전해드릴깝쇼?"

"진주 정 선달이라고 아뢰어 주게."

가복 하나는 안으로 달려 들어갔고, 하나는 문간에 있는 행랑으로 이끌었다. 방 안에 들어 기다리고 있노라니 개다리소반에 차와 인절미가 나왔다. 차는 중품이라 할 만했고, 떡은 간이 잘 되어 있었다.

마당 종이 와서 말했다.

"두 분 나리께서는 소인을 따라오십시오."

정 진사는 큰 사랑채 내실에 있었다. 중문을 두고 여러 사람이 좌우에 앉아 잡담을 나누다가 체모가 당당한 무수가 들어서자 일제히 눈길을 보내왔다. 무수는 선 채로 정 진사를 내려다보았다.

"나는 진주를 관향으로 하는 정춘모라고 하오."

뜻밖에 정 진사가 먼저 말을 했다. 무수는 국궁 배례를 하고 입을 열었다.

"곤양 태생 정무수라고 하옵니다."

"오, 혹시 지난 고성 향시에서 장원을 했다는 바로 그 정 선달이시오?"

"그렇긴 하옵니다만……."

정춘모는 크게 웃으며 자리에서 일어나 무수에게 다가왔다. 그러고는 두 손을 잡았다.

"허허, 내 정 선달을 한번 만나보기를 고대하고 있었소."

그러더니 제 자리 가까이로 이끌어 앉히는 것이었다. 무수는 예기치 않은 환대에 어리둥절했다. 정춘모는 바깥을 향해 소리쳤다.

"어허이, 게 있느냐!"

"예, 마님."

"집사를 들이거라!"

이윽고 나타난 사람은 황치원이었다. 무과 시험장에서 만났던 상주 사람, 우복동에 대해 말해준 바로 그 사내였다. 그는 무수를 반가워했다. 무수도 그와 재회를 하게 되어 감회가 새로웠다.

"내가 그때 돌아와 진사 나리께 정 선달 얘기를 해드렸소. 그랬더니 몹시 궁금해하시는 게 아니겠소? 그런데 오늘 정 선달이 여길 다 찾아들다니. 허허."

정춘모가 다시 말했다.

"정 선달이 집사와 동령(동갑)이면 나와도 동령이 되오. 거 뭐…… 갓도래 크기는 하등 문제가 될 것이 없으니 앞으로 동무합시다. 어떻소?"

시원시원한 말에 무수는 얼른 대답을 내놓지 못했다. 고리짝을 지고 마당에 서 있는 이희춘을 떠올렸다.

"석천 도인이란 분을 우연히 뵈었는데, 이 댁에 가서 삼을 팔라고 했사옵니다."

"아, 그러오? 삼을 가지고 오신 게로구면."

정춘모는 이희춘을 들여 삼을 내려놓고 풀어보게 했다. 좌중은 감탄을 했다. 정춘모는 삼을 자세히 살피지도 않고 집사에게 하령했다.

"내가서 들여놓게."

무수는 가매(물건값)도 정하지 않고 삼부터 챙겨 가려는 것을 보고는 적잖이 불안해졌다.

"어험험!"

무수의 군기침 소리가 무슨 뜻인지 알아챈 정춘모는 이희춘에게 물었다.

"저 삼의 가금(물건값)으로 얼마면 되겠는가?"

이희춘은 어려운 자리라서 함부로 입을 열지 못하고 무수만 바라보았다. 무수가 말했다.

"진사 나리께서 알아서 쳐주옵소서."

정춘모는 집사 황치원에게 물었다. 집사는 삼을 뒤적였고, 맨 아래쪽까지 들춰보고 나서야 흙 묻은 손을 수건으로 닦고 아뢰었다.

"3백 냥은 족히 되옵니다."

정춘모는 고개를 끄덕이더니 무수에게 말했다.

"도매가로 3백 냥이 된다고 하니, 내 5백 냥을 쳐드리리다. 어떻소?"

무수는 생각보다 큰 금액이라 선선히 수락했다.

"집사는 1백 냥짜리로 표권(어음) 다섯 장을 내드리도록 하게."

"소인이 강배도 한 척 비란나루에 매어놓았사옵니다만."

"오, 강배는 마침 한 척 매득하려고 작정하고 있던 참이었소. 그것 참 잘 되었구려. 집사를 보내 살펴보게 하고 그 또한 넉넉히 쳐드리리다."

이희춘은 황치원을 따라 밖으로 나갔다. 정춘모는 잔잔한 웃음을 머금고 무수에게서 눈길을 떼지 않았다. 무수는 초면이기도 하고 낯선 사람들이 많이 있는 자리라서 오래 눌러앉아 있고 싶지 않았다.

"허면, 소인도 이만 물러가겠사옵니다."

"그리 급하게 갈 곳이라도 있소? 이렇게 만났으니 이런저런 이야기나 좀 나누도록 하십시다. 서로 속을 달아보고 아니다 싶으면 내려놓고 가면 되지 않겠소?"

무수는 그래도 오래 앉아 있을 자리가 아니라고 생각했다. 대범호방한 정춘모는 따로 떼놓더라도 성품과 자질이 제각각인 양반들만 있는 자리에 중갓을 쓴 자신이 들어 몇 마디 나누다 보면 반차(신분 차이)의 곤란함이 있을 것 같았다.

"이미 다 달아보았으니 더 이를 것이 있겠사옵니까? 소인은 홀로 되신 노모가 기다리고 있사오니 이만 일어나겠사옵니다."

"그러면 한 가지만 물어봐도 되겠소?"

"하문하소서."

"여기 상주에 거류(머물러 삶)하실 작정이오? 아니면 다른 곳으로 떠나실 요량이오?"

무수는 망설이다가 대답했다.

"우복동을 찾아가려고 하옵니다."

"우복동?"

정춘모도 좌중도 다 의외라는 표정이 되었다. 수군거리는 소리가 들렸다. 정춘모는 놀란 낯빛을 진정시키고 말했다.

"뜻밖의 말씀이라 내가 잠시 어리둥절했소. 허허."

"신선이 산다는 곳이라고 들었사옵니다."

"신선이 사는지 사람이 사는지 알 수는 없으나 상주 고을에 우복동이라는 선경이 있다고 전해지기는 하오."

"실제로 있는 땅이 아니라는 말씀이옵니까?"

"글쎄올시다. 찾아간다고 나선 사람 중에 돌아온 사람은 없고, 또 우복동에서 왔다고 자처하는 사람도 없으니 그 누가 알겠소. 허허."

무수는 정춘모의 집을 나와 비란나루로 돌아오는 내내 한 가지 의구심에 사로잡혀 있었다. 이희춘은 장뇌삼을 제값보다 훨씬 후하게 받아서 기분이 좋았지만 무수의 얼굴이 굳어져 있어서 무슨 일인가 했다.

"내가 우복동을 찾아가려고 한다는 말을 듣고도 정 진사가 별다른 말을 하지 않은 것이 수상하단 말일세."

"그게 왜 수상하옵니까?"

"정 진사는 상주 토호로서 우복동에 관하여 익히 들어서 잘 알고 있을 것이고, 또 많은 식객들에게서 들은 이야기도 많을 것이 아니겠나? 그런데도 우복동에 관하여 이런저런 얘기를 하지 않으니 어딘가 수상쩍을 밖에."

"얘기해 주기 싫은 건 아닐깝쇼?"

"숨겨져 있다는 고을을 내가 찾아내기라도 할까 봐 염려되어서?"

"그야 모를 일이옵지요."

상주 사람들 사이에서는 신선들이 산다는 천하 길지(복 받은 땅) 우복동이 여기다, 아니 저기다 하고 여러 주장들이 있었다. 그중에서 골골샅샅 도부 치고 돌아다니는 장사치들의 말에 귀가 솔깃했다.

상주 서북쪽에 청화산이 있는데, 일명 화산이라고 했다. 그 산의 남녘 어딘가에 삼재가 들지 않고 사람의 횡포가 미치지 않는 명당이 있는데, 소가 배를 깔고 누워서 편안히 쉬는 것처럼 안락한 곳이란 뜻에서 그곳을 우복동(牛腹洞)이라고 부른다고 했다.

일설에는 상주 서북쪽 화북면에 병천 고을이 있는데, 화북의 지형이 마치 병과 같고, 병천 고을은 병의 목에 해당되어 속리산에서 흘러나온 물이 화북이라는 병 속에 들고, 병천 고을은 그 물을 밖으로 내보내는 샘과 같다고 했다. 그러니 우복동은 마치 병 안에 든 물처럼 속리산 아래 어딘가에 있지만, 하늘이 감추고 땅이 비밀히 여겨서 세상에 드러나지 않고 있다고 했다.

또 다른 주장은 화남면 관음사 뒤로 들어가면 산속 어딘가에 우복동이 있다고 했다. 그곳을 절골이라고 하는데, 지형이 마치 소가 누워 있는 형세인 와우혈에 해당되어 우복동이라고 부른다고 했다.

'하지만 갔다 온 사람이 아무도 없으니 어느 곳이 진정 우복동이란 말인가?'

무수는 뒤따라온 황치원에게 비란나루에 매놓은 강배를 보여주고 그가 제시한 값에 두말없이 팔아넘겼다. 거래를 마친 황치원이 걱정스러운 목소리를 냈다.

"우복동을 찾아 나서시겠다니. 그것참."

"무슨 말씀이든 좋으니 도움이 될 만한 것이면 좀 들려주오."

"아니오. 어쨌든 잘 찾아보다가 만약 못 찾고 돌아오게 되시거든 꼭 우리 나리 댁에 들러주오. 나리께서 정 선달을 아주 좋게 보고 계시오."

"삼 값도, 배 값도 다 잘 받았다고 전해주오."

홀가분해진 무수는 객주로 돌아왔다. 이희춘은 장무 김천남을 불러 그간 먹고 자고 한 연가(숙식비)를 셈했다.

"그만 떠나려는가?"

"선다님을 모시고 찾아갈 곳이 있다네."

서로 우복동이라고 주장하는 세 곳 중에서 가장 수긍이 가는 곳을 찾아갈 생각이었다. 다들 우복동의 위치가 상주 읍성의 서북쪽이라고 했다. 화북 고을로 간다면 무슨 수가 나도 날 것 같았다. 그 고을 사람들이 가장 잘 알고 있지 않겠나 싶었다.

무수는 어머니 김씨와 함께 객주에서 나와 길을 나섰다. 이희춘은 장무 김천남의 손을 오랫동안 놓지 못했다. 못내 아쉬운 작별을 한 그는 커다란 등짐을 메고 얼른 달려와 앞서 걸었다.

읍성 북쪽에 동서로 길게 흐르는 강이 있었다. 북천이었다. 물줄기를 따라 서북쪽으로 길머리를 잡았다. 먼 길 가는 채비를 단단히 한다고는 했지만 무수는 쇠약한 노모가 얼마나 걸을 수 있을지 걱정이 앞섰다.

"무수야, 나는 괜찮다. 네 정한 길을 어서 가자꾸나."

우복동을 찾아서

1

재를 넘었다. 가스락(비탈)을 내려왔다. 사방은 울창했다. 이희춘이 땅을 짚고 가듯이 걸어서 길을 찾아냈다. 나뭇길(나무꾼들이 다니는 길)이었다. 무수는 한 그루 오얏나무 그늘 아래에서 걸음을 멈췄다.

"좀 쉬었다 가세."

이희춘은 돌아보았다. 뒤따라오던 김씨가 말했다.

"아까 쉬고 나서 얼마나 걸었다고 또 쉬니?"

"힘들지 않으셔요?"

"내가 소금 행상을 얼마나 했느냐? 이래 봬도 두 다리만큼은 여느 장정 못지않게 튼튼하단다."

세 사람은 다시 걸음을 옮겼다. 앞장선 이희춘은 마른 잎이 달린 나뭇가지들을 헤치듯 나아갔다. 그에게 우복동은 세상에 있을 것 같지 않은 땅이었다. 없는 곳을 찾아가는 심정이었다. 걸음이 가벼울 리 없었다.

하지만 무수가 결의에 차 있는 탓에 이쯤에서 그만 돌아가자는 반쪽 말도 낼 수 없었다. 무수가 가리킨 방향으로 묵묵히 나아갈 뿐이었다.

읍내에서 출발해 이틀을 걸었으면 화북 땅이 나타날 만도 한데 고을은 커녕 인가조차 한 채 보이지 않았다. 팔왓사니(화전민)들의 터도 없었다. 어느 산속에 얼마나 깊이 들어왔는지도 가늠할 수 없었다.

왼 머리 쪽으로 해가 지고 있었다. 서북쪽으로 나아가고 있는 것만은 틀림없었다. 그 믿음만이 유일한 희망이었다.

목이 마르고 허기가 졌다. 화북 고을에 도착하면 충당할 작정으로 짐을 가볍게 하고 길을 나섰는데, 후회가 되었다. 물외(오이) 짠지를 속에 박아 넣은 뭉칫밥(주먹밥)과 노치(기장쌀 가루를 반죽해 지진 떡) 몇 조각을 길을 가다 먹으려고 준비했는데, 이틀이 지나니 남은 것이 없었다.

초겨울이 드는 때라 산에는 간식거리(밥 대신 먹을 수 있는 뿌리, 열매, 나물)라 할 만한 것도 보이지 않았다.

김씨의 걸음이 처지고 있었다. 무수와 이희춘은 멈춰 서서 등에 진 것을 내려놓았다. 김씨는 바위 위에 앉아 다리쉼을 했다. 안색이 핏기가 없어 파리했다. 온몸이 호졸근하기는 두 사람도 마찬가지였다.

목이 말랐다. 맨손으로 샘이라도 파야 할 지경이었다. 이희춘이 겻칼을 빼 들고 주위를 살폈다. 가는 나무줄기 하나를 잡고 따라가더니 그 아래 땅을 팠다. 무수는 그 모습을 물끄러미 바라보았다.

이윽고 이희춘은 어린아이 팔뚝만 한 칡뿌리를 끊어 왔다. 껍질을 쭉쭉 찢어내고 속살만 손바닥에 담았다. 무수는 한 조각을 들어 김씨에게 권했다. 김씨는 마다하지 않고 입에 넣었다.

"쓴맛도 달구나. 저 사람이 있어 얼마나 든든한지……."

목은 축이고 시장기는 감춘 채 세 사람은 일어섰다. 이희춘과 무수가 차례로 걸음을 떼자마자 뒤에서 비명 소리가 들렸다.

"아!"

김씨가 일어나서 걸음을 내디디려다가 발목을 접질려 그 자리에 주저앉고 말았다. 무수는 얼른 다가갔다. 버선을 벗기니 금세 부어올랐다.

"괜찮다. 걸을 수 있을 게다."

무수는 봇짐을 벗어 이희춘에게 주었다.

"제게 업히셔요."

"아니다. 걸을 수 있다니까."

무수는 마다하는 김씨에게 한참 동안 등을 돌리고 앉아 있었다. 김씨는 하는 수 없이 무수의 등에 업혔다.

"무거워서 어쩌나. 너에게 어미가 짐이 되는구나."

"무슨 그런 말씀을 다 하시어요?"

홑겹 치마저고리만 업은 것같이 가벼웠다. 무수는 늙어서 살이 말라가는 어머니가 안쓰러웠다.

어느덧 날이 저물고 있었다. 이희춘은 아무래도 길을 잘못 든 것 같았다. 민가가 하나도 나타나지 않는 것도 이상했고, 나뭇길도 이미 자취가 끊어진 뒤였다. 짐승들이 다니는 길을 밟고 있는지도 몰랐다.

"선다님, 소인이 길을 찾아보겠사옵니다. 예서 잠시 쉬고 계시옵소서."

이희춘은 짐을 내려놓고 여기저기 쏘다녔다. 길을 찾아보려고 했지만 허사였다. 산속에서 하룻밤을 자야 할 것 같았다. 그러자면 나뭇가지를 잘라 엮어서 움을 지어야 했다. 이희춘은 잠자리를 마련할 평평한 터를 찾기 위해 조금 더 아래쪽으로 내려갔다.

"어?"

물소리였다. 틀림없이 물이 흐르는 소리였다. 이희춘은 얼른 숲을 헤치고 나아갔다. 갑자기 제법 큰 시내가 눈앞에 나타났다.

"됐어! 선다님!"

이희춘은 얼른 되돌아갔다.

"시내를 찾았사옵니다! 어서 가시지요."

무수는 다시 김씨를 업고 이희춘을 따라갔다. 과연 큰 시내였다. 깊은 산속에 그렇게 큰 물줄기가 있을 줄은 생각지도 못했다.

"혹시 우복동에서 흘러나온 게 아닐깝쇼?"

"그럴지도 모르지."

희망이 생기자 얼굴이 밝아졌다. 물길을 따라 올라갔다. 어둑해질 무렵, 물가에 커다란 바위가 나타났다. 그 순간 앞서가던 이희춘이 소리쳤다.

"선다님, 저기!"

까투리 한 마리가 숨어 앉은 듯한 띠집(초가집)이 한 채 있었다. 뒤에는 불쑥 솟은 산이 있고, 앞에는 물이 흘렀다. 산색은 구름이 낮아 그윽했고, 비췻빛 물빛이 이채로웠다. 가히 수운향(신선이 사는 곳)이라 할 만했다.

무수는 우복동에 든 것이 아닌가 하여 반가운 마음이 들었다. 업고 있던 김씨를 허리까지 쳐올린 뒤에 다가갔다.

마루와 방 한 칸이 고작인 초당이었다. 댓돌에는 미투리 한 켤레가 가지런히 놓여 있었고, 방 안에서는 글 읽는 소리가 났다.

"헛, 험!"

무수의 군기침 소리에 툇문짝이 덜컥 열렸다. 밖으로 나온 사람은 젊은 선비였다. 그는 무수의 차림새를 보고는 물었다.

"뉘오?"

"길을 찾아 헤매다가 소인의 노모가 발목을 삐어 들게 되었사옵니다."

"어딜 가는 걸음들이오?"

"화북에 있다는 우복동으로 가고자 하옵니다."

"우복동?"

젊은 선비는 호기심 어린 눈으로 무수를 바라보았다.

"우복동을 찾아 나선 걸 보아하니 상주 사람이 아니고 필시 난뎃사람이구려."

이희춘은 그가 무수를 함부로 대할까 봐 선달이라고 힘주어 부르며 무과 초시에 급제한 신분임을 넌지시 알려주었다.

"선다님! 마님부터 내려놓으시지요."

"우선 안으로 드오."

무수는 사양하지 않고 안으로 들어가 김씨를 내려놓았다. 방바닥은 온기가 겨우 남아 있었다. 이희춘은 선비의 허락을 얻어 아궁이에 불을 지폈다. 솥에 물을 끓여 김씨의 발목을 찜질해 주려는 생각이었다.

젊은 선비는 김씨가 마음 편히 쉴 수 있도록 물가로 갔다. 무수는 그 뒤를 따랐다. 높고 큰 바위에 올라 앉은 선비는 무수에게 손으로 자리를 내주었다. 양반과 마주 앉기가 내키지 않아 무수는 주저했다. 선비는 쓰고 있던 큰 갓을 벗어놓았다.

"이러면 되겠소?"

무수는 가볍게 선절을 한 뒤에 바위 위에 올라갔다. 그러고는 젊은 선비가 시키는 대로 중갓을 벗어놓았다. 물 따라 흐르는 바람에 머리가 한층 시원했다.

둘 다 기골이 장대하고 눈빛이 빛나며 숯 토막 같은 눈썹을 하고 있었다. 코는 크고 우뚝했고, 입술은 단풍잎처럼 붉었다. 어딘지 모르게 서로 닮은 용모에 두 사람 사이에는 묘한 기류가 흘렀다.

"나는 청리에 사는 정경세라고 하오만, 그 선달은 어디서 예까지 오게 되었소?"

"소인은 곤양이 본향이옵고 서생(서자가 자기 자신을 남한테 일컫는 말) 정무수라고 하옵니다. 진주에서 살던 중에 우연히 상주 고을에 하늘이 감추고 땅이 숨겨놓은, 신선들의 고을이 있다기에 한번 들어가 사닐까(살아볼까) 하고 찾아 나섰사옵니다."

"그러한 천장지비(天藏地秘:하늘이 감추고 땅이 숨김)가 상주 고을에 있다는 말은 나도 익히 들어서 알고는 있소만, 이렇게 몸소 찾아 나선 사람은 처음이오. 그것도 타지 사람이 말이오. 허허."

무수는 단도직입적으로 물었다.

"나리, 혹시 여기가 우복동이옵니까?"

정경세는 웃으며 고개를 가로저었다.

"아니오. 여긴 우북산 밑이오."

"하오면, 우복동은 예서 얼마나 더 가야 하옵니까?"

정경세는 또 빙그레 웃었다.

"우복동이라 일컬어지는 곳은 한 군데가 아니오."

"소인도 약간은 귀동냥을 했사옵니다만, 하오면 어느 곳이 정녕 우복동이옵니까?"

"비결(예언서)로 전해지는 곳이 어찌 실재한다고 하겠소?"

무수는 놀라 눈을 크게 떴다.

"그럼 우복동은 지어낸 얘기라는 말씀이옵니까?"

"있다 없다 그 진위를 가리려고 하기보다는 우복동 이야기가 전해지게 된 숨은 뜻을 먼저 헤아려 보는 것이 좋을 것 같소."

무수는 정경세가 무슨 말을 하려는 것인지 몰랐다.

"신선이 산다거나 혹은 평생 대삼재와 소삼재를 다 면할 수 있다는 땅은 우리 상주 고을 말고도 바로 이웃한 보은, 영동을 비롯하여 팔도 전역에 하나씩은 다 있다고 하오. 하지만 그런 곳을 찾았다는 사람은 지금까지 아무도 없고, 또 그 누구도 거기에 사는 사람이라고 자처하지 않았소. 그게 무슨 뜻이겠소?"

무수는 묵묵히 듣고만 있었다.

"십승지니 천장지비니 하는 것은 다 가난하고 고단한 백성들에게 위안과 희망을 주고자 하는 얘깃거리가 아니겠느냐 말이오."

지는 해를 등지고 앉은 무수의 얼굴에는 낙담의 빛이 드리워졌다. 읍내 남문 안에 사는 대부호 정춘모가 왜 우복동에 관해 별 얘기를 해주지 않았는지 그 이유를 알 것 같았다. 갑자기 부끄러워져 온몸이 후끈했다. 세상에 있지도 않은 곳을 목숨 걸고 찾아 나서겠다는 사람한테 무슨 말을 해줄 수 있겠는가? 조롱을 당하지 않은 것만도 만분지행이었다.

"없는 땅 우복동을 찾아 헤매기보다는 아방(우리나라) 조선 팔도 전체를 우복동으로 만드는 것은 어떠오?"

무수는 정경세의 기개가 썩 마음에 들었다. 자신이 찾던 큰사람의 풍모가 물씬 배어나는 것이었다. 잔잔한 웃음이 번졌다.

"만백성을 우복동에 살게 하자는 말씀이 아니옵니까? 그러자면 모든 백성의 의욕과 물욕을 채워줘야 할 터인데, 감당할 수 있겠사옵니까?"

"꼭 성에 차야 풍족하다고 하겠소? 예(禮)를 지키고 인(仁)을 돌보면 해결될 일이오."

"사람이 모여 사는 곳치고 갈등이 없는 곳이 어디 있겠사옵니까? 신선처럼 산다고 서로 간섭하기를 멈추는 것은 아닐 것이옵니다."

해도 넘어가고 한기가 느껴졌다. 두 사람은 바위에서 내려왔다. 무수는 바위를 돌아보았다.

"바위가 꼭 배처럼 생겼사옵니다."

정경세는 고개를 끄덕여 동감을 나타냈다.

"정 선달의 말을 듣고 보니 과연 그렇구려. 그럼 지금부터 저 바위를 선암이라 부릅시다. 허허."

초당으로 돌아와 마루에 앉았다. 무수는 어머니 김씨가 방 안에 있는 것이 몹시 민망했다. 영락없이 객이 주인 자리를 차지하고 있는 격이었다. 이희춘이 맑은 물이 든 물바가지를 내놓았다.

"혀 댈 것이 없는지라……."

정경세는 물바가지를 받아 들고 몇 모금 마신 뒤에 무수에게 내밀었다. 무수도 목을 축였다.

"자네는 그 방에 들어가서 내 지필묵을 좀 내오게."

이희춘은 두루마리와 필낭을 가지고 나왔다. 정경세는 그것을 펼쳐 종지벼루에 몽당먹을 갈았다. 그러고는 종이를 펼쳐놓은 채 잠시 눈을 감고 생각을 가다듬더니 천천히 써나갔다.

神斧鐫成萬斛舟　귀신 같은 도끼질로 만 섬 싣는 배를 만든 건
化工應爲濟人謨　조화옹이 응당히 사람을 건네주려 한 것인데,
世間水乏行渠力　세상에는 이 배를 띄울 만한 물이 없는 탓에
閣在空洲爛合休　텅 빈 물가에 놓인 채로 오래도록 쉬고 있네.

다 적고 난 정경세는 먹물이 마르기를 기다렸다. 그러고는 무수에게 말했다.

"배 바위를 시제로 적어본 것인데, 정 선달한테 드리리다. 받아주겠소?"

무수는 얼른 일어나 사례를 했다.

"이토록 귀한 것을 받자니 몸 둘 바를 모르겠사옵니다."

그때 낯선 그림자가 획 하고 초당 앞뜰에 나타났다. 무수는 재빨리 회검(품속에 지니는 작은 칼)을 꺼내 던졌다. 검은 그림자는 나동그라졌다. 이희춘이 달려가 한 손으로 잡아 들었다.

"멧토끼이옵니다!"

그와 동시에 초당 뒤에서 인기척이 났다. 한 사람이 마당으로 들어서며 카랑하게 말했다.

"그 토끼는 내 것이다."

짐승의 가죽으로 몸을 두른 산척(사냥이 생업인 사람)이었다. 이희춘은 배가 고프고 먹을 것도 다 떨어진 터라 토끼를 내주고 싶지 않았다.

"이놈 봐라? 야, 이놈아. 네놈이 쫓다가 놓쳐서 우리 선다님이 잡았는데 어찌 감히 네놈 것이라고 하느냐!"

"뭣이?"

산척은 들고 있던 활에 화살을 먹여 들고 이희춘을 겨눴다.

"이놈! 꿰여봐야 정신이 들겠느냐!"

무수가 나서서 두 사람을 말렸다.

"어찌 되었거나 토끼를 잡았으니, 내해너해(내 것 네 것) 할 것 없이 같이 구워 먹읍시다. 그 산인(산사람)은 어떻소?"

산척도 자기 것이라고만 우길 수가 없었다.

"좋소. 고기는 분네들이 자시오. 가죽은 내가 갖고 가야겠소."

이희춘은 토끼를 내줬다. 그는 그 자리에 앉아 단도를 꺼내 들고 토끼의 가죽을 벗겼다. 그러고는 배를 갈라 내장을 손질하기 시작했다. 손이 보이지 않을 만큼 빨랐다. 이윽고 산척은 흙 한 줌을 집어 칼날을 닦은 다음에 토끼 가죽을 들고 일어섰다.

무수는 그 솜씨에 속으로 감탄했다. 그냥 돌려보내기가 아쉬워서 말을 걸었다.

"활을 잘 쏘오?"

"대개 쏘는 대로 맞히오."

"그러면 언제 나랑 한번 겨뤄봅시다. 나 또한 활로는 양보해 본 적이 없소."

"나한테는 안 될 것이오."

"그거야 겨뤄봐야 알 일이잖소."

정경세는 재밌는 생각이 들었다.

"그럼 내가 제의하리다. 여기서는 활쏘기를 할 만한 땅이 없으니, 다음 달 오늘에 남천에 있는 용운정에서 사례(활쏘기)를 하는 것이 어떻겠소?"

"그 먼 곳까지 나더러 오라는 말이오?"

무수는 그가 거절할까 봐 얼른 말했다.

"한량이 활쏘기를 하는 데 있어 길이 가깝고 먼 것을 사려하는 것은 스스로 하수임을 내보이는 일이오."

"뭐이라? 하수? 좋소. 내 꼭 가겠소. 만약 그대들이 지면 뭘 내놓겠소?"

정경세는 어떻게 할까 하고 무수를 바라보았다. 무수가 되물었다.

"뭘 원하오?"

"내게 형님이라 부르고 절을 세 번 하시오."

"좋소. 약조하겠소. 한데, 그대가 진다면 어떻게 하겠소?"

"내가 질 리는 없소."

"활쏘기를 어찌 장담하시오?"

산척은 망설였다.

"내가 진다면…… 내 집에 초대를 하겠소."

"좋소."

산척은 무수와 정경세, 이희춘을 차례로 바라보더니 왔던 길로 바람처럼 사라졌다. 정경세와 무수는 서로 바라보며 웃었다.

"허허, 정 선달도 눈치채었구려?"

"나리의 눈썰미가 여간 아니옵니다. 허허."

이희춘은 두 사람이 나누는 말을 알아들을 수가 없었다. 그렇다고 무슨 뜻인지 물어볼 수도 없었다. 아궁이로 가서 토끼를 구웠다. 살만 발라서 바가지에 담고 남은 것은 방으로 가지고 들어갔다.

두 사람은 맛나게 나눠 먹었다. 입을 닦으며 먼 하늘을 바라보았다. 조금 전까지만 해도 밝았던 달이 구름에 가려지더니 가는 눈발이 내리기 시작했다. 첫눈이었다. 방에서 나온 이희춘은 마당에 화톳불을 피웠다. 불 너울은 춤을 췄고, 물소리는 장단을 맞췄다.

"나는 관자(관례를 한 뒤 얻은 이름)를 경임이라고 하오. 상투를 보니 정 선달도 관례를 한 것 같은데?"

"소인은 상투만 올렸을 뿐이옵니다."

"그러면 내가 하나 지어드리리다. 정 선달은 용과 같은 신관(얼굴을 높여 일컫는 말)을 지니고 있으니, 볕 경 자 구름 운 자를 써서 경운, 경운이 어떻소? 용은 구름을 따라 날고, 범은 바람을 따라 달린다는 말이 있지 않소?"

정경세가 뜻밖의 말을 하자 무수는 마땅한 말을 찾지 못했다.

"이제야 말이지만, 내가 정 선달을 처음 본 순간에 마치 어릴 때 헤어진 형제를 만난 듯했소. 면경(거울)을 보는 듯이 나와 비슷한 용모를 가진 정 선달에게 단번에 좋은 기운을 느꼈소. 정 선달도 나와 같이 느끼지 않았소?"

"그렇기는 하옵니다만."

"옛사람들은 도원결의를 했다고 하지만, 우리 두 사람은 선암의 교우를 맺는 게 어떻겠소?"

"반상의 차별이 엄중한데 그럴 수는 없는 일이옵니다."

"그건 성시(도회지)의 법도일 따름이오. 우리는 우북산의 풍도(기풍)에 따르도록 하십시다."

2

강세정과 최씨는 난감했다. 박수영에게 보쌈을 당한 딸이 그길로 시집간 것이려니 하고 있었는데, 두 사람의 의도나 기대와 달리 마치 저승에 갔다 온 몰골을 하고 제 발로 돌아온 것이었다.

어찌 된 영문인지 짐작만 할 뿐이었다. 강세정은 의원을 불러 애복이를 보였다. 진맥을 하고 난 의원은 눈짓으로 강세정을 밖으로 불러냈다.

"그것참."

"이 의원, 무슨 일인데 그러나? 뜸들이지 말고 어서 말을 해보게."

의원은 마지못해 애복이의 몸 상태를 말해주었다.

"호장 어른, 따님이 장차 아기를 못 낳을지도 모르옵니다."

강세정은 가슴이 철렁 내려앉았다.

"뭐, 뭐라고? 그게 정말인가?"

"장담할 일은 아니오나, 소인이 보기에는······."

의원이 돌아가고 나자 강세정은 겁이 더럭 나고 불안해졌다. 아이를 낳거나 못 낳거나 시집을 보낼 데라고는 한 집밖에 없었다.

박안을 만나야 했다. 마지막으로 사정을 해보고 싶었다. 결국에 애복이를 망쳐놓은 것은 그의 아들 박수영이 아닌가 말이다. 그 책임을 들어 간청을 한다면, 낯짝에 철판을 댔다 해도, 마음을 돌로 눌러놓았다 해도, 조금이라도 움찔하는 것은 있으리라 믿었다.

"우리 호장 어른은 지금 안 계시옵니다."

"내가 약조를 하고 왔으니, 어서 아뢰어 주게. 날세. 나 모르겠나?"

"아 글쎄, 안 계시다 하지 않사옵니까?"

강세정의 예견은 한참 빗나가고 말았다. 지난날에는 허리가 부러지도록 굽실거리던 박안의 집안 종놈조차 뻣뻣이 대가리를 쳐들고 문전박대를 했다.

'으음, 감히!'

박안은 물론이고 박수영도 만나주지 않았다. 이 핑계 저 구실을 붙여

번번이 사람을 헛걸음시키는 것이었다. 박수영의 간계에 빠져 하나뿐인 딸 애복이를 만신창이로 만든 비정한 부모라고, 진주와 의령 일대에서 비웃음을 사게 되었다.

"그래, 내 네놈들을 다시는 찾지 않으리라!"

분하기 짝이 없었지만 그들 박안 부자에게 대항할 수 없었다. 강세정 그 자신이 공범이라는 올가미를 쓰고 있는 까닭이었다.

"아, 내가 어쩌다가……."

애복이가 살아 있는 한 박안 부자가 또 무슨 흉계를 꾸밀지 모르는 일이었다. 애복이가 언제부터 나돌아 다닐지도 알 수 없었다. 복수를 하겠다고 만용이라도 부리는 날에는 난감한 일이 벌어질 것 같았다.

애복이가 밖으로 나다니는 것을 만류하지 못할 바에야 믿음직한 무부라도 한 사람 붙여두고 싶었다. 그래야 안심이 될 것 같았다. 하지만 강세정은 입맛에 맞는 적당한 자를 물색하지 못했다.

무릇 무예를 하는 사내들은 기질이 거칠고 호승심(싸워서 이기려는 버릇)이 많아 걸핏하면 주먹다짐에 날잠개질(날 있는 무기류를 휘두르는 것)을 하는 것이 예사였다.

"어디 속이 깊고 차분한 놈이 없을꼬."

그즈음, 떠도는 말이 있었다. 동래부에 노비 하나가 있는데, 천한 주제에 홀로 무예를 닦고 익혀서 온 고을 한량이고 군관이고 왈짜(깡패)고 사내란 사내는 노소를 막론하고 당할 자가 없다는 것이었다.

동래의 일이 진주에까지 소문이 나돈다면, 그 무간(무예 실력)이 여간하지 않으리라 여겨졌다. 그리하여 직접 가서 만나 보니 예상했던 것보다도 더 마음에 들었다. 강세정은 동래부에 상미를 2백 섬이나 주고 그 부노(동래부 노비)를 사들였다.

나이도 이제 갓 성정(어른이 되는 16세 나이의 사내)이라 애복이보다 어린

데다가 속이 무겁고 몸이 차분해 보이는 것이 맞춤도 그런 맞춤이 없을성싶었다. 그 지닌 무예를 직접 보지는 못했지만, 동래부 판관이 입이 마르게 찬사를 하는 것을 보면 의심할 여지가 없었다.

그를 속신(값을 치르고 노비에서 양민이 됨)하느라 몸값 말고도 여기저기 적지 않은 인정(뇌물)을 먹여야 했지만 쇠천(금전)이 아깝다는 생각은 조금도 들지 않았다.

"내가 그간 쓸데없는 고집을 피워 하나뿐인 딸자식을 이미 버려놓았는데 그깟 재물이 다 무슨 소용이람. 아, 내가 뭔가에 씌어도 단단히 씌었던 게지."

자리에서 일어난 애복이는 모든 것에서 자유로워졌다. 강세정도 최씨도 애복이가 뭘 하든 한마디도 입을 대지 않았다. 걸이는 안쓰럽고 애틋한 마음에 이전보다도 더 성심을 다해 애복이의 시중을 들었다.

강세정이 앳되어 보이는 사내 하나를 데리고 별당을 찾았다.

"너를 호신해 줄 사람이다."

애복이는 강세정에게 눈길을 주지 않았고, 아무 말도 하지 않았다. 강세정은 사내에게 눈짓을 했다. 서 있던 사내는 애복이에게 절을 하고 말했다.

"윤업이라고 하옵니다."

애복이는 사내를 쳐다보지도 않았다. 강세정은 더 이상 말을 하지 않고 나왔다. 따라 나온 윤업에게 단단히 일렀다.

"이제부터 네 주인은 저 아이다. 이후로 그림자처럼 따라붙이를 하여야 할 것이다. 저 아이를 업신여기거나 해하려는 종자들이 있다면 손끝 하나 못 대게 해야 하느니."

윤업은 굳게 입을 다문 채 선절을 했다. 윤업을 애복이에게 붙여놓은 강세정은 한결 마음이 놓였다. 강세정은 애복이가 들어 있는 방을 한 번 쳐다보고는 돌아갔다. 윤업은 연못 앞 바위에 걸터앉았다.

걸이는 꼭 사기그릇을 빚어놓은 듯이 희고 차가운 얼굴을 한 윤업이 무섭기만 했다. 그의 눈치를 힐끔 살피고는 방 안으로 들어갔다.

"아씨, 사람이 꼭 눈 내린 돌덩이 같사옵니다."

애복이는 윤업에게는 조금도 관심이 없다는 듯이 다른 말을 냈다.

"박 공님을 찾아뵐 것이니, 찬거리며 옷가지며 이것저것 좀 장만하거라."

걸이의 얼굴이 밝아졌다. 애복이가 집으로 돌아온 뒤로 드디어 첫 나들이를 하려는 것이었다.

"예, 아가씨."

애복이는 남장을 하고 집을 나섰다. 걸이가 앞서 걷고 윤업은 반걸음 뒤따랐다. 남강을 따라가는 길에 옛 추억이 새록새록 떠올랐다. 매일 무수와 놀던 날들이었다.

연등절 밤에 떠내려오는 수많은 등을 뒤졌던 일, 헤어지지 말자는 소원을 빌어 같이 등을 띄웠던 일, 읍내로 들어가 탑돌이를 했던 일, 비를 피해 함께 토란 잎을 썼던 일, 어머니 최씨가 무수를 대견하게 여겼던 일……

기구한 운명이라 생각되어 눈물이 나는 것은 어찌할 수 없었다. 머리에 보따리를 이고 앞서 걷던 걸이가 뒤돌아보고는 애복이와 나란히 섰다. 어떠한 말도 위로가 될 수 없다는 것을 잘 알고 있었다. 그저 곁에서 발맞춰 걸어주는 것이 다였다.

애복이는 마음 붙일 사람이 박 공뿐이었다. 산길은 변함이 없었다. 그것이 좋았다. 언제나 그대로 있다는 것, 그런 곳에 들어 사는 박 공 역시 변함이 없는 사람이라는 생각이었다.

변함이 없다는 건 어리석고 미련한 일일 수도 있었다. 하지만 미련하다고 할지언정 가슴속에 들어 있는 한줄기 믿음을 잃어버리고 싶지는 않았다. 애복이가 품고 있는 믿음, 그건 처지에 따라 사람을 달리 대하지 않는다는 그 한 가지였다.

무수를 멀리 떠나보냈다고 해서 박 공이 시큰둥하게 대하지는 않을 것 같았다.

"이게 누구냐? 애복이 아니냐? 네가 어인 일이냐?"

"그간 평안하셨는지요?"

박 공은 부쩍 늙어 보였다. 무수가 그립기는 그도 마찬가지일 것이었다. 애복이는 애써 밝은 척했다.

"제가 못 올 데라도 왔나요? 뭐."

"허헛, 그건 아니지. 어서, 속히 들어오너라. 바람이 차다."

애복이를 방으로 이끌던 박 공은 낯선 사내가 뒤따라온 것을 보고 누구냐는 듯이 쳐다보았다. 윤업은 가볍게 목례를 했다. 걸이의 입에서 대답이 나왔다.

"사랑마님께서 아가씨를 보호하라고……."

"그래?"

박 공은 윤업을 위아래로 훑어보았다.

"사내가 얼굴도 예쁘장하고 체모도 버들가지처럼 호리호리한 것이 제 한 몸 지키기도 버겁겠구먼."

박 공의 빈정거림에도 윤업은 낯빛 하나 달라지지 않았다. 애복이가 방으로 들어가자 바깥을 향해 몸을 돌리고 서 있을 뿐이었다. 박 공은 그런 윤업을 힐끗 쳐다보고는 방 안으로 들어왔다.

"네 아비가 혹시 너를 저놈하고 혼인시키려는 건 아니냐?"

"무슨 그런 말씀을……."

애복이는 어이가 없어 웃었다. 걸이한테서 보따리를 받아서 끌렀다. 음식과 옷이었다.

"고맙구나. 무수 그놈이 도망갔는데도 이 늙은이를 잊지 않고 찾아주다니."

"오히려 저를 반겨주셔서 고마워요."

"저놈도 불러서 같이 먹자. 음식 앞에 정 상한단다."

윤엽은 들어오지 않고 사양하며 버텼다. 애복이가 화를 벌컥 냈다.

"내 말을 듣지 않으려거든 썩 물러가거라!"

윤엽은 하는 수 없이 방으로 들어와 문간에 앉았다. 박 공은 즐거워했다.

"오랜만에 방이 꽉 차는구나. 허허."

음식을 나눠 먹은 뒤에 걸이와 윤엽은 밖으로 나갔다. 애복이가 입을 열었다.

"제가 나다닐 데라곤 여기밖에 없사옵니다. 앞으로 종종 들러도 될런지요?"

"허허, 애복이 너라면 여기 눌러살아도 된단다. 아무 걱정 말고 오고 싶을 땐 언제라도 주저 말고 오너라."

"고맙사옵니다. 스승님."

"스승님?"

"무예를 가르쳐 주시어요."

"그놈과 함께 활쏘기를 익히지 않았느냐?"

"다른 무예도 배우고 싶사옵니다."

박 공은 천장을 바라보다가 조심스럽게 말했다.

"그놈을 찾아가는 건 어떻겠느냐? 네 아비가 허락하지 않으면 그냥 도망가 버리거라."

애복이는 묵묵부답이었다. 박 공은 내친김에 말을 달아냈다.

358

"아니면 내가 그놈을 찾아가서 너와 짝지어 주랴?"

"아니에요. 절대, 절대로 그러지 마시어요."

"나도 듣는 귀가 있는지라 항간에 떠도는 바람말(소문)을 들었다. 의령 박 모라는 놈이 덮치려고 하자 자해를 하고 도망쳐 나왔다는 풍문 말이다. 참 안타깝고 가상한 일이라고 생각했다."

"그 일은 다 잊었사옵니다."

"그래? 그럼 잘 되었구나. 그렇다면 몸을 버린 것도 아니니 무수 그놈한테로 가는 게 어떠냐?"

애복이는 고개를 숙인 채 대답이 없었다.

"몸에 난 상처 때문에 그놈한테 면목이 서지 않아서 그러느냐?"

"그게 아니옵고……."

"그만하면 절개를 지킨 일로 칭송을 받을 일이지 지탄을 받을 일이 전혀 아니다."

애복이는 손목이며 아랫배며 흉터투성이의 몸을 걱정하는 것이 아니었다. 별당에 누워 있을 때 진맥을 하고 나간 의원이 마당에서 강세정과 나눈 말이 떠올랐다. 아기를 낳지 못할지도 모른다는 말, 그 말은 비수보다도 더 아프게 애복이를 찔렀다.

멀쩡한 처자가 보쌈을 당했다가 돌아온 것만도 시집갈 곳이 아무 데도 없게 되었는데, 아기조차 못 낳는 몸이 되었다면 여자로서는 죽은 몸이라고 해도 심한 말이 아니었다.

애복이는 세상사 다 잊고 논다니(기녀)가 되어 버릴까 하는 생각도 들었지만, 그렇게 하기에는 못내 억울한 감이 있었다. 그러다가 생각한 것이 박 공이었다.

"오가며 스승님을 모시면서 살고 싶사옵니다."

"나더러 무슨 심술궂은 시아비 노릇이라도 하라는 게냐?"

"스승님이시든 시아버님이시든 매한가지가 아니옵니까?"

박 공은 어이가 없어 허허 웃었다. 멋쩍은 생각에 문짝을 바라보며 말했다.

"저놈이 너의 지킴이라고? 그렇다면 우리 애복이를 지킬 만한 실력이 되는지 내가 한번 시재(시험)해 봐야겠다."

밖에 서 있다가 박 공이 하는 말을 들은 윤업은 그가 문을 열고 나오자 본능적으로 걸음을 물렸다. 애복이는 걱정이 되어 뒤따라 나왔다. 박 공이 윤업에게 말했다.

"그놈 재빠르기는 하겠는걸?"

천천히 다가서는 박 공을 보고는 윤업은 몸을 비켜서며 허리에 두르고 있던 편초(채찍)에 손을 댔다.

"호오? 그놈, 채찍을 쓰시겠다? 오냐, 그럼 나는 창을 잡으마. 우리 애복이 덕분에 오랜만에 몸 좀 풀겠구나. 허허."

3

정경세가 길을 일러주어 무사히 비란나루로 돌아온 무수는 그와 지냈던 이틀 밤낮을 떠올렸다.

"꿈만 같은 기분이야."

무수는 사람들이 머릿속으로만 그린 우복동을 찾아 나선 자신이 어리석고 부끄럽기보다 실제로 우복동에 가서 신선을 만나고 온 것만 같은 감흥이 들었다. 신선은 바로 정경세였다.

약관(20세가 된 양반 남자)도 되지 않은 젊은 선비가 벌써 학문이 깊어 사려가 두루 미치지 않는 데가 없었다. 특히 예를 논할 때는 편벽되거나 구애되지 않고 심오했다. 그러하기에 신분을 잊고 벗으로 지내자는 마음을 낼 수 있었던 것이 아닌가 했다.

"경운이라……."

무수는 관자가 마음에 들었다. 정경세가 자신의 관자인 경임의 경 자를 돌림자처럼 사용해 지어준 것은 진정으로 가까이 교우하자는 뜻일 것 같았다.

"이보오, 경운. 자당과 살 집은 내가 사는 청리에 얻는 것이 어떻겠소?"

정경세의 권유가 고맙긴 했지만 무수는 그에게 흠이 되거나 짐이 되고 싶지 않았다. 벗으로 지내는 것은 둘만의 일이었다. 다른 사람의 눈에는 엄연히 귀천이 가려지는 신분이었다.

"서로 마음은 가까이 있되, 몸은 멀리 떨어져 있는 것이 나아."

무수는 집을 어디에 얻을 것인지를 두고 김씨와 이희춘과 상의를 했다.

"소인이 생각하기로는 큰 강나루 가까이에 있는 것이 생도방을 찾기도 수월할 것이고 여러 모로 나을 것 같사옵니다."

"하긴 전답을 산다 한들 자네나 나나 농사는 지을 줄을 모르니."

두 사람은 의견이 같았다. 객주 장무 김천남이 알아봐 주어 사벌 고을에 작은 집을 얻었다. 볕이 잘 드는 아담한 집이었다. 이희춘이 낡은 집을 솜씨 좋게 고쳐 새 집처럼 만들어 놓았다. 새로 안착하게 된 것이 기쁜 나머지 김씨는 쉬지 않고 쓸고 닦고 했다.

"희춘이 저 사람이 우리 집의 대들보지. 암."

김씨의 칭찬에 이희춘은 머쓱했다.

"소인은 객주 장무로 있는 그 친구의 일을 거들면서 장사를 배우겠사옵니다. 선다님은 장차 무과에 급제하실 일만 생각하소서."

"고맙네. 한데 우북산에서 만났던 그 선비님 말일세. 우리가 신세를 많이 졌는데 이제 집도 마련했으니 한번 초래(초대)를 해야 하지 않겠나?"

"아무렴요. 그렇게 하는 것이 사람 된 뱀뱀이가 아니겠사옵니까?"

"그럼그럼. 그 선비님이 아니었다면 산속에서 오도 가도 못하고 우리가 큰 낭패를 볼 뻔했지. 생명의 은인이나 다름없는 분이시니 무수 네가 예물을 갖추고 가서 인사 여쭙고 청해보거라."

"예, 어머님. 날을 가려서 그렇게 하겠사옵니다."

무수는 정경세를 떠올렸다.

'청리에 산다고 했지……'

정경세는 걷는 내내 무언가 생각에 골똘히 잠겨 있었다. 나란히 걷던 이준이 보다 못해 말을 붙였다.

"경임, 뭘 그리 생각하는가? 어디 눈여겨본 처자라도 있는가?"

"하하, 처자는 무슨. 처자가 아니라 사내 한 사람을 떠올리고 있었소."

"사내? 대관절 어떤 사람이길래?"

"그런 사람이 있소."

정경세는 말을 아꼈다. 이준은 정경세가 신중한 성품임을 잘 알고 있는지라 더 이상 묻지 않았다. 때가 되면 알게 되리라 여겼다.

내린 눈이 아직 다 녹지 않아 구월봉은 곳곳에 솜뭉치 같은 눈을 이고 있었다. 향교 앞 숲을 이루고 있는 소나무와 잣나무도 가지마다 흰 눈썹을 그려놓은 듯했다.

교정에는 조우인 등이 미리 와 있었다. 정경세는 그들과 서로 읍(두 손을 포개 이마 앞까지 들었다 내리며 허리를 굽혀 절하는 것)을 했다. 차가운 날씨임에도 향교 뜰은 교생들로 가득 차 있었다.

잠시 후, 홍살문 앞에 가마가 도착했다. 상주 목사 유성룡이 내렸다. 전교(향교 우두머리) 송량이 제독(향교 감독관) 이기련을 데리고 나가서 맞이해 들어왔다. 교생들은 모두 선 채로 손을 가지런히 모아서 들고 허리를 굽혀 유성룡에게 인사를 했다.

유성룡은 가장 높은 곳에 있는 대성전으로 가 공자를 위시한 성현 제위를 배알했다. 그런 뒤에 다시 아래로 내려와 명륜당에 들었다. 전교 송량과 교생들도 다 들어와 자리에 앉았다. 제독 이기련이 좌중을 둘러보고는 말했다.

"금일은 고강(예고 없이 임시로 실시하는 시험)을 할 것이오."

교생들이 웅성거렸다. 걱정스러운 안색으로 변하는 교생들이 많았다. 이기련은 교생들을 진정시키고는 다시 말했다.

"《예기》곡례 편을 고강하겠소."

제독 이기련은 교생의 이름을 불렀다. 중간쯤에 앉아 있던 교생이 그 자리에서 일어났다. 유성룡이 물었다.

"성현께서 음식을 먹을 때는 뼈를 씹지 않는다고 하셨는데, 이는 어인 뜻인가?"

교생은 머뭇거리다가 가까스로 대답을 했다.

"으, 음식을 씹을 때 소, 소리를 내는 것은 예가 아니기 때문이옵니다."

전교 송량이 시관으로서 강첨(통, 략, 조, 불 등의 네 글자를 새긴 둥근 나무 패)을 들고 있다가 하나를 내밀며 외쳤다.

"조!"

교생들이 차례로 호명되어 고강을 해나갔다. 이윽고 정경세의 차례가 되었다. 유성룡은 그에게 물었다.

"성현이 말씀하시길, 남아 7세는 도(悼)라고 하고 80세, 90세는 모(耄)라고 하셨네. 도와 모의 나이가 되면 죄를 지어도 벌을 주지 않는다 했는데, 이는 어떤 까닭인가?"

정경세는 손을 모으고 읍을 한 뒤에 낭랑히 말했다.

"어린아이는 그 기질만 있고 아직 배움이 없으므로 성품과 사리분별을 이루지 못하옵니다. 아이가 잘못을 저지르는 것은 어른이 가르치지 못한 탓이니, 미처 가르치지 못한 부모에게 죄를 물을지언정 그 아이의 죄로 여기지는 않사옵니다.

여든과 아흔에 이른 노인은 한평생의 경륜으로 말미암아 세상의 이치와 사람의 도리를 모르는 바 없으나, 그가 죄를 짓는 것은 죄가 아니라 눈과 귀가 어두워져서 잘못 보고 잘못 들은 데서 나온 까닭이라 여기기 때문이옵니다."

정경세가 말을 마치자 전교 송량이 들고 있던 나무패 중 하나를 내밀었다.

"통(강경 시험에서 최고 등급)!"

그 뒤로 이준, 조우인 등이 고강을 했는데, 그들도 둘 다 통을 받았다. 교생마다 간단한 문답이 빠르게 이어졌다. 해가 중천에 오르기 전에 스무 명이 넘는 교생들에 대한 고강이 다 끝났다.

이기련은 송량이 교생마다 강첨으로 꿇은(평가한) 것을 적은 강평지를 유성룡에게 바쳤다. 들고 살펴본 유성룡은 만족하지 못한 표정으로 발표했다.

"통이 네 사람, 약(강경 시험에서 2등급)이 다섯, 조(강경 시험에서 3등급)가 일곱 그리고 불(강경 시험에서 불합격 등급)을 맞은 교생이 여섯 사람이나 나왔네. 낙강(강경 시험에서 불합격함)한 교생들은 벌칙으로 곡례 편을 처음부터 끝까지 한 글자도 빠뜨리지 말고 정서(해서체로 바르게 씀)하여 오는 보름날까지 제출하도록 하게."

고강을 파한 유성룡은 송량과 전교실에 들어 통을 얻은 네 사람을 불렀다. 정경세를 비롯해 이준, 조우인, 김광두였다. 유성룡은 그들에게 말했다.

"상주에서는 자네들이 성심으로 학문에 힘써 출중하니 자만하지 말고 더욱 정진하게. 큰 공업(공부의 업적)은 재치로써 짧은 시일에 이루어지는 것이 아니고, 우직하게 궁구하는 가운데 성취될 수 있는 것임을 명심하게."

"예, 스승님."

유성룡은 특히 정경세에게 마음을 두었다. 5세에 조부에게서 글자를 익혔고, 10여 세에는 청리의 숙유(초야에 묻혀 있는 학식 높은 선비) 김각에게서 《소학》을 배워 문리를 깨우쳤으며, 드디어 16세에는 향시에서 장원을 해 도내에 소년 진사로 이름을 날린 문재였다.

유성룡이 가을에 도임한 이래로 향교에서 강학을 열어서 장래가 촉망된다고 알려져 있는 상주의 유생들을 가르쳤는데, 과연 그중에서 으뜸가는 자질이 있었다.

"경임에게 묻겠네. 오상(인의예지신) 중에서 예가 어찌하여 세 번째로 나오는가?"

정경세는 주저 없이 대답했다.

"인은 의를 비롯되게 하옵고, 의는 또 예를 비롯되게 하옵니다. 예를 갖춤으로써 비로소 깨닫고 분별하는 지에 이르고, 지는 성실함으로써 신을 비롯되게 하옵니다. 결국 인과 의를 몸으로 나타내는 것이 예이므로 예는 심신이 바른 자리에 있도록 하는 덕목이옵니다. 그러한 이치로서 예는 오상의 한가운데에 놓여 있는 줄로 사려되옵니다."

유성룡은 고개를 끄덕였다.

"인은 불노(不怒)라. 화내지 않는 것을 인이라고 했네. 화를 낼 만한 자리에서 인을 지키려면 어떠한 예로써 해야 하겠는가? 누구라도 말해 보게."

정경세도 나머지 세 사람도 얼른 대답을 하지 못했다. 유성룡은 잠시 더 기다렸다가 말했다.

"다들 돌아가서 힘써 궁구해 보도록 하게."

물러 나온 정경세는 이준과 함께 향교에서 내려와 읍내로 향했다.

"서애(유성룡의 아호) 스승님이 상주 목사로 오신 것이 우리로서는 참으로 지록(행운)이오."

"옳은 말일세. 일찍이 퇴계 사조(스승의 스승)께서 여러 제자들 중에서 유독 우리 스승님을 두고 하늘이 낸 인재라고 하셨으니 과연 그 학문이 오묘하고 깊이가 끝이 없는 것 같으이."

두 사람은 남문 안 정춘모의 집 앞에서 걸음을 멈췄다. 문간 종의 말을 들은 집사 황치원이 달려 나왔다.

"두 분 진사 나리, 오랜만에 뵙사옵니다."

정춘모는 사랑마루에 나와서 두 사람을 맞이했다.

"허허, 이런 경사가 있나. 숙평(이준의 관자) 형님이 경임과 함께 광림(남의 방문을 높여 이르는 말)을 하시다니. 어서, 어서 올라오시오."

두 사람이 들어오는 것을 보고 방 안에 있던 사람들은 이 핑계 저 핑계를 대며 하나둘 자리를 피해주었다. 정춘모가 가장 환대하는 지우(서로 마음을 주고받는 절친한 친구)라는 것을 잘 알고 있어서였다.

"향교에 갔다 오는 길인가 보이?"

"그렇다네. 서애 스승님께서 고강을 하셨다네."

"유서애께서는 목민관으로서 어진 정사를 베풀기도 하시거니와 또 강학을 열어 자네와 같은 뛰어난 인재에게 학문을 전하시니 실로 큰사람일세."

이준이 말했다.

"다음 강학 때에는 자네도 우리랑 같이 자리해 보지 않겠는가?"

"허허, 숙평 형님. 말씀은 고마우나 당치도 않습니다."

정경세는 정춘모의 말에서 큰 안타까움을 느꼈다. 그는 16세가 되던 해에 향시에 나갔다가 심히 억울하게도 불미스러운 일을 당한 뒤 집 안의 모든 서권을 불태우고 학문을 폐한 유명한 일화가 있었다.

향시가 열린 날, 정춘모는 시장(시험장)에서 먹을 갈며 앉아 있다가 시제가 나오기가 무섭게 일필휘지로 답안을 써내렸다. 그런 뒤에 붓을 놓고는 답지의 먹물이 마르기를 기다리면서 정경세와 이준은 어찌하고 있나 하고 둘러보았다.

문득 그것을 본 시관이 다짜고짜로 정춘모에게 다가와서 남이 쓰고 있는 답안을 규시(몰래 엿봄)했다고 간주해 바로 그 자리에서 그의 답안지에 낙(落) 자가 새겨진 붉은 도장을 찍어 탈락시켰다.

정춘모는 얼떨결에 당한 일로 너무나 억울해 시관에게 항의하며 대들었고, 서로 언성이 높아졌다. 다른 사람들이 말릴 겨를도 없이 정춘모는 분을 이기지 못하고 그의 낯짝을 한 대 치고 말았다. 땅바닥에 나동그라진 시관은 관아에서 나와 있던 판관에게 신소(고소)를 했고 정춘모는 잡혀갔다.

그때 정춘모가 부정을 저질렀는지 확인하기 위해 다른 여러 시관들이 그의 낙지(탈락한 시험 답지)를 돌려보았다. 그런데 사람들은 모두 입을 모아 문장이 소동파에 비할 만큼 뛰어나고 글씨는 왕희지에 견줄 만해 대과에서도 보기 드물 것이며 향시 장원으로 뽑아도 전혀 모자람이 없을 것이라 했다.

그날 오후 늦게 향시가 파한 뒤에 시관들은 그런 재주를 가진 정춘모를 안타깝게 여겨 부정을 저질렀을 리 만무하다는 탄원을 했고, 또 그 시관을 달래어 그가 관아에 벌을 주라고 호소한 일을 거두게 했다. 그리하여 정춘모는 사흘 만에 풀려났다.

그 일이 있고 얼마 지나지 않아 고을 내에 소문이 나돌았다. 당시 시관은 향교의 교수(유생들에게 학문을 가르치던 종6품 관원)였는데, 그가 정춘모의 답안을 보고 출중한 재주를 시기해 골려줄 속셈으로 부정한 짓을 한 것으로 모함했다는 것이었다.

평소 그 교수는 유생들에게 거드름을 피우며 강학을 할 때가 많았고, 맨 뒷자리에 앉은 정춘모가 번번이 그 교수에게 심오한 질문을 해 대답하기 난감한 지경에 빠뜨렸고, 그때마다 유생들이 크게 치소(비웃음)하곤 해 남몰래 정춘모에게 원한을 품고 있던 차에 향시장에서 앙갚음했다는 것이었다.

그 일이 있은 뒤로 정춘모는 향교의 강학에서 볼 수 없었다. 읍시 거리나 낙동나루와 같은 번잡한 곳에 자주 모습을 드러냈다. 온갖 시정잡배들과 어울리기 시작한 것이었다. 그는 사람의 귀천을 가리지 않고 사귀었고, 재물 쓰는 것에 인색하지 않았다.

정춘모는 물려받은 가산(집안 재산)이 많아 이미 고을 최고의 부호라는 평판을 듣고 있었고, 드물게 한 번씩 수완을 발휘해 짙은천량(대대로 내려오는 재산) 위에 상당한 재물을 쌓아갔다.

정춘모는 차츰 강호의 한량들과 왈패들 그리고 장사치들 사이에서 이름이 나게 되었다. 그와 어울리는 사람들은 비나리치는(환심을 사려고 아첨하는) 말로 그를 진사라고 부르기 시작했다. 향시에 합격을 한 진사(進士)가 아니라, 비록 낙방은 했지만 오히려 참된 사내라는 의미의 진사(眞士)였다.

그런데 얼마 지나지 않아 그 별호는 모든 고을 사람들이 스스럼없이 입에 올리게 되었다. 정춘모가 진사시에 낙방한 것을 위로하는 뜻에서, 또 진사가 될 수 있다는 것을 충분히 인정하는 의미로 진사 대접을 해주는 것이었다. 그리하여 정춘모는 백패(향시의 합격 증서) 없는 진사가 되었다.

잠시 지난날을 회상하던 정경세는 화제를 돌렸다.

"내 유촌(정춘모의 관자) 자네한테 좋은 사람을 하나 알려주고 싶어서 들렀네."

"그래? 어떤 자인가?"

정경세는 우북산에서 만났던 무수에 대한 이야기를 들려주었다. 그의 용모를 듣고 난 정춘모는 빙그레 웃었다.

"그자라면 나도 한 번 만난 적이 있네. 눈에서 이글이글 광염이 쏟아지는 것이 참으로 드문 사내 같았네. 한 가지 아쉬운 것이라면……."

정춘모가 말끝을 흐렸다. 정경세는 단번에 그 뜻을 알아챘다.

"서출이라서 그러는가?"

"갓이 다르니 우리와 교우로 지내기에 마땅치 않은 것은 엄연한 사실일세."

"그러면 갓을 벗어놓고 지내기로 하세."

"예에 누구보다도 엄격한 경임 자네가 어찌 그런 말씀을 다 하는가?"

"아무리 예식이 중요하다고는 하나 그 때문에 사람을 잃어서는 아니될 일일세."

이준도 공감을 했다.

"옳은 말이네. 만약 장차 그자가 무과에 급제하여 사판(벼슬아치의 명부)에 성명 삼 자를 올리고, 벼슬이 높아져 하나의 가문을 이룬다면, 그때 가서 교우하는 것은 이미 늦은 일이 될 걸세."

"벼슬아치가 되건 아니 되건 그자는 인걸임이 틀림없으니. 유촌, 어떤가? 우리 그자를 청하여 함께 어울려 보는 것이?"

"경임 자네가 그러한 의향을 가지고 있다면 나도 좋다네. 나 또한 그자에게 호감을 가지고 있으니 말일세."

정춘모는 집사 황치원을 불러들였다.

"지난번에 들러서 장뇌삼과 강배를 팔고 간 정 선달이란 자가 어디에서 뭘 하고 지내고 있는지 소상히 알아보게."

황치원은 기다렸다는 듯이 늘어놓았다.

"그 선달은 얼마 전에 사벌에 작은 집을 매득했사옵니다. 시종은 비란나루 서대복 행수의 객주에 나가 일을 도우고 있사옵고, 그 선달은 무경을 들고 앉아 글하기에 힘쓰고 있사옵니다."

"허어, 그래? 자네가 어찌 그리 잘 알고 있는가?"

"소인은 그 시종과 벗짓기를 했사옵니다."

"허허, 유유상종이라. 서로 알아보는 눈들이 있나 보군그래."

황치원이 나가자 정춘모가 말했다.

"아무리 먼 데서 벗이 오면 반갑다고는 하지만 아직 면분이 많지 않은 터에 우리가 불쑥 찾아가면 황망할 것이니 어찌하면 좋겠는가?"

이준이 제의했다.

"우리가 그자를 찾아가기보다는 차라리 청리로 초대를 하는 것이 어떻겠는가?"

"그게 좋겠소. 그러면 사람을 보내기로 하지요."

"아닐세. 입으로 전할 일은 아니네."

"그러면 제가 서장(편지)을 한 장 쓰겠습니다."

"초대장을? 그자가 만약 못 읽을 수도 있지 않겠는가?"

"무경을 읽는 사람이 서찰 한 장 못 읽는대서야 말이 되겠는가?"

"하긴 그렇군."

"명필에 명문장인 우리 경임이 그자의 마음을 움직일 수 있는지 어디 한번 두고 보기로 하세. 허허."

낙사계와 상무계

1

"예가 정 선다님 댁이옵니까?"

"그렇소만?"

사내는 품에서 간찰(편지) 한 통을 꺼냈다.

"청리면 율리에 사시는 정경임 나리께서 이 댁 선다님한테 전하는 것이옵니다."

이희춘은 사내에게서 봉통을 받아 들었다. 안으로 들어가 무수에게 아뢰었다. 무수는 놀라워하면서 정경세가 보내온 서찰을 펼쳐 읽었다. 유려한 행서체에 빼어난 문장이었다.

"무어라 적혀 있사옵니까?"

"조만간 날을 가려 청리로 와주면 좋겠다는 말씀이네. 지난번에 산속에서 큰 은덕을 입은 터에 내가 하루바삐 찾아뵙고 사례를 드리는 것이 마땅한데, 우물쭈물하던 중에 이렇게 초래의 글을 받게 되었으니 면난(민망)하기 짝이 없구면."

무수는 지필묵을 펼쳐 두터운 글씨로 답서를 써 내려갔다. 정경세의 서체가 단아하고 정갈하게 흐르는 시냇물과 같다면, 무수의 필치는 바위틈을 흐르는 물살처럼 활달한 기상이 배어 있었다.

답장을 다 쓴 무수는 서찰 앞뒤에 내지와 외지를 놓고 둘둘 말았다. 그러고는 노끈으로 묶어서 이희춘에게 주었다.

"이걸 살치(심부름꾼)에게 주게. 족채(먼 곳에 보내는 심부름꾼에게 주는 삯)를 섭섭지 않게 쥐어주도록 하고."

이희춘은 무수가 양반 선비와 친교를 맺는 것을 보고 마음이 흐뭇해졌다. 무수가 예사 사람이 아니라는 것은 정경세가 몸소 쓴 편지를 보내온 것만 봐도 알 수 있는 일이었다. 신이 난 이희춘은 무수가 쓴 것을 공손히 받아 들고 밖으로 나갔다.

"예기치 않게도 그분이 서간을 보내올 줄이야……."

무수는 정경세를 찾아뵙겠다고 약속한 날이 되어 새벽 일찍 나들이 채비를 했다. 김씨가 지어준 새 두루마기를 입고 중갓을 쓴 뒤에 밖으로 나왔다. 댓돌에는 이희춘이 삼은 새 미투리가 가지런히 놓여 있었다. 신을 신고 내려서는 무수를 본 이희춘이 중얼거렸다.

"쩝, 아무래도 큰 갓이 어울리겠는데 말이야."

무수는 이희춘이 헛소리를 하지 못하도록 두 눈에 힘을 주었다. 이희춘은 찔끔했다. 무수는 김씨에게 허리를 굽혔다.

"소자, 다녀오겠사옵니다."

"행여 양반님네들께 실수할까 봐 마음이 놓이지 않는구나."

"너무 심려치 마소서."

"오냐. 몸 성히 잘 다녀오너라."

무수는 읍시로 향했다. 은혜를 입은 정경세에게 빈손으로 찾아갈 수는 없는 노릇이었다. 예물은 어떤 것이 좋을지 고민이 되었다. 무수의 속을 짚은 이희춘이 넌지시 말했다.

"이 상주 고을은 바다가 멀어서 해산물이 귀한 대접을 받는 것 같았사옵니다."

"그래? 그렇다면 그게 좋겠군."

상주목 관아 남녘에 크게 펼쳐져 있는 읍시에는 건어물전과 생어물전이 칸칸이 붙어 있었다. 먼 길을 가는 터에 생어물은 갖고 가기가 마땅치 않다고 여겼다.

무수의 눈에 가장 먼저 들어온 것은 건어물전에 있는 전복이었다. 손바닥만큼 큰 전복이 빛깔도 곱게 종이에 싸여 있었다. 전방 주부(전방에서 장사하는 우두머리)가 다가와 전복을 들어 보였다.

"명포라고 하는 것이옵니다. 마른 전복 중에서 최고로 치는 것이옵지요."

이희춘이 물었다.

"얼마씩 하오?"

"한 마리에 쌀 석 되 값이옵니다."

"뭐 그리 비싸?"

"삶고 말리기를 아홉 번씩 번갈아 하는 워낙 귀한 것이온지라……헤헤."

무수가 말했다.

"귀한 댁에 들일 것이니 귀한 것이라야 되지 않겠나. 넉넉하게 사게."

이희춘이 흥정해 명포 스무 개를 몽땅 한 고리짝에 채워 넣고, 북어도 가장 큰 것으로 두 쾌를 샀다.

"이만하면 되겠사옵니다."

"그것만으로는 아무래도 좀 적지 않겠는가?"

"마른 전복에다가 북어까지 치면 쌀 한 섬이 넘는 값이온데 이게 적다니요?"

"우리가 어머님을 모시고 산속에서 폐를 끼친 것이 어디 곡식 한두 섬

값에 그치겠는가?"

"너무 많이 사 가지고 가는 것도 서로 부담스러운 일이 아니겠사옵
니까?"

"그렇긴 하겠네만."

무수는 뭘 좀 더 살까 망설이며 눈길을 여기저기 두었다. 그러다가 특
별한 것이 눈에 띄었다. 커다란 마른 문어 한 마리가 건어물전 천장에 매
달려 있는 것이었다. 무수는 그것을 내려서 잘 싸도록 했다.

이희춘은 세 고리짝 위에 종이와 가는 새끼줄로 잘 감아 싼 마른 문어
를 올려놓고 한 짐으로 동여맸다. 그러고는 멜빵을 어깨에 걸고 일어섰다.
무수는 이희춘의 뒤에서 등짐을 바라보았다. 넘치지도 모자라지도 않는
듯이 여겨졌다.

"그만하면 되었네. 가세."

읍내에서 청리로 가는 길은 두 가지였다. 나룻배를 타고 남천을 거슬러
올라가는 물길과 남천을 따라 굽이굽이 걸어서 가는 뭍길. 청리는 읍성
에서 남쪽으로 30리쯤 떨어져 있는 고을이었다.

무수는 읍성 남문 홍치루로 갔다. 향교가 있는 남산 자락에서 흘러드는
개울을 되짚어 따라갔다. 4, 5리쯤이나 갔을까? 남천이 나타났다. 길을 찾
느라 헤맬 것이 없었다. 천변으로 나 있는 길을 따라가기만 하면 되었다.

"소인이 겪어보기로, 양반은 믿을 것이 못 되었사옵니다."

"다 사람 나름이 아니겠는가?"

"저들도 별 쥐뿔도 없으면서 근본이니 뭐니 하여 양반 아닌 사람들을
날압게 여기는 것은 하나같이 똑같사옵니다."

"그 근본이란 게 쥐뿔이라네. 그러니 못 가진 자들이 안달을 하는
게지."

"그게 그렇게 중요한 것이옵니까?"

374

"세상의 권세를 가진 자들이 따지는 바이니 어찌하겠나?"

"어쨌든 조심은 하셔야 하옵니다."

"우리가 입었던 은혜를 갚으러 가는 길이니, 그 밖에는 달리 생각하지 말게."

강바람이 부쩍 쌀쌀했다. 가을은 물러서고 완연한 겨울 날씨였다. 첫눈이 내린지도 한참 지났다. 초목은 짙누렇게 메말라 가고 있었고, 남천가 모래를 씻어 흐르는 물빛만이 해맑았다. 큰 강으로 흐르는 여러 줄기 샛강들, 그 샛강으로 흘러드는 무수히 많은 시내들……

홍수도 나지 않고 가뭄도 들지 않을 것만 같은 고장이었다. 너른 들이 있고, 높은 산이 있으며, 사방팔방으로 많은 물줄기가 있어 기둥을 세우고 지붕만 얹으면 그 어디나 사람 살기 좋은 땅인 듯싶었다.

"오, 마침 잘 되었군. 저기 들어가세."

청리천이 남천에 합수되는 곳에 주막이 있었다. 무수는 이희춘과 들마루에 앉았다. 점심을 하는 정도가 아니라 속을 든든히 채워두어야 했다. 손질가면서 시장기 어린 낯빛을 보여서는 안 될 일이었다.

장국밥에 지짐이까지 잔뜩 배불리 먹은 뒤 다시 길을 나섰다. 주막이 있는 곳에서부터는 오른쪽으로 꺾어서 작은 시내를 따라갔다. 좌우로 크고 작은 바위를 끼고 흐르는 물은 이끼 한 점 찾아볼 수 없을 만큼 영롱했다. 푸른 하늘에 씻긴 돌들이 시내 바닥에 마루처럼 깔려 있었다.

파란 하늘빛으로 흘러가는 시내는 우북산 앞 시내가 비췻빛이었던 것과는 또 다른 감흥을 자아냈다. 우북산 기슭 시냇가가 인간 세상을 벗어나 그윽했다면 청리천은 누런 세간과 푸른 선계의 경계에 있는 듯한 느낌이었다.

한참 올라가니 물길이 또 갈라졌다. 오른쪽으로 대나무가 우거진 작은 동산이 눈에 들어왔다. 무수는 그곳으로 작정한 듯이 걸어갔다. 청리면 율리 고을이었다.

대나무숲 아래에 규모가 아담한 기와집 한 채가 고즈넉이 들어앉았다. 집 앞에는 드넓은 연밭이 펼쳐져 있었다. 이리저리 꺾어진 연 줄기들이 저마다 제자리에서 입선한 듯한 풍경이었다.

"저 댁이구나."

무수는 적잖이 긴장이 되었다. 대범하려고 해도 낯선 곳에서 익숙하지 않은 예법을 차려야 한다는 것이 못내 부담이 되었다. 양반가의 예법이라면 어렸을 적에 곤양 본가에서 익힌 예법이 다였다. 지난 밤새 기억을 더듬고 더듬었지만 닥치고 보니 영 서투를 것만 같았다.

"선다님, 저기 누가 오는뎁쇼?"

대문 밖에 나와 있던 종이 멀리서 무수의 차림새를 보고는 다가왔다.

"사벌에서 오신 정 선다님이신지요?"

"그렇네만."

"아, 어서 오십시오. 다들 기다리고 계십니다."

종은 앞장서서 집 안으로 들어가 아뢰었다. 작은사랑에 들어 있던 정경세가 나와서 무수를 반갑게 맞이했다.

"경운, 어서 오오."

"소인이 예를 갖출 줄도 모르고, 진사 나리를 다시 뵙사옵니다."

무수는 이희춘에게 말했다.

"자네는 뭘 그리 서 있는가? 지고 있는 것을 어서 내려놓게."

그러고는 다시 정경세에게 고개를 돌렸다.

"별것 아니옵니다. 소납(보잘것없는 물건이니 웃으며 받아달라는 말)하여 주소서."

"먼 걸음에 뭘 이런 무거운 것을 다 지고 오셨소. 고맙소."

정경세는 종에게 일렀다.

"어서 안채로 들이게."

정경세는 무수를 데리고 큰사랑에 들었다. 가운데에는 아버지 정여관이, 좌우로 송량과 김각이 앉아 있었다. 정여관의 풍신(풍채)은 정경세와 다름없이 크고 우뚝했다. 부전자전이라는 옛말이 과연 틀리지 않았다.

"아버님, 소자가 말씀드린 정 선달이옵니다."

무수는 정성을 다해 절을 하고 다시 일어나 서 있었다. 정여관이 말했다.

"게 좀 앉게."

무수를 한참 동안 쳐다보던 정여관이 빙그레 웃었다.

"허허, 장재로다."

정여관은 소활광대한 성품 그대로 무릎을 치면서 연신 달아냈다.

"우곡(송량의 아호), 석천(김각의 아호), 그렇지 않소?"

두 사람도 고개를 끄덕였다.

"허허, 과연 대장재 상장재로다."

무수는 방바닥만 내려다보고 있었다.

"곤양이 본가라고?"

"예, 나리. 소인의 선고(돌아가신 나의 아버지)는 벼슬에 뜻을 두지 않으시고 일평생 수덕(덕을 닦음)만 하셨사온데, 함자로 호 자를 쓰셨사옵니다."

"저런, 세상을 버리셨다니 안타깝네. 자네 선친이 살아 계셨더라면 당장에라도 교유하고 싶은 생각이 간절하구먼."

정여관의 오른쪽에 앉아서 무수를 바라보고 있던 김각이 말했다.

"자네, 나 좀 보게."

무수는 어딘지 귀에 익은 목소리 같아서 고개를 들었다. 진주에서 상주로 올 때 배를 태워주었던 바로 그 노인이었다.

"아, 석천 도인 아니시옵니까? 소인이 예서 또 뵙사옵니다."

"그때는 고마웠네. 허허."

송량도 한마디 했다.

"정 선달에 관하여서는 익히 들어서 잘 알고 있네. 이렇게 만나고 보니, 과연 기골이 장대하고 눈빛이 형형한 것이 경임과 더불어 학과 범으로서 짝이 되어 나라의 큰 재목이 되리라 믿네. 부디 멀리 내다보며 인내하고, 넓게 살펴보며 언행토록 하게."

무수는 잘 알겠다는 뜻으로 허리를 굽혔다. 정경세는 어른들 앞에 오래 앉아 있으면 무수가 불편해할 것을 염려해 정여관에게 아뢰었다.

"아버님, 저희들은 이만 물러가겠사옵니다."

"오냐. 너희 둘을 이렇게 한자리에서 보니, 내가 왠지 잃어버린 자식 하나를 되찾은 것만 같구나."

정여관은 무수에게 더욱 자애로운 음성을 냈다.

"정 선달은 예가 내 집이거니 생각하고 부디 오래도록 머물면서 노닐게."

무수는 다시 절을 하고는 물러 나왔다. 밖으로 나온 정경세는 웃는 낯으로 말했다.

"경운, 보오. 아버님도 우리가 형제 같다지 않소?"

정경세는 무수의 팔꿈치를 이끌고 안채에 들어섰다. 어머니 이씨가 계집종의 아룀을 듣고 마루로 나와 섰다. 무수는 마당에 선 자리에서 큰 몸짓으로 선절을 했다. 이씨는 놀라며 마루 끝으로 다가섰다.

"아니? 두 사람이 어찌 이리 닮을 수가? 신기한 일도 다 있네그래."

"어머님은 아들 하나 더 생긴 셈치소서. 하하."

"그건 그렇고, 무슨 귀한 어물을 그리도 많이 갖고 오시었소?"

"예 계신 진사 나리께 입은 은덕에 비하면 아무것도 아니옵니다."

"어허, 이 사람이? 아까부터 자꾸 진사 나리가 뭔가? 경임이라 편히 부르시게."

"그렇게 나란히 서 있으니 아무리 살펴봐도 두 사람이 영락없이 형제 같군."

"이 사람 경운과는 의동기 간으로 지낼까 하옵니다."

"그야 장부들이 알아서 할 일이고…… 자, 그렇게 서 있지 말고 먼 길에 힘들었을 터이니 손님을 모시고 가서 편히 쉬도록 하게나. 내 곧 상을 차려 보내겠네."

정경세는 무수를 데리고 안채에서 나와 자기가 쓰고 있는 작은사랑에 들었다. 방 안에는 여러 사람이 앉아 있었다. 정경세가 앉아 있는 차례대로 무수에게 사이(소개)를 했다.

"맨 안쪽에 있는 분은 숙재 이전 형님으로 우리 중에서 가장 연장자이시네."

무수는 두 손을 포개 들어 읍을 했다.

"그 옆에는 숙평 이준 형으로 숙재 형님의 아우님이 되시고, 그 옆에는 정원 전식이고, 그 앞에는 명보 강응철 형일세."

무수는 그들에게 일일이 선절을 했다.

"유촌 정춘모 형은 잘 알 것이고."

"어서 오오. 허허."

"그 옆에 앉아 있는 동자는 김지복이라고 하네. 조금 전에 큰사랑에서 뵌 석천 스승님의 자제분이라네."

김지복은 아직 성동(15세)이 되지 않은 앳된 아이였다. 그래도 무수는 공손하게 허리를 굽혀 반절을 했다.

"여기 서 계신 분은 내가 이미 여러 번 말씀드렸거니와 다시 한 번 말씀드리자면, 곤양 사람으로서 경운 정무수라고 하오. 이제 우리가 상면례로써 다 같이 서로 절을 하십시다."

무수는 엎드려 절을 했고, 그들은 모두 앉은 채로 무릎만 고쳐 앉으며 반배로 받았다. 무수는 정경세가 권하는 자리에 앉았다.

"경운은 명보 형, 유촌 형과 동갑이고, 나는 정원 형과 동갑이오. 숙평 형은 나보다 세 살이 많으시고, 숙재 형은 다섯 살이 많으오. 지복이는 관례를 하려면 두어 해가 남았소."

정경세에 이어 이준이 말했다.

"나이 차이가 뭐 그렇게 중요하겠소? 벗이란 체면으로 사귀는 것이 아니라 진정으로 사귀는 법이 아니겠소?"

정춘모도 맞장구를 쳤다.

"숙평 형, 거 정히 옳은 말씀이오."

무수는 앉은 채로 조금 허리를 굽혔다.

"낄 자리가 아닌 사람을 이렇게 환대하여 주셔서 몸 둘 바를 모르겠사옵니다."

김지복이 웃으며 말했다.

"낄 자리가 아닌 사람은 아직 어른이 되지 못한 이 몸이오."

모두들 웃었다. 밖에서 아뢰는 소리가 들렸다.

"나리, 입맷상을 들일까 하옵니다."

들어온 상 위에는 검은 깨를 뿌린 잣죽, 잘 삶은 수육, 들깨가루를 넣어 무친 죽순나물, 박김치 그리고 달인 간장이 놓여 있었다. 따로따로 독상으로 차린 것을 보면 기품이 흐르는 가풍임을 짐작게 했다.

입맷상을 물린 지 얼마 지나지 않아 이른 저녁상이 들여졌다. 갖가지 정갈한 반찬이 작은 그릇에 조금씩 담겨 있었는데, 오첩반상의 정성을 갖춰 입맛을 당기게 했다. 무수의 구미를 특히 돋운 것은 집장과 족편이었다.

집장은 밀메주로 담근 장인데, 가지와 무와 같은 갖은 채소를 넣어서 삭힌 것으로 그냥 떠먹기도 좋았고, 밥에 한 숟가락 얹어 비벼 먹기도 그만이었다.

족편은 귀한 우족과 닭을 넣어 푹 고아서 뼈는 다 발라내고 갖은 양념을 해 묵처럼 굳혀서 먹기 좋게 썬 것이었다. 우족은 구하기가 어려운 재료인 데다가 그것만으로 족편을 만들면 그 양이 얼마 되지 않기에 닭을 함께 넣는 것이고, 또 닭고기는 물컹한 족편의 씹는 맛을 더하는 것이었다.

저녁상에 이어 나온 찻상에는 곶감을 넣고 잣을 띄운 맑은 수정과와 다식으로 구운 밤이 놓여 있었다.

대접을 잘 받은 무수는 날이 어두워지기 전에 일어나야 한다는 생각이 들었다. 담소를 나누는 좌중의 분위기를 헤치지 않으려고 기다렸다가 기회를 보아 정경세에게 말했다.

"진사 나리, 소인이 천한 신분으로 귀한 자리에 앉아서 과분한 대접을 받았사옵니다. 이만 물러갈까 하옵니다."

무수가 몸을 일으켜 세우자 정경세는 그의 팔을 잡아 도로 앉혔다.

"안 되오. 날도 저물어 가는데 어딜 간단 말이오? 자자, 우리 약주나 한잔씩 하면서 오늘 밤은 우리 집에서 편히 주무시도록 하오."

"그런 큰 폐를 끼칠 수는 없사옵니다."

"이 시간에 일어나서 우리 집을 나서는 것이 예가 아니오."

술상이 나왔다. 독상이 아니라 큰 상이었다. 송이버섯무침, 죽순찜, 붕어찜, 갈비구이, 연근정과, 연시, 오이지와 그 밖에 몇 가지 안주가 놓여 있었다. 그중에 반달송편 같은 것이 있었는데 송편이 아닌 것 같기도 하고 무엇인지 알 수 없었다.

"죽순은 우리 집 뒷산에서 난 것이고, 연근은 저 앞 연밭에서 캔 것이라오. 어머님께서 경운이 가지고 온 명포로 전복쌈을 만드셨구려. 맛을 좀 보오."

반달송편 같은 것이 전복쌈이었다. 마른 전복을 물에 불린 뒤에 얇게 저며서 마치 송편의 피처럼 만들고, 채를 썬 곶감과 잣을 소로 넣고 싼 것이었다. 무수는 한 젓가락 집어서 입에 넣고 씹었다. 이제껏 세상에 없던 맛인 것처럼 풍미가 오묘했다.

정경세가 술주자를 들었다.

"숙재 형님부터."

이전에게 먼저 한 잔 따르려고 하자 그는 손사래를 쳤다.

"아니, 손님부터 드려야지."

정경세는 무수에게 술을 따르려 했다. 무수는 얼른 잔을 소매로 가렸다.

"어찌 염치없이 말석이 먼저 가장 먼저 잔을 받겠사옵니까?"

"오늘 이 자리는 경운을 위해서 모인 자리니까. 자."

무수는 하는 수 없이 술을 받았다.

"회산춘이라고, 우리 집 가양주라오. 마시고 취하면 산을 한 바퀴 빙 돈다는 술이오."

이준이 거들었다.

"이 댁 가양주 중에서 가장 귀한 술이라오. 세 번 불기운이 가야 나오는 귀한 술이니."

전식이 짐짓 무수를 떠보려고 물었다.

"이보오, 경운. 이 댁에 와서 보니 양반이 너무 잘 먹고 잘 사는 것 같지 않소?"

무수는 갑작스러운 물음에 전혀 놀라지 않고 태연하게 맞갚았다.

"소민(일반 백성)과는 달리 아무렇게나 살지 않는구나 하는 것을 느끼는 바이옵니다."

"하하, 역시 경운다운 대답이오. 자, 한잔 듭시다."

독한 술이 몇 순배 오가자 젊은 선비들과 젊은 무부는 붉어진 얼굴로 담소를 꽃피웠다. 선비들은 주로 경서에 나오는 옛 고사를 화제로 삼았고, 무수는 간간히 무예에 관해 들려주었다. 무수는 그들의 학문에 감탄했고, 그들은 무수의 무예 이야기에 귀를 기울였다.

"아하함!"

언제 곯아떨어졌는지 모르게 포개고 엉기어 잠들어 있던 사람들이 하나둘 눈을 뜨기 시작했다. 무수는 조금도 흐트러지지 않은 자세로 앉아서 밤을 샜다. 정경세가 깜짝 놀랐다.

"아니, 경운?"

"괜찮사옵니다."

"그렇게 마시고도 마치 술을 입에도 아니 댄 것처럼 멀쩡하다니."

이전과 이준 형제는 간밤에 돌아갔고, 김지복도 아버지 김각을 모시고 가버려서 방 안에 남아서 잔 사람은 정경세, 정춘모, 전식, 강응철, 그리고 무수뿐이었다. 사람들은 서둘러 일어나 방을 치우고 머리를 빗고 세수를 하고 옷을 고쳐 입었다.

아침상이 들어왔다. 소고기와 능이버섯을 가늘게 찢어 넣고 푹 끓인 맑은 국이었다. 간장을 조금 떠 넣고 밥 한술 말아서 뜨니 능이버섯 향이 물씬 우러났다. 속이 스르르 풀리는 것이 술독을 달래는 해장국으로는 그만이었다. 무수는 어제부터 오늘 아침까지 어느 한 가지도 빼놓지 않고 꼭 딴 세상의 음식을 먹는 것 같았다.

"오늘은 연악산으로 나들이를 가십시다."

"가는 길에 숙평 형 댁에 들러서 모시고 가면 되겠네."

같은 밥을 먹고 같은 방에서 잠을 자고 난 뒤라 서먹함이 많이 사라지고 한결 가까워진 느낌이었다. 무수는 연악산이 읍내로 가는 길에 있어서 정경세의 제의를 마다하지 않고 동행하기로 했다.

그들은 정여관이 들어 있는 큰사랑에 아뢴 다음에 집을 나섰다. 뒤따르는 종들 틈에서 이희춘은 마음이 편치 않았다. 간밤에 행랑채에서 황치원과 둘이서 다른 사람들의 종들을 다 휘어잡은 것이 위안이라면 위안이었다. 양반들 틈에서 걷고 있는 무수를 멀찍이 뒤에서 보니 마음이 안타깝기만 했다.

다들 푸른 도포를 입고 큰 갓을 쓰고 있는 데 비해 무수는 그저 옷 품이 작은 두루마기에다가 갓도래도 겨우 이마 위에 걸쳐지는 중갓을 쓰고 있었다. 다만 체구가 크고 어깨가 넓어 초라한 행색이나마 영 볼품이 없지는 않았다.

황치원이 이희춘의 마음을 헤아리고 위로해 주었다.

"희춘이 자네 상전이 우뚝하이."

"그런가? 허허."

이준의 집은 남천 건너 청하 고을에 있었다. 옛 성벽 아래였는데, 다 쓰러져 가는 초가삼간이 달랑 한 채 서 있을 뿐이었다. 청빈하다기보다는 가난한 선비의 삶이 엿보였다. 이준은 마당에 놓인 들마루에 앉아 새를 불러들여서 놀고 있었다.

"삐오, 삐오, 삐오오!"

이준이 새소리를 내자 새들이 그의 손등에 내려앉았다. 기이한 일이었다. 일행이 기침을 하며 집 안으로 들어서자 새들이 놀라 후르륵 달아났다. 정경세는 종에게 지고 온 것을 내려놓게 했다. 무수는 속으로 탄식했다.

'아, 아침 끼니를 굶고 사는 양반도 있구나.'

이준은 일행을 보고는 빙긋 웃었다. 그 얼굴이 시냇물처럼 해맑았다. 앉으라는 말도 없었다. 사람 수에 맞춰 내놓을 물그릇도 없는 살림이었다. 정경세가 얼른 입을 열었다.

"숙재 형님은 어디 가셨소?"

"유사를 맡고 계시니, 일찍이 먼저 가셨다네."

"그러면 어서 의관을 갖추고 나오오. 우린 밖에서 기다릴 터이니."

이준은 방 안으로 들어가더니 갓만 쓰고 나왔다.

연악산(지금의 갑장산) 입구에서부터 계곡은 경치가 빼어났다. 거슬러 오른 지 얼마 되지 않아 정자가 나타났다. 영귀정이었다. 정자 아래 계곡에는 그늘대가 펼쳐져 있고, 그 안에는 선비들이 옹기종기 앉아서 바둑을 두고 있었다. 정경세가 무수에게 말했다.

"낙사계 계원들이오."

상주에 사는 많은 선비들 중에서 학문이 뛰어난 젊은 선비들의 동아리였다. 정자 안에서는 나이가 있어 보이는 선비가 한 사람에게 바둑을 가르치고 있었다. 유사 이전이 그에게 다가가 아뢰었다.

"사또, 다 모였사옵니다."

"그래? 그럼 바둑은 이만 파하기로 하지."

그 말을 들은 젊은 선비들은 두고 있던 바둑돌들을 미련 없이 쓸어 담았다. 바둑판까지 말끔히 치운 뒤에 다들 자리에 앉았다. 무수는 한가운데 앉아 있는 그 나이 지긋한 선비를 알아보았다. 바로 상주 목사 유성룡이었다.

이전은 계원들의 도기(출석부)에 일일이 수점을 찍은 뒤에 유성룡에게 축사를 부탁했다. 유성룡은 양반들 틈에 끼어 있는 무수에게 잠시 눈길을 주고는 다른 사람들을 둘러보며 입을 열었다.

"내가 오늘 낙사계에 초대를 받고 보니, 계원들 면면이 참으로 감개무량하네. 일찍이 면분이 깊은 향교 교생도 있고, 낯선 얼굴도 보이는 듯하네……."

축사를 마친 유성룡은 이전을 시켜 무수를 정자 안으로 불렀다.

"자네는 지난 고성 향시 무과에 장원을 한 선달이 아닌가?"

"소인, 정무수. 목사또 나리께 문안드리옵니다."

"허허, 여기서 이렇게 또 보는구면."

유성룡이 무수의 차림과 갓의 크기를 보고 의아하게 여겼다. 양반이 아닌 사람이 참여할 자리가 아니라는 의문이었다. 그것을 본 정경세가 다가갔다.

"스승님, 정 선달은 저희와 벗으로서 우애를 나누기로 했사옵니다. 남아 대장부가 뜻과 정이 통하면 그만 아니겠사옵니까?"

유성룡이 고개를 끄덕이는 겨를에 그늘대에서 어떤 소리가 들려왔다.

"송림에 머무는 백학의 무리에 흰 닭이 좇을 바는 아니로다."

계원 중 한 사람이 무수를 못마땅하게 여겨 조롱하는 말이었다. 여기저기에서 웃음소리가 들리는 가운데 또 다른 목소리가 낭랑히 울려 퍼졌다.

"비둘기 떼 앉은 자리에 봉황 한 마리가 몸을 감추고 있구나."

대구를 주고받고 하다가 낙사계 계원들은 두 편으로 나눠졌다. 목사 유성룡은 아무 말 없이 굽어보고만 있었다. 무수는 그 자리에 있기가 몹시 불편해 자리에서 일어나 나오려고 했지만 이미 여러 사람들에게 둘러싸여 버려서 어쩌지 못하고 있었다.

그때 누가 정경세에게 물었다.

"경임, 자네는 예학을 중시하면서 저기 있는 정 선달에 이르러서는 반차의 법도를 혁파해 버리고자 하니 이것은 무슨 예법인가?"

정경세는 조금도 주저하지 않고 대답했다.

"예학은 수양하는 방편이지 차별하는 수단이 아닐세."

정경세의 반론 한마디에 좌중은 잠시 할 말을 찾지 못했다. 그때 정춘모가 일어나 우렁찬 목소리로 말했다.

"내가 여러분에게 한 말씀 올리겠소. 예로부터 벗을 사귐에 있어서는 세 가지 잊을 것이 있다고 했소.

그대들은 이백과 두보의 망년지교(忘年之交)를 잘 알 것이오. 두 사람이 열한 살이나 나이 차이가 남에도 불구하고, 평생 서로 시문으로 우의를 나누며 각자 수천 편의 시를 지어 드디어 당시(唐詩) 이두(이백과 두보를 아울러 일컫는 말)라는 말을 남겼소. 두 사람이 망년, 즉 나이를 잊고 서로 친교하지 않았던들 어찌 그러한 업적을 이룩할 수 있었겠소?

　또 관중과 포숙의 망금지교(忘金之交)는 어떠하오? 서로 친교함에 있어 재물을 누가 많이 가지든 누가 적게 가지든 구애됨이 없는 우애를 자랑했소. 재물을 돌아보지 않는 그 대범하고 스스럼없음이 훗날 부모 형제보다 더 꿋꿋한 우정으로 이어졌으니, 이는 망금, 즉 재물을 잊은 사귐이 또 얼마나 아름다운 일이오?

　세 번째로 백리해와 건숙의 망관지교(忘冠之交)를 생각해 보오. 백리해가 천한 신분일 때 건숙이 신분을 헤아리지 않고 그와 친구가 되었고, 훗날 백리해가 진의 목공에게 높이 쓰일 때 그는 또한 절친인 건숙을 잊지 않고 높은 관작을 추천하지 않았소? 이러한 망관, 즉 신분을 잊은 그들의 우정은 천추에 빛나지 않는가 말이오."

　좌중은 어느 누구도 입을 떼지 못했다. 입맛 다시는 소리조차 나지 않았다. 계곡의 물소리만 여느 때와 같이 울려 퍼질 뿐이었다.

　"이로써 보건대, 장부는 나이를 잊는 망년, 재물을 잊는 망금 그리고 신분을 잊는 망관, 이렇게 삼망지교를 해야 한다고 믿는 바이오."

　유성룡이 말했다.

　"내가 사람을 보는 눈은 그다지 밝지 않네만, 저 정 선달은 장차 무정승에 오를 사람일세."

　계원들은 다 놀라 고개를 들고 눈을 크게 떴다.

　'무정승!'

　유성룡의 말은 무수가 무과에 급제하는 것은 물론 장차 최고 수준의 품계에 이를 것이라는 예언이었다. 그렇게 된다면, 양반이 되는 것은 부수적으로 따르는 당연한 일이었다. 무수는 하도 민망해 더 이상 그 자리에 섞여 있을 수 없었다.

"갑자기 소피가 급하여……."

핑계를 대고 나오자 정춘모도 뒤따랐다.

"소인만 사라지면 되는 일이옵니다."

"아니오. 내 모처럼 삼망지교의 붕우를 얻었는데 어찌 이대로 잃을 수 있겠소? 같이 가십시다."

"공연히 소인 때문에……."

무수는 정경세의 집에 예물을 갖춰 찾아간 것까지는 좋았으나, 낙사계에는 참석하지 말았어야 했다는 후회가 일었다.

"아, 연악산 들머리에서 일행과 헤어져서 곧장 읍내로 왔다면 아무 분란 거리도 만들지 않았을 것을."

집으로 돌아온 뒤, 청리에 다녀온 일과 낙사계에서 유성룡이 한 말을 회상하며 며칠째 심란하게 보내고 있는데 누군가 찾아왔다. 정춘모의 집사로 있는 황치원이었다.

"상무계?"

"그러하오. 상주에 사는 무부들의 모임이오."

"그 계에서 왜 나를?"

"계장 어른께서 정 선다님을 모시고 오라는 전갈이오."

2

남강 본류에 있는 나루의 행수들은 물론이고 덕천강과 경호강 나루의 행수들까지 박안 부자의 횡포에 시달렸고 불만을 갖고 있었다.

무수가 떠나고 난 뒤에 남강 일대의 염매권은 고스란히 그들 부자의 손에 들어갔고, 그들은 독점적인 지위에서 소금값을 좌지우지했다. 그리하여 진주의 소금값은 크게 올랐고, 의령도 예외는 아니었다.

여러 여각의 행수들은 진주 호장 강세정에게 토로했지만 그도 어찌할 방법이 없는 형편이었다. 남강 염상계의 주도권이 완전히 박안 부자에게 넘어간 데다가 염창의 관원과 서리도 박안과 깊이 결탁되어 있었다.

"휴우, 어디서부터 잘못되었는지……."

분명한 건 무수 그놈이 화근이었다. 지금에 와서 가만히 생각하니, 지난날 차라리 두 눈을 질끈 감고 애복이를 무수에게 시집보냈더라면 박안 부자한테 이만큼이나 수모를 당하지 않았을 것 같았다. 하지만 이미 돌이킬 수 없는 일이었다.

남강의 염매권 외에도 걱정은 또 있었다. 애복이가 아무래도 무슨 일을 저지를 것 같았다. 매일 산속 출입만 하는 것이 영 마음에 걸렸다. 따라붙이 윤업의 말이 의미심장하게 들렸다.

"아씨는 무예에만 열중하고 있사옵니다."

"혼기가 찬 처녀가 날이면 날마다 창검부도(날이 있는 여러 가지 무기)를 수련하다니. 에잇 참."

혼기는 찼으되, 혼담은 들어오지 않았다. 온 진주 고을의 사내란 사내들은 다 애복이를 두고 수군거렸다.

"흠집 있는 계집이 된 거지."

"흠집뿐인가? 애도 못 낳게 되었다던데."

"계집이 애를 못 낳으면 어디다 쓴단 말인가?"

시집갈 데라고는 강세정의 재산을 노리는 주막전 건달들뿐이었다.

"눈 딱 감고 그 계집과 혼인만 하면, 호장 어른의 재물은 내 손에 다 굴러 들어오겠지?"

"하긴, 무남독녀 외동딸이니까."

"그렇다면 어디 한번 매파를 놓아볼까나?"

"그러지 말고 직접 찾아가서 달라고 해보지?"

"예끼, 그러다가 다리몽둥이가 부러져서 나올라."

날이 갈수록 강세정의 고심은 깊어만 갔다. 애복이가 산속에 다니는 일을 말릴 수도 없었다. 어느 날 갑자기 박수영에게 복수를 하러 갈지도 모를 일이었다. 그러면 사태는 걷잡을 수 없이 커질 것이었다.

그게 아니라면, 언젠가 무수를 찾아 나설 수도 있겠다 싶었다. 강세정은 남강 염상의 일을 미련 없이 털어버리고 상주에 갔다는 무수가 뭘 하고 있는지 궁금해졌다. 수완이 여간 아닌 놈이라 장차 대처의 거상이 되어서 돌아올 것도 같았다. 몰래 사람을 놓아서 알아보기는 해야겠다는 생각이 들었다.

별 까닭 없이 미운 털이 박혀서 그렇지 냉정하게 생각해 보면, 재주가 많고 식견도 깊은 놈이었다. 고 이장휘 행수의 눈에 들어 그 여각을 물려받은 것도 그러하거니와 그 뒤 짧은 시일에 온 남강의 염매권을 손에 넣은 놈이 아닌가 말이다.

더구나 무과 초시에 나아가 경상좌도와 경상우도를 통틀어 장원을 차지할 정도로 무간이 뛰어난 것도 눈여겨보지 않을 수 없는 대목이었다.

"휴우, 저년이 칼을 들고 처녀귀신이 되는 꼴을 두고 볼 바에야 도깨비 같은 그놈에게라도 보내는 수밖에."

강세정은 또 생각했다.

"갓이고 옷이고 주머니고…… 다 벗겨놓고 본다면야 박수영이 그놈이 무수에 미치지 못하는 것은 사실이지."

염상계 모임에서 가장 상석에 앉은 박수영은 좌우로 앉아 있는 행수들을 한 사람 한 사람 같잖은 듯이 처다보았다. 행수 하나가 입을 열었다.

"계장 어른께서는 저희더러 소금을 많이 못 판다고 나무라시지만, 거기에는 그만한 까닭이 있사옵니다. 장박나루 대도가에서 도매가를 워낙 높게 매겨서 저희에게 넘기시는 바람에 그만큼 소매가도 높아질 수밖에 없고, 비싸진 소금이 잘 팔리지 않자 행상들이 무거운 소금을 지고 다니려 하지 않기에 이르렀사옵니다."

"비싸다고 백성들이 소금을 안 먹고 산다?"

"그런 것이 아니옵니다. 남강의 소금이 비싸다고 알려진 지 오래입니다. 그 소문이 전라도에까지 흘러 들어갔사옵니다. 그래서 소금을 잔뜩 실은 마상과 행상들이 남원을 거쳐서 함양에 이르는데, 게서부터 거꾸로 진주 쪽으로 들어오고 있사옵니다."

"그런 놈들을 그냥 두고 보았다, 이 말이오?"

"함양 일대의 백성들이 우리 소금보다 값이 싼 소금을 사는데야 어찌 막을 재간이 있겠사옵니까?"

"계장 어른, 소금값을 좀 낮추어 주옵소서."

"이러다가 우리가 다 굶어 죽게 생겼사옵니다."

박수영은 서탁을 탕 내리쳤다.

"닥치시오! 자기 상권도 지키지 못하고 난뎃놈들한테 고스란히 빼앗기는 못난 자들 같으니. 쯧쯧."

계회를 파한 뒤에 두 샛강의 여각 행수들은 진주 읍성 동문 안에서 비밀리에 따로 모였다. 그 자리에는 강세정이 초대되었다.

"호장 어른, 속히 대책을 세워주옵소서."

"예전에 천광 여각의 젊으신 대행수님이 그립기만 하옵니다."

"그러하옵니다. 그분이 계셨을 때가 가장 좋은 때였사옵니다."

"상주로 떠나셨다는 소문이 있던데, 사실이옵니까?"

"그자에 관해서는 난 모르네. 허험."

그러면서 강세정은 행수들을 다독거렸다.

"소금이 팔리지 않아서 자네들만 곤혹스러운 것은 아닐 걸세. 장박나루 대도가에서도 어찌 타격을 입지 않겠으며 손해가 없겠는가? 그러니 조금만 기다려 보게."

"의령 박 호장 어른 부자야 워낙 쌓아놓은 재물이 많으니 눈 하나 깜박하지 않는 눈치이옵니다."

"소인이 듣기로는 박수영 계장 어른이 낙동강을 엿보고 있다고 하옵니다."

"이곳 남강은 어쩌고?"

"남강만으로는 성에 차지 않아 대처로 나아가려는 것이옵지요."

"그래서 우리를 안중에도 없는 듯이 등한시하고 있는 게로구먼. 의리도 없는 사람 같으니."

"나는 이참에 염상은 접고 다른 일을 알아볼까 생각 중일세."

"나도 그래야겠군. 남강 염상권은 더 이상 희망이 없어."

"산토끼 잡으려고 집토끼를 굶어 죽게 내버려 두는 꼴이라니."

샛강 여각의 행수들이 내다본 대로 박수영은 낙동강 700리 수계에서 가장 큰 나루인 낙동나루로 진출할 꿈에 부풀어 있었다.

경상 감영이 있는 상주가 해안에서 먼 만큼 소금값도 그만큼 좋았고, 소용되는 근량도 상당했다. 직접 강배에 싣고 가 그곳에 있는 대도가와 흥정해 거래만 튼다면 시냇물 같은 남강은 뒤돌아볼 것도 없었다.

낙동나루로 진출하는 데에는 한 가지 넘어야 할 산이 있었다. 김해 자염소에서 나는 소금을 강배로 실어다가 상주에 공급하는 대도가들이었다. 그들은 오랜 세월 결연을 맺고 있어서 전라도에서 소금을 받고 있는 박수영이 그 견고한 틈을 비집고 들어가기란 결단코 쉽지 않은 일이었다.

"낙동나루 대도가들이 우리 소금을 받지 않고는 못 배길 만한 좋은 방도가 없을꼬……."

여러 날 고심하고 있는 박수영에게 박안이 넌지시 일러주었다.

"소금은 녹으면 물이 된다. 하지만 녹아도 물이 되지 않는 소금이 있다."

"녹아도 물이 안 되는 소금이라고요?"

"그렇다. 네가 그것이 뭔지 알아낸다면 낙동나루로 장사하러 가는 것을 허락하마."

박안에게서 숙제를 받아 든 박수영은 골머리를 싸맸다. 여동금과 졸개들도 다 똑같이 고개만 갸웃할 뿐이었다.

박수영은 남강에 낚싯대를 드리우고 앉았다. 그 옆에는 여동금이 자리를 잡았다. 해가 넘어가고 날이 어둑어둑해도 박수영은 일어날 줄을 몰랐다. 여동금은 박수영이 그대로 굳어 불상이라도 될 것만 같았다.

"그만 일어나시는 것이 좋겠사옵니다."

박수영은 대답 없이 강물만 쳐다보았다. 어둠이 내려앉은 사방은 고요했다. 갑자기 물속에서 깨알 같은 빛들이 나타났다. 박수영은 쌍심지를 켰다. 새우의 눈에서 나는 붉은빛을 바라보다가 갑자기 소리쳤다.

"바로 그거야!"

여동금이 깜짝 놀라 뒤로 자빠졌다.

"어이쿠!"

박수영은 얼른 일어나서 내달렸다. 그러고는 박안의 방에 뛰어들었다.

"아버님, 찾았사옵니다!"

장책을 살펴보고 있던 박안은 짧게 물었다.

"그래? 무엇이냐?"

"녹아도 물이 되지 않는 소금은 바로……."

"바로?"

"젓갈이옵니다!"

박안은 크게 웃었다.

"허허헛, 내가 아들 하나는 잘 두었구나. 그래 네가 맞혔다. 바로 젓갈이다. 젓갈을 싣고 가거라.

소금이 날것이라면 젓갈은 익힌 것이요, 소금이 짠맛뿐인 흰가루 그대로라면 젓갈은 짠맛, 단맛을 고루 갖춘 상품(가치가 높은 물건)의 음식이라고 할 수 있다. 그러면서도 오래 두어도 소금처럼 상하지 않는다.

상주는 바다가 멀어서 젓갈이 귀할 것이니 그것을 싣고 간다면 소금을 싣고 가는 것보다 더 좋은 수가 있을 것이다."

"고맙사옵니다. 아버님."

박수영은 회심에 찬 얼굴로 독마다 젓갈을 가득 담아 배에 실었다. 한쪽에는 소금 섬도 쌓았다. 뱃전이 반 넘게 물속으로 가라앉았다.

"너무 많이 실은 것 아니옵니까?"

"강물에 풍랑이라도 친다거나. 으하하."

졸개들을 노꾼으로 삼아 부지런히 저어갔다. 박수영은 꿈에 부풀었다. 무수가 상주에서 무슨 짓을 하고 사는지 몰라도 드디어 자기도 상주 땅으로 진출하고 있는 것이었다.

"으하하!"

배는 어느덧 낙동나루에 도착했다. 박수영은 가장 규모가 큰 도가에 들어 행수 이상원과 마주 앉았다.

"소금을 싣고 오셨다구요? 어디 소금인지요?"

"전라도 소금이오."

"전라도 소금을 왜 예까지? 김해 염소 소금에 비해 값이 맞지 않을 터인데?"

"김해 소금값을 쳐주면 되오."

이상원은 고개를 절레절레 저었다.

"소금이야 사들일 수 있지만, 전라도 소금은 경상도까지 길이 멀어서 공급이 들쭉날쭉하니 그 점이 몹시 우려되어 받지 못하는 것이오이다."

"그건 아무 염려 마시오. 내 제때 제 근량을 수운(물길로 운반함)하기로 약조하겠소이다."

그래도 이상원은 내키지 않는 듯 말을 돌려 거절했다. 박수영은 값을 내려서 그를 떠보았다.

"좋소. 첫 거래를 신실히 트는 셈치고, 소금 한 되에 쌀 일곱 홉을 받겠소. 어떻소?"

이상원은 허어 하면서 입맛만 다시다가 슬그머니 제의했다.

"닷 홉이면 또 모르겠소만."

"예끼 이보슈. 소금 한 되에 쌀 닷 홉이라니. 자염소 가마 앞에서도 그리는 못 사는 염가요."

"그러면 하는 수 없지요."

박수영은 턱도 없이 값을 후려치는 이상원을 한 번 쩨려보고는 휑하니 나왔다. 도가 대문을 나와서는 가래침을 퉤 뱉었다. 기다리고 있던 여동금은 흥정이 실패로 끝난 것을 알고 박수영의 눈치를 보았다.

숙소를 정해 들어 있는데, 한 사람이 찾아왔다. 다른 도가의 행수 배홍옥이었다. 그런데 그는 이상원보다 더 헐값으로 넘기라고 종용하는 것이었다. 그러지 않으면 배에 실은 채로 그냥 되돌아가는 수밖에 없다는 것이었다. 박수영은 일언지하에 거절했다.

"보아하니, 배에 젓갈도 싣고 오신 것 같은데, 잘못 생각하시었소. 여기 사람들은 그런 것은 잘 안 먹소. 잘못 가지고 왔다, 이 말씀이오."

"어험험, 걱정 마시오. 내가 알아서 하겠소."

소금과 젓갈을 사겠다는 장사치는 며칠째 나타나지 않았다. 박수영은 방바닥을 박차고 일어났다. 낙동나루 삼거리 주막에 이르자 주모와 흥정을 했다. 거금을 주고 주막을 닷새 동안 세를 얻는 데 성공했다.

"무얼 하려는지?"

"글쎄, 두고 보면 알겠지."

박수영은 어디서 참한 어린 계집들을 데려다가 주막 앞에 가마솥을 줄지어 내걸고 불을 피워 국을 끓였다. 파와 무로 맛국물을 내고 계란을 풀고는 소금 간 대신에 젓으로 간을 했다.

오가는 사람들이 뭔가 궁금해 기웃거렸다. 그럴 때마다 박수영은 한 그릇씩 떠주어 맛을 보게 했다.

"어허, 거 참 시원하다."

"뭘 넣었길래 이렇게 구수한 거지?"

"감칠맛이 일품일세."

"나 한 그릇 더 주시오."

사흘째가 되자 몰려드는 사람들로 주막 앞은 발 디딜 틈이 없었다. 한쪽에서는 맛보기 젓국을, 다른 한쪽에서는 젓독째 가져다 놓고 푼거리로 젓을 떠 옹배기에 담아놓고 팔았다. 젓은 떠놓기가 무섭게 팔려 나갔다.

"자자, 오사리젓(초여름에 잡은 작은 새우로 담근 젓)이오. 소금보다 귀한 젓을 사오!"

드디어 여러 도가에서 관심을 보이기 시작했다. 이상원이 사려는 뜻을 내비치자 박수영은 애초 젓 한 되에 쌀 한 되를 받으려던 것을 되반(한 되 반)을 불렀다. 그래도 이상원은 군말 없이 사겠다고 했다.

"소금도 같이 살 거면 젓을 팔 생각이오만."

"아, 당연히 소금도 매득하옵죠. 전에 말씀하신 대로 쌀 일곱 홉 드리겠사옵니다."

"아니 그동안 값이 좀 올랐소. 한 되 채우시오."

"그, 그럽죠."

상황은 일거에 역전이 되어 박수영은 순식간에 큰돈을 벌었다. 흥정이 끝나고 나서 박수영이 물었다.

"이 도가 주인은 뉘오?"

"아직 모르고 계셨소? 남문 안 정 진사 나리라고 우리 상주에서 으뜸가는 부호의 도가이오."

"정 진사라…… 양반이 천한 말업을 다 길거(경영)하다니."

"그 나리는 손을 대지 않는 일이 없지요."

"그런데 예 상주에서는 어떤 산물이 유명하오?"

"단연 비단과 곶감과 쌀이옵지요. 그 셋을 아울러 삼백이라고 합니다."

"세 가지가 다 흰색이라서?"

"그렇지요. 그 세 가지는 진상품이기도 하거니와 팔도에서 제일가는 특종이외다."

"그래요?"

박수영의 눈이 빛났다.

3

정경세는 혼자 풀지 못할 숙제를 들고 있다가 이준을 찾아갔다. 이준은 반갑게 맞이했다.

"경임, 어서 오시게. 지난번에 경운이 갖고 온 예물을 내게도 나눠 주어 잘 먹었네."

"숙평 형은 새삼스럽게 무슨 그런 인사를 다 하오? 연악산 영귀정에서 유촌이 망금지교라고 하던 말 못 들었소? 재물을 잊고 사귀는 친구."

"하하, 그도 그렇네. 그런데 얼굴을 보니, 고민이 한가득일세? 어디 마음에 둔 규수라도 있으신가?"

"그게 아니라……."

정경세는 고충을 털어놓았다. 그날 연악산에서 계원들이 무수를 용납지 않아 그대로 가버린 뒤에 아직 아무런 조처도 하지 못하고 있는 것에 대해서였다. 두 사람은 흉금 없는 사이인지라 정경세는 감추고 말고 할 것이 없었다.

"경운이 마음이 몹시 상했을 터인데……."

"어쩌겠는가? 서출이 하루아침에 양반이 될 수도 없는 노릇이고."

"형도 듣지 않았소? 서애 스승님께서 경운더러 장차 무정승이 될 상이라고 한 것을."

"하긴, 스승님이 아무 말씀이나 함부로 하시지 않는 성품이니."

"속상했을 경운의 마음을 어루만져 달래고 잘 지낼 방도가 없겠소?"

"없기야 하겠는가? 못 찾아서 그렇지."

"그래서 내가 이렇게 찾아온 것이 아니오? 형이 그 방도를 좀 찾아주오."

이준은 벙글벙글 웃었다. 정경세가 그렇게 안달하는 모습을 처음 보아서였다. 몸을 부랴부랴 좌우로 흔들던 이준은 그만 뜸 들이고 말했다.

"경임, 경운과 벗으로 지내는 것에 동의하는 사람들이 몇이나 되는가?"

"아마 대여섯은 될 것 같소만."

"그러면 그들을 다 우북산 초당으로 부르시게."

"그야 어렵지 않지만 경운은 누가 어떻게 부른단 말이오? 여간해서는 다시 우리와 교분을 맺으려 들지 않을 터인데."

"불러서는 오지 않겠지. 데리고 와야지."

"경운을 우북산 초당까지 데리고 온다고요? 숙평 형이?"

이준은 빙긋 웃었다.

"아니, 적임이 있지. 암, 경임 자네는 아무 걱정하지 말고 삼망의 벗들을 우북산 초당에 모을 채비나 하게. 내가 담책(책임)하고 경운을 오게 하겠네. 그럼 되었지?"

정경세는 의아한 표정을 지었다. 아무리 생각해도 이준의 속셈이 어림짐작 되지 않았다. 생각 같아서는 무턱대고 무수의 집으로 찾아가고 싶지만, 그건 예의가 아닐 것이었다.

'경운, 그 사람을 잃어서는 안 돼.'

무수는 황치원을 따라 상무계에 나갔다. 계회는 상주 읍성 서북쪽 노음산 기슭 연원 고을에서 열렸다. 내서 고을 쪽에서 내려오는 북천이 내려다보이고, 그 건너로 상주 읍성이 한눈에 들어오는 곳이었다.

상무계의 계장은 내금위 군관을 지낸 김사종이었다. 그 좌우로 상주목관아 병방 이경남, 선달 여대세, 선달 김진 등 상주에서 내로라하는 무인들이 앉았고, 비란나루 객주의 장무 김천남도 앉아 있었다.

황치원을 앞세운 무수는 이희춘도 데리고 들어서서 선절을 하고는 김사종이 권하는 자리에 앉았다. 김사종은 좌중에게 무수가 지난 고성 향시에서 장원을 한 것을 높이 칭찬했다. 그러고는 계원으로 받아들이자고 요청했다. 그러자 한 사람이 목소리를 냈다.

"계장 어른, 소문을 듣자 하니 정 선달은 양반들과 어울리며 반말(양반들의 말석)에서 지내고 있사옵니다. 그 점에 대해서 명확히 짚고 넘어가야 할 줄 아옵니다."

"양반들은 우리네 갓이 작다고 온갖 천시를 하고 있는데, 그들 속에서 밑이나 닦는 행동을 하는 자를 우리 상무계에 들이는 것은 저도 반대이옵니다."

이희춘이 눈을 부라렸다.

"뭣이? 밑이나 닦아?"

"네 이놈, 어디라고 함부로 종놈이 나서느냐!"

"종놈?"

이희춘이 벌떡 일어나자 무수가 눈길을 주어 앉혔다.

"이놈이 자루처럼 고이 있을 것이지, 고얀!"

김사종도 좌중을 말렸다.

"왜들 이러나? 자, 차분히 얘기해 보세. 정 선달, 어찌하여 양반과 어울
리는지 그 이유를 좀 들려줄 수 있겠는가?"

무수는 속으로 치밀어 오르는 것이 있었지만, 잘 눌러서 감춰놓고 차
분한 음성으로 말했다.

"소인은 황 집사로부터 상무계가 있다고, 계장 어른이 한번 보자신다고
하여 온 것이지 여기 계원이 되려고 온 것은 아닙니다.

와서 보아하니 다들 무과를 염두에 두고 계시는 듯한데, 장차 무과에 급
제하고 품계가 오르고 가자(품계가 높이 오름)되기를 거듭하여 당상의 자리
에 앉게 된다면, 여기 계신 분들도 다 양반이 될 것인데 그때는 어찌하려고
합니까? 여기 계신 분들 중에 양반이 되고서도, 큰 갓을 쓰고서도 이 상무
계에 참석하실 것입니까? 여긴 갓이 작은 사람들의 모임인데 말입니다."

등짝이 구들장 같은 무부들이 아무도 반론을 펴지 못했다. 무수는 김
사종에게 말했다.

"소인이 양반들과 어울리는 것은 그들이 양반이라서가 아니라 사람이
기 때문입니다. 비록 갓의 크기가 다르고 입은 옷 품이 다르다고 하여 어
찌 아무 까닭 없이 반목과 대립을 하겠습니까?

소인은 앞으로도 사람 종자라면 그 쓴 관과 입은 옷과 차고 있는 주머
니의 크기를 가리지 않을 것입니다. 특별히 하실 말씀이 없으시면 일어나

보겠습니다."

무수가 몸을 일으키자 김사종이 따라 일어나며 만류했다.

"정 선달, 잠시만 앉아보시오. 내 긴히 할 말은 꺼내지도 않았소."

"계장 어른께서 무슨 말씀을 하시려는지는 모르겠습니다만, 여러 계원들이 저를 탐탁하지 않게 여기는 바이니 이만 물러가겠습니다."

무수는 뒤도 돌아보지 않고 나와서 북천에 대어 있는 나룻배에 올랐다. 강을 따라 내려와 비란나루에 닿은 뒤 사벌에 있는 집으로 돌아왔다. 무수의 심기가 불편한 것을 안 이희춘이 입을 삐죽였다.

"이놈의 상주 땅은 낙사계고, 상무계고 무슨 놈의 계가 다 개판이람. 나 참."

어머니 김씨가 타일렀다.

"이보게. 양반과 우리는 엄연히 다르네. 자꾸 섞이려 들면 안 되네."

"다를 것이 뭐 있습니까요? 몸에 달린 이 팔다리, 사지가 다르옵니까? 얼굴에 난 콧구멍, 귓구멍, 이 구멍들이 다르옵니까?"

"자네까지 왜 이러나?"

무수는 별다른 말을 하지 않았다. 여러 날이 지났다. 황치원이 다시 찾아왔다. 이희춘이 말했다.

"자네 또 우리 선다님을 욕보이려고 왔는가?"

"아닐세. 이번에는 다른 일일세. 어서 아뢰어 주게."

이희춘은 내키지 않아 망설였다. 무수가 툇문짝을 털컥 열었다.

"상무계 이야기라면 돌아가게."

"아, 아니옵니다. 그런 일로 온 것이 아니옵니다."

황치원이 몸을 비켜서자 그 뒤로 한 사람이 나타났다. 바로 정춘모였다.

용운정에 선 별들

1

정춘모는 다짜고짜로 말했다.

"경운, 어서 채비를 하여 우북산 초당으로 가십시다."

무수는 예고도 없이 찾아와 저를 데리고 가려는 정춘모의 태도가 불쾌했다. 양반은 아랫사람에게 뭐든지 제멋대로인가 하는 생각도 들었다.

"경임이 심히 안타까워하고 있소. 경임이 나더러 경운에게 간곡히 전하라 하기를, 선암에서 놀자고 하더이다."

'선암.'

무수는 우복동을 찾아 산속을 헤맬 때의 기억을 떠올렸다. 그때 정경세가 아니었다면 세 사람은 산속에서 큰 변을 당할 수도 있는 상황이었다. 그가 은인인 것은 두말 할 것이 없지만, 그와 교우를 맺기 위해 다른 양반들이 주는 수모를 감당할 마음이 나지 않았다.

"경운, 사람은 모름지기 자기를 알아주는 사람과 사귀어야 한다는 말도 있지 않소? 내 보기에 경운과 경임 두 사람은 아마 평생의 아름다운 지음이 되리라 믿소."

정경세가 선암을 제목으로 시를 지어주었고, 또 관자까지 지어주지 않았는가? 더구나 자기의 관자인 경임의 경 자 돌림으로 지어주기까지 한 것을 보면, 형제 같은 친구의 우애를 나누자는 뜻이 아니고 무엇이란 말인가?

"경운, 이 유촌과도 통교하기 싫소?"

정춘모는 무수를 똑바로 바라보았다. 대장부답게 언행하라는 가르침이 담긴 듯한 눈빛이었다.

그는 연악산 영귀정에서 상주 목사 유성룡과 낙사계의 수많은 계원들에게 삼망지교를 설파해 흐르는 계곡물까지 숙연케 했고, 또 무수가 일어서서 혼자 나올 때 동행해 준 의리도 있었다.

한참 동안 그와 눈을 마주치고 있던 무수는 드디어 함께 가기로 결심했다.

'그래, 이들의 진심이 이러한데 무엇을 더 꺼리랴!'

"알겠습니다. 유촌 나리의 갸륵한 뜻을 받들어 같이 가겠습니다."

"그 나리라는 말은 두고 나오시오."

정춘모는 웃어 보이고는 먼저 나갔다. 무수는 의관을 차리고 밖으로 나왔다. 말에 오른 정춘모의 옆에 빈 말이 있었다. 황치원이 말했다.

"오르시지요."

무수는 사양치 않고 훌쩍 뛰어올랐다. 정춘모가 황치원에게 말했다.

"집사는 따라올 것 없네."

두 사람은 지름길로 향했다. 사벌 고을을 떠나 병성천을 건넜다. 그런 뒤 읍성 동문인 돈원문으로 들어가 서문 진상문으로 나왔다. 북천을 따라 내서 고을로 이어지는 길에서 정춘모가 제의했다.

"경운, 우리 한번 달려봅시다!"

정춘모가 박차고 나가자 무수는 그 모습을 보고 빙긋 웃으며 말의 배를 찼다. 두 사람은 말발굽 소리가 요란하게 달렸다.

'이 얼마 만인가?'

무수는 닫혀 있던 가슴이 활짝 열리는 듯했다. 점점 말을 다그쳤다. 정춘모를 앞지르기 시작했다. 무수는 뒤로 처지는 정춘모를 돌아보며 웃었다. 정춘모도 웃었다. 채를 쳐 달렸지만 무수를 따라잡지 못했다. 무수는 말고삐를 살짝 채어 정춘모가 앞서가게 했다.

두 사람은 한참 동안 달리다가 고갯마루 앞에서 차츰 속도를 줄인 뒤 말을 천천히 걷게 했다. 그런 다음 말을 멈추고 내렸다. 차가운 날씨였지만 두 사람의 이마에는 땀이 흘렀다. 정춘모가 면건을 꺼내 얼굴을 닦고는 무수에게 주었다.

"허허, 대단하오. 과연 향시 장원의 솜씨오."

땀을 식힌 뒤에 무수가 슬쩍 물었다.

"유촌께서는 다시 출사할 뜻이 없는지요?"

정춘모의 얼굴에 미소가 일었다.

"내 얘기를 어디서 들은 모양이구려. 진사도 아닌데 진사 소리를 듣고 있으니 민망하긴 하오."

"그런 뜻으로 여쭌 것이 아닙니다."

"허헛, 알고 있소. 관이 크고 무거우면 아무래도 몸이 불편할 것 같아서. 이 한 몸 여기 상주 향리에 머물고는 있지만, 때때로 경운과 같은 호걸이 찾아와 주어 서로 알아보게 되니 이 얼마나 재미난 삶이오?"

"과찬을 자주 하십니다."

"겸사가 많은 것이 예가 아니오. 자, 다들 모여 있을 테니 속히 갑시다."

우북산 기슭 초당에는 낯익은 얼굴들과 새 얼굴들이 섞여 있었다. 정경세, 전식, 강응철, 이준은 이미 면식이 있는 사람들이어서 웃으며 인사를 나눴다. 정경세는 무수에게 새 사람들인 조우인, 김광두, 이축을 소개했다.

"여익(조우인의 관자) 형은 4세에 시를 지어 천하를 놀라게 했소. 시와 글씨와 음률에 뛰어나서 조삼절이라 불리기도 하오. 여우(김광두의 관자)는 어려서부터 글씨를 잘 썼는데, 6세 때 시엽지(종이처럼 글씨 연습을 하는 감잎)에 글씨를 써서 집 앞 냇가에 헹구었더니 개울물이 먹물 빛이 되었다는 소문이 있소. 이축은 아직 관례 전이나 9세에 이미 《소학》을 마치었고, 궁술을 연마해 상주에서는 당할 자가 없다오."

정경세는 그들에게 무수에 대해서도 장황하게 알려주었다. 다 듣고 난 그들은 서로 읍을 하며 공손히 대했다. 이축이 대뜸 말했다.

"같은 하늘을 이고, 같은 땅을 밟고 사니, 우리 허물없이 벗으로 지냅시다."

무수는 허리를 조금 굽혔다. 사람이 많아서 초당에 들지는 못하고 마당에 멍석을 펴고 앉았다. 마당이 바로 시냇가였다. 종들은 여기저기 화톳불을 피워 온기를 감돌게 했다. 그런 뒤에 솥을 걸고 음식을 장만하기 시작했다.

이준이 입을 열었다

"경운, 여기 모인 사람들은 낙사계의 계원도 있지만, 계원이 아닌 사람도 있소. 우리는 여기 우북산의 풍도를 따릅시다."

조우인이 물었다.

"우북산의 풍도라니?"

이준은 갓을 벗어놓으며 말했다.

"이것이 풍도일세."

그 뜻을 알아차린 사람들은 모두 웃으며 갓끈을 끌러 갓을 벗어놓았다. 이축이 짓궂은 목소리를 냈다.

"도포는 아니 벗나?"

누군가 얼른 말했다.

"머리도 시린데, 옷까지 벗으면 너무 춥지 않은가?"

"그럼 술을 마시게."

분위기가 무르익자 정경세가 제안했다.

"우리 오늘, 유촌이 말한 삼망지교를 따를 사람들이 다 여기 모인 김에 그것을 기념하여 이 초당의 이름을 짓는 것이 어떤가?"

사람들이 좋다고 하자 정경세는 초당의 방 안에 지필묵을 갖춰놓고 나왔다.

"공정하게 하기 위해서 한 사람씩 방에 들어가서 자기가 생각하는 초당의 이름을 적어 가지고 나오게."

차례를 기다려 무수도 들어갔다. 마땅한 이름이 생각나지 않았다. 자기가 적은 것이 채택될 리 없다고 생각해 아무렇게나 적어서 들고 나왔다. 먹물이 다 마른 것을 확인한 뒤에 두 번 접었다.

정경세는 커다란 바가지를 들고 다녔다. 무수는 그 속에 종이를 집어넣었다.

"이거 궁금해지는걸?"

"어떤 기막힌 이름이 나올꼬?"

정경세는 사람들이 적은 것을 하나하나 펴서 발표했다.

"청간정, 그다음은 우산정, 이건 우북정, 삼망정, 계정, 이안정……."

이름을 다 부르고 난 다음에는 선정 절차에 들어갔다. 정경세는 두 이름씩 비교하는 방법을 택했다.

"청간정과 우산정을 두고 표결하겠소. 청간정이 좋겠다는 분?"

몇 사람이 손을 들었다.

"우산정?"

우산정을 택한 사람들이 더 많았다. 그다음은 우북정과 삼망정을 붙여 삼망정으로 정해졌고, 그다음은 무수가 적은 계정과 물빛이 비췻빛임에 착안한 비취정을 표결에 붙여 한 표 차이로 계정으로 정해졌다.

그렇게 하기를 거듭해 마지막에는 삼망정과 계정이 남게 되었다. 표결이 삼망정으로 기우는 순간, 좌중 속에서 누군가 한마디 했다.

"삼망정은 친교하자는 뜻에서는 좋으나, 그냥 읽으니 세 번 망한다는 느낌이 든단 말이야."

그 말이 결정적이었다. 막판에 사람들의 생각이 바뀌어 초당의 이름은 압도적인 표를 얻은 계정으로 정해졌다. 무수는 가슴이 두근거렸다.

'이런, 아무 생각 없이 적은 이름이······.'

정경세가 계정(溪亭)이라고 쓰인 종이를 들고 물었다.

"어느 분이오? 계정을 적으신 분은 썩 나오오."

사람들이 고개를 두리번거렸다. 아무도 나오지 않았다.

"귀신이 썼나?"

그때 전식이 말했다.

"경운, 뭘 하고 있소?"

무수는 마지못해 일어섰다.

"소인입니다. 필치가 졸렬하여 적지 않으려다가 대충 한 글자 적은 것이 그만······ 송면(민망)합니다."

정경세는 빙그레 웃었다.

"서체와 서법이 다 활달하오. 자, 여러분! 우리 이 초당에 좋은 이름을 붙여준 경운에게 박수를 보내줍시다."

다들 즐겁게 웃는 얼굴로 아낌없이 손뼉을 쳐주었다. 정경세는 벗들이 무수를 꺼리지 않고 마음을 열고 받아들여서 흐뭇했다.

이희춘은 황치원과 다른 종들과 함께 계정 뒤에 있는 우북산으로 올라갔다. 도착하자마자 쳐놓은 덫과 올무를 확인하기 위해서였다. 어둠 속에서 천천히 더듬듯 올라가는데, 갑자기 커다란 곰 같은 것이 나타나 우뚝 선 채 굽어보고 있는 것이었다.

"에그머니나!"

뒤따르던 종들은 놀라서 자빠지고, 황치원은 털썩 주저앉았다. 앞서가던 이희춘은 가슴이 턱 막혔다.

"윽!"

들고 있던 낫을 두 손으로 꼭 쥐었다. 곰 같은 형체는 곰이 아니라 사람이었다. 다만 등어깨에 뭔가 커다란 것을 지고 있었다.

"누, 누구요?"

"그건 알 것 없고, 어서 내려가기나 하시오."

계정으로 내려온 산척은 지고 온 멧돼지를 던지듯 내려놓았다. 좌중의 시선이 일제히 그에게 쏠렸다. 무수와 정경세는 낯익은 얼굴이라 반가웠다.

"아! 오랜만이오. 어서 오오."

"온 산이 사람 소리로 떠들썩하기에 무슨 일인가 하고 오다가 길에서 잡은 것이오."

"이리 오시오. 같이 앉읍시다."

산척은 상 위에 놓인 꿩고기를 바라보더니 무심코 말했다.

"우리 우복동에서는 그까짓 질긴 고기는 먹지 않소."

말을 내뱉자마자 산척은 아차 싶어 얼른 말을 돌렸다.

"어, 어서 저 멧돼지 가죽이나 벗겨서 주오."

무수는 속으로 잘못 들었나 했다. 깜짝 놀라서 좌중의 눈치를 살펴보니 산척의 말을 곧이 들은 사람은 정경세와 자기뿐인 것 같았다. 정경세도 우복동이라는 말을 들은 내색을 하지 않았다. 다만 한쪽 눈을 질끈 감으며 모른 척하자는 신호를 보냈다.

무수가 이희춘에게 말했다.

"어서 가죽을 벗기게."

산척은 시냇가 바위 위에 걸터앉았다. 정경세가 말을 걸었다.

"그러고 보니, 활쏘기 내기를 하기로 한 날이 얼마 남지 않았구려?"

그 말을 들은 이축이 솔깃해했다.

"내기 활쏘기라니?"

"그런 게 있네."

산척이 입을 열었다.

"나도 까먹지 않고 기억하고 있소."

"우리 그 전에 통성명이라도 해야 서먹함이 덜하지 않겠소?"

"활이 뭐 서먹하고 안 서먹하고를 가린단 말이오?"

이희춘이 멧돼지 가죽을 다 벗겨놓았다. 산척은 그것을 둘둘 말아서 어깨에 멨다.

"나중에 봅시다."

산척이 가고 나자 이축이 그의 정체를 물었다.

"어디 사는 뉘오?"

정경세가 무수를 한 번 쳐다본 뒤에 얼른 대답했다.

"아직 그의 성명 삼 자도 모르는데 어디 사는지를 어찌 알겠나?"

드디어 남천 가 용운정에서 무수와 산척의 활쏘기가 열리는 날이 되었다. 삼망지교 벗들이 다 모인 가운데 산척도 일찍부터 와서 궁방에 들어 활을 만지고 있었다.

"둘보다는 셋이 내면 더 좋을 텐데."

이축은 자기도 참가하고 싶었지만 전에 두 사람이 내기하기로 결정했다는 말을 들어서 더 조르지 못했다. 정경세가 타이르며 말했다.

"그 대신 시관을 맡아주게."

"나더러 시관을 하라고요? 알겠소. 잘 알겠소."

활터의 과녁 뒤로는 멀리 백두대간의 능선인 국수봉이 솟아 있었고,

오른쪽으로는 옛 산성이 있는 백화산이, 왼쪽으로는 백운산이 병풍처럼 둘러져 있었다.

활터 옆으로는 남천이 상주 읍성을 향해 흘러가고 있었다. 남천 건너편에는 서산이 있어 그 꼭대기에 있는 봉수대에서 한 줄기 연기가 피어오르고 있었다.

활터는 김산에서 상주로 이어지는 길목에 있어서 천변 평지에 있는 천험의 관문과도 같았다.

이축이 산척에게 물었다.

"이름이 뭐요?"

"없소."

"허어, 이름을 알려줘야 시지에 적지."

"맘대로 적으시오."

이축이 난감해하자 정경세가 일러주었다.

"산인이라고 적게."

이윽고 채비를 마친 무수와 산척이 사대에 섰다. 시관 이축이 내기의 개요를 설명했다.

"맨 먼저 3순 15시를 낼 것이오. 그래도 승패가 가려지지 않으면 단순비교, 단순비교에도 승패가 가려지지 않으면 매시비교를 할 것이오. 매시비교를 해서 5시까지 승패가 가려지지 않으면 잠시 쉬었다가 또 재개할 것이오."

무수가 양보해 산척이 앞자리에 서는 것으로 내기가 시작되었다. 산척이 초시를 장전해 발시했다.

"휘이이익, 팍!"

"산척 한량, 정곡이오!"

그다음은 무수의 차례였다. 과녁을 응시하며 바람의 방향과 세기를 재던 무수도 일발을 날렸다. 무수의 화살도 보기 좋게 과녁에 꽂혔다.

"정무수 한량, 정곡이오!"

초순 5시, 중순 5시, 종순 5시를 두 사람이 다 관중해 15시 15중으로 승패가 나지 않았다. 구경하고 있던 사람들이 다 놀라워했다. 시관 이축도 혀를 내둘렀다. 아무리 잘 쏘는 한량이라도 15시 15중을 하기란 참 어려운 일이었다.

"잠시 쉬었다가 단순비교를 하겠소."

비록 용운정 활터가 큰길가에서 멀지 않은 곳에 있기는 하지만, 외진 곳이기도 했다. 일부러 찾아오지 않는 다음에야 여느 사람들이 오며 가며 기웃거릴 만한 곳이 아니었다. 그런데 남천 건너편에서 낯선 눈길들이 활터 쪽을 살피고 있었다.

'웬 놈들이지?'

이희춘이 그들이 신경 쓰여 황치원에게 말했다.

"저놈들 좀 보게."

"나도 아까부터 보고 있었네. 가서 혼쭐을 내줄까?"

"괜히 분란이 일어날라. 좀 더 두고 보세."

이번에는 무수가 앞자리에 서서 단순비교에 들어갔다. 화살을 한 순 다섯 발을 다 쏘았지만, 그래도 우열을 가릴 수 없었다. 두 사람 다 5시 5중을 했기 때문이었다.

"이거 승패는 점점 흥미진진해지는걸?"

"두 사람이 다 이렇게 잘 쏠 줄 누가 알았겠나?"

"경운도 경운이지만 산척이 참 놀라우이."

"사냥을 생업으로 하던 사람인데 어련하겠는가?"

"하긴, 날쌘 짐승들을 잡는 활 솜씨고 보면, 가만히 있는 과녁을 맞히는 거야 뭐 싱거운 일이기도 하겠네."

이희춘은 황치원과 함께 남천에 들어가 물고기를 잡았다. 여기저기 통발을 놓아두었다가 건지니 쏘가리, 가물치, 메기, 미꾸라지…… 걸려들지 않은 물고기가 없었다.

그러면서 개천 너머에 있는 두 사람의 기미를 살폈다. 위험한 사람들은 아닌 것 같았다. 그래도 정체를 알 수 없으니 경계는 해야 했다.

황치원이 숯을 피워 물고기를 구웠다. 다 익어가자 소금을 쳤다. 지글지글 구워지는 물고기가 입 안에서 침이 고이게 했다.

"이러다가 해 지기 전에 승패를 가리지 못하는 거 아닌가?"

"두 사람은 팔도에 내놔도 손색이 없는 기량을 지녔군그래."

"대단하구먼. 20시 20중이라니. 난 평생토록 한 번도 못해봤는데."

마지막으로 매시비교가 시작되었다. 한 발씩 쏘아서 승패를 가리는 비교였다. 매시비교에서도 다섯 발까지 쏘았지만 승패가 나지 않았다.

"이제 보니, 두 사람 다 가히 명궁들일세."

"명궁이 뭔가? 신궁이네, 신궁!"

무수는 산척의 활 솜씨에 놀랐고, 산척도 무수를 다시 보는 것 같았다. 서먹함이 많이 풀린 산척이 무수에게 물었다.

"언제까지 이러고 활을 내겠소? 화살을 바꿉시다."

"좋소."

"애기살로 합시다."

무수는 마다하지 않았다. 애기살을 편전이라고 하는데, 길이가 짧은 화살이어서 통아에 넣어 쏘았다. 애기살은 빠르고 힘있게 날아가기 때문에 여간해서는 살찌(화살이 허공에 날아가는 높이)와 살걸음(화살이 허공에 날아가는 모양)을 눈으로 따라갈 수 없었다.

"피우욱!"

"산척 한량, 변이오!"

412

"휘이이이!"

"정무수 한량, 정곡이오!"

애기살의 단순비교에서도 둘 다 5시 5중이었다. 그다음에는 대우전이었다. 화살이 짧고 깃이 큰 단거리 저격용 화살이었다. 그럼에도 먼 과녁을 향해 쏘는 것으로 합의를 했다. 대우전 비교에서도 두 사람은 한 발도 놓치지 않고 다 과녁에 꽂았다.

"저 둘이 하루 종일 쏘겠네그려."

"이만하면 무승부로 하고 끝내는 게 좋겠군."

"이미 우리는 평생에 한 번 볼까 말까 한 좋은 구경을 했으니."

이희춘과 황치원은 활 내기에는 관심이 없었다. 오직 활터를 몰래 염탐하는 자들에게 온 신경이 팔려 있었다. 두 사람은 마침내 더 두고 볼 수 없어 물고기를 잡으러 가는 척하다가 달려들어 그들을 잡아다가 그 자리에서 족쳤다.

"네 이놈들, 정체가 뭐냐?"

그들 두 사람은 머뭇거리다가 실토했다. 이희춘은 그들을 데리고 무수에게로 왔다.

"선다님, 이놈들이 진주에서 온 놈들이라고 하옵니다."

"진주라니?"

"진주 호장 어른이 보낸 놈들이옵니다. 선다님 소식을 알아 오라고 했다지 뭡니까요."

무수는 대수롭지 않게 여겼다.

"그냥 돌려보내게."

무수가 뜻밖의 처분을 내리자 그들은 어리둥절해하면서 말을 더듬었다.

"뭐, 뭐라고 전할깝쇼?"

무수는 잠깐 생각하다가 말했다.

"본 대로 들은 대로만 전하란다고 하거라. 그리고 다시는 남을 염탐하는 짓을 하시지 말란다고 하거라."

그들은 굽실거리며 물러갔다. 이희춘은 그들의 뒤통수에 말화살을 꽂았다.

"고얀 놈들 같으니. 여기가 감히 어디라고!"

산척이 다시 제의했다.

"과녁 말고 다른 거 맞히기로 합시다."

"뭐든지 좋소."

산척도 시관도 구경꾼들도 다 고민했다. 정춘모가 나섰다.

"황 집사, 자네 지금 여기서 가까운 공성 고을로 가게. 불문곡직하고 달라는 대로 값을 쳐주고는 닭이란 닭은 있는 대로 다 사오게."

황치원은 이희춘과 달려갔다. 잠시 후 그들은 닭의어리를 한 달구지나 싣고 왔다. 정춘모가 무수와 산척에게 말했다.

"과녁 터에 풀어놓을 터이니 활을 쏘아 잡으시오. 많이 잡는 사람이 이기기로 하는 게 어떻겠소?"

두 사람은 쾌히 받아들였다. 이희춘과 황치원은 달구지를 과녁 터에 끌고 갔다. 어리를 열고 닭을 풀어놓았다. 열 마리가 넘는 닭이 과녁 터를 서성거렸다. 달구지가 활터 밖으로 나오자 시관이 소리쳤다.

"개시하오!"

두 사람은 재빨리 화살을 장전해 쏘아댔다. 화살을 맞은 닭들이 푹푹 나동그라지기 시작했다. 한 순 다섯 발을 다 쏘고 나자 시관이 멈추게 했다. 거기로 나가 있던 종들이 깃발을 들었다.

"허어, 거참, 또 다섯 마리씩 다 잡아서 비겼네그래."

그때 산척이 나섰다.

"아니오. 내가 졌소."

무수는 이 무슨 소린가 했다.

"어찌하여 그런 말을 하오?"

"아까 애기살 초시를 쏘았을 때, 내 화살은 변에 꽂혔지만 선다님의 화살은 정곡을 맞혔으므로 그것으로써 승패가 가려진 것이오."

"아니오. 화살은 과녁 어디든 맞히기만 하면 되는 것이오."

"정곡에 맞히는 것이 분수를 더 쳐주니 선다님이 이긴 게 맞소."

"분수 내기를 한 것이 아니오."

두 사람은 시관 이축 앞에서 옥신각신했다. 산척이 말했다.

"내기에 졌으니 우리 집에 초대하겠소. 붓과 종이를 좀 주시오."

산척은 종이에 일곱 글자를 썼다. 그러고는 얼른 동개(활과 화살을 넣는 가방)를 챙겨서 사라져 갔다. 좌중은 그가 써놓은 글귀를 보았다.

北山滿月西踵覇(북산만월서종패)

"무슨 뜻이지?"

"집을 알려준 것 같은데?"

"그런데 이제 보니, 그자가 천한 산척이 아니고 진서를 아는 자가 아닌가?"

좌중은 산척도, 그가 써놓은 글귀도 무슨 수수께끼 대하듯 의아해했다.

2

"북산만월이라……."

"북쪽 산에 보름달이 떠 있다는 뜻인데."

"그런데 달은 북쪽에 뜰 리가 없지 않은가? 동에서 떠서 남으로 하여 서로 넘어갈 뿐인데."

전식이 좌중을 향해 말했다.

"북산이 북쪽에만 있는 산이라고 막연히 생각한 것이 오류일 수 있네."

그 말을 조우인이 받았다.

"그렇지. 예를 들면, 상주 북쪽에서 흐르는 북천도 함창에서 보면 남쪽에서 흐르는 시내가 아닌가? 시내 이름이 북천일 뿐이지 바라보는 자리에 따라서 남천도 될 수 있고 서천, 동천도 될 수 있는 것이지."

"그렇다면 북산도 마찬가지겠군. 북쪽에 있는 산이 아니라, 그냥 산 이름이 북산이다?"

"그렇다면 우북산이라는 말이 아닐까?"

"옳거니!"

"한 가지는 풀었군."

"서종패는 패자, 즉 우두머리를 따라 서쪽으로 가라는 뜻인 것 같은데?"

"우두머리가 누구지? 누굴 따라가라는 말이지?"

"우북산에 보름달이 뜰 때, 우두머리를 따라 서쪽으로 가라?"

"그건 길을 일러준 말치고는 좀 의문이 드는군."

좌중의 논의에 잠자코 있던 무수가 조심스레 입을 열었다.

"소인이 한 말씀 드려도 될런지요?"

"경운, 거 무슨 소린가? 하고 싶은 말이 있으면 주저하지 말고 흔쾌히 다 하시게. 우린 삼망지교라는 것을 잊지 말게."

"패 자는 드물게나마 백으로도 읽는 줄로 압니다. 백으로 읽을 때에는 달 넋, 즉 달빛이라는 뜻을 가지고 있으니 패 자를 백으로 읽어서 훈석(해

석하고 뜻풀이함)해 보는 것이 어떨까 합니다."

좌중은 어이가 없었다. 이준이 놀라워하며 무수를 추켜세웠다.

"허어, 경운, 자네는 선달이 아니라 학사로구먼."

정경세는 무수의 말대로 풀이했다.

"북산만월서종백, 우북산에 보름달이 뜰 때, 그 달빛을 쫓아서 서쪽으로 가라?"

"옳거니! 이제 풀었네, 풀었어."

정경세는 무수를 바라보며 흐뭇해했다. 무수는 겸연쩍은 얼굴이 되었다. 강응철이 말했다.

"오밤중에 산길을 가자면 걸리적거리지 않게 옷차림을 잘 해야겠군. 신도 바닥이 두꺼운 걸 신어야 하고."

마지막으로 이준이 제의했다.

"자, 그럼 각자 산길에 맞는 옷을 입고 이달 보름에 계정에서 모이도록 하세."

보름날이 되어 무수는 삼척장검 한 자루를 들고 일찍 도착해 다른 사람들이 오기를 기다렸다. 사람들은 하나둘씩 계정으로 모여들었다.

종들도 등짐을 하나씩 지고 있었다. 혹시 모를 일을 대비해 간단한 행찬(길에서 먹는 음식)과 두툼한 옷가지였다. 이희춘과 황치원은 길을 잃었을 때를 대비해 불을 밝힐 홰를 몇 가지 묶어서 등에 졌다.

"자, 이제 발도(출발)하세."

산길에 눈이 밝은 종 하나가 앞장서고 이희춘과 황치원이 뒤따랐다. 사람들은 한 줄로 서서 계정을 나섰다. 무수는 정경세의 뒤를 이었다.

일행은 산척이 내려왔던 길을 더듬어 가파른 우북산을 헤쳐 올랐다. 그다지 높지 않은 산이었지만, 숲이 우거져 나뭇가지가 자꾸 몸에 걸렸고, 산길을 걸어본 적이 거의 없는 사람들이라 쉬다 가다를 거듭했다.

드디어 우북산 정상에 도착했다. 사방이 탁 트여 서늘한 바람이 불어왔다. 사람들은 호리병박에 담긴 물로 목을 축였다. 정경세는 우북산 기슭에 초당만 지었지 한 번도 오르지 않았던 정상이라 감회가 남달랐다.

사방을 둘러보니 동녘으로 커다란 보름달이 두둥실 떠오르고 있었다.

"저것 좀 보게."

"허어, 그것 참 장관일세."

"이제 어디로 가야 하는가? 길도 없는 것 같은데."

서쪽으로 가자면 우북산을 넘어 내리막길로 나아가는 수밖에 없었다. 일행은 우북산을 등지고 나뭇길을 따라갔다. 그 길이 끊기자 산길을 더듬었다. 이윽고 더 이상 길이 없었다. 이젠 짐승들이 다니는 길을 찾아야만 했다. 빽빽하게 우거진 숲을 억지로 비집고 가기에는 너무 힘이 들었다.

얼기설기 쳐놓은 그물 같은 나뭇가지에 가려 하늘도 보이지 않았다. 맨 앞장서서 가던 종은 달과 별을 보고 방향을 가늠하기가 어려워졌다.

"너무 어둡사옵니다. 횃불을 밝혀야겠사옵니다."

"그래야겠군."

이희춘과 황치원이 등에 진 것을 돌려 들었다. 그때 무수가 제지시켰다.

"아서게. 이 마른 숲속에서 횃불을 밝힌다면 필경 불이 옮겨붙어 자칫하면 산 전체를 태워버릴 수도 있네. 그냥 계속 나아가 보기로 하세."

불이 나는 것보다 불편함을 감수하는 편이 나았다. 사람들은 나뭇가지에 긁히고 찢어지면서도 묵묵히 나아갔다.

무수는 산척이 계정을 찾아들어 했던 말을 떠올렸다. 온 산이 사람 소리로 떠들썩했다는 말. 그렇다면 계정에서 나는 소리가 들릴 만큼 가까운 곳에 그의 집이 있을 것이 아닌가? 하지만 어둠 속을 더듬어 가고 있는 곳은 우북산 정상을 넘고도 한참 먼 곳이었다.

산척이 계정에서 노니는 사람들이 궁금해 찾아왔다고 했지만, 둘러댄 말일지도 몰랐다. 소리를 듣거나 사람들이 궁금해서가 아니라 사냥을 하면서 일부러 초당으로 향했던 것일 수도 있었다.

길찬 숲도 끝이 있었다. 갑자기 너른 억새밭이 나타났다. 천지 사방이 고요했고, 억새가 바람에 서걱거리는 소리만 들릴 뿐이었다.

"솨아솨아아."

일행은 다 멈춰 섰다. 이희춘이 종들에게 말했다.

"길을 찾아보세."

무수가 외쳤다.

"잠깐! 예서 쉬면서 기다려 보게. 곧 좋은 수가 있을 것이니."

우북산 능선에 가려 보이지 않던 보름달이 우북산 위로 떠올랐다. 수만 평이나 펼쳐져 있는 억새 평원 위로 달빛이 빠르게 번져나갔다. 억새밭은 온통 황금빛으로 빛나기 시작했다. 장관이었다. 사람들은 처음 보는 광경에 입을 다물지 못했다.

무수는 달빛이 퍼붓고 있는 너른 억새 들판을 유심히 살폈다. 기이하게도 억새풀이 자라지 않은 곳이 있었다. 가린 듯 만 듯 실낱같은 길이 억새밭 사이로 보였고, 그 흙길은 억새와 빛이 달랐다.

"저길 좀 보십시오."

사람들은 무수가 가리키는 곳을 보았다.

"오, 달빛이 길을 내는군!"

"보름달이 길을 보여주다니!"

"이런 연유로 달빛을 따라 서쪽으로 가라 했나 보이."

"어서 가보세. 가보자구."

무수와 정경세는 말을 하지 않았지만 달빛이 내준 길이 우복동으로 가는 길이 아닐까 했다. 두 사람은 몹시 설레어 가슴이 뛰었다.

억새는 사람 키보다 컸고, 길은 억새 사이로 미로처럼 나 있었다. 한참 나아가던 중에 앞서 걷던 종이 갑자기 그 자리에 얼어붙은 듯 멈춰 섰다. 그는 턱을 덜덜덜 떨었다.

"귀귀귀, 귀신……."

사람들이 모두 놀라 종이 가리키는 곳을 바라보았다. 저 앞에 웬 여인이 서 있었다. 무수가 얼른 나서서 다가갔다. 그러고는 위엄 있게 말했다.

"정체를 밝히시오!"

여인은 몸을 돌렸다. 달빛을 한 몸에 받은 여인의 고운 맵시가 환하게 빛났다. 무수는 어딘지 모르게 낯이 익은 듯한 느낌이 들었다. 여인은 웃는 듯 마는 듯한 얼굴로 나지막이 말했다.

"선다님, 저를 모르시겠사옵니까?"

목소리를 듣자 무수는 망치로 얻어맞은 듯했다.

"아니, 그대는!"

"그러하옵니다. 산척 꼴을 했던 게 바로 소녀이옵니다."

"어떻게? 이럴 수가?"

무수 뒤로 사람들이 다가왔다. 여인은 일행들에게도 목례를 했다. 무수가 사람들에게 알려주었다.

"이 여인이 그 산척이라고 합니다."

"뭐라고요?"

"에이, 그럴 리가?"

여인은 믿지 못하는 사람들을 아랑곳하지 않고 무수에게 말했다.

"마중을 나오던 길이었사옵니다. 멀고 험한 길에 다치시지는 않았는지요?"

"괜찮소."

"저를 따라오소서."

무수는 홀린 듯이 그녀를 따라갔다. 일행도 수군거리며 뒤따랐다. 이희춘은 행여 무수가 무슨 봉변이라도 당할까 봐 바로 뒤에 꼭 붙었다.

무수는 그녀를 뒤따라가면서 기이한 느낌이 들었다. 달이 오른쪽에서 보이다가 왼쪽에서 보이기도 했다. 어떤 때에는 등 뒤에 떠 있다가 또 이마 위에 떠 있었다. 일부러 이리저리 돌리는 것 같았다. 그렇다고 뭐라 할수는 없는 일이었다.

그렇게 한참 뒤따라가노라니, 홀연히 마을이 나타났고 사람들이 여럿서 있었다. 여인은 그들에게 다가가 무어라 말했다. 그들이 다가왔다. 맨앞에 있던 사람이 일행에게 말했다.

"어서 오십시오. 저는 이 마을 촌장입니다."

무명으로 머리동이를 한 젊은 사람이 촌장이라니 의아했다. 이준이 나섰다.

"여기가 어딥니까?"

"사람 사는 곳이지 별다른 곳은 아닙니다."

정경세가 물었다.

"혹시 우복동입니까?"

"바깥에서는 그렇게 부른다고 들었습니다. 하지만 우리는 그냥 우리마을이라고 합니다."

무수는 속으로 뇌었다.

'아, 우복동!'

촌장 김중섭은 일행을 회당으로 이끌었다. 어두워서 잘 보이지는 않았지만 마을 한가운데에 수십 명이 한꺼번에 들어갈 수 있는 큰 집이 있었다.

"우리 마을 회당입니다. 드시지요."

무수는 들고 있던 장검을 이희춘에게 맡겨두었다. 일행은 마당만큼이나 큰 방에 둥그렇게 앉았다. 촌장 김중섭이 벌려 앉게 했다. 그 사이사이에 마을 사람들이 한 사람씩 끼어 앉았다.

"자, 돌아가면서 인사를 나누도록 하십시다."

일행 사이에 앉은 마을 사람들은 김창심, 김형춘, 김중수, 박언호였다. 박언호는 해학이 넘치는 사람으로 자신을 무풍거사라고 불러달라고 했다. 좌중은 입가에 미소를 띠었다. 긴장감이 다소 누그러졌다.

"여긴 언제부터 사람이 살기 시작했습니까?"

"오래되었지요."

"기록은 없습니까?"

"사시사철 별다를 것이 없는 생활인데 적어두고 말고 할 것이 뭐 있겠습니까?"

"마을 사람들은 얼마나 됩니까?"

"서른 집에 백여 사람이 삽니다."

질문은 쏟아졌고, 그들은 돌아가면서 한 사람씩 대답했다. 촌장 김중섭은 그저 좌중의 문답을 듣고만 있을 따름이었다.

"여기도 양반 상놈이 있습니까?"

"그런 차별은 없습니다. 다 똑같은 사람일 뿐입니다."

"촌장이 제일 높은 벼슬입니까? 그렇다면 여기도 지위 고하가 있지 않습니까?"

"촌장은 마을의 일꾼으로서 부지런히 살펴야 하므로 젊은 사람들이 돌아가면서 맡습니다. 권한이랄 것도 없고 특별할 것도 없습니다."

김창심의 대답에 박언호가 보탰다.

"사람은 태어나면 어린아이가 되고, 자라면서 젊은이가 되며, 나이가 들어서는 늙은이가 되지 않습니까? 늙은이를 젊은 사람들이 높여서 부르기를 어른이라고 하지만 늙은이라고 해서 어디 다 어른이겠습니까? 늙은이도 우리 마을에서는 어른값을 못하면 대우받지 못합니다."

"여기 우복동에서는 무엇을 소본(근본)으로 여깁니까?"

"유가에 천하공도(天下公道)라는 말이 있는 줄 압니다. 공도란 더불어 사는 도리이니 그것이면 족하지요."

"뜻밖입니다. 여긴 현문(도교)의 법을 받드는 줄 알았습니다만."

"굳이 말씀드리자면 우리는 신도(神道)를 높이 여기고 있습니다. 신라 때부터 내려오는 현묘한 이치지요. 다 함께 신명나게 잘 사는 도리를 좇을 뿐 그 밖에는 없습니다."

"밖에서 말하기를 우복동은 삼재가 들지 않는 살기 좋은 곳이라는데, 이제 와서 보니 여러분들이 다 신체 강건하고 혈색이 좋아 보입니다. 어떤 비법이라도 있습니까?"

"동인(마을 사람들)들이 서로 반목이 없으니 마음이 편한 것이고, 산야에서 나는 것을 힘써 거두니 굶주리지 않는 것이지요. 먹을 것이 있으면 다 나누어 먹습니다. 돌림병에 대비하여서는 몸과 주변을 깨끗이 하고 상비 약재를 마련해 두었다가 급할 때 씁니다. 또 마을이 워낙 깊은 산중에 있으니 사람이 찾아들지 못하여 병란이 침범하지 못하는 것뿐이지 어떤 비법이 있는 것은 아닙니다."

"여긴 다들 내 것 네 것 없이 삽니까?"

"어찌 내 것이 없겠습니까마는 대체로 물욕에 집착을 하지 않습니다. 동인끼리 서로 잘 지내는 것에 집착을 하지요. 허허."

이축이 여인에게 물었다.

"산척인 줄로만 알았더니 진면목은 대단한 미인이시구려. 마을 사람들이 다 활을 잘 쏩니까?"

"여긴 범과 이리 같은 산짐승들과 같이 산다고 해도 과언이 아닙니다. 동인들을 서로 지켜주려고 다들 활에 힘쓰는 정도입니다."

김증수가 웃으며 말했다.

"우리도 조선 사람입니다. 궁술을 연마하는 것은 바깥 사람들과 똑같습니다."

그때 누군가 들어왔다. 촌장 김중섭이 일어났다. 사람들이 다 일어섰다. 김중섭이 그를 소개했다.

"우리 마을의 어른 중 한 분이신 서 진사님이십니다."

사람들은 읍을 했다. 서 진사는 합장으로 받았다. 여인의 옆자리에 앉은 서 진사는 무수에게 말했다.

"듣자 하니, 내 딸이 밖에 나가 정 선달과 활을 겨루었다는데, 무슨 큰 실수나 하지 않았나 하여 심히 염려되었소. 그러던 차에 이 아이가 하도 조르기에 그대들을 마을로 초래한 것이오."

"실수한 것은 없사옵니다. 따님이 남정인 줄 알았는데 예 와서 보니 그저 놀라울 뿐입니다."

무수가 서 진사에게 물었다.

"혹시 박 공이라는 분을 아시옵니까?"

"박 공? 알지요. 예전에는 아방 조선 제일의 명궁이었지요. 그런데 젊으신 분이 그 함자를 어찌 아시오?"

"그분이 소인의 스승님이십니다."

무수는 지난날 합포 우병영의 영노로 있을 때 전령청 행수관 조용백에게서 들은 이야기를 떠올렸다. 박 공과 오 한량과 서 진사의 일화였다. 그 이야기의 세 주인공 중에 또 한 사람을 눈앞에서 대하니 가슴이 뭉클했다.

"그러오? 허헛, 이것 참 대단한 인연이구려."

"그래 박 공께서는 어디에서 어찌 지내고 계시오?"

"진주 무듬실 고을에 있는 산중에 은거하고 계시옵니다."

"마을을 나갈 일이 있을 때 한번 찾아뵈어야겠군."

이축이 물었다.

"정 선달, 박 공이 뉘시오?"

무수는 박 공과 서 진사와 오 한량이 향사례에서 함께 만났던 날의 이야기를 좌중에게 들려주었다. 서 진사는 눈을 지그시 감고 당시로 돌아간 듯했다.

무수의 이야기를 다 듣고 난 사람들은 너나없이 안타까워했다. 촌장 김중섭이 말했다.

"그런 일이 다 있었다니…… 우리도 진사 어른의 옛 일화에 관해서는 아는 것이 없었는데 잘 들려줘서 고맙소."

서 진사가 무수에게 입을 열었다.

"그 오 한량에게도 자식이 하나 있소. 청명이라고 하오. 혹시 들어보았소?"

"청명이라면 오청명을 말씀하시는 겁니까?"

"이름을 들어본 모양이군."

오청명! 지금 조선 제일의 명궁이라고 일컬어지는 인물이었다. 백발을 쏘면 백중을 한다는 소문이 팔도에 자자한 사람이었다. 무수는 놀라웠다. 당대의 명궁들의 자식들이 또한 다 내로라하는 명궁이라니.

"청명도 청명이지만, 정 선달이 우리 아이와 비궁(활쏘기로써 겨루기)을 한 얘기는 들어서 잘 알고 있소. 그대도 대단한 솜씨를 지녔구려."

"보잘것없는 재주를 높이 여기시니 부끄러울 따름이옵니다."

"가만 보자. 무랑아, 내가 청명을 한 번 청할까? 너와 정 선달과 오청명,

셋이 붙으면 볼 만하겠는걸."

정경세와 무수는 여인의 이름이 무랑이라는 것을 그제야 알았다.

'무랑, 서무랑⋯⋯.'

힘이 있으면서도 아름다운 이름이었다. 두 사람의 뇌리에 새겨졌다. 정춘모가 물었다.

"진사 어른은 여기 계시면서 어떻게 그리 세상일을 다 아십니까?"

"허허. 여기도 세상의 바람이 들고 비를 뿌리는 곳이라네."

무수는 오청명을 청하겠다는 서 진사의 말에 흥미가 일었다.

"청명을 모셔 와 주실 수만 있다면 한 몫 크게 배울 수 있겠사옵니다."

"한판 붙자는 말씀이로군? 좋소. 내가 청명을 청할 것을 약조하겠소."

"저는 스승님을 모셔 오겠사옵니다."

"아니오. 그럴 것 없소. 나는 출사(사대에 오름)하지 않겠소. 우리는 이미 옛 사람들이오. 흘러간 물은 흘러간 대로 내버려 두어야 하오. 흘러간 물이 되오르려고 하면 구정물 물보라만 튀는 법이오. 젊은 사람들끼리 하시오."

대화가 그즈음에 이르러 이준이 말했다.

"돌아가면, 향사례를 열도록 목사또께 건의해 보겠습니다."

"번거롭게 그렇게까지⋯⋯."

"조선 최고의 명궁들이 겨루는 마당인데 소홀히 할 수는 없지요."

"그러하옵니다. 목사또께서 우리의 스승님이십니다. 전후의 사정을 잘 말씀드리면 흔쾌히 여기실 것입니다."

상이 들여졌다. 상 위에는 희귀한 버섯 음식이 많았다. 바깥세상과 같은 듯하면서도 다른 음식들이었다. 음식을 마주하고 보니 마을 사람들과 한결 가까워졌다. 김광두가 싱글벙글거렸다.

"살아생전에 말로만 들어오던 우복동에 다 오다니."

조우인이 맞받았다.

"여기가 내우복이라면 우리 계정은 외우복이군그래."

잠자코 있던 김형춘이 나지막이 입을 뗐다.

"여기도 사람 사는 곳입니다. 바깥 사람들에게 와전되고 침소봉대 되었을 뿐이지요."

누군가 아뢰었다.

"이제 손님들을 돌려보내야 할 시각이옵니다. 더 지체하다가는……."

"알겠네."

일행은 자리에서 일어섰다. 그들을 맞이한 동네 어귀까지 사람들이 나와서 작별을 했다. 촌장이 서무랑에게 말했다.

"잘 모셔다 드리고 오게."

서무랑은 앞서 걸었다. 하늘에 달은 보이지 않고 사금파리 가루를 뿌려놓은 듯이 별들만 가득했다.

"낮에 왔더라면 발길 닿는 곳마다 절경이겠지?"

"하늘이고 땅이고 어련하겠는가? 다들 저런 심성으로 사는 사람들이니."

서무랑이 일행을 처음 마중 나왔던 곳에 이르렀다.

"여기서부터는 길을 찾기 쉬울 것이옵니다."

"고맙소. 우리 계정에 자주 놀러 오오."

서무랑은 말없이 빙긋 웃을 뿐이었다. 그러고는 허리를 굽혀 인사를 하고는 돌아서 갔다. 걷는 것이 아니라 미끄러져 가는 것 같았다. 일행은 아쉬운 마음에 그 자리에 서서 그녀의 뒷모습을 한참 동안 바라보았다.

"자, 우리도 이만 가세."

우북산 기슭 계정으로 돌아왔을 때에는 날이 밝아오기 시작했다. 간밤에 겪었던 일이 꼭 꿈속의 일인 것 같았다. 누군가 불쑥 내뱉었다.

"거참, 산척이 아니라 우복동 선녀였어."

3

청리와 공성의 경계쯤에 있는 남천 가 사정 용운정에서 향사례가 열렸다. 맨 상석에 상주 목사 유성룡을 위시해 좌우로 상주목의 속아(소속 관청) 관장인 유곡도 찰방, 함창 현감, 문경 현감, 가은 현감, 영순 현감, 산양 현감이 앉았다. 판관 황대유가 무장한 채 유성룡의 뒤에 위엄 있게 서있었다.

그 앞에는 상주 향교의 전교 송량, 향청 좌수 김각, 청리 풍헌 정여관, 외남 풍헌 정국성, 은사 이봉, 율지 촌장 권문해, 함창 좌수 곽수인, 함창 풍헌 홍약창 등 상주와 인근 고을의 원로들이 자리했다.

조선 팔도 최고의 명궁인 오청명을 모셔 온다는 소문이 일찍이 읍내에 나돌아 상주는 물론 문경과 함창 등지에서도 한량들이 대거 몰려들었다.

상주 낙사계에서는 정경세, 정춘모, 전식, 강응철, 이준, 이축이 출사했고, 상무계에서는 김사종, 여대세, 김진, 김천남, 황치원이 출사했다. 문경, 함창 등지에서는 채유종, 조사갑, 정개룡, 전금산, 장광한, 이천두, 이경류, 윤식, 육공달, 안임, 신담, 김여려, 김성발, 이홍도 등이 참여했다.

우복동 사람들도 있었다. 서무랑을 비롯해 김창심, 김형춘, 김증수, 박언호가 세상과는 다른 별천지에서 온 내색도 하지 않고 사람들 틈에 있었다. 계정의 벗들이 우복동인들과 인사를 나눴다.

서무랑은 남장 차림이었다. 정경세가 말했다.

"서무랑 한량, 참예해 주셔서 고맙습니다."

"고맙긴요. 당연히 와야 할 자리가 아니오닙까?"

"무풍거사님도 나오셨군요."

"하핫, 저를 다 알아봐 주시다니."

무수는 계속 두리번거렸다. 한량들의 면면을 살펴봐도 서 진사는 보이지 않았고, 오 한량이라고 짐작되는 사람도 없었다. 낯설고 젊은 한량들이 많아서 오청명이 누군지도 알 수 없었다. 서무랑이 물었다.

"정 선다님은 찾으시는 분이 있으십니까?"

"아, 아니오."

사대 아래에는 저마다 한껏 바르고 꾸민 관기들이 나와 있었고, 한쪽에는 탁자를 펴고 음식을 차린 그늘대가 줄지어 펼쳐져 있었다. 한량들은 그늘대 아래에 삼삼오오 앉아 떠들고 있었다.

김광두가 재종형 김사종에게 인사를 했다.

"형님도 참예하셨군요."

"오, 우리 여우 아우님 아니신가? 반갑네."

김광두는 곁에 서 있는 무수를 김사종에게 소개했다. 김사종은 웃는 얼굴로 말했다.

"우린 구면이구려."

무수는 그가 양반 출신임을 알고 놀랐다. 양반이 양반들과 지내지 않고 신분이 다른 사람들과 어울리다니 의아했다. 김광두가 말했다.

"우리 형님은 내금위 군관 출신으로서 무예에 밝은 중서인(중인, 서자, 서얼)들을 잘 대하고 계시오."

무수는 김사종이 다시 보였다. 양반에게 막연한 불만을 가진 무부들을 똘마니처럼 모아서 자신이 위엄이 있는 척 우두머리 짓이나 하는 사람이거니 한 자신의 선입견이 부끄러웠다. 김사종은 무수에게 덕담을 했다.

"많이 맞히기를 바라오."

"내금위께서도 백발백중하시기를 빕니다."

이윽고 유사를 맡은 병방 군관 이경남이 큰 소리로 외쳤다.

"지금부터 향사례를 개시하겠소!"

둥둥둥 북소리가 울렸다. 상주 목사 유성룡이 치사를 했다.

"제 한량도 아시다시피 우리 조선의 활은 천하제일이오. 옛적 당나라가 신라 사람 구진천이라는 명장이자 궁장을 데려가 활과 쇠뇌를 만들게 하려 했던 일에서도 잘 알 수 있는 것이 아니겠소?

지금 명나라는 우리나라에 물소 뿔을 반출하는 것을 엄격히 심사하고 있는데, 이는 물소 뿔이 우리 조선의 활인 각궁의 주재료가 되기 때문이오. 상국(명나라)이 우리나라 활을 얼마나 두려워하는지 잘 알 수 있는 대목이오.

오늘 상주 향사례에 참예한 제 한량들은 남다른 자부심과 긍지를 가지고 우리 조선 궁술의 진면목을 낱낱이 보여주기를 바라오. 각자 유감없이 제 기량을 펼쳐 본인의 성명과 가문과 고을의 명예를 빛내기 바라오."

이어 이경남은 향사례의 요강을 발표했다.

"가장 먼저 사계례를 시행하겠소. 낙사계를 비롯하여 총 아홉 사계(활 쏘는 모임)가 참예했소."

사계례는 사계마다 일곱 사람이 한 동아리가 되어 출사하는 것인데, 한 사람당 단순 5시를 쏘아 그 합계로써 등위를 끊는 경기였다. 제비뽑기를 해 낙사계가 맨 먼저 쏘게 되었다. 무수도 낙사계의 계원이 되어 활을 쏘았다. 정경세가 초시를 쏠 차례가 되자 사람들이 수군거렸다.

"오, 경임도 출사를 했군요. 경서만 읽는 줄 알았더니."

"무릇 활쏘기는 육예의 하나가 아닙니까?"

"그렇습니다. 선비라면 마땅히 갖춰야 할 바이지요."

정경세가 초시를 쏘았다. 과녁 옆에서 거기가 깃발을 들었고, 획창이 큰 소리로 외쳤다.

"정경세 한량, 정곡이오!"

유성룡이 정여관에게 말했다.

"이율(정여관의 관자)의 영자(남의 아들을 높여 일컫는 말)도 활을 썩 잘 냅니다그려."

정여관은 일어나서 몸을 돌리고 읍을 하면서 사례를 했다.

"다 목사또 나리의 가르침 덕분이옵니다."

낙사계의 결과는 무수만이 5시 5중을 했다. 이어 함창계, 병문계, 상무계의 순서로 출사를 했다. 병문계는 활쏘기를 잘하는 군관과 군사들로 한 동아리가 되었다. 과연 병문계답게 고르게 잘 쏘았다.

산양계, 영순계, 가은계가 차례로 이어졌고, 맨 마지막으로 우복계가 사대에 올랐다.

"우복계는 뭐지?"

"어디 사람들인고?"

"다 우리 상주 고을 사람들이겠지요."

사람들은 별다른 신경을 쓰지 않았다. 설마 우복동 사람들이 참가했다고는 아무도 생각하지 못했다. 우복동인들도 병무계에 버금가게 잘 쏘았다.

사계례가 끝나고 나자 유사 이경남이 말했다.

"한 식경 휴식을 했다가 교우례가 이어질 것이니, 제 한량은 동아리를 지어 도청(본부석 앞 임시 사무소)에 인득(승인)하시오!"

교우례는 사계와 지역에 관계없이 즉석에서 마음 맞는 사람들끼리 일곱 명이 한 동아리를 만들어 출사하는 방식이었다. 다른 고장 사람들과도 친하게 지내라는 숨은 뜻이 있었다.

김사종은 무수와 한 동아리가 되기를 원했다. 무수는 어찌하면 좋을지 망설였다. 정경세와 이축이 다가왔다.

"김 내금위와 편이 된다면 좋지. 우리 함께 동아리를 지웁시다."

그리하여 김사종, 정경세, 이축, 정춘모, 무수 그리고 우복동인들 중에서 서무랑과 박언호를 끌어들여 삼망우라는 이름으로 한 동아리를 졌다.

이윽고 교우례가 시작되었다. 주목을 받은 것은 단연 무수가 든 삼망우 동아리였다. 무수는 물론 서무랑도 고수 중의 고수였고, 이축을 비롯한 나머지도 다 여간한 실력이 아니었다. 삼망우 다음에는 군관우, 선달우, 송백우 등의 순서로 임사(활을 쏨)가 이어졌다.

교우례가 끝나자 드디어 향사례의 꽃, 각인례를 앞두게 되었다. 두 번의 동아리 사례(사계례와 교우례)에서 한량들은 사대와 과녁의 서먹함을 충분히 익혔고, 어느새 서로 친분이 생겨 처음 시작할 때와는 달리 떠들썩해졌다.

유사 이경남이 소리쳤다.

"이제부터는 금일의 마지막 사례인 각인례를 거행할 것이오!"

사표(활을 쏠 자격을 가진 표)를 섞어 추첨한 결과 사대에 설 순서가 정해졌다. 무수는 제3대(7명씩 지은 무리) 5번위(사대에 서는 자리)였다. 한량들이 쏠 차례가 다 정해지자 곧바로 출사에 들어갔다.

"제1대 출사하시오!"

일곱 명의 한량들은 저마다 자기 자리에 섰다. 그런 뒤 시관의 지시에 따라 초시를 발시했다. 초시를 다 쏜 뒤에는 다시 2시, 3시, 4시, 5시가 이어졌다. 1대에서 몰기를 한 사람이 있었다.

여섯 번째 자리에 선 사람이었다. 문벌 집안의 티가 나는 것 같은데 얼굴이 낯설었다. 무수는 순간적으로 짐작했다.

'저 사람이 오청명인가?'

무수도 초순에서는 몰기를 했고, 서무랑도 몰기를 했다. 또한 이축, 김창심, 김증수, 박언호 등도 몰기를 했다.

중순이 시작되었다. 오청명은 중순에서도 잘 맞혀나갔다. 그와 나란히 서서 쏘는 한량, 선달 그리고 군관들마저도 그의 상대가 안 되었다. 그는 중순에서도 몰기를 했다. 그 외 중순에서 몰기를 한 사람은 무수와 서무랑뿐이었다.

모든 사람들의 관심이 오청명과 무수와 서무랑에게 집중되었다. 세 사람이 다 10시 10중을 했기 때문에 종순 다섯 발의 화살이 그들의 승부를 가릴 것이었다.

오청명은 팔도에서 이름난 명궁답게 종순에서도 몰기를 해 세 몰기 15시 15중을 이뤘다. 사람들의 박수를 받고 내려왔다.

이윽고 무수의 차례가 되었다. 3시까지 잘 맞혀나가던 무수는 4시에서 만작을 한 뒤 깍지를 빼려고 하다가 움찔했다. 그런 뒤에 시위를 놓았다. 화살은 과녁 바로 앞 땅에 박혔다. 기대하고 있던 사람들이 탄성을 내뱉었다.

"아, 코 박았어."

"아깝게 세 몰기를 놓치는구면."

"시고(화살이 날아가는 높이)가 낮거니 했더니 역시나로군."

무수는 그 한 발을 놓치는 바람에 15시 14중으로 마쳤다. 사대에서 내려오자 벗들이 위로했다. 무수는 조금도 아쉬워하는 기색이 없이 태연했다.

사람들은 서무랑에게 마지막 기대를 걸고 응원했다. 남장 여인인 그녀는 다행히 종순에서도 한 발도 실수하지 않고 다 맞혔다.

3순 정사례가 다 끝나고 나자 15시 15중을 한 사람은 오청명과 서무랑 두 사람뿐이었다. 시관은 두 사람을 불러내 결선비교사례를 하게 했다. 단순비교로써 각자 5발을 쏘는 것이었다. 비교사례에서도 두 사람은 5시 5중으로 비겼다.

"이거 점점 재미있어지는걸!"

"이젠 매시비교를 하겠지?"

두 사람의 매시비교사례가 개시되었다. 한 발 한 발 번갈아 쏘아서 맞히지 못하면 그것으로 끝나는 방식이었다. 오청명이 먼저 쏘고 나면 그다음에는 서무랑이 쏘고, 다시 오청명이 쏘고 뒤이어 서무랑이 쏘기를 거듭했다. 두 사람은 10시 10중까지 이어졌다.

"명궁이 아니라 신궁들일세."

"오청명이야 팔도 제일 명궁으로 알려져 있지만 서무랑이라는 사람이 더 대단하이."

"무명 궁사가 최고의 명궁과 어깨를 나란히 하다니."

10시를 쏘고 나자 시관이 유성룡에게 건의했다.

"목사또 나리, 분수제로 하는 것이 어떻겠사옵니까?"

"분수제라니?"

"과녁의 맞힌 곳에 따라 분수를 다르게 매기는 것이옵니다. 정곡을 맞히면 3분, 정곡의 주변을 맞히면 2분, 과녁의 변에 겨우 맞히면 1분을 매기게 되옵니다."

"예사 방식으로는 우열을 가리기 어려우니 그게 좋겠군. 그리 시행하오."

오청명과 서무랑은 화살을 한 순 다섯 발씩 허리에 다시 차고 사대에 섰다. 3시까지는 둘 다 정곡을 맞혔다. 드디어 4시에 이르렀다. 오청명이 쏜 화살은 보기 좋게 정곡에 꽂혀 또다시 3분을 얻었다.

이어 서무랑이 4시를 날렸다. 화살은 아득히 날아갔다. 과녁에 꽂히긴 했는데 정확하게 보이지 않았다. 모두들 숨죽이는 가운데, 거기가 깃발을 들어 올렸다. 일단 과녁에는 맞혔다는 신호였다. 획창이 과녁에 가까이 다가가 살펴보고는 몸을 돌려 외쳤다.

"변에 2분이오!"

"아!"

사람들은 안타까운 탄식을 쏟아냈다. 서무랑은 그 자리에서 패배를 인정하고 오청명에게 하례를 했다.

"근하드립니다."

오청명은 공손히 화답했다.

"손님 대접을 해주셔서 고맙습니다."

사례가 다 끝나고 난 뒤 도청에서는 시표를 정리했다. 사례 중에 부정은 없었는지, 잘못 표기된 것은 없었는지 한량들의 이의를 받아들이는 시간이 이어졌다. 이윽고 상주 목사 유성룡이 행상을 했다.

맨 먼저 개시되었던 사계례 장원은 병문계, 방안(과거 시험 전시에서 갑과 2등)은 우복계, 탐화(과거 시험 전시에서 갑과 3등)는 낙사계로 결정되었다. 그다음으로 교우례 장원은 삼망우, 방안은 군관우, 탐화는 선달우가 차지했다. 각각 상패와 함께 곡식이 차등을 두고 내려졌다.

"각인례 장원, 오청명 한량!"

사람들은 크게 박수를 쳐주었다.

"방안에는 서무랑 한량!"

"탐화에는 정무수 한량!"

세 사람은 나란히 서서 상패와 부상을 적은 표권을 받았다. 장원 상은 황소 한 마리, 방안 상은 쌀 석 섬, 탐화 상은 쌀 한 섬이었다.

"금일 사례에서 노익장을 과시하신 두 분이 계시오. 고희가 넘은 연세로 참예하시어 좋은 시수를 보이신 분들께 각별히 상을 내리는 바이오."

사람들은 누군가 궁금해했다.

"낙동면에서 오신 숙유(학식과 명망이 높은 선비) 신헌주와 신국이, 두 분이시오!"

사람들은 그들의 장수와 덕을 기리며 아낌없이 박수를 쳤다. 유성룡이 명아주로 만든 지팡이와 고기 세 근을 각각 내리면서 물었다.

"그 연세에 활을 잘 쏘시는 비결이 뭡니까?"

신헌주가 대답했다.

"발시 순간순간을 즐기는 것이옵지요. 맞히면 맞힌 대로 즐겁고 못 맞히면 못 맞힌 대로 아차 하는 즐거움이 있사옵니다. 그러한 즐거움을 즐길 뿐이옵니다."

사람들은 승패에 집착하지 않는 그들 두 사람에게 또 한 번 환호하며 박수를 보냈다. 유성룡은 내려가서 두 사람의 손을 이끌고 연회석으로 이끌었다.

행상이 다 끝나고 그늘대 아래에서 연회가 베풀어졌다. 관기들이 악공의 가락에 맞춰 노래를 불러 흥을 돋웠다. 입상하지 못한 사람들 중에는 일찌감치 자리를 뜨는 사람도 있었다.

무수는 계정 벗들과 우복동인들과 함께 둘러앉았다. 좌우를 둘러보았다. 멀리 남천 건너편에서 오청명과 서무랑이 마주 서서 대화를 나누는 모습이 눈에 들어왔다. 두 사람은 퍽 친근해진 것 같았다.

이윽고 두 사람이 돌아왔다. 그들을 본 유성룡이 불러 술을 하사하려고 했지만, 둘 다 못 마신다고 사양했다.

"술을 못 한다니? 그대들은 한량이 아닌가?"

옆에서 다른 사람이 말했다.

"명궁이지 않습니까?"

"허허, 그렇군. 그래도 술은 배워야지."

서무랑이 오청명을 데리고 그늘대로 왔다. 사람들은 서로 자리를 내주며 앉기를 권했다. 무수가 오청명에게 인사를 건네기도 전에 그가 먼저 말했다.

"한량님께서는 어찌하여 아까 기량을 감추셨사옵니까?"

"실력이 모자라서 그 한 발은 못 맞힌 것입니다."

"아닙니다. 소인에게 약간의 보는 눈이 있습지요. 한량님께서 4시를 발시하시려고 만작하신 그 순간에 과녁 너머 개자리에서 한 사람이 빼꼼 고개를 내미는 걸 저도 보았사옵니다.

그때 저도 그자가 위험하겠구나 생각했는데, 한량님께서는 행여나 그자가 화살에 맞아 상할까 봐 4시를 안전하게 과녁 앞 땅에 쏘신 것이지요."

사람들은 일제히 정말인가 하는 눈으로 무수를 바라보았다.

"뭐야? 그렇다면 경운이 일부러 안 맞혔다는 말인가?"

"설마?"

무수는 딴청을 부리며 말을 돌렸다.

"인사치레로 하시는 말씀을…… 참, 오 한량께서는 평안하십니까?"

"아버님은 몇 해 전에 타계하셨습니다."

"아, 저런!"

"서무랑 한량한테서 들으니, 한량님께서는 박 공님의 제자시라구요?"

"그렇습니다만."

"과연 사제지간에 훌륭하시옵니다."

"선친께서 살아 계셨더라면, 세 분이 다시 만나 옛일을 회억(회상)하시면서 잘 지내실 수 있을 텐데 안타깝습니다."

"그러게 말이옵니다."

무풍거사 박언호가 끼어들었다.

"세 분 제자들이라도 잘 지내면 좋을 것 아니오? 허헛."

무수와 청명의 대화가 마무리되자 사람들은 오청명에게 질문을 쏟아냈다.

"오 한량께서는 역시 듣던 대로 조선 제일이오. 어찌 그리 활을 잘 쏘시오?"

"그날 그때가 다른 것이 활쏘기인데 어찌 제일이 있겠습니까? 매순 매시 힘쓸 따름입니다."

"활이 과연 무엇입니까?"

"활은 사람을 만들기도 하고 망치기도 하지요. 활쏘기로써 자기 자신을 돌아본다면 활은 수양의 좋은 방편이 될 것이나, 남이 잘 쏘는 것을 시기하고 질투하고 모략한다면 일신을 망치게 되는 것 아니겠습니까? 활은 내 한 몸에서 비롯되지만 궁극에는 세상에 대한 수양이라고 생각합니다."

사람들이 한마디씩 보탰다.

"그렇지. 그러므로 활은 저잣거리 왈패들의 놀음과는 다른 것이오. 부녀들이 베틀에 앉아 길쌈을 겨루는 것과도 다른 것이 아니오이까?"

"그래서 나 혼자 습사하는 것을 사예(射藝)라고 하고, 남과 겨루는 것을 사례(射禮)라고 하는 게지요. 예(藝)는 기량이요, 예(禮)는 수양이 아니겠습니까?"

"활로써 저마다 일신을 바르게 하면 내 고을도 바르게 되고, 더 나아가 나라도 천하도 바르게 될 수 있지 않겠소?"

서로 고개를 끄덕이며 주고받는 틈에 무풍거사 박언호가 또 물었다.

"오 한량께서는 활 연습을 어찌하시오?"

"불 꺼진 깜깜한 밥상 앞에서 밥 떠먹듯이 합니다."

사람들이 얼른 알아듣지 못했다.

"늘 무심코 한다는 뜻입니다. 무아지경이란 나도 모르게 무심코 한다는 것과 일맥상통하지요."

"반구저기(反求諸己)에 이르러서는 어떠합니까?"

"활을 내어서 과녁을 맞히지 못하면 나를 성찰한다는 말이기도 하지만, 앞서 잘 맞힌 활도 잊어야 한다는 뜻도 되지요. 수십 년씩 활을 낸 사람도 사대에 오를 때마다 '활 배웁니다.' 하고 인사하는 것은 그 앞엣것을 다 깨끗이 지웠다는 뜻이 되는 것이지요."

오청명은 또 잔잔한 목소리로 말했다.

"날아가는 화살에 시비를 걸지 않고, 몇 순을 냈는지 세지 않고, 남이 내는 것을 신경 쓰지 않고, 무심히 내다 보면 다들 명궁이 되실 것입니다."

"오 한량께서는 밤에도 활을 내십니까?"

"깜깜한 밤에 과녁이 보이지도 않는데 감으로만 활을 내는 것도 좋은 경험이 될 것입니다. 저는 자주 그렇게 합니다. 요즘도 야반삼경에 잠이 안 올 때면 사정에 올라 홀로 활을 내곤 합니다. 세상천지에 나 자신과 활과 과녁만 있는 것 같아 아주 오묘한 생각이 듭니다."

"활쏘기 재주는 타고나는 것입니까?"

"그렇지 않습니다. 저는 밥은 굶어도 활은 안 굶습니다. 하루에 두세 순은 꼭 냅니다. 제가 힘은 조금 타고난 것 같지만 거의 노력입니다. 다만, 사람에게 배워야 합니다. 서책을 보고 배우는 것은 가장 기초적인 것이고, 기운이 서로 통하는 좋은 사람한테 배워야 합니다.

내 몸과 똑같은 몸을 가진 사람은 세상에 단 한 사람도 없습니다. 사람이 몸소 가르치고 사람이 몸소 배워야 합니다. 내 몸에 맞는 궁품은 나를 가장 잘 알 만한 선사(선배 궁사)나 스승으로부터 가르침을 받아서 구현해야 합니다."

"궁품의 비결을 한 가지만 알려주십시오."

"저는 아기를 안듯이, 아기가 편안하도록 안듯이 활을 만작합니다."

"으잉? 그건 사내들은 알 수 없는 경지인데?"

오청명은 당황해 말을 이었다.

"이, 이를 테면 그렇다는 말씀이지요. 사대에 서서 활을 내는 것은 제

가 한 마리 학이 되어 춤을 추는 느낌을 가집니다. 발시가 끝나고 화살이
과녁을 맞히고 나면, 춤을 잘 추고 난 느낌이랄까?"

지통 아이가 와서 아뢰었다.

"여기 정경임 나리 계시옵니까? 목사또께서 찾으시옵니다."

정경세는 그를 따라 연회가 벌어지고 있는 상석으로 갔다. 다들 술기운
이 적당히 오른 얼굴들이었다. 유성룡도 낯빛이 붉었다.

"오, 경임. 어서 오게. 오늘 같은 날 어찌 시 한 수가 없겠는가? 자네에
게 시를 청하려고 불렀네."

"운(한시의 규칙에 반드시 쓰는 글자) 자를 내주옵소서."

"운이고 형식이고 다 자네 마음대로 하게."

정경세는 그다지 기분이 내키는 자리가 아니었지만, 아버지 정여관도
있는 자리고 해서 머릿속으로 시상을 찾아보았다. 잠시 후 정경세는 단아
한 해서체로 넉 줄 단구를 적어내렸다.

頂不尖上   정상은 첨탑 끝이 아니라
遍步首位   두루 걸어도 우뚝한 자리
厥已奚處   그이는 어디 처한들 이미
無爭中穿   중석 천양과 다툼이 없네.

그러고는 유성룡에게 바쳤다. 그는 흡족해하며 좌중에게 돌려서 읽게
했다.

"중천이라 함은 중석몰촉과 백보천양을 말하는 것이로군."

중석몰촉은 한나라의 장수이자 명궁인 이광이 호랑이인 줄 알고 활을
쏘았는데, 호랑이가 아니라 바위였고, 화살이 바위 속에 깊이 박혔다는
일화에서 나온 말이다. 정신을 집중하면 사람이 이루지 못했던 것을 무

440

심코 이룰 수 있다는 뜻이다.

백보천양은 초나라의 명궁인 양유기가 백 보 밖에서 버드나무 잎을 맞혀 꿰뚫었다는 고사에서 나온 말이다.

정경세가 중석과도, 천양과도 다툼이 없다고 표현한 것은 오청명이 이광과 양유기의 경지를 뛰어넘어 신기에 가까운 경지에 이르렀음을 극찬한 것이었다.

유성룡은 오청명을 불러 그 시를 하사했다. 두 손으로 받아 든 오청명은 그 자리에서 정경세에게 자신의 활을 선물했다. 유성룡은 보기에 좋게 여겼다.

"오 한량은 조선 활의 혼맥을 굳건히 이어가고, 정경임은 부단히 학문에 힘쓰도록 하게."

"예, 목사또."

날이 저물기 전에 연회가 파했다. 무수와 계정의 벗들이 한사코 옷깃을 잡았지만 오청명은 표표히 떠났다. 그가 떠나자 서무랑도 우복동인들과 함께 인사를 하고 떠났다. 남은 사람들은 못내 아쉽고 허전한 마음이었다.

정경세가 오청명에게서 받은 활을 만지작거리더니 무수에게 내밀었다.

"이보게, 경운. 이 활은 경운이 가지게."

무수는 손을 들어 가볍게 거절했다. 그러고는 속뜻을 알 수 없는 웃음을 빙긋 지어 보였다.

매화는 만발하고

1

정경세는 지통의 전갈을 받고 상주 관아로 유성룡을 찾아갔다. 지통 아이는 정경세를 추월당으로 이끌었다.

"사또께서 곧 오실 것이옵니다. 들어가 계시옵소서."

정경세는 스승이 계시지 않는 방에 혼자 앉아 있을 수 없었다. 마당에 낙엽이 뒹굴고 있었다. 해가 저물고 있는 때라 스산했다. 지통 아이가 사라지고 난 뒤에 정경세는 집채를 둘러보다가 뒤뜰에서 빗자루를 찾았다. 그것을 들고 흙먼지가 일지 않도록 살살 마당에 비질을 하기 시작했다.

인기척이 났다. 어느새 유성룡이 추월당 입구에 서서 바라보고 있는 것이었다. 정경세는 비질을 멈추고 다가가 허리를 굽혔다. 유성룡이 말했다.

"어인 비질인가?"

"마당이 지저분하여……."

"그렇다고 아랫사람들이나 하는 일을 하고 있는가?"

"마음이 내켜서 했을 뿐이옵니다."

"따라 들게."

유성룡은 방으로 들어가 병풍이 펼쳐진 안석에 앉았다. 정경세는 뒤따라 들어가 곡좌(윗사람 앞에 앉을 때 공경하는 뜻으로 몸을 조금 돌려 앉음)를 했다. 다모가 찻상을 따로따로 들여 유성룡과 정경세 앞에 놓았다.

"감잎 차이옵니다."

"고맙네."

다모가 나가자 유성룡은 찻주전자를 들어 한 잔 따랐다.

"자네도 어서 몸을 좀 덥히게."

"예, 스승님."

차 맛을 음미하고 난 유성룡이 다시 입을 열었다.

"내가 한양 조정에 입조하게 되었네."

정경세는 자신의 학문을 시험하려고 유성룡이 부른 줄로만 알고 있다가 예기치 않은 소리에 놀랐다. 상주 목사로 도임한 지 일 년도 되지 않아서 갈려 가게 되었다는 것이었다.

"스승님, 공하드리옵니다. 다만 아쉬운 것은 저희들의 학문이 아직 싹도 틔우지 않았는데 더 이상 가르침을 받지 못하게 되는 것이 한탄스럽사옵니다."

"아닐세. 경임은 이미 학문의 묘리를 깨우쳤고, 여럿 중에서도 출중하니 자만하지 말고 날로 정진하게."

정경세는 고개를 떨군 채 말을 잇지 못했다. 유성룡은 비단 보자기에 싼 것을 앞으로 내놓고는 묶은 고를 끌렀다.

"이건 《근사록》일세. 내가 여러 제자들 중에서 유일하게 스승님으로부터 물려받은 것인데, 나는 이제 자네한테 물려주겠네."

유성룡은 책의 첫 권 첫 장을 펼쳤다. 이황의 도서와 수결이 있었다. 그는 정경세가 보는 앞에서 그 아래에 자신의 도서를 찍고 수결을 쳤다. 다시 책을 덮고 보자기를 잘 묶어 정경세에게 주었다.

정경세는 일어나 책에 절을 했다. 그러고는 유성룡에게도 절을 했다.

"도학의 학풍이 어디에서 비롯되고 어떻게 자네에게 전해졌는지 잊지 말게."

"예, 스승님."

정경세는 《근사록》 한 질이 든 책보자기를 안고 일어났다. 밖으로 나와서 신을 신고는 보자기를 대청마루 끝에 놓았다. 품에서 면건을 꺼내 유성룡의 신을 정성 들여 닦은 뒤에 신기 편하도록 가지런히 돌려놓았다.

유성룡은 대청마루에 나와 서서 정경세의 행동을 물끄러미 바라보았다. 보자기를 다시 안은 정경세는 마당에 서서 유성룡을 향해 깊이 선절을 했다. 유성룡은 말없이 고개를 끄덕이며 살펴 가라는 손짓을 했다.

퇴계 이황에서 서애 유성룡으로 전해진 책 《근사록》. 불교에서 도를 깨우친 수제자에게만 은밀히 법을 전하는 고승들의 내력처럼, 이황의 학문은 유성룡에게 전해져 정경세에 이르게 되었다.

정경세는 두 스승의 손때가 묻은 책을 마치 스승을 눈앞에서 대하듯이 매번 예를 갖춰 절을 한 뒤에 공경히 읽었다.

"경임이 요즘 두문불출하고 있다는데 어디 아픈가?"

"책을 읽고 있나 보이."

"무슨 책을 목숨 걸고 덤벼들듯이 하나그래?"

"그건 알 수 없지."

계정에 모인 벗들은 정경세가 오랫동안 모습을 보이지 않는 것이 서운했다. 계정도 알고 보면 그가 주인인데, 번번이 주인 없는 곳을 차지하고 있자니 아무래도 마땅치 않았다.

"경임이 언제부터 집 안에 틀어박혀 나오지 않았지?"

"아마도 서애 스승님께서 정3품 당상 통정대부에 가자되고 나서부터일 걸세."

"맞아. 스승님께서 동부승지의 직임을 받아 입조하신 뒤로 문밖 출입을 하지 않는 것 같으이."

"서애 스승님과 무슨 일이 있었나?"

"일이야 무슨 일이 있었겠는가? 섭섭한 마음을 아직 다 못 달랜 탓이겠지."

"하긴, 서애 스승님이 가시고 나니 온 고을이 허전하기만 하이."

무수는 정경세가 걱정되었다. 날을 가려서 그의 집으로 따로 찾아가 봐야 하나 고민스러웠다.

"그나저나 올해 봄놀이는 어디로 가는 게 좋겠는가?"

"경임은 어쩔 수 없는 노릇이니, 여기 모인 김에 다들 의견을 내보세."

"예물을 갖춰서 우복동을 찾아가는 건 어떨까? 그곳의 춘경이 여기와 는 다르게 별천지가 아니겠는가 말일세."

"그건 아닌 것 같으이. 오라는 기별도 없는데 불쑥 찾아가는 것은 실례 가 아니겠는가?"

"그렇기도 할세."

"다시 찾아갈 수 있을지도 의문이네."

"옳네. 우리가 아는 길은 우북산 너머 억새밭까지니."

"한데, 용운정 향사례 이후로 서무랑이나 우복동인들이 다시 나타나 지 않는 이유가 뭘까?"

"그거야 뭐, 그들이 더 이상 바깥세상에 알려지는 것을 원치 않아서 겠지."

"자자, 그러면 우복동은 논외로 하고 어디가 좋겠는가?"

가만히 듣고 있던 조우인이 말했다.

"우리 매호 고을은 어떤가?"

좌중은 다 그를 바라보았다. 조우인이 다시 입을 열었다.

"올봄에는 우리 고을의 매화를 완상(감상)하는 것이?"

"여익 형이 그렇게 말하니, 그것도 좋은 발의 같은데? 다들 어떤가?"

좌중은 별다른 이의가 없었다. 그리하여 조우인이 살고 있는 매호 고을을 봄놀이할 장소로 정했다.

매호 고을은 상주 읍성에서 북쪽으로 30리쯤 되는 곳에 있었다. 지명이 매호(梅湖)라는 것만 보아도 이른 봄철이면 매화가 지천으로 필 것이라는 짐작을 가능케 했고, 또 매화로 둘려 있는 못도 있을 것 같았다.

무수는 적잖이 설렜다.

"아, 매화……."

아득히 잊고 있던 고향 생각이 났다. 곤양 당산 고을에도 봄은 왔을 터였다. 봄이 되면 온 천지 가득 매화가 피어 무릉도원이 아닌 무릉매원에 사는 사람들이 다 신선이 되는 것 같았다.

어릴 적 동무들 생각도 났다. 뒷산 굴에서 참변을 당한 동무들이었다. 세월이 제법 흘렀지만 무수에게는 바로 어제의 일인 듯했다. 가슴에 묻은 것은 그것만이 아니었다. 산굴 사건은 남강 가 정자 사건까지 떠올리게 했다. 혼자 살아남았다는 죄책감이 엄습했다.

'내 언젠가 반드시 혼자 살아남은 빚을 갚으리니.'

매호 고을은 매악산 아래에 있었다. 고을과 온 산에 매화가 만발했다. 그 풍광이 꼭 고향 당산 고을 같아서 무수는 정신이 아찔해졌다. 사방의 지형지세 또한 영락없이 똑같아서 두 번 놀랐다. 모르긴 해도 매악산 중턱에 올라가면 산굴도 있을 것 같았다. 무수는 고향 마을에 온 것 같은 착각이 일었다.

매화가 만발한 매악산 서쪽 기슭에 계곡이 있었다. 조우인이 말했다.

"묵계(墨溪)라 한다네."

"나무가 그늘져 계곡물이 시커먼 것이 마치 먹물 같구먼."

일행은 앞서가는 조우인을 따라 계곡 가로 나 있는 오솔길을 따라 올라갔다. 조그만 집이 나타났다. 아이들이 공부하는 서당이었다. 무수는 서당이 고을 안에 있지 않고 왜 산속에 있는지 의아했다.

"훈장이 사비를 털어 지은 것이라네. 정(亭)을 지으려다가 당(堂)을 짓고는 배우러 오는 아이들이 있으면 천자문이나 일깨워 주는 것으로써 소일하고 있다네."

"정자도 되고 서당도 되고. 일거양득이로군요."

서당 앞에는 큼지막한 못이 있었다.

"이곳이 매호라네."

못물에는 사방에서 핀 매화가 비쳐 보였다. 물 밖이나 물속이나 그대로 매화 천지였다. 물에서도 매향이 나는 것 같았다. 산 중턱을 에돌아 계속 올라가니 연달아 폭포가 나타났다. 그 일대의 천석(계곡물과 바위)이 비경이었다.

거기엔 정자가 한 채 서 있었다. 일행은 그곳으로 올라갔다. 매호정(梅湖亭)이라는 현판이 걸려 있었다. 처마 안에 붙여놓은 서판(글씨를 써놓은 나무판)을 살펴보았다. 유성룡의 시도 걸려 있었다.

"스승님도 여길 다녀가셨나 보오."

조우인이 대답했다.

"내가 작년에 한 번 모신 적이 있네."

"우리가 스승님의 발자취를 더듬어 온 셈이 되는구려."

따라온 종들이 정자 안에 자리를 마련했다. 서남북 삼면은 온통 매화가 피어 있고, 동쪽은 시야가 탁 트여 있었다. 멀리 낙동강이 유유히 흘렀다. 둘러앉은 일행은 풍광을 바라보며 땀을 식혔다.

광주리에 싸 온 것으로 허기를 달랬다. 정자 아래에서 종들도 먹고 쉬도록 해주었다. 잠시 후 종들은 술상을 차렸다. 그동안 좌중은 지필묵을 꺼내 먹을 갈았다. 시제와 압운은 단연 매화였다.

이윽고 무수를 비롯해 각자 시를 썼다. 한 사람만 다른 것을 썼다. 바로 조우인이었다.

이준이 물었다.

"그건 뭔가? 시도 아니고 부(賦:여섯 글자로 한 구를 이루는 시문 형식)도 아니고, 더구나 언문도 많이 섞여 있고."

"내가 요즘 짓고 있는 가사라네."

조우인은 목청을 가다듬더니, 써놓은 것을 들고 읽었다.

명시(明時:세속)에 버린 몸이

물외(物外:자연)에 누웠더니

값이 없는 풍월(風月:하늘의 자연)과

임자 없는 강산(江山:땅의 자연)을

조물(造物:조물주)이 허사(許賜:기꺼이 하사함)하여

내게 맡겨 버리시니

나인들 사양(辭讓:겸손하여 받지 않음)하며

다툴 이 뉘 있으랴…….

좌중은 모두 의아해했지만 누구 하나 꼬투리를 잡아 시비하지 않았다. 아무도 묻지 않았는데 조우인이 제목을 알려주었다.

"매호별곡이라고 하네."

무수가 듣기에 좋아서 크게 반색을 했다.

"여익 형님, 나중에 다 지으면 제게 좀 적어주십시오."

"그럼세. 내 경운 아우님에게 약속하지."

무수는 양반 선비들과 함께 지내는 동안 격의가 많이 사라져서 어떤 자리고 간에 거리끼는 마음이 그다지 들지 않았다.

비록 무수가 경서로는 학동들이 익히는 《소학》에 그쳤지만, 무경에 관해서는 누구에게도 뒤지고 싶지 않았다. 무경칠서 외에도 《통감》《박의》 등에 이르기까지 상당히 일가견이 있었다.

그리하여 사서오경과 같은 경서에 관해 얘기를 해도 알아듣지 못하는 바는 아니었다. 학문은 알고 보면 그 우듬지로 다 통하는 바가 있지 않은가?

무수가 조우인에게 매호별곡을 다 지으면 한 편을 적어서 달라고 한 것은 주제넘은 결례가 아니었다. 삼망지교의 벗으로 지내기로 한 이상 그들끼리 모이는 자리에서는 그저 서로 위하는 벗일 따름이었다.

조우인이 무수에게 물었다.

"경임, 내가 호를 하나 지어드려도 되겠는가?"

"감히 청하지 못하고 있었는데, 여익 형님이 지어주신다면 저는 평생의 기쁨이겠습니다."

조우인은 빙그레 웃으며 무수의 사주를 물었다. 그러더니 잠시 생각하고는 종이에 두 글자를 썼다.

梅軒(매헌)

무수는 흡족했다. 곤양 당산 고을의 고향 산천이나 상주 매호 고을의 풍광이나 매화가 온통 뒤덮는 것은 똑같았고, 그 자신도 호된 겨울을 이겨내고 피어나 향기를 온 사방에 퍼뜨리는 매화를 닮고 싶었다.

이준이 넘겨다보더니 말했다.

"이보게, 여익. 자네 호는 매호이고, 경운의 호는 매헌이군그래."

이축이 짐짓 따지듯이 물었다.

"단 둘이서 형제 하자는 거요, 뭐요?"

강응철도 한마디 거들었다.

"경임과 경운. 두 사람이 관자로써 형제 흉내를 내더니, 이젠 여익 형님이 아호를 매호와 매헌, 매 자 돌림자로써 형제결의를 할 심산일세?"

"아무려면 어떤가? 우리가 저 옛적의 도원결의와 같이 삼망결의, 계정결의, 매원결의를 한 형제와 같지 않은가?"

좌중은 웃었다. 조우인이 무수의 호를 매헌으로 지은 까닭을 적었다.

蒼花旲渼(창화민영)

정춘모가 풀이했다.

"봄 하늘 아래에는 꽃이 피고, 가을 하늘 아래에는 물이 맑다?"

조우인이 설명해 주었다.

"도라는 것은 절대로 자연의 순리에서 벗어나지 않으며, 사람의 일생도 그러해야 한다는 뜻일세."

이준이 웃으면서 말했다.

"우리 경운이 호 값을 단단히 내야 하겠는걸?"

서로 술잔을 기울이다가 취기가 오르면 정자 아래로 내려가 세족을 했고, 다시 올라와 앉아 담소를 나눴다. 하지 못할 이야기가 없었고, 나누지 못할 비밀이 없었다.

햇발이 빠지기 시작하자 일행은 자리를 접었다. 모두의 몸에서 매화 향기가 나는 것 같았다. 이축이 구성진 목소리로 조우인의 매호별곡을 노래했다.

"명시에 버린 몸이 물외에 누웠더니……."

조우인은 봄놀이를 끝내고 내려오면서 길을 오를 때와 다르게 잡았다. 어디선가 나무 타는 냄새가 났다. 무수는 혹시 산에 불이라도 난 게 아닌가 싶어 긴장했다. 냄새는 갈수록 더 진하게 코끝을 파고들었다.

누가 쓴 것인지는 몰라도 계곡 가 바위에 커다랗게 화탄(華灘)이라고 새겨져 있었다. 더 내려가니 숯가마가 나타났다. 조우인이 말했다.

"숯구이 하면서 여남은 민호가 살았는데, 지금은 다 떠나고 한 집 남았네."

샘터가 있었다. 일행은 표주박으로 샘물을 떠서 마셨다. 입에 머금으니 맛이 달고, 목으로 넘기니 온몸이 다 시원했다.

머리며 얼굴이며, 저고리며 잠방이며 다 시커먼 사람이 나타났다.

"뉘시오?"

조우인이 대답했다.

"날세."

"아, 조삼절 나리시군요."

그는 조우인을 별칭으로 말했다.

"이분들은 내 벗들일세."

"워낙 귀신같이 사는 곳이라 앉으시라 할 만한 데가 없으니 들어오시라 하지도 못하겠사옵니다."

"거 무슨 말씀인가? 엉덩이만 걸치면 되네."

그는 일행을 맞아들였다. 잠시 기다리라 하고는 사라졌다. 그동안 조우인은 일행에게 그 사람을 소개했다.

그의 이름은 신복다물리라고 했다. 그는 평생 숯을 구워 팔아왔다. 언제부턴가 먹도 만들었는데 그 먹이 차츰 알려져 상주의 석사(학식이 높은 선비)는 다 그의 먹을 사다 쓰게 되었다. 시일이 지나자 그의 먹은 유명세를 타기 시작했고, 한양의 지체 높은 집안에서도 그의 먹을 구하려고 사람을 보내기까지 했다.

하지만 그는 먹을 많이 만들지 않았다. 자기는 숯쟁이지 먹쟁이가 아니라고 한사코 손사래를 치는 것이었다. 조우인이 숯보다 먹을 만드는 것이 벌이가 더 나을 텐데 무슨 까닭으로 그러냐고 물은 적이 있었다.

"숯은 값이 싸서 그런지 다들 제값을 주고 사 가는데, 먹은 양반님네들이 자꾸 값을 후려치려고 해서 별로 만들고 싶지 않사옵니다."

숯쟁이 신복다물리는 미숫가루를 타서 바가지에 담아 왔다.

"그릇이 없사옵니다. 한 모금씩 목이나 축이시옵소서."

"고맙네."

미숫가루인지 숯가루인지 모를 것을 탄 갈빛이 나는 것을 조우인은 꿀 꺽꿀꺽 마셨다. 그러고는 다른 사람에게 바가지를 내밀자 아무도 선뜻 받아 드는 사람이 없었다. 무수가 얼른 손을 내밀었다. 한 모금 마시니 구수한 맛이 났다.

"어, 맛 좋다."

"요즘도 먹을 많이 안 만드는가?"

"시름시름 만들긴 하옵니다."

"자네 먹은 한양에서도 소문이 자자하다던데, 무슨 비결이라도 있는가?"

"비결이랄 게 있겠사옵니까? 그저 손 가는 대로 만들 뿐이옵지요."

사람이 반가운지 신복다물리는 설명을 해나갔다.

"저 움집 아궁이에 소나무를 태우면 굴뚝으로 연기가 나옵니다. 그 연기 속에 있는 그을음을 가라앉혀서 모아두었다가 아교를 섞어서 반죽을 하옵지요. 그런 뒤에 저만의 표식을 찍어서 말리면 먹이 됩지요. 다른 것은 없사옵니다."

"자네 먹은 매향이 나기로 유명하지 않은가?"

신복다물리는 흰 이를 드러내며 웃었다.

"아, 먹에다가 매화 향기를 넣는 방법만은 소인의 비법이옵니다."

"자네 먹에도 상등의 먹이 있고, 하등의 먹이 있는가?"

"다 똑같사옵니다."

신복다물리는 먹 한 개를 가지고 나왔다. 일행은 한 사람씩 들고 살펴보았다. 무수가 받아 들었다. 매호연(梅湖然)이라고 찍혀 있었다. 무수는 문득 먹을 혓바닥에 대보았다. 신복다물리가 쳐다보았다. 무수가 말했다.

"먹 맛도 썩 좋습니다. 늙으신네(늙은이의 높임말), 이 먹을 제게 좀 팔지 않겠습니까?"

"몇 개나 필요하시옵니까?"

"열 동만 주십시오."

"예에? 열 동이면 백 개인뎁쇼?"

"알고 있습니다. 값을 쳐보십시오."

"쌀 한 섬은 받아야 하는데……."

무수는 이희춘을 불렀다. 그는 품에서 봉통을 하나 꺼냈다. 무수는 봉통을 열고 그 속에 든 것을 꺼내 폈다. 향사례에서 받은 쌀 한 섬짜리 표권이었다. 그것을 받아 든 신복다물리는 두 말 하지 않고 고리짝 하나를 들고 나왔다.

무수는 뚜껑을 열었다. 종이에 싼 먹이 한 동씩 노끈에 묶여 차곡차곡 놓여 있었다. 무수는 일행에게 먹을 한 동씩 나눠 주었다. 일행은 어리둥절해하면서 받아 들었다. 무수는 또 한 동을 이준에게 주면서 말했다.

"숙평 형님께서 율리에게 좀 전해주십시오."

"그러겠네. 꼭 전해주겠네."

정춘모가 크게 웃었다.

"이거 오늘 말이 씨가 된다고, 경운이 여익 형한테서 아호 받은 값을 톡톡히 내는구면."

2

박수영의 눈길을 끈 것은 곶감과 비단이었다. 곶감은 드문 음식이고,

비단은 비싼 것이다. 또한 수량과 부피가 크지 않다는 것이 장점이었다. 남강에서 소금과 젓갈을 싣고 와 팔아서 번 돈으로 곶감과 비단을 매입해 배에 실으니 반도 채우지 못했다.

"어쩔 수 없지. 자, 가자."

상주의 곶감과 비단은 경상도와 전라도 남쪽 고을에서 남강으로 온 장사치들에게 비싼 값으로 순식간에 팔려 나갔다. 특히 동래상인들이 주고객이었다. 박수영은 갑절의 이익을 남겼다. 박안은 아들의 성취를 대견스러워했다.

"배를 한 척 더 내주십시오."

"오냐. 내 너에게 강배 두 척을 맡기마."

박수영은 소금은 싣지 않았다. 그건 어차피 김해 염소를 오가는 장사치와 경쟁이 되지 않는 물종이었다. 상주 사람들이 점점 젓갈 맛을 들이기 시작하면서부터 소금보다는 오히려 젓갈이 훨씬 비싼 값에 팔려 나갔다.

강배 두 척에 가득 젓갈을 싣고 낙동나루로 온 박수영은 두 행수 이상원과 배홍옥에게 한 척 분량씩 넘겼다. 그러고는 그들에게서 곶감과 비단을 사들였다. 박수영은 번번이 큰 이익을 남기며 승승장구했다.

배홍옥은 욕심이 생겼다.

"민가에서 수거한 곶감을 그자에게 도매가로 넘기는 것보다 내가 직접 감나무 밭을 세내어 곶감을 깎는다면, 더 많은 이익을 거둘 수 있을 것이 아닌가?"

배홍옥은 박수영에게 제의했다.

"박 행수님, 소인에게 투자를 좀 하시지요."

"투자라니요?"

"3백 냥만 빌려주신다면, 내년 가을에 이자까지 쳐서 갚아드리겠사옵

454

니다."

"그 큰돈으로 뭘 하시려고?"

"소인이 나름대로 생각해 둔 게 있어서 그러하옵니다."

박수영은 길게 고민하지 않았다. 선뜻 수락했다.

"좋소. 내년 가을까지 갚지 못한다면, 이 객주를 내놓아야 할 것이오."

"물론이옵니다."

그들은 낙동나루에서 가장 큰 계인 낙동계회에 가서 계장(약속 증서)을 쓰고 수결을 놓았다. 각자 한 통씩 간직했고, 낙동계에서는 그 등본(사본)을 한 부 받아두었다.

거금 3백 냥을 손에 쥔 행수 배홍옥은 봄철이 되자마자 상주 전역을 돌아다니며 감나무 밭을 전세 내고는 밭마다 일꾼을 붙여 감이 잘 열리도록 가꾸게 했다. 그 결과 어느 감밭 할 것 없이 다른 해보다 유난히 감이 많이 달렸다.

배홍옥은 가을이면 큰돈을 만질 수 있다는 꿈에 부풀었다. 여름이 막바지에 이를 무렵, 감을 딸 일손을 확보하려는 즈음이었다. 갑자기 남녘에서부터 먹구름이 올라오더니 큰 비바람이 몰아쳤다.

여염집의 지붕이 날아가고, 남천과 북천은 넘쳐 온 고을에 홍수가 났고, 낙동나루도 물에 잠기고 말았다. 그뿐만이 아니었다. 산에서도 피해가 컸다. 가지마다 열린 감이 속절없이 다 떨어지고, 그나마 달려 있는 것도 몇 개 되지 않았다. 연약한 감나무인지라 가지째 부러지거나 뿌리째 뽑혀 넘어간 것도 부지기수였다.

불과 며칠 사이였다. 구풍(태풍)은 상주 전역을 휩쓸고 지나갔다. 일시에 감 농사를 망쳐버린 행수 배홍옥은 그 자리에 몸져눕고 말았다.

"아, 내 돈 3백 냥!"

배홍옥은 약속한 기일이 되어도 박수영에게서 빌린 돈을 갚지 못했다.

졸지에 파산 지경에 이르렀다. 박수영은 낙동계회에 통보해 담보로 잡은 그의 객주를 손에 넣었다. 그러고는 평판을 얻을 요량으로 배홍옥에게 그대로 행수 지위를 보장해 주었다.

"으하하, 드디어 낙동나루에 거점을 확보했으렸다."

"근하하옵니다. 행수 어른."

"동금이 자네는 따로 할 일이 있네."

"예, 행수 어른. 분부만 하옵소서."

박수영은 여동금에게 전포(전당포)를 차려주고는 포주(전당포 주인)에 앉혔다. 큰 비바람에 초토화된 낙동나루에는 급전이 필요한 장사치들이 많았다. 그들은 재기를 하기 위해 꼭꼭 감춰두었던 금은붙이를 들고 나왔다.

하지만 낙동계의 계금을 꿔다 쓰려면 절차가 여간 복잡한 것이 아니었다. 장사치들은 앞다투어 전포로 달려갔다. 박수영은 여동금에게 전당을 잡을 물종으로는 금은붙이와 칠보가 아니면 절대로 받지 말 것을 단단히 일러놓았다.

전포가 성황을 이루자 박수영은 대전(어음을 할인하는 것)도 병행하게 했다. 다만 대전하는 부계(어음)는 낙동계에서 보방(보증)한 것이 아니면 받지 않았다.

"저어, 이런 것도 받나요?"

아낙이 광주리에 이고 온 것은 사기그릇과 술병과 소용(작은 병)이었다. 여동금은 손사래를 쳤다.

"하하, 밥그릇이나 술병 같은 건 받지 않소."

"이건 예사 물건이 아니고, 궁궐에 들어가는 것입니요."

"궁궐?"

여동금은 아낙이 들이미는 것을 찬찬히 살펴보았다. 양반들이 쓰는 것과도 어딘가 모르게 달랐다. 귀해 보이는 것만은 틀림없었다. 그래도 결정을 하지 못해 박수영을 불러와서 보였다.

"어디서 만든 거요?"

"백화산 아래에 진상 백자를 만드는 사기소가 있습니다요."

"이런 걸 밖으로 가지고 나와도 되오?"

"워낙 다급한 일이 있는지라……."

박수영은 여동금에게 말했다.

"그릇은 받지 말고, 술병이나 분첩이나 향병 같은 것만 받아두게."

남긴 것 없이 거의 다 잃은 장사치들이 많아서 기한이 되어도 전당품을 되찾아 가는 경우는 드물었다. 게다가 대전업까지 병행해 부계를 책처럼 쌓아 올린 박수영은 낙동나루의 상권에서 무시하지 못할 큰손이 되어 갔다.

"이러다간 그놈의 손아귀에 다 들어가겠군."

행수 이상원은 상주 관아 공방이 주관해 낙동나루를 다시 설치하는 동안 고민에 빠졌다. 어느 누구도 박수영을 경계하지 않고, 그저 수완이 남다른 젊은 거상이라고 추켜세우는 것이 영 근심이 되었다.

"아무래도 예사로운 일이 아니야."

이상원은 정춘모를 찾아가 그러한 실상을 아뢰었다.

"우리 상주의 도가와 객주, 여각의 행수들이 고작해야 향상(시골 장사치)에 비하겠는가?"

"진사 나리, 가볍게 생각할 일이 아니옵니다."

"알겠네. 내 자네한테 들었으니 좀 더 두고 보세."

정춘모는 황치원에게 일렀다.

"수하들을 풀어서 낙동나루의 상황을 면밀히 알아보게 하게."

"예, 진사 나리."

전당업과 대전업으로 거금을 손에 쥐게 된 박수영은 비단과 곶감을 싸게 살 방법을 강구했다. 자신에게 돈이 많은 것을 안 낙동나루 행수들이 터무니없는 값을 부르는 것이었다. 그들이 내세운 평계가 이해되지 않는 바는 아니었다.

"올해는 생감을 깎아 매단 것이 여느 해에 비해 반절도 되지 않사옵니다."

"지난 비바람에 감나무가 상한 것이 많았던지라 명년에도 장담하지 못할 바이옵니다."

"날이 갈수록 곶감 값이 점등할 뿐 내리지는 않을 것이옵니다."

비단도 값이 많이 오르기는 마찬가지였다. 궂은 장마에다가 큰 비바람에 뽕나무가 많이 상했고, 누에를 잘 먹이지 못했기 때문이었다.

"아무리 그래도 이것들이 너무 비싸게 부른단 말이야."

"낙동나루 객주에서 사들이지 마시고, 읍내로 들어가 직접 거두어들이는 건 어떻겠사옵니까?"

"그러자면 일일이 거두고 옮기고…… 품삯이 더 많이 들 걸세."

박수영은 여동금에게 지시했다.

"투전판이나 술판으로 졸개들을 풀어서 곶감과 비단이 낙동나루로 모이게 되는 과정을 소상히 탐문해 오라고 이르게."

며칠 지나지 않아 여동금이 아뢰었다.

"행수 어른, 비단은 주로 함창 고을에서 많이 나고, 곶감은 상주 전역에서 나는데, 비란나루에도 많이 모인다고 하옵니다."

"비란나루?"

"북천이 낙동강으로 흘러드는 합수머리에 있는 나루이온데 읍성에서 가장 가까운 나루라고 하옵니다. 상주 읍성과 동쪽, 서쪽, 북쪽 고을에서 나는 것들이 죄다 거기에 집하되었다가 낙동나루로 오는 것이라 하옵니다."

"그래?"

박수영은 비란나루에 대해 낱낱이 알아본 뒤에 여동금을 대동하고 가장 규모가 큰 도가의 행수 서대복을 만나러 갔다.

"박 행수님에 관해서는 말씀 많이 들었습니다."

"아직 서툴기 짝이 없는 장사치를 크게 봐주시니. 으하하."

"그래 무슨 일로 저를 보자고 했습니까?"

"다른 것이 아니고, 곶감과 비단을 좀 살까 하오만? 값은 섭섭지 않게 쳐드리리다."

서대복은 박수영의 관상과 목소리, 태도가 영 비위에 거슬렸다. 쥐 수염이 난 얼굴에다가 연신 꼬리치는 듯한 눈웃음에 목소리는 들떠서 조금도 믿음이 가지 않았다. 서대복은 평생 객주에서 잔뼈가 굵은 사람이었다.

수십 년 동안 별의별 사람을 다 겪어온 터라 그의 눈썰미도 여간한 점쟁이, 관상쟁이 못지않았다.

"저희는 이미 오랫동안 거래하는 곳이 있사오니 다른 객주에 알아보십시오."

"거래야 뭐 한 번 맺고 트기 나름 아니겠소?"

"말씀을 듣고 보니 그렇기는 합니다. 그럼 차차 기회를 보아 기별을 드리지요."

서대복은 바깥에 서 있는 장무 김천남을 향해 큰 소리로 말했다.

"허험, 게 장무 있는가? 이만 손님 가시니 잘 배웅해 드리게."

박수영은 박절하게 대하는 서대복을 향해 눈을 가늘게 뜨며 말했다.

"나를 곧 다시 만나게 될 것이오. 으하하."

말끝에 박수영은 크게 웃고 일어섰다. 객주를 나와 읍성으로 향했다. 행수 배홍옥이 은밀히 사이하여 상주 관아의 호방 장연모를 만나기로 되어 있었다. 관아 동쪽으로 나 있는 길에는 기방이 즐비했다.

약속된 기방에는 배홍옥이 먼저 와서 기다리고 있었다.

"대행수 어른, 어서 오시옵소서."

박수영은 자리를 잡고 앉았다. 얼마 지나지 않아 한 사람이 들어섰다. 풍채가 남달리 좋았다. 박수영은 얼른 일어나 허리를 굽혔다.

"소인 박수영이라고 하옵니다."

"상주 관아 호방 장연모일세. 자, 앉게."

배홍옥이 말했다.

"호방 어른, 박 대행수님이야말로 거상의 수완을 가지신 분이옵니다."

"헛험, 자네 객주가 넘어간 것만 보아도 자네보다야 낫겠지."

배홍옥은 무안해졌다. 박수영은 소맷배래기에서 봉통을 하나 꺼내 서탁 위에 올려놓았다.

"뭔가?"

"공무에 힘쓰시느라 노고가 크실 터이니 보약이라도 한 제 지어 잡수시라는 소인의 마음일 뿐 다른 뜻은 없사옵니다."

호방 장연모는 봉통을 열고 권계를 펼쳤다. 적혀 있는 금액을 읽어보고는 속으로 놀랐다.

'일백 냥?'

지금껏 낙동나루의 어느 누구도 그만한 재물을 인정으로 바친 이는 없었다. 장연모는 군기침을 하며 다시 접어 봉통에 넣고 가슴속 깊이 감췄다. 그러고는 또 잔기침을 했다.

"허험, 크허험, 이 집 계집들은 뭘 하고 아직 꾸물거리는가?"

곧이어 기녀들이 들어왔다. 큰 상이 들여지고 세 사람은 부어라 마셔라 권커니 잣거니 했다. 그러는 동안 기녀들은 줄풍류(가야금 연주)로 술맛을 돋웠다. 술이 오르고 판이 흥겨워지기를 기다려 배홍옥이 넌지시 말했다.

"호방 어른, 박 대행수님께서 비란나루와 거래를 하고 싶어 하시옵니다."

"비란나루? 낙동나루는 어찌하고?"

"그러니까 비란나루에서도 상주의 특산품을 구입하시고 싶다 이 말씀입죠."

"그거야 뭐 어렵겠는가?"

"한데, 서 행수라는 자가 영 뻣뻣하게 굴지 뭡니까요?"

"서 행수라면 서대복이? 그놈은 나한테도 별로 고분고분하지 않은 놈이지. 알겠네. 이참에 손 좀 봐줘야겠군."

비란나루 객주 행수 서대복은 난데없이 관아로 출두하라는 통지를 받았다. 도선세를 포탈해왔다는 혐의였다. 서대복은 전혀 이해할 수 없는 누명에 뭔가 꿍꿍이가 있는 것이 아닌가 하여 장무 김천남을 시켜 알아보았다.

"호방 어른이 낙동나루 박 대행수의 벗바리가 된 것 같사옵니다."

서대복은 입술을 깨물었다. 박수영이 또 볼 날이 있을 것이라며 호탕하게 웃으며 간 것은 다 그만한 까닭이 있었던 것이었다.

"관아 서원의 말이 지금이라도 박 대행수와 거래를 트라고 하옵니다. 호방의 눈에 영 벗어나면 객주가 무사하지 못할 수도 있사옵니다."

이만한 일로 정춘모에게 보고할 수는 없었다. 서대복은 박수영과 곶감과 비단을 거래하기로 했다. 외상 거래에 앞서 담보를 요구하니 박수영의 대답이 걸작이었다.

"담보? 호방 어른이 담보요. 됐소?"

박수영이 대놓고 호방 장연모를 내세우는 그 넉살에 아무 말도 할 수 없었다. 서대복은 곤욕스러웠다. 박수영은 크게 웃으며 말했다.

"으하하, 그래도 거래를 생짜배기로 할 수는 없지. 내 강배를 담보로 내놓겠소."

"고, 고맙소."

황치원은 은밀히 알아본 바를 정춘모에게 아뢰었다.

"낙동나루에서 그의 영향력이 점차 커지고 있사옵니다. 객주에서고 전포에서고 많은 귀물을 긁어모으고 있다고 하옵니다."

다 듣고 난 정춘모는 사안이 예사롭지 않다고 여겼다. 그때 행수 서대복이 와서 뵙기를 청했다. 서대복은 혼자 앓고 있는 고충을 아뢰었다.

"호방 어른이 그자의 뒤를 봐주고 있사옵니다."

"으음. 내가 그자를 한번 만나보아야겠군. 기별을 하게."

며칠 지나지 않아 정춘모는 박수영과 마주 앉았다. 여러 말을 떠볼 것도, 깊은 속을 달아볼 것도 없었다. 정춘모의 눈에는 박수영이 성에 차지 않았다. 말이라고 늘어놓는 것을 들으니 한마디 한마디가 다 호언장담이라 신뢰할 구석이 하나도 엿보이지 않았고, 태도는 오만불손했으며, 머릿속에는 권모술수가 가득 차 있는 듯했다.

"진사 나리, 앞으로 잘 부탁드리겠사옵니다."

"박 행수 수완이 좋으니 내가 오히려 눈여겨볼 바가 많겠소."

좋은 말로 그를 돌려보내고 난 뒤에 정춘모는 황치원에게 일렀다.

"읍성 내외에 있는 모든 우리 식솔들에게 저자와 그 졸개들을 멀리할 것이며, 불가피하게 거래를 할 적에는 반드시 뒷일을 대비하도록 통문을 돌리게."

"예, 진사 나리."

장무 김천남이 객주의 일을 마칠 때쯤 이희춘이 들어섰다. 이희춘은 김천남의 안색이 좋지 못한 것을 보고 물었다.

"자네 인상이 왜 그러나?"

"꼴같잖은 놈 하나 때문일세."

"어떤 놈이 자네한테 어찌했길래?"

"몇 해 전부터 낙동나루에 나타난 박 행수라는 자가 있는데……."

김천남의 이야기를 다 듣고 난 이희춘은 설마하며 그의 용자(용모와 자태)를 물었다. 이희춘의 짐작은 점차 확신으로 굳어갔다.

"그자의 이름을 아는가?"

"그저 박 행수, 박 대행수라고만 알고 있네."

"남쪽 어느 고을에서 왔다던가?"

"진주 남강 도상(나루터 상인)이라고 하더군."

이희춘은 온몸에 소름이 오싹 돋았다.

'진주? 박수영은 의령 놈인데? 설마 그놈이 여기까지 마수를? 에이, 아니겠지. 그 촌놈이 무슨 재주로. 여기가 감히 어디라고. 그럼. 아니고 말고.'

김천남이 말했다.

"늦었네. 어서 가세. 다들 기다리겠네."

두 사람은 상무계의 계회에 갔다. 이희춘이 무수 몰래 상주 무인들의 모임인 상무계에 든 것은 나름대로의 복안이 있어서였다.

3

"경함(곽수지의 관자) 형님이 율지촌으로 오라고 하신다고?"

"그렇다네. 소개해 줄 분이 있다고 하시길래 마침 중양절이라 벗들과 국화주 놀이를 갈 참이라고 하니 다 같이 오라시더군."

"경임한테 소개해 주려고 하신다면 예사 분은 아니겠구먼."

"같이 오라고 하셨다니 가보세. 어차피 우리도 공검지로 갈 참이 아닌가?"

함창현 좌수 곽수지는 공검지 동쪽에 살고 있는 맑은 선비였다. 그가 자신의 집도 아니고 율지촌으로 오라는 것이었다.

일행이 고을 어귀에 도착하니 종 하나가 나와 있었다. 그를 따라가니 아담한 집이 나타났다. 안으로 들어간 일행은 크게 놀랐다. 온통 책이었다. 마루고 방이고 곳간이고 온통 알 수 없는 책들이 켜켜이 쌓여 있었다. 발 디딜 틈도 없는 방 안에 들어서니 책 더미 사이로 초로의 선비가 앉아 있었다. 무릎도 다 펴지 못한 채 앉아 있던 곽수지가 사이했다.

"인사 올리게. 앞서 좌부승지(정3품 당상)로 계시다가 낙향하시어 저술을 하실 겸 이곳에 자리 잡으신 초간 권 선생님일세."

그는 권문해였다. 일행은 모두 그에게 읍을 했다. 율지촌장 권문해는 정경세뿐만 아니라 이준, 전식, 김광두, 조우인 등 두각을 나타내고 있는 상주의 젊은 선비들이 다 온 것 같아 크게 기뻐했다.

"이거 앉을 자리가 없어 미안하이. 나가세."

밖으로 나온 곽수지가 제안했다.

"초간 선생님, 괜찮으시다면 공검지로 가시지요."

"그게 좋겠군. 가세."

공검지에 도착한 일행은 못가 정자에 올랐다. 곽수지가 즐겨 오르는 지정(池亭)이었다. 둘레가 22리나 되는 광대한 못 풍경이 한눈에 들어왔다. 일행은 잠시 못의 풍광을 살펴보았다. 못은 물이 줄어 있었고, 못가에서는 사람들이 바지를 걷어붙이고 연뿌리를 캐고 있었다.

정경세가 권문해에게 물었다.

"선생님께서는 저술을 하신다고 들었는데, 어떤 것이옵니까?"

"제목을 '대동운부군옥'이라고 붙여놓고 이것저것 끌어다 모으고 있는 중이라네. 한마디로 잡학사전을 만들어 볼까 하고 있지."

정경세는 도학에 관련된 것인가 하고 기대했다가 조금 실망 어린 낯빛을 했다. 당상관인 좌부승지까지 지낸 사람이 잡학이라니, 이해하지 못할 일이었다. 그 자리가 학문을 토론할 분위기는 아니라고 생각되어 더 묻지 않았다.

권문해는 일행 중에서도 무수를 주목했다. 옷차림이 남다른 까닭이었다. 김광두가 눈치를 채고 말했다.

"저희들은 연망, 금망, 관망의 삼망지교로써 교우하고 있사옵니다."

권문해는 얼른 알아들었다.

"허허, 자네들이 다 이 검호(공검지의 다른 명칭)만큼 도량이 넓고 아름다운 마음일세."

못가에 있는 나루에는 어시장이 서 있었다. 공검지에서 나는 민물고기를 사고파는 곳이었다. 어물전은 길게 행랑으로 붙어 있었고, 난전도 광주리에 광주리를 맞대고 길게 이어졌다. 장사꾼들이 여럽켜는 소리가 줄곧 들려왔다.

"쏘가리 사려! 범 같은 쏘가리가 있소!"

"가물치요, 가물치! 문짝만 한 가물치!"

"참붕어 한 소쿠리에 닷 푼이오!"

일행은 지니고 온 국화주를 내놓았다. 권문해는 종을 시켜 물고기를 사다가 숯불을 피워 굽게 했다.

"내 집에서 대접을 못 하여서 이렇게나마 하는 것이니 이해해 주게."

이준이 대답했다.

"선생님 덕분에 난생처음으로 공검지 물고기 맛을 보게 되었사옵니다."

일행은 가볍게 웃었다. 무수는 못가에서 연뿌리를 캐는 농부들에게 눈길을 두었다. 발이 푹푹 빠지고 뿌리 자르기가 벅찬데도 반 접어 굽힌 몸에서 노랫가락을 뽑아내고 있었다.

상주 함창 공검못에

연밥 따는 저 처자야.
연밥 줄밥 내 따줄게.
우리 부모 섬겨주오.

또 다른 사람이 받아서 더 구성지게 꺾어가며 불렀다. 마치 정자에 앉아서 노는 꼴사나운 양반들이 들으라는 듯한 목소리였다.

문어야 대전복 손에 들고
친구 집으로 놀러가세.
친구야 벗님은 간 곳이 없고
조각배만 놀아난다.

권문해가 종에게 시켰다
"저 사람들한테 술과 음식을 좀 갖다 주거라."
종이 챙겨서 갖다 주니 그들이 선 채로 정자를 향해 꾸벅 절을 했다. 그러더니 또 한 사람이 받아서 노래를 불렀다. 무수가 듣기에는 어쩐지 구슬픈 가락이었다.

능청능청 저 비 끝에
시누올케 마주 앉아
나두야 후생 가면
낭군 먼저 섬길라네.

무수는 애복이가 떠올랐다.
'지금쯤 시집갔겠지.'

진주를 떠난 지도 여러 해가 흘렀다. 나이를 세보면 무수와 한 살 차이니 처자라면 혼기를 넘겨도 한참 넘긴 나이였다. 아마도 그의 아비인 진주 호장 강세정이 지금껏 그냥 놓아두지 않고 박수영에게 시집을 보냈으리라 짐작되었다.

'잘 살기를 비는 수밖에.'

무수는 대뜸 한 잔을 털어 넣듯이 마셨다. 그 모습을 본 조우인이 말했다.

"이제 보니 경운도 술을 잘 마시네?"

"여러 형님들과 벗님들이 좋으니 마셔야지요. 자, 마십시다."

좌중은 지금까지 한 번도 보지 못한 무수의 태도에 어리둥절했다. 사람들이 시를 지으려고 채비를 하자 무수는 취한 척했다.

"소인이 대취하여 너무 흐트러지는 것 같사오니 먼저 일어나겠습니다."

정경세가 만류했지만 무수는 간곡히 그의 손길을 뿌리치고 정자에서 내려왔다. 이희춘이 뒤따르며 물었다.

"선다님, 괜찮으시옵니까?"

"괜찮고 말고 할 게 뭐 있겠나. 가세."

무수는 휘엇휘엇 걸어서 집으로 돌아왔다. 어머니 김씨가 집 안으로 들어서는 무수를 보더니 얼른 다가와 팔을 이끌었다.

"왜 그러시옵니까?"

"누가 찾아와서 기다린 지 오래되었네."

"누가 찾아왔단 말씀이옵니까?"

김씨는 나지막한 목소리로 알려주었다.

"호장 어른이 오셨네."

"호장 어른이라니요?"

"진주 강 호장 어른 말이네."

무수는 전혀 뜻밖이라 놀랐다. 잠시 망설이다가 옷매무새를 고치고는 방 안으로 들어갔다. 강세정이 일어났다. 멋쩍은 웃음을 지었다.

"내가 이거, 주인도 없는 방에 들어와 있어서 미안하이."

"앉으시지요."

강세정이 엉거주춤 앉았다. 무수는 절을 한 뒤에 마주 앉았다.

"어떻게 진주에서 예까지 먼 길을? 그것도 소인의 집을 어찌 아시고?"

"여기 장 호방에게 기별을 하여 알아냈다네. 결례가 되었다면 미안하이."

무수는 강세정의 입에서 미안하다는 소리가 스스럼없이 연거푸 나오는 것이 의아스러웠다. 김씨가 방문 안으로 찻상을 들였다. 무수는 그것을 들고 강세정 앞에 놓았다. 그러고는 찻주전자를 들어 한 잔 따랐다. 한 모금 마신 강세정은 짐짓 감탄했다.

"국화차로군. 역시 가을에는 제격이지. 자네도 좀 들게."

강세정은 손수 무수의 찻잔에 차를 따랐다. 무수도 한 모금 마셨다. 그의 입에서 무슨 말이 나올지 궁금했다. 강세정은 잠시 머뭇거리더니 군기침 끝에 입을 열었다.

"흠흠, 내 자네에게 할 말이 있네."

"말씀하소서."

"내 자네에게 지난 일들을 모두 진심으로 사과하겠네."

강세정은 앉음새를 고쳐 무릎을 꿇었다. 무수는 어안이 벙벙했다.

"여보게. 나를 용서해 달라는 말은 아닐세. 다만 우리 애복이, 우리 애복이를 자네가 좀 거두어 주게."

그 말은 애복이가 아직 시집가지 않았다는 뜻이었다. 무수는 강세정이 어찌하여 태도가 돌변해 자기한테 그러는지 곡절을 알지 못했다. 강세정은 그간 있었던 일을 소상히 늘어놓았다.

다 듣고 난 무수의 눈에 눈물이 어렸다. 손목을 그은 것도 모자라 보쌈까지 당했고, 탈출에는 성공했지만 몸을 망쳤다니, 무수는 박수영의 행동에 그지없이 분개했다. 그리고 애복이의 신세가 너무 한스러워 흐느꼈다.

"좀 들어가도 되겠소?"

무수는 방문을 열었다. 김씨가 들어와 앉았다. 강세정은 김씨에게도 무릎을 꿇고 사죄를 했다. 김씨는 얼른 돌아앉으며 말했다.

"호장 어른, 이러시는 거 아니옵니다. 바로 앉으소서."

강세정이 입을 열었다.

"내 그간 자네가 어찌 사는가 사람을 놓아서 여러 차례 탐문을 했네. 양반들과도 당당하게 친교를 맺고 지낸다고 들었네. 참으로 장하이. 내가 한때 눈이 멀어 자네 같은 큰사람을 알아보지 못했네."

무수는 흐느끼는 겨를에 줄곧 흐르는 눈물을 훔쳤다. 감추고 억눌렀던 모든 설움이 일거에 솟구쳐 오르며 터져 나왔다. 김씨도 눈시울을 적셨다. 강세정의 눈가에도 얼룩이 졌다. 그들은 그렇게 한동안 지난 애증과 회한을 몸서리치며 떨쳐내고 있었다.

이윽고 김씨가 무수에게 말했다.

"이 사람아, 뭘 하는가. 호장 어른께서 간곡히 말씀하시지 않는가?"

무수는 김씨를 한 번 바라보더니 강세정에게 고개를 돌렸다.

"이제 이로써 옛일은 다 잊었사옵니다."

"고, 고맙네. 정말 고마우이."

강세정은 무수의 손을 잡았다. 무수의 손이 마치 넓적한 돌판 같았다. 무수도 강세정의 손을 맞잡았다. 김씨의 얼굴에 미소가 번졌다.

"이 사람, 장하네. 참 장하네."

강세정이 다시 무수의 손을 꽉 잡아 흔들면서 말했다.

"날을 가려 진주로 와서 애복이를 데려가 주겠나?"

"그러겠사옵니다."

"흠결이 있는데도 받아주겠나?"

"아무 걱정하지 마소서. 소인은 천하디천한 병영의 종살이까지 한 흠결이 있사옵니다. 그런 처지고 보면 감지덕지이옵니다."

강세정이 낯 둘 곳을 찾지 못하고 고개를 떨구었다. 무수가 종살이를 한 것도 다 자기가 꾸몄던 일인 까닭이었다.

"이 사람아, 자네는 참으로 대덕지인일세. 이러한 훌륭한 사윗감을 내가 어찌하여 몰라보았던고! 그동안 이 두 눈깔에 뭐가 씌었는지. 아, 흐흑!"

밤이 많이 깊었다. 김씨는 정성을 들여 늦은 저녁상을 차렸다. 강세정과 무수는 겸상으로 수저를 들었다. 상을 물리고 난 뒤 무수는 강세정에게 자기 방을 내주고 김씨의 방에서 몸을 뉘었다.

"무수야."

"예, 어머님."

"이제 다 잘되었구나."

"……."

"세상 모든 일은 아무리 늦더라도 이렇듯 제자리를 찾는 법이란다."

"예, 어머님."

"이만 자자꾸나."

김씨는 몸을 돌렸다. 무수는 밤새 잠이 오지 않아 천장만 바라보았다. 애복이가 어떤 모습을 하고 있을까 궁금하기만 했다.

날이 밝아 방문을 열어보니 강세정은 진주로 떠나고 없었다. 무수는 계정 벗들에게 통지를 했다. 계정에 다들 모이자 무수가 말했다.

"소인이 조만간 진주에 좀 다녀와야겠습니다. 한동안 보이지 않더라도 이해해 주십시오."

"무슨 일로 가는가? 다시 이거(이사)해 가는 건 아니겠지?"

"그럴 리야 있겠사옵니까? 볼일이 좀 있어서 그럽니다."

"얼마나 걸리길래 이 자리에 다 모아서 알리는가?"

정경세도 몹시 궁금해 물었다.

"이보게, 경운. 어인 일인가?"

"그게 저어……."

무수가 대답하기 난감해하자 보다 못한 이희춘이 웃으며 떠벌렸다.

"선다님이 각시감을 보고 오시려고 그럽지요."

좌중은 잠시 놀라더니 다 웃었다.

"그래? 그런 일이었군."

"축하하네. 그런 일이라면 아무리 오래 걸려도 되네. 색시감만 잘 데리고 오게. 허헛."

"먼 길 잘 다녀오시게나."

정경세는 미소를 띠며 무수의 손을 잡았다.

"자네의 각시 되실 처자는 어떤 사람인가? 몹시 궁금해지는군."

인연은 혼인으로

1

장무 김천남이 비란나루에 왔다가 김해로 돌아가는 자염선을 주선했다. 배는 새벽같이 나루를 떠났고, 반나절 넘게 물길을 따라갔다. 선장은 김천남이 당부한 대로 남강을 거슬러 염창나루에 내려주었다.

"고맙네."

"이거 몇 푼 안 되지만 탁주 값이나 하시오."

이희춘은 선장에게 조그만 주머니를 쥐어주었다.

"잘 다녀가소서."

자염선은 남강을 돌아 나갔다. 염창나루는 한산했다. 배도 몇 척 매여 있지 않았고, 빈 여각도 더러 있었다. 무수는 고 이장휘 행수와의 추억이 서려 있는 천광 여각을 둘러볼까 머뭇거리다가 끝내 발길을 놓지 못했다.

걸음은 방어산으로 향했다. 산기슭에 이르러 뒤돌아보았다. 남강은 예나 지금이나 변함없이 같은 모습으로 흐르고 있었다.

"다리쉼을 좀 하고 가세."

쉴 참도 아니었지만 이희춘은 무수가 하자는 대로 했다. 강가 정자가 무너져 강물에 휩쓸려 간 자리에는 새 정자가 놓이지 않았다. 텅 빈 그대로였다. 어릴 적, 같이 놀던 아이들의 얼굴이 하나하나 떠올랐다. 무수는 가슴이 먹먹했다.

천광 여각의 행수 방에 걸려 있던 족자의 글귀가 생각났다. 천지는 만물이 쉬어가는 여각이요, 세월만이 영원한 길손이라. 세월은 바삐 가는 길손이기에 그 길손의 옷자락에 묻혀가는 사람은 떠난 자리로 되돌아오지 못했다.

산천은 옛 산천 그대로지만 세월은 그 세월이 아니었다. 그러하기에 옛일들은 잊어야 하는 법이었다. 아니 가슴속 깊이 봉인해 두어야만 하는 것이었다.

한번 흘러가 버리면 반천(되돌아 흐름)할 수 없는 강물처럼 사람의 일도 되돌릴 수 있는 것은 아무것도 없기 때문이었다. 아무리 아쉬워해 봤자 추억은 강물 바닥에 가라앉은 돌과 같은 것일 뿐, 강물을 뒤따르며 같이 흘러가지는 않았다.

무수는 세월을 거슬러 애복이와 끊어진 인연을 되돌리려고 온 것인지, 이제야 순리대로 제자리를 찾아온 것인지 분간할 수 없었다.

"이만 가세."

반가운 집채가 나타났다. 무수의 걸음이 빨라졌다.

"스승님!"

이희춘은 봇짐의 멜빵을 다잡아 쥐고 무수를 뒤따라 종종걸음을 쳤다. 집 안으로 뛰어들면서 무수가 소리쳤다.

"스승님, 소인 무수가 왔사옵니다!"

박 공은 보이지 않았다. 무수는 여기저기 찾아다녔다. 활터까지 가보았으나 박 공은 어디에도 없었다.

"어딜 가신 거지?"

"약초를 캐러 가신 게 아닐깝쇼?"

"그럴 수도 있겠군."

짐을 벗어놓고 나서야 온정신으로 집 안을 둘러보았다. 예전과는 달리 깨끗했고 정리가 잘 되어 있었다. 박 공의 손길이 아닌 듯했다.

'안사람이라도 얻으셨나?'

무수는 몹시 궁금했다. 그렇다고 방문을 열고 살펴볼 수는 없었다. 아무리 막역하게 지냈던 스승이지만 그건 결례가 되는 일이었다.

집 뒤로 난 오솔길에서 인기척이 났다. 무수는 얼른 일어나 그쪽으로 갔다. 박 공이 약초 뿌리가 가득 담긴 망태기를 둘러매고 내려오다가 무수를 보고는 놀랐다.

"이게 누구냐? 이놈이 낮도깨비도 아니고, 네가 여긴 어인 일이냐?"

"스승님, 소인 무수 문안 여쭙사옵니다."

"허허, 그놈 나이를 더할수록 걸때가 볼만해지는구나."

박 공의 뒤로는 어린아이가 내려왔다. 무수가 아이를 쳐다보자 박 공이 말했다.

"애복이가 물이나 떠다 나르라고 데려다 놓았다."

무수는 그 아이가 집 안을 깨끗이 해놓은 것을 알고 기특해했다. 이름을 물었다. 아이는 온공히 대답했다.

"마천이어요."

이희춘은 봇짐에서 보자기에 싼 것을 꺼냈다.

"곶감이옵니다. 맛이나 좀 보시라고……."

"이 비싸고 귀한 걸 뭘 하러 가지고 왔느냐?"

박 공은 방에 들었다. 무수가 따라 들어가 절을 올렸다. 뒤이어 이희춘도 들어와 넙죽 절을 했다. 그러고는 밖으로 나가려고 하는 것을 박 공이 눌러앉혔다.

"너도 게 앉거라. 여긴 사람 차별이 없다."

"그래도……."

무수가 눈길을 주어 그대로 앉아 있게 했다. 마천이 곶감의 씨를 빼고 썰어서 너러기(평퍼짐한 그릇)에 담고, 물 사발은 사람 수대로 놓아 상을 들고 들어왔다. 박 공은 곶감 한 쪽을 입에 넣고 우물거렸다.

"맛이 달구나. 너희들도 하나씩 들어보거라."

무수도 하나 집어서 입에 넣었다. 박 공이 물었다.

"그래, 그간 상주에선 어찌 지냈느냐?"

"예전에 스승님께 도전했다던 두 명궁님 말씀이옵니다. 서 진사와 오 한량이라고. 서 진사는 상주 우복동에 방외사로 계시옵고, 오 한량은 이미 타계하셨다고 하옵니다. 소인이 서 진사와 오 한량의 자식을 만났사옵니다."

"그래?"

"서무랑과 오청명이라 하옵는데, 향사례에서 두 사람의 활 솜씨를 보니 과연 부전자전이었사옵니다."

"그 자식들이 아들인지 딸인지 확인했느냐?"

"예에?"

"쯧쯧, 멍청하기는. 무랑과 청명이 둘 다 남장 여걸이다."

무수는 별로 놀라지 않았다.

"소인도 짐작은 하고 있었사옵니다만."

"애비라는 작자들이 아이들이 걸음마를 뗄 때부터 활을 들게 했지."

"그분들의 소식을 다 알고 계셨군요?"

박 공은 말을 돌렸다.

"서 진사는 달포 전에 다녀갔다. 나랑 여기서 한판 붙었지."

"그러셨군요. 두 분의 시수(과녁을 맞힌 점수)는 어찌 나왔사옵니까?"

"이놈아, 내가 질 것 같으냐?"

무수는 빙그레 웃었다.

"이놈이 웃기는?"

"아, 아니옵니다. 물론 스승님이 이기셨겠지요."

"너 지금 말로만 그러는 거지? 이놈아, 내가 지금 이 나이에 너하고 붙어도 자신 있다. 당장 나가서 한판 해볼 테냐?"

"아니옵니다. 소인의 미천한 재주로 어찌 감히 스승님을 앞서겠사옵니까?"

박 공은 안색을 고쳐 물었다.

"상주에서 예까지 일부러 나를 찾아온 것은 아닐 것이고, 그래 무슨 일이냐?"

무수는 강세정이 상주로 찾아왔다는 말을 하지 않았다.

"실은 애복이를 좀 만날까 하여……."

"그래? 그러고 보니 애복이가 들를 때가 되었구나. 그동안 그 아이의 무예가 일취월장하여 이젠 네놈도 상대가 못 될 것이다."

"소인이 직접 읍성 안에 있는 강 호장 어른 댁으로 찾아가 볼까 하옵니다."

"여기서 기다리지 않고 강가 그놈 집으로? 맞아 죽으려고?"

무수는 또 웃었다.

"사즉필생일지 누가 알겠사옵니까?"

무수는 방어산을 내려왔다. 무듬실을 거쳐 읍성으로 향했다. 읍성이 가까워질수록 가슴에 잔잔한 파문이 일었다. 애복이가 너무 반가운 나머지 펄쩍 뛰어 안기면 어쩌나 싶었다. 남들의 이목이 있을 때에는 차분하게 맞이해 주기를 바랐다.

강 건너 삼남 최고의 문루라는 촉석루가 보였다. 무수는 배를 타고 남강을 건너 동문으로 갔다. 문안으로 들어서니 저잣거리가 펼쳐져 있었다.

동시(동쪽 시장)였다. 시장을 가로질러 관아 쪽으로 갔다. 강세정의 집은 관아에서 멀리 떨어지지 않은 곳에 있었다.

진주 제일의 부호답게 집터는 넓었으며, 담장은 높고 대문은 컸다. 이희춘이 고비(문을 두드림)를 했다. 집안 종이 나왔다.

"상주 정 선다님이라고 아뢰어 주게."

얼마 있지 않아 강세정이 달려 나왔다.

"아이고, 우리 사위님, 어서 오시게나."

강세정은 무수의 손을 잡고 등을 두드리며 맞이했다. 사랑채에 들기 전에 이희춘은 등짐 속에서 곶감과 비단을 꺼내 집안 종에게 주었다. 안채에 전하라는 뜻이었다.

"먼 길에 발덧(길을 오래 걸어서 생기는 발병)은 나지 않았는가?"

"괜찮사옵니다."

"그래, 다행이구먼. 안사돈께서는 무탈하신가?"

"예, 호장 어른."

"이 사람아, 호장 어른이 뭔가? 이제 장인이라고 불러야지."

강세정은 흐뭇한 얼굴로 밖을 향해 소리쳤다.

"게 있느냐! 별당으로 가서 애복이를 좀 불러오너라."

잠시 후 아뢰는 소리가 들렸다.

"호장 어른, 아씨께서 오시지 않겠다고 하옵니다."

강세정은 의아하게 여기다가 곧 빙그레 웃었다.

"허허, 그 아이도 이제 자네가 쑥스러운가 보이. 자네가 별당으로 가보는 게 어떻겠는가?"

안채 반빛아치(부엌 종)가 다과상을 들고 왔다. 강세정은 종에게 일렀다.

"그 상은 별당으로 가지고 가거라."

걸이가 무수를 보더니 그지없이 반가워했다.

"선다님, 오시옵니까?"

"그래, 잘 있었는가?"

걸이는 안으로 뛰어 들어갔다.

"아씨, 아씨! 정 선다님이 오셨사옵니다."

무수는 무슬(주춧돌에 세운 기둥 둘레의 터)에 앉아 있는 사내를 보았다. 성동의 티를 벗은 지 얼마 지나지 않은 용모였다. 팔짱을 낀 채 앉아 있던 윤업은 무수를 힐끗 쳐다보고는 고개를 돌렸다.

걸이가 다가와 난감한 기색을 비쳤다.

"이를 어쩌나. 선다님, 아씨께서 돌아가라고 하시옵니다."

무수는 뜻밖의 말에 의아했다.

"돌아가라고 한다고?"

뒤이어 온 강세정이 안으로 들어갔다. 그 역시 이해하지 못하겠다는 얼굴로 나왔다. 급기야 최씨까지 달려왔다. 강세정과 최씨는 함께 들어가 타일렀다. 하지만 애복이는 차갑게 거절할 뿐 마음을 돌리지 않았다.

기다리다 못해 무수가 무슬에 올라섰다. 윤업이 막아섰다. 무수가 밀치려고 하자 윤업은 무수의 팔을 잡았다. 두 사람의 실랑이가 벌어졌다. 무수는 윤업의 무예가 만만치 않다는 것을 알아챘다. 윤업도 무수가 함부로 대할 상대가 아니라는 것을 직감했다.

"그만 물러서거라."

윤업은 아무런 대꾸도 하지 않고 무수를 가로막고 서 있을 뿐이었다. 바깥에서 일어난 일을 눈치챈 강세정이 소리쳤다.

"업이는 낄 자리가 아니다. 물러서거라!"

그제야 윤업이 비켜났다. 무수가 들어서는데도 애복이는 눈길을 주지 않았다. 무수가 자리에 앉아 말했다.

"무엇 때문에 그러는지 이유나 좀 들어보자."

"이유가 어디 있겠소? 싫은 것뿐이지."

"내 장인어른께 이미 얘기를 다 들어서 알고 있다. 지난 일은 씻은 듯이 잊고 나랑 한평생 고락을 함께 나누자꾸나."

"싫소. 남정네가 있을 자리가 아니니 그만 가시오."

강세정과 최씨가 애복이를 나무랐다.

"애복아, 이것아!"

"오매불망 기다릴 때는 언제고, 너 도대체 왜 그러느냐?"

무수는 입을 꾹 다물더니 장도(품속에 가지고 다니는 단도)를 꺼내 들었다. 강세정과 최씨가 놀랄 겨를도 없이 무수는 제 손목을 그었다. 피가 솟구쳤다.

"에그머니나!"

"아니! 이 사람아!"

애복이도 놀라 외쳤다.

"대장, 이게 무슨 짓이야!"

애복이는 얼른 속치마를 찢어 처매며 다시 소리쳤다.

"뭣들 하느냐! 어서 의원을 불러오너라!"

잠시 후 늙은 의원이 들어왔다. 의원은 무수의 상처를 치료하면서 중얼거렸다.

"쯧쯧, 이 댁은 손목 긋는 게 집안 내력인가?"

의원은 무수에게 말했다.

"다 되었소. 한 며칠 벌을 서듯이 팔을 높이 들고 있으시오."

의원이 나가자 무수는 강세정과 최씨에게 청했다.

"송구하옵니다만, 두 분께서는 소인에게 자리를 좀 내주십시오."

두 사람이 나갔다. 무수는 애복이에게 말했다.

"내 이 팔이 낫고 나면 그다음에는 아랫배를 찌를 것이다. 너와 똑같은 상처를 가지겠다는 말이다."

"대장, 미쳤어?"

"애복아, 너는 못된 놈에게 행패를 당했을 뿐이야. 정절을 잃은 것도 아니고, 설령 박수영 그놈에게 정절을 잃었다고 해도 난 아무 상관없어. 몸을 빼앗기는 건 정절을 잃는 게 아냐. 마음을 빼앗겨서 변절을 하는 것이 정절을 내버리는 일이지."

"난 변절한 적이 한 번도 없어."

"그러면 된 거잖아?"

"난 대장에 대한 마음이 조금도 식은 적이 없어. 그치만……."

애복이의 말끝에 이슬이 맺혔다. 무수가 간청했다.

"그 마음만 가지고 우리 두 사람 앞으로 살아가자. 뒤는 돌아보지 말고. 응, 애복아?"

"내가 사랑하는 사람은 오직 대장이야."

"나도 그래."

"대장!"

"애복아!"

두 사람은 얼싸안았다. 무수의 팔에서 피가 났다. 애복이는 상처를 다시 감싸 주었다.

"그렇다고 손목을 그으면 어떡해?"

"우리 애복이 마음만 돌릴 수 있다면 이보다 더한 짓도 할 수 있어."

"꼭 바보 같아."

강세정과 최씨는 두 사람의 혼례 채비를 서둘렀다. 동네방네 떠들고 알려서 하객들을 다 청해 번듯하게 치르려고 했지만 애복이가 완강하게 반대를 했다. 무수도 집안사람들끼리 간략하게 치르자는 애복이를 편들어 주었다.

하지만 아무리 간단히 한다고는 하더라도 생략할 수 없는 것들이 있었다. 집전(의식을 진행함)할 사람으로는 무수가 박 공을 청했다. 마침 애복이의 생일이 다가오고 있어 혼례는 그날 밤에 촉석루에서 하기로 정했다.

애복이는 족두리와 원삼 저고리를 마다했다. 금입사 용무늬를 새긴 은비녀와 떨잠을 머리에 꽂았고, 얼굴에는 백사(희고 얇은 비단)를 드리웠으며, 비단으로 지은 무지개 색깔의 치마저고리를 입었다. 가슴에는 노리개를 찼고, 허리에는 백단향이 든 붉은 비단 주머니를, 신은 구름무늬를 수놓은 운혜를 신었다.

애복이와 마주 선 무수는 동백기름을 발라 잘 틀어 올린 상투에 옥 동곳을 꽂았고, 망건 위에는 금 풍잠을 달았다. 검은 갓에 칠보로 엮은 주영(갓에 다는 구슬꿰미)을 늘어뜨렸다. 사모관대 대신에 푸른 명주로 지은 두루마기를 입었고, 술띠에는 붉은 마리사기를, 그와는 별도로 은으로 만들고 범을 새긴 방울을 두 개 달았다. 속곳 허리춤에는 사향이 든 푸른 주머니를 찼으며 신은 삼색 미투리를 신었다.

두 사람 사이에 있는 높은 상 위에는 산 기러기 두 마리, 물 한 그릇, 실 한 타래, 쌀 한 그릇이 놓여 있었다. 하늘에는 활 같은 그믐달이 떠 있고 별도 총총히 빛나는 밤이었다. 박 공은 잠시 주위를 살피고 나서 써 온 것을 읽었다.

"삼가 천지신명께 아뢰나이다. 갑진년 10월 27일, 곤양인 선달 정무수와 진주인 강세정의 여식 애복은 삼생의 인연이 오늘에 이르러 혼례를 근행하고자 하옵나이다.

선달 정무수는 천성이 강직하고 늠름한 기상을 갖췄고, 여식 애복은 타고나기를 순수하고 올바르니 두 사람이 신명의 가호를 받아 부부의 혼례를 치르며 백년가약을 맺고자 하옵니다. 천지신명은 부디 굽어살피옵소서."

박 공은 두 사람에게 옥잔에 든 한 잔 술을 나눠 마시게 하고, 이어서 서로 두 번 절하게 했다. 이희춘이 효시(소리가 나는 신호용 화살)를 남강으로 쏘았다. 울고도리(효시의 우리말)는 삐이이익 휘파람 소리를 크게 내며 날아올랐다.

두 사람을 에워싸고 서 있던 강세정과 최씨, 걸이와 마천이 손뼉을 치며 축하했다. 윤업은 난간에 걸터앉아 무표정한 얼굴로 강물만 내려다보고 있었다.

박 공이 읽은 것을 태워서 하늘로 날려 보냈다. 그로써 혼례는 끝났다. 촉석루 아래에는 가마꾼들이 가마 앞에 서 있었다. 애복이는 올 때와는 달리 가마를 타지 않겠다고 했다. 가마꾼들은 빈 가마를 메고 뒤따르고, 애복이는 무수와 손을 잡고 나란히 걸어서 집으로 돌아왔다.

"우리 단 둘이 있을 때는 대장이라고 불러도 돼."

"알았어. 대장."

애복이는 빙긋 웃으며 무수의 품에 안겼다. 무수가 어머니 김씨와 함께 진주 무듬실에 자리잡은 뒤로 애복이를 만난 지 어언 10년이 되는 해였다.

혼인을 한 뒤에는 곧바로 시댁으로 가지 않고 신랑이 처가에 한두 달 머무는 것이 풍습이었다. 무수는 사람을 사서 상주 사벌에 홀로 계신 어머니 김씨에게 기별을 했다. 무사히 혼례를 치렀음을 안 김씨는 몹시 기뻐하며 처가에서 원하는 대로 머물다가 오라고 했다.

낯익은 사람들이 찾아왔다. 무수가 진주에 와서 혼례를 치렀다는 소문을 들은 남강의 샛강, 덕천강과 경호강 수계에 있는 여각의 행수들이었다.

"정 대행수께서 와 계시다길래……."

"다들 오랜만이오."

그들은 한입으로 박안 부자의 횡포에 시달리고 있는 고충을 털어놓았다. 그들의 바람은 한 가지였다. 무수가 다시 대행수 자리를 맡아주기를 간청했다.

"나는 이미 장사에서 손을 뗐소."

"대행수 어른, 소인들을 이끌어 주시지 않으려거든 방도라도 좀 가르쳐 주십시오."

"나인들 어인 방도가 있겠소?"

"대행수님은 비범하신 분이니 틀림없이 방도를 찾아서 소인들에게 일러주실 줄로 믿습니다."

무수는 별 뾰족한 수가 생각나지 않았다.

"장사는 인내가 첫 번째 덕목이오. 인내하고 기다리다 보면 좋은 날이 올 것이오."

그들이 돌아가자 강세정도 무수를 넌지시 떠보았다.

"이보게, 정 서방. 내 그간 곰곰이 생각해 보았네."

무수는 강세정이 무슨 말을 하려나 하고 눈을 크게 떴다.

"자네도 알다시피 우리 집이 넓어서 안사돈도 잘 모실 수 있지 않겠나? 절대로 처가살이를 하라는 게 아닐세. 우리 두 내외가 죽으면 이 집이랑 내 재물은 다 자네와 애복이 두 사람의 것이 아닌가?"

강세정은 침을 삼키며 말을 이었다.

"기왕지사 진주로 돌아왔으니 다시 장사를 하는 게 어떻겠나? 자네가 무과에 급제를 하려는 뜻은 잘 아네만, 그리되면 먼 변경에 가서 녹봉도 없이 오랫동안 수자리를 살아야 하는데 그건 몰라서 그렇지 사람이 할 짓이 아니네.

또 벼슬살이를 하다 보면 예기치 않은 일에 휘말려서 화를 입고 패가망신하기 십상이네. 그보다는 평생 입고 먹고 할 것이 있다면야 구태여 벼슬길에 나아갈 이유가 없지 않겠는가? 입신양명의 길에는 보이지 않는 함정이 마치 독사의 아가리처럼 곳곳에 도사리고 있다네.

어떤가? 자네가 장사를 재개하겠다고 한다면 진주 호장이자 제일 부자인 내가, 이 장인이 뭐든 아낌없이 후원하겠네. 뭐, 당장 결정하라는 말은 아닐세. 시간을 두고 생각해 보게."

무수는 강세정이 한 말을 애복이에게 전하며 의견을 물었다. 애복이는 차분히 대답했다.

"나는 무엇이든 대장의 결정에 따를게. 다만 상주에 홀로 계신 어머님을 생각하면 이리로 모시고 오든, 우리가 가서 모시든 근일 간에 결정을 내려야 할 것 같아."

"그러면 애복이가 장인어른과 장모님께 이만 시댁으로 발행(출발)하겠다고 말씀드려 줘."

"알았어. 두 분이 섭섭하게 생각하지 않도록 내가 잘 말씀드릴게."

강세정과 최씨는 무남독녀 외동딸을 떠나보내야 한다는 생각에 잠을 이루지 못했다. 무수가 김씨를 모시고 와서 그냥 진주에 눌러산다면 얼마나 좋을까 하며 미련을 좀처럼 버리지 못했다. 그러는 가운데 두 사람이 떠나기로 한 날이 가까워지고 있었다.

2

꾸준히 학문에 정진하던 정경세는 드디어 경상 감영에서 열린 도회(경상 감사가 경상도에 사는 유생들을 모아서 보았던 과거 시험. 회시라고도 함)에서 장원을 차지했다.

노모를 모셔야 한다는 이유로 사직 상소를 올렸다가 경상 감사에 제수되어 와 있던 유성룡은 상주의 유생, 그것도 수제자가 회시에서 수석에 오른 것을 크게 기뻐하며 포백(베와 비단)을 내려 치하했다. 또 상주 목사 유영길이 판관 송유민을 시켜 쌀 닷 섬을 내렸다.

날을 가려 유성룡은 정경세를 따로 불러 일렀다.

"자네가 식년시의 복시에 응시할 자격을 갖췄으나, 이곳 향리에서는 견문과 식견을 넓히기에 한계가 있을 것이네. 팔도의 인재들이 다 모이는 반관(성균관)에 들어가 더욱 정진하도록 하게."

청리의 스승 김각과 송량 등의 의견도 유성룡과 다르지 않았다. 아버지 정여관은 정경세를 한양으로 보내고 싶지 않은 것은 아니지만 한두 푼도 아닌 학비를 감당할 길이 없어 난감했다.

계정에서는 벗들이 정경세의 성취를 축하하는 잔치를 열었다. 숙재 이전, 숙평 이준, 여익 조우인, 여우 김광두, 유촌 정춘모, 가악재 이축, 무회 김지복 등이 참석했다.

"경운 그 사람이 없어서 조금 아쉽군."

"누구보다도 기뻐할 사람이지."

좌중은 정경세의 얼굴이 어두운 것을 보고 무수가 여기 없어 그러는가 했다. 김지복이 물었다.

"경임 형은 이제 태학(성균관)의 재임(성균관 유생)이 되시겠군요?"

"경임이야 워낙 출중하니 장의(성균관의 유생 대표)나 색장(성균관의 유생 간부)도 어렵지 않을 것이네."

정경세가 어렵게 입을 뗐다.

"학비가 만만치 않게 든다는구먼."

"그런 말은 나도 들었네. 그래서 성균관 유생들을 뒷바라지하러 향리에서 온 종들에게는 반촌(성균관 근처에 있는 마을)에 현방(푸주간)을 내준다고 하더군."

"그것도 해본 사람이나 하지 종이라고 다 소나 돼지를 잡아 파는 일을 쉽게 할 수 있겠는가?"

들고 있던 정춘모가 나섰다.

"예끼, 이 사람들아! 이 유촌이 있는데 뭐가 그리 걱정인가? 내가 경임의 학비를 대겠네. 현방이고 말고 할 것도 없네."

"거 듣던 중 반가운 소리일세."

"망금지고!"

"암, 재물을 두었다가 어디 쓰겠는가? 이런 일에 아낌없이 써야지."

정경세는 정춘모의 손을 잡았다.

"유촌, 고마우이. 내 은혜는 잊지 않겠네."

"잊게."

좌중이 웃었다. 그때 황치원이 아뢰었다.

"진사 나리, 우복동에서……."

서무랑이었다. 좌중은 예기치 않은 그녀의 등장에 놀라며 크게 반가워했다. 남장 차림인 것은 여전했지만 짐승의 가죽을 덮어쓴 무지막지한 산척의 모습은 아니었다. 정경세는 일어나 자리를 내주었다.

"그간 어떻게 지냈소? 한번 찾아가 볼까 하다가도 결례가 될까 하여 걸음을 놓지 못했소."

서무랑은 엷은 웃음을 띠었다.

"억새밭을 지나서는 길을 찾으실 수 없을 것이옵니다."

"하긴 그렇기도 하여서……."

"저희 아버지께서 나리께 갖다 주라고 하신 것입니다."

서무랑은 보자기에 싼 것을 풀어 보였다. 좌중은 일제히 눈을 크게 떴다.

"사, 산삼이 아니오?"

"한양 가서 공부를 하시려면 몸이 먼저 견뎌야 한다고, 나리께서 드시

486

는 것을 보고 오라고 했사옵니다."

"춘부장께서 어찌 아시고?"

"모르시는 게 없는 분이옵지요."

서무랑은 산삼을 쓱쓱 손으로 닦아서 정경세에게 내밀었다. 좌중은 다들 침을 꿀꺽 삼켰다. 정경세는 혼자만 먹을 수 없었다. 허리에 차고 있던 겻칼을 꺼내 사람 수대로 자르려고 했다. 서무랑이 말렸다.

"다른 분들은 나중에 드실 기회가 있을 것이옵니다."

정춘모가 말했다.

"서 진사께서 갸륵한 마음으로 보내신 것이니 어서 입에 넣게."

다른 사람들의 뜻도 정춘모와 같았다. 정경세는 하는 수 없이 미안해하며 입에 넣고 얼른 씹어 넘겼다. 서무랑이 둘러보더니 물었다.

"정 선다님이 안 보이시는군요?"

"경운은 여러 달 전에 장가들러 진주에 갔소."

서무랑의 안색이 갑자기 굳어졌다. 주위가 어둑한지라 그 기미는 곁에 앉아 있던 정경세만 알아차렸다.

"그러셨군요."

서무랑은 잠시 생각하더니 자리에서 일어섰다. 정경세는 한양으로 떠나기 전에 그녀를 더 이상 볼 수 없을 것 같았다. 기왕 온 김에 계정에 좀더 머물러 주기를 간청했지만 그녀는 정경세의 간곡함을 뿌리쳤다.

"앞으로 소녀가 이곳에 나타나는 일은 없을 것이옵니다. 다른 우복동 사람들도 마찬가지고요. 바라옵건대, 다들 입신양명하시옵소서."

서무랑은 발자국 소리도 내지 않고 사라져 갔다. 정경세는 못내 아쉬운 마음에 그녀가 사라진 쪽을 바라보며 한동안 우두커니 서 있었다. 곁에 서 있던 이준이 정경세의 심정을 헤아리듯이 말했다.

"공연히 속이 허전해지는군."

한양으로 가는 건 차일피일 미룰 일이 아니었다. 정경세는 날이 추워지기 전에 길 떠날 채비를 했다. 청리의 스승 김각과 향교 전교 송량 등 원로들을 일일이 찾아가 하직 인사를 올렸다.

그러고는 마지막으로 아버지 정여관과 마주 앉았다.

"팔도에서 날고 긴다는 유생들이 다 모이는 곳이다. 매사에 행장(품행)을 각신(조심)하거라. 학비는 유촌 그 사람이 댄다고는 하지만 어찌 염치가 없을 수 있겠느냐? 비록 넉넉지 않은 가산이긴 하나마 내 힘닿는 데까지 애를 써보마."

정경세는 절을 하고 물러나왔다. 안채에서는 어머니 이씨가 시름에 잠겨 있다가 한숨을 쉬었다.

"어미의 부탁은 학업에 지나치게 열중하느라 몸 상하는 일만은 부디 없도록 하라는 것뿐일세."

"명심하겠사옵니다."

"이리 와서 돌아앉아 보게."

이씨는 정경세의 저고리 고대에 작은 바늘을 꽂아주었다.

"무엇이옵니까?"

"캄캄한 어둠 속에서 눈어림으로 실을 꿴 바늘이네. 과거 보러 가는 사람의 옷에 꽂아주면 급제를 한다고 하네. 그러니 바늘이 없는 듯이 여기고 절대로 빼지 말게."

"예, 어머님."

정경세는 드디어 집을 나섰다. 온 고을 사람들이 배웅을 하러 나와서 급제를 기원하는 덕담을 했고, 부디 금의환향하라는 인사를 하며 손을 흔들어 주었다. 계정 벗들은 청리에서부터 읍성으로 들어와 북천까지 동행했다.

"경운이 오면 잘 말해주게."

"알겠네. 여기 일은 아무 걱정 말고 크게 이루기만 하게."

"자네들을 관학(성균관)에서 볼 날을 기다리겠네."

정경세는 벗들을 뒤로하고 길을 나아갔다. 종 하나만 뒤따를 뿐이었다. 벗들은 그가 눈에서 보이지 않을 때까지 바라보았다.

"반드시 크게 되어서 돌아올 걸세."

"암, 우리 경임이 누구인가?"

정경세는 함창을 지나 당교에 이르러서 산양으로 길을 잡았다. 사람의 왕래가 많은 문경새재로 가지 않고 동로소 고을을 지나 단양으로 넘어갈 작정이었다.

그런데 인객(나그네)이 자주 오가지 않아 길이 끊어진 듯하다가 이어지기를 반복했다. 고개를 넘어 선암계곡을 따라 내려오다가 그만 길을 잃고 말았다. 그래도 물줄기를 따라가다 보면 작은 고을이라도 나타나리라 여겨 천석(계곡)을 벗어나지 않고 계속 걸음을 옮겼다.

날이 어둑할 무렵이 되어서도 민가가 보이지 않았다. 숲은 더 울창해지는 것 같았고, 길을 내려가는 건지 올라가는 건지 알 수 없을 지경에 이르렀다. 큰일 났다 싶어 가슴이 덜컥 내려앉았다. 그때 앞서 길을 찾던 종이 외쳤다.

"저기 집이 있사옵니다!"

과연 숲속 시냇가에는 우북산 아래의 계정 같은 초당이 한 채 있었다. 가까이 다가갔다. 백발이 성성한 노인이 어둑어둑한 가운데서도 마루에 앉아 서안(책상)에 책을 놓고 읽고 있었다.

"실례하옵니다만, 시생이 길을 잃어 하룻밤 묵어가기를 청하옵니다."

노인은 선선히 허락했다.

"그러시오."

노인은 일어나 부엌으로 가더니 바가지를 들고 나왔다. 시루떡이 두 덩이 담겨 있었다. 정경세는 사례를 하고는 하나는 종에게 주고 하나는 자기가 먹었다. 그런데 채 반도 먹기 전에 배가 잔뜩 불러오는 것이었다.

정경세는 이상히 여겨 들고 있던 떡을 살펴보았다. 반도 먹은 게 아니었다. 여러 번 베어 문 것 같은데 떡은 거의 그대로였다. 정경세는 노인이 비범한 인물임을 짐작하고는 떡을 놓고 공손히 물었다.

"공께서는 어찌하여 세상을 등지고 계시옵니까?"

"등진 적 없네."

"기이한 자질을 갖추시고도 세상에 나아가시지 않으니 그것은 신선의 법도이옵니까?"

"세속의 명리는 보잘것없는 것이니, 불사(죽지 않음)의 도리를 깨우치고자 할 따름이라네."

"사람이 어찌하면 죽지 않사옵니까?"

"헛된 학문이 가득 차 있는 자네가 배우기에는 이미 불가하네."

정경세는 유학을 헛된 것으로 치부하는 노인에게 슬그머니 화가 났다. 노인은 허황한 소리만 하는 노장(노자와 장자)에 빠져 있는 것이 틀림없는 듯했다. 정경세가 반박을 하려고 하는데 노인이 가만히 일러주었다.

"자네는 한양으로 가는 길이고, 태학에 들겠지."

"어찌 그걸?"

노인은 정경세가 놀라는데도 아랑곳하지 않고 말을 이어나갔다.

"자네는 학문에 부지런히 힘쓴 결과로써 명년에 절친한 벗과 더불어 과거에 급제할 것이네. 하지만 아뿔사! 병란 통에 지극한 슬픔을 당할 것이니 이 일은 막을 수가 없구나."

정경세는 갈수록 놀라웠다.

"병란이라뇨?"

"임진년을 조심하게. 내가 해줄 말은 그것뿐이네."

노인은 정경세에게 건넌방을 내주었다. 정경세가 더 물으려고 했지만 노인은 서둘러 서안을 치우고는 안으로 들어가 잠자리에 들었다.

아침에 일어나 보니 노인은 온데간데없었다. 정경세는 마치 꿈을 꾼 듯했다. 초당이 그대로 있는 것을 보면 꿈은 아니었다.

날이 밝으니 길을 찾기가 수월했다. 계곡을 벗어나자 민가가 나타났다. 정경세는 다리쉼을 하면서 고을 사람들에게 물었다. 한 사람이 대답했다.

"산속에서 유 생원을 만나셨군요. 철마다 한 번씩 나타나셔서 저희들에게 이것저것 가르쳐 주시고는 바람처럼 사라지곤 하시지요. 그분이 나리께 뭐라고 하셨는지는 몰라도 지난 수십 년 동안 그 말씀 중에 틀린 것은 하나도 없었사옵니다."

3

서른 명이나 되는 종들이 마당 가득 등짐을 쌓아놓았다. 종들이 서 있을 자리도 없어 대문 밖까지 밀려나 있었다. 무수는 애복이와 함께 어머니 김씨에게 절을 올렸다. 김씨는 그지없이 흐뭇하게 바라보고는 애복이의 손을 잡았다.

"네가 그동안 마음고생을 많이 했구나. 이제는 아무 염려 말거라."

"어머님, 제가 부족하지만 성심으로 모시겠습니다."

이희춘은 김천남에게 청해 종들을 다 객주로 데려다 놓았다. 집이 좁아 들일 데가 없어 임시로 객주에 머물게 한 것이었다.

짐을 하나하나 풀어보던 김씨는 입을 다물지 못했다. 사라능단은 종류대로 있고, 금은 재물과 사기그릇이 고리짝마다 가득 들어 있는 게 아닌가! 생전에 보지 못한 귀한 것을 대하고 보니 김씨는 겁조차 더럭 났다.

"이 많은 재물을 다 어떡한단 말이냐?"

애복이가 말했다.

"어머님, 우선 좀 큰 집을 구하여 이사를 하는 게 좋겠습니다."

"그래야겠구나. 집에 사람들이 많아졌는데 들일 데가 없으니."

수소문해서 알아보았지만 마땅한 집이 없었다. 이희춘은 무수에게 건의했다.

"종들이 많으니 아예 땅을 사서 한 채 번듯하게 짓는 것이 어떻겠사옵니까?"

"그리하게."

도편수를 구하고 목재와 기와를 사다 나르며 밤낮을 가리지 않고 데리고 온 종들로 하여금 일손을 붙인 결과 석 달 만에 새 집이 완성되었다. 김씨는 너른 집을 보고는 좋기도 했지만 불안한 기색을 감추지 않았다.

"우리가 이렇게 큰 집에 살아도 되는지 모르겠구나."

"어머님, 아무 걱정 마시어요. 진주 친정은 이보다 더 커도 누구 하나 뭐라는 사람이 없었습니다."

애복이는 야답(들논)도 사고, 산전(산밭)도 사들였다. 무수는 살림이 넉넉해지자 고향에 있는 형들을 떠올렸다. 중형 인수의 가족은 어떻게 사는지, 또 맏형은 살림살이가 어떤지 살펴보고 싶은 마음이 간절했다.

"애복아, 나만 호의호식하는 것 같아서 마음이 무거워."

"그러면 대장이 사람을 보내어 좀 알아봐. 형제끼리 돕고 살아야지."

알아보니, 진주에 있는 중형 인수의 집은 홀로 된 형수가 외아들 상린을 데리고 삯바느질과 이 댁 저 댁 허드렛일을 하며 근근이 살아가고 있었고, 곤양에 있는 맏형 몽수도 장조카 수린을 서당에 보내기조차 버거운 살림이었다.

무수는 애복이와 마주 앉았다.

"두 분 형님 댁을 보니 가만히 있을 수 없겠어."

"그러면 이렇게 해. 두 분 댁도 새로 지어드리고, 종들도 똑같이 나누어드려."

"정말? 그래도 되겠어?"

"그럼. 형제가 잘 살아야 우리도 마음이 편하지."

무수는 애복이가 기특했다. 곧 어머니 김씨에게 아뢰어 일을 실행에 옮겼다. 무수와 똑같이 새 집으로 이사를 하고 종들도 거느리게 된 두 조카 수린과 상린이 상주로 무수를 찾아왔다.

"숙부님을 뵙습니다."

무수는 두 조카를 크게 반기며 극진히 대접했다. 돌아갈 때에는 노자도 넉넉히 주었는데, 김씨와 애복이도 따로 주머니를 하나씩 주었다. 수린과 상린은 고마운 마음에 어쩔 줄 몰라 했다.

애복이는 시어머니 김씨를 조석으로 봉양하고 섬기면서 효성을 다했고, 무수에게는 현숙하게 순종했다. 또 집안을 자애로 다스렸고, 찾아드는 사람들을 대접하는 일에 소홀함이 없도록 했다.

처음에는 사람들이 처가 덕을 본다고 힐난했지만 시일이 지나자 차츰 무수와 애복이의 처신을 칭찬했다. 김씨는 고을의 대소사에 빠짐없이 재물을 보내 아들 내외의 평판을 더했다. 김씨는 나들이를 할 때면 군것질거리를 가지고 다니면서 아이들에게 나눠 주었고, 고을 사람들은 큰 어른으로 대접하며 다들 공손히 인사를 했다.

집안이 안정되자 무수는 계정의 벗들을 집으로 불러 모아 잔치를 했다.

"경운이 장가 한번 잘 갔네그려."

"안사람의 자태를 보니 하늘나라 선녀 같구먼."

"자당의 덕은 또 어떻고?"

"참으로 본받을 것뿐인 집안이로세."

"헌데, 경임은?"

"경임은 지난봄에 회시에 장원을 하여 성균관에 입학했다네."

무수는 기쁘고도 가슴이 뭉클했다. 이제 저 자신도 과거 공부에 매진할 때가 되었다고 생각했다.

"경운도 큰 뜻을 펴야 하지 않겠는가?"

"경임과 경운, 두 사람이 나란히 문무과에 급제를 한다면 참으로 경사스러운 일이 될 터인데."

무수는 그간 들떴던 기분을 가라앉히고 무과 시험과 관련된 책들을 가까이 하기 시작했다. 애복이는 각별히 집안 종들에게 일러 큰 소리를 내지 못하게 했다. 그러고는 이희춘을 불러 물었다.

"상주 고을에서 가장 큰 마시장이 어디에 서는가?"

"청리에 있는 마공 고을 마시장이 가장 큽니다요."

장이 서는 날, 애복이는 남장 차림을 하고 마공 고을로 갔다. 고을 입구에 있는 들판 가득 마시장이 열렸다. 애복이는 수많은 말들 사이를 거닐며 하나하나 살펴보았다. 그때마다 거간꾼들이 다가와서 솔깃한 소리를 했다.

"이놈은 별박이(별무늬가 정수리에 있는 말)입지요. 날래기가 이를 데 없습니다요."

"이 구불자험(볼기짝에 표범 무늬가 있는 말)은 어떻사옵니까?"

또 다른 거간꾼이 글경이로 알밤 빛이 나는 말의 궁둥이를 긁어주며 말했다.

"노걸대(老乞大)이옵니다. 사릅잡이(3살)입지요."

"이 간자말(뺨에 찢어진 듯한 얼룩이 있는 말) 좀 보고 가십시오. 바람에 뺨이 찢어질 만큼 잘 달립니다."

마상전(말 탈 때 소용되는 여러 가지 물건을 파는 가게)도 펼쳐져 있었다. 마상치(말 탈 때 신는 신발)와 사마치(말 탈 때 입는 갑옷 치마)는 물론이고, 곁고삐(고개 쳐들기를 잘하는 말의 재갈과 뱃대끈), 고들개(말의 안장 가슴걸이에 다는 방울), 다래(말안장 좌우에 늘어뜨려 땅의 흙이 말 탄 사람의 옷에 튀는 것을 막는 것)와 같은 온갖 마구들을 늘어놓고 팔고 있었다.

애복이는 사람들이 붐비는 마상전들을 지나 다시 말을 매놓은 곳으로 갔다. 돗총이(검푸른 빛이 나는 말), 새고라(희고 누른빛이 나는 말), 공고라(검고 누른빛이 나는 말), 먹총이(흰 털이 섞인 검은 말), 절다말(누른 듯 붉은 말), 청가라(검붉은 빛이 나는 말), 담가라(엷은 검은빛이 나는 말), 백설총이(입술만 검은빛이 나는 흰 말)…… 없는 말이 없었다.

윤업은 말없이 곁을 따르고 있었고 걸이가 말했다.

"아씨마님, 눈에 차는 말이 없사옵니까?"

"다 그만그만하구나."

장제간이 늘어서 있었다. 그곳을 지나자 말들이 널찍한 간격으로 마주나무(말을 매놓는 나무)에 매여 있었다. 명마를 모아놓은 곳이었다.

"내원류(대춧빛이 나는 말)라고 들어보셨지요? 팔준마(주나라 목왕이 소유했던 여덟 필의 준마) 다음가는 말이옵니다."

"이놈은 한눈에 보아도 오명마(머리에 별무늬가 있고 네 발굽이 흰 말)라는 것을 알 수 있습지요."

"도화잠불(누르고 흰빛이 나는 말) 구경 좀 해보십시오."

"더 둘러보실 것도 없사옵니다. 이 쌍창월아(사타구니가 검은 말)는 여간해서는 나오지 않사옵니다."

그곳을 돌아 나오자 음식을 파는 그늘대가 이어져 있었다. 애복이는 그중 한 곳을 정해 들어갔다. 걸이와 윤업에게 말고기 내장으로 끓인 탕을 한 그릇씩 시켜주고 애복이는 건마육(말린 말고기)을 조금 주문했다.

"아씨마님도 좀 드시지 않고요?"

"나는 이것만 하면 되었다. 많이 들거라."

윤업은 여전히 말이 없었다. 두 사람이 한 그릇을 거의 다 비워갈 즈음에 희한한 광경이 눈에 들어왔다. 그리 멀지 않은 곳에서 웬 노인이 늙은 말 한 필과 힘겨루기를 하고 있는 것이었다. 애복이는 그 모습을 물끄러미 바라보았다.

"이놈아, 뒈뒈(말을 모는 소리)!"

노인은 힘에 부쳐 하며 말고삐를 계속 당겼다. 말은 앞발 하나를 절룩거리며 겨우 애복이가 앉아 있는 곳까지 왔을 뿐 더 이상 꿈쩍도 하지 않았다. 애복이는 말과 눈이 마주쳤다. 늙은 말은 애복이의 눈길을 피하지 않았다.

'이상한 말도 다 있군. 사람 눈을 똑바로 쳐다보는 말이라니…….'

애복이는 호기심이 일어 말을 자세히 살폈다. 말은 못 먹어서 크게 말라 있었다. 목덜미며 등허리며 엉덩이에 살이 없어 가죽만 붙어 있는 듯했고, 홀쭉해야 할 배만 조금 늘어져 있었다.

비록 마르긴 했지만 골격은 잘 갖춰져 있었다. 꼬리와 갈기는 숱이 많고 길었으며, 두 귀가 불꽃처럼 빛나고 있었다. 마치 뿔 같기도 하여 애복이는 일어나서 다가가 살폈다. 붉은 두 귀 끝에 흰 무늬가 있었다. 별 꼴이라기보다 마치 매화꽃이 활짝 핀 모양 같았다.

노인이 말했다.

"이놈이 이렇게나 말을 잘 안 듣는다오."

"먹이기 힘드셨겠군요."

"말도 마시오. 이놈이 고집을 피우면 몇 날 며칠 굶는 것도 예사라오. 내 도저히 더 이상은 먹여 기를 수 없어 데리고 나왔지 뭐요."

"앞발은 어쩌다가?"

"자갈밭을 갈다가 큰 돌을 캐낸 구덩이를 헛디뎌 접질리고 말았소."

"아, 저런! 그런데 수말입니까?"

"암말이오."

그 순간 애복이의 눈이 빛났다.

"제게 파시지요."

애복이는 에누리 없이 노인이 달라는 대로 한 냥 닷 돈을 다 주고 말을 샀다. 걸이가 의아해했다.

"사람이 타지 못할 늙은 말을 어인 까닭으로 사셨사옵니까?"

애복이는 빙긋 웃었다.

"두고 보면 알지."

김씨가 다리 저는 말을 사 가지고 들어서는 것을 보고는 물었다.

"그 말은 어디에 쓸 작정이냐? 짐 싣기에도 애처로워 보인다마는."

"제게 다 요량이 있으니 어머님은 두고만 보십시오."

걸이가 말을 보탰다.

"큰마님, 새아씨마님은 어릴 적부터 말을 곧잘 살피고 기르며 타고 다녔사옵니다."

걸이는 미리 마련해 놓은 마방에 말을 넣었다. 물을 떠주고 구유에 꼴과 콩을 섞은 먹이를 먹였다. 말은 심히 굶주려 있던 탓인지 주위를 크게 살피지도 않고 허겁지겁 먹어댔다. 배불리 먹인 뒤에는 의원을 불러 말의 앞발을 보였다.

"쯧쯧, 힘줄이 끊어졌구먼. 이미 치료할 시기를 놓쳤어."

걸이는 안쓰러운 마음이 들어서 밤낮없이 지극정성으로 보살폈다. 늙은 말은 차츰 살이 올랐고, 털에는 윤기가 감돌기 시작했다. 말의 체격은 아주 큰 편은 아니었지만 몸이 단단해 보였고, 허리가 잘 빠져서 앞발이 상하지만 않았다면 사람을 태우고 잘 달릴 것만 같았다.

말의 배가 점점 처지는 것이 망아지를 배고 있는 것 같았다. 걸이는 먹이에 더 신경을 썼다. 어쩌면 애복이는 늙은 암말의 배 속에 있는 망아지를 염두에 두고 그 말을 샀는지도 몰랐다.

늙은 말은 새끼를 낳았다. 어이(짐승의 어미)는 혀로 핥았다. 그랬더니 망아지는 튈 듯이 일어나 걸었다. 그러고는 마구간이 좁은 듯 구석구석 돌아다녔다.

갈기며 털이 온통 핏빛 같은 붉은 빛깔이 났으며, 앞이마와 두 귀, 흰 네 발굽에도 흰 매화 무늬가 나 있었다.

망아지는 자라면서 점점 발을 굴려 차고 무엇이든 이빨로 물었다. 걸이가 가까이 다가가면 도망가지 않고 오히려 흰 이빨을 드러냈다. 게다가 두 앞발을 들며 뛰곤 하는 바람에 길들일 방법이 없었다. 죽통에 먹이를 줄 때도 다가들어 물려고 해 한 발짝 뒤로 물러서서 꼴을 던져주곤 했다.

애복이에게 아뢰었더니 그 대답이 걸작이었다.

"명마는 난폭하다고 하지 않느냐?"

"아무리 그래도 뿔난 망아지 같은 놈을 길들일 방도가 없사옵니다."

"무릇 망아지가 사나우면 어이 말을 잘 활용해야지."

"예에?"

애복이는 걸이에게 망아지를 길들이는 묘안을 일러주었다. 걸이는 무릎을 탁 쳤다.

"과연 아씨마님이시옵니다. 그렇게 해보겠사옵니다."

걸이는 마방을 서로 마주 보도록 한 칸 더 만들고는 어이 말을 끌고 나와서 새 마방에 넣었다. 혼자 남은 망아지는 어딘지 모르게 불안한 기색을 보였다. 걸이가 다가서면 잔뜩 사리며 날뛰기가 전보다 더했다.

해질녘이 되어 걸이는 어미 말에게만 먹이를 주었다. 건너편 마방에서 그것을 지켜보던 망아지가 울부짖었다. 왜 나는 안 주느냐는 항변이었다. 걸이는 못 들은 척했다. 다음 날에는 어미 말의 마방만 똥을 치우고 마른 짚을 새로 갈아주었다. 그러고는 어미 말의 잔등을 글겅이로 긁어주었다.

망아지는 그 광경을 힐끔힐끔 보았다. 걸이는 먹이를 가지고 망아지 가까이로 갔다. 망아지는 전처럼 앞발을 들며 위협을 했다. 그것을 본 걸이는 먹이를 들고 돌아서 버렸다. 그렇게 하기를 여러 날이 지났다.

배가 고파서 울부짖는 망아지를 본 어미 말이 먹이를 먹으려 들지 않았다. 걸이는 어미 말의 구유에 먹이를 부어준 다음에 망아지가 있는 마구간으로 갔다. 망아지는 드디어 고분고분하게 서 있었다. 걸이는 먹이를 반만 부어주었다. 걸이가 물러나자 망아지는 얼른 구유에 대가리를 처박고 먹어댔다. 하지만 배불리 먹기에는 많이 모자랐다.

걸이는 망아지의 태도를 보아가며 마량(말먹이)을 조절하기를 반복했다. 차츰 망아지는 스스로 깨닫고 사람을 대하는 태도를 바꿨다. 마침내 순종하게 되었다. 걸이는 재갈을 물리고 굴레를 씌웠으며 튼튼한 고삐를 맸다.

"아씨마님, 조금만 더 잘 먹이고 길들인다면 끌고 나가서 달리게 할 수 있을 것 같사옵니다."

김씨도 며느리의 지혜를 칭찬했다.

"이제 보니 우리 며느리가 말 잘 보는 백락이구나."

걸이는 먹이를 줄 때나 물을 줄 때에 휘파람을 불기 시작했다. 그 밖에 주의를 돌릴 때에도, 올라탈 때에도 어김없이 휘파람을 불었다.

망아지는 점차 자라서 말의 용모를 갖춰갔다. 어느덧 말이 완전히 길들여졌다고 생각한 걸이는 어미 말과 함께 천주봉 아래 낙동강 가에 데리고 나갔다. 늙은 어미 말은 드넓은 모래벌판을 보고도 별다른 동요가 없었지만 새끼 말은 자꾸 발을 박차며 달리려고 했다.

걸이는 말 등에 언치(안장)를 놓고 등자를 채운 뒤에 훌쩍 올라탔다. 길들여진 말은 순순히 걸이를 받아들였다.

"휘이익!"

걸이가 휘파람을 불며 등자로 배를 찼다. 말은 주춤주춤하더니 걸이와 한몸이 되어 달렸다. 걸이가 고삐를 죄며 채질을 했다. 드디어 말은 네 발굽을 한껏 굴리며 달렸다. 붉은 갈기가 마치 타는 불 너울처럼 흘렀다.

걸이의 조련은 날마다 이어졌다. 처음엔 반 길, 다음엔 한 길, 또 다음엔 두 길 뛰어넘기를 하여 나중에는 30척이나 되는 높은 장대를 뛰어넘었고, 여섯 길이나 되는 구덩이를 멀리 뛰어넘을 수 있게 되었다.

걸이가 말을 조련하는 동안 무수는 무과 시험을 대비해 여러 가지 무예 경서를 읽느라 여념이 없었다.

"걸이가 말을 잘 길들여 놓았어. 대장이 말 이름을 지어줘."

"그래? 어디 한번 볼까?"

무수는 마방 앞에 섰다. 말과 눈싸움을 했다. 말은 불 같은 제 눈보다 더 뜨겁고 빛나는 무수의 눈길을 피하며 순종의 의미로 몸을 옆으로 돌리고는 대가리를 아래위로 끄덕끄덕했다.

"그놈, 화류(털이 붉고 갈기가 검은 팔준마의 하나)와 녹이(팔준마의 하나), 게다가 상제(네 발굽에 서리가 내린 듯이 흰 명마)를 아울러 닮은 것 같구나."

무수는 휘파람을 불었다.

"화이이익!"

마치 큰 피리를 부는 듯한 소리였다. 말은 깜짝 놀라며 고개를 숙이고 앞으로 다가왔다. 무수는 웃었다.

"이제 너의 이름을 화이(驊騧)라고 해야겠다."

걸이가 좋아했다.

"화이, 화이라…… 마님의 휘파람 소리와도 같은 이름이군요."

무수는 경서 공부를 하는 틈틈이 화이를 타고 달렸다. 그때마다 화이는 마치 바람을 가르듯 달려 속이 후련했다. 정말이지 말달리는 맛이 이만저만이 아니었다. 화이는 점차 명마의 위용을 갖춰갔고, 무수는 무과 시험을 볼 날만 기다렸다.

그러던 어느 날, 상주 관아 남문 담벼락에 방이 나붙었다. 이희춘이 다급하게 뛰어들어 아뢰었다.

"선다님, 별시(나라에 경사가 있을 때 베푸는 임시 과거 시험)가 있다고 하옵니다."

"그래? 언제라고 하던가?"

"올 9월이라고 하옵니다. 하옵고, 예전에 팔도 각 도의 초시에 합격한 사람은 무예 시험을 면제해 주고, 경서 시험만 치르도록 한다고 하옵니다."

〈2권에 계속〉

정기룡 1

1판 1쇄 발행 2022년 10월 25일

지은이 · 하용준
펴낸이 · 주연선

(주)은행나무
04035 서울특별시 마포구 양화로11길 54
전화 · 02)3143-0651~3 | 팩스 · 02)3143-0654
신고번호 · 제 1997—000168호(1997. 12. 12)
www.ehbook.co.kr
ehbook@ehbook.co.kr

ISBN 979-11-6737-234-5 04810
ISBN 979-11-6737-233-8 (세트)